이야기꾼 이종부의

이야기 세계

| 이기형 |

보고사

머리말

가끔 아이들에게 할머니와 어머니께 옛날이야기를 듣던 일과 호롱불 밑에서 책 읽던 이야기를 해준다. 그러면 아이들은 신기한 표정을 짓곤 한다. 아마 어른들께 옛날이야기를 들을 수 있는 경험이 적기 때문일 것이다. 어른들께 옛이야기를 듣고, 희미한 호롱불 밑에서 책을 읽던 경험들이 내게는 얼마나 소중한 삶의 밑천이 되었다는 것을 아이들은 모를 것이다.

이 책에는 2003년부터 2006년까지 양주시 만송동의 이종부 어르신이 들려주신 이야기들이 실려 있다. 이종부 어르신과의 인연은 2003년으로 거슬러 올라간다. 학위를 마치고 잠시 쉴 때, 양주시 민속을 조사하던 김헌선 교수에게 함께 하자는 권유를 받았다. 양주시에 살고 있던 필자는 책상머리 공부로 지쳐 있기도 했고, 무엇인가 새로운 공부를 하고 싶었기에 기쁜 마음으로 따랐다. 김교수에게서 현장조사 방법을 배우며 처음 만나게 된 제보자가 이종부 어르신이었다. 어르신은 만날 때마다 귀찮아하지 않고 늘 새로운 이야기로 우리를 즐겁게 맞이해 주셨다. 몇 년 동안 방학 때마다 학부생들과 때로는 혼자라도 계속 찾아뵈며 이야기를 채록했다. 늘 새롭고, 같으면서도 다른 이야기를 듣는 것은 행복한 일이었다.

이종부 어르신은 양주에서는 소문난 이야기꾼이다. 이종부 이야기 세계의 장점은 그 내용이 풍부하고, 이야기를 풀어나가는 입담이 구수하다는 것이다. 때문에 여러 차례 연구자들에 의해 어르신의 이야기는 소개된 바 있으나 전체 이야기 목록이 소개되는 것은 처음이 아닐까 한다. 필자가 삼년이 넘는 동안 이종부 어르신에게 채록한 이야기는 200여 편이 넘는다. 정리를 하면서 심하게 중복되거나 상태가 좋지 않은 것을 제하고 보니 155편의 이야기를 모을 수 있었다. 자료의 양이 방대하기에 그동안 정리하여 강의 자료로만 사용하다가 출간을 해보라는 김헌선 교수와 김진영 선생님의 제안에 용기를 얻게 되었다.

여기 수록된 이야기들은 화자의 말을 그대로 옮긴 것이기 때문에 내용 이해에 어려움이 있다. 이야기판의 분위기와 구연 상황을 그대로 전달하는 것이 좋다는 판단에서 부분적인 교정 외에는 가급적 손을 대지 않았기 때문이다. 소리 내어 읽는다면 이야기판의 분위기가 살아나지 않을까 하는 바람을 가져본다.

날이 갈수록 게을러짐을 느낀다. 그럴 때마다 격려를 해주시는 김진영 선생님과 새로운 학문에 눈을 뜨게 해준 김헌선 교수의 배려에 감사드린다. 함께 답사길에 나서준 대학원 학생들과 교정에 도움을 준 김문희 선생, 방대한 양에도 선뜻 출간에 응해주신 보고사 사장님께도 감사의 마음을 전한다.

며칠 전 이종부 어르신을 찾아뵙고 몹시 쇠해지셨음을 느꼈다. 어르신의 모습에 한 달에 한 번이나 찾아뵐까 하는 어머니의 모습이 겹쳐온다. 기억력이 많이 쇠해지신 모습에 늘 가슴이 아리다. 이제는 어릴 때 듣던 여우이야기며, 여름밤 등덜미를 서늘하게 해주던 귀신 이야기를 더 들을 수 없음이 안타깝다. 비록 재미있는 이야기는 들려주실 수 없을지라도 오래 건강하셨으면 하는 바람이다.

2007년 5월

이기형

차 례

화자 이종부 이야기에 나타난 삶과 세계관 ······ 13

머리말 · 13
이야기꾼 이종부의 삶과 이야기꾼으로서의 성격 · 15
이종부의 이야기 목록과 그 특징 · 26
이종부 이야기의 세계관 · 34
맺는말 · 41

1. 화전밭 매다 명궁名弓이 된 사람 ······ 43
2. 산을 깎아 낸 필력 ······ 63
3. 왕휘지의 필력 ······ 71
4. 중국 사신 몰아낸 떡보사공 ······ 74
5. 중국에 사신으로 간 남편과 칼을 낳은 아내 ······ 79
6. 임금도 도와주지 못한 운 나쁜 선비 ······ 86
7. 호랑이껍질을 세 번 벗겨 먹다 ······ 94
8. 시골 지직장수의 꾀 ······ 100
9. 식충이 장사 방연의 불행 ······ 104
10. 사위 쫓고 떡 해 먹으려다 망신당한 장인 이야기 ······ 110
11. 호랑이에 물려간 아버지 덕에 부자가 된 사람 ······ 114
12. 시아버지 버릇 고친 며느리 ······ 119

13. 산을 가른 역발산 ······ 122
14. 고양이의 화를 면한 사람 ······ 125
15. 머슴에게 뺏긴 재산, 도로 찾아준 황노랭이 ······ 130
16. 용의 승천을 도와준 사람 ······ 136
17. 밥 기운을 빨아먹는 지네 ······ 142
18. 금산이 이야기 ······ 146
19. 무덤에서 살아난 사람 ······ 149
20. 귀신의 한을 풀어준 원님 이야기 ······ 151
21. 퇴계 선생 호號의 유래 ······ 156
22. 그물의 벼리를 달게 된 사연 ······ 159
23. 훈장님 장가보낸 학동들의 지혜 ······ 162
24. 국청사의 샘물 ······ 166
25. 귀율리 도사 임삿갓 ······ 170
26. 상사병 고친 총각 ······ 175
27. 책 잘 읽어 장가 간 사람 ······ 180
28. 도깨비불 ······ 183
29. 구들장을 나른 도깨비 ······ 186
30. 목화 따는 아가씨와 뽀뽀하기 ······ 188
31. 처녀에게 종아리 맞고 급제한 사람 ······ 191
32. 힘 자랑 ······ 194
33. 여각 주인여자 손목 잡은 사연 ······ 197
34. 자하골 내시 종자 I ······ 201
35. 식당 기둥 때를 약으로 팔아먹은 사람 ······ 204
36. 지관은 두 말, 중매는 한 말 ······ 208

37. 금시발복 명당 빼앗은 딸 ··· 213
38. 새우젓 장수에게 봉변당한 화전민 I ··· 218
39. 장님의 용한 점괘 I ··· 221
40. 금정골에 얽힌 사연 ··· 225
41. 서산대사와 사명당의 신통력 ··· 228
42. 긴 애기 ··· 233
43. 술책으로 장가 간 총각 ··· 234
44. 쫓아낸 아들이 돈 벌어온 사연 ··· 238
45. 오시하관午時下官 사시발복巳時發福 ··· 241
46. 기러기 갈대순 물고 미시령 넘는 사연 ··· 246
47. 산돼지 목에 새경 걸어 둔 머슴 ··· 249
48. 매봉재의 유래 I ··· 254
49. 빈대절터 ··· 258
50. 입춘문立春文 따라해 부자 된 사람 ··· 260
51. 소대상이란 이름의 유래 ··· 265
52. 새소리 알아들은 사람 ··· 266
53. 한시로 신랑감을 구한 여자 ··· 270
54. 김삿갓의 풍월 ··· 272
55. 제갈량의 지혜 ··· 275
56. 못생긴 제갈량 부인의 지혜 ··· 282
57. 명을 늘이지 못한 제갈량 ··· 285
58. 사탕으로 꾀어 콩밭매기 ··· 287
59. 처녀가 낳은 아들, 애비 찾아주기 ··· 289
60. 자하골 내시 종자 II ··· 293

61. 시로 귀신 타박 준 이야기 297
62. 절에서 공부하다 부부가 된 처녀 총각 300
63. 책 씻기 304
64. 새우젓 장사에게 봉변당한 화전민 Ⅱ 306
65. 아들 제사 받아먹지 못하는 사람 Ⅰ 310
66. 김삿갓에게 욕 본 사람 315
67. 백자천손 곽자희 318
68. 나라 구한 아기장사 320
69. 셈을 모르는 부엉이 328
70. 매봉재의 유래 Ⅱ 332
71. 승학교의 유래 333
72. 충신 예양 336
73. 수중방골과 어사 박문수 339
74. 늑대 먹이 훔쳐 먹고 혼난 사람 351
75. 신랑 일곱 죽일 팔자를 지닌 여자와 혼인한 사람 354
76. 물동이 깨고 혼인한 사람 361
77. 개와 같이 산 여인狗不十年 369
78. 시골 농부들의 지혜 375
79. 자라 살려주고 얻은 화수분 379
80. 왕소군 이야기 387
81. 여우 자손 강감찬 391
82. 둔갑여우 퇴치한 강감찬 397
83. 맹꽁이 몰아낸 강감찬 400
84. 사돈의 청첩장 402

85. 열한 장 사주 해결한 딸의 지혜 ············ 404
86. 삼정승 육판서 난 명당 ············ 409
87. 호랑이의 중매 ············ 418
88. 무식한 서울신랑, 창피 모면한 이야기 ············ 424
89. 빈대 벼룩 피해 여자 배 위에서 잔 베 장사 ············ 428
90. 물레질 하다 호랑이 잡은 여자 ············ 430
91. 산삼 캐 부자 된 머슴 ············ 433
92. 간장독에 빠진 구렁이가 은혜 갚은 이야기 ············ 438
93. 백석 고개 ············ 443
94. 개똥으로 시부모 밥해준 효부孝婦 ············ 445
95. 개구리가 된 은덩이 ············ 449
96. 말바위 ············ 452
97. 남편 시신에 든 여우 ············ 453
98. 도둑과 옷 바꿔 입고 부자 된 사람 ············ 457
99. 혈 끊어 망한 조판서 댁 ············ 463
100. 호랑이 눈썹 ············ 468
101. 호랑이한테 물려간 손자 구한 할아버지 ············ 475
102. 뱃속 혼인 ············ 480
103. 병이 고황에 들어 고치지 못한 편작 ············ 486
104. 편작을 속이려다 도리어 죽은 사람 ············ 490
105. 아들 해부한 편작 ············ 493
106. 팔자 고친 포천 장작장사 ············ 495
107. 오성자손 오서방 ············ 502
108. 칠십에 낳은 아들 위해 남긴 유언 ············ 503

109. 옥정리 독바위 ···· 507
110. 장구혈 ···· 510
111. 호랑이 밟아 노름돈 훔친 개평꾼 ···· 515
112. 흉가에서 금덩이 발견해서 부자 된 개평꾼 ···· 517
113. 도둑들, 잘 살게 해 준 열 살 난 아이의 지혜 ···· 520
114. 만장시 이야기 ···· 524
115. 경 읽어 부인한테 붙은 귀신 몰아내고 망한 옥정리 윤씨 ···· 526
116. 포천의 신침神針 신갑산 ···· 530
117. 내 복에 산 막내딸 ···· 534
118. 호랑이와 도둑놈 잡은 붓 장사 ···· 545
119. 우리 고유의 과일인 배 금석미, 과동미 ···· 549
120. 사돈집에서 죽 훔쳐 먹다 망신당한 친정아버지 ···· 551
121. 명산리 유래 ···· 556
122. 혼이 바뀐 사람 ···· 560
123. 내 머리 돌려다오責索頭 ···· 565
124. 제갈량 모시러 간 조자룡 ···· 569
125. 주인 아들 구한 도둑머슴 ···· 573
126. 장님의 용한 점괘 II ···· 584
127. 처를 머슴에게 뺏긴 사연 ···· 588
128. 배를 진정시킨 가미이중탕加味二重湯 ···· 594
129. 오성과 한음 1 ···· 597
130. 오성과 한음 2 ···· 600
131. 오성과 한음 3 ···· 604
132. 오성과 한음 4 ···· 608

133. 오성과 한음 5 ······ 611
134. 웅굼대중으로 범인 잡기 ······ 614
135. 산 괴수에게 끌려온 아녀자 구한 나그네 ······ 618
136. 맹상군 친기親紀 ······ 623
137. 시장불량배 버릇 고친 황노랭이 ······ 626
138. 석유장사의 횡재 ······ 630
139. 영험한 서낭목 ······ 635
140. 하룻밤에 제사 두 번 지내는 까닭 ······ 639
141. 신혼부부 요 뺏어오기 ······ 645
142. 땅을 사야 하는 도깨비 돈 ······ 649
143. 구월산 타령 ······ 654
144. 복숭아 서리하다 웃은 사연 ······ 658
145. 무덤 잘 써 천자 된 주원장 ······ 661
146. 반다지 속의 간부姦夫 ······ 665
147. 강제로 지관 모셔 얻은 명당으로 장수 된 사람 ······ 672
148. 상사병 고친 사연 Ⅱ ······ 680
149. 토정 선생과 제자의 문답 ······ 686
150. 임금을 감동시킨 청지기의 지혜 ······ 689
151. 노루로 보여 총 맞은 사람 ······ 692
152. 맥추麥秋도 역추亦秋 ······ 695
153. 방구탕탕 석양풍夕陽風 ······ 702
154. 물에 빠진 처녀 구해 장가 간 목동 ······ 704
155. 용의 승천을 도운 처녀 ······ 708

화자 이종부 이야기에 나타난 삶과 세계관

1. 머리말

주내읍 만송동의 이종부는 양주라는 지역적 공간 속에서 중요한 의미를 지니는 이야기꾼이다. 이종부는 왜 중요한 이야기꾼인가? 먼저 이종부가 살고 있는 양주라는 지역적 공간을 이해할 필요가 있다.

양주는 지리적으로 한반도의 중간에 위치하고 있다. 양주는 역사적으로 조선의 수도인 한양과 인접 지역에 많은 영역을 내주었지만, 공간적으로 남과 북, 동과 서를 잇는 교량적 역할을 담당하던 지역이다. 또한 국가 무형문화재로 지정된 양주별산대와, 소놀이굿이 있고 경기지방문화재로 지정된 상여소리와 회다지 소리, 양주 농요가 활발히 전승되는 문화 지역이기도 하다.

이렇게 놀이 문화가 활발히 전승된다면 이야기문화도 활발하게 전승될 것이라는 추론을 해볼 수 있다. 그럼에도 불구하고 양주의 이야기문화는 그리 활발히 이어지고 있지는 않다. 그 이유는 먼저 양주의 지리적 조건에서 찾을 수 있다. 양주는 수도권에 인접한 지역이다. 중심지의 문화에 변화가 생기면 즉시 양주의 문화에도 영향을 미친다. 또한 동서남북을 잇는 양주의 지리적 특징은 여러 지역의 문화를 전해주고 수용할 수 있는 중요한 입지적 조건이었다. 그만큼 양주의 문화는 변화속도가 빠르며, 이는 곧 전통적인 이야기의 변화가 빠르다는 것을 의미한다.

둘째는 양주의 산업 여건이다. 과거 양주의 중심 산업은 농업과 상업이었다. 전통 사회의 산업이 농업을 기반으로 하기에 이는 특별한 것이 아니다. 동서남북을 잇는 양주의 지리적 조건은 상업을 활발하게 했다. 현재의 양주는 수도권에 물품을 제공하는 주변 공업도시이며, 관광산업이 빠르게 성장하여 서울의 휴식 공간 구실을 하는 지역이다. 상업과 공업, 관광 산업의 특징은 빠른 인구 순환을 요구한다는 것이다. 빠른 인구의 순환은 이야기문화의 변화를 초래한다.

이러한 변화는 실제 설화의 현지 조사에서 확인된다. 양주의 각 지역을 조사해보면 관광산업이 중심을 이루는 장흥 지역과 양주읍 지역에서는 거의 이야기를 채록할 수 없다. 특히 장흥 지역은 관광이 지역경제의 중심을 이루기에 노인층이 얇고, 또 노인정이라는 이야기 공간이 형성되어 있지 않다. 실제 필자는 장흥면 지역 12곳의 노인정을 방문하였으나 한두 곳을 제외하고는 거의 잠겨 있었고, 이용하고 있는 흔적도 발견할 수 없었다.

시나 문화원 차원의 단편적인 조사를 제외한다면 양주 지역의 설화에 대한 집중적인 조사는 세 차례 진행되었다. 첫째는 조희웅 외 2인의 『경기북부구전자료집』에서이다.[1] 이 자료집에는 7개 읍면 27명의 화자, 124편의 설화가 소개되어 있다. 두 번째 조사는 2003년 1월초부터 11월말까지 한국구비문학회를 중심으로 한 조사팀에 의해 진행되었다. 이 조사에서는 양주·백석·광적 지역을 표본으로 21명의 화자, 298편의 이야기가 보고되었다.[2] 이 중에서 개인의 경험담이나 인터넷, 책에서 본 이야기를 뺀다면 전승되는 설화의 수는 약간 줄어들 것이다. 이 조사는 세 지역을 표본으로 하기는 했지만 방대한 분량의 이야기를 채록하는 소중한 성과를 거두었다. 세 번째 조사는 필자에 의해서이다. 필자는 2003년 3월부터 2005년 7월까지 김헌선 교수의 도움

---

1) 조희웅·박인희·조재현, 『경기북부구전자료집』 II, 박이정, 2001.

2) 강진옥, 「양주지역 설화의 전승양상을 통해 본 이야기문화의 현황과 행방」, 『한국구비문학연구』 제17집, 한국구비문학회, 2004, 12.

을 받아 6개 읍면 14명의 화자, 204편의 이야기를 채록하였다.

이렇게 조사된 이야기들을 분석해 보면 양주의 이야기는 특정한 개인의 이야기에 많이 의존한다는 점을 발견할 수 있다. 『경기북부구전자료집』에서는 6명의 화자가 50%가 넘는 66편을 구술하였다. 또 구비문학회 조사에서는 6명의 화자가 245편을 구술하여 82%의 비중을 차지하고 있다. 각 조사에서 10편 이상의 이야기 목록을 가진 대표적 화자는 회천읍의 윤기영, 남면의 김형쇠 · 신영균(사망) · 허영이, 주내읍의 이종부, 광적면의 김병옥, 백석읍의 김동섭 · 김을순 · 박차순 · 양주읍의 노인호 등이다. 이중에서 이종부의 이야기는 『경기북부구전자료집』에 12%편, 구비문학회에서 조사된 자료의 34%의 분량을 차지하고 있어 그 중요성이 새삼 부각되고 있다.

이러한 상황으로 볼 때 양주의 이야기문화에서 이종부가 차지하는 비중은 매우 크다. 필자는 2003년 1월부터 2005년 8월까지 11차례의 조사를 통해 이종부의 이야기 155편을 채록할 수 있었다. 이 글에서는 그동안의 조사를 통해 나타난 이종부의 이야기 세계를 알아본다. 이 글은 다음과 같은 순서로 진행된다. 먼저 이종부의 삶을 조명해보기로 한다. 다시 이야기의 조사 과정과 목록, 이야기의 특징을 소개하고 이를 바탕으로 그의 이야기에 나타난 세계관을 검토한다.

2. 이야기꾼 이종부의 삶과 이야기꾼으로서의 성격

2-1. 이종부의 개인사

양주의 이야기꾼 이종부(李鍾富)는 1918년 10월 19일(음) 부친 이봉재(李鳳載)와 당진 한씨인 모친 한명옥(韓明玉) 사이에서 2남 4녀의 넷째로 출생하였다. 위로 셋은 누이이기 때문에 이종부는 광주 이씨의 종손인 셈이다. 이종부의 본관은 광주(廣州)로 10대째 양주시 주내읍 만송동에 거주하는 토박이이다. 이종부는 일제 강점기 말기에 일제에 의해 노력 징발을 당해 일본에 끌려가 오오시마(大島)에서 15개월을 보낸 것을 제외하면 양주를 떠난 일이 없다.

부친은 광주 이씨의 종중 땅과 만여 평의 땅을 소유하고 농사를 짓고 있었다. 때문에 일제 강점기에도 이종부는 비교적 여유 있는 어린 시절을 보냈다. 이종부는 1935년 17살에 삼년 연상의 이봉순과 결혼하여 3남 2녀를 두었다. 화자는 결혼 당시 잔망하게 자라서 처음에는 여자가 무엇인지도 몰랐다며 웃었다. 결혼 후 부친을 도와 농사를 지었다. 4,000평이 넘는 논과 밭, 7,000평 정도의 복숭아 과수원을 경작하기도 했으니 농촌 지역에서는 부유한 편이었다. 한때는 농장에서 젖소와 비육우를 기르기도 했다. 25년 만에 부인과 사별하고 현재는 주말농장을 운영하는 큰아들 가족과 함께 살고 있다.

이야기꾼으로서 이종부의 삶은 세 마디로 나누어 조명해 볼 수 있다.

첫째는 어린 시절 한학을 공부한 경험이다. 비교적 살림에 여유가 있었기 때문에 부친은 이종부가 8살부터 포천 소흘읍에 거주하는 한문선생님 유병팔(柳秉八)을 초빙하여 아들에게 한문을 가르쳤다. 이종부는 유병팔에게서 천자와 계몽편, 통감 2, 3권 등을 배웠다. 이종부는 한 번 들으면 다음날 모두 암기를 할 수 있을 정도로 총명해 훈장님께 곧잘 칭찬을 듣곤 했다. 생존했다면 120여 살 되었을 훈장 유병팔은 다문박식했고 여러 분야에 관심을 가지고 있었다. 유병팔은 학동들에게 공부의 흥미를 주기 위하여 중국 역사책에 나오는 많은 이야기를 들려주었다. 또 유병팔은 입담이 좋아 학문에 유용한 이야기뿐만 아니라 자신이 알고 있는 많은 이야기를 학동들에게 들려주었다. 유병팔에게 들은 이야기들은 이종부의 이야기 밑천에 중요한 비중을 차지하고 있다. 이종부는 통감을 1권은 빼고 2, 3권의 일부분만 읽었다고 한다. 이는 자신이 흥미 있는 부분만 뽑아서 읽었기 때문이라고 한다.

어느 정도 한문을 익힌 이종부는 비교적 늦은 나이인 17살에 유양심상소학교에 입학한다. 소학교에 입학한 이종부는 2개월 만에 2학년으로 진급하고 다시 3개월 만에 3학년으로 진급하게 된다. 결국 이종부는 소학교를 2년 만에 마친 것이다. 이종부는 특별한 학생은 아니었다. 다만 장난과 새로운 것에 대한 흥미가 많은 학생이었다.

소학교를 마친 이종부는 농촌지도사가 되어 고구마와 잠업 지도를 하는 공무원 노릇을 하기도 했으나 이 기간도 일 년이 넘지 않고 평생을 주내읍 만송동에서 농사를 지으며 살았다.

이종부의 삶에서 중요한 고비는 일제에 노력징발을 당한 사건이다. 태평양 전쟁을 일으킨 일본은 전세가 불리해지자 마구잡이로 조선인을 징발하기 시작했다. 이런 와중에서 이종부는 일제의 노력징발을 피하기 위해 부친의 도움으로 1943년 청량리 철도국에서 일하게 되었다. 철도국은 일제의 징발을 피할 수 있어 조선인에게는 선망을 받는 직장이었다. 그러나 이곳도 안전하지는 않았다. 전세가 불리해지자 일본은 모든 사람을 징발하게 되었다. 이종부는 1944년 징발되어 당시 용산 일본군 23부대에서 교육을 받게 된다. 교육을 마친 이종부는 남행열차로 부산에 도착하여 일본행 배를 탔다. 이종부가 탄 배는 3천 명 가량의 조선인과 먹을 식량을 실고 일본으로 향했다. 일본에 도착한 이종부가 마지막으로 머물게 된 곳은 격전지였던 오끼나와에 보낼 보급품을 쌓아두던 오오시마(大島)였다.

이종부는 오오시마에서 약 15개월을 머물며 진지 구축과 보급품을 나르는 일을 주로 했다. 이종부에게 이곳에서의 생활은 집에 대한 그리움을 제외하고는 그리 힘들지는 않았다. 한문을 알고, 간단한 일본말을 할 줄 알아 조선인 노무부대의 소대장 역할을 했기 때문이다. 오오시마는 오끼나와와 인근 격전지로 나가는 물자의 보급 기지였다. 여기서 일하던 조선인 노무자들은 어느 정도는 물질적으로 풍족한 생활을 했고, 조선인 노무자들을 감시하던 일본인도 양심적인 편이어서 큰 어려움은 없었다고 한다.

이 당시 오끼나와로 나간 조선인이나 노무 기간이 차 돌아가던 조선인들 중에서 살아남은 사람은 거의 없다. 이들이 탄 배들이 기뢰에 맞아 거의 침몰했기 때문이다. 45년 8월 갑자기 분위기가 술렁이는 것을 느낄 수 있었다. 일본 군인이 오더니 이 전쟁을 어떻게 생각하느냐 물었다. 분위기가 심상치 않음을 느낀 이종부는 자기는 시키는 대로 할뿐이라고 대답을 했다. 이종부는 8월 15일 일본 천왕이 항복하는 방송을 들었다. 곧 귀국을 결심한 이종부는 가고시마를 거쳐 시모노세끼에서 귀국선을 타고 이틀 만에 부산에 도착하게 된다. 귀국 당시 이종부에게는 삼천 원 정도의 돈이 있었다. 일본에서 일을 하면서 받은 노임을 저축해두었다가 찾은 것이다. 삼천 원은 당시 조선에서 큰 소 여섯 바리를 살 수 있는 큰돈이었다.

고향에 돌아온 이종부는 한 동안 집에서 쉬다가 용인에 사는 매형을 찾게 된다. 매형은 당시 경찰로 근무하고 있었다. 매형은 이종부에게 경찰시험에 응시하라고 권했다. 별 계획이 없었던 이종부는 경찰시험에 응시해 2석으로 합격했다. 그러나 이 소식을 들은 부친에 의해 강제로 양주로 돌아오게 된다. 10대 종손에게 위험한 순경생활을 시킬 수 없다는 이유에서이다. 어쩔 수 없이 만송동으로 돌아온 이종부는 일생동안 농사일을 하게 된다. 순경생활을 포기한 것은 어쩌면 다행한 일인지도 모른다고 한다. 그 당시 뽑힌 순경들 중에 좌우익의 대립, 한국전쟁으로 인해 살아남은 사람이 거의 없다고 한다. 암울한 시대에 여러 곡절을 거치면서도 목숨을 부지한 것은 자신의 운이 매우 좋기 때문이라고 이종부는 생각하고 있다.

셋째는 이종부의 취미생활이다. 젊은 시절, 일제 강점기와 한국전쟁의 와중에서 자신을 돌아볼 여유도 없이 살았던 이종부는 40살이 넘은 60년대 초부터 낚시에 심취한다. 비교적 여유가 있었던 살림도 낚시를 즐길 수 있었던 배경이 되었다. 처음 낚시에 빠지게 되었을 때는 모든 일을 미루고 낚시만 할 정도였다.

낚시를 배운 지 얼마 안 되었을 때의 일이다. 한 해 농사를 지어 막 수확을 해야 할 가을 무렵이었다. 인천 소래에 사는 매형이 집에 들른 일이 있었다. 인사를 왔던 매형은 자기가 사는 소래에 망둥이 낚시가 잘 된다는 말을 남기고 돌아갔다. 이 말을 들은 이종부는 며칠 동안 다른 일을 손에 잡을 수 없었다. 마침내 이종부는 부친 몰래 낚싯대를 챙겨들고 소래 근처 매형의 집을 찾았다. 매형의 집에 숙식을 정한 이종부는 매일 바닷가를 돌며 낚시를 즐겼다. 소래와 서정리 아래 평택 부근까지 바닷가를 돌기도 하고 염전 저수지 근처에서 망둥이 낚시도 했다. 인천 송림동 아래 지역의 낚시를 할 만한 자리는 모두 뒤지고 다녔다. 낚시를 할 때는 자기가 어디에 사는지, 부모님이 걱정을 하는지 아무것도 생각나지 않았다고 한다. 낚시에 빠져 있던 이종부는 문득 낚시하는 근처 논에서 농부들이 벼를 베고 타작을 하는 광경을 보게 된다. 그제서야 자신이 농사꾼임을 깨닫고 바로 기차를 타고 집으로 돌아오게 된다. 양주 만송리 들에서도 벼 베기와 타작이 한창이었다. 해질 무렵 대문을 열고 집에 들어서니 한 달 만에 돌아온 아들을 보고 부친은 아무 말씀도 하지 않고 저녁이나 먹으라 했다. 이종부는 80살이 될 때까지 멀리는 바다나 강원, 충청 지역까지 다니기도 했지만 주로 한탄강 근처의 전곡 은대리에서 강 낚시를 즐겼다.

이종부에게는 특별한 종교가 없다. 조상의 제사를 모셔야 하는 종손으로서의 역할 때문에 절을 하지 않는 기독교에 대해 약간 비판적이나 그 외에는 모든 종교에 대해 비교적 너그러운 편이다. 키는 160정도이며 몸은 마른 편이다. 얼굴은 갸름하고 목소리는 크지 않으나 발음은 정확하다. 술은 전혀 하지 않으나 담배는 하루 한 갑 이상을 피울 정도로 즐긴다. 고기를 좋아하는 식성이지만 많이 먹지는 않는다. 매우 낙천적인 성격으로 비교적 가세가 여유로웠던 화자는 젊은 시절 놀기를 좋아했다. 마을 두레를 주도하기도 했고, 마을에 대동굿이 열릴 때면 무당의 장구를 빌려 놀기도 했다. 소리하는 것도 좋아하여, 노랫가락, 창부타령, 산염불, 가진산염불, 방아타령, 지경다지기 소리, 달구소리, 일자타령 등을 부를 수 있다고 한다.

2-2. 이야기꾼 이종부의 연행능력

좋은 이야기꾼으로서의 조건은 무엇인가?[3] 먼저 좋은 이야기꾼은 낙천적

3) 이인경은 유능한 화자의 조건으로 '많은 이야기를 알고 있을 것, 질과 양 면에서 특정 갈래에 특장화되어 있을 것, 나름대로의 이야기 구성의 틀을 가질 것, 적절한 수사적 장치를 극사하여 이야기가 지향하는 의미를 효과적으로 전달할 것, 목소리의 다양한 구사와 구연 속도의 완급 조절을 통해 긴장감을 유발하면서 흥미를 끌 수 있을 것, 오랜 동

인 성격의 소유자여야 한다. 이야기판에서 흔히 접하게 되는 것이 화자들의 경험담이다. 이야기판에서 조사자들은 화자 자신이 겪었던 삶의 역경을 풀어놓는 신세 타령식의 이야기를 종종 접할 수 있다. 물론 전승되는 이야기에 개인적 경험을 이입시켜 이야기를 풀어나갈 수도 있다. 경험담은 개인적 정서의 표출이지 민중들의 보편적 정서가 담겨 있는 것은 아니며 이야기로서의 서사적 질서를 갖추고 있는 것도 아니다. 낙천적 성격을 가진 이야기꾼은 전승되는 이야기 속의 질서와 자신의 경험을 분리시킬 수 있는 능력을 가지고 있다. 아니 자신의 경험 속에 이야기를 끌어들이는 것이 아니라 이야기 속의 질서에 자신을 끌어들인다. 즉 낙천적인 성격의 화자는 이야기를 자신의 한을 푸는 데 이용하는 것이 아니라 이야기를 원만히 풀어나가기 위해 자신의 경험을 이용하는 것이다.

좋은 이야기꾼으로서 또 하나의 조건은 많은 이야기 목록을 가지고 있어야 한다는 것이다. 이야기판만 벌어지면 언제나 한두 시간 정도는 이야기를 풀어나갈 수 있는 능력이 있어야 한다. 이야기 목록이 많은 화자는 이야기판의 상황에 따라 내용을 바꿔가며 적절하게 이야기판의 분위기를 조절해나갈 수 있다.

또한 서사적 일관성을 잃지 않는 기억력을 가지고 있어야 한다. 이야기의 처음과 끝, 등장인물의 대립과 갈등을 온전히 파악해야 하고, 이야기가 지향하는 목적을 정확히 인지하고 있어야 한다. 설사 이야기를 풀어나가는 과정에서 이야기를 풍성하게 하기 위해 다른 삽화를 끼워 넣는 경우가 있을지라도 곧 본래의 서사적 질서로 복귀할 수 있어야 한다. 유능한 이야기꾼에게는 판을 지배하는 능력이 있다. 능숙한 이야기꾼일수록 주위 상황에 지배를 받는 것이 아니라, 주위 상황을 이야기 속으로 끌어들인다. 이야기를 풀어나가는 중간에 다른 청중이 끼어들어도 이야기의 흐름에 방해를 받지 않는다. 이

안의 구연 경력을 바탕으로 언제든지 이야기를 구연할 수 있으며 이야기 구연을 즐길 것' 등을 제시하였다. 이인경, 「화자의 개성과 설화의 변이」, 서울대 석사학위논문, 1992.

러한 능력은 서사적 일관성에 대한 기억력에 의해 유지되는 것이다.

유능한 이야기꾼은 서사적 줄거리를 능숙하게 이끌어 갈 수 있는 입담(구술력)이 있어야 한다. 이러한 입담은 이야기를 더욱 흥미롭게 하고 청중들을 이야기 속의 세계로 끌어들이는 힘을 준다. 화자 자신이 등장인물로 일체화하여 대화를 이끌어 나간다거나, 마치 화자가 이야기 속 현장을 지켜보는 듯한 생생한 표현력은 이야기꾼의 입담에서 비롯되는 것이다. 이러한 입담이 청중들을 이야기 속으로 끌어들이는 것이다.

이러한 점을 염두에 둔다면 이종부는 이야기꾼으로서의 조건을 잘 갖추고 있다. 이종부의 성격은 매우 낙천적이다. 그의 낙천성은 넉넉한 생활에서 비롯된 것이다. 이종부가 어린 시절을 보냈던 일제 강점기 시대는 거의 모든 조선 민중이 가난의 질곡에서 벗어나지 못하고 있었다. 이런 와중에서도 이종부는 비교적 여유 있는 생활을 했다. 또한 비참한 일제의 징용생활을 하면서도 죽음을 피할 수 있었고, 풍족한 생활을 했다. 이종부의 낙천적인 성격은 앞에서 밝힌 농사철에 한 달 이상을 낚시에 빠져 집을 나갔던 일화에서도 확인할 수 있다. 또한 부인 이봉순이 오랜 병고 속에 사망하자 화장실에 나와 웃었다고 농담처럼 했던 말에서도 그의 낙천성을 짐작할 수 있다.

이종부는 준비된 이야기꾼이다. 이야기를 듣겠다고 미리 연락을 하고 만나는 경우 항상 그날 들려줄 이야기 목록을 준비하고 이야기판을 꾸려 나갔다. 1차 조사의 경우 접은 편지봉투에 이야기 제목이나 줄거리를 적은 것을 보고 이야기를 꾸려 나갔다. 2차 조사에서는 작은 수첩에 「고담기(古談記)」라는 제목 아래 60여 편의 이야기 목록을 보며 이야기를 풀어나갔다. 4차 조사에서는 「석담기(昔談記)」, 5, 6차 조사에는, 「불망기(不忘記)」라는 제목으로 역시 60여 편의 목록을 보며 이야기를 풀어 나갔다. 이후에도 작은 수첩이나 메모를 이용하여 그날그날 들려줄 이야기를 미리 준비하고 있었다. 2차 조사에서 준비했던 「고담기(古談記)」의 메모 내용을 그대로 소개하면 다음과 같다. 본래는 한 줄에 하나, 서너 줄에 한 편의 제목이 기록되어 있는데 여기서는 편의상 이어서 열거하기로 한다.

「古談記」

1. 여각주인 여자에, 2. 콩 볶아서 장가 간 이, 3. 출가외인, 4. 목화 따는 아가씨, 5. 식당 기둥 때로 병 고친 키스, 6. 서당에서 글이다, 7. 산중에 토적집에서 자다, 8. 담부때 장수 망해 준 자, 9. 百人이 모여 넘는 고개, 10. 火田 매다가 새우젓 장사 만나서 봉변, 11. 자꼴 내시 종자, 12. 미시령 고개 넘는 기러기, 老翁에 網. 春北秋南, 13. 讀書中 女人에게 종아리 마진 이야기, 金井穴 群中谷 重石鑛 百式嶺 馬岩壯士岩, 美力山谷中廻, 每逢재 僧과 처녀, 눈 싸리 뿌리 酒, 國無城 月人門 動物聲亦明林下多肉 肉不食被不用, 맹인 弟子 황혼에 失道, 山中에 夫婦 男便 死亡, 使臣 親友에게 妻를 부탁, 떡보 3. 5 三綱五倫, 7. 서울신랑 시골로, 8. 손자 새벽에 호랑, 9. 妻를 모습에게 부채질, 10. 抱川에서 서울로 남무장사, … 중 략 … 46. 山賊집에 괴수에게, 47. 노름에 가산 탕진하고, 48. 노음에 가산 탕진, 49. 노름방에 호랑이 발고, 50. 鷄不十年, 51. 나뭇가지가 구렁이 주긴, 51. 火田에 새우젓 장사, 52. 移秧하다 임신한 내시, 53. 인가에 도움 받아 무덤 속에서 인간 음성들여, 54. 임진왜란시에 친구가 중국으로 사신 귀국 사체가 갈라진 이야기, 55. 연장군 머리 가져오는 적 索頭 秦始皇, 56. 귀신 타박 준 애기, 57. 落花與枯木諸比 秋水共長天人色, 58. 석자에 원으로 간 지 삼일이면 죽는 곧 자청하여 원으로 부임한 이야기, 청첩장, 침선이야기, 딸 3형제, 59. 退鷄先生 이야기 (龍子)

이 목록은 화자 자신이 붙인 이야기 제목이나, 줄거리를 요약하여 만든 것이다. 내용이 선명한 이야기는 스스로 제목을 붙였고, 내용이 선명하기 않은 경우 중요한 화소를 적어두었다. 또 이야기의 첫 대목을 적어두기도 한다. 이종부가 이야기를 들려줄 때는 '이건 전에 했던 얘긴데' 하며 앞에서 했던 이야기를 될 수 있으면 피하려고 노력한다. 이러한 태도는 그의 철저한 준비성에서 비롯되는 것이다.

이야기꾼으로서 이종부의 장점은 삶의 경험이 많다는 것이다. 어린 시절 한문을 배우면서 스승인 유병팔로부터 많은 이야기를 들었고, 이를 온전히 기억하고 있다. 또한 한문을 배우면서 읽었던 중국의 역사나 고사를 이야기로 꾸밀 수 있는 능력이 있다. 또 한문에 대한 지식을 파자담(破字談)이나 형식담으로 활용하고 있다. 이종부는 평생 농사를 지으며 살았지만 일제 강점기 철도국에서의 근무나, 2년여 동안 징발을 당해 겪었던 일본에서의 경험은 그의 이야기 세계를 더욱 풍성하게 만들었다. 또한 낚시를 좋아하여 여러 곳을 돌아다니며 겪었던 경험 또한 이종부의 이야기 세계의 한 영역을 구성하고 있다.

이종부는 이야기의 서사적 질서를 이해하고 있는 이야기꾼이다. 이종부는 이야기를 하다가 생동감을 살리기 위해 다른 이야기의 화소를 자주 끌어다 쓴다. 2차 조사에서 채록한 〈식충이 장사 방연의 불행〉의 예를 들어본다. 이 이야기는 일제 강점기에 실제 살았던 사람의 이야기라고 한다. 남보다 밥을 많이 먹었던 방연은 그만큼 힘이 셌다. 때문에 경원선 철로를 까는 공사판에서 다른 인부들의 시기를 받았다. 다른 인부들이 힘이 세다는 이유로 자기를 죽이려하자 방연은 스스로 목숨을 끊는다. 방연(龐涓)은 춘추전국시대의 인물로 이름난 병법가인 손무(孫武)와 동문수학하던 사이였다. 위나라 혜왕의 장군이 된 방연은 손무의 지혜를 시기하여 슬개골을 자르기도 한 인물이다. 화자는 어린 시절에 들었던 기억을 떠올려 실제이야기와 연결시키고 있다. 여기에 다시 '사차수하(死此樹下)'라는 한문 구절을 연결하여 새로운 이야기를 꾸민 것이다. 그러나 여러 이야기의 화소를 차용했지만 이야기의 흐름에 전혀 방해가 되지 않는다.

이종부는 이야기 줄거리를 스스로 조정하며 들려주기도 한다. 기존의 조사에서 빠진 이야기를 보충하려고 실시된 8차 조사에서 편작 이야기를 물었다. 조사자는 "편작에 대해 들려주세요?" 하고 이야기를 실마리를 풀려고 했다. 이종부는 처음에 천하에 둘도 없는 명의(名醫)지만 자기 아들은 고치지 못했다는 이야기로 시작을 했다. 그러다가 곧 다른 의사의 아들 병이 고황에 미쳐 편작도 고치지 못했다는 이야기로 방향을 돌렸고, 자기 아들을 고치지 못한 편작을 놀리다가 죽은 농부의 이야기를, 마지막에 불치병을 고친 아들을 해부하여 치료법을 발견했다는 이야기로 끝을 맺었다. 처음에 불치병에 걸렸던 아들의 이야기로 출발했지만 신의(神醫)인 편작으로서도 고칠 수 없는 병이 있으며, 마지막에 가서야 불치병을 고친 아들마저 해부하여 질병의 치료법을 찾았다는 식으로 이야기를 끌어가는 것은 화자 자신이 서사적 질서에 이해하고 있음을 보여주는 예이다.

이야기꾼으로서 이종부는 능숙한 입담을 갖추고 있다. 입담은 내용을 엮어나가는 능력과 이야기를 이끌어가는 구연 능력의 두 가지 측면에서 이해할 수 있다. 이종부는 이야기를 짜나가는 탁월한 능력을 갖춘 이야기꾼이다. 일관된 서사적 질서 속에서 일부 다른 화소를 삽입했을지라도 전혀 이질감을 느낄 수 없게 이야기를 풀어나간다. 또 뛰어난 상상력과 창조력으로 여러 삽화를 연결하여 전혀 새로운 이야기를 꾸며내는 능력이 있다. 2004년 1월 4일 조사된 〈물동이 깨고 혼인한 사람〉를 줄거리를 요약하면 다음과 같다.

① 장성한 아들의 혼인자리가 없다.
② 꿈속에서 웬 총각이 나타나 우물가에 가서 물동이를 이고 가는 처녀의 물동이를 깨라고 일러준다.
③ 꿈을 깬 아들은 총각이 일러둔 대로 처녀의 물동이를 깬다.
④ 이것이 인연이 되어 둘은 혼인을 한다.
⑤ 시어머니는 불씨만 꺼뜨리지 말라고 하며 곳간 열쇠를 며느리에게 물려준다.
⑥ 밤만 되면 불씨가 꺼지려고 한다.
⑦ 며느리가 밤새 지켜본다.
⑧ 동자가 오줌으로 불씨를 끄려 한다.
⑨ 며느리가 동자를 잡아 연유를 묻는다.
⑩ 동자는 처녀의 원귀로 남편과 동침을 원한다.
⑪ 며느리가 소원을 들어주자 원귀가 승천을 한다.

이 이야기는 크게 남녀의 혼인 이야기(①~④)와 불씨 이야기(⑤~⑪)의 두 개의 단락으로 구분할 수 있다. 후반부의 불씨 이야기는 효행담인 동자삼(童子蔘) 이야기를 변용한 것이다. 이 이야기는 후반부에서는 효행담에서의 동자가 갑자기 남편에게 연정을 품고 죽은 원귀로 변화하여 새로운 긴장감을 조성하고 있다. 그런데도 불구하고 이 이야기는 전혀 이질감을 느낄 수 없을 만큼 자연스럽게 연결된다. 이것은 화자가 이야기를 이끌어나가는 능력이 뛰어남을 말해주는 것이다.

이종부의 가장 뛰어난 점은 이야기의 상황을 재연해내는 구연능력이다. 이종부의 이야기를 들으면 마치 현장에 있는 듯한 생동감을 느낄 수 있다. 듣는 사람이 현장에서 주위를 자세히 둘러보는 듯한 느낌을 갖게 하는 것은 상황을 구체화해가는 세부묘사 능력에 기인한 것이다.

> 방문을 열구선 여럿이 한꺼번에 죽 나가구 보니까 네 활개를 죽 벌리구 죽었는데. 한 사람이, 손으루 못허구 쇠스랑 등어리루다 뱃대기를 이렇게 죽었나 살았나 보려니깐 '우루렁' 허드래지 뭐야. 호랭이가 갈빗대가 우루렁 뼈가 있대. 그래 인제 개 같은 걸 잡아먹으려면 이 저 꼬랑지루다, 갈빗대를 이렇게 쓰다듬으면 우루렁 우루렁 헌대거든. 그래믄 철 있는 큰 개는 그렇지 않지만 웬만한 중개 같은 건, 저를 놀리는 줄 알구선, 인제 쫓아 들어간대. 꼬랑질 이렇게 수채구녕 같은데 디밀, 문지방 같은데 개 드나들라구 대문에 구녁두 파 놓는다구. 글루 꼬랑질 이렇게 디밀어가지구선 '우루릉' 하믄 강아진 '아릉 아릉' 하믄서 문다. 그래 잡아댕기믄 물구 가서 먹구 먹구 그래서 인제 우르렁 뼌대. 그걸 쇠시랑으루다 이렇게 하니까 우르렁 허니까 살었는지 알구 그 십여 명이 다 나가 자빠졌네, 안마당에 가서. 그래 늙은이가, 동네 늙은이가
>
> "어, 그게 해필 왜 우르렁뼈, 호랭이가 우르릉 뼈가 있는데, 왜 우르렁 뼈를 해필 건드리는 거냐구.
>
> "거 왜 우르릉 뼈냐?" 구.
>
> "보라." 구.
>
> 거 이렇게 이렇게 손으루 건드리니까 '우르렁 우르렁' 해, 죽은 놈이.
>
> (<호랑이 눈썹> 중에서)

이 이야기는 2005년 7월 27일 채록한 〈호랑이 눈썹〉으로, 처녀를 잡아먹으

려다 오히려 죽은 호랑이를 묘사하는 장면을 인용한 것이다. 이 이야기를 듣는 사람은 마치 마당에서 죽어 자빠진 호랑이를 바라보고 있는 느낌을 받는다. 그냥 호랑이가 죽었다고 해도 될 장면을 화자는 쇠스랑으로 호랑이 갈빗대를 건드려, 죽은 것을 확인하고 있는 장면을 생생하게 그려내고 있다. 뿐만 아니라 이야기꾼은 호랑이가 강아지를 잡아먹는 방법을 친절하게 설명하고 있다. 또 직접화법과 의성어나 의태어 등의 음성상징어를 적절히 사용하는 점도 현장감을 살리는 요소가 된다.[4)]

이종부는 낙천적인 성격, 풍부한 이야기 목록, 이야기의 서사적 질서에 대한 이해, 내용을 구성하는 능력과 이야기를 해나가는 구연 능력을 갖춘 뛰어난 이야기꾼이다.

3. 이종부의 이야기 목록과 그 특징

필자는 2003년 1월 3일 시작하여 2005년 8월 19일까지 11차례에 걸쳐 이종부의 이야기를 채록했다.

그 채록 경위와 이야기 목록은 다음과 같다.(이야기 번호는 채록 순서에 따라 붙인 것이다.)

3-1. 조사경위와 이야기 목록

〈1차 조사〉
조사 일시 : 2003년 1월 3일 10:30~12:00
조사 참가자 : 김헌선, 이기형, 김은희
조사 장소 : 의정부 초우다방

4) 이러한 이종부의 능력은 능숙한 화자의 연행상 특징과 거의 일치한다. 이수자, 「이야기꾼 이성근 할아버지 연구」, 『구비문학 연구』 제3집, 한국구비문학회, 1996. 신동흔, 「이야기꾼의 작가적 특성에 관한 연구」, 구비문학연구』 제6집, 한국구비문학회, 1996, 이복규, 『이강석 구연설화집』, 민속원, 1999, 참고.

구연 목록(4편)

1. 화전밭 매다 명궁이 된 사람, 2. 산을 깎아낸 필력, 3. 왕휘지의 필력, 4. 중국 사신을 몰아 낸 떡보사공

〈2차 조사 「古談記」〉

조사 일시 : 2003년 5월 3일 10:00~15:30

조사 참가자 : 이기형, 고영희, 경기대학교 학부생

조사 장소 : 양주군 주내읍 만송동 자택

구연 목록(19편)

5. 중국에 사신으로 간 남편과 칼을 낳은 아내, 6. 임금도 도와주지 못한 운 나쁜 선비, 7. 호랑이껍질을 세 번 벗겨 먹다, 8. 시골 지직장수의 꾀, 9. 식충이 장사 방연의 불행, 10. 사위 쫓고 떡 해 먹으려다 망신당한 장인 이야기, 11. 호랑이에 물려간 아버지 덕에 부자가 된 사람, 12. 시아버지 버릇 고친 며느리, 13. 산을 가른 역발산, 14. 고양이의 화를 면한 사람, 15. 머슴에게 뺏긴 재산, 도로 찾아준 황노랭이, 16. 용의 승천을 도와준 사람, 17. 밥 기운을 빨아먹는 지네, 18. 금산이 이야기(머슴을 공짜로 부려먹으려 한 함경도 사람), 19. 무덤에서 살아난 사람, 20. 귀신의 한을 풀어준 원님 이야기, 21. 퇴계 선생 호(號)의 유래, 22. 그물의 벼리를 달게 된 사연, 23. 훈장님 장가 보낸 학동들의 지혜

〈3차 조사〉

조사 일시 : 2005년 5월 18일

조사 참가자 : 이기형

조사 장소 : 의정부 초우다방

구연 목록 : 화자의 생애 조사

〈4차 조사〉

조사 일시 : 2003년 6월 8일 10:20~16:00

조사 참가자 : 김헌선, 이기형, 김은희

조사 장소 : 의정부 초우다방

구연 목록(31편) 「不忘記」

24. 국청사의 샘물, 25. 귀율리 도사 임삿갓, 26. 상사병 고친 총각, 27. 책 잘 읽어 장가 간 사람, 28. 도깨비불, 29. 구들장을 나른 도깨비, 30. 목화 따는 아가씨와 뽀뽀하기, 31. 처녀에게 종아리 맞고 급제한 사람, 32. 힘 자랑, 33. 여각 주인여자 손목 잡은 사연, 34. 자하골 내시 종자Ⅰ, 35. 식당 기둥 때를 약으로 팔아먹은 사람, 36. 지관은 두 말, 중매는 한 말, 37. 금시발복 명당 빼앗은 딸, 38. 새우젓 장수에게 봉변당한 화전민Ⅰ, 39. 장님의 용한 점괘Ⅰ, 40. 금정골에 얽힌 사연, 41. 서산대사와 사명당의 신통력, 42. 긴 얘기, 43. 대갓집 딸에게 장가 간 총각, 44. 쫓아낸 아들이 돈 벌어온 사연, 45. 오시하관(午時下官) 사시발복(巳時發福), 46. 기러기 갈대순 물고 미시령 넘는 사연, 47. 산돼지 목에 새경 걸어 둔 머슴, 48. 매봉재의 유래Ⅰ, 49. 빈대절터, 50. 입춘문 따라해 부자 된 사람, 51. 소대상이란 이름의 유래, 52. 새소리 알아들은 사람, 53. 한시로 신랑감을 구한 여자, 54. 김삿갓의 풍월

〈5차 조사〉

조사 일시 : 2003년 7월 12일 13:30~15:30

조사 참가자 : 김헌선, 이기형, 김은희

조사 장소 : 의정부 초우다방

구연 목록(10편)

55. 제갈량의 지혜, 56. 못생긴 제갈량 부인의 지혜, 57. 명을 늘이지 못한 제갈량, 58. 사탕으로 꾀어 콩밭 매기, 59. 처녀가 낳은 아들, 애비 찾아주기, 60. 자꼴 내시 종자Ⅱ, 61. 시로 귀신 타박 준 이야기, 62. 절에서 공부하다 부부가 된 처녀 총각, 63. 책 씻기, 64. 새우젓 장사에게 봉변당한 화전민Ⅱ

〈6차 조사〉

조사 일시 : 2004년 1월 4일 10:30~15:00

조사 참가자 : 이기형, 김문희, 조사장소 : 의정부 초우다방

구연 목록(15편)「昔談記」

65. 아들 제사 받아먹지 못하는 사람Ⅰ, 66. 김삿갓에게 욕 본 사람, 67. 백자천손 곽자희, 68. 나라 구한 아기장수, 69. 셋을 모르는 부엉이, 70. 매봉재의 유래Ⅱ, 71. 승학교의 유래, 72. 충신 예양, 73. 수중방골과 어사 박문수,

74. 늑대 먹이 훔쳐 먹고 혼난 사람, 75. 신랑 일곱 죽일 팔자를 지닌 여자와 혼인한 사람, 76. 물동이 깨고 혼인한 사람, 77. 개와 같이 산 여인(狗不十年), 78. 시골 농부들의 지혜, 79. 자라 살려주고 얻은 화수분

〈7차 조사〉

조사 일시 : 2005년 7월 18일(일) 11:10~15:40

조사 참가자 : 이기형

조사 장소 : 의정부 만석다방

구연 목록(16편)

80. 왕소군 이야기, 81. 여우 자손 강감찬, 82. 둔갑여우 퇴치한 강감찬, 83. 맹꽁이 몰아낸 강감찬, 84. 사돈의 청첩장, 85. 열한 장 사주 해결한 딸의 지혜, 86. 삼정승 육판서 난 명당, 87. 호랑이의 중매, 88. 무식한 서울신랑, 창피모면한 이야기, 89. 빈대 벼룩 피해 여자 배 위에서 잔 베 장사, 90. 물레질하다 호랑이 잡은 여자, 91. 산삼 캐 부자 된 머슴, 92. 간장독에 빠진 구렁이가 은혜 갚은 이야기, 93. 백석 고개, 94. 개똥으로 시부모 밥해준 효부(孝婦), 95. 개구리가 된 은덩이

〈8차 조사〉

조사 일시 : 2005년 7월 27일 10:20~15:30

조사 참가자 : 이기형

조사 장소 : 의정부 만석다방

구연 목록(21편)

96. 말바위, 97. 남편 시신에 든 여우, 98. 도둑과 옷 바꿔 입고 부자 된 사람, 99. 혈 끊어 망한 조판서 댁, 100. 호랑이 눈썹(호랑이에게 죽을 여자를 구해주다), 101. 호랑이한테 물려간 손자 구한 할아버지, 102. 뱃속 혼인(두 번 죽은 박정승 딸), 103. 병이 고황에 들어 고치지 못한 편작, 104. 편작을 속이려다 도리어 죽은 사람, 105. 아들 해부한 편작, 106. 팔자 고친 포천 장작장사 107. 오성자손 오서방, 108. 칠십에 낳은 아들 위해 남긴 유언(칠십에 생남자), 109. 옥정리 독바위, 110. 장구혈, 111. 호랑이 밟아 노름돈 훔친 개평꾼, 112. 흉가에서 금덩이 발견해서 부자 된 개평꾼, 113. 도둑들, 잘 살게

해 준 열 살 난 아이의 지혜, 114. 만장시 이야기, 115. 경 읽어 부인한테 붙은 귀신 몰아내고 망한 옥정리 윤씨, 116. 포천의 신침(神針) 신갑산

〈9차 조사〉

조사 일시 : 2005년 7월 28일 10:40~16:00

조사 참가자 : 이기형, 조사장소 : 의정부 만석다방

구연 목록(9편)

117. 내복에 산 막내딸, 118. 호랑이 잡고 도둑 잡은 붓 장사, 119. 우리 고유의 과일인 배 금석미, 과동미, 120. 사돈집에서 죽 훔쳐 먹다 망신당한 친정아버지, 121. 명산리 유래, 122. 혼이 바뀐 사람, 123. 내 머리를 돌려다오(責索頭), 124. 제갈선생 찾은 조자룡, 125. 주인아들을 구해 준 도둑머슴

〈10차 조사〉

조사 일시 : 2005년 8월 16일 14:00~16:00

조사 참가자 : 이기형

조사 장소 : 주내읍 만송동 이종부 자택

구연목록(12편)

126. 용한 장님의 점괘Ⅱ, 127. 처를 머슴에게 뺏긴 사연, 128. 배를 진정시킨 가미이중탕, 129. 오성과 한음 1(발가벗은 한음), 130. 오성과 한음 2(병막에서 한음에게 뺨 맞은 오성), 131. 오성과 한음 3(한음 불알 쥐기), 132. 오성과 한음 4(똥 넣은 송편 먹은 오성), 133. 오성과 한음 5(오성 어머니를 속인 한음), 134. 응큼대중으로 범인 잡기, 135. 산 괴수에게 끌려온 아녀자 구한 나그네, 136. 맹상군 친기, 137. 시장불량배 버릇 고친 황노랭이

〈11차 조사〉

조사 일시 : 2005년 8월 19일 10:00~15:40

조사 참가자 : 이기형

조사 장소 : 의정부 만석다방

구연목록 (18편)

138. 석유장사의 횡재, 139. 영험한 서낭목, 140. 아들 제사 받아먹지 못하는 사람(Ⅱ), 141. 신혼부부 요 빼어오기, 142. 도깨비 천량, 143. 구월산 타령,

144. 복숭아 서리하다 웃은 사연, 145. 산소 잘 써 천자 된 주원장, 146. 반다지 속의 간부, 147. 강제로 지관 모셔 얻은 명당으로 장수 된 사람(도끼정승), 148. 상사병 고친 사연Ⅱ, 149. 토정 선생과 제자의 문답, 150. 임금을 감동시킨 청지기의 지혜, 151. 노루로 보여 총 맞은 사람, 152. 맥추(麥秋)도 역추(亦秋), 153. 방귀탕탕 서양풍(西陽風)(엉터리 시 짓기), 154. 물에 빠진 처녀 구해 장가 간 사람, 155. 용의 승천을 도운 처녀(연안 남다지 못)

11차 걸쳐 채록된 이야기는 155편이다. 이중에서 6편이 중복되어 149편의 독립된 이야기가 조사되었다. 이종부의 목록 149편은 기존에 조사된 경기도 구리 이성근 할아버지의 204편[5], 이강석 화자의 142편[6]에 비교되는 분량이다. 게다가 서사적 짜임새를 고려한다면 내용의 풍부함은 다른 이야기꾼의 내용을 압도하고 있다. 또한 조사가 거듭될 때마다 새로운 이야기를 준비하고 있어 목록이 추가될 가능성은 충분하다.

3-2. 이야기의 유형과 특징

이종부가 들려주는 이야기는 다른 화자에 비해 분량이 매우 길다. 길이가 길다는 점은 세부장면의 구체화나 대화의 빈번한 사용 이외에도 하나의 이야기에 여러 개의 삽화가 결합되어 있거나 화소가 복잡하게 얽혀있기 때문이다. 이종부의 이야기도 예외는 아니다. 이러한 점은 이야기의 유형을 가르는데 어려움을 준다. 조희웅의 유형 분류 방법을[7] 활용하여 이야기의 유형을 정리해 보기로 한다.

---

5) 이수자, 『설화 화자 연구』, 박이정, 1998. 참고

6) 이복규, 앞의 책 참고.

7) 조희웅, 『한국설화의 유형』, 일조각, 1996(개정증보판), 21~23쪽.

[표] 이야기 유형

대유형	소유형	이야기 번호	편수
Ⅰ. 동물담			
Ⅱ. 신이담 (65편)	5. 기원담	21, 24, 155	3
	6. 변신담	5, 14, 17, 28, 29, 49, 77, 81, 82, 83, 95, 97, 100, 102, 122, 142, 147	17
	7. 응보담	16, 73, 79, 87, 92, 94, 139	7
	8. 초인담	1, 2, 3, 13, 20, 25, 39, 41, 52, 55, 56, 57, 68, 103, 104, 105, 123, 124, 126, 135, 149	21
	9. 운명담	6, 9, 11, 19, 37, 45, 65, 72, 75, 76, 86, 99, 110, 114, 117, 140, 145	17
	10. 주보담		
Ⅲ. 일반담 (29)	11. 기원담	22, 40, 46, 48, 63, 67, 69, 70, 71, 93, 96, 109, 115, 119, 121, 136	16
	12. 교훈담	15, 18, 31, 62, 74, 125, 137, 138, 154	9
	13. 출신담	80, 116	2
	14. 염정담	26, 148	2
Ⅳ. 소담 (56)	15. 기원담	50	1
	16. 풍월담	53, 54, 66, 143, 152, 153	6
	17. 지략담	4, 8, 12, 23, 34, 35, 58, 60, 61, 78, 85, 88, 108, 113, 129, 130, 131, 132, 133, 141, 150	21
	18. 치우담		
	19. 과장담	10, 27, 32, 47, 120, 128, 144, 151	8
	20. 우행담	7, 91, 98, 106, 111, 112	6
	21. 포획담	90, 101, 118	3
	22. 음설담	30, 33, 38, 43, 44, 59, 64, 89, 127, 134, 146	11
Ⅴ.형식담 (5)	23. 어희담	51, 84, 107	3
	24. 무한담		
	25. 단형담	36, 42	2
	26. 반복담		
계			155

이종부 이야기 목록을 통해 살펴본 특징 중의 하나는 구조적 짜임새에 인식이 분명하다는 것이다. 화자가 들려준 149편의 이야기[8] 중, 5편의 형식담

외에는 거의 모든 이야기는 일정한 서사적 질서를 지니고 있다. 양주에서 채록된 다른 화자들의 이야기는 지역적 전승 범위를 지니는 지명전설이 많고, 이 또한 서사적 짜임새를 갖춘 이야기라기보다 지명을 설명하는 지명유래에 가깝다.[9] 그러나 이종부의 이야기에는 지명 전설이 드물다. 이는 서사적 짜임새가 없는 이야기는 화자 스스로가 인정하지 않으려는 의식에서 비롯된 것으로 보인다. 〈말바위〉의 유래에 대해 이야기해 달라고 청하자 말바위의 생김새, 어린 시절에 올라갔던 경험을 연결시키며 굳이 이야기 거리가 될 수 없다며 말을 피하기도 했다. 화자의 이러한 태도는 짜임새라는 것을 인식하면서 이야기를 풀어나가고 있음을 보여주는 것이다.

이종부는 이야기를 듣는 사람의 흥미를 고려하여 이야기 목록을 짜고 있다. 이종부의 이야기에서 가장 많은 유형은 신이담으로 149편 중 65편의 43%, 그 다음이 소담으로 56편 37%이다. 신이담 중에서 변신담은 17개로 이 중에 도깨비 이야기가 셋이다. 도깨비 이야기는 다른 화자들의 내용과 큰 차이가 없다. 반면 여우, 호랑이, 고양이, 귀신, 지네, 구렁이 등이 다수 등장한다. 도깨비 이야기가 적은 것은 '도깨비불을 보았다, 도깨비가 돌을 던졌다' 등의 화소는 서사성이 부족하고 또 단순한 사실의 제시만으로는 독자의 흥미를 끌 수 없기 때문이다. 반면 여우가 사람의 시신에 깃들었다거나, 호랑이가 변신하여 사람을 잡아먹으려 했다거나 하는 화소는 독자의 흥미를 충분히 자극할 수 있다. 이종부 이야기 중에 소담이 많다는 사실도 같은 맥락에서 이해할 수 있다. 소담 40편 중에서 지략담이 21편, 음설담이 11편, 우행담이 6편이다. 지략담의 약자가 강자를 요행, 또는 꾀를 써서 이기는 내용은 독자가 흥미를 끌 수 있다.

이종부의 이야기는 대부분 민담의 성격이 뚜렷하다.[10] 이종부의 목록에서

---

8) 155편 중에서 26번과 148번, 34번과 60번, 38번과 64번, 39번과 126번, 48번과 70번은 동일한 이야기이다. 65번과 140번은 동일한 유형이나 결말이 다르다.

9) 조희웅 · 박인희 · 조재현 편의 『한국구전설화집 II』 참고.

10) 이러한 점은 강진옥도 지적한 바 있다. 강진옥, 앞의 논문 참고.

지역적 전승 범위를 지닌 소재는 〈매봉재〉, 〈회암사〉, 〈백씩이고개〉, 〈승학교〉, 〈금정굴〉 정도이다. 이중에서 〈매봉재〉와 〈승학교〉 이야기만 지역적 전승 범위를 가질 뿐이고 〈회암사〉는 빈대절터 유형의 광포전설이고, 〈백씩이고개〉는 음설담과 연결되어 있기는 하나 다른 고개전설과 큰 차이가 없다.

이종부의 목록에는 실제 이야기가 다수 들어있다. 〈사탕으로 꾀어 콩밭매기〉는 화자 자신의 어린 시절의 직접 경험이고, 〈책 읽어 장가간 사람〉, 〈무식한 서울 신랑, 창피 모면한 이야기〉, 〈시골 지직장수의 꾀〉, 〈늑대 먹이 훔쳐 먹다 혼이 난 사람〉, 〈셋을 모르는 부엉이〉, 〈금산이〉, 〈팔자 고친 포천 장작장사〉 등은 간접 경험에서 비롯된 이야기 들이다. 〈책 읽어 장가간 사람〉은 강독사의 존재를 짐작하게 하는 이야기이고, 〈시골 지직장수의 꾀〉와 〈무식한 서울 신랑, 창피 모면한 이야기〉는 김선달, 정수동, 방학중 등의 이야기와 비슷한 지략담의 성격을 띠고 있어 단순한 실제담과는 구별된다. 또한 〈늑대 먹이 훔쳐 먹다 혼이 난 사람〉, 〈셋을 모르는 부엉이〉, 〈산돼지 목에 새경 걸어 둔 머슴〉 등도 실제 들은 이야기임을 강조하고 있으나 다분히 허구성이 개입된 것으로 보인다.

4. 이종부 이야기의 세계관

4-1. 긍정적 인간상의 구현과 세계와의 화합

이종부의 이야기에는 조화와 화합의 세계가 펼쳐진다. 이종부의 이야기에는 뚜렷한 악인도 존재하지 않고, 부정적 세계도 없으며, 불행한 결말도 존재하지 않는다. 가난한 사람이 자신이 쌓은 덕으로, 아니면 우연한 행운으로 부자가 된다. 또 자기 혼자만 부자가 되는 것이 아니라 형제나 이웃과 재산을 나누어 가지며, 심지어 적대자까지 교화를 시켜 긍정적 인간으로 변화시키고 함께 행복한 삶을 누리고 있다.

이종부의 이야기는 긍정적인 인간상을 구현해내고 있다. 이종부의 이야기에서 부정적 이미지를 지닌 화소 중에 호랑이와 도둑이 있다. 호랑이와 도둑의 예를 들어보자. 이종부의 이야기 8편에 호랑이가 등장한다. 호랑이는 전통적으로 우리 민족에게는 산신령의 심부름꾼의 이미지를 띠기도 하는 친근한 동물이기는 하지만 사람을 잡아먹는 동물로 부정적 인식이 공존한다. 이종부의 이야기에 등장하는 동물은 사람에게 행운을 가져다주는 존재로 그려지고 있다. 개를 잡아먹으러 왔다가 가죽을 세 번이나 사람에게 벗어주어 부자를 만들기도〈호랑이 껍질을 세 번 벗겨 먹다〉 하고, 자신을 구해준 학동에게 중매를 서주기도〈호랑이의 중매〉 하고, 노름판이나 기웃거리는 개평꾼을 부자로 만들어주기도〈호랑이 밟아 노름돈 훔친 개평꾼〉 한다. 이와 같은 점은 도둑도 마찬가지이다. 어떤 도둑은, 불운만 계속 되는 사람의 옷과 그동안 모은 돈을 전부 넣은 둔 자신의 옷을 바꿔 입어 부자로 만들어 주기도〈도둑과 옷 바꿔 입고 부자 된 사람〉 하고, 어떤 도둑은 주인의 삼대독자 외아들의 목숨을 구해주기도〈주인 아들 구해준 도둑머슴〉 한다. 이와 같이 이종부의 이야기 세계에 등장하는 인물은 긍정적인 모습으로 그려지고 있다.

이종부의 이야기에서 특징적인 점은 결말을 맺는 방식이다.

> [가] "쥔이 갖다 내버린 은을 내가 팔아서 돈을 이렇게 많이 실구 왔어. 그러니까 한 부대는 쥔이 갖구, 한 부대는 그 내버리구 간 사람이 혹 오믄 주슈." 구. "아 그럴 수가 있느냐? 아 그거 내가 다 먹으믄 어떡하우?" "다 잡숴두 할 수 없는 거죠. 이 쥔 때문에 이거 나두 이렇게 부자가 된 건데 염려말구 전해주세요."
>
> <개구리가 된 은덩이>

> [나] 그래가지군 그걸 뭐 이자두 안 받구, 동네 옆에 어려운 사람을, 지금으루 하자믄 몇 백만 원씩, 몇 천만 원씩 돌라주구 그래두, 거 선심을 써 가지구 어려운 사람을 구해내주구 그래서 그 형제 여지껏 아마 살다가 엊그제 죽었대나봐. 도둑이 외려 살려줬대는 얘기야.
>
> <도둑과 옷 바꿔 입고 부자 된 사람>

[다] 그래서 집안식구 솔가를 해가지구선. 그 노름꾼 친구들, 그 사람덜을 죄 불러다가 금덩어릴 하나 남은 거 팔아가지구 그 사람덜을 반을 해가지구 하나씩, "너희들두 노름을 하지 말구 이걸루다 땅덩이나 장만해가지군 인제 노름 하지 말아라. 이것두 느덜 때문에 나두 얻은 재산이야. 노름 할래 안할래." "안 하겠다. 이렇게 돈을 줬는데 또 하겠느냐?" 구. "안 하겠다." 그래서 거기서 동맹을, 친구끼리 동맹을 해가지구 그 사람덜두 버릇을 가르치구. 이 사람은 금시발복을 해가지구 부자가 됐대는. 흉가집을 모면해가지구 잘 살더래요. <흉가에서 금덩이 발견해서 부자 된 개평꾼>

[라] 혹시 나중에 말이래두 '아부지 복에 삽니다.' 그러길 바라구서 세 번을 물었는데. 꼭 세 번째두 제 복에 산대. '그래 네 복에 정말 나두 네 복에 산다.' 나중에 그래드래. 그래가지구 동네사람두 거반 다 부자가 됐대.
<내 복에 산 막내딸>

[가]는 어떤 가난한 사람이, 남들에게는 개구리로 보여 귀찮아 버린 은덩이를 주워 부자가 되었다는 내용이다. 그런데 이런 행운을 잡은 사람은 그 행운을 혼자 차지하지 않고, 그것을 맡긴 본디 주인, 심지어는 그것을 버린 여각 주인에게도 돈을 공평하게 나누어 주고 있다. [나]는 불행만 계속 되는 사람이 우연히 도둑을 만나 돈과 옷을 모두 뺏기는 불행을 겪게 된다. 그러나 도둑과 바꿔 입은 옷에서 많은 돈을 발견하게 되어 부자가 된다. 이 사람의 경우도 행운을 혼자 차지하지 않는다. 형제는 물론이고 어려운 이웃사람에게도 자신이 얻은 행운을 함께 나누어준다. [다]는 늘 다른 노름꾼에게 따돌림을 당하던 개평꾼이 금덩이를 발견해 부자가 되었다는 내용이다. 이 개평꾼도 자신만 부자가 된 것이 아니라 다른 노름꾼들까지 교화를 시키고 재산을 나누고 있다. [라]의 경우나 〈식당 기둥 때를 약으로 팔아먹은 사람〉도 마찬가지이다. 행운은 얻은 딸은 자기를 쫓은 친정아버지를 모셔 함께 살고 동네사람에게도 자기가 얻은 행운을 아낌없이 나눠주고 있다. 〈식당 기둥 때를 약으로 팔아먹은 사람〉에서는 봉이 김선달이나 정수동과 같은 인물형이 등장

한다. 거짓말로 먹고 사는 사람이 부잣집 주인이 아프다는 이야기를 듣고 그 집을 찾아간다. 그는 식당 기둥에 붙은 더러운 때를 긁어 약이라고 팔아먹는데 그 약을 먹고 주인의 병이 낫는다. 심지어는 집주인은 몇 년 후 찾아온 그 사람을 맞아들이고 의형제를 삼아 재산을 나누어주고 있다.

이 외에도 이종부의 이야기에는 불운한 사람이 행운을 차지하고, 이 행운을 형제와 친척, 이웃과 나누고 있다. 심지어 자신과 적대적인 관계를 맺고 있는 사람조차 깨우쳐 주고 함께 행운을 결말로 맺고 있다.

4-2. 생활상의 재현

이종부의 이야기는 단순한 이야기가 아니다. 서사적 짜임새 안에는 이야기꾼이 살았던, 아니면 그 전에 살던 우리 조상들의 삶의 모습이 파노라마처럼 생생하게 담겨 있다.

> [가] 옛날에 글쎄. 거 속옷이 없어서 기냥 뭐, 너랭이나 하나 끝을, 가랑이 붙들어매구 기냥. 질끈 됭여 가지구선 모내러 댕겼거든, 부인네두. 그 웬만한 잘사는 부인네 어디 댕겼어? 어려운 부인네덜이나 다니는 거지. 그래 한참 모내구 그러다가 정심을 먹으믄 기냥 맥을 못추구 논두랑에, 그냥 허린 아프구 하니깐 어디 드르 누울 때만 있으믄 죄 벌렁벌렁 뭐 남녀가 다 드러누워서 곯아떨어지는 거야.
>
> <처녀가 낳은 아들, 애비 찾아주기>

> [나] 전에 부인이, 옛날에 명주실이구 목화 따가지구선 물레루 실 뽑구 세 개 두 개를 합해서 합사를 해서 또 뽑구 그랬거든. 근데 그거를, 밤에 겨울인데, 명주실을 뽑는데, 거 물레실 뽑아가지구 그거를 보통 두 개씩을 해가지구선. 명주, 좋은 명주를 짤래믄 둘을 합해가지구선 이합사루다 해서 그걸 말아가지구 명줄 짜믄 그렇게 질기구 좋대는 거야.
>
> <호랑이 잡은 여인>

[다] 금석미라구, 우리 문 앞에 세 개가 있었는데. 근데 서리 온 년에. … 중략 … 금석미 낭구에서. 거 세 개가 딱 섰는데. 내게두 두 아름씩은 됐어, 배 낭구 하내. 그렇게 큰 데, 근데 그거 무지하게 달아 …중략 누르스름하게 점이, 수수알갱이 만큼 점이 벌겻벌겻하게 거죽에 가, 그렇게 곱질 않지. 지금 배 모냥으루 노랗게. 지금 배는 점이 없잖아? 그건 점이 드문드문 있는데. 그거 까긴 뭘 까? 기냥 먹는 거지. 그냥 먹으믄 정말 시원한 게 꿀맛이었지, 그렇게 맛이 좋아. 그거 한 낭구에서 보통 가마니, 열 말들이 가마니루 네 가마니씩을 땄어, 한 낭구에서. 대략 따지 뭐, 다 따지두 못해. 워낙 크니까 다 딸 수가 없어. 배 외라구 요렇게 된 노무 걸루다 (손가락을 고리처럼 해 보이며) 요렇게 잡아댕겨서 따구 따구 그러는데. 땅에 떨어지믄 죄 버리는 거구. … 중략 … 근데 몇 해를 수확을 했는데 그 옆에 과동미라구 또 있어, 과동미. 근데 겨울에 인제 묵새겼다 먹는 게 돼서 과동미라구 이름을 졌는데. 퍼런 점두 있구 누런 점두 있는데, 꽤 커. 금석미하고 먹으믄, 금석미가 시원한 맛은 있구, 과동미래는 건 좀 연하기만 했지 그렇게 시원한 맛이 없어.

<금석미>

[가]는 아비가 누구인지도 모르는 아이를 낳은 처녀가 아이의 아버지를 찾아주는 내용이다. 백여 년 전만 해도 시골에서 모내기를 할 때 일손이 부족하면 처녀고 아녀자고 할 것 없이 논바닥으로 들어서 일을 해야만 했다. 웬만한 시골여자들은 속옷도 입지 못하고 너랭이라는 겉옷만 입고 논바닥에 들어서 힘든 일을 했던 것이다. 그러다 잠시 쉴 때면 논두렁에 그대로 누워서 곯아떨어지는 가난한 농촌의 모습이 사실적으로 그려져 있다. [나]는 아녀자가 겨울밤에 물레를 자아 명주실을 뽑는 장면이다. 목화에서 가는 실을 뽑아 굵은 실을 만들고 이것을 다시 합해 더 굵은 실을 만들어 천을 짜가는 장면이 생생하게 표현되어 있다. [다]는 서사적인 이야기는 아니다. 이야기를 하다가 잠시 쉬는 짬에 들려준 실제담이다. 요즘에는 볼 수 없는 배[梨]인 금석미와 과동미, 노랑배 등을 설명하고 있다. 금석미의 생김새, 맛, 따는 방법, 파는 과정, 이러한 배들이 사라지게 된 까닭까지 상세하게 보여주고 있다. [다]는 서사적 짜임새를 갖춘 이야기는 아니다. 사라진 옛 것에 대해 자세히 들려주려

는 화자의 의욕이 현실의 모습을 생생하게 그려내고 있으며 그 속에 사는 존재하는 인물들을 살아있게 만들고 있다.

이종부의 이야기 속에는 서울과 시골, 양반과 머슴, 잘 사는 사람과 못 사는 사람들의 살아가는 모습이 아주 구체적으로 묘사되어 있다. 그리고 이종부의 이야기는 오늘날 사라진 옛 사람의 삶의 현장이 그대로 보존되어 있는 박물관 같은 구실을 하고 있다.

4-3. 경험의 주관적 변용

이종부는 설화의 허구성이나 교훈성, 서사성의 개념을 분명히 인식하고 있는 이야기꾼이다. 그의 이야기가 지향하는 세계가 무엇인가 살펴볼 필요가 있다.

이종부의 이야기 소재는 크게 '들은 이야기, 읽은 이야기, 경험한 이야기'로 나눌 수 있다. 들은 이야기는 예부터 전승되어 오는 이야기들로 주로 스승 유병팔이나, 주위의 다른 화자로부터 비롯된 것이다. 읽은 이야기는 스승 유병팔을 통하거나 한문을 배우며 책을 통하거나 접한 소재들이다. 경험한 이야기는 화자 자신의 직접이라기보다는 다른 사람을 통한 간접 경험에서 비롯된 것이 대부분이다.

이 중에서 경험한 이야기의 사례를 살펴보자. 이종부의 목록 속에 들어있는 경험한 이야기에는 16편 가량이다. 〈셋을 모르는 부엉이〉의 예이다. 포천에 살았던 최갑성이란 사람이 산에 올라갔다가 부엉이 굴을 발견하고 그 속에서 부엉이가 잡아다 놓은 여러 마리의 토끼와 꿩 중에서 세 마리를 남기고 나머지를 꺼내먹었다는 이야기가 전반부이다. 후반부는 다른 사람이 다시 부엉이 굴을 찾아가 먹이를 몽땅 훔치려다 부엉이한테 들켜 고생했다는 내용으로 짜여 있다. 이 이야기의 도입부에 화자는 "이건 실환데, 여기 포천 저 소흘면 사는 사람인데, 포천군 소흘면 용상동이야, 용상동. 동네이름이. 하루는 저기 가봤는지 몰라." 하며 들은 이야기임을 분명히 밝히고 있다. 그러나 "이 사람 생각에 아, 저거 부엉이 집이로구나." 하는 대목에서는 등장인물의 생각까지 그려내고 있다. 또한 근데 어떤 놈이 가만히 먹더니 '아, 내가 그걸 만났다면 집이 갖다 두구두구 집안 식구들 메칠을 먹을 노무 걸. 아, 그놈이 어떻게 거기 가서 부엉이 집을 만났어.' 하는 대목에서는 화자 자신을 목소리를 등장인물의 목소리와 일치시키고 있다. 즉 화자는 단순한 이야기의 전달자가 아니라 이야기 속에 등장하는 인물로 바뀌고 있는 것이다. 이종부의 이야기에서 화자는 단순한 전달자가 아니라 관찰자이며 동시에 등장인물이기도 하여 주체적으로 이야기 속에 참여하고 있다.

이러한 점은 소재를 다루는 면에도 나타난다. 이종부의 이야기에는 왕휘지나 제갈량, 편작, 왕소군, 예양, 형가와 같은 역사 속의 인물이 등장한다. 어렸을 때 익힌 한문 소양에서 비롯된 것이다. 따라서 화자는 이들이 중국인임을 분명히 인식하고 있다. 그러나 이야기 속에서는 달라진다.

> ①왕소군이래는 사람이 중국선 천하일색이야. …중략… ②근데, 옛날에 구한국시대에, 중국서 쪼끄마했으니까, 조선에다가 사신을 보내가지구 …중략 … 아, 하루는 중국서 '여자 삼십 명을, 소 암소 삼십 바리허구 쌀 삼백 가마하구 보내라' 그렇게 중국서 사신을 보냈는데 아 임금이 그걸 딱 받아보더니 기가 막혀서 <왕소군 이야기>

①은 화자가 왕소군이 중국 역사 속의 인물이라는 점을 인식하고 있다는 것을 보여준다. 그러나 ②에서는 갑자기 왕소군이 조선의 인물로 바뀌고 있으며 펼쳐지는 상황마저 조선의 현실을 반영하고 있다. 물론 이야기꾼 자신의 기억력이 흐려져 역사적 상황을 혼동하고 있다고 볼 수도 있다. 그러나 이러한 점은 〈왕휘지의 필력〉에서도 나타난다. "참 글씨를 잘 쓰는 사람이거든. 중국서 한 몇 억 인구래는 거 아냐, 중국은? 그중에서 제일가는 사람이니깐 글씨를 여간 잘 쓸 거야? 근데 천자가 한국에 그때 말을 타고 그때 험악해서 연두 탈 수두 없고 그래서 말을 타구 능을 산소, 천자의 저 할아버지 묘엘

댕겨오는데" 라고 해 이야기꾼은 왕휘지가 중국인이라는 것을 밝혔으면서도 배경은 한국으로 바꿔놓고 있다. 이종부는 등장인물은 중국의 역사 속에서 빌어오되 배경은 조선으로 옮겨 우리의 이야기로 변용시켜 놓은 것이다. 이종부는 들은 이야기이든 읽은 이야기이든 자신의 목소리로, 우리 땅의 이야기로 변용시키는 주체적인 시각을 가지고 있는 것이다.

5. 맺는말

이 글은 양주의 이야기꾼 이종부의 이야기를 소개하고 그 이야기에 담긴 특징을 살펴보는 것을 목적으로 하였다. 필자는 2003년 1월부터 2005년 8월까지 11차례의 방문 조사를 통해 155편의 이야기를 채록할 수 있었다. 이종부는 낙천적인 성격과 풍부한 경험을 바탕으로 어느 때라도 한 자리에서 4~50편 이상의 이야기를 풀어나갈 수 있는 준비된 이야기꾼이다. 또한 서사적 짜임새에 대한 인식과 내용을 구성하는 능력, 이야기를 해나가는 구연 능력을 두루 갖춘 뛰어난 이야기꾼이기도 하다.

이종부의 이야기는 서사적 짜임새가 대한 인식이 선명하게 나타난다. 이종부의 이야기는 지역적 한계를 벗어나 보편성을 갖추고 있다. 그의 이야기는 신이담과 소담 유형의 이야기가 많아, 이야기꾼이 듣는 사람의 흥미를 고려하여 이야기목록을 구성하고 있다는 점을 알 수 있다.

이종부의 이야기에는 선인과 악인의 대립이 선명하게 나타나지 않는다. 대개 평범한 인물들이 겪는 신비한 일들이다. 이 이야기 속에는 대립이 아닌 화합의 세계가, 혼자 잘사는 세상이 아니라 더불어 사는 사람들이 모인 따뜻한 공간이 펼쳐져 있다. 또한 사라져가는 우리 선조들의 삶의 숨결을 느낄 수 있는 박물관과 같이 세상이 들어있다. 이렇기 때문에 이야기에서 이야기꾼은 단순한 전달자가 아니라 이야기에 등장하는 인물 자체이기도 하기 때문이다.

이종부의 이야기는 자신이 삶아온 삶과 세상을 바라보는 따뜻한 시선이 담겨 있다. 이종부의 이야기는 개인의 이야기이면서 남과 북, 동서가 만나는 양주라는 지역적 특징을 담고 있는 이야기이다.

참고문헌

강진옥, 「양주지역 설화의 전승양상을 통해 본 이야기문화의 현황과 행방」, 『한국구비문학연구』 제17집, 한국구비문학회, 2004. 12.

신동흔, 「이야기꾼의 작가적 특성에 관한 연구」, 구비문학연구』 제6집, 한국구비문학회, 1996.

이복규, 『이강석 구연설화집』, 민속원, 1999.

이수자, 「이야기꾼 이성근 할아버지 연구」, 『구비문학 연구』 제3집, 한국구비문학회, 1996.

이수자, 『설화 화자 연구』, 박이정, 1998.

이인경, 「화자의 개성과 설화의 변이」, 서울대 석사학위논문, 1992.

조희웅·박인희·조재현, 『경기북부구전자료집』 II, 박이정, 2001.

조희웅, 『한국설화의 유형』, 일조각, 1996(개정증보판).

1. 화전밭 매다 명궁名弓이 된 사람

◉ 줄거리

화전민 부부가 산에서 밭을 매고 있었다. 잠시 쉬다가 산 밑 길로 장원급제한 사람이 지나가는 것을 보게 되었다. 여자가 부러워했다. 이를 본 남자는 왜 뽕나무로 활을 만들어 무과에 급제해 오겠다며 길을 떠났다. 길을 떠난 화전민은 도중에 다른 선비들과 동행을 하게 되었다. 좋은 활을 가진 선비들이 자랑을 하자 화전민은 뽕나무 활로 구멍 속에 든 쥐를 잡기도 하고, 날아가는 굴뚝새를 잡기도 했다. 놀란 선비들은 좋은 활을 사주며 함께 가자고 했다. 과거에 응시한 화전민은 무과에 일등으로 급제를 했다. 벼슬을 하게 된 화전민은 나라의 근심인 호랑이를 잡기도 하고 도적을 물리치기도 해 임금의 총애를 받고 집으로 돌아갔다.

▣ 처음에 신혼부부가, 뭐 산골이니깐 산골에 거 낭구에다 불을 놓구선 밭을 일궈 먹는데 그거를 화전이라구 그러지. 그거 화전을 일궈 가지구 두 내외, 디리 여름에 오뉴월 바닥 더위에 삼베 적삼 다 적시면서 김을 매는데, 인제 둘이, 신혼부부가 이게 참 뭐 정이 깨 쏟아지듯 헌대는데 이노무 게 땀이 삼베 적삼을 다 적시두룩 땀을 흘려두 소득이래는 게 이게 뭐 거기서 소득이 난대야 화전에서 얼마나 날 거야? 참 나잇살이나 먹구 그러믄 담배나 피운다구 그러지만 그게 뭐 신혼부부가 담밸 펴 물 거야? 기냥 쭉쭉 다릴 뻗구 앉아서. 그 앞에 도로가 있는데 도로를 바라보니까 과거를 봐 가지구 장원급제를

해가지구. 참 면류관을 쓰구선 말을 타구선 저 육각을 잽혀가지구 가는데 그 자기 집 문 앞으로 지나가더라 그거야. 섶이 돼서, 도로가 섶이 돼서. 그래서 그 여자가 허는 말이

"에유, 저런 사람은 그래 여자를 여간 행복하게 해주냐?"

그거야. 그래

"뭘 행복하게 해 주냐?" 구.

뭐 그냥 여자가

"만일에 저 부부래면 제 남편이 과거급제를 해가지구 장원급제 해서, 저렇게 베실을 해서 육각을 잡혀가지구 말을 타구선 자기집으로 가니, 자기집에서 여간 좋아하며 자기 부인이 얼마나 좋아하겠느냐?"

"그게 그렇게 부럽냐?" 구.

남편이

"아, 그럼 부럽지 않느냐?" 구.

"그거 부럽지 않은 사람은 병신덜이나 부럽지 안 부러울 수가 있냐?" 구.

"그럼 내가 가서 과거 하지."

"당신이 일자무식인데 뭘 과걸 하느냐?"

그거야.

"일자무식은 무과래는 게 있어. 칼 잘 쓰구, 인제 활 잘 쏘구 그러믄 글 못 배워두 되잖아. 그래 무과래두 봐가지구 내가 베실 해가지구 온다."구.

"그러지 말라." 구.

"내가 쓸 데 없이 우스개 소리로 한 걸 고깝게 듣구 그러냐?" 구.

"그냥 이 화전이나 매자." 구.

"아니라." 구.

"내 가서 부인의 소원을 내 풀어주겠다." 구.

그래가지구 자기 집 기냥 뭐 호미를 거기다 내버렸어.

"엠병할 노무 거 이담에 보자." 그러구선.

"어이 집으루 가자." 구.

혼자 그러니까 산골에서 여자가 신혼부부 여자가 거기서 밭을 혼자 맬 수

가 있어? 지금은 그런데 뭐 산짐승두 없구 그렇지만. 그땐 호랭이 산돼지구 뭐 여우 늑대 이 따위가 오물오물 하는 덴데. 아,

"가자." 구.

"아, 나 혼자 여기서 매겠다." 구.

"어이 가자." 구.

"호랭이한테 물려간다." 구.

여자가 억지루 밭 맨대는 걸 끌구서 자기 집에 가서, 그래 뭐 풍부하지두 않구. 지금 어려워두 옷 죄 갖춰가지구 어딜 출타할 제 다 입구 간다구. 참 고무신 벗구 구두 신구 가구 그러는데 그땐 뭐 있어? 한껏 해야 미투리, 미투리 봤어요? [채록자 : 예] 그걸 신구서 가는데, 아니 뭐 기구가 있어야지. 인제 지필묵이 있어야지. 지필묵이 있다구 해두 그 사람은 일자무식이니까 필요가 없구. 활이나 쏴 가지구 어떻게 무과 급제나 허까 하구. 근데 활두 쏴 봤어야지. 첨이거든. 그래

"뭘 가지구 거 과걸 보러 가느냐?"

그랬더니 낫을 가지구 가더니 그 앞에, 문 앞에 재래종 뽕나무가 있는데, 왜뽕나무라구. 신품종은 일본서 건너와 뽕이, 잎사구가 넙적넙적하구 이런데. 이저 재래종은 뽕잎사구가 요렇게 좁다란데 쭉쭉 째졌어. 그런데 그거 낭구가 그렇게 질기거던. 전에 나두 활을 매봤지만. 그건 이렇게 해 가지구선. 저 닥나무 껍질을 벳겨가지구 이렇게 배배 꽈서 활을, 시위를, 여기다 매가지구 이렇게 잡아댕겨가지구 이렇게 허믄 그거 가지구 저, 이. 굽적굽적 하는 노무게 말을 잘 들어요. 지금 저 활 쏘러 대니는 사람 활만은 못해두 이런 데서 허믄 아마 한 백오십 메타 거반 나가요. 그걸 맨들어 가지구.

"아, 그걸 가지구 어떻게 과걸 보러 가냐?" 구.

뽕나무 활에다 닥나무 껍질을 해가지구. 그래 잡아댕기다 껍질 끊어지믄 헛탕이구, 아 활촉두 저 수숫깡 마디 이거만한 거. 그걸 잘라가지구 그걸 끝을 막대길 요렇게 해가지구선, 팽이모냥으로 요렇게 해 끼워 가지구선. 화살, 활촉을, 그래가지구 한번 이렇게 활촉을 쏘는 거야. 아 쏘니깐 아 저 오십 메타 쏘는데 거기 마침 땅바닥에 쥐가 기어들어가는 걸,

“저 쥐 내가 잡을 테니 보라.” 구.

그래 여자가

“아, 쥐는 가까이서 손으루 쥘라구 그래두 못 잡는 걸 뽕나무 활루다, 쏴보지두 못하구 뭘 잡느냐?” 구.

그러니깐

“아. 아니라.” 구.

한 번 쏘니깐 가서 저 맞았으니 그 부인더러

“쥐, 활촉만 잡아댕기믄 거기 꿰 있으니 가서 가져오라.”

그거야. 그래 가서 보니깐 눈을 요렇게 꿰었어. 거 맨든 노무 활촉이. 그래 부인이 그걸 집어가지구 이렇게 오면섬 뭐 참 정말 뭐야, 명종, 명종인가? 잘 맞춘대는 맞춘대는 걸. [채록자 : 명사수요? 명수] 왜 저 이렇게 활 쏘믄 거기서 신호해 주는 사람 있잖아. 명종인가 무신?

“아니, 이럴 수가 있느냐?” 구.

“다른 데, 몸뚱이두 아니구, 꼭 눈을 꿰뚫었으니 그래 이렇게 잘 쏘는 활이 어디 있느냐?” 구.

“아 그러니까 과거 보러 가는 거지, 맹탕 과걸 보러 가?”

그러군, 아주 신소릴 하믄섬. (잠시 물을 마시고) 아 그래 마누라, 자기 부인한테 작별을 하구,

“나 무사히 댕겨 올 테니깐 일허지 말구 집이 가만히 앉아서, 있는 양식으루 밥해 먹고선 가만히 있으라.” 구.

“아니. 거 화전을 가서 매야지.”

“화전 매러 갔다가 호랭이한테 물려가믄 나 홀애비 돼. 그러니까 절대 가지 말라.” 구.

“만일에 갔다 와가지구 화전을 또 매러갔다가는 당신하구 나하구 인제 남남 되는 거야, 이혼이야. 절대 매지 말라.” 구

아주 신신부탁을 하구 갔는데.

가는데 한 십 리쯤 가니깐, 활 참 좋은 건데. 그게 화류활인지? 화류활이라구. 느티나무, 느티나무 속을 빼가지구, 맨든 디리 깍구 갈구 그래 가지구. 만

든 걸 화류활이라구 그러는데. 그걸 민 사람이 한 뒷이 앞에 가더래. 그래

"여보, 선비님덜 나하구 같이 갑시다."

이렇게 보니까 웬 거지같은 놈이 뒤에서 따라오면서 뽕나무 활을 이렇게 해가지구 미구 오더래.

"당신 뭘 하러 가는 거요?"

"나 저 과거보러 간다." 구.

"아니 그거 가지구 과거 보러 가느냐?" 구.

"아 아무 거래두 맞추기만 허믄 고만이지 에기 좋은 활이 소용 있느냐?"

그거야. 참, 뭐 소금 먹은 놈이 갈증이 나서 냉수 킨다구.

"아 저 매 잡는, 꿩 잡는 게 제일이지. 아무리 매가 살찌구 빛깔이 좋다 하드래두 꿩 못잡으믄 소용이 있느냐?" 구.

이놈이 한 백 보쯤 가니깐, 셋이 주거니 받거니 그냥 그저 둘은 화전 매던 사람 보믄 의복두 남루하구 빈한한 사람이니까, 업신여기는 거야. 그때나 지끔이나 참 의복 남루하게 입구 다니는 사람을 업신여기는데. 뭐 나 역시두 그렇지. 저 옷이래두 너털너털 한 거 입구 나가믄 뭐 줄 거래두 치사스러워서 안 준다구. 사람 업신여기는 게 다 그렇게 돼있어. (잠시 친구가 찾아와 들어오라고 말을 했다.) 아 그래 비둘기가 하나 날라 가는데. 아 한 사람이, 좋은 활 가진 사람이 냅다 쏘니까 일방에 툭 떨어지는 거야, 비둘기가. 비둘기를 내버리는 게 아냐. 가다가 여관에 가서, 지금은 여관이지만 그때는 여각이라구, 봉로방이구 그렇다구, 옛날에는. 그래 그냥 삼지사방에서 뭐 웬만한 사람은 다 한꺼번에 한 방에서 뭐 여섯 일곱 열씩두 자구 그리는데 거기 가서 궈먹자구 그러구선 가지구 가는데. 또 까치가 한 마리가 날라 가는데, 한 사람이 또 마자 쐈어. 아 그런데 그 사람 역시두, 까치를 참 뱃대기를 꿰어가지구 툭 떨어지거던.

"아이구, 이거 잘못했어. 저 사람더러 쏘라구 그럴 걸."

참 업신여기구서 그러는 거야. 그 사람을 빼 놓구 저희만 잡았다구. 그래 미안해서 하는 소리가 아니구, 거 비웃는 건데.

"저 사람더러, 뽕나무 홀쟁이더러 잡으라 그럴 걸 우리가 다 잡았으니 아

가믄 뭐 있겠지."

그 둘이,

"아 까친 내버려. 비둘기만 가지구 가자." 구.

또 쪼끔 가니깐 꼭 굴뚝새라구 참 요것만 해, 굴뚝새. 굴뚝새 봤어? [채록자 : 예] 짹짹짹 하구 요런 데루만 찾아댕기는 거야. 굴뚝 같은데, 담 틈바구니 이런 데만 찾아대니구. 굴뚝 같은 데만 찾아대니구, 낮거미줄 벌레 잡아먹구 사는 놈인데. 짹짹 허구 그냥 냅다 날라가는 걸, 아 이 사람이 쐈단 말야. 그냥 굴뚝새 몸이 요것만 밖에 안 해. 아 근데 활을 쐈는데 굴뚝새는 죽 이렇게 날라가는 법이 없어. 고거 원래 체수가 작으니깐 까불구 요렇게 날라댕긴다구, 이리저리. 근데 이 활촉이 굴뚝새 날라대니는 걸 쫓아댕기믄서. 아 똥구녕 있는 데서 아가리까지 활촉이 나왔어. 쐈는데 낭구 활루 쏜 노무 게 떨어졌는데. 그 좋은, 호화롭게 과거보러 가는 사람덜 둘이 가서 보니깐 기냥 똥구녕에서 대가리, 주둥이까지 이렇게 활촉이 나와 있어. 근데 우리는 저거 정말 자신두 없는데 저 굴뚝새를, 날라 가는 걸. 활촉이 굴뚝새를 쫓아댕기믄서 가서 결국 활촉이 잡아가지구 오는데. 참 그 사람이 비록 뽕나무 활을 가져왔지만 아주 명사수라구. 저 사람하구 우리는 그 쪼끄만 놈으 활촉보다 쪼끔 굵을까 말까 한 노무 걸 잡았으니, 참 그 사람은 정말 잘 쏘는 사람이라구. 인제 그때서부터 칭찬을 하는 거라. 여관에 가서 자구

그 이튿날 조반을 먹구 나가믄서

"에, 저 사람을, 활을. 우리가 노잣돈을 풍부하게 가져 왔으니깐 좋은 활을 하나 사 주자."

"그래. 우리 못하더래루 저 사람은 활을 저렇게 잘 쏘니 말야. 굴뚝새 우린 감히 겨누지두 못한다. 어디루 날라가는지 짹짹짹 허구. 그래 명사수니깐 활을 사주자." 구.

아 그래 활 가게에 가서 활을 하나 집어가지구 얼마나 그러니깐

"암만 암만이라." 구.

그래 둘이 가보시끼를 해 가지구 활을 하나 좋은 걸 사서 그 사람을 주면서 활촉두 이십 개 사서

"아 이걸 왜 사주느냐?" 구.

"당신을 위해야 우리가 당신이 과걸 하믄 우릴 괄셀 안 할 거 아니냐. 그러니깐 만일에 우리가 과걸 못하구 당신이 과걸 하믄 당신이 우릴 보호해다오."

"만일에 내가 과걸 헌대믄, 과건 하지두 못할 거지만. 활두 쏴 보지두 못하구 화전 매다 베실아치덜이 우리집 앞을 지나가는데, 신혼부분데. 여자가 '아 저 사람 팔자가 좋아서 저런 신랑을 얻어 가지구 저렇게 호화로운 생활을 허구 저렇게', 가장을, 베실아치 가장을 얻어 행복해 하는 걸 부러워 하길래 내가 지금 이 뽕나무활을 매 가지구 왔는데. 형씨덜이 이렇게 나를 위해서 활까지 사주었는데 만약에 내가 베실을 하게 되믄 내 형으루 모시겠다구, 두 분을."

"아유, 그럴 것꺼지는 없구, 아 괄세나 말아 달라." 구.

"별 말씀을 다한다. 나의 은인인데."

그래 그렇게 해가지구선. 일모, 날이 저물어가지구. 동대문엘 들어갔어. 근데 동대문은 날이 쪼끔 저물믄 문을, 사대문을 닫거든, 옛날에. 그럼 꼼짝 못하지 뭐야. 들어갈 사람두 못 들어가구, 거기서 나올 사람두 못 나오구. 안에 들어가서 이리저리 다니니깐 참 여인숙이 있어가지구, 그 셋이 한 방에 들어가서 자는데 참 그 뭐 그 사람 뭐 산골에서 얘기 뭐, 문견박이 재인명이래나 무신. 듣구 본 게 있어야 뭐 아는 게 많다구. 이 사람은 뭐 화전이나 하구 뭐 그러는 노무 거. 뭐 글을 뱃다구 그럴 수 있어? 그러니깐 옛날 얘기 할 것두 없구. 잠자쿠 있으니까 그 사람덜은 참 서당에 가서 한문두 좀 배구 해서 그 사람덜은 주고 받구 그러는데 이 사람은 가만히 꿀 먹은 벙어리 모냥으루 가만히 앉았다 훤이 밝아가지구 저 과거 시장에 나가서 과걸 보는데.

내 참 과녁판을 세 개를 딱 세워놨는데, 쏠 사람 있으믄 여기서 이름을 적구 쏴라 이거야. 아 그래 활 좋은 거 가진 먼저 두 사람이 일방 번으루다 쐈는데 제우 저 그래니깐 다섯, 이렇게 뙹구래미 다섯을 그려서는 가운데 있는 거, 이거를 맞히면 그게 뭐 틀림없는 당선인데 그 사람덜은 게우 한다는 게 오번 그 가장자리 둘레 그거 한 방 맞히군 제 헷탕이야. 그게 그건 다른 사람이 하나투 오번, 한 번 하나두 못 맞친대면 오번 한 번 맞힌 그 사람이 인제 당선이 되는데. 아 이 뽕나무 활 가주 간 사람, 활 좋은 걸 가졌겠다. 한 번 잡아댕기니까 그냥 꺼먼 노무 거. 이것만 해 가까이 가 보믄. 아 그걸 한 가운델 맞추는 거야. 거 한번 또 쏘니깐, 거 셋이니깐, 과녁판이 셋이야. 거 셋을 다 한 가운데 요렇게 맞추는 거야. 사람이 가서 송곳으루다 이렇게 뚫러두 컴파스나 뭐 이런 걸 가지구 해두 한 가운데 찾기가 어려운데. 요건 아주 그림으루다 그려가지구 한 가운데 요렇게 맞춘 심이래. 그래 입시관이 아주

"명종이요, 명종이오."

그러면서 저쪽에서 시늉하는 사람이 그러는데, 입시관이 불러가지구 그 사람이 최, 이름이 최영환인가 봐, 이름이 아마. 길영 자 불꽃 환 잔데. 최영환이. 최영환이라구. 그땐 마이크나 뭐 있어 뭐. 똥그런 걸 가지구 방송을 허는데. 그 저

"둘이 아 과녁 세 번 다 명종한 사람, 당신이 최영환이 아니냐?" 구.

"빨리 가 보라." 구.

그 사람을 부축을 해가지구 입시관한테다 갖다 알선을 하니까. 아니 어떡해서

"여지껏 말야. 과걸 봐두 이렇게 셋을 한꺼번에 맞추는 사람을 내 못 봤다. 까만 저 둘레 가장자리나 맞히구 그랬지."

그래가지구 베실을 했는데 셋을 그림으루다 그린 것 모냥으루다 맞혔는데. 배알을 시켜야 한다구. 임금한테다

"그 사람이 과녁판 셋을 꿰뚫었다." 구.

"아, 그러냐?" 구.

역사 이래루다 처음 아마 명인이 나왔다구. 그래

"너는 소원이 뭐냐?"

"그 육각을 잽혀가지구 말 타구 면류관 쓰구 우리 집으루 가는 게. 신혼부분데 화전 매다가 우리집 앞으루 베실아치가 과걸 보구 가는 걸 보구 제 처가 부러워해서 내가 베실 해 올 테니 염려 말라구 그러구 나왔는데. 이렇게 천우신조라서, 이렇게 일등으루 당선이 돼서 참 감사합니다."

그러믄서

"내가 감사하네. 이런 명장을 얻었으니깐."

옛날에 활 잘 쏘면 장 자가 들어가서 장수라구. 저 장사, 장수두 있구 장사두 있는데. 기운 센 사람을 장사라 그래구, 장수는 뭐 군대 인솔자, 어디 뭐 치러가믄 인솔자 그 사람을 장수라 그러는데. 이런 장수를 얻기가 하늘이 지실 해준 거야.

"뭐 소원대루 해주지. 소원이 뭐냐?" 구.

"담에 또 올라올라올 테니깐 거기 우리 집에 가게 기구나 채려달라." 구.

먼저 선비 자기 문전으루 지나간 거 모냥으루 가진 육각을 잽혀가지구 면류관을 쓰구서 말을 타구서 가야 할 텐데. 아 그렇게 채려서 말 위에 가 올라앉으려구 했더니 '아 나라에 큰 변고가 일어났다'구 사람이 와서, 이제 신골한 거야. 게 무신 신고냐 하면 남산에서 호랭이가 내려와가지구, 해만 지면은 와서 개구 사람이구 무조건 하구 하나씩 물어가는 거야. 그 남대문 안에 성안으루 들어와가지구. 그래 호랭이가 돼서 웬만한 담은 훌훌 뛰어넘구 그러는데. 그래 그걸 방지를 해 달라. 그래 일류 포수덜을 다 불러대두 그걸 방질 못해서. 상감한테 신골 해서

"어떻게 방지를 해 줘야 저녁에 잠을 편안히 자구 백성이 마음을 놓구 댕길 수가 있지 않느냐? 그리구 육축을 어떻게 잡아먹는지 가축을 기를 수 없다."

그래 포수두 못 잡는 걸. 에기 임금은 어떻게 제걸 하느냐 말이야.

"아, 그 사람이 활을 그렇게 잘 쏜대니 그 사람더러 잡으라구 그러지요."

"아, 그걸 활루다 그 호랭일 잡을 수가 있느냐?"

그거야. 아니 그 사람 그래두 묘계가 있을 테니깐 그걸 기술루다 잡어야지. 뭐 활 같은 걸루다, 아 포수두 총으루두 못 잡는 걸. 활루다 어떻게 잡느냐구. 묘계루다 어떻게 잡아야지. 그래 그 사람은 기껀 즈이 집으로 기분 좋게 가게 준비를 잘 채려놨는데 아 불시에 사고가 났다구 신고가 들어와가주구 못 가는 거야. '호랭이를 잡아라.' 하구 상감이 영을 딱 내렸어. 그 사람더러 잡으라구. 지시가 내렸으니 갈 수가 있어? 그래 그걸 들었는데. 다른 사람이 다 있기를, 일류포수가 십여 명씩 들어와서 총을 쏘구 그래두. 총을 가까이서 쏴야 뭘 맞히구 마는 거지. 무서우니까, 멀리서 쏴야 소용이 있나?

호랭이래는 건 요렇게 백 미터 밖에서 쏘면은 그 사람 총 가지구 옆으루 숨을 새가 없대. 와서 벌써 쏜 사람 앞에 와서 거 물던지. 그러기 때문에 포수가 총을 못 쏜대거든, 보구서두. 거 쏜 사람 앞에 와서 반드시 뭐든지 기냥 물구선 늘어진대. 그러구선 죽는데. 아 그런 소리도 듣구 그랬는데. 이 큰일 났거던. 에기, 과거는 해 놨는데. 에기, 참 아내를 거 한번 얼굴에 웃음꽃이나 피게 해주구 어떻게 죽든지 살든지 해야 하는데. 상감의 지시니 복종 안할 수두 없구. 그래

"지가 가겠다." 구.

"그래. 군사 몇 명만 필요하냐?" 구.

그래

"군사 이십 명만 달라." 구.

그래

"이십 명 가지구 그걸 호랭이를 어떻게 잡을 수가 있느냐?"

"많아두 이십 명이 다 들이 뎀벼들어 잡을 수두 없는 거야. 그래니깐 하여튼 이십 명만 달라." 구.

그래 일급 좋은 활을 내려줬어. 자기가 쓰던 활을. 그래 뭐뭐 활루다 쏴서 잡을 수가 있어? 호랭이를. 아 그래 남산 있는데 호랭이 있대는 델 가 보니깐, 그 남산 바위가 있는데 바위 위에 바위가 하나 떡 올라 앉았더래지 뭐야. 그래 '저게 뭐냐'구 군사더러 물었더니,

"아, 저게 호랭이올시다."

"그래 호랭이가, 앉은 바위보다두 크단 말이냐?"

"아, 호랭이라." 구.

"아마 천 근은 나갈까 보다." 구.

뭐 천 근 대호라구 그러나, 만근 대호라구 그래나? 호랭이 큰 걸 보믄 그렇게 크다구. 옛날부터 내려오는 말이 있는데. 그래 가만히 보니깐, 도대체 저걸 뭘 어떻게 해서 잡을 방책을 연굴 해두 대체 안 되겠더래. 활루 쏜대두 거기 가지두 못하구, 거리가 머니까. 가까이 디리 대보믄 웬만한 사람같으믄 확 하구 디리 마시면 호랭이 뱃대기 속으로 들어갈 그 정도야, 아가릴 이렇게

냅다 벌렸는데. 그래구 보니깐 앞에 참 이렇게 쌍가쟁이 진 소나무가 밑에 도막을, 아름드리야. 그래 쌍가쟁이 진, 그저 가쟁이 있는데 가서 요렇게 앉어가지구,

"에라, 되나 안 되나 어디 활루다 눈이나 한 번 쏴보자."

그러구. 활을 이렇게 잡아 댕기니까. 에기 활을 쏠 새가 없이 와서 기냥 텁석 하구, 사람이 있으니까 기냥 와서 물은 거야. 그래 사람은 이쪽에서 요렇게 앉었구, 호랭일 바라보구 앉었구. 이쪽에서 언제 날아왔는지, 기어왔는지 몰르는데. 벌써 '왕' 하구 와가지구 아 이놈이 뒤루 나가 떨어졌네. 쌍가쟁이에 앉았다 저기 저 호랭이가 왕하구 까무러쳐 가지구 뒤루 나가떨어졌는데. 한참 있다가 정신을 차려 보니까, 아 호랭이가 요렇게 쌍가쟁이에 와 걸린 거야. 모가지가 이렇게 했다 사람은 떨어지니깐 그걸 뛰어 넘을 수는 없구. 몸뎅이가 크니깐 대가리가 이렇게 거기 가 끼어가지구 몸뗑이가 쳐졌는데. 이 이놈이 올라갈래두 모가지가 껴서 그래두 모가지가 섰을 수두 없구. 거기서 지랄을 하다가 결국 쉼이, 사람 목 매달아 죽는 거 모냥으로, 쉼이 끊어졌는데. 그때서 이놈이 까무라졌다 일어나가지구선 활촉을, 인제 양쪽 눈에다 끼구 말야 꽉꽉 찔렀지, 활촉을. 입에 하나 끼구. 기냥 똥구녁에다 꽉 하구 하나 끼구. 귀에다 찔를까 하다 '에이 그까짓 거 죽은 노무 거 더 찔러야 활촉만 더럽히지 그랠 것 없다.' 그러구선

"얘 아가야. 나오너라, 군사야."

이십 명이 우우 한테 가서, 물려서 호랭이 뱃대기 속으루 들어간 지 알았대. 그 군사덜이. 그래 군사덜은 다 알거든.

"거기 저 호랭이 져 일루 쳐들어 내려라."

"아니 그걸 어떻게 거기다 올려서 달아 매놨습니까?"

그러니깐 (기침) 아 십여 명이 쳐들래야 쳐들 수가 있어야지. 그때서 아유 업신여겼더니. 거 시골서 화전 매던 놈이 몸땡이가 우람하게 클 거야? 쪼끄만 노무 걸. 얼굴이 까무스름하던 사람. 업신여기다 그때야

"항우가 역발산이라드니 정말 이 사람이 역발산이다."

그래 이걸 어떻게 하느냐. 그걸 저 지랫대 거기 가서 빌려와서 이쪽에서

주댕이 있는 데를 어겨가지구 꽝 떨어진다. 그걸 혼자 들어 끼워놓은 노무 걸, 이십 명이 못 끄내.

"이런 빈충 맞은 놈덜 허구는."

게 이 노무 걸 해가지구 스무 명이 그걸 세면서 인제 목도에다, 목도에 끈을 매가지구 끌면서 목도를 해가지구 간신이 와서 임금 앞에다 갔다 호랭이를 털썩 놓는데. 그때서부텀 화살을 다 뭐 양쪽 눈에 끼워, 아가리에 끼워, 똥구녕에 끼여 있는 노무 걸. 뭐.

"아, 정말 명수다, 명수야. 이건 경 때문에 이 성 중에 백성들, 성 위에 백성들이 편안하게 잠을 자게 생겼다." 구.

근데

"인제 아무 일이 있어두 딴 사람 보낼 테니깐, 경이 이제 집으루 가게."

아 석 달 말미를 받아가지구. 그땐 한 한달, 그렇지 않으면 한 이십 일 베실을 해면은 집에 댕겨오라구 인제 임금이 명을 내리는데. 이건 워낙 공이 많은 사람이니깐 석달 말밀 주구선

"석 달 동안 편안히 부인을 위로하구 있다 오라." 구.

"예. 감사합니다."

그러구선 하직을 하구 나왔는데. 에미 한 오일 쯤 오다보니깐 어떤 역졸이 말을 타구 디리 불르드래지 뭐야.

"멈추시라." 구.

"가는 길을 멈추시라." 구.

"근데 왜 그러냐?" 구.

"아, 저 상감께서 빨리 회적을 해서 오라구 영이 떨어졌다." 구.

빨리 와 그러니 상감이 오래는데 뭐 거역할 수가 있어? 도루 말을 타구선 거 육각 잽혀가지구 가던 사람덜을 슬슬 오라구 허구선 먼저 말을 달려오니깐

거 박경신이래는 사람이 성중 안에 살았는데, 그 사람이 그 시험을 해 봤는데. 유년 부엉이가 와서 거 성중 안에 오동나무가 하나 있는데, 오동나무 우에 와서 밤에 부엉이가 울면은 나라에 아주 큰 변고가 난데거든. 임금의 마누라가 죽던지, 임금의 형이 죽던지 큰 초상이 나구. 그렇지 않으면 외국서 저

오랑캐가 쳐들어 온대든지. 그런 불상사가 일어나니 그 부엉이를 잡게 해 달라구. 신고가 들어와 가지구선. 그 부엉이를, 다른 사람은 밤이 돼서 잡을 수가, 낮 같으믄 모르는데. 꼭 이런 아닌 밤중에, 부엉이가 와서 세 마디씩 울고 가니 이 부엉이를 잡아라. 근데 호랭이는 낮에 어떻게 해서 모계를 써서 쌍가쟁이에 와서 모가지가 껴서 잡았지만, 부엉이는 이 밤에 훌쩍 날라와서 부엉이라구 세 마디만 울고 달아나는 노무 걸 어떻게 잡느냐 말야. 깜깜한 그믐밤에. 활루 쏴두 잡을 수두 없구 해서. 그래 임금이

"거 군사는 몇 명이나 필요하느냐?"

"군사는 많이 필요 없습니다. 다섯 명만 주십시오."

"그래 밤에 다섯 명이 뭐 그렇게 필요허냐?"

그랬더니,

"부엉이 한 마리 잡는 걸 뭐 군사는 많이 동원시켜 뭐 하느냐?" 구.

그래 이 사람이 가가주구선 암만 생각해두, 그 오동나무를 쳐다보니깐, 거 가지가 굵은 가지는 없구, 가진 잔가지만 이렇게 참 세밀하게 가지를 뻗었는데. 에유 이건 쏜대두 활촉이 가지에 맞아가지구. 호랭이, 아 저기 참 부엉이 명중시키기가 어려워. 안 되겠다 그래가지구 옹기점에 가서 큰 대시루를 하날 샀어. 이만한 시루 떡 찌는 시루. 구녁이 뚫려 있다구, 여섯 갠가. 시루가. 요놈이 아무리 크다 해두 시루 구녕으루 저 다리가 들어오는 날이믄 죽이겠다구. 그러구서 대시루를 하나 가지구 와서 갖다 먼저 놓구 '너희들은 이따 소리 지르면 오너라.' 그래 저 아래 가서 편히 쉬게 하구. 아 어둡기를 대기해 가지구서 있는데. 아니 어두우니깐 이 사람이 올라가서 시루를 쓰구선 앉아 가지구, 시루 구녕에다 이렇게 두 손을 요렇게 대구선 있는 거야. 아 그러니 부엉이래는 놈이 훌쩍 날아오더니 아 전에 쪼끄만 가지에 그 큰 노무 발을 요렇게 허구 찍구 앉았기가 불편했는데 펑펑한 노무 시루가 있으니깐 시루에가 훌쩍 올라 앉아 부엉 한 마디 울다 찍 미끌어져 가지구 그 구녕으루 발이 들어갔어. 그런 노무 걸 손을 가지구선 요렇게 붙들구선 낭구대기루 해서 부엉이 발목쟁이를 이렇게 휘휘 감아서 해놓구. 두 발목쟁이를 해놓니까 이 놈이 퍼덕 대두 이놈이 소용이 있어? 그때 기냥 활루다 그냥 뱃대기를 찔르구

그냥 두 눈깔을 찔르구 똥구녕을 찔르니까 이놈이 할 수 없이 죽었는데. 근데 그 시루를 놓은 채루 하믄 그 쏘지두 못하구, 부엉이를 잡아가지구 죽은 노무 걸 활촉을 껴놨구나 허구 군사덜이 의심을 허까봐. 그냥 시루를 가주 내려와서, 시루를 깨뜨려 저기다 갖다 내버리구 활촉 끼운 것만 가지구

"애들아, 일루 오너라."

그러니깐

"예, 부엉이 잡으셨습니까?"

"그깐 노무 걸 호랭이두 잡았는데 붱이를 못 잡냐?"

그래 붱이를 보니깐 에기 죄 맞췄거든.

"참참 장군님 참 명종이다. 그믐밤에 어떻게 눈깔을 두 누깔을 다 꿰고, 똥구녕을 화살루다 끼웠느냐?" 구.

그러니까 베실을 하구 집에 갈 것두 재주 많은 것두 우졸이다. 그렇지 않으믄 집이 가 있을 노무 걸, 못 가구 차일피일 하다가 한달이 넘었으니. 그래 그걸 가지구 부엉이 잡은 노무 걸 임금 앞에 갖다 놨더니 참 칭찬이 대단한데. 아 그래 '인제는 아무 연고가 없겠지.' 그러구선

"인제 편히 가서 낼 밝은 날 가서 부인 위로두 허구 집이 댕겨오라." 구.

했는데.

또 집에 갈랴구만 하믄 또 일이 터져요. 뭐 일이 터졌냐 하믄 지금은 큰일이 터졌어. 저 북쪽에서, 함경북도 그쪽에서, 오랑캐덜이 디리 쳐들어 온거야, 그냥. 그리구 산적덜이 산 골짜구니 하날 점령을 해가지구. 밤이믄 기냥 불을 수백 개씩 켜 가지구 와서 그 촌락에 농사 진 노무 거 죄 털어서. 곡식이구 소구 돼지구 죄 잡아가지구선 그거 먹구 사는 거야, 산적덜이. 수백명이. 그래 그거를 제거해 달라구, 거기 원이 임금한테 상소를 했는데.

"별 수 없네. 요번에두 집에를 보낼랴구 했는데, 큰 일이 일어났으니 어떻게 하느냐?" 구.

"보낼 사람이 없는데 경이 가야지 어떻게 허느냐?" 구.

호랭이건 부엉이건 그건 일대 일루 대적을 했지만은 그건 수백 명이 됐는지 천 명이 됐는지 알지두 못허는 노무 걸. 대적을 하느냐 말야. 참 큰 근심이

거던. 군사를 한 오륙십 명, 많이두 소용 없다구.

"한 오십 명만 달라." 구.

"아, 그 저 도적덜은 이백 명이 넘는대는데 오십 명 가지구 뭘 대적을 허느냐?" 구.

"아, 아니라구. 많아야 소용없다구. 이거 꾀루다 잡아야지 서루 무기루 잡아두 안되니까."

(잠시 차를 마셨다) 그래 원한테 가서 군사 오십 명을 데리구 원허구 밤새두룩 궁리 끝에, 별 도리 없다구. 이 원이 명을, 저 민간인한테 각 수령허구 이런 데루 명을 내리되,

"소를 잡아먹구 가죽은 원한테루 바쳐라."

그렇게 영을 내리라구. 전에는 에기, 소를 잡아먹을랴믄 지금두 이 축산계 저 수의사한테 허가를 맡구 뭐 시청이구 뭐구 군수한테 허가를 맡구 그래야 도축장에 가서 잡잖아, 소를. 근데 네 맘대루 잡아먹구 가죽만 바쳐라 그래니깐 아주 좋다구나 허구선 초가삼간이 다 타두 뭐 빈대 타죽는 맛에 좋다구. 농사 질랴믄 소 없는 생각은 안하구 소 잡아 먹으랬다구 막 잡아먹은 거야. 골에 소 씨가 말르다시피 했다구. 한 백오십 바리 잡았는데. 그걸 해놓구선 그 저 신기료 장수구 뭐구 이런 사람덜을 그걸 연결을 시켜서. 가죽을 백오십 개를 연결을 시켜가지구선 그래 편편하게 하나를 만들어서 깔아서 이렇게 놨는데. 참 꽤 넓지 뭐야, 한해 한 평 그렇지, 한 평 넘지? 소가죽 하나에 한 평이 넘는다구. 그래 그거를 해가지선. 큰 저 참바 끈으루다 동아줄을 이렇게 꽈 가지구선, 그 가장자리루는 이렇게 구녕을 뚫러가지구선 이렇게 한바퀴 돌라가지구선. 이렇게 잡아댕기니깐, 왜 저 주머니 끈타블 해가지구 잡아댕기믄 끝이 오무라지잖아? [채록자 : 예] 주머닐 맨들어가지구 인제 거기다 놓구.

"그래 이걸 어떻게 할려구 그러느냐?" 구.

"아니라구. 굿이나 보구 떡이나 잡으슈, 원님은."

저녁에, 그날 저녁에 이렇게 산 마루턱에 올라가가지구선, 그 괴수에 이름을 불르구

"산적 괴수야!"

그러구선 근데 괴수의 이름언 잊어버렸어.

"산적 괴수야."

크게 불르니깐 밤에 산골에 소릴 지르믄 울려가지구 크게 들린다구. 아 그래 산골에 와서 내 이름을 불를 사람은 없는데, 이건 산신령이 그러나부다 그러구선

"예. 왜 그러십니까?"

"느덜이 고생하지 말구 또 밤이면 그 민간인한테 기껏 농사 짓구 처자식하구 먹구 살라구 농사 짓는 거 죄 강제루 털어다 먹지 말구 하늘에서 느덜을 불쌍히 여겨서 하늘로 달아올릴 테니깐, 가서 신선노릇을 하지 그래 이걸 하느냐? 느덜 신선 노릇 하구 싶지 않느냐?"

그러니깐

"아 신선노릇이야 시켜주면 하지요. 이 노릇을 허느냐?" 구.

"추으니 이불을 덮을 수 있나, 배가 고프니 먹을 게 그렇게 풍부하냐?"

"그러면 낼 밤 열두 시에 하늘에서 가죽 주머니가 큰 게 나와. 너희덜 이백 명이구, 백 오십 명이구 다 들어가두 큰 노무, 가죽주머니가 내려올 테니까 그리루 쌈하지 말구 먼저 들어가구 나중에 한꺼번에 들어가서 가만히 드러누어 있어라."

"예, 그러겠습니다."

정말 산신령이 그러는 줄 알구. 아, 그래 낮에 가서 거기다가 펑펑하게 펴 놨어요. 그러니까 펑펑하게 펴 놨으니깐 소 백오십 마리 잡은 노무 거. 범위가 여간 넓어? 수십 평이지. 그래 뭐 이백 명두 좋구 삼백 명두 좋을, 담을 주머니에 아 그래 그래놓구선

"내 가죽주머닐 거기다 펴 놨으니 만일에 느덜 먼저 들어가구 나중 들어갈라구 쌈 하는 놈은 여기다 제쳐 놓구 갈 거야. 그러니까 쌈하지 말고 조용히 들어가 있어. 둘이 서루 붙들고 앉아 있어."

"예, 명령대루 허겠습니다."

그래. 그거를 죽 펴놓은데 가서, 아 보니깐 푹신푹신헌 노무 게 풀밭에다가 그 가죽주머니를 펴 놨으니까 앉았으니깐 푹신푹신 허지.

"아, 신선이 될려면 벌써 첨서부터 주머니 속에 들어가두 이렇게 편하다." 구

"이놈들아, 다 들어갔니?"

"예 다 들어갔습니다."

그래 군사더러 그 끄나풀을 양쪽에서 잡아댕기는 거지 뭐야. (잠시 마이크를 건드려 떨어졌다.) 이렇게 넓은 노무 게 잡아댕기니 이렇게 옹쳐매는 거야. 그래 군사덜이 전부 내려가서 그 끝을 붙들어 매러 올라가다 떨어지믄 괜히 죄다 죽을 테니깐 나오지 못하게 붙들어 매. 그래 끄나풀을 갖다 둘이 이렇게 해가지구 묶어가지구. 그러니깐 이쪽에서 툭, 그래 가장자리에 있는 놈은 불거졌을 거 아냐? 그런 노무 거

"이놈아 불거지기는 왜 이렇게 불거지느냐?"

하구 육모방맹이루다 등을 두들겨 패니깐, 이놈더리 바깥에 나가지 않을랴구 죄 속으루만 뚫구 들어가믄, 또 속에 있던 놈이 겉으루 나오구. 기냥 한없이 잡아 두들겨. 죽으라구. 그래가지구 아마 한 대씩 전부 터졌을 거야. 대가리구 뭐구 그까짓 거 죽이는 노무 거. 인사병신 뭐 그래 한 오십 명더러 이걸 끌래니깐 간신히 끌어요, 간신히. 그래 이 노무 걸 물에다 갖다 집어넣어야 할 텐데 끌 재주가 없어서. 그 원, 밤에 군사를 시켜서 원한테 가서 군사를 한 이십 명 더 달라구 해서. 칠팔십 명이 그걸 끌어서 강에다 갖다 큰 노무 돌을 수십 개를 매달아 가지구 강에다 갖다 집어 넣어 눠 놨어. 그러니 뭐 끈을 붙들어 매놔서, 매를 맞아서 거반 다 죽구, 뭐 남은 놈이래야 기진맥진해서 나올 힘두 없구.

그래서 원한테 가서

"나는 가겠다." 구.

"어유 그래 그런 묘계가 어서 나우? 장군님이 하늘이 내신 분이라." 구.

"여지껏 살아야 그거 일개 도적 막을 기구도 없으니. 정부 시책으로두 이걸 못 막으니 장군님이 그래 군사 한 오십 명 가지구 이걸 죄 때려잡았으니 이런 명장이 어디 있겠느냐?" 구.

그래 원이 상소문을 써서 그 사람을 줬어. '이 사람을 베실을 더 일층 내리셔서 베실을, 큰 베실을 주라'구. '이런 명장은 천하에 없겠다.'구. 그래 임금

한테 가서

"그걸 소멸을 시키구 왔습니다."

허구 보고를 하니까 에기. 임금이 새면 수족, 팔목을 주무르면서

"이렇게 애써 가지구 그 우정 산적을 물리치구 왔대니 이렇게 고마울 데가 어디 있냐?" 구.

"인제는 아무 일이 있어두 다른 사람을 보내구 경은 안 보낼 테니깐 제발 인제 집일 댕겨 와라."

그러구선 가진 육각을 잽혀가지구 그랬더니 전에 이상 기구스럽게 해구선 몇 해 먹을 양식이구 뭐구 나무구 기냥 소두 수십 바리씩 해가지구 그 근방에 있는 사람들 다 노놔줘 가지구 잘 살라구 그랬는데.

이 사람, 그 여자는 뭐 그럭저럭해서 한 일년 반이 경과가 됐어. 한 십칠 개월이나 십팔 개월이 그렇게 경과가 됐는데. 인젠 죽었다구 그래놓구. 그 부인은 날마다 장독간에다 정안수를 떠놓구 기도하는 거야. '제발 우리 낭군 베실은 못해두 죽지 않구 병신이래두 돌아오게 해주십사 해주십사.' 허구 장독간에다 기도를 올리는데. (잠시 차를 마셨다) 그래 뭐 밥을 그렇게 양껏 먹을 거야? 그냥 죽지 않을 만큼 먹구 주야로 기돌 울리는 거야. 낮에두 기돌 올리구 밤에두 기돌 올리구. 그런데 말을 타구 참 가진 육각을 잽혀가지구 냅다 가는데. 참 전에 열 명이 불고 치던 악기를 뭐 스무 명이 치구 그렇게 기구스럽게 한껏, 임금이 발휘해가지구선 그걸 호화스럽게 에 전송을 바깥에, 궐문 밖까진 나와서 '잘 댕겨오라'구.

"내가 여기서 언제든지 이런 일 년두 좋구 이 년두 좋구 그러니 유사시 부를 때까지 있어라."

이거야. 그래 베실을 했어두 베실은 명예루다 가지구만 있지, 뭐 일할 게 있으믄 일은 다른 사람한테 맽길 테니깐 편히 부부생활을 하다 오너라. 하구선 보냈는데

그저 마누라는 영감이 베실은 둘째구 죽지 않구 돌아오기만, 인제 고대고대하는데. 하루는 조반을 먹구 또 기도를 올리는데, 아 벨안간 그냥 악기 소리가 나구, 그냥 육각 잽힌 소리가 나구 야단인데, 이렇게 기도를 하다말구

이렇게 앞을, 그 길을 내다보니까 차차차차 참 전에 그 지나가던, 베실아치 지나가던 그 길루다 오는데.

"에유 딴 데루 가는 사람이겠지, 우리 낭군이 저런 베실을 했을 리가 없지. 일자 무식쟁이가 뭐 배운 것 두 없이 뭐 베실을 했겠냐?" 구.

그러구선 또 기돌 올리는 거야. 아 그런데 차차차차 오는데 자기집 마당으루 와가지구선 말께서 딱 내리는데, 아 그 마누라가 보니깐 딴 사람이지 뭐야. 전에 화전 밭 매느라구 얼굴두 새카맣게 그을고 태양을 쐬 가지고 옷도 베잠뱅이나 어떻게 입구 그러던 노무 게. 그거 저 면류관을 쓰구선, 옷을 좋은 걸 입구서 내렸는데 신선이 하강한 것 같지 자기 남편으루 볼 수가 없어. 근데 그 남편은 자기 마누라, 가서 손을 탁 잡고,

"아유, 살았구려. 내가 그렇게 올랴구 애를 써두 나라에 변고가 있어서 그걸 방지하구 방지하구 또 올랴구 그러면 또 변고가 생기구 그래서 차일피일 허다가 아, 십 칠 개월이란 세월이 흘러서, 인제 임금이 내려가라구. 인젠 아무 일이 있어두 경을 안 부를 테니까 인제 마음 놓고서 집에 댕겨 오라구. 일년이구 이년이구 부부생활을 원활히 허다가 내가 불르거든 오라구. 그래 말밀 받아가지구 왔다구. 아무 염려말구 우리 편안한 생활을 허자구."

그래서 그걸 전부 가주 간 짐을 부려놓고 그러는데, 아 집이 오막살이가 돼서 짐 부려놓을 데가 없잖아. 쌀이구 뭐구 그냥 장작이구 뭐 금은보화를 기냥 쌓을 데가 없이 쌓아놓구선. 저 노적가리를 바깥에다 가려놓구. 그 이웃 사람두 덩달아 부자가 됐어. 그거 뭐 그걸 쌓아놓구선 쎅히느니 차라리 어려운 사람 구제해주는 게 낫겠다 그래구선. 쌀두 몇 가마씩 들어내주니까 아 그렇게 웃마을에서 떡 받는 게 이웃사람이야. 그래서 아유 참, 나리 덕에, 참 그때는 에미 화전밭 맨 일꾼이라구두 허까, 숯무지꾼이라구두 그렇게 불렀는데.

"아유, 참 나리께서 이렇게 베실을 해가지구 올지는 뭐 꿈에두 생각 못했다. 저희들이 이렇게 홍재(횡재)를 만났으니 이 은혜를 뭘루다 갚느냐?" 구.

"아니 은혜랄 게 뭐 있느냐?" 구. "이웃에서 큰집 작은집 삼아서 잘 평화롭게 살자." 구.

그래서 평안하게 살다가 베실 했대는 얘기야. 인제 이게 끝이야.

그래 이웃까지 잘 살더래. 나라에서 거참 많은 재산을 한꺼번에 갖다줘서 이웃사람두 분배해 줘서 잘 살더래. 이웃까지 잘 살더랜 얘기야.

[2003년 1월 3일 채록]

2. 산을 깎아 낸 필력

● 줄거리

글씨는 잘 쓰는 사람이 있었다. 절친한 친구가 그 사람에게 제사 때 쓸 병풍의 글씨를 써달라고 부탁을 했다. 명필은 차일피일하면서 글을 써주지 않았다. 몇 번이나 찾아다니던 사람이 화를 내니 명필은 열두 폭 병풍의 가운데에 한 일 자를 써주었다. 글의 가치를 모르는 친구는 병풍을 버렸다며 화를 내고 가져다 다락에 얹어두었다. 며칠 후 명필을 죽었다.

얼마 후 친구의 집에 중국 사람이 와서 집에 있는 보물을 팔라고 부탁을 했다. 그 사람은 중국 황제가 보낸 사람이었다. 영문을 모르는 친구는 없다고 돌려보냈다. 중국으로 돌아갔던 그 사람은 황제에게 야단을 맞고 다시 그 사람 집을 찾아왔다. 그 사람 집을 전부 뒤지니 한 폭의 병풍이 나왔다. 중국 사람은 워낙 값비싼 보물이니 중국으로 돌아가 돈을 더 가지고 올 테니 병풍을 펴보지 말라고 했다. 얼마 후 많은 돈을 가져온 중국사람이 병풍을 펴보자 병풍에는 흐릿한 한 일 자 자국만 남아있었다. 그 사람이 호기심에 병풍을 펴 보았는데 병풍의 기운이 날아가 앞산을 갈라 평지를 만들어 놓은 것이다. 이 소식을 들은 중국황제는 탄식을 하며 아까워했다.

▣ 아마, 전에 저 중국은 글씨 잘 쓰는 사람이, 왕휘지래는 사람이 있었거든. 한국엔 한석봉이라구 그리구. 근데 그거보담 더 잘 쓰는 사람이 있었대, 글씨를. 병풍을 잘 쓰는 게 아니라, 병풍에 그림을 잘 그려. 묵화루다, 먹으루다. 그래 정다운 친군데, 그 이웃에서 사는 친군데. 병풍을 어떻해가지구 맨

들어 가지구, 열두 첩 병풍을 맨들어가지구.

"여기다가 자네의 솜씨루다 묵화루다 난초구 연꽃이구 이런 걸 좀 그려서 제살 지낼 때 좀 치구 제사 지내게 병풍에 그림을 좀 그려 달라." 구.

"아 그럼세. 다른 사람은 못 그려줘도 죽마고운데 자네 청을 못 들어줄 수가 있나. 염려 말게. 거기 두구 가."

그래 두고 갔는데, 그 사람이 인제 벼룻돌을 내놓고 먹을 참, 병풍에 그리는 거니까 뭐, 물을 한 사발 아마 떠놓고 몇 시간을 먹을 갈아가주구선

"인제 그려. 나 혼자 그릴 께. 자넨 가."

그래 집으루 갔어 인제. 혼자 그리라구. 그래 집으루 갔는데, 그 이튿날 조반을 먹구 '이 사람이 그래두 몇 쪽 그렸겠지' 하구 가서 보니깐 역시 하얀 병풍이야. 하나두 안 그렸단 말야. 그래 '그럴 수가 있나' 하구,

"아 여태 그래 하나투 안 그렸나? 아유 인제 명절이 얼마 안 남았는데."

인제 추석이 가까워서 인제, 추석 때 차례 지낼라구 (기침) 남은 병풍을 치구 제사를 지내는데 저희는 병풍두 없구 벽에다 교위를 놓구선 지방을 붙이구 지내는데 (기침) 그래 일가친척네 집에 가서 제사 지내는 거 보믄 죄 병풍을 쳐놓구 제사를 지내는데. 저는 병풍이 없어서 친구더러 한 벌 그려 달라구 그러는데. 아 친구가 차일피일 허는데 (기침) 영 안 그려.

"근데 그거 어떡해서 안 그리나. 그만 두게. 내 가져 갈께."

"아니야. 낼은 꼭 그려줄 테니깐 낼 오게."

그래 그 이튿날 조반을 일찌가니 먹구선 또 가보니깐 도로 매찬가지야. 이렇게 쭉 펴 놓구. 열두 쪽 병풍이래야 요것만 할 거야. 저기서 펴놓면. (기침) 열두 쪽, 쪽수가 많을수록 간격이 좁아. 그 팔 쪽 병풍은 이렇게 넓구.

"에이, 인제 내 가주 갈 거야. 나 속는 것두, 여보 죽마고우야? 그래 나 말구 다른 사람 더 친한 친구가 있나?"

"없다."

"그러믄 친구의 청을 그렇게 거역허느냐구. 그래 맘에 없어서 그런 거지, 자네 재주가 없어서 그런 것두 아니야. 그래 허다 못해 그래 어 몇 자, 한 일 자라도 그래 긋지. 그걸 여지껏 그래 하얀 병풍채 그대루 있는 게, 벌써 십여

일이 지났는데. 그럴 수가 있느냐?" 구.

화가 나서 병풍을 기냥 접는 노무 걸.

"아 인제 오늘 내가 그린다." 구.

그냥 불불불 떨더니 기냥 큰 노무 대필, 굵기가 이것만한 노무 붓이지 뭐야. 그걸 가지구 여기서부터 그냥 일자를 열두 폭에다 한 가운데루 냅다 그은 거야, 먹을 칠해가지구.

"그래 이게 뭐하는 거야? 그냥 두래니까. 그냥 두믄 다른 사람이, 자네만 못한 사람이 그림을 그릴 수 있는데. 자네가 잘 그리니까 자네가 나두 친구 선택해가지구 자네 재주를 한번 빛내기 위해서 나의 가구두 하나 장만하는 심으루. 보물루다 위하구 제사때 내서 응 제사 지낼라구 그랬더니 이게 버려놨지 이게 뭐냐?" 구.

화증머리가 나서 이렇게 접어가지구선. 내버리기는 아까우니까 기냥 자기 집 어떻게 어려운 집에서 다락은 있었는지, 다락에 위에다 갖다 집어넣은 거야, 그냥. 그래서 한 두어 달 있는데. 그리구 나서 그 사람은 죽었어. '북' 하구 그은 사람 죽었어. 한 일자. 기냥 한일 자구 뭐구. 이렇게 한 가운데 대구 그은 거지 뭐야. 그랬더니. 한 사흘 있다가 죽었다구 기별이 왔어, 그 사람한테.

'아, 이거 정신을 죄 여기다 쏟구선. 거 내가 괜히 친구 하나 죽였구나.'

그러니 선미련 후실기라구 먼저 그 부탁을 안했다면 죽지 않는 건데. 하두 가서 다구치구 그랬더니 정신통일이라구 한 일 자를 이렇게 긋구선 죽었구나 하구 그러구선 애도의 뜻을 비쳐도 소용 있어. 죽은 노무 걸. 그래 헐수 없이 장례를 치르고 집에 와서 있는데.

한 두어 달 있다가 웬 사람이 말을 타고 와서 말소리가 '달랑달랑' 하구, 요령을 달구.

"주인양반 계시냐?" 구

쐘라 댄단 말야. 한국사람은 아니거든. 중국서 나온 사람이야. 그래

"왜 왔느냐?" 구

그러니깐

"여기서 이렇게 된 게 있다."

그래 한문으루다 쓰면은 알아요, 인제. 한문으로 우리가 보물 허믄 보물, 한국사람은 보물이라구 하지만 그 사람덜은 보물이 다르거든 발음이. 뭐 천자를 '첸' 이라구두 하구 뭐 저 '대'자를 '다이' 라구두 하구, 뭐 국을 궈라구두 허구 뭐 '중궈' '한궈'라구 그러드라구 국 자를, 그 사람덜은. 그런데 인제 통화가 손으루다 통활 허는 거야. 이렇게 손으루다 저 짝으루 비쳤대는 얘길 허는데. 그래 천자가 밤에 잠이 안 오고 그 난간 위에서 왔다갔다 순행을 허는데 여기 서기가 뻗쳤다 그거야, 천자 눈에. 그래 거기 가서

"그 보물을 사 가지구 오라구 그래서 내가 왔다."

그거야.

"아 우리 어려운 집, 보물이래는 거는 아무 것두 없다."

이거야. 그래

"다 와서 뒤져보라." 구.

새면 건넌방이구 안방이구 부엌이구 올라가 댕기믄 보니까 아무 것두 없어, 참. 부엌에 가야 부지깽이하구, 참 청솔가지 좀 쪼개다 놓구 그런 거밖에 없는데. 그러니 부자집 논을 광작을 허니 콩이구 쌀이구 어따 쌓논 게 있어? 아무 것도 없거든. 아 그래 사람이 도루 갔단 말야. 그 사람이 찾다 못해서 없어서 도루 간 노무 걸. 천자더러

"아무리 뒤져봐두 보물이래는 거는 아무 것 두 없더라."

그거야. 그래서

"헐 수 없이 허행을 허구 왔습니다."

"그래?"

그날 또 저녁에 임금이 저녁을 먹구선 또 거기 난간에 가서 밥 내려가라구 인제 거닐구. 인제 전에 좀 높은 사람은 먹구 앉아서 담배나 피구 그러니깐 소화가 잘 안 된다구, 운동을 안 해서. 그래서 소화 되라구 난간 우에 그렇게. 지금은 베란다라구 그러지. 아파트 그거 모양으루 해놨다구, 잘 사는 집은. 그래 거기 거니는데 그 저 신하, 한국에 왔던 신하를 불러가지구.

"자, 저거 보라구. 너 앞에 너두 저 눈에 저거 비니 안 비니?"

"네. 뵙니다."

"거 무지개 겉지?"

"네"

무지개, 무지개는 띵그렇게 반달처럼 되는데 이거는 쭉 새면으로다 뻗친 건데.

"저게 자네 갔던 집이야. 근데 그걸 이 사람아 못 찾구 와? 또 나가라." 구.

아, 그 사람을 또 보냈어. 그래 암만 찾아가 봐야. 그땐 인제 다락은 안 올라가 봤거든, 첨에. 그래 다락에 올라가가주구선 보니깐 아무 것두 없구, 그 새끼랭이(새끼오라기)루다 병풍 한 가운데 졸라맨 거. 그거 밖에 없어. 아 이건가 부다. 그거를 저 새끼랭이 이렇게 양쪽에서 둘이 들구선 다락에서 내려와가지구선. 거이 저 뭐야, 거실에다 쭉 펴놓구선 보니까 아무 것두 없구, 한 일자 쭉 가냥 그은 거야.

"이게 보물이니깐 이거 절대 다른 사람한테 귀경두 시키지 말구 요대루 접어서 거 묶은 채루 갖다 두우. 내가 돈을 말루다 몇 바릴 실구 올 테니깐 한 번엔 못다 가져 올 거야, 저 대가를. 그러니까 이거 당신 펴 보는 날이믄 헛탕이야. 그러니 펴 보지 말라."

거 산두 복이 있어야지. 중국 천자가 도와줘두 그걸 지탱을 못할 팔자믄 하릴 없어. 뭐 그게 나라 재산은 이 민간인, 서민이 하나 어려워서 그거 나라 상감이 도와 줄라구 해두 그 사람이 팔자가 트인 사람이래야 복을 받지 그렇지 않으면 소용이 없대요.

옛날서부텀 백성 가난은 나라 상감두 구젤 못 헌다구 내려오는 전설이 있는데. (잠시 담배를 피웠다) 그래 가가주구선 임금한테 얘길 허니깐, 거기 병풍이 있는데 한 일 자를 한 가운데를 한 일자를 쭉 그은 게 있더라. 아무 것두 없구.

"그거다 그거야. 그거 잘 보관하라."

그랬어.

"예. 아무두 귀경시키지 말구 이 새끼 묶은 채 요대로 둬라. 그러구 왔습니다."

그래서

"거 얼마를 줘야 되느냐?"

"네 맘껏 여기 재산을 다 파가주구 가두 되니깐 네 맘대루 실구 가라."

말을 한 십여 필 디리 대서 기냥 그 금은보화를 기냥 실구 간 거야, 거기를. 그래 안 마당에다 뭐 디려놓을 데가, 바깥마당에다 말덜을 전부 떼 놓구선 그냥 그 말꾼더러 전부 금은보화를 안봉당에다 갖다. 봉당이라구 마루나 조금 놓은 줄 알아요? 이걸 진흙으루다 쌓아가지구선 평평하게 한 게 마루라구, 그걸 봉당이라구 그리는데. 거기다 쌓아놓구선, 뭐 안마당에다두 싸놓구 그래 가지구선. 그래 그걸 끄낸 거야, 인제. 꺼내보니깐 고대루 묶인 채루 고냥 있거든. 근데 고 사전에 그래 뭘 말 십여 바리가 끌구 온다구 그랬는데. 그래 그게 뭐 이렇게 보물이 돼서 그렇게 금은보화를 여러 필을 가져오나 하구선 아 이놈이 저기 올라가가주구선 필래니까 에미 다락이 뭐 돗자리 하나 필만큼 있어서. 필 수가 없어서 도루 끌구 내려와서 그 거실에서 마루에다가 놓구선 한번 펴 봤는데, 대낮에 이렇게 봐두 거기서 뭐 기냥 김이 뭉게뭉게 물 끓이는 거, 증발되는 거 모냥으로 올라오는 거 같더래. 그랜 노무 걸 기냥이나 두지 못허구. 거기다 이렇게 쳐서 남쪽으루다 대구 이렇게 쭉 펴 놨단 말야. 인제 문덜을 닫구선 봤으면, 도화집은 어떻게 됐을는지 모르는데. 문을 죄 열어놓구선. 문이나 뭐 있겠어요? 그 어려운 집이. 지금은 이렇게 유리창두 해놓구 뭐 그랬지만 옛날에 뭐 기냥 화발통이지. 그래 펴놓구선, 남쪽으루 이렇게 펴 놓구선,

"참 이게 그렇게 보물이야?"

그리구 인제 돌아가서 묶어다 인제 그 사람 간 뒤에. 그렇게 좋을 수가 있어? 그러구선 궁금하니까 한번 쥔이 펴 본 거야. 아 그래 며칠 걸리니까 그렇게 십여 바리에다 금은보화를 싣구 와갖구선, 죄 봉당에다 짐을 내려놓구,

"그 병풍 가져오라."구.

해서, 병풍을 갖다가 마루에다 놓으니까. 한 일자루다 그은 노무 게 먹이 다 날라가 버렸어. 그리구 왜 저 붓에다 먹 찍어 가지구 이렇게 하믄, 먹이 말르믄 허옇게 되잖아? 가장 자리에다 조금 먹이 묻구. 고 정도만 남았드라구.

"에이 이거 당신 펴 봤구랴."

"예, 한번 펴 봤어요."

"에이, 인제는 당신 부자가 일시에 아주 망했다." 구.

이것만 하믄 이 대한민국에 첫째 가는 부자야, 이게. 중국서두 저 천자가 쓰던 노무 금은보화니 거반 실어 보낸 거야, 이게. 이거 가지면 다른 나랄 하나를 뺏어, 이거 하나만 가지면.

"그래 문을 어떻게 해구 있었느냐?"

그러니까 여기다 펴서 일으켜 세워 봤다 이거야.

"펴 봤느냐?"

저쪽을 대구선 저쪽을 보니깐 산이 없어졌더래. 산이 그 높은 노무 산이. 저기 저 산을 문바위라구 그러는데 문처럼 생겼대서. 그 산이 없어졌어. 그래

"왜 산이 없어졌느냐?"

그러니깐 이게 그 사람 정기를 다 그거 그러니깐, 그 명필이지. 명필에, 명화가에 정신을 여기다 다 쏟아가지구 인제 한 일자를 그은 거야. 그래서 그걸 번쩍 그 산에다 갖다 대면은 그 천자가 그 제후왕이 반역을 해가지구 천자를 치러 오는데. 그걸 막을려니까 산이 어떻게 험악한지 거길 넘어갈 수가 없어, 군사가. 넘어가다가 죄 발병 난 놈에, 말을 타구 넘어갈 수두 없구. 그래서 거기 써 먹을랴구 헌 건데 이렇게 당신이 그만 한 번 펴 본, 펴 본 것두 괜찮은데 저기다 일으켜 세워놨기 때문에 한 번 써먹었어. 아무 소리 말어."

그래 척척 금은보화 죄 실구 도루 들어갔지. 그래 천자가

"거 왜 병풍 안 가져 왔느냐?"

그러니깐

"아 그 사람이 그 벽에다 일으켜 세워서 남쪽으루 대구 펴 봤대요."

"거 이게 뭔데 값이 많으냐?" 구.

그랬더니 그 앞에 산이 아주 평지가 됐어요. 그래 한 번 써먹었어. 한 일자구 뭐구 전부 파리가 똥 먹은 거 모양으루 군데군데 먹 묻구 그래서 내버리구 금은보화 실구 왔어요.

"거 에 나쁜 놈이라." 구.

그러니 나라가 다르니 저 중국하구 한국허구 그러니 중국서 그런 백성이 일을 저질렀으면 벌을 줄 건데 한국백성이 그랬으니 벌을 줄 수가 있어?

"에 그놈 그냥 내버려 둬라. 어렵다 그러면 죽을 팔자야. 그냥 내버려 둬라"

그래서 금시발복 될 노무 걸 한번 펴본 때문에 일시에 아주 망했대는 얘기야.

[2003년 1월 3일 채록]

3. 왕휘지의 필력

◉ 줄거리

중국 황제가 중국에서 제일 글을 잘 쓰는 왕휘지에게 할아버지 묘에 가기 위해서 다니던 길가 바위에 하마암(下馬巖)이라는 글을 새기게 했다. 워낙 바위가 높아 왕휘지는 사다리를 타고 올라가 글을 썼다. 그때 둘째로 글씨를 잘 쓰는 사람이 왕휘지를 시기하여 사다리를 밀어버렸다. 그런데 왕휘지는 바위에 붓이 붙어 떨어지지 않았다. 놀란 사람이 다시 사다리를 받쳐주자 왕휘지가 타고 내려왔다.

▣ 참 글씨를 잘 쓰는 사람이거든. 중국서 한 몇 억 인구래는 거 아냐, 중국은? 그중에서 제일가는 사람이니깐 글씨를 여간 잘 쓸 거야? 근데 천자가 한국에, 그때 말을 타고, 그때 험악해서 연두 탈 수두 없고 그래서 말을 타구 능을 산소, 천자의 저 할아버지 묘엘 댕겨오는데. 길이 험악하구 그래서 석수쟁일 불러서 길을 조금 깨뜨리구 말이나 조금 걸어당기게 해라. 명을 내리구.

여기 이저 치마바위라구 이렇게 바위가 죽죽 참 병풍 둘러 친 것 모냥으로 그걸 갖다 치마바위라 그래는데. 거길 지나니깐 거기다 글씨를 참 써서 석수쟁이를 불러서 몇 십 년 몇 백 년이 가두 깊이 글씨 쓴 노무 걸 정으루다 파니깐 몇 십 년을 가두 거 없어지질 않거든. 천자가 글씨 잘 쓰는 왕휘지를 갖다가 이렇게 해 가지구. 글씨를 '하마암'이라 그렇게 써라 그래. '누구든지 거기 오면 말게서 내려가라.' 그거야. 그래서

"말게서 내리는 바위라구 석자를 새겨라."

천자가 그리구선 갔어. 그래 천자의 명이니 뭐 그래 왕휘지더러 글자를 쓰라구 그랬어요. 그래 왕휘지가 글씨를 썼어. 글을 그게 사다리를 보통 서서 쓰는 게 아니구. 사다리를 두 개씩 놓구선 거길 올라가가주구 사다릴 올라가서 글씰 써야 돼. 그래 다른 사람이 참 도끼루다 때려서 망가뜨리지두 않구 석수쟁이가 올라두 사다리를 두 개 세 개씩 타구 올라가서 글씨를 새기니까 참 여천지무궁이지 뭐야. 백년을 가두 없어지지 않구 또 없어지지 않구 여간 좋을 거야? 그래 그렇게 새기는데, 고 새깐에 참 못된 사람이 있어. 자기가 왕희지만 아니믄 저 중국에서 제일가는 사람이야. 왕희지 밑에서 왕휘지 때문에 행세를 못해. 자기두 글씨두 잘 쓰구 그러는 사람인데. '요 기회를 타서 왕휘지를 죽여야 되겠다.' 그래구선. 거길 참석을 했거든. 근데 글씨 꽤나 쓰는 사람은 다 가서 본 거지 뭐야. 천자가 시켜서 왕휘지가 벽에다 하마암이라구 새기라구 그래서 쓰러 갔다. 그래 석수쟁이구 뭐구 죄 갔다구. 그래서 이 사람두 구경하러 갔는데 이 사람은 알거든. 바위가 몇 길 위에다 그 글씰 새긴 대는걸. '요 기회에 병신을 맨들든지 죽이든지 해야지 그래야겠다.' 그러구선 가가주구 사다리를 해가지구 아주 쓰러지지 않게 버팅겨 놓구 양쪽에서 붙들구. 한쪽에서 사다리 둘을 올라가서 하나는 벼룻돌에서, 인제 먹 가는 거야. 가끔 이렇게 내려오구. 한쪽에서 왕휘지가 이거를 칠해가지구 그냥 냅다. 하 아래 하(下)자 하구 저 말 마(馬)자 하구, 바위 암(巖) 자를 뫼 산(山) 아래 돌 석 하는 자거든. 그래 뫼 산 자를 이렇게 쓰구 뫼 산자를 돌석을 이렇게 하날 그리는데 거 밑에서 그냥 사다리를 확 잡아댕긴 거야, 이눔이. 그러니깐 냅다 떨어지믄 뭐 즉사 아냐? 뭐 세 길이나 되는 바위에서 그냥 바위루 떨어지는데 살 수가 있어? '인제 죽었다.' 그랬더니. 아 사다린 내려왔는데 왕휘지랜 사람은 그 붓에 가서 매달려서 이렇게 있더래. (허허허 웃음) '저놈이 사실 아니라 사람은 아니구 귀신이다. 하늘이 내린 신선이 아니믄 저럴 수 없는데. 야, 이거 내가 천벌을 받겠다.' 구. 그래구선 얼른 사람을 시켜 가지구 자기두 거들어 도루 바쳐줬어. 그래 글씨 돌 석을 마저 쓰구 내려와서

"거, 무신 장난을 그렇게 하나?"

그러드래, 왕휘지가.

"내 떨어져 죽으믄 뭐 그렇게 속이 시원하나? 자네두 내가 자네에게 벌어먹질 못하게 했어? 나보다 글씰 더 잘 쓰믄 되네."

그리구선 왔어요. 그래 그 사람두 왔는데 석수쟁이를 불러서 아래 하자서부터 말 마(馬) 짜럴 디리 파는 거야. 그래 먹이래는 건 한 일년만 지내면 인제 없어지거든. 그래 그걸 디리 없어지지 말라구 파는데 거 네 치, 네 치까지 속에 먹이 들어가드래, 바위 속으로. 그래서 그 그렇게 원 힘을 들여서 글씨를 쓰니깐 그 먹이 네 치까지 들어가기 때문에 그 붓에 가서 매달려 가지구선 왕희지가 떨어지지 않았다. 인제 그래서 그 사람, 둘째가는 사람이 왕희지 죽일려다 인제 못 죽였어.

[2003년 1월 3일 채록]

4. 중국 사신 몰아낸 떡보사공

◉ 줄거리

중국에서 조선에 무리한 요구를 하기 위해 사신을 보냈다. 조정에서는 사신을 막을 방도를 냈지만 도리가 없었다. 사신이 압록강을 건너기 위해 떡을 좋아하는 사공이 모는 배를 탔다. 사신은 백로가 그려진 부채를 펴 보이며 시를 지으라고 했다. 사공이 시를 짓자 사신은 부채를 뒤집었다. 뒤집으니 거기에는 까마귀가 그려 있었다. 사공은 왕휘지가 벼루를 씻어 검게 된 연못에 빠져 까맣게 된 것이라 했다. 놀란 사신은 수염을 쓰다듬었다. 사공은 에헴 하며 기침을 했다. 다시 사신이 손가락 셋을 폈다. 사공은 손가락 다섯을 폈다. 다시 사신이 사공이 눈이 멀었다고 놀렸다. 사공은 사신에게 당신은 입이 삐뚤어졌다고 대꾸를 했다. 놀란 사공은 다시 중국으로 돌아갔다.

▣ 근데 이 사람이 줄창 어따 그 벼룻돌을 씻느냐 허면은 인제 한번 글씨를 쓰구 나서 벼룻돌을 인제 연못에 가서 소지를 허거든. 담에 와서 누가 써 달래믄 또 먹을 갈아서 쓰고 쓰고 하니까 한번 저 벼룻돌이 큰 거니까 연못에 가서 먹을 엎질르구 죄 수세미루다 문질르니까 그 근방은 거무스름하게 물이 밴단 말야. 저 바다에 저 기름 탱크 터지믄 기름 퍼지듯.

아 그래 중국 사신이 한국으로다 오면은 아주 잘생긴 미녀 열 명하구 소열 바리하구 쌀 백 석허구 이렇게 가서 달라구 허믄 여기선 찔찔 매구 줬지, 거불 못해. 여기서 백성이 굶어두 거절을 못해. 중국서 온 천자가 달래니깐 그새 사신이 오는 거야.

사신이 어딜 오느냐 압록강을 배를 타구. 그런데 그거를 한국 땅에 발을 들여놓지 못하게 해야 할 텐데 감부생심 기운으루다 못 오게 할 수두 없는 거구. 사신을 죽이믄 담에 천자가 그것을 알구서 군사를 수천 명 가주와서 한국을 쳐 부수는 날이믄 그것두 큰 일이거든. 아 그래

"누가 못 오게 할 사람이 있으믄 누가 베실아치 중에서 나와 봐라."

허믄 한 사람두 나오는 사람이 없어. 근데 압록강 뱃사공을 허던 놈이 떡을 무섭게 좋아하는 놈이야. 그래 떡보야, 떡보. 근데 이 얘기래는 건 웬만한 사람 거반 다 아는 건데. 그래 가서 대정을 허니깐, 정장이, 뱃사공을 정장(艇長)이라구 하는데 뱃사공이 압록강 있는 데다 배를 대가지구 사신을 지달리구 있다가. 참 점잖은 사람이 참 의관을 정제하고 부채를 부치구선 오더니

"나 데리러 왔느냐?" 구.

"예, 어서 타십시오."

그래 타가주구선 그래 거기 건너가믄 모해 여기서.

"중노에서 뭐 풍랑도 심하지 않구 허니 우리 농담이나 허구 슬슬 건너가세."

"아 그러세유."

그래, 그 사람이 저 저걸 테스트를 할려구. 압록강 뱃사람이 아무 것두 저 모르는 무지막지 한 놈을. 뱃사공 노릇이나 해서 먹구사는 놈이지. 뭐 일자무식이겠다. 이러구서 부채를 이렇게 부치다가 아 이래 쓱 감었는데. 접는 부챈데. 보니까 하얀 백로가 거기 그려 있어. 그 옛날 부챈데 저 정부에서, 정부기관 나라 돈으루다 부챌 만들어다가 베실아칠 하나씩 나눠주는 부채가 있거든. 정승 판서 이런 사람이나 부챌 찾아가지 웬만한 사람은 부채를 못 찾아가는데, 워낙 부대한 나라구 큰 나라니깐 사신이 부챌 가주 와서 이렇게 노면서

"자네 이 백로를 두구 글을 짓게."

아 그래 부챌 보니깐 하얗게 백로를 그렸는데. 부채에다 백로를 그렸는데, 하 못 짓는다구 그럴 수두 없구 말이야. 그래두 일자무식은 아니니깐 그래, 설적운산백운간(雪積雲山白雲間)이야. 눈 설(雪) 자, 쌓을 적(積)자, 구름 운(雲)자, 뫼 산(山)자 휠 백(白)자, 구름 운(雲)자 사이 간(間) 자. 게 설적운산

백운간이래는 게. 눈이 쌓여 있으니깐 물론 하얄 거 아냐? 그래 구름산이니까 저 구름 사이루다, 흰 구름 사이루다 백로가 지나가니깐. 눈을 지구 지나가는지 백로가 제 털루다 하얗게 해서 지나가는지 백운간으루 지나가니깐 아주 하얗기만 허대는 거지, 뭐야. 그래 그게 한 짝을 설적운산백운간이라구. 그 사람이 언제 뒤집어놨는지 부채를 훌렁 뒤집어놨어. 뒤집어 놓니깐 그 노무 까마귀야. 쌔까만 노무 까마귀가 있어.

"아, 사람아. 자네 실성을 했나? 똑똑한 사람인지 알았더니 이 사람이 실성한 사람이야. 왜 백로를 두고 글을 지어. 여기 까마권데 까마귀를 두고 글을 지어야지. 웬 백로 얘긴 왜 하구 있어."

"아 가만 있으라구. 남 얘길, 저 끝이 나기 전에 남 타박만 주느냐구. 내 얘기를 잘 들어보구선 타박을 줄 때 주더래두 가만히 있으라." 구.

그렇게 헌 하얗게 된 저 설적운산백운간인데. 그렇게 하얀 짐승이 우연비과산음소 섯다가 우연이 날아서 우연이래는 게 저두 모르게 그냥 가는 걸 우연이라구 그래잖어? 비과, 날 비(飛)자, 지날 과자, 비과 산음이래는 데가 중국땅인데 거기 큰 연못이 있어요. 연못 큰 걸 소라구 그러거든. 왜 저 소(沼)나 호(湖)나 거반 매찬가지야. 여기는 그 뭐 소양호니 뭐 이런 호가 있잖아. 그건 손데, 산음소를 지나다가 오락휘지세연지라. 그릇 오자, 그릇돼가지구. 휘지, 휘지를 왕휘지 갖다가 왕휘지라 그러거든. 성은 왕이구, 휘지는 왕휘지 이름인데. 왕휘지세연지야. 씻을 세(洗) 자. 저 벼룻돌 연(硯) 자, 못 지(池) 자. 벼룻돌 씻은 연못에 가 떨어졌다 그거야. 오락휘지세연지라. 왕이 잘못돼 가지구 '왕희지 벼룻돌 씻은 연못에 가 빠져서 백로가 요렇게 백로가 새카맣게 됐소.' 이거야.

그래 가만히 보니깐, 야 이놈이 벨안간 이렇게 돌려 잡아가지구 백로 두구 짓다가 저두 그렇게 얼른 까마귀 돼 가지구 글짓기가 어려운데, 그냥 션치(시원치) 못한 병신이 저렇게 허니 한국에 가믄 그 만조백관이 다 저놈보담은 죄난 사람인데, 내가 저 놈허구 신경이나 허다가 가는 수밖에 없다. 그러구서 어디 한 가지 더 한번 테스트를 해 봐야 되겠다 그러구선 이렇게, 아침에 이렇게 수염을, 점잖은 사람은 지금두 저 탈랜트들 수염 길루구 나오는 거 모양으로 수염이 길잖아?

"에헴"

이렇게 쓰다듬으니깐, 그 뱃사공은

"에헴"

하구 '너 떡 먹었어?' 그리는 줄 알구. 오나가나 떡보니깐 떡이야. 그래, 뭐야. 저

"에헴"

허구 그러는 게 너 염제 신농씨 아느냐구 그렇게 물어본 건데. 중국사신은

"에헴"

허구 '너 떡 먹었느냐?' 구 그 소린 줄 알구선 '아, 이렇게 세 갤 먹었다, 그거야.' 세 갤 먹었다구 이 손가락 셋을 이렇게 뻗쳐. 그래

'뭐, 저놈이 삼강(三綱)꺼지 안다구 그러는 모양이구나.'

삼강이래는 글자야. 삼강오륜(三綱五倫). 게

"그럼 너 이거까지 아느냐?"

'오륜두 아느냐?' 그랬더니 나 오륜꺼정, 배를 이렇게 쓱쓱 쓰다듬는 거야. 그래, 이 사람은 배가 불르게 먹었대는데, 이 저 뱃사공은. 떡을 다섯 개 먹었더니 배가 이렇게 불르드라 그래서 배를 쓰다듬는 거야. 배가 짠뜩 불르두룩 먹었다. 그런데 아 중국사신은

'이거 태호 복희씨까지 안다구 그러니 저놈이 아 참 사람두 잡아먹구서 핏똥을 눈대드니 저놈이 사신 잡아먹을 놈이라.' 구.

그러구선

"어이! 나 저 중국서 암호루다 나를 불르니 나 도루 압록강으루 도루 데려다 다오."

"아, 왜요?

"아, 나. 중국서 무신 일이 생겨서 날 오라구 그래서 가야한다구."

너헌테 쫒겨 간다구 그럴 수두 없구 그러니까 간다구. 그래서 그 사람은 중국사신을 쫒겨 보냈는데.

아, 그리기 전에 가다가 인제 중노에 와서 그래는데. '자, 자식이 그래 저게

그렇게 능통허구 돌라잡구 내가 하나 알믄 둘까지 안다구 그러구 둘 알믄 다섯꺼지 안다구 그러니 나 잡아먹을 놈이 저놈이다. 그러니 내가 그 저 한국조정에 가서 그 만조백관을 대할 때 내가 꼼짝못허구 망신당할 게 사실이다. 그러니깐 내가 집으로 돌아가야겠다.'

가는 도중에 사공을 이렇게 보니깐 눈이 하나 멀었어요. 사공이, 뱃사공이. 그래 조탁정장목(鳥啄艇長目)이라. 새가 사공에, 사공을 정장(艇長)이라구 그러거든. '조탁정장목이야. 새가 사공의 눈을 까먹었구나.' 그랬거든. 아, 사공이 에기 분하거든. '저 자식이 가뜩이나 눈이 먼 것두 원통헌데 새가 눈을 까먹었다구 그래?' 그래 어떻게 저놈을 넘게 잡아서 망신을 주나 그러구 이렇게 보니깐 고개를 이렇게 돌렸는데 입이 삐뚤어졌어. 바람을 맞아서 불취사신귀다. 바람이 불 취(吹)자. 불취사신귀야. 사신의 입으루다 바람이 불었구나. 그래 입이 삐뚤어졌대는 거야. 그래.

"불취사신귀야? 내 입이 삐뚤어졌대는 말이냐?"

"아, 이 쇳경을 보라." 구.

쇳경을 보니까 아닌 게 아니라 입이 삐뚤어졌어. 야, 이 이놈이 나한테다 대화루다두 한 마디두 지질 않으니 에이 가야겠다. 그러구선 쬦겨 들어가서, 그 환란을 정부에서 모면하드래.

[2003년 1월 3일 채록]

5. 중국에 사신으로 간 남편과 칼을 낳은 아내

줄거리

신혼인 선비가 당나라 사신을 가면서 아내를 맡길 데가 없어 친구한테 부탁을 했다. 친구는 자기 집 아랫방에 친구 부인을 자게하고 자신은 윗방에서 자기로 했다. 그리고는 친구 부인을 범하지 않기 위해 칼을 문지방에 꽂아 놓고 서로 먼저 넘어오는 사람을 찔러 죽이기로 친구 부인과 약속을 했다. 삼 개월 후 친구가 왔는데 아내가 배가 불러 친구에게 이유를 물으니 부인이 함께 자고 싶은 간절한 마음의 정기가 모여서 임신이 되었다는 변명을 한다. 그리고 십 개월 후 해산을 했는데 호박을 낳았고 호박을 쪼개보니 칼이 나왔다. 친구가 "보물이니 잘 보관하라" 해서 다락에 두었는데 중국 천자가 전쟁 중 그 보물이 감지돼서 말 수십 필에 쌀과 재물을 싣고 와서 그 보물과 바꾸려 했는데 칼을 찾아 꺼내보니 녹이 슬어 있었다. 그래서 가지고 온 보물을 싣고 가려는데 오던 길의 산이 갈라져서 다 싣고 갈 수가 없어 남기고 갔다.

▣ 옛날에 저, 선비가 그래두 베실을 한 가선대부나 뭐 호조참판 그 정도 베실을 했는데. 성은 박씬데, 밀양 박씨. 처를, 근데 나라에서 너 중국으로 사신을 몇 개월 갔다오너라 그리구 임금이 명을 내렸거던. 그래 뭐 거역할 수가 있어? 죽으래믄 죽는 판인데. 그래 중국으로 떠나야 할 텐데 단 둘이, 두 내외 사는 집이야. 자녀두, 결혼한 지 얼마 안 돼서 자녀두 없구. 그래 중국을, 사신을 가야할 텐데. 처를 누구한테다 맽길 데가 없어. 거 신혼부부가 떨어져서

혼자 내버리구 갈 수두 없구 그래서.

그래 일꾼을 하나 뒀는데. 아 일꾼은 남인데 그 노무 선머슴만 자기 신혼처를 맽기구 갈 수가 있어?

"아, 안 되겠다."

하구선 그 일꾼을 내보냈어. 이 일꾼은 안 되겠다 그러구선. 그리구 종당은 친구가 있는데, 친구를 찾아가선 부탁하기를,

"내 아내를 멫 개월, 내 중국 갔다, 사신 갔다 올 기간에 좀 보호해 주게."

"에이 이 사람, 다른 건 내 뭐든지 자네 청을 들어주겠지만 그래 자네 마누랄, 신혼 여성을 내가 어떻게 그걸 보호하느냐?" 구.

"그거 낮에만 가서 보호를 하구 밤에 내 우리 집이 와서 자께." 그랬더니

"거 안된다구. 밤에 집을 비워놓구, 꽃 같은 여자를 혼자 그 큰 집에서 자라구 내버려 두겠느냐?" 구.

"그럼 그걸 어떡헌단 말인가?"

아 하나는, 처는 웃방에서, 거 옛날에는 집이 대개 안방 웃방이 있잖아? 간을 막아서. 그래 처는 웃방에서 자구, 그 친구는 아랫방에서 자라구 그러는데 그 친구가 가만히 생각하기를 그래두 여인이 뜨뜻한 아랫목에서 자야지. 에라, 내가 이불을 더 덮더래두 웃방에서 자야겠다. 그래 친구는 웃방에서 자구, 그 친구의 부인은 아랫목에서 자는데. 가만히 생각하니깐 이게 남녀가, 청춘남녀지 둘 다. 이게 아래위에서 잔대믄 이게 결국 사고가 나지. 이게 사고가 안 난대는 건 자기 자신두 보장을 못한다구. '에라. 안 되겠다.' 그러구선 대장간에 가서 이거만한 칼을 세웠어. 잘 드는 비수를. 그래 세워가지구 와서 그 웃방 문지방이 이만큼씩 높았다구. 한 목적 두 자나 자 가웃이 됐는데. 거기다 구녁을 파구서 그 칼을 이렇게 박아놨어, 문지방에다. 그러구선 친구 부인더러 허는 말이

"만일에 내가 문지방을 넘는대믄 이 칼루다 나를 찔러 죽이구."

그 그러니깐 뭐 아주머니라구 그래는지 친구 부인더러

"집이서 여길 넘어오믄 내가 이 칼루다 당신을 찔러 죽일 테니까 항의 말아라."

"아 그러겠다." 구.

처음에 약조를 튼튼히 잘했지 아주.

근데 '그래두 친구를 생각을 헌들 그 만 리 바깥에 그 사신을 갔는데, 그렇게 정다운 친군데 자기 마누라를 부탁을 하구 갔는데 내가 흑심을 먹어서는 안 되겠다.' 그러구 아주 굳건히 정신을 가다듬고 자는데. 그 여자가 참을성이 없어가지구 말야. 거길 넘어갔어. 그 자기 영감 친구하구 같이 좀 잤으믄 좋겠는데. 그 칼 때문에 넘어 갈 수가 없어. 만일 넘어가믄 아, 찔러가지구 여지껏 참구 혼자 웃방에서 자던 사람이 칼루 찔르지 안 찔르길 만무라구. 아 그래 뇌심을 어떻게 했는지. '저 노무 칼 때문에 내가 가구 싶어두 저 웃방엘 못 넘어가는구나. 지척이 천 리래드니 정말 여기가 천리로구나.' 그러구선.

그래 그럭저럭 허다가 한 삼 개월 지나니깐, 참 친구가 왔거던. 그래 친구가 왔는데 벌써 마누라 보니까 배가 이렇게 불러. 자기 마누랄 두구간 친구한테 부탁을 하구 갔는데 배가 이렇게 불르드란 말이야. 아 믿을 놈이 친구두 못 믿겠다. 그래 의심은 친구 밖에 더 있어. 그래 아 근데 이저 자네한테 헐 말이 있는데

"참, 집을 봐줘서 고맙긴 고마우나 마누라 보홀 못해서 참 유감일세."

"아 마누랄 보홀 못했대는 게 무슨 말인가?"

"그 마누라 배가 저렇게 부른데. 근데 괜히 밥을 많이 먹어서 불른 것두 아니구 사고가 난 거야, 이건. 자네가 사고를 저질렀으니깐 그 신의를 배반한 걸세, 자네가."(기침)

"거, 두고 보세. 난 절대 그런 일이 없네. 하늘을 두고 맹세를 할 테니까 나중에 보세."

그 십 개월이 지나니깐 그래 하여튼 기분이 좋진 않았지, 남편이. '두구 보세.' 그랬지만. 그래 십 개월이 지나니까 어린앨 낳았어. 어린앨 낳았는데. 이만한 노무 호박을 낳았어, 호박. 아주 그냥 참 저 뻥끼칠을 그거 한 모양으로 반질반질한 호박을 하날 낳았어. 그래 호박을 낳았는데 자기 친구를 불렀어. 이게 참 이상스럽지. 사람이 거, 배가 이렇게 불렀는데. 에기 사람을 낳을 줄 알았더니 호박을 낳았으니 이게 필유곡절한 일이다, 그러구선. 친구를 불러 가지구선.

"왜 불르느냐?" 구.

"아 마누라가 해산을 했는데 호박 같은 걸 낳았는데 이상스럽지 않느냐?"

그래 그냥 보니깐 참 정말 호박이야. 그거 칼,

"이 칼루다 저 이거 갈라보라?" 구,

그래 친구더러, 그러니까 그 마누라 영감더러 갈라보라구 그러니깐 딱 반을 쭉 쪼개니깐 똑같은 노무 칼이 나와. 그 호박 속에서. 그 문지방에 세워놓던 칼이 또 그 속에 또 하나 있더라 그거야. 그래 그때서야 이제 칼을 세웠다는 얘기를 안 했는데, 가서 그 웃방에 선반 위에다 잘 보호했다가 꺼내면섬

"자, 이거 대 보게. 요거 하구 똑같은 칼이 아닌가. 내가 신혼 초에 대장간에서 칼을 세워다가 이 문지방에다 세워놓으면섬 자네 마누라더러 그랬어. 내가 이 문지방을 넘어서면은 이 칼루다 날 죽이구, 자네 마누라가 문지방을 넘어서면 위로하면 내가 이 칼루다 죽이자구 약조를 했어. 그러니 칼을, 이 필시 자네 마누라가 나를 사모해가지구 나한테루 올랴구 그랬는데 이 칼이 무서와서 못 와 가지구 뇌심천만 해가지구선 너무 그거 끓여다가 칼의 정기가 뱃속에 들어가서 그게 뭉쳐가지구 임신이 된 거라 그거야. 그러니까 이게 아주 큰 보물일세. 이거 잘 싸서 다락에다 두게. 나중에 써 먹을는 줄도 몰라."

그렇지 한 이 개월 있다가 중국 천자가 그 누가 있거든. 베란다라구 그러지. 돌아댕기는데. 아파트 앞에 거 창살 있는데. 거 임금 노는데. 지금두 고궁에 가보믄 그런 게 있잖아 난간 그런 거 해 놓구 댕기는 데가, 마루. 거길 거니니깐. 그때 조선이지. 조선에 서기가 냅다 치 뻗쳐. 그 비행기 왜 저 뭐 무신 광선이라구 그러더라 거? 그래 비행기, 밤에 조명 비춰가지구 비행기 찾는 거, 적기. (채록자 : 서치라이트요.) 그거를, 그거 뻗치듯 뻗쳤는데

"거기 큰 보물이 있으니 그거 가서 사가지구 와라. 돈은 쥔이 달라는 대루 주고 사와."

천자가 이렇게 명하니깐 중국 인제 장사꾼이 말을 타구선 한국엘 와서 그 집을 찾아가가주구선

"보물이 있으니 내놔 봐라."

"우리 집은 원 빈한해서 가난한 관계루다 보물이래는 게 유전지물두 없구

그러니 가라." 구.

"아니라구 보물이 있다." 구.

암만 찾아봐두 그 사신이 와서 찾구 자기두 찾구 아무리 찾아봐두 보물이래는 게 없어. 아무 것두 없지, 뭐 신접살림이니깐. 그래 도루 갔어. 가가지구 천자더러 얘길 허니깐 암만 뒤져봐두 없드라 이거야. 그래 저녁에 또 저녁을 먹구 그 천자가 떡 거길 보니깐 역시 뻗치거든 그냥.

"거, 저거 봐라."

그 사람더러

"저렇게 뻗치는데 게 보물을 못 찾구 기냥 와. 뭐든지 어디든지 다 올라가서 찾아 봐."

그래 또 왔어. 말을 타구 와서 역시 올라가서 땅바닥에서 암만 찾아봐두 없는데, 문이 하나 있길래 문을 딱 여니까 다락인데 거길 올라가 보니까 뭘 쥥이에다, 이렇게 창호지루다 거 창호지라구 그러잖아? 문 발르는 거. 싸구 싸서 끄나플로 뎅여 놓은 게 있어.

"이게 뭐냐?" 구.

그걸 가주 내려와서 안방에다 펴 놓구선 뜩 보니까 칼이야. 저 부인 뱃속에서 나온 칼이란 말야.

"아, 이거라구. 이게 보물이라구. 내 지금 가져가구 싶어두 댓가를 가져와서 가주갈 테니 잘 두라구. 만지지두 말구 고대루 위해두라." 구.

"당신이 갖다 싼 채루다 해서 두구 가슈."

아 그래 그 사람이 다락에다 놓던 자리에 두구 가서 천자더러

"아, 찾았다." 구.

"그게 뭐더냐?"

"아주 잘 드는 비수라." 구.

자초지종은 물어보지두 않구. 거 보물이니까 그냥 간 거지.

"그래 그거여야 한다."

그래 말 십여 필에다가 쌀이구 그냥 금은 보화구 돈이구 그냥 죄 실구 와가지구선 그 집에 와서 기냥 척척 안마당에다 부리구 그 봉당 마루에다 다 부리

구선. 그 칼을 가주 나왔는데. 칼을 싼 걸 이렇게 헤쳐 보니깐, 광채두 안 나. 아주 그냥 뭐 쇠, 쇠쪼각 모냥으루 돼 있어요, 그게. 그렇게 번쩍번쩍 허더니, 윤이 나더니

"그래 어떻게 해서 이렇게 됐느냐?"

그랬더니

"글쎄 만져꺼리지 않았느냐? 여보 안 만져겨렸으면 칼이 이렇게 변질이 될 리가 없어."

근데 이 사람이 그거 부자 될 팔자가 아니믄 할 수 없는 거야. 그 칼을 가주 가서 뭐 십여 필을 말을 데리구선 금은보화를 실구 온다구 그랬으니 그래 그게 그렇게 값이 많구 서기가 뻗쳐서 중국천자가 여기까지 내다 봤느냐구. 그래 그걸 칼을 이렇게 붙들구 가만히 보구만 있었으면 괜찮은 건데. 이걸 칼을 붙들면 이렇게 물건 좋은 거야? 들어보잖아. 이게 물건 좋은 거야? 그러구 앞을 내다보구 쳐들어 봤단 말야. 그리구선 도루 싸서 놨어. 그것 밖에 한 짓이 없거든.

"그래 어서 그랬느냐?"

그랬더니 방에서두 그러지 않구 바깥에 나가서 그 마루에 앉아서 바깥을 내다 보구서 저 산을 보구서 이렇게 쳐들었다구. 근데 이렇게 보니깐 산이 이렇게 쩍 갈라졌더래. 이렇게 들었는데 산이 쩍 갈라졌어. 그래 에 소용없네. 아 죄 실구 갔네. 그래 내버리구 좀 갔겠지, 죄 실구 갔을 리 있어? 그래 부자는 되긴 패물 내버리구 가는 식으루다 내버리구 가서 먹구 갈만큼은 확보 했는데. 아 천자더러 그랬더니

"에이, 아 우리 나라에서 그랬으면 붙들어다 사형을 처하는 건데. 그게 뭐 제후왕, 제후국인데. 그 타국에 있는 사람을 붙들어다 죽일 수두 없구. 아 할 수 없지."

"그 왜 그걸 살려구 그러냐?" 구.

"저기 저 우리가 저 오랑캐 치러 갈래두 저 산령을 넘어갈 수가 없어. 말을 가지구 수레 가지구. 뭐 그래서 그 산을 끊기 위해서 그 저 하느님이 뭐야 그 보물을 나한테 제공해준 걸 그 사람이 잘못해서 실패를 다 했다." 구.

거 천자가 그러니깐 고만 끝이 나 버리구. 나중에 그 저 중국 사신이 간 뒤에 칼을, 방에 들어가서 지 마누라하구 둘이서 펴보니깐, 기냥 뭐 생철 조각이나 매찬가지야. 녹 쓸어가지구 못 쓰게 됐드래. 그래서 그 재산 복이 없으면 그렇게 실패를 당헌대는 얘기야. 그게 끝이야. 끝이 시원치 않지, 마무리를 잘해야 하는데.

[2003년 5월 3일 채록]

6. 임금도 도와주지 못한 운 나쁜 선비

● 줄거리

옛날 가난한 선비가 살았다. 선비의 이야기가 임금에게 알려졌다. 임금이 와서 보니 학식이 많으나 몹시 가난하여 조반석죽을 하는 처지였다. 임금이 선비를 등용시키려고 비용을 다 대고 임시 과거를 치르도록 했다. 평소에 못 먹던 사람이 과거 전날 갑자기 진수성찬을 먹으니 복통이 나서 과거보는 날 참석을 못했다. 그 다음 또 임금이 배려를 했는데 또 아파서 못 갔다. 결국 그 선비는 등용되지 못하고 그 덕에 선비 친구가 급제를 했다.

▣저 국상이 났는데. 임금이 돌아가가지구선 인제 장사를 치르게 됐는데. 이제 조선 팔도, 그때는 조선 팔도 아니야? 조선 팔도에 지관, 용한 지관이래는 지관은 다 그냥 불러서 방을 써서 '능자리를 봐라.' 그렇게 명을 내렸는데. 그래 제마다 전라도 경상도 뭐 충청도 함경도구 뭐구 경기도 다 싸 댕기면서 산소 자리를 보는 거지, 능자리를. 그래 지관이 강원도 지방에 가니깐 골 안에서 산 밑에 평평한 데서 달구질 소리가 나구 사람이 십여 명 뫼 섰더래. 그래서 다른 사람 같으면 산에서 저 사람 장사지내는구나. 뭐 이렇게 그냥 지나갈 텐데. 그래 지관이니까. '어떤 사람이 얼마나 좋은 자리를 봤나? 명관이구나.' 하구. 거길 가 보니깐 벌써 지관이 그걸 들여다보나? 거 위치가 어떻게 되나 그것부터 살펴보고서 용마루 쇠를 놓구 보니깐, 아주 망지야. 거기다 산소를 쓰면은 상제구 뭐구 아주 그냥 몰사하는 자리야. 그래

“이게 누가 잡았느냐?” 구.

안 봤으면 몰라두 본 이상 그냥 그걸 그냥 두고 갈수 업구 그래서. 틀림없이 몰사할 자리야. 그런 사람은 끝까지 다 본다구.

“아, 이거 누가 잡았는가?”

저기 저 글 배는 선비가 가서 산소자리 좀 잡아달라구. 그래서 안 오는 걸 억질루 모시고 와서 잡은 자리예요. 글 두 많이 읽고 아주 유명한 선비라구.

“아, 그러냐?” 구. “여기 쓰지 말라.” 구.

“왜 쓰지 말래느냐?”

“여기 쓰면 말야, 삼형제구 사형제구 아주 몰사야. 하관 하구 나선 신체를 땅에다 놓고 쓸어 묻으면 몰사하는 자리니깐 내가 안 봤으면 몰라두 보구서 그냥 지나갈 수 없다. 제발 여기 쓰지 말라.” 구

“안 된다구 몰사해두 관계없으니까 여기다 써야한다” 구.

“그 이유가 뭐냐?

하니까, 산골에서 살다가 아버지가 돌아가셨는데 장사 밥쌀이 없어요. 동네서 와서 달구질을 해주구 그래두 점심 대접할 쌀이 없어서 이 쌀을 동네 유사라구 있어요. 소임이라구두 그러구 유사라구 그러기두 하는데. 그 사람이 가가호호 다니면서 쌀을 한 됫박씩 걷어가지구 그 쌀로다 밥을 해가지구 대접한 건데 아 오늘 장사 못 지내면 오늘 장사 마치질 못해. 그러니까 안된다구.

아 화질머리가 나니깐 거기다 부득부득 쓴다는데. 그래 호주머니에서 그냥 돈을 한 뭉치 끄내서 놨어요.

“이 돈 가지고 쌀 사고 그래서 요기다 써라. 내 잡아줄게.”

그래 고 위에다 요렇게 잡았는데 이렇게 보니깐 오시, 오시하관인데, 오시면 열두 시가 지나서 오시라 그러거든. 그럼 열한 시나 열 시에 사시라는 게, 사시에 발복이 된다 그거야. 장사 지내기 전에 부자되는 자리라 그거야. 자기두 알아요, 그걸. 자기가 잡아준 거니까. 오시하관인데 사시발복이라. 장사 지내기 전에 부자가 되는 자리로구나. ‘그래 이런 자리를 빼뜨려놓구선 그 선비가 글을 헛 뱄지. 이런 자리를 잡아 줬느냐?’ 구. 이런 자리를 잡아줬나.

"그 장사 여기다 치루시오?"

죄 쓸어 메꾸구, 그래 돈을 줬어. 쌀이구 뭐구. 몇 달을 먹을 걸 나라 지관이 끄내놓고 갔으니까 그대로다 실행하지. 이 사람은 그 선비 저 산소자리를 잡아준 사람을 책을 헐랴구 싫다구 안 가는 게 났지. 그걸 그렇게 잡아줬느냐. 그게 사람 할 도리냐. 책을 잡아 줄려구 갔는데.

"쥔 계슈?"

"예, 어서 오십시오."

글을 읽던 책을 탁 덮어놓고 문을 열구서

"누추해서 들어오시라구 그럴 수두 없구, 이거 어떡하지요?"

"아, 괜찮다." 구

그러구서. 가니까 뭐 옛날 얘기 모양으로 지직을 열두 짚을 깔았어요. 한 짚을 깔아도 방이 시원치 않은데, 새 자릴 깔 수가 없으니까 가세로다 오려가지구서 성한 데를 이어 깔고 열두 짚을 깐 거야. 그래 아무데나 앉아가지구서

"아유, 오다가 저 아래 장삿집이 있는데, 장사 잘 지내줬느냐?"

점심 밥 쌀이 없어서 그 동네 분들이 각자 추렴을 내서 한 됫박 쌀을 내서 장사를 지내는데.

"아, 그래 누가 자릴 잡았느냐?"

"아, 날더러 어떻게 잡아달라고 해서 하나 그래 잡아줬죠."

"여보, 그거 안 잡아주면 안 잡아주는 게 낫지. 그런데다 상제가 몰사할 자리에다 잡아줬냐?"

"에이! 그런 자리를 잡아주지 않으면 누가 지나가다 좋은 자리를 잡아주면 아 그렇구나 좋은 자리 잡아줬구나 그냥 지나가지. 벌써 그 사람 부자 됐어요. 그런 자리를 잡아줬기 때문에 화질머리가 난 지관이 돈을 끄내주고 여기서 쓰라구 잡아주고 갔을 거라구."

그러니 자기 찜 쪄 먹는 사람이지 뭐야. 야 이게 노루 위에 뭐 파리 있대는 식으로. 나보다 더 날랜 놈 없다는, 노루가 뛰는데 파리가 등에서 웽 웽 하구 앞질러 가더라는 식으루.

"지금 국상이 났는데 능자리 하나 나하구 같이 댕기믄선 잡아드립시다."

"아유, 난 어떻게 한 번 실수를 범했는데. 에이, 난 팔자가 이러니까 난 글이나 읊겠다." 구.

그 사람은 가구,

"난 가겠다." 구.

간 뒤에 웬 사람이 하나 찾아와 가지구 뭘 봐 달라구 그러는데 난 그런 거 절대 못 본다구. 그런데 가만히 그 사람이 보니깐 글이구 뭐구 집 가세구 뭐구 가는 건 사실이야. 나라에다 천거하구 싶어두. 본인이 말을 안 듣기 때문에 이걸 어떡허나 하구서. 그래 임금 앞에 가서 그 얘기를 했어요. 그 얘기를 했는데

"참, 그래 재주는 비상한 재주를 가졌는데 말을 안 들으니 어떡하느냐?"

임금이

'그런 유명한 사람을 내가 데려다가 신할 맨들어야지. 그냥 있어서는 안 되겠다.'

그래 보호자하고 호위병 하나를 데리구서, 임금이 평복을 입구서 야순을 하는 거야. 거길 갔어.

"주인 양반 계십니까?"

역시 글을 또 읽거든. 그래

"근데 글만 읽구 왜 과거도 안 보고 글만 읽구 과거를 안 보냐?" 구.

"나같이 단문한 사람이 촌구석에서 과거 볼 글이 못 된다." 구.

"아, 벨 소리 다 한다." 구.

보니까 옆에 자기가 지은 글이 책이 있는데 그걸 쳐들어보니깐

사람 인(人)자 까치 작(鵲) 자야. 인작(人鵲)이라구. 사람 까치래는 거야. 제목을 그렇게 놓구선 그 사람이 글은 게 죽 있는데. 책을 덮어놓고, 글 잘 지셨는데. 임금 체도 안 허고 그래 가만히 선비가 보니깐

"보통사람은 아닌데 임금이 아니냐?" 구.

그렇게 탄로를 낼 수 도 없구.

"아유, 별말씀을 다하신다." 구.

"혼자 독학하면서 과거 볼 글은 못 된다." 구.

"과거 본다는 소리 들어봤느냐?" 니까.

"금시초문이올시다. 처음 듣는다." 구.

"아니라." 구. "내일모레 임금이 아주 특이한 재주를 인재를 뽑기 위해서 임시과거를 보니 그때 꼭 오시오."

"아! 정말이에요?"

"아! 그럼 정말이지. 내가 선비한테 거짓말을 하겠냐?" 구.

그래 그날 별안간 신하를 시켜서 과거를 보라구 사면 방을 써붙여가지구 과거를 보는데 어떻게 나라에서 별안간 과거를 보나 하구선 선비덜이 의아해가지구. 그래도 방을 써붙였으니까, 이 사람이 역시

"과거준비를 허는데 과거보려 갈래두 장비를 갖출 수 없어 못 간다." 구,

"왜 못 갖추냐?" 구

그랬더니.

"아, 조석은 간데 없구 조반석죽인데 아침에두 간신히 밥알이나 먹고 저녁에 죽 쒀먹고. 종이 살 돈두 없구 붓 살 돈두 없구 그래서 또 여비도 없고 그래서 못 간다." 구.

"그러지 말고 이 그림은 과거 보구서도 남는다." 구.

"어이 별말씀을 재물 가지구 어딜 행세를 하겠냐?" 구.

꼭 오라구 하는데 못 간다는데 돈이 없어서. 그래 할 수 없이 임금이 시켜서, 아 호위병이 돈 안가지구 다니겠어? 그래 소매에서, 도포에서, 야순이니까 도포만 입고 다니지. 관복은 안 입어요. 도포 소매서 한 망태 꺼내 주면서

"이걸 가지구 쌀 사고 지필묵 사구서 여비도 충분할 테니까. 꼭 과거를 보러오라." 구.

"이렇게 하시는데 안 갈 수가 있느냐." 구. "낙방을 하더라도 꼭 가겠습니다."

그래 감사의 예를 마치구서,

"갈 길이 바빠서 가야겠다."

돌아와서 이제 그 날만 기다리는 거지 뭐야. 문제를 뭘 제시했냐하믄 인작(人鵲)이라구. 사람 인(人)자 까치 작(鵲)자. 인작이라. 문제를 써 붙였어. 다른 사람이래는 게, 사람까치라는 게 언어도단이지 들어보지두 못한 문군데.

인작이라는 게, 뭣이 말라죽은 거야. 인작이 그래. 맹자 천족에 유탁탁지상이라구 선상님이 그랬는데. 그 사람 급제하기 위해서 인작이라는 걸 임금이 낸 거야. 입시관두루

"오늘 문제를 인작으로다 내라."

그래 입시관들도 모르네. 인작이 뭔지.

근데 그 사람도 모르네. 근데 그 사람이 어떻게 연구를 했냐하믄, 정성이 지극하면 지성이 감천이라구. 글 가운데서 그걸 봤기 때문에. 우리두 정성을 들여보자. 그러구선 저녁 먹구 나서 사다리를 그 앞에 오동나무가 있는데, 오동나무에 사다리를 그 앞에 걸쳐놓구 땅바닥에 가서 입으로다 막대기를 물고 가서 까치집 짓는 거 있잖아. 이렇게 까깍 하고 가서 세 마디를 하고 내려오는 거야. 영감이 그렇게 하고 내려오면 마누라가 또 하나 물구가서 깍깍 하고 거반 다 성사가 됐어. 까치집이. 여러 날 올라갔다 내려왔다 해. 뭐 실패가 있어? 까치는 넣다가 뭐 땅에 떨어지는 게 반이나 된다구. 까치가 까치 집 짓는데. 이 사람들은 가 보니깐 임금이 보니깐 까치집을 훌륭하게 지어 놨드래.

'야, 정성을, 이 사람들이 기도하는 거나 마찬가지지. 정안수 촛불만 안 켜놨지 기도하는 거로구나.'

그래 그걸, 그 사람 오기만 고대고대 기다리는데, 글을 지었는데 누가 지었느냐 하면.

이웃집 요부하게 사는 선빈데 친군데.

"과거 보러가세."

조반을 먹지 못해 보리밥만 먹다 죽만 먹다 갖은 반찬으로다 밥을 해먹으니까 배가 탄로가 나가지구 배가 아파서 당체 꼼짝을 할 수 없잖아. 전부 갖췄는데 장비를. 지필묵이고 뭐 다 사가지구 보따리까지 해서 싸놨는데. 조반을 먹고 나니까 배가 아파서 데굴데굴 굴르는 거야. 맹장 걸린 사람 모냥. 그래서 못 갔어. 근데 그 친구가 와서 가자했는데 배가 아파서 가자 할 수가 있어? 지금 같으면 병원이 허다한데 병원 간다 하지만. 옛날에야 편작이 아니면, 참 의사라는 게 소리도 못 듣던 시댄데. 그럼 자네 책이나 좀 빌려주게. 아 그럼 가주가라구. 그래 그 책을 가지고 가서 떡 보니까 인작이라고 글제를

쏙 붙여놨네. 그래 그걸 들쳐보니 거기 인작이라는 게 있잖아요. 친구가 지어 놓은 글이. 그래 그대로 베껴놓은 거야. 입시관이 보니까. 그 사람 하나만 잘 써놨지. 인작이라는 게 뭐 의미를 알아야 글을 짓지. 논문을 지을려면 인작이라는 게 뭐 어떻게 해가지구. 사람 까치가 됐다 뭘 알아야 뭘 쓸 텐데 못 쓰구서 그래 백지를 다 내는 거야. 근데 그 친구 하나가 딱 입시관한테 냈더니 입시관이 보니까 잘 지었어요. 그래 임금 앞에 갖다 냈더니.

"그 사람 배알을 시켜라."

그래서 임금 앞에 배알을 시켜 절을 했는데 고개를 좀 쳐들어 보라고 그러니 아 그 사람이 아니거든.

'거, 이상스럽다. 분명히 내가 그 사람 과거 급제 시킬려구 그랬는데, 그 사람 위해서 그랬는데 딴사람이 됐네. 무슨 변고가 난 모양이다.'

그날 저녁 거길 또 가보았어요. 역시 글을 일고 있어요. 근데 왜.

"실례합니다. 엊저녁에 왔던 사람이 또 볼일이 있어 또 왔다." 구.

"예, 어서 들어오시라." 구.

"근데 왜 과거 안 보러 왔냐?" 구. 하니까

"아, 과거 보려고 했는데 별안간 배가 아파서 허리가 끊어지는 거 같구. 헐수 없이 못 갔다." 구.

"근데 그 책을 누구 빌려 줬수?"

"아, 친구가 와서 과거 보러 가자 해서 . 책이나 빌려달라고 해서. 내가 데굴데굴 굴르는 형상을 보고서 책이나 빌려달라고 해서 빌려줬다." 구.

'음, 그래서 인작이라는 걸 보구서 써 가지구선 벼슬을 했구나.'

또 보구선

"다른 글제를 하나 내가지구서 낼 모래 또 본댑디다. 임금이 인재를 많이 구할려구 애를 쓰니까 또 본대서. 임시과거라." 구.

"아니 그 소리 못 들어봤다." 구.

"아니야. 별안간 임시로다 방을 써 붙였으니까 여기 거리가 머니까 못 본 모양이라구. 틀림없다." 구.

근데 역시 또 그날 닥치는데 또 배가 아파. 가난은 나라 상감도 구제를 못

한대. 옛날서부텀 아무리 임금이 도와준대도 팔자에도 없는 부자는 맨들 수가 없다 그래. 그래 또 못 갔어요. 이웃집 친구 하나가 또 찾아와서 책을 가주가서 고거 글제대루다 써내니까 영락없이 대과 급제했지 뭐야. 그래 가보니까 이번엔 임금이 안 가고 신하만 둘을 보냈어요. 이번에 또 안 왔으니까, '왜 안 왔나? 연고나 알고 보자.' 그래 가만히 보니까 '아이고 아이고' 울더라 이거야. 아니 사전에.

"이 사람은 물질로다 먼저 구제를 해줘야지 벼슬은 못해. 팔자가. 기박해서 벼슬을 못하고 국녹을 못 먹을 사람이야. 금뎅이나 하나 갖다 줘라."

그래 신하를 시켜 이만한 노무 금덩이를 창문으로 이렇게 열구서 집어 던졌단 말야. 그래 불을 끄고 자는 데다. 아 금뎅이가 떨어지는 통에 그놈이 대가리를 맞았네. 그래 뇌출혈루다 죽었단 말이에요. 그래 다음에 며칠 있다가

"어떻게 하고 있나, 집을 다시 짓고 쌀이고 장작이고 전부 금을 팔아서 잘 지내고 있을 거야. 가서 자세히 알아보고 오너라. 부자가 됐나 안됐나."

그러니까 여자가 울더래지 뭐야.

"아이고 아이고" 하고.

"왜 우느냐?"

하니까 아 어떤 사람이 금덩이를 집어 던져서 우리 신랑이 대가리가 터져서 죽었다고. 그러니 그때부터 백성 가난 구제는 나라 상감도 구제를 못한다 그거야. 잘 살라고 했는데 왜 영감 골수백이가 터져서 죽었어.

그래 그 사람은 글이나 읽다가 한세상 보내는 거지. 과거도 못하고 부자노릇도 못하고 그냥 죽은 거야. 가난은 나라 상감도 못 당한다는 거지 뭐야.

[2003년 5월 3일 채록]

7. 호랑이껍질을 세 번 벗겨 먹다

줄거리

옛날 어느 동네에, 짚신을 삼아서 파는 사람이 있었다. 강아지를 한 마리 사서 마당에서 길렀다. 산에서 내려온 호랑이가 그 강아지를 잡아먹으려고 담 아래 뚫어놓은 수채구멍에 꼬리를 들이밀고 강아지가 그 꼬리를 물기를 기다리고 앉아있었다. 그러나 강아지는 호랑이의 꼬리를 물지 않고, 큰 소리로 짖기만 했다. 집주인이 이상하게 생각하고 나왔다가, 담 너머에 앉아있는 집채 같은 호랑이를 발견하였다. 집 주인은 호랑이를 골려 줄 양으로, 미투리 삼을 때 쓰는 집게로 호랑이의 꼬리를 물려놓았다. 그리고 담 너머로 똥장군을 집어던지자, 놀란 호랑이가 혼비백산 도망을 갔다. 새벽에 나가보니 호랑이의 껍질은 집게에 물려있었다. 몸뚱이만 도망을 친 것이다.

미련한 호랑이는 삼년 후에 다시 강아지를 넘보았으나, 다시 전과 같이 가죽만 벗겨진 채 도망을 했다. 그 후에도 호랑이는 다시 강아지를 탐냈으나, 역시 가죽만 벗겨진 채 도망을 했다는 이야기이다. 그러니까 한 마리의 호랑이에게서 세 번이나 가죽을 벗겨 팔았다는 거짓말 같은 이야기이다.

▣ 호랭이껍질을 옛날 사람이 호랭이 껍질을 세 번을 벳겨서 팔아먹었어. 산 호랭이 한 마리를 가지구. 거 재주덜 용하지? 뭐, 거짓말이지. 이게 호랭이가 한 번 가죽 벡기믄 그만이지 어서 다시 가죽이 생기구 털이 나?

전에 시골사람이 하는 미투리라고 봤어요? 신발, 짚신인데. 미투리라는 게, 삼 있잖아. 베 짜는 거. 그걸 조략이라고 그러는데, 조략이라고. 요걸 비벼가지구 총을 맨들어서 요걸 쪽 박아가지구 짚신을 삼으면 아주 참, 구두같다구, 구두. 지금 구두하구 안 바꿔요. 거기다 풀칠을 해가지구서 아교칠을 해가지구서 골을 멕여노믄 반질반지해요. 거 옛날엔 시골사람들이 미투리만 신으믄 '어우 참 그 사람 미투리 신구 왔다'구 인제 죄 우러러 봤는데. 그래 그걸 삼는데 그것도 틀이 있다구요. 그거 봤을 거야, 아마. (학생들을 둘러보며 동의를 구했으나 아무도 봤다는 반응을 보이지 않았다. 제보자는 약간 실망하는 표정을 지었다.) 짚신 삼는 거. 그걸 어떻게 하냐면 이렇게 찝는 게 있어요. 이렇게 찝구서 여기다 이 가죽을 이렇게 썬다구. (제보자는 안타까운 듯이 두 손을 오므렸다 폈다하며, 허리에 끈을 두르는 시늉을 했다.) 이걸 꽉 걍 찝는 겨. 그래 가지구선 저 미투리를 삼아 한 짝을 삼아가지구선 배 놨는데, 아 앞마당에서 강아지가 쪼끄만 강아지를, 산골이니까 인제 소리지. 들을 겸해서 적적허구 또 도난 방지두 되구 그러니까 강아지를 하나 갖다놨는데, '아릉 아릉' 하구선 뭘, 사람이 오믄 '컹컹' 짖을 텐데 요건 짖두 않구 그냥 '아릉 아릉' 허구 그래. 그래 문을 슬며시 열어보니깐, 가만 보니까, 그 저 담이 저 짚데미라구 돌맹이 섞어서 흙 이겨서 싼 담이 있는데, 거기 이렇게 구녕이 있다구여. 수채 구녕이라구 거 저 괭이 강아지나 들락날락하라구. 그래서 이렇게 공기통 같은 걸 내 놔요. 그럼 호랭이는 크니까 거길 들어오질 못허구 강아지가 안에 있으니까 냄샌 나구. 그 허니깐 호랭이가 꼬랭지를 거 수채구녕에다 디밀어. 그믄 호랭이 꼬랑지가 이만 하잖아. (눈을 동그랗게 뜨고 팔을 안쪽으로 펼치며) 아일 메타 아마 될 거야, 꼬랑지가. 그걸 이렇게 디밀믄 이 뭣 모르는 하룻강아지가 뭐 범 무서운 줄 모른다구, 그러는데. 그 꼬랑질 물믄 잡아 먹을라구. 그러는데, 그거 탁 치믄 이마빼기가 툭 쳐서 놓치구 놓치구 허니깐, 거 어치기 호랭이가 꼬랑질 디밀믄 또 물라구 디리 뎀비구. 가만히 보니깐 호랭이 꼬랑지더래지 뭐야. '내 이놈을 혼을 내줘야 겠다.' 하구선 그 저 찝개 이런게 있는데 찝개가 길이가 이거만 해. (두 팔을 벌려 굵기를 가늠해 보였다.) 그 참나무루다 납작하게 만들어 가지구선 뭐든지 이렇게 요기다 꽉 찝어 가지구선 요다 이걸 꽉 놓구선 씨믄, 잡아당겨두 안 빠진다구. 그걸 갖다 '아릉' 하구 오는 노무 걸 꼬랑지가 이만큼 한 노무 걸 중간쯤 이렇게 꽉 찝었어요, 호랑이 꼬랑지를. 그 찝개가 기럭지가 이거만 허다구. 게 이렇게 꽉 찝구선 이걸 이제 다 알았었는데 잊어버렸어, 걸. 일본 마른 '쯔바' 라구 그러더구 '쯔바'. 가락지를, 그걸 껴 가지구선 '에라. 이제 꼬랑지가 끊어질 판이니깐.' 잡아당기니깐 담에 걸렸지. 그게 구녕이 이렇게 막아 놨으니 찝개루 찝어가지구, 그러니 바깥에 나갔다가는 예기, 호랭이한테 물려 죽을 거구. '에이, 아 안되겠다.' 허구. 옛날엔 오줌뎅이라구 있어요. 인제 그 요강에다 오줌을 눠 가지구 거기다 눠 가지구 놔서 인제 그 통을, 물지게라구 있어, 물지게. 그래 가지구 보리밭에다 주구 인제 그랬거든? 그 오줌 거 저 보리밭에 준 지 얼마 안 돼서, 빈 오줌뎅이가 그 담 너머루다 넘겨드렸어, 그냥. 그니까 이 오줌뎅이가 겨울인데, 니기 담 너머 가서 호랭이 대가리 있는데 가서 냅다 베락 떨어지듯 하군 소리가, 지끔 참, 폭탄 터지는 거 모냥으루 호랭이가 힘을 걍, 죽을 힘을 써 가지군 냅다 달아나는데, 껍질이 홀랑 벗어졌대. 이 주뎅이서부터 홀랑 벗어졌대. 몸뗑이만, 알몸뎅이만 달아나는 거야. 아, 그땐 무서우니깐 뭐, 나가 보지두 못했데. '아릉' 소리를 냅다 질르구 피는 철철 나긴 났는데, '이놈이 달아났구나.' 인제 보니깐 그 찝개채 그냥 있대. 그래 '살아나가믄 안 되겠다.' 찝은 채 그냥 두구선, 뭐 잠두 안 오구. 미투리 삼을 기분두 안 나구. 그래 이불을 뒤집어 쓰구서 있으니깐, 인제 개들이 짖구 닭이 '꼬끼오' 허구 우니까, '인제 밝았구나.' 허군 문을 열구선 보니깐, 좀 침침하긴 해두, 문을 간신히 열구선 들어가 보니깐, 문을 열구선 거 담 있는 데서 이러구 보니깐, 기냥 집뎅이 같은 호랭이가 드러누워 있드래. 그래가지구 무서우니깐, 말야. 살았는 줄 알구선. 드러 누워 있으니깐. 죽었을 린 만무구, 뭐 꼬랑지 쪼끔 찝어다구 죽었을 거여? 원 뭐, 거 헐 수 없이 이웃집에 가서 친구를 한 서넛 데구 왔어.

"이거 호랭이가 지금 쓰러져 있는데 죽었는지 살았는지 근방에 갈 수도 없으니. 가 보세."

그래 서넛이 자기까지 넷이 가서 이렇게 들여다 보니깐, 게 뭐, 대가리구 주둥이서 피가 나오구 거 그래.

"아니 어찌 된 거야? 이 껍데기만 홀랑 벗어졌어."

"뭐야? 아니 알맹이가 없단 말야?"

"아니, 알맹이만 쪽 빠져 달아났는데."

그래 이렇게 해 보니깐 빈 껍데기더래.

"이봐, 자네 미투리 삼다가 자네 부자 됐네."

옛날엔 호랭이 피 하나면 호피 보통이 뭐, 영의정이나 이런 저 판서 이런 벼슬이라야 그나마 호피(虎皮), 그 저 동네 가랑 만송리 하면 만송리 가서 그저 인물루다 멋으루다 그걸 덮었느냐 하믄, 신행길에 교군 저 신부 사린교라구 있는데, 사린교 앞에다 이걸 덮어. 그러믄 잡귀가, 옛날엔 손각시가 그렇게 많다구, 시집 가믄 손각시가 안 따라오는 사람이 별루 없어요. 손각시 그 귀신이 여자한테 거 와 가지구서는, 그 알리는 거야. 에, 손각시라는 게 처녀 죽은 게 손각신데, 그, 그거 방비허기, 귀신 방비하기 위해서 호피를 거기다 씨우는 거야. 아주 쭉 돌아가지구 턱 덮구 호피 하나믄 사린교를 거기다 다 싼다구. 그믄 부자래야지. 서울 일류 가는 부자래야 그걸 갖지. 그렇지 않음 못 갖는데. 그걸 팔아가지구, 수십 년 미투리 삼을 걸 하루저녁에 나왔어요. 그걸 서울 가서 팔았는데, 이 사람이 아, 호랭일 산 채루 그래 껍데길 벳겨서 몸뎅이가 빠져 났갔는데 이놈이 어디 가서 죽었지, 껍질 없는 놈이 어떻게 목숨을 살았을 리가 있나? 그 동네사람이 그 놈을 찾아다니는데 생전 있어요? (숨을 고르고 한참 뜸을 들였다.)

근데 한 삼년이 됐는데, 근데 그땐 미투리두 안 삼었대요. 호랭이 껍질 팔아 가지구선 참, 미비한 걸 다 갖춰 놓구 사는데, 그 다음에 언제 그때서부텀 좀 형편이 여유가 있구 그러니깐, 말꾼들이 뫼 들구. 그래 아, 느직하게 두루 얘기하다가 메밀묵을 잘 쒀 먹었다구. 시골선, 메밀은 뽑아가지구 그걸 갈아 가지구선 반죽을, 참 반죽을 해서 물을 끓여가지구선 그래 사발 은근한 물에 넣어 가지구선 메밀묵을, 묵을 쒀서 한 그릇씩 먹구 났는데, 아 강아지가 또 '아릉 아릉' 하드래지 뭐야. '거 이상시럽다. 이게 그놈에 호랭이가 또 왔을 리는 만무구. 딴 놈이 또 왔나보다. 암놈이, 숫놈이 인제, 암놈이 왔나부다.' 그러구서 영낙없이 그 수채구멍에다 또 꼬랑지를 이렇게 디밀어. 아, 그거 먼저 허던 식으루다. 인제 두 번째니께 기술이 좀 들어갔구. (재미있다는 듯이 웃으며) 아, 그 벽에다가 이만큼 열시메다가 이그메다가 바짝 기냥 손을 저 가지구 이놈을 이렇게 깨뜨린 오줌뒹이를 또 장만해놨던지 오늘 또, (재미있다는 듯이 유쾌하게 웃었다.)

그 식으루다 이렇게 그 잔뜩 해 놓구시리 그러구선 또 빠져 나갔으려니 허구, 그땐 대문을 열구선 거 친구들이 또 서너 명이 있으니까 같이 나가서 보니깐

"아, 호랭이가 (재미있다는 듯이 웃었다.) 또 몸뗑이만 빠져 나갔다. '옳다.' 구 넌 또 이젠 부자 됐다. 산신령이 너를 복을 담아다 준다. 저 몸뎅이 빠져 나갔으니께 가서 찝개나 끼워 놔."

그저, 빼 가지구선 찝개를 쳐 놓구선, 배깥에 나가갔구선 호랭이 가죽을 또 그, 가죽도 그 너덧 명이 간신히 들구 들어와야 해. 참, 새루 베낀 가죽이니깐. 그래 이상한 거는 이게 어떻게, 암놈, 숫놈을 다 그놈일세, 그래.

"암놈일세."

"그래? 암놈이 뭐야. 숫놈인데."

아, 그래 보니까 수놈이야, 역시. 그래 인자 이걸 또 팔면 또 재산이 늘어, 아 그 부자 되구 개폼질루구 다니는 꼴을 누가 봐.

"아 자넨 밤샘을 했으니깐, 이건 팔아다 우리 넷이 노나 가지세. 나 혼자 안 먹을 거야. 자네두 밤샘을 허구 그랬으니까, 수고비는 내가 줘야지."

"에이, 싫으이. 자네 복인데 왜 우리가 끼나?"

"에이, 아냐. 혼자 먹을 게 아니래니까. 넷이 분식을 하세."

아, 가 파니깐 벌써 그 저 피물점에서 보더니,

"아, 이게 두 벌 호랭이 껍질이라." 구

두 번째 이게 털이 난 게 돼서 값이 적다구 이게. 반 값 밖에 안 주드래지 뭐야. 게, 이게 가죽은 털은. 우리가 보면 마찬가진데, 두 벌 호랭이 껍질이랜 게, 이게.

"그놈이 털이 나가지구 한 삼년 있다가 또 왔단 말이야?"

이래 와서 친구들이 그런 얘길 하니깐,

"거, 귀신은 귀신일세 그려. 우리넨, 자네랑 우리 셋이 봐두 뭐 별다른 차이가 없는데, 그 사람이 영낙 없네 그려. 그래 그놈이 또 어떻게 바루 가죽이

생기구 털이 나서 또 와서 그래, 강아지 잡아먹으려구 그런 덕에 껍질을 벳기구 가? 인자는 안 오갔지."

(웃음을 참지 못하고, 터지는 웃음을 참느라고 애를 썼다.)

며칠 후에 또 왔더래. 또 와서 그 식으루다 해 가지구선 나가 봤는데, 역시 근데, 그땐 새루, 이 뭐냐. 돼지 살찌믄 털이 드믄드믄 나오잖아, 이런 데, 집돼지. 그 식으루다 뭐 가죽이구 뭐구 시원치 않드래. 그래두 뭐 세 사람은 뭐, 용도가 없으니까. 피물점에 갖다가 주니까,

"아유, 이건 세 번 호랭이 껍질이라." 구. "이거 아무 소용 없다." 구. 수공이 아까우니 저, 수고비나 주라." 구.

뭐 전에 만원 받더래믄, 뭐 단 천 원두 안 주드래. 그래 세 번을, 호랭이 한 마리에 세 번을 껍질을 베껴다 팔았다는 얘기예요.

[채록자 : 호랭이가 개를 꽤 좋아하나 봐요. 세 번이나 껍질을]

[2003년 5월 3일 채록]

8. 시골 지직장수의 꾀

줄거리

일정 때 한 지직장수가 남산 구경을 갔다. 갑자기 똥이 마렵자 서울 사람을 속여 망을 보게 한 후 해결을 했다. 또 서울 장안에 들어가니 풀을 파는 사람이 있었다. 배가 고픈 지직장수는 음식인 줄 알고 풀을 사먹었다. 서울 사람이 왜 종이 바르는 풀을 사먹느냐고 묻자 지직장수는 이게 속병에는 특효인 물개피떡이라고 둘러댔다. 마침 속병이 있던 서울사람은 자기도 물개피떡을 사먹었다. 서울사람들이 시골 지직장수에게 속은 것이다.

▣ 여기 송우리 근방인데. 원래는, 거기 사람이 기냥 별안간 대변이 보고 싶어서. 그땐 공중변소라고 한 오리나 가야 있거나 말거나 있었다구. 일정 땐. 여기서도 서울구경 남산 구경 간다면 허다가 오줌이 마렵든지 대변이 마려우면 어떻게 할 도리가 없구 그래 남산도 일정 때, 공중변소, 거기나 어떻게 찾아가면 갔지. 화장실 달라고 할 수도 없구. 그래서 밥이구 물이구 맘대로 못 먹는다구. 서울 구경가면 그래 하루는 이놈이 밥을 많이 먹었든지 별안간 대변이 마려운데 어떻게 할 도리가 없고 변소는 없고 공중변소는 찾을 수 없구. 그래 꾀를 냈어요. 배때기를 잔뜩 바지 궤춤을 움켜지구선 내치면서 사람 살리라고 냅다 가는 거야. 신장로 복판으로 내 뛰면서 이렇게 가다 보니까 돗자리장수. 그전엔 지직장사가 많았다구. 강화에서 지직을 많이 갖다 팔았

는데 그 지직장사가 있는데

"아이구! 사람 좀 살리라." 구.

"아. 왜 그러냐?" 구.

"아 저놈이 사람 때려 죽이려고 한다." 구. "자리루다 뗑그렇게 해달라." 구.

자리 이렇게 해놓으면 여러 사람 들어갈 수 있잖아요. 자리가 크니까

"아, 그러라." 구.

그러구선

"여기 지나갔냐 하면 못봤다구 하라." 구 "난 잽히면 죽어. 아, 그렇게서 사람 좀 살려라."구.

"아 그려 무슨 죄를 지었는데 그래?" "아 죄도 아닌데 그렇게 때려 죽인다." 구.

그래 자리를 이렇게 똥그랗게 해서 자리가 이으면 거기 일 메타 한 삼십이나 사십 되는데 그에 그 안에서 맘대로다 씨러지게 대변을 본 거야. 이거 자리를 처 줘서. 그에 이 사람은 대변을 보고서 슬며시 나갔지 뭐. 나가니까 그에 지직장수는

"아, 이제 나올 때가 됐는데. 지나가는 사람도 없구, 쫓아오는 사람도 없구."

그런데

"아, 아무도 안 지나가는데 뭐 그 쪽으로 오는 사람도 없고. 그런데 왜 그렇게 있느냐?" 구.

대답이 없거든, 나중에

"아, 뭣허냐?" 구.

아, 나중에 들고 보니까, 지직 너머를 이렇게 넘겨보니까 아 똥을 이렇게 눈 거여, 지직 안에다. 그 뚱그렇게 이제 쳐줬더니 그래

"이 놈이 그래 이거 대변을 보다니 이 노무 촌놈이 와가지고 서울 지직장사 초쳤어? 이런 잡놈 겉으니라고. 아 그래 이놈을 어디가 붙들어야 헐틴디 어디서 붙들어?"

"아, 붙들긴 이 사람아, 어디가 붙들어. 젠장 시골놈한테 벌써 당했네. 뭘 붙들어?"

그러니 대변을 보구 나니깐 또 허출해지고 뭘 먹을 걸 찾아 댕기니, 이 촌

놈이 어디 음식점을 찾을 수두 없고 돈도 별루 없구. 이렇게 보니깐, 이 만한 재배기에다가 이 만큼씩, 풀을 이렇게 주걱으루다 떠서, 이렇게 한 덩이씩 한 덩이씩. 그 서울사람은 적삼이나 무신 하나 풀 멕일려면 한 덩이씩 사가거든, 풀을. 그래 고거 사갈려고 하나씩 떼놓으니깐, 보니깐 개떡 물에 담가 놓은 것 같더래. 촌놈이 보니깐

"아, 이거 배고픈 사람 하나씩 사먹으라고 물개피떡을 거기다 넣는가 보다."

그러구선

"나 그거 한 개만 주시오."

그랬더니 먹고 자실 게 있어? 풀이니. 우물우물 하다가 꿀떡 삼김 서너 개 먹었대. 그래 서울 사람인데. 참! 갓을 쓰고 망건에다 갓을 쓰고선, 참 도포를 입고서 점잖은 사람인데. 지나가면서

"거, 이 사람아. 풀을 왜 사 먹구 있나? 에미, 벨 놈이네."

"아, 이 사람아, 풀을 왜 사먹어. 거 엠병, 풀을 왜 사먹어? 풀 인줄 몰라서 사먹은 줄 알아? 이런 지나가면 지나가기나 하지. 남이 풀 사먹든지 물개피떡을 사먹든지 뭐 관계가 있어. 나도 괜히 사먹는 줄 알아? 이게 속병에 약이야! 나도 그래서 풀인 줄 알구선 사먹었어. 이 속병에 아주 직효래더라. 이 물개피떡이."

그래 이 놈이 가만히 생각해보니, 속병쟁이야. (웃음) 이 놈은 그리고 가버렸어. 가버린 게 아주 간 게 아니야. 저 자식이 가만히 보니깐 그 놈두 속병쟁인데, 나 본 년에 사먹을 수 없구. 나 간 년에 사 먹을라구 거기 섰구나. 그러구선, 그 옆에 와서 비켜서 가지고 망을 보니깐 아닌 게 아니라 이렇게 돌려다 봐서 사람이 안 뵈니깐

"나 좀 주시오."

거기서 디리 먹드래지 뭐야! 별안간 서너 덩이 사먹은 년에. 이 놈은 촌에서 와서 물개피떡은 줄 알고 사먹었지 풀인 줄 알고 내가 먹은 줄 알아? 이런.

"옘병! 야! 낫긴 위장병이 풀 먹어서 뭐이 나냐? 저 시골놈이나 서울놈이나 속긴 매찬가지다."

아! 그러구서 어딜 갔는데, 인제 거기서 볼일 보구, 그 사람하고 헤어졌는

데. 가니깐 그 사람이 그 서울, 거 왕십리 벌판이, 옛날엔 전부 야채밭이였어. 무, 뭐, 참외, 오이, 수박, 무슨 뭐! 무신 배추 이런 거 다 심어서 그걸루 먹구 사는데. 거기 가니깐 그 옆에 울타리가 이렇게 있는데. 그 배추밭, 오이밭, 참외밭에 가서 참외 따먹지 말라구 울타릴 해 놨는데. 거기 앉아서 이놈이 대변을 보더래지 뭐야? 갓을 쓰고. 별 잡놈 다 본다. 옘병 변소에 가서 갓 쓰고 똥 누는 놈은 너밖에 못 봤다? 풀을 그렇게 약이라고 사먹는 놈은 풀 안 먹는다고 그래더니 풀은 경을 쳐서 임마 사 먹구 있어? 임마! 나두 속병 때문에 풀을 사먹었지, 몰라서 사 먹은 줄 알어? 약이래서 사 먹었지. 마 갓 쓰고 똥 누는 너밖에 못 봤다. 아무도 시골에서도 화장실에 갈 땐 갓 두루매기 벗구 가는 거야. 에이! 잡놈 너 때문에 망신 톡톡이 당한다구. 그래 시골사람이 서울사람한테 언제든지 졌데 꾀에.

"참 재미있는 얘기가 아니야?"

(재밌어요. 재미있어요. 할아버지.)

"한 마디 해야지! 이걸 빼놓고 하면. 고 대목은"

(한 대목두 빼놓지 말구 다 해주세요.)(웃음)

[2003년 5월 3일 채록]

9. 식충이 장사 방연의 불행

줄거리

방연이라는 장사가 있었는데 살림이 넉넉하지 못해 항상 배가 고팠다. 그래서 밥 실컷 먹는 게 소원이었다. 하루는 장인 생일이 돼서 마누라가 친정에 데리고 가서 밥을 실컷 먹게 해 주었다. 밥을 먹은 후 처남들과 함께 나무를 해왔는데 열 사람 몫을 해와서 장사인 것을 알게 되었다. 품팔이를 위해 철로 놓는데 가서 일을 했더니 다른 사람들이 자신들과 너무 형평이 맞지 않아 죽이려고 해서 쫓겨났다. 너무 힘이 센 것을 두려워한 사람들이 광릉에서 큰 나무를 뽑아 수래 두 대에 싣고 산에 올려놓고 '방연이 이 나무 아래서 죽으리라' 하고 방을 붙여 놓았다. 방연이가 그 곳을 지나다 보고 '이렇게 큰 나무를 뽑은 사람은 힘이 아주 센 사람인가 보다. 내가 여기서 죽어야 하는 줄을 어떻게 알까?' 하고 다른 사람이 죽이기 전에 스스로 죽겠다고 자살을 했다.

▣ 장인생일에, 워낙 어려우니깐 저의 집이선 밥을 한 그릇씩 줘두 먹으나마나에요? 워낙 대장이 돼서. 뭐 밥상을 한 대 여섯 대 해두, 혼자 다 먹구 하는 장사인데. 장인생일이라구, 여자가

"갑시다. 아버지 생신인데. 가자구"

"에, 가서 밥이나 좀 실컷 먹을까?"

평생소원이 밥 실컷 먹는 게 소원이야. 게 저 마누라가

"당신 소원이 뭐요?"

"난 소원이 아무 것두 없구 밥 실컷 먹는 게, 배가 터지도록 먹어보는 게 소원이라구."

그래 갔는데, 참 동네사람이 참 수십 명이 다 뫼 가지고 일가 친척이구 뭐구 다 방에 다 뫼서, 금방 한 상을 차려 나왔는데 그 딸이 친정어머니더러,

"밥이 얼마나 있느냐?"

그랬더니,

"아마 한 삼사십 명 먹을 건 있다. 그럼 그거 재배기에다가 푸시오."

"아 누굴 주는데 재배기에 다 푸냐?"

"아 사위가 밥을 실컷 먹는 게 원이라구 그러는데 어디 얼마나 먹나 보자." 구.

푸라구 하였더니 참 살 한마 대 여섯 대 밥인데 한 사오십 명이 먹어도 되는 밥이야. 게 거기다 푸구선

"국은?"

"국은 됭이로 하나 푸라." 구.

됭이에다 국은 기냥 고깃국은 해가지구, 미역국에다가 끓이는데

"그래 숟갈은 뭘 놓냐?"

"아 주걱으로 놓으라고. 밥 푸는 주걱."

"입이 그렇게 커? 배나 크믄 켰지 입두 보통 사람인데"

"아니야, 입도 커요, 그래 반찬은?"

"반찬두 소용 없구. 저 국하고 밥만 갖다주라." 구.

불러가지고 마루에다가 따루 대접을 했는데 이렇게 보더니 헤헤 웃더래.

"왜 웃느냐?"

그랬더니

"아, 이제 내 마음이 흡족하다." 구.

"이거 다 자실 거요?"

"이거 먹구 또 달라면 밥이 또 있어?

"아, 밥 또 있다." 구.

"에이. 이것만 먹구 말지?"

그래 됭이에 밥을 푹 쏟는 거야. 그래가지고 기냥 주걱으로다 해가지고 디

리 딥따. 저 공사판에서 공구리 삼부리 하는 거 기냥 입에다 쳐 넣는데. 뭐 삽시간에 한 재배기를 다 먹구는. 게 동네 사람이구, 그 아주먼네가

"소보담두 더 먹는다."

그래더래.

"저 한 재배기로 못 당해 국 한 뙝이 밥 한 재배기를 다 먹으니 집에서는 어떻게 대접을 허노?"

"그래 밤낮 굶어서 사는 거예요."

"그래 소원이 뭐냐?"

그러면 밥 실컷 먹는 게 소원이래, 평생소원이. 그래더니 처남을 불르더래.

"왜 그러냐?" 구.

그랬더니. 처남이 형젠데 왜

"낭구나 가서 한 짐씩 해 오세."

"낭구는 무슨 매부가 무슨 낭구를 해오냐구."

"아니야 밥 한 재배기를 먹었으니깐 밥값을 좀 해야지."

게 산에 올라가서 앉아서, 거 담배만 풀썩풀썩 피는데.

"아, 낭구는 언제 할려구 담배만 피구 있느냐?" 구.

"거 자네들이나 해."

이 사람들 마른 낭구로 해서 한 짐씩 해서 이 사람은

"거, 자네 먼저들 내려가게."

그래 짊어지고서 고개에서 평지까지 내려오는데. 이 사람은 바위를 하날 내리 굴리더래지 뭐야. 지게를 지고 바위를 내리 굴리는데. 아 뒷간 덩이만한 노무 바위를 내리굴리는데 이게 언덕에서 동맹이가 높은 데두 있구, 낮은 데구 있구 영락없이 거기 서서 까딱두 없이 내려오는데 평지에 내려와서 우뚝 섰는데 바위에 와서 우뚝 섰는데. 처남들이 가만히 생각해보니깐 '저런 비상한 사람이 아닐 수 없어 하늘이 내린 장사지. 저게 날르니깐 그 바위 위에서 떨어지지도 않고 내려오지. 어떻게 거기서 까딱두 없이 내려오느냐?' 구.

"아니 근데 어떻게 바위 위를 올라서서 까딱두 없이 있느냐?" 구.

"어이 그런 재주 없이 밥만 많이 먹어? 그런 재준 있네."

"그래 낭구는 어떻게 할 거야?"

어이 여긴 마른 낭구가 많구 그래더니 작은 송이 있잖아? 스스로 말라 죽은 낭구, 기둥감이구 서까래감이구 쭉 뽑아서 툭툭 무 뽑아서 터는 거 모냥으루 그래가지구선 가운델 밟아가지구 뚝 떼어가지구선 밑둥만 베가지고 솔가진 내버리구. 대여섯 개 했는데 이 마차로 하나 실어. 소가 못 끌 정도루 짊어지고 지게까지 옭아매 가지고선 처갓집 바깥마당에다가, 뭐 지게는 찢어지고, 다리 찢어지고 그랬으니깐 얼마 가다 내버렸는데. 동네사람이 보더니 "근데 누가 이걸 가지고 온 거야? 이게 어떻게 된 거야? 달구지도 없구, 소도 없는데. 사람이 가져왔을 리는 만무하고."

"아니, 우리 매부가 가지고 온 거예요?"

"아니, 매부가 이거 혼자 한 번에 다 다가지고 왔어?"

"그럼요 한 번에 다 가지고 왔어요?

그러니 다른 사람은 한 개를 들 수가 없어. 뿌리채 뽑았으니깐.

"어유, 장사야 장사."

거 처남 둘이 그걸 짤라 가지고 장작을 패구, 뿌리두 간지런하게 때두룩 했는데 열흘을 했대나 봐. 둘이, 열흘을.

그래서 그런 장사가 있는데, 일정 때, 저 이 뭔가 복개루 가는 경원선, 경원선 철로를 놓는데. 강원도 경기도 허고 그 어름에서 철로바탕을. 거 배가 고프니깐,

"에이 벌이나 해야겠다."

그래구선

"벌이나 해서 밥이나 실컷 먹어야겠다." 구.

그 일을 갔는데 이 일을 이걸 게 네루라 그러잖아. 철로바탕을. 철로바탕을 쭉쭉 쌓아놨는데 그나마 아마 그게 한 삼십 메타 될 꺼야. 철로바탕 한 기럭지가. 그거를. 그냥 다른 사람은 넷이 다섯이 이렇게 어깨다 메고 그러는데 혼자 이렇게 어깨다 메고 와서 접어놓고 가구, 접어놓고 가구 그래 감독이 거기 있는데, 일본놈 십장이,

"어휴 장사 장사허더니, 참 장사가 저기 있구나. 그래 품값은 한 사람 품값

을 줄 수도 없고, 열 사람 품값을 줄 수도 없구. 저걸 어떻게 그만 두라고 해야 하는지 몰매 맞아서 죽지. 에미, 아무리 장사라두 연장 가지고 디리 찍는데 지가 배겨?"

그리고 가만히 점심때가 됐는데 점심을 먹는데 인부 틈에 가서 들으니깐,

"이따 저녁때 죄 꼬챙이루 찍어 죽여버리자구. 저 자식 때문에 우린 품값도 못 받고 저 놈 혼자 에기 몇 십 명 할 일을 혼자 담당을 하니 저게 되겠냐구. 이따가 죽이자." 구.

그런 소리를 들었단 말이야 그 십장이 들어서, 품값을 열흘 품값을 주더래. 하루 했는데. 그리고선

"내일부터 나오지 말라구. 여기 나오면 곡갱이나, 막 찍어 죽인다구. 저기서 공모를 하는 소리를 들었으니깐. 당신 때문에 그 사람들 품두 못 팔아먹겠다구. 저 공모하는 소릴 들었으니깐 낼부터 나오지 말라." 구.

그래 하루 해가지고, 열흘 품값을 타 가지고와서 그런 장사가 있더래.

근데 그 장사가 끝내 힘을 발휘하지 못하고 자살을 하고 말았어. 어떻게 자살을 했느냐 하면은, 서울 남 밖에를 뜩 갔는데. 아, 소문이 났거든, 아 장사라구. 그래 그 윗길 아랫길 가는 사람이 그 사람 때문에 행세를 못해. 기운 꼴이나 쓰는 사람인데. 이걸 죽일려니 힘으로 당할 수도 없구. 이걸 어떻게 해야 허나. 이 끈을 매서 인부를 한 십여 명 사가지구선. 참 몇 아름드리 낭구를 하날 베었대. 지금 거기 가면 그 다리가 있다구, 저 광릉. 그런데 가서 그걸 베가지고서 달구지 두 대를 해가지고 싣고 가가지구. 한 쪽 면은 껍질을 깎아주구선 글씨를 크게, 그 사람이 이름이 뭐냐면, 방연이거든, 방연이. 방연이 사차수하리라. 방연이, 이 나무 아래서 죽으리라. 그렇게 썼단 말이야. 그래, 이 사람이 가다가, 우에를 가다가, 거기를 지나가니깐. 참 사실, 자기가 장산데도 그걸 혼자 들구 올 생각이 안 나더래. 이게 대관절 십여 명이 여기다 운반을 했길래 그렇지. 이걸 어떻게 이걸 일으켜 세워 가지고 거기다 글씨를. 어떻게 됐든지 내가 여기 와서, 이 나무 아래서 죽으리라구 어떻게 다 예언을 여기다 써 붙였느냐구. 생각을 하다 보니깐, 저보담 투철허게 기운이 장사라더니 뭐냐 그걸 낭구 세운 걸 생각은 한들 그 만한 당할 재주가 없어.

'에라 아무 때라두 내가 그 사람 손에 죽느니 내가 내 손으로다 자진을 해야겠다.' 그러구선 거기다가 칼로다 제 가슴을 찔러서 거기서 자살을 해버렸대. 그래 기운도 얼마 세지도 않은 놈이 꾀루다 방연이 이 나무 아래서 죽으리라구 써 붙였어. 그 미련하지? 장사가 미련하다구 원래. 그래 자살을 한 거야. 그래서 끝을 마치더래. 거기 낭구 아래에서.

[2003년 5월 3일 채록]

10. 사위 쫓고 떡 해 먹으려다 망신당한 장인 이야기

● 줄거리

일도 하지 않고 매일 먹는 것만 밝히는 조금은 뻔뻔한 사위가 맨날 장인댁에 빌붙어서 생활해서 장인이 얄미워한다. 어느 날 장인은 고사를 지낼 겸 먹는 걸 밝히는 사위 때문에 꾀를 부려 저희 집에 다녀오라고 한다. 그런데 이를 눈치 챈 사위는 집에 가지 않고 뒷동산에 올라가서 떡을 하는 동안 잠을 잔다. 날이 어두워지고 떡이 다 될 무렵 사위는 어슬렁어슬렁 내려온다. 이를 모르는 식구들은 시루떡 먹을 생각에 좋아하는데, 갑자기 사위가 들어오는 바람에 모두 놀랜다. 장인은 연고 '고'자를 가지고 글 한귀씩을 짓고 먹자고 제안하고 이에 아들들이 먼저 시 한편을 지었다. 그다음 사위가 지을 차례가 되었는데 사위는 잔꾀로 자신의 아랫도리와 장인의 대머리를 비교하면서 장인을 망신을 준다.

그래 그 사위는 혼자 시루떡 큰 걸 다 먹었는데도 그의 부인은 자신의 아버지보다 남편을 더 걱정하며 떡을 더 주려고 한다. 이를 본 아버지는 '딸은 소용없다'구 하면서 먹을 귀신이 있는 놈은 먹어야 한다고 체념하면서 사위 몰래 떡을 먹으려다 망신당했음을 안다.

▣ (잠시 담배 한 대를 피우고 나서 다시 이야기를 했다.)

옛날에는 대개 처갓집은 잘 살고 사위는 못 살아. 그래 사위가 하루도 한두 달이고 와서 있으면 관계없는데 이건 몇 해가 되도록 노다지 처갓집에 와서 잠자고 밥해가지구 오면 밥해먹고, 허는 일도 없고 글도 안 읽고 잠자는 게 일이야. 먹구.

그래 저놈이 갔으면 좋겠는데, 밉살스러워서. 고사를 지내서 떡을 해먹었으면 좋겠는데 사위 때문에 밉살스러워서 못해먹고 있는데. 장인이 불러가지구

"아버지 할아버지 다 계신데, 가서 찾아뵙고 인사라도 하고 오너라. 너무 나를 욕을 할 거 아니냐. 사위를 붙들구서 놓아주지도 않는다구. 그리구 저 층층시한데 할아버지 아버지를 찾아뵙고 인사를 해야지. 가라." 구.

아주 그러니까.

"네 댕겨 오겠습니다."

그래 가만히 하구서 전에는 그러지 않았는데 장인이 사위를 쫓을려구, 뭐 특별한 음식을 장만해가지구 날 쫓구선 저희들끼리 먹으려고 그런다구 벌써 알아. 벌써 알아차려가지고,

"댕겨오겠습니다."

그러구선 의관 정비하고 산등성이 슬슬 있으니까 벌써 쌀을 담궈놓고 그 삼 동서가 절구통을 가지구서 벌써 떡방아를 쿵덕쿵덕 해가지구 그 셋이 떡방아를 장단 맞춰 하니까 듣기도 좋잖아. 뭐 북 치는 거나 마찬가지루 소리가 나거든.

'옳지! 나두 없을 때 떡을 너희들끼리 해먹으려구 그러구나. 내가 너희들한테 속을 줄 알고.'

이러구서 뒷동산에 올라가서 소나무를 껴안고선 거기서 한잠 잔 거야. 솔부댕이 위에서 기대앉아서 자.

장인이

"느이 매부 갔니?"

"네 절루 넘어 갔어요. 벌써 집에 거반 들어갔을 걸요."

저녁때가 거반 다 됐는데 절구질 소리가 딱 멈추니까,

'옳지. 이제 시루에다 놓고 찌겠다. 찌면 굴뚝에서 연기가 날 텐데 연기가 그치면 내려가야지.'

위에서 내려다 보니까 연기가 첨에 맵게, 꺼먼 연기가 나. 떡이 익어 가니까 파르스름한 연기가 나오더니 연기가 딱 끄치더래.

'옳지 이제 떡이 다 익었구나!'
하구서 슬슬하구선 중놈 걸음 걷듯. 그래 시간을 맞출려니까. 슬슬 내려가면서 사랑 마루에서 걸터앉아서. 앞문이 펄쩍 열리면서 "아부지 상 받으세요." 소리가 나드래.

'옳지 떡을 들여오는구나.'

그래

"뭘 보구만 있냐? 먹지."

"느이 매부가 가니까 다 속이 시원하구나. 아 댕겨오래니까 그렇게 말을 안 듣구."

"안 되긴 안 됐다. 여지껏 있다가, 떡허니 우리끼리 해먹는데 안됐지만 어휴 어찌나 즈이 집에 안 가니까 어찌나 밉깔스러서 내가 보냈다."

"어, 잘하셨죠. 뭐."

"에, 여기 벌써 댕겨왔습니다."
하구선 문을 확 열구 들어와.

"어이 이 사람 벌써 댕겨왔어?"

"뭐 인사나 하고 처갓집에 급한 볼일이 있다고 하고 왔죠."

"뭐 급한 볼일이야?"

"아, 이게 급한 볼일이죠. 떡을 해놓고 절 기다릴 텐데 급한 볼 일이 있어요?"

"이 사람아 누가 자넬 기다려?"

"그런데 왜 안 잡숩고들 있어요?"

아 밉깔스러워서 장인이

"이 글을 한 줄 짓고 먹어야지 그냥 먹을 수 있느냐. 글을 한 줄씩 지어라."

"그 그럼 운자를 주셔야죠?"

거 연고 고(故)자 있잖아 연고 고. 연고라는 게 고 하면 뭐 무슨 사고가 났다는 고자라는 게 있잖아. 그거? 끝에다 일곱 자. 오언이라 게 다섯 자로 글을 짓는 거고, 칠언은 일곱 자로 글을 짓는데. 그래 장인이 가만히 앉아있었으면 괜찮은데 머리를 이렇게 쓰다듬어요. 그래 이제

"운자는 연고 고자다."

"네 알았습니다."

그래 이렇게 하면서 내 머리 왜 이렇게 대머리가 다 까졌느냐 말이야. 장인이 대머리가 다 까졌거든. 그래 큰아들이 좀 영리한 거예요.

"아버지 머리 벗어진 것도 연세가 많아 벗어졌지요."

그래 인제 다른 사람은 그냥 뭐. 삼형젠데.

"우리는 뭐 그만두고 매부가 한수 지우. 그래 난 뭐 뭐 글을 지을 줄 알아야지."

아주 허는 소리가 아신찰수(?) 연문고라. 자기 아랫도리가 벗어진 것도 나이가 많아 벗어진 거죠.

[2003년 5월 3일 채록]

11. 호랑이에 물려간 아버지 덕에 부자가 된 사람

● 줄거리

어느 관상쟁이가 유람을 하다가 고래등같이 큰 집에 유숙하게 되었다. 그런데 주인의 관상을 봐도 부자 팔자가 아니라 생각하고 선친의 묏자리를 어디다 썼느냐고 묻는다. 주인은 자신의 아버지는 오래전에 호랑이한테 물려가서 시체도 못 찾았다고 한다. 관상쟁이는 이튿날 동산에 올라가서 큰 바위 위에 오래된 해골이 있는 것을 발견하고 그 자리가 명당자리임을 알게 된다. 관상쟁이는 그 해골이 그 주인의 아버지라 생각한다.

그래서 솔잎을 가지고 해골의 눈에 넣어보고 집으로 돌아와서 주인이 어떤 행동을 하는지 본다. 주인은 눈이 아프다고 고통스러워한다. 이에 관상쟁이는 그 주인과 같이 동산에 올라가서 실험을 하고 그의 아버지임을 알려준다.

결국 호랑이한테 물려간 아버지의 해골이 좋은 명당자리에 있어서 덕분에 자식들은 오랫동안 부자로 살았다는 이야기이다.

▣ 아이, 관상쟁이가 하나 슬슬 조선팔도 구경을 하면선 유람삼아서 이곳저곳 돌아다니는데 한 군데 떡 가니까 고래등 같은 기와집이 하나 있는데 참 한 사십여 칸 되는 집인데 참 부잣집이더래. 그 이렇게 보니까 뭐 집터도 그렇게 좋은 집터가 아니구. 그런데 저 사람이 어떻게 허다 부자가 됐나 그러구선

"주인양반 계시냐?"

하니까

"누구냐?" 구.

"지나가는 과객인데 하루저녁 유숙하구 갈까 하구 쥔한테 소청을 드립니다."

"아, 들어오라." 구.

거 저녁상을 들여왔는데 참 정말 진수성찬이야. 저 반찬이 뭐 에지간이 갖춰서 들여왔는데 그래 밥 한 그릇을 다 먹구선 쥔 관상을 이렇게 살펴봐도, 암만 봐도 관상이 부자 팔자가 아니야. 그 뭐 입도 요렇게 돼가지구서 홈타운이(?)가 입으로다 죄 먼저 들어가구 손을 봐도 손이 저 손 이렇게 쥐어가지구 이 손금이 가운데로 쪽 올라가야 부자 손금이라구 그래.

"거 대관절 참 부자루다, 요부하게 사시는데. 아버님 선친 저 산소가 어디다 모셨느냐?" 구.

"어이, 그런 얘기 나 앞에서 하질 말라." 구. "우리아버지 호랭이가 물어갔다." 구.

인제 그렇게 대답을 하거든, 아들이.

"아니 호랭이가 어떻게서 물어가?"

"아이, 새벽에 화장실에 가신다구, 나 쬐끄메서 가셨는데 호랭이가 거 덥썩 물고선 어디로 가선 잡아먹었기 때문에 시체도 찾질 못했다."

이거야. 거 어머니가 시체 찾으려고 애 많이 쓰는데 못 찾아 뼉다귀조차 못 찾았다. 게 그래두 이 사람이 관상으로 부자로 된 게 아니구 자기 아부지가 호랭이를 물어갔어두 대가리는 냉긴대는 거요. 호랭이가 사람 대가리는 냉긴대요. 그래 그걸 냉기지 않으면 대가리째 먹으면 산신령한테 벌을 받는데요. 호랭이가 그러기 때문에 반드시 냉긴대요. 호랭이가 그 해골을. 그래서

"여기 산구경이나 좀 허구, 올 적에 또 여기서 자구 갈 테니 그렇게 좀 재워주실 테요?"

"아, 열흘이라도 묵어가라." 구.

거 인심은 참 잘 쓰더래. 아, 그래서 조반을 먹구선 나간 거야. 게 그 근방에 산 참 좋은 머 한 골짜구니의 능선을 타구선 이곳저곳을 살펴보니까 거 평지는 아닌데 산 능선을 타구 내려가다가 탁 멈췄는데 그 바위가, 참 큰 놈의 바위가 하나 있더래. 옛날에 저 이런 눈깔탱이라구 그러는데 뚱그렇게 이

렇게 원두막 모양으로 짓구선 변소 있었거든, 촌에. 거 초가루다 잇구. 그래 그래서 뒹거라고 그래. 뒹그렇다고 그래서 숫깐탱이라고 그러는데. 거 바위 위에 아주 쾌쾌 묵은 해골이 있더래지 뭐야. 그 바위 위에다가 해골이 이렇게 뉘어 있는데. 거, 바위를 이렇게 앉아서 거 관상쟁이가 보니까, 그 자리가 참 명당자리에 저 천석꾼의 자리더래. 바위 있는 자리가 이게 그 틀림없이 그 사람에 아버지로구나. 허구선 거 시험을 해보는데. 시험을 해보는데, 무얼 했느냐 하면 솔 이파리, 솔 이파리를 뽑아가지고선 저 바른 그 눈알은 다 썩어 빠지고선 골만 남았으니까 거기다 이렇게 꽂았다구요. 솔이파리를 꼽고선 내려와서. 내려와서 저녁때가 됐는데 조반을 들여왔는데 기냥 그 쥔이 눈이 쑤신다구 기냥 데굴데굴 데굴 굴르면서 아주 야단이야. 기냥 이 칸 방이구 뭐 삼 칸 방이구 헤매구 있으면서

"아이구. 제길 이거 좀 고치라." 구.

"예예, 아니 왜 그러냐?" 구.

그러니까

"아, 눈이 별안간 오른쪽 눈이 이렇게 쑤셔서 죽겠다." 구.

"아이 머 들어가지 않았느냐?" 구.

벌써 이 사람은 알면서 '옳지. 이젠 내가 너를 잡았다. 이제 암만 산소자리 필요없다구. 호랭이가 물어갔다구 그렇게 그랬지만 틀림없이 느 아버지 산소다.' 그래 가지구선 그 뭐 호주머니서 약도 아닌 뭐 괜히 먼지푸대기 이렇게 해가지구선 눈 가장자리에 이렇게 발라주는 척 허구 이럭허구 한참 있으면 나을 거라구. 이렇게 저 엎드려서 그 베개를 눈에다 이렇게 대구선 들어 있으면 나을 거라구. 게 얼른 뛰어가지구선 솔가지를 뺀 거야. 그래서 왼눈에다 또 꽂아서 솔가지를 그 바른 눈을 뽑고 와서 보니까, 아닌 게 아니라 거 왼눈이 또 쑤셔대니까 이 놈이 전 지랄발광을 하더니

"거 이젠 조금 있으면 날 거라." 구.

그러구선 또 호주머니서 먼지 두 줌 해서 눈에다 좀 발라주고 묻어주고 엎드려 있으라고 거 솔가지마저 빼고 내려오니까

"아, 이젠 괜찮냐?"

"아이구, 아주 씻은 듯 부신 듯하게 안 아프다." 구.

"가자." 구.

"어딜 가요?"

그래니

"당신 아버지 해골을 찾으러 가."

"아. 우리 아버지 저 해골은 이 벌써 수십 년 됐는데. 제기 호랭이가 물어간지 수십 년이 되는데 어서 해골을 찾느냐? 구"

"아니라."구. "가 보자." 구.

"거 눈 쑤시는 게 거 왜 눈 쑤시느냐?" 구. "당신 몰를 거야. 가믄 알아."

게 가 거기 가서 봤더니

"이게 당신 아버지 해골이야."

"그걸 뭘루다 믿느냐?"

"보라구 게 섯으라." 구.

솔까지를 뽑아서 왼 눈 바른 눈에 꾲았어. 그러니까 별안간 기냥 눈이 쑤시는 거야.

"아이구 죽겠다." 구.

거 이래. 솔가질 빼면 괜찮아. 거 왼 눈에다 또 마저 찔렀어. 그러니까

"왼 눈이 쑤셔대 죽겠다. 어이 빨리 빼라." 구.

"이거, 그래두 당신 아부지 아니요?"

그랬더니

"어이구, 우리 아부지라." 구.

이놈이 거기다 절을 했단 말야. 인제 여지껏 사람을 사가지구 솔발을 해가지구 찾아 댕겨두 못 찾아 죄송하다구. 은인을 만나가지구, 귀인을 만나서 이분이 아부지 유골을 찾아주셔서 정말 감사 드린다구. 그 그냥 집에 가가지고선 다시 창호지를 참 몇 장 가져 와서 골을 싸 가지구. 상여를 해가지구 부잣집이니까 상여를 해가지구, 거기 가서 거기다가 상여에다 모셔 가지구선. 거기다 거 바위를 석수쟁이를 들여서 그 바위를 깨뜨려가지구, 워낙 커서 굴릴 순 없고. 그래서 그걸 치우고 거기다 산소를 모시고. 흙을 져다가 팔지도 말

고 흙을 져다가 묻어서 고를 그러구나선 끝끝내 부자노릇을 해 가지구선. 그 사람은 자기 아버지 그 저 나그넨 자기 아버지 유골 찾아줬다구 어디 가지도 못 허게 허구 집을 옆에다 좋게 하날 지어주고선 거기서 살림을 시켜서 두 사람이 잘 살더래요.

그 호랭이가 먹구선 거 골을 갖다 거 좋은 명당자리에 갖다 논 것이 그 집으로다 그 사람 부자가 된 거지 뭐. 그러니까 우리 아부지 호랭이가 물어갔는데 산소자리 나 그런 거 필요없다구 그럴러면 처음엔 냉가리 듯이 손님을 쫓구 그러더니 거 데리고 가서 이렇게 찌르니까 금방 눈이 쑤시고 거 그진말이지. 죽은 골에다가 솔가지를 넣는다구 산 사람 눈이 쑤실 리가 있어? 저 여러분이 딱한 분들이우. (전체 웃음) 그 그짓말을 듣구선두 게 고개를 끄덕 끄덕 하면은 순 거짓말인데 허허허 참.

[2003년 5월 3일 채록]

12. 시아버지 버릇 고친 며느리

◉ 줄거리

일 년이 넘도록 시아버니께 문안을 드리는 며느리가 갈 때마다 시 한 수 지으라는 시아버지 말씀에 지혜를 발휘하게 된다. 한자를 한자 한자 읽고 뜻을 해석하면 별다른 문제가 없는데 함께 음만 읽으면 상스런 소리가 되어 다시는 매일 아침마다 문안 인사를 드리지 않게 되었다는 얘기이다.

그 한자는 '부지구석에 납작자 공자알', 인데 그 뜻을 해석하면 아버지 앞에서 오래 자리에 앉아서 공손히 술잔을 드리며 '잡수세요.' 라는 뜻이다.

▣ 저 글 꽤나 배운 사람인데 아들 장갈 들였는데 메느리가 참 이쁘고 잘 생겼어. 근데 그 전에 시집온 지 머 한 달이건 두 달이건 어떤 일 년두 저기 문안을 들였거던. 새색시가 시아버지 시어머니한테 에 그게 여간 고통시러운 일이 아침에 일어나가지구 세수 허구 저 부모 자리에 가서 추으냐, 더우냐. 그 무비무칸(?)이라고 허는데 게

"아부지, 안녕히 주무셨습니까?"

하고선 나오면 괜찮은데. 아 이 시아부지 괴망스러워가지구. 메느리가 그 무릎을 꿇구 앉어

"간밤에 편안히 주무셨습니까?"

허구 나면 글을 한 자씩 지래, 허 메느리더러. 그니 글두 한두 번이지. 이미 일년 열두 달 그 매일 그 글을 어떻게 짓느냐 말야. 나같이 그진말이라두 잘

허면 그진말로 때우면 괜찮다지만. (웃음) 그 메누리가 그진말을 할 수 있어? 그 참 거반 일년을 가까이 문안을 들여두 '그만둬라.' 왜 대개, 지금은 한 댓새 삼사 일 하면 아 이젠 나두 다 늦두룩 자는 걸 문안 받으려구 일찍 일어나는 게 싫구, 나두 괴롭고 너두 귀찮구 그러니까 '내일서부텀 그만둬라.' 인제 이러거든. 요새 시아버지 시어머니가. 아, 근디 그 소리가 없으니 기냥 글을 지으라고 그러니까 기냥 인사만 하구 나왔으면 괜찮은데 꼭 무릎을 꿇고 글을 한 귀 지어야 한대. 게 한 야시를 한번 지어야겠다. 이제 글 써 봐요. 이젠 아버지를 아비 부(父)자 알지? 갈 지(之)자, 자리 석(席)자, 좌석(座席) 이래. 석(席) 자 있잖아. 아니야. [채록자 : 자리 석(席) 자요?] 아니야, 가만있어. [채록자 : 자리 석(席)자요?] 아니, 오랠 석(昔), 갈 지(之)자 아래 오랠 구(久) 자야. 오래 있다구. 인제 구 오랠 구, 저 고 다음에 자리 석(席) 자야. 구석, 구석에 에는 국문으로다 쓰는 거구. 또 디릴 납(納)자, 실 사(糸)에, 안 내(內) 한 자. 납작 술잔 작(酌) 자. 거 단기만에 술잔 작(酌)자, 공손 공(恭)자, 또 저 머 인변에 갈(曷) 자, 보일 알(謁)잔데 어른한테 인사한다구 보일 갈 자야. 인제 알려야 한다구. [채록자 : 알(謁) 자요?] 인제 그걸 내리 붙여 봐요, 이걸.

(부지구석에) 나 참. 게 그거 내 이런 얘기 안할려구 허다. (웃음) 저 음만 해석해서 했는데 거 책에다 올려나 봐. 이게 이 자식이, [채록자 : 이런 얘기 많이 있어요.] 그래 그거를 저 혼자나 이렇게나 보구. 메느리가 지어 놓구

"가겠습니다."

허구 갔는데. 아 거 읽어보니까 의미는, 음은 그 뜻은 참 아부지 앞에서 자리에, 오래 자리에서 목쳐가지구

"공손히 술잔을 잡수십시오."

그러구서는 보인다는 말이거든. 인사드리겠다는 얘기야. 게 근데 그걸 지나가다가 그 사람 친구가 인제 들었다는 말이야, 이걸. 그냥 글을 읽구서 냅다 그러는 거야.

"아 잘 지었다." 구.

무르팍을 탁탁 치면서 게 사랑문을 열구. 아 그 사람이 듣기에두 거 우습거든. 아 문을 벌컥, 미닫이문을 열구선

"이놈아 내일서부텀 메느리 저 문안들이지 말라." 구.

그래 그거

"게 무신 소리냐?" 구.

잘 됐다구. 그렇게 자네 무르팍을 착착 치고 미친놈 모양으로 그러구 있어.

"이게 뭐 자세히 다시 또 읽어보게."

거 가만히 읽어보니깐 상스런 문자거든. 아주 그래, 그 이튿날 또 아침에 또 오는 노무 걸, 아

"이젠 글두 고만 짓고 내일서부텀 문안 그만 두라." 구.

"지일 내가 아주 불편해서 못 견디겠다." 구.

잘 수도 없구. 그리구선 그 다음부터선 시아버지 버릇을 가르쳐서 문안을 안 들이게 됐다는 얘기야.

[2003년 5월 3일 채록]

13. 산을 가른 역발산

● 줄거리

항우가 살아있을 적엔 산이라는 이름은 붙이질 못했다고 한다. 항우가 말을 타고 산길을 갈 때 구렁이가 지나갔다. 이것을 본 항우는 산 옆 구멍으로 들어가는 구렁이를 칼로 잘랐다. 이 바람에 산이 갈라졌다.

▣ 게 역발산이라는 게 달리 있는 게 아니야. 그래 항우 장년에 남이산이라는 말이 있어요 항우 살아 있는 그 해에는 산이라구 거 천보산이니 도봉산이니 머 감악산이니 수락산이니 머 도봉산이니 머 그렇게 산을 이름을 지을 수가 없었대. 항우가 잡아 빼니깐 게 이 태산 저 옆 태산 북해 진오니에 태산을 옆에다 끼고 저 바다를 건너는 거 용맹을 가졌어두 항우 앞에는 꼼짝을 못했대. 그거야 왜 그러냐 허면 그 북해에도 거히가, 거이 [채록자 : 거이요?] 거이, 게라구 허지. [채록자 : 게요? 게] 으응. 거 태산을 짊어졌는데 그 대간 산속에 굴을 뚫구 거이가 있잖아요. 근가 이 속에 굴을 짊어졌으니까 인자 태산을 짊어진 셈이지. 거 태산을 짊어지고 북해를 건너 왔으면 좋겠는데 그 항우가 잡아 빼기 때문에 거 올 수가 없다 이거야. 거 항우 장년에 나미살이야 항우 살아 있을 젠 산이고 그럴 수가 없다, 그래. 그래 항우가 인자 한패공이라구 두하구 유현덕이라고두. 한패공이 그 치러 가는데 말을 타고 가는데 큰 노무 뻘건 구렁이가. 아 근데 이게 그래두 한문을 쪼금 알아야 돼. 인제 얘기하는

자체두 그 사람 몰르더라구. 그냥 일절 글만 자기 아부지한테 밴 거지. 그 수문수답도 해보지두 못허구 그른 글을 밴 거야.

그래 거 항우가 가는데 한패공이는 적절 외 머이 이 대한민국이 옛날에 일헐루 세수를 허구 해를 정월 초하루날이 일헐루 세수를 했다구, 센물이지. 머 세수가, 정월 초하룻날이 진즉이다가 세수라 그러는디, 근데 이 한패공이는 적제(赤帝)야. 붉을 적(赤)자, 임금 제(帝)자 적제. 이 저 항우는 백제(白帝)구. 거 구렁이가 이렇게 슬쩍 지나가니까 재수 없게스리 이 한패공이가 지나가는데 빨건 노무 구렁이 새끼가 남의 길을 지나간다구 칼루다 기냥 내 빌려구 그러니까, 어 잘라라 하구 고게 엎뎌 있어. 냅다 기냥 굴속으로 다 들어가는 걸 얼른 말에서 내려가지구선 기냥 칠려구 허니까 칠 수가 없으니까 칼을 넣구선 구랭이 저 꼬랑지깨를 휘 감아서 껴서 져 가지고 잡아당기니까 이게 빠지느냐 구랭이가 저 쬐끄만 요만한 뱀두 굴속에 들어가면 쑥 빠지지 않아요. 거 머두 인내심이 있어가지구 막 디리 빨아들이는 모냥이야. 그래 거 못 빼고선 기냥 두 발을 붙들고선 잡아 댕기니까 산이 뭉창 끊어졌단 말야. [채록자 : 산이요?] 구랭이째 그래 산이 뭉창 끊어져가지고선 그래 지나가다가 그 사람 그러구선 인자 갔는데 그러다 지 인자 노모가 그 지나가다가 보고 행인이 보니까 거 산을 빼다가 길에다 당겨놨으니까. 이것이 없던 산이 여기 생겨났어. 아, 이게 누가 어 근디 이거 구랭이가 뒈져 있는데 그래 가지구선 산 잡아 당기니까 구랭이 대가리가 저 흙 빠진 여기가선 뵈니까 칼루다 잘라버렸어 대가리를 기냥. 구렁이가 몸땡이를 추스르지 못허구 그 굴 속에서 들어 있는 거지. 잡아당긴 꼬랭지 깨두 가만히 있구. 어 이거 구랭이 누가 대가리를 잘르고 산을 빼서, 구랭이가 안나와 가지구선. (잠시 쉬다가 이야기를 이어 갔다.) 거 옆에서 쪼금 가니깐

"괙 괙"

허구 울더래.

"거 할머니 왜 울어?"

그러니깐 어 우리 아들은 적잰데, 빨간 임금인데 백제가 참질을 했다 이거야. 흰 임금이 우리 아들을 잘라버렸다는 거야. 어 그래서,

"야 저 산신령이로나."

그러구선 거 산신령을 뭐라고 자르는 거 같으면은 칼루다 요망스런 계집이라구 잘라버릴 텐데. 산신령이라구 알구선 기냥 내버려 두는 어떤 얘기가 있어가지구서니 그때부텀 저 역발산 역발산인 거야. 역발산 거 그 사람 통감두 읽고 뭐두 시절 무신 논어 맹자 머 주역까지 읽었대는데. 그것두 몰르구 거행 어째니 이게 저 뭐 벼루 끝에 등판배기루 심두루 이 핸 일꺼지 글을 그서두 몰르구 있느냐구 게 오늘 오래니까 아 난 옛날 애기 머 있었던 노무 그다 잊어 버렸대요. 아 듣기는 해 들었어?' 내가 그랬더니 '아 들었죠, 그럼' '듣기는 야 아부지가 아들 보구선 앉혀놓고선 옛날 얘기해? 나두 아들한테 옛날 얘기 한 마디두 안했어' 에 역발산 얘기가 그래서 역발산 얘기라는 거야. 어글 밴 사람도 몰르더라구요" (물을 마셨다) 아, 이젠 다 버렸어. 이젠 죽는 골들이나 찾아가는 수밖에 없어. 눈도 잘 안 뵈지.

[2003년 5월 3일 채록]

14. 고양이의 화를 면한 사람

◉ 줄거리

잠자는 주인의 불알을 고양이가 물어서 장죽으로 쳐서 쫓았다. 어느 날 주인장이 외출을 하려는데 장님이 말하기를 저번 고양이가 원수를 갚으려고 뒷동산에서 기도를 하니 빨리 가서 죽이고 집으로 돌아와서 자기가 준 약을 먹이라고 한다. 그래서 주인은 산으로 올라갔더니 아니나 다를까 그때 그 고양이가 눈을 다친 채 있었다. 빨리 주인은 고양이를 죽이고 집으로 돌아왔는데 식구 일곱이 쓰러져 죽어 있었다. 얼른 장님이 가르쳐준 대로 약을 물에 타서 식구들에게 먹이니 모두 살아났다. 고양이는 자신에게 해를 입힌 사람에게는 원수를 갚는다는 이야기이다.

▣ 고양이 얘기를 했나? 내가. [채록자 : 고양이 얘긴 못 들었어요.]

옛날에 집괭이 하나를 낳는데 참 이 귀여운 것이 와서 그냥 엉덩이를 비비고 참 꽤 달라 붙는다구. 야옹야옹 하면서 근데 이 늙은이가 사랑방에서 혼자 이렇게 장죽을 옆에 갖다놓구선 목침을, 그때 베개가 있어요? 목침이지. 나무 목(木)자 베게 침(枕)자 목침(木枕)이야. 나무베게. 그래서 베고 누웠는데 미닫이를 살며시 발로다 살며시 괭이가 열고 들어오더니 야옹야옹 허는데 옛날에 노인들이 팬티가 있어? 나모그루다 무명 있잖아요? 고치 목화 따가지고 실 괘는 거 그래가지고 그걸 짠 걸 무명이라고 하는데. 그걸루다 그 부자는 반바지를 하나 입었다구 가랭이가 널따란 거 해가지고 여자 거 고쟁이 알아요?

단속곳 머 이런 거? 입어 봤어요? (웃음) 이 너른 건 너랭이, 너랭이를 왜 입었냐면 우째 여자 옷이란 게 끈이 있어가지고 치마끈 고쟁이 끈으로 단속끈으로 칭칭 감았거든. 그게 뭐 이렇지 뭐야. 이 크단 부리가 많아가지구 몇 번씩 이렇게 해가지고 그게 왜 가랭이가 넓으냐 하면 몸뎅이가 다 나와 글루 쑥쑥 빠져 들어가도록 넓어 그 너랭이라고 그래서 너랭이야. 넓다고 해서 너랭인데 그 나가서 대소변 볼 때 그 가랭이루다 이렇게 허면 몸땡이가 다 나오니깐 그냥 화장실에 가서 편리하라고 그렇게 한 거야. 그 너무 저 조잡스럽지, 얘기가? [채록자 : 아니에요] 점잖은 사람이 하는 얘기가 아니지. 머 그 늙은인데. 괭이가 이것두 저 팬티 모냥으로 고무줄이 달려 있고. 왜 가랭이가 팽팽한 게 아니고 넓다커든 그 괭이가 이렇게 아주 영감 불알을 물었어. 꽉 물었단 말이에요. 그러니 발로다 찰 수가 있어? 헤헤 불알을 꽉 물었으니 그 요걸 어떻게 허야 하나. 그래선 때릴 수두 없구, 머 쥘 수가 있어? 꿈쩍 허면 꽉꽉 문다구, 괭이가. 그래가지고

"저 아가야."

그러니까 안으로다 소릴 질렀다구요.

"왜 그러세요?"

며느리가, 아니

"괭이 밥 좀 줘라."

이제 그랬거든. 그래 우리 말귀를 잘 알아 듣는다구. 집괭이가 '야옹' 하고 놓는다 말야, 불알을. 그럴 적 저 장죽거리를 옆에다 후려 갈겨서 괭이를, 그 후려 갈기구선. 거 아프니까 장죽이, 저 담배통 이거만큼씩 하잖아, 이 만큼씩 한. 그니 괭이 눈에서 불이 번쩍 났겠지? 그래가지고 달아났는데. 여자가 밥 주는 것도 안 먹고 달아났단 말야.

그 괭이가 이거 게 며칠 만에 출타를 할 적에. 저 이걸 지금 내가지고 나가는데 거 다리가 있는데, 교량을 건너서. 그러니까 장님이 거기다 이 요만한 놈을 왕굴 속으로다 들개미 같은 것을 만들어가지고 거기다가 돈을 받고 관상을 봐주고 거기다가 버는 돈을 놓고 가라고. 거기다가 그러라구 들개미를 이렇게 놓거든. 약물터에 놓고 그랬어, 옛날에. 거기서 장님이 있길래,

"어휴, 오늘 많이 버셨어?"

"아, 그러느냐? 구.

벌써 알아요. 장님은 보지 않고도 누군지 안다구. 그 근방에 사는 사람들은 다 알아요. 목소리만 들으면

"어 이생원이로구랴. 어디 가슈?"

"어디 볼일이 있어서 출타 좀 헌다." 구

"어휴, 출타하지 마슈."

"왜요?"

"당신, 바로 여기서 집으로 들어가야지, 그렇지 않으면 집안 식구가, 참 일곱 식군가 여덟 식구가 몰살하는 거야. 내일이면 몰살을 당해. 그러니 집으로 바로 들어가라고. 내 말을 허술히 듣지 말고 꼭 실행을 하라." 구.

그래

"집으로 곧 들어 가냐?" 구.

"집으로 곧 들어가지 말구. 집으로 올라가면 거 낭구 빈 그루텡이가 거기 하나 있어. 그게 괭이가 예전에, 며칠 전에 저 괭이 저 장죽으로다 골통 내갈긴 적이 있지 않느냐?"

"아, 그렇다." 고. 아, 그걸 어째 아느냐? 구.

"아, 여기 다 나온다구. 관상에 다 나와요 그러니까 괜히 남으 돈 먹지 않는다." 구.

장님이 그러면서, 그 괭이가 올라가면은 거기 저 옛날에 굽이 달렸다구 사발이 이 밑에 굽이 있어요. 옛날 뭐 사발이라구, 청자 뭐 그런 거 모양으로다 굽이 달렸는데. 그걸 깨진 노무 걸 여기다 거 낭구 그룻에다가 소반 삼아서 엎어 놓고 그 굽에다가 입 안에 물을 물어서 그 굽에다가 뱉어 놓아가지구 정안수를 드린다 이거야. 하늘에다 은혜 받게 해달라고. 정안수를 드리고 있으니 그걸 가서

"아이, 나비야. 참 오랜만이다."

하고 살살 쓰다듬어주니, 그래도 아는 척하고 지리 덤비는 거야, 그게.

"뒷다리를 붙들고 거기서 패대기를 쳐서 죽여야지, 만일 놓치는 날엔 당신

네 식구들 몰살당한다."

그러는 거야. 그래 장님 말을 듣고서. 장님 말을 믿어? 그저 혹시나 좋은 건 못 맞혀도 언짢은 것은 맞춘다고. 거기 올라가니까 역시 앞발을 낭구 그루 끝에 요렇게 놓구선 하늘을 쳐다보고 '야옹 야옹' 하면서 기도를 드리고 있는 거야. 그래 보니깐

"아휴 오래간만이다."

그래가지고 장님이 시키는 대로 요렇게 대가리 모가지 있는데 찔러드니까 모탱이를 여기에 의지하고 덤비는데 에라 뒷발을 붙들고선 저 낭구 그루 쪽에다가 태질을 한 서너 번 쳐서 기냥? 그러니까 참 자기 식구가 몰살당한다는데 여간 악이 바칠까. 이 노무 괭이가 원수를 갚는 거. 장님이 이르기를 왼쪽 눈이 빠져서 괭이가, 그 장죽으로다 내갈기는 통에 눈을 맞아서 원수를 갚으려고 그게 했다니깐. 자세히 보라고 했더니 왼쪽 눈이 멀었더래, 장죽에 맞아서. 그래가지고 빨리 가라고 해서 장님이 부시단지에서 부시럭부시럭 대면서 약을 여덟 개를, 청심환, 지금 청심환인가? 뭐냐 그거 같은 걸 일곱 개를 줘서 이거를 갖다가 얼른 문을 열고 들여다보니깐 일곱 식구가 죄 늘어져 있어. 그만 죽었더래. 그걸 하나씩 해가지고 더운 물에다가 개서 입에다 집어넣어 가지고 한 두어 시간 있으니깐 부시시부시시 급히 일어나더래.

"왜들 그렇게 들어 누워 있었느냐?"

했더니,

"에 별안간 앉아 있었는데 골치가 때리고 정신이 없고 쓰러졌다." 구.

"아 어디들 갔다 오냐?" 구.

"어휴! 장님이 그 얘기를 하길래, 아닌 게 아니라 장님은 못 믿으나 그래도 설마 허구선 왔는데. 아닌 게 아니라 장님 말이 옳다 그랬는데 장님이 약을 주길래 약을 하나씩 너희들 입속에 하나씩 넣어 준 거야. 그랬더니 피어났는데 그 괭이를 장님이 그 괭이를 땅을 아주 깊이 파고선 집에서 먼 들에다가 묻어야지. 집 옆에다가, 뚝쟁이 같은데 바싹 묻으면 언제든지 원수를 갚을 테니깐 그 먼 데 잘 뵈지 않는데, 가지 않구 그러는데 깊이 파고 그러라." 구.

그래서 거, 화를 면하더래. [채록자 : 고양이가 영물인가 봐요?] 응. 하 웬수

를 갚는대.

(고양이를 묻으면 땅에서 빨간 딸기가 자라는데 굉장히 독이 강한 딸기라서 그걸 먹으면 즉사한다는 이야기를 덧붙였다.)

[2003년 5월 3일 채록]

15. 머슴에게 뺏긴 재산, 도로 찾아준 황노랭이

● 줄거리

여러 하인을 거느린 마음씨 좋은 부자가 살았다. 그런데 하인들은 늘 부자의 돈을 중간에서 가로챘다. 주인은 결국 하인들에게 땅문서와 종 문서를 주고 다른 곳에서 살라고 한다. 하인들은 주인이 준 땅 문서와 종 문서를 가지고 다른 곳으로 가서 살게 되는데 그곳에서 부자로 하인을 거느리고 살게 된다. 하인들을 보내고 살아가기가 힘들어 주인이 친구 황노랭이와 함께 하인을 찾아가게 된다. 가는 길에 하인들이 잘 살고 있다는 말을 듣고 하인을 만나 하인에게 자신이 망하게 된 이유를 이야기하며 재산을 일부 달라고 한다. 하인은 처음에는 당연한 듯 주겠다고 하다가 나중에는 돼지우리를 지어 주인과 황노랭이를 가둔다. 이에 황노랭이는 화가 나서 우리를 부수고 나온다. 이것을 본 하인들은 겁이 나서 주인과 황노랭이에게 땅 문서와 종 문서를 돌려준다. 주인은 하인들에게 인심을 베풀어 재산을 황노랭이와 함께 나누고 그들도 모두 잘 살게 되었다.

▣ 전에 부자루다 양반이 잘 살았는데, 어떻게 새경이 역전해 가지고 그저 하인들이 거 나물 베 심으니까. 이제 외부에다가, 여기서 모 충청도 경상도서 갔다 땅을 샀으믄 사람을 보내 가지고선 그 추수를 봐오라고 하거든. 엉 이제 석 섬에다 한 섬씩 가지고선 또 반을, 또 타작이라면 또 반씩 노놔 가지고. 그러는데 그래 어떤 이 하인 괴수가 그 타적하러 갔다 흉년이라고 그러고선 열 석 남으면 한 섬 가져오기가 일쑤구 그 열 섬 남으면 석 삼 넉

섬 어치 그 사람 집으로다, 그 동네사람으로다가 짜구 치고 장리를 줘. 기냥 장리가 저 한 닷 말 주믄 두말 다 없이. 그니까 일곱 말 가고서 받거든요. 기냥 닷 말을 주고. 근데 이 하인이 받아먹는 거야. 제 장부로다 전부 해놓구선. 제 주인을 한 가마밖에 안 갖다 주는 거야. 그니까 식솔은 많구 그랬으니까 가세가 빈한해 가지구선 모 하인이고 뭐구 전부 죄 저 내쫓게 생겼거든. 그 하인더러

"이젠 너희가 가서, 어디 가서 산 좋고 물 좋은 데다 집을 짓구, 니 가족들 가서 먹고 살아라. 너희 먹여줄 형편이 못 되니까 우리끼리 살다가 굶어죽든지 오지 말고 딴 데 가서 살아라."

종덜은

"이야! 얼씨구나."

했지. 주인은 거 종문서까지 아주 내 줬어. 문서가 있었어, 예전엔. 그래 어디 맘대로 시집도 못가고 장가도 못가고 그래. 그 문서가 있기 전엔, 가지기 전엔. 아 그래, 그 친구가 하나 있는데 그 아주 황노랭이야. 얼굴이 노르스름한 게 황간데, 참 쪼끄마한 사람인데. 그 친군데 상복으루다 아침에 와가지고 저의 묘자리에 있다, 저녁에 저의 집에 가고 그랬는데 인제. 이때 땅문서를 또 하나 이부가 있어. 집문서하고 땅문서하고 이렇게 내놔보니깐 '이 많은 게 땅을, 그래 내가 이게 다 잊어버렸다는 게 이게 말이 돼? 팔지도 않고 저저 그니까 그저 장리 쌀 팔 적에 남의 쌀 받아먹으면서 까나간 거야. 땅문서에서 까는 거야. 그니까 종이 그걸 다 팔아 먹은 거지 뭐야. 거기서 받아다가 누구한테 장리를 해왔다 하고선 제 쌀을 갖다가 상전을 주고 그니깐 결국 '가져라' 하니까 결국 땅값이 장리쌀루다 들어간 거지 뭐야. 게 이 많은 노무 게 이게 종이 이걸 다 팔아먹지도 않았을 텐데. 게 이미 대관절 어디서 사는지 알기나 했으면 한번 찾아가 봐가지고 그 놈이 부자가 됐으면 몇 배기나 얻어 가지고 가져올까 하고 게 친구하고 황노랭이하고 나간 거야. 저어 경상도 산골게 한번 가는데 참 장산 밑에 총총총 한데 기냥 밭도 있고 논도 있는데 백여 대촌(大村)이 됐더래. 몇 십 년 후에 갔는데, 그게 죄 종의 소생들이에요. 전부 가서 새끼들을 치고 가족들이 수십 명이 가고 땅을 가지고 가서 그 놈들이 죄

지주가 된 거지 뭐야, 하인들이. 그래 가서 가만히 그 옆에 그 차선이란 술집 하는 사람이 얘기해 주는데

"아유, 그 사람 아주 부자라구. 아무 게 집에 하인으로 있다 종으로 있다가 상전이 망해 가지고서 죄 문서까지 내 주고 땅문서까지 죄 주고. 글쎄 그거 가지고 와서 아주 부자로 그 몇 해 전부터 쌀 장리 놓고 아주 큰 부자라구."

"아, 그러냐?" 구.

그래 거 술 한잔씩 마시고 저녁에 가서 제일 우두머리를 찾아가서 저녁에

"알아보겠냐?" 구.

"글쎄 거 모르겠는데요?"

"아무개 사는 아무개야."

"아. 그러시냐? "구.

"아 여길 어떻게 알고 찾아 오셨냐?" 구.

"산 지산을 걸식을 하면서 이집저집 물어 봐가지고 찾아왔지."

"아이, 잘 오셨다." 구.

게 저녁에 사랑에다 불을 뜨뜻이 때구서 참 저녁, 아침을 잘 대접을 받구서 가만히 보니까 그 놈들이 종에 종을 뒀다구. 그 놈들이 하인을 두고선 아주 떵떵거리고 사는 거야, 떵떵거리구. 허 여기서 괜히 그걸 내놨다가 어디 매 맞아 죽을까봐 겁이 나서 내놓지 못하는 거야, 땅문서하고 저 집문서를. 근데 황노랭이가

"아, 이왕 왔으니 그걸 한번 내놓구선 거 몇 배기나 좀 가져가서 몇 해라도 먹고 살 거 아니냐?" 구.

"아, 그러지 말라고 몇 백 주는 거가 매 맞아 죽는다." 구.

"아, 여기가 어딘데 그 문서를 내놓느냐?" 구.

아, 그래 황노랭이가 주인이 들어오는 걸

"아, 이리로 오라." 구.

"그게 뭐에요?"

"아, 이거 종문서 하고 땅문선데 이게 다 자네가 추수 보러 다닌다고 이게 이 많은 땅을 다 팔아 먹지도 못하고 장리쌀루다 다 없어졌다는 게 말이 되

냐?" 구.

그니까

"이게 자네 족보야."

그니까 종 족보지 뭐야

"족보를 봐. 그러니 자네는 부자가 됐으니 우리를 몇 백 석 땅을 저기 비어주면 그걸 가져가서 먹고 산다." 구.

"아유 진작 그러시지. 누구 땜에 잘 살게 됐느냐구 그렇게 해드릴게 염려마시라." 구.

그래 사랑에 앉아서 이제 점심 해다 주면 점심 먹구, 저녁 해다 주면 저녁 먹고 또 자구. 그 이튿날 이놈들이 쑤근쑤근 하고 갔다 뭘 나르고 제 못 갔다 모다 치는 소리도 나고 그래서 이렇게 미닫이 열고 보니까 돼지우리를 지어 나무 꼿꼿한 걸 장수하는데 가서 꼿꼿한 걸 전봇대 같은 걸 갔다가 그냥 오천정 못을 콱콱 기냥 돼지우리를 이렇게 짓는 거야, 한 두지를 올라가서. 그

"야 참 돼지우리를 저렇게 높이 지을 일이 없는데 저놈이 생전 저거 허물지도 못 하게 못을 저렇게.'

전엔 오천정 못이 아니라 대장간에 가서 못을 이만큼씩 친다고 두들겨가지구. 옛날 집을 가면 그때 못이 나와 게 그거 가지구선 콱 박구선 안에 도끼로 다 살짝 걸쳐서 박구. 거 빼지도 못하게 그렇게 지었는데. 하루는

"나오시라." 구.

"저기 좋은 집을 장만했는데 거기가 계시라." 구.

"땅문서하고 쌀은 가실 때 마차에다 실어 드릴 테니까 잠깐 저기 가서 계시라." 구.

"어디야?"

근데 돼지우리를 문을 열더니 떨꺽 하더니 돼지우리에 둘을 집어넣는 거야. 그래가지고 자물쇠로다 덜컥 치우고서 요렇게 해놓구선 밥을 주는 거야, 굶어죽지 않을 만큼. 근데 이놈들이 화를 날마다 뇌가지고 낮에두 그렇구 사람이 없이 애가 하는 소리가 들리지도 않구 답답한데 이거 '우리가 여기서 그래 여기서 죽어야 되느냐'고 그 밥 먹으면 한 열흘만 있으면 굶어 죽을 거야

기아상태로다. 죽는데 그 어떻게 하냐구.' 그저 황노랭이라는 자가 기운 거 장사야. 그 친구가 장사야, 부자 됐던 친구가 장산데. 기운을 쓰지를 못해 그러더니 황노랭이라는 사람이 앉았다가 화들머리 나니까

"언제 써먹을 기운이야? 이때 써먹어가지고선 어떻게 결판을 지어야지."

그래 여기서 기냥 맞아 죽어 굶어죽든지 맞아죽든지 둘 중 하난데 기냥 앉았다가 깡충 일어서니까 이 대들 저 우에, 돼지우리 우에 안 막잖아. 사람이니까 기어 올라갈까봐 처억처억 다 막아서 못을 둔 거야. 그래 기냥 내빼치받는데 우럭하니 나무가 하나 뿌러져. 그러더니 그걸 보더니 그저 황노랭이 친구가, 부자 됐던 사람이 기냥 발길루다 옆 가로된 놈을 새장을 발길루다 쳐. 이거 이만한 놈이 쑥 솟아서 '빠지직' 하고 벌어져. 또 한 개를 또 발길루 찼는데, 아 왜 두 개가 부셔지면 사람 마음대로 나오잖아. 거 다 나와가지고선

"이놈들 나오너라!"

하고 소리를 지르니까,

"근데, 저 어떻게 나왔냐?" 구.

"큰일 나지 않았냐?" 구.

"어떤 놈이 두 놈의 새끼 때려죽이지 뭐 큰일 났느냐?" 구.

"아, 저만한 게 못이 '뻐져적' 하고 빠져나오고 부러졌는데 뭐 우리가 대응을 해? 그러지 말고 우리가 가서 빌 수밖에 없다."

"아, 빌기는 우리가 할 일이 없어, 거기 가서 빌게?"

빨리 나오라고 했는데 그 못 빠진 놈을 거 서까래에 같은 것을 잡아당기니까 기냥 어지직 하고 못이 빠지는 걸 한 손에다 하나씩 쥐고 황노랭이, 그 사람이

"둘이 나오라." 구.

소리를 지르고 그러니까, 이놈이 설설설 말소리를 기리더라 이거야. 한 대 맞으면 죽으니까 아무리 장사라두 소용 있어? 어디 이놈이 서까래를 까는 걸로 팰 판인데 그냥 마른 창자를 절꺽절꺽 미닫이 같은 걸 확 치니깐 기냥 혼비백산해서 어디로 달아났는지 한 명도 없는 거야.

"이놈들 어디서 매가지고 이런 도리 없다." 구.

"이걸 갖다, 종문서 땅문서 죄 갖다가 다 우리가 가지고 있는 걸 갖다 바치구 마음대로 우리 떼 주고 싶으면 떼 주고 가지고 가고 싶으면 가져가라. 그럴 수밖에 없다. 우리가 괜히 성질 가지고 그랬다간 죄 죽어. 백 명이고 천 명이고 소용없어. 그러니까 그러는 수밖에 없다." 구.

게 젊은 놈들 보니까 젊은 놈은 소용 있어? 말체가 제깍 부러지고 이디 미다지 치니까 콩가루 될 판인데. 죄 죽을 판에 그 사람들이 저 공론하기를

"별 도리 없다. 이 땅문서하고 집문서하고 돌려주고 우리 처벌만 바라다, 죽일라면 죽이구 살릴려면 살리슈. 허라는 대로 할 테니깐 목숨만 살려달라." 구.

그래가지고 가서 비니깐 아

"이리들 올라오라." 구.

"이 땅문서하구 그 땅문서하구 집문서하구 셋이 나눠 가지고 삼분에 일을 우리가 가질 테니까 이제 여기서 살아. 종문서구 뭐구 다 폐지시킬 테니까 염려 말고 여기서 잘 살아라."

그래, 그걸 저 이가 나쁜 마음을 먹어 가지고 그렇게 재산을 모았지만 상전은 종말에 가서 그렇게 인심을 써서 아주 고맙다고 백배치사하고 그 사람도 잘 살구 그 상전도 잘 살고 그 황노랭이도 그 삼분의 일을 가지고 와서 하는데 아주 세 집 식구들이 다 부자가 돼서 살더래. 그랑께 그 아기 나면 그렇게 죽을 듯 살듯 모르게 그 튼튼한 걸 치 받았는데 그저 박첨지가

"그렇게 황노랭이가 그렇게 독하긴 했어두 그렇게 센 줄 몰랐다."

그래가지고 탄복을 하더래.

[2003년 5월 3일 채록]

16. 용의 승천을 도와준 사람

줄거리

한 사람이 아버지 제사가 있어 집에 가는 길에 아버지 친구를 만났는데 자신의 집이 부자가 되었다는 이야길 들었다. 집에 가보니 정말 자신의 집이 부자가 되어 있었다. 의아해서 어머니와 부인에게 부자가 된 것이 어떻게 된 일인지 묻자 이것이 다 자신이 벌어다 준 것이라고 한다. 또 아버지 친구를 만난 이야기를 하자 아버지 친구는 오지 않았다며 그는 필시 사람이 아닐 것이라고 한다.

그는 다시 길에서 한 여인을 만난다. 그 여인은 그를 자신의 집으로 데리고 가서 식사대접을 한다. 그리고 자신이 이무기며 용이 되기 위해서 그가 자신을 도와야 한다고 말하고 그렇게 하면 자신도 그 은혜를 갚겠다고 한다. 이때 아버지 친구가 찾아와 이무기의 말을 듣지 말라고 하고 간다. 그러나 그는 이무기와 약속한 것을 지키고 결국 이무기가 용이 되어 하늘로 승천하고 그는 물론 그의 가족까지 집이 부자가 된다.

▣ 제사 지내러 가는 건데. 제사나 저 어디 저 가추란 사람 제사는 무슨 제사 음식 차렸어. 음식은, 기냥 가보는 거지. 그 날을 잊지 않기 위해서 거 냉수라도 한 잔 떠놓고 저 지방이나 써 붙이고 절이나 몇 번 하려구. 잊지 않기 위해서 가는 거지. 참 제사 잘 지냈대.

"내가 거 제사 얻어먹고 오는 거야."

"아니 어떻게 아시고?"

"거 이 사람아 정다운 친구 간에 친구 제사를 모를까?"

"가보게. 자네 때문에 아마 집안이 어려웠었나봐. 아주 부자가 됐어."

게 가니까 소대상이면 잘 차렸거든, 옛날엔. 기냥 고배집을 이만큼씩 한 자 이상씩 그랬는데, 소대상보다 더 잘 차렸대.

"나도 가서 잘 얻어먹고 오네."

그래 가보니까 기냥 앞마당에 벌써 들어서니까 거, 노적가리가 있어 수십 석 노적가리가 있고 기냥 말이고 과일이고 가보니까 기냥 뭐 쌀이고 장작이고 없는 게 없어. 다 있어.

"대관절 이게 어떻게 된 일이냐?" 구.

그러니까 자기 어머니가 자기 마누라도

"아, 당신이 이렇게 보내고서 이렇게 하는데 어떻게 와서 딴소리를 하냐?" 구.

"그래, 니가 이렇게 보내줘서 이렇게 부자로 사는데 쌀이고 낭구고 사서 아버지 제사를 이렇게 잘 차리게 해서 아버지가 아주 잘 잡수고 가셨다."

가시는 거 보기나 했어? 귀신이 와서 제사 차리는데. (모두 웃었다.) '하 참 이상도스럽다.' 그래서 그 사람 생각하기를

"게, 아버지 친구 오셨어요?"

그랬더니

"아버지 친구가 여길 뭐 허러 온단 말이냐. 너 아버지 제사에 이 필시 괴물이야. 아버지 친구가 이름만 됐지 사람이 아니다."

이거야. 죽었는데 귀신이야. 귀신이 아니고 괴물이 둔갑을 해가지고 시경을 해서 이렇게 하는 거다.

이제 가서 자기 처소 있는데, 가니깐 웬 여자가 거 근처에 가서 밤새도록 헤매다가 날이 밝아지니까 한 50대 여인이 빨래, 거 세탁 물건을 거 이렇게 이고서 개울로 내려오더래. 그래서

"아주머니, 아주머니! 여기 저 사람 인가가 어딘데 여기서 빨래를 하러 오시냐? 구.

"아 여기 위라구."

"아 그걸 어떻게 혼자 이고 오셨냐?" 구.

"이것 좀 내려주려?"

그래 잔뜩 그냥 이고 있는 걸 한 쪽으로 거들어 가지고 개울에다 놓구선

"나 이거 금방 빨 테니까 나하고 같이 가자." 구.

"혼자 찾기가 그럴 테니까 나랑 같이 가자." 구.

게 거기 앉아서 배는 고픈데 아 거기에 앉아서 이때나 저때나 금방 휘적휘적 하더니 냅다 널어서 말리고. 그런데

"아, 이걸 널어서 말려서 갈 거야?"

"아, 이거 잠깐 말린다." 구.

게 바위에다 나무 가에다 몇 시간 있으니까 다 말라서 주섬주섬 걷어가지고선 또 다라에다 넣구선

"이젠 거뜬하니까 나 혼자 이겠다." 구.

혼자 이구선

"내 뒤를 따라오라." 구.

그래 그 여잘 따라 갔는데 참 고려장할 때 개와집이 하나 있는데 대문을 떠억 열더니 대문을 열구 들어가서 사랑문을 벌컥 여는데 따라가서 보니깐 부자집이래. 공부하는데 있구 별게 다 있는데 지금 침대는 있지만 그때야 아무리 잘 살아두 침대가 없잖아? 그래 자리 깔아놓구 자는데 '부자집은 참 부자집이다.' 거기 거 들어 앉아있으니까 점심상을 차려오는데 거 빨래하던 여자가 점심상을 차려가지고 이렇게 주인이 문을 열구선

"실례합니다."

하고선 들어와서 점심상을 차려 와서 남자한테다 놓구선

"찬은 없지만 잡수시라." 구.

"어휴, 이거 벨안간 어떻게 이렇게 진수성찬을 차려오셨냐?" 구.

저 기갈이 감식이라고

"참 주인님 배고픈데 잘 먹겠습니다."

하구선 그냥 뭐 후딱 한 그릇을 먹고선

"참 잘 먹었다." 구.

옛날에, 참 엽차는 옛날에 있었지만 절 같은데 이런 델 가야 엽차가 있지.

그냥 집에 엽차가 있어? 저기서 주인하구 얘기 얘기 하다가. 근데 그 여자가 그 물건을 보내 준거야, 그 집에. 근데 그게 어떻게 됐냐면 그 여자는 이무기, 이무기가 저 환생을 해가지고 변경을, 변화를 놔가지고 사람이 돼서 이제 손님을 접대하는 거고 그 친구가 뭐야, 아버지 친구라구. 자네 아버지 친구라고 갔다가 자네 아버지 제사라고 잘 얻어먹었다고 한 사람은 닭이야, 닭. 닭은 구불십년이야, 아니 계불십년이야. 닭을 십 년을 묵히지 않구, 개두 개 구(狗)자가 있거든. 구불십년이야, 개도 십 년을 묵히지 않는다. 십 년을 묵히면 변화를 일으킨대. 그 집에 일을 일으키지 않구, 어떻게 해서든지 변화를 미쳐서 해를 미쳐준다 그거야. 그래서 옛날서부터 십 년을 묵히지 않았어. 개, 닭을. 그래서 십 년이 넘어가지고 그게 사람이 변화를 부려서 사람이 된 거야. 그게 친구 아버지 친구가 된 거야. 그게 그리고 그 여자는 원 이무기. 그니까 용에 뜬 이무기로, 심사로 살았다구. 자기가 그래도 도를 닦아가지고 언제든지 그 닭한테 지지 않구 그 자기가 용이 될려구 선심을 쓰는 거야. 이제 그 저 나그네를 붙들어 가지고

"내 말만 잘 들으면, 그 여자 하는 말이 당신도 부자가 되고 나도 좋은 데로 간다. 그니까 다른 사람이 아무리 천번만번 지껄여도 그 사람은 처리 불문하고 상종하지 말아라. 그러면 당신도 부자가 되고 나도 좋은 곳으로 간다."

"아, 그러겠다." 구.

근데 며칠을 거기서 대접을 잘 하고선 그 주인여자가 상냥하고 잘 생기고 변화를 했으니까 참 잘 생기게 변화했겠지. 게 궁금해서 하루 저녁에는 슬며시 사랑문을 열고 가서 사람들이 자는 안방문을 이렇게 침을 발라가지고 이렇게 덜컥 뚫어서 본 거야. 봤더니, 어디 저 전부 기둥만한 놈이 이래. 아름들이 구랭이야. 구랭이가 네 마리가 기냥 꼬랑지를 이 놈이 이렇게 해가지고 감고 저렇게 해가지고 감고 대가리를 한테다 놓구서 기냥 베게고 뭐구 서로 비고 자는 거야, 몸땡이들을. 그래 그걸 보고 깜짝 놀랐어. '야, 이제 생각하기를 이무기가 변화를 일으켜서 미인이 돼서 나를 대접을 하는구나.' 그러니 봤다구 할 수도 없구. 봐도 못 본 척 하고 '눈을 감아라.' 그랬거든. 그 여자가 그래 놀래서 달아나면 다 실패야. 이제 그래 놀래지 말고 자기 하라는 대로

꼭 해야만 되는 거야. 그래서 안본 척 하고 밤에 자고선 아침에 일어나니까 또 역시 저 상에다가 참 잘 반찬을 갖춰서 밥을 해가지고 왔는데 밤에 자기 아버지 친구가 와가지고

"내 자네 위기를 모면하기 위해서 내가 일부러 몇 백리 밖에서 왔어. 그러니 친구의 아들이 아니라면 본척만척 하겠지만 자네를 기냥 사지에 몰린 걸 기냥 내 버릴 수가 있나? 그래서 왔네."

"게 무슨 말씀이세요?"

낼 아침에 구랭이 보고 와서 안 본 척하고 와서 자는데 그 저 여자를, 여자가 쌀을 한 움큼 소반에다 놔 게 놓구선 그 밥상을 가지고 와서 앉아서 하는 말이,

"이거 쌀을 여섯 알갱이를, 생쌀을 입에다 먼저 들여놓구 물을 마시고 그걸 먹고선 밥을 잡수슈. 그래야 당신 뜻대로 내 뜻대로 된다. 만약에 이걸 안 먹으면 모두 다 여지껏 실패야. 공든 밥이 무너진다고 실패니까 그런 줄 알라." 구.

아 그래 그 밥상을 갔다 놨는데 그 저 아버지 친구가 밤에 이야기 한 거와 똑같이 쌀을 한 웅큼 놓구선 그걸 '먹지 말라.' 구 그러고 갔거든. 쌀을 절대 먹으면 안 된다. 근데 그 여자가

"먹으라."

그거야.

"쌀을 먼저 여섯 알갱이 일곱 알갱인지 먹구선 쌀을 생으로다 삼키구선 물을 삼키구서 밥을 먹어라."

그러고 나서 별안간 청천 하늘이 말이야, 기냥 검은 구름이 기냥 뭉게뭉게 하고 기냥 천둥번개가 치면서 그때 기냥 개울물이, 비가 오니깐 없던 개울이 '쐬' 소리가 나구. 그때 비를 무릅쓰구서 밖으루 나가서 하늘을 쳐다보면 용이 올라가는 게 뵌대. 그럼 그때 딱 세 마디만

"용님 상천 합소사! 용님 상천 합소사! 용님 상천합소사!' 그 세 마디만 해주면 내가 평생 두고 당신 은혜를 갚을 테니까 그렇게 해주오. 그 집에선 딱 나갈 때 당신은 사람으로서 내 당신 어제 저녁에 미다지 열고 우리 자는 거

본 거 나도 알아. 그렇지만 당신이 진실하니까 내 말을 곧이 듣고선 그 것을 이행할 줄 알고서 내가 이야기 안 한다. 그 세 마디만 해주면 이제 끝이 난다. 당신하고 나하고 그리고 누가 뭐래도 친구 아버지 친구 할아버지래도 절대 듣지 마라. 그게 닭이다."

그거야. 그때 죄 이야기 해준다 이거야. 그래 시기를 해가지고 닭이 뭐 조화를 부리면 이무기가 흑자를 놓구. 근데 닭이 조화를 부릴 수 없는 것이, 용 못된 이무기라고. 이무기는 조화를 눈다고 그래. 그냥 비를 벌써 용이 거반 다 되어 있는데 기냥 별안간 산에 올라갈라구 용이 그냥 검은 구름을 채근해서 맨들어가지고 기냥 소나기가 와가지고선 기냥 앞에 개울물이 철컥하고 내려 앉아 기냥 나가보니까 꼬랑지가 기냥 이렇게 아름들이 구렁이가 하늘 높이 올라가고선 꼬랑지를 휠-휠 둘러서 올라가질 못하더라지. 아나 그래, 사람의 소릴 들어야 한대거든. 자기가 아무리 재주가 좋아두 하늘에 못 올라간다. 그래

"사람의 소리를 얻어들어야 내가 용이 될 테니까 그렇게 해주오."

그 여자가 한 말같이

"용님 상천 합소사!"

하고 세 마디를 하니까 기냥 내빼가 올라가서 도로 한 바퀴 돌더니 눈을 탁발로 뜨고 아가리를 벌리면서 기냥 우리네 '빠이빠이' 하는 식으루다 꼬랑지를 휘휘 해서 하늘로다 올라가더래. 그래가지고 이제 그때 끝이 났는데. 상황에서 나와 가지고선 재털이에 신발도 안 신구 '용님 상천합소사!' 세 마디를 하고 하늘로 올라가지 않았소. 이제 사방을 보니까 아무 것도 업고 평평한 잔디밭이야 그 집 그 좋은 집도 하나도 없단 말이야.

'야. 참 이게 참 조화로구나. 아무튼 내가 용 이무기한테 좋은 일 했으니까 괜찮겠지. 끝끝내 봐준 댔으니까 은혜를 잊어버리지 않겠지.'

그래서 집에 가보니까 그 헌집을 다 헐어치우고서 하인네 집, 친구네 집, 거 뭐 딸네 집, 사위집 해서 집을 짓는데 수십 호 기와집을 짓고서 아주 그냥 마을을 이뤘더래. 그래가지고 그냥 없는 부자야 기냥 세상에 없는 부자가 됐대.

[2003년 5월 3일 채록]

17. 밥 기운을 빨아먹는 지네

● 줄거리

한 사람이 어느 집에 갔다. 그 집은 여유가 있어 잘 먹는데도 사람들이 모두 바짝 여위어 있었다. 그 사람이 부엌을 살펴보니 부엌 대들보에 큰 지네가 살고 있었다. 그 지네가 밥 지을 때 그 기운을 모두 빼앗아 먹어 영양분이 빠진 밥을 사람들이 먹고 있었던 것이다. 그 사람은 동네사람을 동원해서 그 지네를 죽였다. 지네에서 큰 진주가 나왔다. 그 사람은 그 진주를 서울 금은방에 팔아 큰 돈을 마련해 동네사람들을 잘 살게 해주었다.

▣ 이렇게 댕기면 이만한 놈이 게 시시팔팔한 데서 동네 들치면 새까만 게 댕기거든. 발이 무섭게 많아. 육십 몇 개인가 팔십 몇 개래, 발이. (이야기를 시작하시기 전에 지네에 대해 이야기했다.)

어느 한 사람이 그저 관상도 잘 보고, 산소 자리도 잘 보고, 집터도 잘 보고, 그러는데 관상도 잘 보고 그러는데 살기는 곧 잘 살고 밭도 참 좋은 놈이 어시같은 옛날엔 참 보리밥이 많았어. 흰 밥 먹는 사람이 별로 없었다고, 이 동네도. 나도 한 열다섯 살까지 보리밥이고 거반 다 보리밥이야. 거기다가 내가 열일곱 살서부터 학교 다니다가, 나와서 장가들고 그때서부턴 내가 저 아버지도, 아버지는 글을 나보던 더 잘 아신다구. 저 시 짓는 데 가서 시도 잘 지시구, 기냥 환갑잔치 가서 시도 잘 지시구 그러는데. 말은 또 나를 못 당하시지. (모두 크게 웃었다.) 돌아가 실제 뭐라고 그러면서

“아버지 유언 없으세요?”

“유언은 무슨 유언이 있니? 니가 나보다는 뭐든지 잘하는데. 한 가지 부탁은 형제끼리 친척끼리 싸우지 말고 우애 좋게 지내는 거 그거만 부탁하고 싶다.”

그러시더니 돌아가시더라구.

그래가지구 내가 쓰윽 가니까 밥을, 나는 보리밥으로다 연명하고 그러는데 씨래기 나물, 산에 가서 뜯어다가 삶아가지고 소금에다 찍어 먹고. 그래서 연명을 해 가는데. 근데 그 집 가보니까 전부 하얀 멥쌀루다 밥을 해서 거반 식구가 죄 한 그릇씩 먹는데 죄 말라서 아주 꺼칠꺼칠해. 죄 나무껍질 마냥 배짝 말랐어.

‘참 이상스럽다. 저 집에 호의호식이지. 좋은 옷에다가 좋은 음식을 먹는데 왜 저렇게 말랐나?’

하고 필히 걱정할 일이 그래 세간에 가 그래 가만히 보니까 부엌에 가서 쫓아가서 밥하는데 가서도 그래. 그 무엇 때문에 저렇게 식구들이 열 식구 중에 한 사람이 건강한 사람이 없구. 지금은 돈 들여서 살 뺀다고 야단을 하던데 그때 뭐 있어? 장군이 아니면 뚱뚱한 사람이 없었다구.

그래 가지고 밥을 푸는데 보니까, 아참 솥에다가 주발에다 이렇게 받쳐 가지고선 주걱에다 퍼서 한 그릇씩 떡떡 담아가지고 김치, 깍두기 뭐 짠지 해서 쭉 그냥. 산골이니까, 그 뭐 저 물고기, 육식은 별루 없었지만. 그래도 밥을 그렇게 잘 먹는데 왜 살이 안찌나. 이렇게 보니까 부엌에, 대들보 위에 또 대들보가 또 하나 있어. 이중으로다 이렇게 있다 이거야. 대들보가 어떻게 둘씩 있나 하고 가만히 보니까 번지르르한 게 대들보 위에 대들보는 뺑끼칠한 거처럼 빤짝빤짝해. 아참 괴물이다. 자세히 보니까 지네야, 지네. 다리가 양쪽으로 퍼졌는데 다리가 대들보를 쌀 정도야. 다리가 늘어져 가지고 밥 한데서 입으루다 밥 김나는 김을. 그 그런께 밥을 하면. 얘기를 하다 딴소리가 나오는 게 그 누른 밥이 있잖아. 철솥에다가 그 누른 밥을, 반드시 누른 그 밑에 누른 밥을 먹어야 사람이 양분을 전부 다 흡수하게 된데. 쌀에 칼로리를 이런 걸 죄 흡수하게 되는데 그 지네가 다 빨아먹는다 그거야. 김나는 거고 뭐고 이렇게. 기술로다가 입을 이렇게 해가지고 진을 죄 빨아 먹어서 그 저 밥이 힘이 없는 거야, 힘이 없잖아. 힘이 세지고 힘이 서로 붙지 않는 거지. 그래서 '아, 그래서 이 식구들이 저 그냥 허연 놈의 밥이니까 그냥 먹어서 그렇게 칼로리가 빠진, 양분 빠진 밥을 먹어서 이렇게 마르는구나.' 워낙 크니까 지금 잡을 수도 없고. 작대기로 때려 잡을 수도 없구. 연구 연구하다 동네 젊은 사람 대 여섯 명을 불렀대. 불러 가지고

"일루오라." 구.

"왜 그러냐?" 구.

그랬더니

"저기 저 대들보가 두 개 아니냐?" 구.

"아, 그런데요. 튼튼하게 지었어요. 집을."

"아, 튼튼하긴 맨 위 건 대들보가 아니고 지네야, 지네."

"지네요?"

자세히 보니까 낭구깐이 아니고, 지네 이렇게 몸뗑이하고 발이 싸 가지고 낭구가 된 거야. 그래

"그걸 어떻게 해요?"

저걸 잡을 도리가 없잖아. 이 집 식구가 밥을 그렇게 좋게, 좋은 쌀밥을 먹어두 살이 안찌고 열 식구면 열 식구, 일곱 식구면 일곱 식구 자꾸 저렇게 말랐으니까, 지네가 진을 다 빨아먹구 껍데기만 이 식구는 먹는 거야.

"저걸 어떻게 잡아요?"

"한 집을 구제해 줘야지. 이 집이 그렇게 기름이 많지 않을 거야. 그러니까 있는 데루 기름을 털어 가지고 오너라. 그 댓가는 내가 목록을 적어서 누가 얼마 가져온 걸 이걸 저거 가지고 기재했다 주인한테 인제 기름값을 해 놓라구 그럴 테니까 그렇게 알아라."

그러니까 있는 대루 오판대고 한 병이고, 맥주병이구, 한 사이다 병이고 있는 대루 죄 가져 온 거야, 기름을. 그래가지고 거기 기름가마에다 붓구서 아마 한두 가마 됐던 모양이야, 기름이. 들기름, 참기름 뭐해서 피마자기름 섞어가지고 디리 기냥 저어서 펄펄 끓였네. 저 오줌똥 장군이, 그 오줌 이제 크다란 놈이 저 독을 하나 묻어가지구. 거기다 대변을 받는다구. 오줌도 거기다

받구. 그래가지고 똥지게에다가 퍼가지고 깊으니까, 바가지에다가 풀 수도 없구. 이 바가지에다가 자룰 기다랗게 해가지구. 이렇게 여기서 이렇게 쏟구 그러는데. 이렇게 그걸로 다 펐거든. 그 저 장군이라고 이만한 걸 장군을 맨들어서 위에다가 이렇게 주둥이를 저 이렇게 만들어서 거기다가 이렇게 붓는 거지 뭐야. 똥을 퍼서 그걸 죄 가지고 대여섯이 거 하나 둘 셋 하고 기냥 기름을 떠가지고 그 저 지네에다 끼얹은 거야. 그래야지 잡는 수는, 때려잡는 수는 없으니까. 그런 수밖에 없었지. 기름 가마에서 펄-펄 끓은 걸 몸뚱이에다가 꼈으면 대번에 죽을 테니까 그렇게 알아. 그랬군요. 그러더니 사람이 죽구 사는데 똥바가지는 가마에 못 들어가 그냥 푹-푹 파가지고선 기냥 쭉 늘어서서 대가리 꼬랑지는 시원찮구 대가리 반 이상만 계속 퍼가지고 활-활 끼얹구 또 가서 끼얹구. 아 거기서 이놈이 거기서 푸시시하더니 기름에 데어서 배겨? 그 부엌 바닥에 펄썩 떨어지는데, 떨어지니까 대들보는 그냥 새끼야. 손가락 같은데 떨어졌지 뭐야. 대가리가 기냥 워낙 뜨거운 걸 맞아서 살이 부풀어서 대가리가 꿈틀대는 걸 끼얹구 끼얹구 해서 결국은 잡았는데 우찌 그걸 갔다 묻을 수두 없구. 이제 지네 대가리에서, 이저 조개인가 어디 진도 앞 바다에 조개를 집어 넣으면 홍어 뭐 홍합이라고 있어. 조개비 이렇게 한 쪽만 있구. 그거 갔다 집어넣으면 진준가? 그걸 갔다 이렇게 좁쌀만 하게 묻혀 넣으면 그게 그렇게 굵어지거든. 홍합 껍데기랑 홍합 진을 빨아 먹구 자란대, 진주가. 그게 보석에 일종이거든. 그게 대가리에 있다는 거야, 그게.

서울에 보석상에서 그걸 사러 갔어. 다른 건 필요 없으니까, 대가리만 달라고 했다구. 그걸 바깥에다 여럿이 끌어놓구 도막도막 쳤는데. 사람 척추라구, 짐승도 척추라고 하겠지. 뭐 뼈마디마다 이만한 놈이 진주가 하나씩 들어 있더라. 그걸 팔아가지고 동네사람이 죄 부자가 됐대. 그래 그 집 행운을 망치는 걸 방지도 해주고, 동네사람 부자로 만들어 줬다는 이야기야, 관상쟁이가.

[2003년 5월 3일 채록]

18. 금산이 이야기(머슴을 공짜로 부려먹으려 한 함경도 사람)

● 줄거리

경기도 사람이 함경북도에 머슴을 살러갔다. 머슴을 살러 갔던 사람들은 일년 동안 일을 하고도 새경을 한 푼도 받지 못하고 쫓겨났다. 주인이 딸을 이용하여 머슴을 유혹하고 그 트집을 잡아 머슴에게 쌀 한 톨 주지 않고 내쫓는 것이다. 그러나 이때 금산이라는 사람은 그 유혹을 뿌리치고 결국 대가를 받았지만 오는 길에 술값으로 다 쓰고 빈털터리가 돼서 온다.

▣ 쟁이는 하치거든, 말이. 한국말로 쟁이만 들어가면 좋은 호평을 받지 못하거든. 쟁이야, 사주쟁이, 돈쟁이, 돈을 적게 주는 사람.

함경, 이저 북도에서. 경기도 자기 집서 일하기도 싫구. 또 논밭들두 만만치 않구. 그러니까, '에이, 함경도 가서 모시나 살고 와야겠다.' 하고 함경도서 머슴을 살면 쌀을 수십 가마를 벌어가지고 온다드만. 그래 한 사람이, 여기 사람이야, 여기 사람. 여기 어디 사람인데, 죽은 지 20년도 넘었을 거야. 나이는 한 지금 이야기하면 한 백 살쯤 됐어. 금산이라고 하는 사람인데. 그 사람이 거기 일꾼으루 갔었는데. 그 사람은 벌어가지고 오다가 술을 다 먹어서 그 사경이란 걸 다 까먹고 와서 빈털터리로 와서 그 이야기를 하는데. 근데 일년을 열두 달을 거서 살면 인제 정월 초하룻날 섣달 그믐게. 시월 주인이니 다 해주고 쌀 열 가마구 스무 가마구 다 계산을 다 해주고, 돈으루다 그걸 가지고 나와 가지고 경기도에서 다시 쌀을 사가지고 일년 농사를 안 해도 먹고 산대. 머슴을 해가지고 노임을 받아가지고 오면. 그래서 여기 사람이 있는데, 거기 사람은 인제 그걸 사경이라고 해. 모시고 해서 열달 그믐게 돈을 주는 걸 사경이라고 하는데. 그걸 가지고 나오는 사람이 열이면 세 명이 되거나 말거나 하다 하데 죄 빈털터리로 나온대. 주인한테 죄 뺏겨서 두들겨 내 쫓기는 거야. 섣달그믐게 거반 되면 천상 없이 열두 달 살았으니까 쌀을 열두 가마 스무 가마 줘야 될 거 아니야? 쌀을. 우선 앞마당에 쌓아 가지고선 이건 네 사경이니까 내일이면 그믐게에 그러니까 타가지고 가거라. 거 여기 한 해 더 있겠다구 그런 사람은, 이제 주인이 딴 사람을 주구서 심리를 하고 이자를 일으켜서 한 가마 주면 가마 값을 딴 사람한테 받아다 주구 그러는데. 그 주인이 어떻게 묘책을 쓰냐면 장성한 딸이 하나 있는데 스물 대여섯 살 먹은 딸. 옛날엔, 지금은 스물 대여섯 살이면 뭐 시집갈 나이가 못 됐다구 하지만. 그땐 스물 대여섯 살이면 늙은 노처녀라 그랬거든. 스물두 살, 세 살이면 뭐 아주 시집보내기가 늦었다구 하거든. 근데 스물 대 여섯 살이 먹도록 시집을 안 보내, 딸을. 그래가지고선 다른 때는 쇠죽 쑤라고 그러지도 않구 머슴이 일꾼이라서 쇠죽을 쑤는데 가마솥에 쇠죽을 쑤는데. 그 다음은 가운데서 숯이 굽고, 그 다음은 여긴 밥하고 여긴 국하고 여긴 쇠죽하고 그러는 덴데. 거기서 불을 앉아서 장작을 때구선 삭정이 낭구를 때고 이렇게 하면, 기냥 그 처녀가 이만한 놈의 엉덩이를 가지고 기냥 남자 쇠죽 불을 짚이는 데다 그 남자 입에두 엉덩이를 갖다대고 지랄을 친데. 그 남자가 웬만하면 여기 비키라고. 인제 그러기도 하는데 자기 사경을 뺏을라구 그런지도 모르구. 여자가 자기에게 마음이 있어 가지고 가까이 하나 부다 그러고

"아, 이거 왜 그러냐?"

그러고서 안방만한 엉덩이를 자기 입에다가 가지고 문지르고 그러니까

"아, 이거 왜 이러냐?" 구.

이렇게 하다가 그렇게 데리고 장난 비슷하게 하면 주인이 그때 나온단 말야. 이제 주인이 그걸 보고서 '이 자식이 남의 시집 못간 처녀를 가지고 희롱을 한다'구. 작대기로 내 두들기고 그러는 거야. 그러면 이놈이 처녀 엉덩이 한번 만져 보고선 그냥 내쫓기는 거야. '원한테로 가자. 너 같은 놈은 버릇을

가르쳐야 한다.'구. 강간죄로다가 몰리는 거야, 이제. 그러니 이제 타도에 가서 이거 맥이나 춰? 이놈이 죄도 없이 내쫓겨서 일년 헛살구서 새경을 하나도 못 타구 와.

"그래, 자넨 어떻게 했어?"

"뭐, 내쫓았지."

"에구, 벌이 했네."

그랴. 딴 친구가 와서 그런단 말야. 금산이라는 사람은 거기서 일했는데 영락없이 그러더래지 뭐야. 시집도 안 보내는 지 아이고 아이고 하면서 불을 때구

"아, 왜 이러냐?" 구.

이렇게 붙들구 이렇게 거부를 하면 되는데 이리 안고 그러다가 들통이 나면 서로 좋아해도 꾀에 안 넘어 간다고.

"이거 왜 이러냐? 비키라." 구.

그냥 소리를 냅다 지르고서

"왜 밥하고 국 끓이는데 와서 얼씬대느냐?" 구.

소리를 질러가지고 간신이 그래도 새경을 타가지고 나왔는데 나오다가 술을 다 먹었지. 여기 사람이, 차라리 여자 엉덩이를 만지고 뺏기는 게 났지. 술 먹어가지구 술집사람이나 좋지. 열두 달 남의 집 살아가지고 술집에 다 갖다 줘? 이 병신같은 놈아. 그 사람 그 심장마비루다 죽었어."

[2003년 5월 3일 채록]

19. 무덤에서 살아난 사람

◉ 줄거리

고려장을 해야 했던 시대에 어느 사람의 어머니가 돌아가셔서 장사를 지내 드렸다. 이웃사람이 산에 나무를 하러 갔는데 산소에서 무슨 소리가 들렸다. 상주에게 이야기를 해 무덤을 파보니 돌아가셔 묻었던 어머니가 살아계셨다.

▣ 고려장을 잡수시라고 하고 자기 어머닌데도 할 수 없이 자기 어머니를 고려장을 안 지내면 동네에서 쫓겨난대. 거기서 살지 못한데. 그 동네서 법을 어겼다구. 근데 이건 저 고려장 지내는 사람이 아니고 기냥 병사한 사람인데. 장사를 지냈는데, 장사 지낸 지 한 나흘인가 닷새 됐는데 그 사람이 이번에 낭구를 허러 갔는데 게 낫을 가지구 소나무 삭쟁이를 만든 거 그 쪽에서 한 줌 해가지구 오니까 그 옆에서 사람 소리가 나더라 그거야. 보니깐 무덤이 있는데 그 이웃사람 장사 지낸 무덤이거든. '이상스럽다.' 이거야.

"내가 분명히 나도 장사를 지냈는데, 죽은 사람을 염해 가지고 장사를 지냈는데, 뭐 소리가 이렇게 들려. 어름증이 있나? 이게 아마 잘못 들었나보다. 새 소리 짐승소리를 내가 들었나?"

그래서 기냥 내려왔거든. 그날 저녁을 먹구선 잠자리에 드러누워서 자는데. 아 그래도 이상하잖아 분명히 무덤 속에서 소리 나는 걸 들었는데. 게 무덤을 팔 수도 없구. 자기 무덤 같으면 판다고 그러지만. 거 이상스럽다. 그래

서 그 이튿날 겨울에 나무를 해가지고 거기를 또 지나오니까 또 어디서

"사람 살리라." 구.

그런 소리 비슷하게 나더라 그거야. 게 이상스럽다. 아 그럭저럭 해서 한 십여 일 됐어, 장사 지낸 지가. 게 사람이 살았다 하더래도 십여 일 굶었으면 남칠여구라구 그러는데. 사내는 육일 굶어야 죽구, 여자는 아흐레를 굶어야 죽는데. 이게 남칠여구야. 이제 십여 일이 됐는데, 여자는 여잔데 이상하다 게 기냥 와가지고 그 아들을 보구선

"거, 우리 가서 산소를 파보세."

"아, 이 사람 산소를 왜 파? 장사를 잘 지냈는데."

"아니야. 내가 이틀을 거기를 지나왔는데, 산소 속에서 인기척이 자꾸만 나. 무슨 소리가 났는데 잘 알아 들리지 않구, 내가 내 산소면 판다고 하지만 남의 산소 팔 수도 없구. 자네한테 얘기니까 게 우리 둘이 가서 한번 엿들어 보세."

게 둘이 가서 거길 가가지구선 산소를 발로 툭툭 치니까

"사람 살려, 사람 살려."

그런 소리가 아닌 게 아니라 나긴 나더래. 거 자세히 들어보니까 웅얼웅얼 하는 소리가 나더래. 목소리가 참 모기소리만큼, 땅 속에서 나는 소리가 요란할 거야? 거 할 수 없이 둘이 그때 삽이 있었나, 뭐 옛날엔 괭이 같은 걸 가지고선 사람 하나 데리고서 파가지고서 나중에 혼비를 열어 가지고선 그 관은 속을, 아 관은 없구 혼비만 보니깐. 이렇게 보니깐 꿈쩍꿈쩍해 있드래지 뭐야.

"아, 그래 살았다." 구.

우선 매부터 풀러. 푸르긴 뭘 풀러, 죄 싸매구. 얼굴부터 죄 싸매구 그랬으니까 송장이 눈을 뜨더래.

"야, 거참 느그 어머니 살았다."

그래 죽었든 어머니를 다시 살렸대.

[2003년 5월 3일 채록]

20. 귀신의 한을 풀어준 원님 이야기

◉ 줄거리

함경북도 어느 고을에 원이 부임을 하면, 그날로 죽었다. 여러 명의 원이 죽어나가고는, 아무도 그곳으로 부임하는 것을 원하지 않았다. 그러나 어느 용감한 사람이 자청을 하여, 그 고을의 원으로 부임을 했다. 그날 저녁, 어느 여인의 혼이 그 원의 앞에 나타났다. 그는 원에게 그의 억울한 죽음을 고하고 누명을 벗겨 줄 것을 간곡하게 호소했다. 그녀는 시어머니와 신랑의 모함에 빠져서 첫날밤에 시집을 쫓겨났었다. 그래서 억울한 마음을 참지 못하고 자살을 한 여인의 혼이었다. 그 원귀는 자신의 누명을 벗겨달라고 새로운 원이 부임을 할 때마다 나타났던 것이었다. 그러나 그녀가 억울한 사정을 말할 사이도 없이, 원은 졸도를 하고 죽었던 것이다. 원은 그녀의 시어머니와 신랑을 불러 연유을 듣고, 헛소문을 낸 여인에게 벌을 주었다. 그 뒤 구천을 떠돌던 여인의 원귀는, 편안하게 하늘나라로 가고, 원은 그 혼령의 도움으로 어려운 나라 일을 해결하며 충신으로 잘 살았다는 이야기이다.

▣ 함경북도 얘긴데. 원이, 저 함경북도에 원이 지금 비었으니까, 결석이니까, 거기 가서 정치를 해라. 원으루다 제수를 헐 테니까 글루 가라. 임금이 가라니까 안갈 수두 없구. 쓰윽 가는 거야. 간 지 사흘만이믄 죽어, 원이. 게 누가 그 후론 십여 명 죽었는데. 원이 갈려구 그러지 않아.

"에이, 저는 싫습니다. 차라리 집에서 농살 짓지, 원으루다 그 벌이 문제가 아니구. 거기 가기가 싫다. 가기만 하믄 죽는 걸, 뭘허러 죽으러 가느냐?"구.

그니까 한 사람이 가만히 생각하다

"지가 가겠습니다."

그래.

"너는 별 도리가 있느냐?"

"아, 지가 죽든 살든 가겠습니다. 그래두 무신 이유가 있어 죽었겠지, 괜히 맹탕 죽었을 리가 있느냐? 구.

"어디, 참 살아가서 어디 원, 도임을 해 가지구 정칠 잘 하구선 살아 돌아오게."

(잠시 목이 마른 표정이어서 준비해간 음료수를 드리자 소리를 내며 맛있게 드셨다.)

게 임금한테 하직을 하구 함경북도 원으루다 도임을 해 갔는데, 게 첫날 저녁 아니믄 그 이튿날 저녁에 죽는 게야, 원이. 그게 참 이유가 있어 죽었지, 맹탕 게 나타가 죽진 않았을 테니까. '어디 좀 보자' 허구선 불을, 촛불을 그냥 새면 켜 놓구선, 저 그 예방 머 책방 할 거 없이 그 옆에서 호윌 허라구. 그라구 혼자 그 대청에 뜨윽 앉아 있으니까. 밤중쯤 되니까 꽃같은 색시가 참, 의복을 갖춰 입구선 '사뿐'하구서 대청에 와서 떡 섰는데 아주 황홀허게 잘 생긴 여자야.

근디 그 원이 놀래지 않구 말야. 벌써 그, 비범한 사람이지.

"니가 귀신이냐 사람이냐?"

그니까

"저 귀신입니다. 원이, 원님이 그 여러 번이 여기를 도임을 해 가지구 이렇게 말 물어 보는 분이 당신 밖에 없었다."

그거야.

"그냥 무조건 허구 놀라서 까무러쳐서 죽구죽구 그래서 말두 못 걸어 봤다."

그거야,

"그래 참 사람을 이렇게 놀래키냐?"

(화자의 옷에 달아놓은 마이크가 떨어지자 다시 끼웠다.)

"사람을 십여 명째 죽이구 뭐, 또 왜 나타났어? 인제 나 마저 죽일려구?"

"아유! 인젠 원님은 돌아가지 않는다." 구.

"'저허구 대화를 이렇게 했으니까, 저의 요청을, 소청을 들어주실 거야. 그러니깐 제 소청만 풀어주시믄 다시는 안 나타날 테니깐, 제 소청을 들어 주시믄"

"네 소청이 대관절 뭐냐?"

"시집 가 가지고 첫날밤에 낭군한테 배반을 당했다."

"그래. 그 한 이불 속에 잠도 못 해보구 그냥 족두리 낭자만 베기구 쫓겨났는데, 시어머니가 모함을 시켜서 걔가 새서방을 두구서 나가라구 내쫓아서 내쫓겼단 말야. 색시가, 매누리가. 근디 시어머니가 나쁘니까 시어머닌 인제 서방질을 해서 신랑이 내쫓았다. 인제. 그래 가지구 자살을 했어. 목을 매다가 죽었어. 거, 여자가 거 애맨 소릴 들으니깐 그 어떡해, 그 뒤집을 수두 없구. 죄두 없는데, 갑자기 씌우는데 어떻게냔 말야. 그건 원을 풀어주셨으믄 다시는 나타나지 않을 테니깐, 그 원을 어떻게든 풀어주십사."

"거, 그믄 그 집을 아느냐?"

그러니깐

"네 압니다. 아무게, 박 아무게루 그 집이라." 구.

근디 이유 없이 신랑이 뱉길루 차믄선 나가라구 그래서 밤에 나갔는데, 그 시어머니가 허는 소리가

"저년이 서방질을 해서 신랑이 받아들이지를 않구 첫날밤에 내쫓았다." 구.

"그게 억울해 가지구 누명을 누구한테다 베껴달랄 수두 없구. 해 가지구 내가 자살을 했다."

그거야. (이야기 도중 우체부가 찾아왔다. 화자가 나가서 우체부가 전해준 소포를 받아들고 들어와 장남에게 전해주고 다시 잠시 이야기를 이어갔다.)

"아, 그러냐?" 구.

그래, 거 신랑을 불러 가지고 그 시어머니짜리도 부르고. 호출을 해 가지구 대청 앞에다 꿇려놓구선,

"왜 첫날밤에 이 색시를 발루다 차고 내쫓았냐?"

"이 색시가 새서방을 두구 시집을 왔기 때매 내 목심이 위태로워서 내쫓았다."

"그걸 목격한 바가 있느냐? 뭘 보구선 그런 트집을 잡느냐?

"그건 어머니두 항시 도니, 사람들한테 듣구 그래서 샛서방이 있다는 게 소

문이 나가지구 챙피해서 그 여자허구 살 수가 없어서 내쫓았다."

"그래? 어머니는 누구한티 들었느냐?"

그러니까

"아무개 이웃집 여자가 소문을 퍼뜨려가지구 제 귀에 들어왔다."

"그래? 그런 며느리를, 며느리루 삼아 가지구 같이 동거할 수가 있느냐? 그래서 나도 그랬다."

그 여자 불러 가지구선

"저이 서방질하는 걸 목격한 바 있느냐?"

그 여자더러 하니까

"아이, 나두 뜬소문으루 들었지, 뜬소문. 누구한티 들었어요. 누구헌티 들은 건 확실히 기억이 안 난다." 하는 거야.

"이건 니가 괜히 조작해 가지구 말을 지어가지구 소문을 퍼뜨려가지구 남 시집두 못 살게 허구 자살을 하게 니가 만든 거야. 걔 니가 죄를 전부 다 뒤집어써라."

이거야. 그 여자를 종신 징역으로다 매 가지구. 원은 인제, 그 이튿날 또 저녁에 또 나타났더래.

"아유, 이렇게 제 웬수를 갚아주시구 저의 죄를 벗겨주시니 허물을 베껴주시니 이 은혜를 뭘루다 보답허느냐? 구."

"어이, 너 아무튼 원혼인데, 그래 이 참 좋은 귀신이 돼 가지구 너 갈 데루 다 잘 가거라."

그러구선

"뜬 귀신이 되지 말구 좋은 귀신이 돼서 너 고향으루 가거라."

그래구선 원을 아주 그 여자가 가끔 꿈에 나타나 가지구 무신 잘못된 송사가 들어오믄 그 야가 뭐 '이리 저리 그 송사가 풀릴 티니깐 그렇게 해결을 달라.'구 허니 그게 아주 원의 선생이 돼가지구서는 원을 잘 지내구. 임금한테 와서 일년이구 이년이구 있다가 와서 보고를 드리니까,

"가히 정말 경이 정말 충신이로고. 응, 참 대범한 사람이라." 구.

"다른 사람은 다 죽는데 거길 자청을, 죽을 델 자청해 가지구 가 산 사람은

자네밖에 없다." 구.

그러믄선 등을 두둘기구선 아주 일등공신이 됐대.

[2003년 5월 3일 채록]

21. 퇴계 선생 호號의 유래

줄거리

퇴계 이황 선생의 호에 대한 유래담이다.

옛날에 큰 개울에서 사는 이무기가 용천을 하고, 사람으로 둔갑을 했다. 그 이무기가 사람인 척하고, 이퇴계 선생에게 글을 배우러왔다. 그런데 남풍이 불면 서당 옆 개울에서는 비린내가 많이 났다. 이퇴계 선생은 남풍이 불 때마다, "비린내가 난다."라고 말하였다. 그러자 이무기는 이퇴계 선생이, 자기 아들을 알아보고 하는 소리라고 생각했다. 그래서 이무기는 이퇴계 선생이 보통사람이 아니라고 생각하였다. 결국 이무기는 천둥 번개를 동반하고 이퇴계 선생을 위해서, 옆 개울을 서당으로부터 멀리 떨어져 흐르게 했다. 이때부터 동네 사람들은 이황 선생의 조화로 개울이 물러났다고 생각하고, 이황 선생을 이퇴계라고 불렀다.

▣ 퇴계 선생 유래 알어? [채록자 : '낮 퇴계 다르고 밤 퇴계 다르다.'는 얘기는 아는데 유래는 모르겠는데요.] (학생들을 돌아보고) 그래두 누구한테 들은 얘기 있을 거 아녀. 좌중 십여 명 중에서 죄 몰라? (학생들 모두 모른다고 답했다.) 저 퇴계라구 왜 퇴짜 맞았다구, 물러 갈 퇴(退) 자 있잖아. 그 퇴 자야. 시내 계(溪) 자. 삼수 변에 닭 계 한 자. 퇴계 선생이라구 그러는데, 왜 퇴계 선생이냐 하면, 퇴계 선생이 참 글을 많이 해두 아주 문장(文章)이거든. 아는 것두 많구. 일두 자알 알구 그런데. 그래 문하생이 참 수십 명이야. 한문을 가르치는데. 그래 이 사람 저 사람 와서 디리 공부를 참 각질, 각계 각층으루

다 뭐, 천자 배는 놈에, 통감을 배는 놈에, 뭐 참 통감 배는 놈에 머 참 소학 대학 배는 놈에 별 게 다 있는데,

거기 저 연안, 저 황해도 연안이 있어. 연안, 연안, 백천 그러는데, 거기 남대지 못이래는 데가 있다구여. 큰 그냥 연못이 있어, 아주. 근데 그 일본놈이 일정 때 몇 번을 푸다가두 못 펐대. 그 좋은 기계, 저 철로 놓구, 뭐 그 저 그 다리, 화천 다리 놓구 그리는데. 물 푸구 그러는 기계 가지구 뭐 퍼두 못 펐거든.

허음, 거기 이무기가 있는데, 이무기가 거 용이 거지반 됐어. 참 사람 소리만 '용님 상천 합소사.' 그리구. 장마 통에 한 번 허믄 용이 되는, 용이 되는 이무긴데, 근데 그 통에 이무기가 가끔 심사를 논데. 여기 어디, 저 가평 거기 어디 또 무신 소가 하나 있데. 여기 저 남대지 못에 있는 건 숫놈이구, 여기 가평에 있는 건 암놈이래거든? 그래 가끔 일년에 한 번씩, 언제 그 비바람이 몰아치고 천둥이 오냐믄, 이 베가, 골에 베 심은 게 누렇게 빌 정도가 되믄 그게 지나간다구 그래. 그 지나가기만 하믄 천둥 번개가 그냥 베락을 새면에서 지끈지끈 치구, 인제 그럴 때 그 오다가다 인제 그 이무기를 견우직녀 만나듯, 만나보고 오듯 그러는 이무긴데. 이무기에 아들이 있는데, 것두 인제 이무기지. 그 둔갑을 시켜 가지구 사람을 맨들어서 푸르스름한 저 의상을 입혀가지구선 책을 껴서

"너 퇴계 선생 한테루다 너 공부 좀 해 머구 가서 에헴 퇴계 선생한테 배울 게 많으니껜 배우구, 퇴계 선생이 너헌테 널 보구 뭐라는지 꼭 귀 담아 들어서 나한테 얘길 해라."

인제 그러구서 보냈어요.

"네."

그러구선 갔는데, 그래 책을 가지구 퇴계 선생한테 가 가지구 절을 꾸벅 허구서는

"저 글 좀 배우러 왔습니다."

"아, 거기 놓구 배워라."

그래 뭐 천잘 배웠는지, 뭐를 배웠는지 건 자세히 몰라두, 그게 며칠 다녔

는데 퇴계 선생님이 가끔 하는 소리가, 개울이 그 문 앞으루, 개울이 그냥 쫠쫠쫠쫠 흘르거든요. 사철 마르지 않구 흐르는 개울이 있는데, 아 개울이 가까워서 비린내가 나서 그 가까이 바람 부는 날은,

"남풍 부는 날은 비린내가 나서 아주 거 숨을 쉴 수가 없다." 구, "아유, 비린내."

"게 오늘 뭐라고 선생님이 말씀 하시는 소리 들었니?" 했더니

"아, '개울이 가까워서 비린내가 난다.'구 그러시던데요?"

"응, 그래?"

고 이튿날 또 보냈어요. 계속 사흘을 비린내가 난다고 그러더란 말야.

"으, 벌써 널 벌써 알아보시는구나. 사람 아닌 걸 널 알아보셨어."

"아 어떻게 알아보셔요."

"어, 비린내가, 너한티서 비린내가 난다구 개울이 앞에 있어서. 쫠쫠 대구 밤이믄 물소리에 잠을 이루지 못허구 그러니깐 거 허시는 말씀인데, 널 보구 비린내가 난대는 거야. 니가 사람이 아닌 줄 알구. 그러니 우선 에이 며칠이래두, 그분 오해를 풀어드려야지."

그러구선 그냥 이무기가 요동을 쳐가지구 기냥 큰 물을 기냥 일으켜 가지구, 새면에 기냥 천둥 번개를 그냥 배락을 치구 온통 장마가 으떻게 소낙비가 왔는지 그 앞에 그 장소, 개울이 저 상류에서 끊어져 가지구 비가 별안간 급수가 와서 딴데루다 흘러져 내려갔어. 그래가지구 개울물이 꽉 맥혔어. 그 동네 사람이 그리구 나서 비가 딱 그치구서 그 이튿날 나와 보니께 아, 장마통에 물이 한 길씩이나 되든 물이 하나두 없이 바짝 말랐네, 개울이. '그 이게 이상시럽다.' 그 옆에 서서 '에이, 이게 천지 조화루다 이렇게 된 거지. 이게 뭐냐구. 아 천지조화가 이게 퇴계 선상, 그땐 퇴계가 아니구 이황 선생님의 조화루다 이게 개울이 옮겨진 거 아냐? 개울이 물러갔다는 거지, 퇴계가. 그래 물러갔대는 거야. 그래서 아, 그때부텀 개울을 물렸다구 해서 선상님, 퇴계 선상님 그러는 거야. 그건 간단하죠, 뭐.

[2003년 5월 3일 채록]

22. 그물의 벼리를 달게 된 사연

● 줄거리

개천에 물고기가 많았다. 그러나 사람들은 반찬이 없는 밥을 먹으면서도, 고기를 잡으려고 하지 않고 강만 내려다보기만 했다. 그러던 어느 날, 지나가던 선비가 말했다.

"들여다보지만 말고 그물을 가져다가 고기를 잡으라." 구.

동네 사람들은 그 말이 옳다고 그물을 가지고 나와 고기를 잡았다. 그러나 고기는 한 마리도 잡히지 않았다. 다시 나타난 선비가 다시 말했다.

"벼리가 달리지 않은 그물로 고기를 잡으니, 고기가 잡히나?" 구.

"그물에 벼리를 달아야지요."

하는 그 선비의 말에, 그들은 그물에 쇠를 구부려 달았다. 그 후 많은 고기를 잡게 되었다. 그러니까 그물이 삼천 코라도 벼리가 없으면 아무 쓸모가 없다는 이야기이다.

▣ (테잎 앞부분 내용이 지워져 녹취가 불가능했다.)

기냥 잉어 붕어가 그득한데, 팔딱팔딱 뛰는데 맨손으루 어떻게 잡느냐 말야. 자, 그 참, 헌데 그물을 떠서 가지구 있었다믄 잡는 걸 갖다, 저렇게 좋은 고기를 두구. 그래 맨 반찬을 해서 먹느니, 그래 뭐 지나가는 사람이 머릴 질끈 뒹이구,

"당신 한문 뱄어?"

"그, 남 한문 배구 안 밴 건 알아 뭘허우?"

"아, 임연선어(臨淵羨魚)는 불여결망(不如結望)이란 소리 못 들었어?"

"그 뭐랜, 무신 소리여?"

"아, 한문 뱄대문?"

"연못이믄, 연못 연(淵)자 있잖아? 임연선어(臨淵羨魚)야. 부러울 선(羨)자, 고기 어(魚)자. 게 불, 아니 불(不) 자, 같을 여(如) 자, 퇴 이(移). 이 잔말이 자, 어서사루 떡 건너 몰구 들어가는 거야. 불여회이 결망(不如回而 結網)야. 맺을 결(結)자 그물 망(網) 자 거던? 게, 연못에 임해가지구 고기 물어허질 말구 그물이래두 한 콜 떠. 그 백날 십년을 여기서 걸 딜여다 봐라. 한마리라두 잽히나. 아나, 이 사람이 사람두 아닌가 보다. 게, 내가 한문을 아는지 모르는지 원, 이미 내가 나무꾼 모냥으루 수건을 질끈 뒹이구선 날 그래 타박을 줘?"

그랬대. 참, '불여회이 결망이라구 그러더니, 이게 참 맞는 말이다.' 그래 가지군 집에 와선 자기 어머니더러 고치씨를, 고치 있잖어, 고치. 누에고치. 그걸 끓는데다가 이렇게 잡아 가지구 이렇게 이렇게 잡아댕기믄……. (화자가 실을 뽑아 감는 시늉을 하며 이야기를 이어갔다.) 실이 연방 풀러져 나와서 그, 이런데다 놓구선, 콩을 거기다 놓구 또 엉크러지믄 콩을 그 위다가 놓구 으깨 가지구선 그 물을 떠 가지구 이웃사람 두엇을 데리구 가서 고길 잡으려구 가니깐, 한 마리두 없어, 고기가. 그래 고기가 일루 가뜩 했었는데, 참, 물 반, 고기 반이라구더니, 그렇게 됐어. 이게 내가 그물을 떠 가지구 거리더니, 그저 그 한참 있다 이렇게 보니께, 어서 이 거섶 속에서 둥둥둥둥 떠내려오더니, 고기가 벌써 먼저 떼루다 그게 사라졌어. 고기가 어서 나왔는지. 게 들어가서 고길 잡으니까 한 마리도 안 잡혀, 고기가 그렇게 많아두. 그래 그 사람이 또 글루 지나가더래.

"에이, 여보. 그 당신네들 그이 미친 사람이드구랴. 왜 여보 지나가믄 지나가지 접대두 지나가더니, '또 왜 남 타박을 줘."

"여, 그물이 삼천 코래두 벼리가 으뜸이랜 소리 못 들었어? 밑에다 벼릴 달지 않구 기냥 잡아 댕기니까 고기가 그냥 밑으루다 빠져나가지."

그물이, 납을 밑에다 달아가지구 갈아 앉아야 고기를 잡는데, 기냥 그물을, 빈 그물을 가지구 들어가서 잡으니, 한 마리두 안 집히드래.

그래, 그물이 삼천 코래두 벼리가 있어야 잡히지, 그물. 벼리 없는 그물을 가지구 고길 잡는 사람, 당신네들이 틀렸지, 무슨. 타박만 맞구 메칠 후에, 동리가 쇠 나부랑이 끄트마리 이따일 죄 꾸부려 가지구, 벼리를 달아가지구 가니까 그렇게 잘 잡히드래. 그 사람이, 사람이 아니군. 이 동리 사람두 아닌데 우리가 여기서 고기만 어떻게 잡구, 이걸 내가 첨서부텀 드려다 보니깐

"거 드리다 보지 말구 그물이라도 한 콜 뜨라." 구.

그러더니, 또 벼리 없는 그물을 가지구 고기를 잡으래니깐 그물이 삼천 코래두 벼리가 으뜸이래는데, 이런 벼리도 없는 그물을 가지구 고길 잡느냐구. 그래 게를 잡을래두 올개미를 가져 다녀야 한다구. 게 뭐든지 연장을 가지구 다녀야지 두구 없이 뭘 헐래믄 와야지. 성사를 못 시킨대는 얘기지 뭘.

(학생들이 벼리가 뭐냐고 물었다.)

"응? 벼리, 벼리"

(채록자가 벼리에 대해 학생들에게 설명을 해주었다. 아직 그물을 보지 못한 학생들도 있어 잘 이해를 하지 못했다.) 그 벼리 강(綱) 자에, 삼강오륜(三綱五倫)이래는 소리 들어 봤잖았어? 근데, 이게 사람을 너무 무시하는 소릴세, 내가 들어봤냐구 그러는 건. (화자가 답답하다는 표정을 뒷머리를 쓰다듬었다.)

(채록자가 학생들이 모르는 학생들이 많다는 말을 하자 화자가 못마땅한 표정을 지었다.) 그 뭐 배워 가지구 뭐, 써 먹을 데두 없구.

[2003년 5월 3일 채록]

23. 훈장님 장가보낸 학동들의 지혜

● 줄거리

옛날 시골 서당에 홀아비 선생이 있었다. 학생들 중에는 제법 나이가 많은 학동도 있었다. 이들은 짓궂어 가끔 선생님을 놀려먹곤 한다. 선생님에게는 항상 정자관을 쓰고 있는데 심지어 화장실에까지 관을 쓰고 갔다. 학생들은 화장실 문 위 중방에 똥을 묻혀 화장실 가는 선생님의 정자관에 묻게 했다. 이 사실을 한 선생님은 관을 쓰고 화장실 가는 버릇을 버렸다.

또 학생들은 학교 이웃에 사는 과부댁에게 선생님을 장가들이기 위해 애를 쓴다. 이가 많은 선생님의 옷을 이웃집 과부에게 보내 빨아달라고 부탁했다. 과부가 이를 잡고 있을 때, 훈장이 벌거벗은 몸으로 찾아갔다. 이를 본 학생들은 과부에게 선생님과 혼인을 해야만 한다고 했다. 그리고는 각자 집으로 돌아가 부모들에게 혼인 준비를 부탁했다. 훈장과 과부는 학생들 덕분에 결혼을 할 수 있었다.

▣ 전에 학생들이 그 글방인데, 한 칠팔 명이 선상한테 글을 배우는데, 선생이 꼭 관을, 관 있잖어요? 이렇게 된 거. (머리에 손을 얹으며 관을 쓰는 시늉을 한다.) 그걸 씨구 화장실에 가두 벗지 않구 들어가. 그래 학생들이 관만. 학생들이 뭐 한 열 칠팔 세 되구 이십 살 가까이 된 놈두 있구 그러니까,

"에이, 선생님 한 번 속여 보자." "거, 어떻게 속이지?"

"야야, 그 관을 벗지 않구 노다지 화장실이 들어가는데. 그 화장실 들어가는데 있잖아. 왜 요렇게 새 가지구 사람 머리만치, 하늘만큼 중방을 디리잖

아. 거기다가 짚을 이게 쭉쭉 달아. 그래 가지구서 거기다 똥칠을 하는 거야. 똥을 짚에다 이렇게 칠해 관을 씌고 들어가니까 거기 죄 묻으라구."

"어디 보자. 그래서?"

"우리들이 종아리 맞으믄 어째?

"마, 종아리 맞으믄 그만이지. 종아리가 맞는다구 뭐 죽어? 그거 맞아 가지구."

"그러믄 다신 관 씌구선 관을 사랑에다 벗어놓구. 그냥 탈모루다 화장실에 들어가야지. 모자 씌구 화장실에 들어가는 사람이 안 들어 갈 수가 있어?"

이러 가는데 이 관, 관을 씌고 들어가니깐, 관이 제우." (이야기를 하다가 잠시 혼자 웃었다.) 머리 남실남실 하게 한 노무 관이, 막 인제 좀 이 거기는 저, 똥칠을 한 거라, 관에다. 아, 그래 가지구 이 사람이 선생이 그대루. '야, 이상스럽다.' 허구 전부 죄 돌아다니다가 방에 들어와서. 그니까 아, 학생들이 먼저

"아이구! 구린내 난다." 구 "아유 선생님, 똥 싸셨어요?"

"마, 똥을 왜 싸니?"

"근데, 왜 구린내가 이렇게 나여? 아유 관에 똥이 누렇게 묻었는데요?"

"관에 똥이 묻긴……."

(화자가 이야기를 하면서 웃음을 참지 못하다가 웃음보를 터뜨렸다.)

"왜 묻어? 어쩐지 구린내가 난다."

그리구 관을 이렇게 보니까, 관이 이렇게 정자관이라구, 이렇게 세 군데 되지 않았어? 이렇게. (화자는 손을 머리에 올려, 정자관의 모양을 설명했다.) 그 거기 누렇게 묻었어.

"요 녀석들, 그나저나 씻어 써야지."

"글을 가르치면 그런 것두 가르쳐야죠. 아, 관을 쓰구 그래 화장실을 들어가는 분이 어딨어요? 선상님 외에는 여태 못 봤어요."

"그래 그럼, 너들 종아리를 때리긴 때렸어두 내가 먼첨서부텀 잘못했다. 관 쓰구 화장실에 안 들어가는 건데."

(잠시 이야기를 멈추고 쉬었다.)

홀 과수가 하나 있는데, 과수하구 저기 선생님은 홀애비야. 그러니 어떻게 장갈 들이구 시집을 보내야 될 텐데. 어떻게 수단을 부려두 먹혀들어갈 것

같지두 않구. 그래서 어떻게야 한 데다, 과부허구 저기 선생허구 한 데다 모으나 허구 그렇게. 아 그래, 하루는 선생이

"아이구, 몸뎅이에 어째 이가 있나? 가려워 못 베기겠다." 구.

바지를 홀렁 벗구 참 잠벵이 하나만 속에다 입구서 보니께, 이가 그냥 설설 설설 겨 다니는 거라. 거 학생이 보니깐. '어유 여기두 이가 있구 저기두 이가 있구.' (화자의 얼굴에 장난끼 어린 표정으로 혼자 웃었다.)

"어유, 이거 갖다 내 버려야지. 이거 어떡해요."

"아! 임마. 내버리기는 오늘 새 옷인데 갖다 내버려."

"아, 이거 또 알을 까서 서캐가 또 알을 까구 그러믄 이 투성이가 돼. 선생님. 이에 물려 돌아가요."

"그까지 꺼 내버린다." 구.

애들이 갖다 그 과부 집에다가 갖다 디리 문을 열구 들였드려.

"선생님 저 옷인데. 이 좀 잡아 달래요."

"아니, 선생님 옷을 내가 왜 이를 잡아드리냐? 요런 망칙한 놈들."

"아, 그러시지 말구 이 이 좀 잡아주세요."

거 어떻거나 여기 저 과부집이 사람 하나두 없어요. 게 거기다 갖다 이 좀 잡아달라 그러구, 터진 데두 좀 꿰매구 그러라구 갖다 뒀는데,

"어, 아무도 없더냐?" 구.

게 잠뱅이만 입구 저 달려갈 수두 없구, 글두 거기 앉아 가르칠 수두 없구.

"좀 가서 가져오너라."

"아니에요. 아직 저 과부집 아주머니가 그 아주 벗은 김에, 빨아가지구 널어서 말린다구, 삶아 빨아야 이두 죽구 저 서캐두 죽구. 그래서 삶아 빤다구. 물에다 담근 거 봤으니깐, 빨래하러 갔을 거에요."

"어이구 거 괜히 남 품을 들이구 있어? 임마, 왜 그걸 딴 데 갖다 주든지 허지. 해필 과부집이 갖다 줬느냐?" 구.

아, 쫓아가 에라 내가 가서 외다 그러구 문을 여, 확 들어가서 베께니까, 빨래커녕 미끼두, 그냥 벗구 과부두 역시 이를 잡제. (학생들이 모두 웃었다.) 아이, 빨개숭이가 돼가는 게지 뭐야. 잠뱅이, 요 그까지 것은, 요기 차는 거

입어야 뭐, 다 나오구 그러는 거.

"아, 내 바지 달라." 구.

"바지를 왜 애들을 시켜서 나더러 이를 잡아 달라구 그러냐?" 구.

"내가 언제 이를 잡아 달라 그랬냐?" 구.

"아, 애들이 그러더라. 선상님이 이가 많아서 날더러 이 잡아 달라구 여다 디려 뜨리구 갔는데. 여기 그저 있어."

아, 그래 가지구 이제 저, 바지를 이럭 허구 있는데, 애들이 우루루 몰려 들어왔네. 거기를, 그러니까 선생님을 떠밀어 가지구 과부 (웃음) 무릎 앞에서 철썩 주저 물러 앉혀놨어, 선상을, 빨개숭이를.

"아, 이거 왜 이러냐?" 구.

"니들 미쳤냐?" 구.'

그랬더니 아니, 그 저기 유학 가는 놈의 남자가 털썩 주저 물러 앉히드니,

"아, 이 선생님 왜 이러시냐?" 구.

"뭘, 왜 이러긴? 이봐. '이 잡아 준다.'구 그래서, '가져오라' 그래서 애들이 갔다 줬다는데, 이 잡았소?"

"잡기는 왜 남에 이를 (웃음) 잡느냐?" 구.

그래 애들이 댕기면서 소문을 내기를

"낼 아무데 아주머니허구 우리 한문 선생허구 자, 결혼식을 헐 텐데, 국수들 잡수러 오라." 구.

게, 동네를 다님서 소문을 내서 죄 청했네. 그래서 학생들이, 저희 부모를 졸라 가지구선 국수 한 근씩을 그냥 사다 가마니에다 디리 넣구. 과부집 가마에다 삶구, 동네 아주머니들을 짜구선, 그냥 술두 좀 사다 넣구, 그래서 이 저,

"이 아주머니허구 우리 선생님허구 인저 부부의 연을 맺었으니깐, 여러분 축하두 저, 환영을 해 달라." 구.

"아유, 찬성한다." 구.

"축복을 받으라." 구.

손뼉을 치구, 게 헐 수 없이 시집 장가를 갔대.

[2003년 5월 3일 채록]

24. 국청사의 샘물

● 줄거리

고려 때 등촌 이집이 역적으로 몰려 피난을 할 때의 일이다. 아버지가 등창이 나서 등이 크게 부어올랐다. 할 수 없이 친구의 도움을 받아 경기도 광주 대원리에 있는 국청사로 갔다. 밤에 노인이 현몽을 해서 국청사에 가서 백일기도를 하라고 일러주었다. 이튿날부터 등촌은 기도를 드리기 시작했다. 그때 바위틈 우물에서 금붕어가 헤엄을 치는 것을 발견했다. 등촌은 금붕어를 떠다가 방에 두었다. 그날 밤 목이 마른 아버지는 금붕어가 노는 물을 마셨다. 등촌이 일어나보니 방바닥에 금붕어가 팔딱 내는데 아버지의 등창이 터져있었다. 아버지의 등창을 수습한 등촌은 금붕어를 옆 개울을 떠다 넣어주었다. 그랬더니 금붕어가 흙붕어로 변해 있었다. 놀란 등촌이 다시 바위 틈 우물물을 떠다 주자 다시 금붕어로 변하였다.

▣ 이 모둘 집(集) 자, 이집(李集)이거든. 이름이, 첨에 개명을 갖다 이집이라고 불렀어요. 오얏 리(李) 자, 모둘 집(集) 자. 이집(李集)이야. 자는 호연이거든, 넓을 호(浩) 자 그럴 연(然) 자. 근데 또 호라는 게 있어요. 호가 등촌이야. 등촌 등촌하는 데. 저기 오성하고 한음하고, 거 원 이름이 아니거든. 거 당시에 저 근데, 왜 그런지. 우리 등촌이 내 23대조인데. 그 위에 24대조 당나라 당자. 당자가 있는데 그이는 쳐주질 않아. 어디 가서 물어봐두 몰라. 나이 많은 사람도 몰라. 그래 이름만 있지 몇 대조라는 게 없어.

그래 그 이를 업구서 저 등촌 그 양반이. 벼슬은 뭐 쉰치 않은 벼슬이야. 벼슬을 싫어해요. 원 등촌이. 난시에 바른말 하면 역적으로 몰리고. '에이 시골서 애들 글이나 지어가지고 산골에서 감자나 심고 옥수수나 심고 해서 연명이나 해서 애들이나 글이나 가르치고 있어야겠다.' 그러구선. 이제 그 친구가 누구냐 하면 정포은. 저 정몽주. 도은이하고 포은이하고 등촌하고 정다운 저 친구 사이예요. 고 시절에. 뭐 장대분가 뭐 무신 그 벼슬뿐이 못했어요, 벼슬은. 그리고 벼슬을 허다가 참, 벼슬 높은 신하들한테 모함을 받아서 역적으로 몰려서 피난을 가는 거야.

그 자기 아버지가 그때 때마침 또 등창이 났어요. 헌데. 그러니까 이렇게 사발떼기처럼 부어갖고 참 별 약을 다 구해서. 등촌이 효자라데. 별 약을 다 구해도 낫지를 않고 그래서. 또 뒤에서 역적이라고 잡으러 쫓아오고. 그래 어디를 갔냐면, 경기도 광주 대원리를 갔거든요. 그래 거길 한 산골을 가서. 지금은 번화하지만 옛날엔 아주 산골이었다구요. 그래 거기서 친구의 도움을 받아서 몰래 숨어서 있는데.

(이 정신이 없어서) 거기 절을 그때 병자호란 때 적을 막으려고 오랑캐가 쳐들어와서 그걸 막으려고 새면으로다 그냥 뭐 중도 없는데 절들을 째끄맣게 암자를 지었는 모양이야. 한 십여 개 졌는 모양이야, 정부에서. 그래 거기 절 한 구석에 가서 있는데. 이게 국청사야 국청사. 그 절 이름이 국청사(國淸寺)야, 국청사. 나라 국(國) 자, 맑을 청(淸) 자 하고 절 사(寺) 자. 그 절 한구석에 있는데, 밤에만 돌아다니구 낮엔 돌아댕기지도 못하고 있는데. 근데 밤에 하얀 백발노인이, 그 등촌이 자는데 현몽을 했거든. 가만히 보니까 신선이야.

"너 아버지 병을 고치려면 그렇게 해가지군 시시한 약 가지곤 안 되니, 저 국청사에 가서 백일기도를 해라. 그럼 네 아버지 병이 자연적 낫는다."

그렇게 현몽을 하고 잠을 깨니까, '이 정말 신선이 왔었나?' 그래 고 이튿날서부텀 개울에 가서 목욕재계를 하고서 절에 올라가서 기도를 드리기 시작을 했는데, 한 일 개월, 부처님 했는데, 그래 고 이튿날도 그 절에 올라가서 기도를 해. 부처도 아마 있긴 있었나본데, 거기 가서 기도를 드렸지. 자기 아버지 병 낫게 해달라고. 기도를 드리고 나서 그 아래로 내려오니까. 전에 없는 거 같은데, 이 바위틈에서 물이 졸졸졸 내리기에 거기 유심히 들여다보니까 그 안에 똥그랗게 우물이 있어요, 바위 안에 그래 거기 보니까. 그냥 뻘건 놈으로 누렁고 뻘겋고 그래 금붕어래. 거기 금붕어가 들어서 둥둥 떠다니드래, 한 마리가. 야 참 정말 조화속이다. 이 산 이 벽지에, 또 악산인데, 이 금붕어가 이 바위틈에 들어있나? 그 뭐 의기양양하게 헤엄을 치고 돌아댕기는데. 거 신기해서 손을 넣어가지고 금붕어를 잡았어요. 그래 붙들어다가 이제 그 물을. 올 적마다 그 개울물을 길어다 왔었는데 이번에는 그 금붕어 놀든 그 우물에서 표주박에다 하나 떠가지고 왔어. 금붕어째 가져와서. 뭐 피난 나간 사람이 뭐 어항이 있었을 거야? 뭐 아무 것도 아닌 데다 뭐 해놨는데.

그리구선 잤는데. 언제 당자 되는 저 종기난 자기 아버지가 일어났는데. 어떻게 목이 마른지 도대체 갈증을 참을 수가 없어서, 그래 기껏 자기를 위해서 기도를 드리러 다니고 약도 구해오고 그러는 아들이 모처럼 잠을 자는 아들을 깰 수가 없어서, 그래 저거 걸어다니지도 못해. 그래 이렇게 보니까 금붕어가 노는데 '아이구, 내가 살아야겠다.' 그러구선 금붕어가 노는 물을 다 들이켰지 뭐야. 그래 금붕어가 건초가 나서 뛰는 거야. 이젠 그리고 나서 '안됐다.' 그리고 한참 있더니 아들을 깼어요. 금붕어가 말라죽을 거 같으니까. 자기는 참 물을 달게 마셨는데, 조갈을 면했는데 금붕어가 내 대신 곡경을 치루는구나. 아들을 깨는데 금붕어가 벌떡벌떡 뛰면서 죽지는 않았는데, 아 별안간 자기 아버지 등이 터진 거야. 등창이. 그 물을 먹더니. 그래 등창이 터져가 지구나서, 그냥 뭐 옷이고 뭐고 피고름 천진데 수습을 다하고, '어 이젠 그만하면 돌아가실 시기는 아마 모면하셨나보다.' 그래서 그걸 살리기 위해 거기 올라가서 물을 한 그릇을 떠서 부으니까.

(아 그게 아니고 급하니까) 그 옆에 돌창물을 떠다가 거기다 부었는데 금붕어가 별안간 그냥 흙붕어가 됐어요. 까맣게 됐어요. 아주 변색으로. '아 이러다 안 되겠다. 그러다 금붕어 죽이겠다. 금붕어 죽이겠다.' 하고 올라가서 그 약수를 떠다 금붕어에다 넣어주니까 그냥 금방 금붕어가 돼버렸어요. 그리고 아주 좋다고 금붕어가 그 등촌을 보고 고맙다고 말을 하다시피 그렇게 좋아하더래. 여유로다 그 물을 떠다가 자기 아버지 등에다 발라주고 잡수라 그러

고. 그릇에다 따로 또 대접을 올리는데, 한 서너 번 자시더니 언제 등창이 발생이 됐느냐 아주 뭐 다 아물었어요, 등창이.

그 후로서부터 그 소문이 뭐 싸구싸구 싼 헴내(향내)도 난다는 식으로 어떻게 소문이 났는지. 서울 일대, 뭐 거 국청이예요. 국청. 국청물이라 그러거든, 그 절 이름을 따가지고 국청 우물이라고 지었었는데. 그리고 그 후서부텀 서울서 그 약물이 좋다고 그래서 약물을 그냥 뭐 아동소저지 뭐. 남녀노소 할 거 없이, 참 병 있는 사람은 전부 모여가지고 그 물을 먹은 사람은 효험을 보고 효험을 보고. 그 절은 자연적 국정사, 자연 발달이 되어가지고. 그 후로부텀 절이 저절로 없어져버렸어. 뭐 불도 놓지 않았는데 뭐 저절로 폐사가 돼서 없어져버렸어요.

그리구나서 거기서 인제 기다리고 어떻게 시국이 가라앉으면. 저기. 지금으로 보면 조총련 체포령 낸 사람이 수백 명 아냐? 조총련들. 정부에서 그거 사면을 안 해줬지? 그거가 어떻게 자연적 사면이 돼서 임금이 갈렸는데 어떻게 정포은 , 정몽주가 벼슬하고 그러니까. 정몽주가 참 선도돼서 그 사람을 찾아가서 불러올려 가지구 임금한테다 등촌이 그렇게 뭐 명랑하고 글이 좋고 충효가 아주 대단한 사람이라고. 그런 얘기를 다 임금한테다 다 고하니까 임금이 불러가지고 한 참판급 벼슬을 했어요. 그래가지구선 그것도 다 귀찮고 그러니까 임금한테 벼슬을 사직을 하고 광주하고 대원리 가가지구서 먼저 거 피난 나간데. 여기가 우리 아버지를 살리고 나도 죽을 거 살아났으니까 여길 배반하면 안 된다고. 거기서 동네 애들이고 뭐고 웬만한 선비들 다 모여가지구서 글재주가 좋아서 선생노릇을 했대.

이 몇 년에 절이라고 그랬는데. 근데 이게 고려말이래 이게. 그땐 병자호란 다음에 임진왜란이 있었지 아마? (임진왜란이 있고 그 다음에 병자호란이 있었죠, 아마.) 그랬나? 하였튼 어느 시절이 됐든 거기서 광주 대원리로 돌아가서 거기 산소를 모시고. 그래 우리 광주 이가가 거기서부텀 퍼져가지구 각처 저 전라도 지방에, 저 대구 저 어디 구미 낙동강 건너가서 왜관 그쪽으로 많이 살아요. 이제 뭐 그걸로 끝내야지 뭐.

[2003년 6월 8일 채록]

25. 귀율리 도사 임삿갓

● 줄거리

고려시대, 포천 귀율리에 임삿갓이라는 재주가 비상한 사람이 살고 있었다. 임삿갓의 친구 한 사람이 자기 재주를 자랑하면서 남의 환갑잔치 음식을 훔쳐 먹기도 하고 지붕을 뛰어넘기도 하며 장난을 하고 놀았다. 그 사람이 장난을 좋아하니까 임삿갓이 그 사람에게 지붕을 넘어보라고 했다. 그 사람이 지붕을 넘으려는데 꼼짝도 할 수 없었다. 또 그 사람에게 잠깐 사이에 산에 올라가 돌을 주워오게 했다. 그 돌은 광채가 났다. 그런데 땅에 놓으니 광채가 사라졌다. 그 사람은 얕은 재주로 까불지 말라고 충고를 하고는 축지법으로 사라졌다.

▣ 귀율리에서 저 회촌면 율정리라고도 하고 귀루리라고도 하고 그래. 지금은 율정리라고 그래. 저 밤 율(栗) 자, 정자 정(亭) 자, 율정리라고 지금 그런다구. 버스도 다니는데. 거기 맬길 임(任) 자, 임씨들이 거기서 많이 살거든. 임사빈이 뭐 이런 사람들. 지금 군수가 임 무신 빈이지? 임충빈이. 사춘인지? 친아운 아닌가봐. 사춘인가봐 임사빈이.

그 집안넨데, 그 이조 그 고려시대지 뭐. 년도는 몰라. 거기서 선비가 글을 읽었는데, 그 사람 별호를 워낙 재주가 출중하니까 임삿갓이라고 그랬어, 첨에. 김삿갓 모양으로 임삿갓이라고 그랬는데. 그 옆에 아주 재주가 비상한 사람이 있어. 그래 그 사람은 성은 모르는데 그 임삿갓하고 같이 놀고 그랬는데. 재주가, 장기 자랑도 둘이 하고 그랬는데, 그 저 임삿갓이가 그 동료더러

뭐라 그랬냐면

"괜히 섯부른 재주가지고 자랑 말아라. 노루 위에 파리가 있단다. 기는 놈 위에 나는 놈 있고 그러는데 괜히 자랑 말라." 구. 신상에 좋지 못하다." 구.

(이야기 도중에 잠시 점심을 먹자는 대화가 나왔다.)

이 사람이 요술을 참, 기가 맥힌 요술을 참 잘 부려요. 그 옆에 집이 낼 환갑잔채가 있는데 그걸 저 앉아서 글자 몇 낱 써 가지구, 회회 이렇게 돌리면 그 환갑 차렸던 놈의 음식이 제 여기로 와. 상에다 척척 놓는 거야. 그래서 임삿갓이가

"임마, 그런 재주는 도둑질밖에 못하는 거야. 남의 환갑잔치에 찾아온 손님 맞이 할 건데 그래 우리가 갖다먹으면 너 어떡할 거야."

"아 나중에 또 딴 데 가서 해다 또 보충을 해준다." 구.

그렇게 날마다 임삿갓이한테 구박을 맞으면서 노는데. 그렇다고 해서 칼로 다 누구를 찔러 죽이고 돈을 훔쳐 오는 건 아닌데, 그런 장난이나 하는 거야.

"그래? 너 저기 저 앞산 저길 저 건너갈 거야? 너 재주가 그렇게 용해?"

"그런 건 못해도 내 지붕을 훌훌 넘는다."

그거야.

"어디 넘어봐라."

근데 넘을려 그러면 도로 떨어지고, 전엔 훌훌 넘었었는데. 임삿갓이가 앉아서 '어디 넘어가봐라.' 그랬는데. 영 올라가지지가 않더래거든.

"근데, 이게 뭐 어떻게 내 재주가 비상했었는데 왜 이러냐?"

"그러게 임마, 노루 위에 파리가 있다 그러지. 괜히 그런 게 있는 줄 알아. 괜히 까불고 댕기다 너 네 명에 못 죽어."

"그럼, 너는 그래 저기 갈 수가 있어?"

"그럼, 임마. 가니까 너 보러 가라는 거지."

"그래? 가봐라."

"그래, 너 거기 앉았어."

그리구선 이렇게 하구선. 성큼 딛는데, 딛기만 하면 한꺼번에 딛는 거야. 축지법을 해가지구. 땅을 주름을 잡아가지구선 앞을 디디면 뒤를 탁 놓으면

도로 펴지고 펴지고. 그래 돌아와가지구선,

"너, 나 거기 올라선 거 봤니?"

"그래 봤다." 구.

"참, 너 재주가 비상하구나. 넌 그런 재주를 가지구서 왜 자랑을 안 해?"

"너 나하고 같이 가볼련?"

"그래, 같이 가자."

"내 발꼬락만 디디지 말고 꼭 디뎌. 나 디딘 자린만,

그러면 되니까 디뎌라. 아 한 서너 번을 그냥 디뎠는데, 뭐 축지법을 안 쓰고 그냥 디뎠는데 이놈을 한번 골려줄려구.

"저 한데 가서 이번에 크게 디딘다?"

그리고 인제 그 담엔 오리고 십리고 한꺼번에 걸을려고, 그 사람을 골려줄려구.

"딛는다."

"꼭 드티 밀지 말고 꼭 디뎌."

아 그랬더니 이놈이 재수가 없느라고 고자등걸이에 발이 걸려가지구선 그 사람이 발을 디딘다가 그만 못 디뎠지 뭐야. 그런데 뭐 어디를 갔는지 뵈지가 않드래지 뭐야. 십리를 갔는지 오리를 갔는지 뵈지가 않아. 그래 거기 가가지구,

"너 근데 거기서 뭐하냐?"

돌아와가지구.

"아, 가다가 나무걸때기에 신발이 걸려가지구서 넘어져서 못 좇아갔다."

"그럼, 너 저기 가서 저 봉우라지에 가가지구, 내가 거길 보낼 줄 테니 너 거기 가서, 거 뭐야 이상스런 돌멩이 같은 게 있으니 그걸 팔면 부자가 돼. 그니까 그걸 두 개만 주워가지고 오너라. 하나는 너 갖고 하나는 나 갖고."

"아, 그래? 내가 갈 수가 있어?

"그럼 내가 보내줄 테니 가."

아 그래서 땅을 주름을 잡아가져가지구 그 사람 발을 요기다 떼어놓고, 그래 뒤를 탁 놓으니까 이젠 봉우라지 있는데 가서 딱 서서. 소리를 지르구서 '나 여기 왔다'구 금방 좇아가가지구선.

“아, 너 돌멩이 주워오라니까 어째 가만히 서 있느냐?”

“아, 돌멩이가 뵈질 않는다.” 구.

“그게 보석인데 너같은 사람한테는 띄어 뵈지가 않아. 이거 봐라 이거. 이거 뵈니?”

그리구선 주워가지구 그거 뭐 광채가 나가지구.

“네 손에 있을 땐 뵈는데 땅에 놓으면 안 뵈는 거야. 그러게 물욕을 너무 탐내면 안돼. 너무 과욕을 하면 못 쓰는 거야. 옛날이나 지금이나 과욕을 하면 못쓰니까 하지 말라. 구. 느이 집에 어서 가라.”

그 사람이 집이 아마 한 이 키로 쯤 오 리 정도 됐었나 봐요. 그 친구 집이.

“아 나 갈 거야. 가서 자고 낼 아침에 다시 올께.”

“어여 가라.”

사랑문을 열구서 ‘잘 가.’ 이러구서 문을 닫으면서. 그 사람 걸음 띄어놓는 걸 잡아당겼어요. 주름을 잡았어요. 축지법으로다. 뒤를 탁 놔야 건너는데, 앞 놓고서 뒤가 자기 집을 가까이 주름을 잡고 있는 걸 갖다, 이걸 앞을 탁탁 놓는 거야. 그러니 앞 디뎠다가 앞을 탁탁 놓으니 도로 요 자리야. 한참 있다가 문을 딱 열고 보니까 댓돌 앞에 그대로 서 있어.

“아니 집에 간다더니 왜 거기 서있냐?”

“아 암만 걸어도 밤낮 고자리 있으니 이게 무슨 조화냐?”

“아, 암만 요술이라구 그래. 요술이라고 아무 것도 아니지, 그래 그것도 느이 집에 못 찾아가?”

“너, 네가 장난한 거지?”

“내가 무슨 장난 하냐? 어여 가. 느이 집에서 기다린다.”

도로 가라놓고 또 술법을 쓰고쓰고 하니 밤낮 고자리에 있는 거야.

“아, 너 가랬더니 왜 안 가구.”

“제발 용서해 달라.” 구. “내 까불지 않을 테니까. 이제 재주 자랑도 안하고 그럴 테니 보내 달라.” 구.

보내줬는데 그래 뭐 한 걸음이야 한 걸음. 즈이 집 대문간까지 주름을 잡았다 탁 놓으니까.

'아, 그 사람 재주가 좋구나.'

근데 그 사람이 그렇게 거기서 한 열칠팔 세 있도록 글을 읽고, 글이 문장이고 참, 도술까지 하다시피 한 재주를 가졌는데. 그 시국이 아마 불리하고 그러니까

'에, 이 시국에 내가 나와가지구 잘해도 안 되고 못해도 안 되니까 어디로 피신을 했다 시국이 평정이 되면 돌아오는 게 상책이다.'

자기 부모한테 하직을 고했어요.

'어디 가서 좀 공부를 더하고 올 테니까 그때까지 기다리시라.' 구.

"잘 가라." 구.

자기 아버지가 사랑문을 열고 이렇게 보니까 벌써 어딜 가고 없어졌어요. 그리고 나서 여지껏 종무소식이야. 그리고 뭐 도인이 나고 축지법 하는 사람이 났다고 아주 꽤 소문이 자자하더니 일정 때부텀 그 소리가 싹 없어졌어요. 나 글 배우는 선생이 거길 갔다가 그 소리를 듣고 와서 우리 집에 와서 그 얘기를 해주더라구요. 그래 임삿갓이 있다고. 그래 도술쟁이한테 요술은 꼼짝을 못하고.

[채록자 : 요술쟁이는 도술쟁이한테 당하지 못한다는 얘기네요]

[2003년 6월 8일 채록]

26. 상사병 고친 총각

● 줄거리

옛날 한 총각이 널뛰는 처녀를 보고 상사병이 들었다. 그러나 신분의 차이 때문에 어쩔 수가 없었다. 총각은 병이 들어 자리에 누웠다. 어머니가 별 약을 다 써도 차도가 없었다. 용한 의사에게 찾아가니 상사병이라며 그 여자의 속옷을 덥고 자면 낫는다고 일러주었다. 그 어미는 대갓집을 찾아가 사정 이야기를 했다. 주인 마나님이 사정을 듣고는 딸의 속옷을 얻어 주었다. 처녀의 속옷을 덥고 잔 총각은 이튿날 자리를 털고 일어났다. 주인 마나님은 총각에게 하녀를 골라 장가를 들여주었다.

▣ 옛날에 지금도 아마 저 아래 경상도 충청도 지방에 전라도도 아마 그런 데가 있을 거야. 집안에서 규수들이 인제 정월 초생에 널을 뛴다구요. 널을 뛰는데 그 옆에 사는 총각이 낭구를 가다가, 널 뛰면 담 위로 몇 번씩 구르면 올라간다구요. 그걸 보고 양쪽에서 그걸 녹의홍상이니 뭐 미인들이라고, 대갓집 규수들이 그냥 널 뜨는 걸 보고선 뭐 화용월태라나, 뭐 미인이 건너뛰니까 이눔이 서서 널뛰는 걸 바라보고 있다가 그 옆에 안늙은이가,

"너 이눔아 낭구 가다가 뭘 그렇게 보고 있어? 견물생심이라고 어서 낭구나 가라. 너 같은 놈은 봐야 소용도 없어."

가서 낭구를 부시럭부시럭 해가지구서, 참, 전에 한 짐 하던 걸 반 짐도 못하고 꺼불렁꺼불렁 오다가, 오다가 다 새 버리구 집에 와서 부려보니까 밥 할

때 할 나무도 안 남았더래. 그래서 저 자기 어머니한테 얘기를

"아유, 나 이제 기운 없어서 낭구 갈 힘이 없다." 구.

"근데 너 별안간 왜 그렇게 낭구를 한 짐을 해오더니 어째서 기운이 없냐?"

"왜 그런지 기운이 별안간 탈진해가지구 꼼짝을 못하겠다."

이 눔이 그래서 결국 종말에 가서 뭐 상사병이 들렸어요. 그런 얘기를, 그 자기 어머니한테 들리지도 않는 얘기거든. 우리 아들이 병났다 그럴 처지도 못되니까 뭐. 약국장에 가서 약을 지어 멕여도 마찬가지구. 그 약국쟁이 한의가 용한 사람인데

"이 약 갖다 먹여서 낫지 않으면 이 사람은 그 병으로 죽어. 그러니까 어떻게든 방도를 취해야지 약만 멕여가지구 안된다."

"그 이게 무슨 병인데 그러냐?"

그때서야 종말에 가서

"이거 상사병이야. 어떤 여자를 보구선 그 여자하고 얘기를 나눌 수 없는 처지구. 또 장가를 들고 싶어도 통혼을 할 수 없는 처지니까 이 사람이 죽을 수밖에 더 있느냐?"

그래 즈이 엄마가 그 의사한테 그 얘기를 듣고 뜩 와가지고 생각을 하니까, 아 외아들 하나 있는 게, 참 삼십이 가깝도록 장가를 못 들고 그랬는데 이놈이. 그 아들한테 물어보니까

"낭굴 가는데 어느 날 널을 뛰는데 꽃 같은 샥시 둘이 널을 뛰는데, 그걸 보구선 별안간 맘이 이상스러워져가지고 낭구도 못해오고 그때서부터 으실으실 추워지고 병이 들었다."

이거지 뭐야. 의사 말이 똑같거든. 의사 말하고. 이게 상사병이라고.

"그래, 어떻게 해서 그걸 고치느냐?"

그니까 그 수다쟁이라고 어느 마을이라도 수다쟁이 마누라가 하나 있다고. 그 마누라 불러가지구

"우리 아들 병을 고쳐야 할 텐데 이걸 어떻게 하느냐?"

"아 그래, 병이 무슨 병인데 그러느냐?" 구.

"아 아들이 얘기를 하기를 디리 달려들어서 물어보니까, 그 널 뛰는 거. 울

안에서 널 뛰는 걸 보구서 맘이 이상스러워가지구 그 길로 이튿날서부텀 몸져누워 다 죽게 됐다."

그거야.

"그래 그 마누라가 어떻게 방도가 없겠느냐?"

"나 역시도 방도가 없지 어떡하느냐?" 구.

감히 들어가서 그 주인 마나님한테 얘기할 수도 없고 말야. 잘못하면 맞아 죽을지도 몰라. 그러니까 도리가 없다구. 사람이 그게 아닌데 그래두 하늘이 무너져도 뭐 솟아날 구녕은 있다구. 죽기 살기로 무릅쓰구선 아들 하나 살리려고, 그 마을 즈이 엄마가 갔어요. 그 집을, 그 집을 찾아가가지구서 가니까 뭐 의복도 남루하고 안방에 들어갈 수도 없고, 그 하녀를 시켜서

"그 주인 마나님을 좀 뵐 수가 없느냐?"

그니까

"내가 가서 얘기를 드려보지만 들어오라고 할른지 모르겠다."

"가서 얘기나 한번 해보라니까."

그 하녀가 가서

"이웃집 아무데 사는 총각 엄마가 왔는데, 그 총각이 병이 나서 다 죽게 돼서 마나님한테 뭐 잠깐 몇 마디 여쭙고 갈라구 왔다구 그러는데 어떻게 하냐?" 구.

가만히 생각해보니까 자기도 딸자식을 길러 후원에서 별장을 짓고서 놀라고 그랬는데, 그 널뛰는 걸 보고 낭구가 그 참, 욕심이었지, 뉘우쳐서 거 쓸데없는 놈의 견불생심이. 생각을 못하는 거 생각을 해가지구, 욕심을 내서 가슴에다 묵혀가지구 상사병이 된 건데 자기도 뭐라고 말씀드릴 수 없는데,

"어떻게 그저 아씨한테 따님한테 알리지 말고 어떻게 고치는 수가 없겠느냐?"

옛날에 그 부잣집 마나님도 들은 예가 있어서 상사병엔 웬만하면 그 처녀의 의복을 가지고 가서 배위에 이렇게 가슴에다 걸치고 있으면 날 수가 있다 그런 얘길 들었으니까, 겉치마보단 속내의를. 윗도리를 갖다 줘야겠다.

마님도 그래도 능통하긴 능통해. 그러지 않고 옛날에 고쟁이 있잖아. 고쟁이. 고쟁이 헌 것을 주면서

"자는데 이것만 하면 배 위고 뭐고 아랫두리도 다 덮을 수 있어. 이걸 덮어주고서 한참을 자고 일어나서 달라지지 않으면 그 병은 못 고친다."

근데 자기 딸하고 그 총각하고 혼인을 할 수도 없는 거고 말야. 총각이 잘생겼든. 옛날엔 혼인을 하고 싶어도 맘대로 못했다구요. 자기 체면도 있고 해서. 고맙다고 아주 백배 치사하고 '고맙습니다' 그러구서

"이 만일에 우리 아들이 살아나면 이 공을 늙어죽도록 아들이 백골이 되도록 이 은혜를 다 갚고 죽으라고 내가 유언을 하고 제가 죽겠습니다."

"아이 별소릴 다한다."

그래 자기 엄마가 갖다가. 이렇게 보니까 거반 다 죽었어. 그래 겉옷을 베끼구선 그걸 고쟁이를 앙가슴에 이렇게 이불을 푹 덮고서

"한잠 자라."

한잠 자라고 그랬는데 그걸 푹 덮어주니까 다 죽었던 놈이

"아유 아가씨가 이게 웬일이냐?"

하면서 끌어안는 거야. 끌어안더니 다 죽은 놈이 벌떡 일어나, 벌떡 일어나서 그냥 그것을 옷을 앙가슴에 품어 안으면서

"이렇게 사람 하나 살려줬으니 아가씨 은공을 뭘루다 갚느냐?"

하구선. 그냥 그걸 붙드러 매줬어, 즈이 엄마가. 즈이 엄마가 수건으로 해서 붙드러 맸어. 다 아주 원대복귀 하기 전에 풀르지 말라구. 밥 달라고 해서 밥 주고 삼사일 되니까 언제 앓았더냐 하더래.

그래 저 앞에다 가리는 거보다 뒤에다가, 옛날 조끼 모양으로다 그렇게 해가지구 한 달이고 두 달이고 입고 다니고 해가지고 아들을 입혔는데. 그리고 나서 자기 엄마가 하는 말이

"만약에 거기 지나가다가 고개를 푹 숙이고 그러고 가. 또 눈에 띄면 또 병 도질지 몰라. 그리고 낭구 다니러 그리 다니지 말고 딴 데로 돌아가라." 구.

그래서 그 즈이 엄마가 그 집을 찾아가지구선, 무신 일이든 그 집을 가서 도와주고. 총각인가 그 녀석도 웬만하면 가서 힘든 일도 도와주고 그래가지구선, 참 지체가 얕으니까 혼인은 할 순 없고. 물질루다 도와주는데. 자기 집 같은 걸 하나 거기다 지어주구서, 그 종에 하인의 딸이 하나 시골에 있는데.

하녀더러 저 총각하고 과년한 딸이 하나 있으니 그 집에 시집을 보내라고. 가만히 생각해보니까 그 집에서 뭐 재산이고 뭐고 좌 대주는데 딴 데로 시집 보내야 그렇게 좋은 대로 보낼 수두 없고,

"아, 그러겠다." 구.

그래서 그 주인 마나님이 혼인 중매해줘서 하녀의 딸로다 혼인중매 해줘서 옆에서 큰집 작은집 잘 살더래.

[2003년 6월 8일 채록]

27. 책 잘 읽어 장가 간 사람

줄거리

포천에 이황래라는 총각이 있었다. 정월 초승에 고모 댁에 세배를 갔다. 세배를 드리니 고모부가 저녁에 동네사람들에게 책을 읽어달라고 부탁을 했다. 그러마고 하니 저녁 때 동네사람이 마당에 그득하게 모여들었다. 책을 읽어주니 사람들은 재미있다고 칭찬을 아끼지 않았다. 다음날 오려고 하는데 한 영감이 책을 읽어 달라고 불렀다. 저녁 때 대접을 받아가며 책을 읽어주니 잘 읽는다며 자기 딸이 마음에 들면 혼인을 하자고 했다. 결국 총각은 책을 잘 읽어 장가를 갈 수 있었다.

▣ 여기 우리 일가 사람이 있는데, 지금 살았으믄 백여 세 됐을 거야. 이황래라고 그러는데, 이름이 이황래. 근데 그 사람이 지금은 뭐 별 소용이 없지만. 옛날엔 후한국 시대에 소설책, 옛날 얘기책만 잘 보면 밤새도록 가서 밤참도 잘 얻어먹고. 아주 사람이 얘기책에 반해가지구. 목청이나 좋고 그런 사람은. 아주 그 사람은 목이 우렁차고 한문도 좀 많이 배우고 그런 사람인데. 자기 고모 집에를, 이제 정월 초승에 세배를 갔어, 고모한테. 고모부하고 고모한테. 여기 어디냐 하면 여기 포천 소흘면이라고 있거든, 송우리. 거기가 고모 댁인데. 거기 세배를 하고서 났는데 저녁에 그 고모부가.

"아, 너 얘기책을 그렇게 잘 본다면서 우리 집에서 하루 저녁 얘기책이나 좀 봐라."

"어이, 애들 적인데 어른들 뵀는데 얘기책을 볼 수가 있어요?"

"어이, 노인네들이 봐야지 저같은 애들이 무슨 얘기책을 보느냐?" 구.

"아니다. 내가 소문을 들었다."

아 얘기책을 갖다, 뭐 장화홍련전인가? 그건데 그게 슬픈 얘기책이거든, 아주. 계모가 전실 딸 약을, 저 약을 멕여가지구 죽이려고 하는 사연인데. 그 얘기책을 보는데 아 여자들은 사랑을 들어올 수가 없어서 앞마당으로 그냥 멍석을 피고 가뜩 들어있어. 그리고 사랑에두 그냥 한 이십 명 들어있구. 아 그래, 얘기책을 보라해서 얘기책을 보는데 참 목청이 좋거든. 그냥 우렁차고 맑아. 아 그래 얘기책을 숨을 쉬지 않고 내리 보는 거야. 아이 늙은이들 자기 아버지 친구, 고모부 친구 할 거 없이 그냥 손벽을 치구.

"아휴 참 정말 얘기책 잘 본다 잘 본다 그러더니 정말 기가 막히게 보는구나."

새벽까지 보다시피 했어요. 밤참을 해다 주고 떡국을 끓여주고 떡국을 먹구. 그 집을 큰일 치룬 거야. 앞마당에 사랑에 그득한 손님을 치렀으니.

그래 그 이튿날 아침에

"저 가겠습니다."

그니까 동네 그 자기 고모부 친구들이

"아, 언제 우리 사랑에 와서 얘기책 하루 더 보고 가."

"아이 가야죠, 얘기책은 뭐 볼 줄도 모르는 걸요."

"아마 포천군 일대에 너처럼 음성 좋은 얘기책 보는 사람 없다. 아무리 잘 보는 사람도 난 첨 들었다." 구. "아 또 우리 마누라가 자네 하루 청해서 얘기책을 보라고 자꾸 그러는데, 저녁에 떡국을 또 끓인다니 어떡하냐? 바쁘지만 가. 우리 사랑으로 가세."

할 수 없이 자기 사랑에 데리고 가서 얘기책을 보는데, 그 사람의 마누라가 그 얘기책에 반해가지구 영감을 불르더니, 그 이튿날 아침에

"우리 아무개를 딸을, 그 사람을 사위 삼읍시다. 얘기책을 그렇게 잘보고, 또 얘기를 들으니까 뭐 형세도 유여하고 의식걱정도 안한다니까. 하고 또 양반이고 그러니까 뭐 우리하고 되려 비교될 수가 없는 지체 높은 사람인데, 아 우리 딸 잘 생겼겠다."

또 딸은 지체 얕은 데서 데려와도 관계없고. 딸 시집보낼 때나 지체 높은데 옛날에 찾았다구요. 며느리는 아무데서나 데려오고 딸은 골라서 보내고 그랬었어요.

"아, 그럼 그러자." 구. "마누라가 그렇게 반했으면 그렇게 해도 좋아, 우리가 뭐 믿질 필요가 있나. 그렇게 하세."

그래가지구선 그 고모부를 통해가지구.

"아주 저 선을 와서 보라." 구

그래서 시어머니 자리가 선을 보러 간다는 걸 그 고모부, 고모하고 고모부가 "아, 내가 보장하니까 아주 인물도 잘 생기구 키도 훌쩍하게 크고 생기기도 잘 생겼으니 염려 말라고. 자네보단 형편이 낫진 못하지만. 뭐 여기도 의식걱정 안하니까 사람 본인만 며느리 감 잘생기고 사람만 출중하면 그만이지. 뭘 재산을 봐 뭐하느냐고. 아 그런 자리 놓치면 아까우니 어서 보라." 구.

그렇게 얘기책을 잘보고 장가를 들었어요. 우리 일가 사람이, 이황래라고 그러는 사람이. 그 후부텀은 거기 처갓집이, 장가들고 나서 처갓집 가면 보통 한 오 일간은 못 와요, 얘기책을 보라고 이 집에서 불러가고 저 집에서 불러가고.

우리 사랑에 와서 얘기책 보라고. 또 음력 시월, 이십 일께가 우리 시제사거든. 시향이거든. 시향 지내러 오면은. 근데 요기서 살다가 소홀면으로다 이사를 갔어요. 그래 제사지내러 오면 아 얘기책을 보라고 그러면 또.

"에이, 지금 얘기책을. 그때 옛날 시대나 얘기책을 보지 지금 무슨 얘기책을 보느냐?" 구.

그래도 얘기책을 보라고 그러면, 그래 하룻저녁 보는 거 보면, 음성이 좋고, 참, 숨도 안 쉬. 그래서 장가 잘 들고, 며느리 잘 얻고 그랬어. 우리 일가 사람 하나가. 얘기책 잘 보다가.

[2003년 6월 8일 채록]

28. 도깨비불

● 줄거리

도깨비불을 본 일이 있다. 비가 부슬부슬 내리는 날, 서낭당 근처의 상여막에서 도깨비불 서너 개가 내려왔다. 도깨비불은 여럿이 몰려다니며 행랑채를 태웠다. 또 그럴 때면 늑대가 나타나 가축을 물어가기도 했다.

▣ 도깨비래는 게. 도깨비불 봤어요? 난, 불은 봤어요. 뭐 혼자 본 건 소용없는 거구. 한 여섯인가 일곱이 봤는데. 저 상여 갖다 논 데가 있거든. 거기서 불이, 그날 부슬부슬 안개비가 내렸어. 근데 이렇게 보니까 이거만 하더라구, 불덩어리가. 저 건너, 그냥 뭐 산 중턱으로 오는 거야. 맨 밑으로 오는 게 아니구. 거기 서낭이 있었어, 서낭. 돌두 갖다 집어넣구 옷자락도 찢어서 옷고름두 매달구 그런 덴데. 자기 행랑을 무사하게 댕겨오게 해달라고 서낭한테 축원하는 거야. 거기 가서 있는데 불이 하나 있었는데 이렇게 보니까. 저쪽에 저 서울서 넘어오는 율정리라 그러는데. 글루 오는 고개가 있는데. 거기 딱 셋이, 불이 세 덩어리가 건너오더라구, 일루. 여기 한 덩어리가 있고, 저기 세 덩어리가 있고 다 네 덩어리가 있잖아. 아 근데 거기서 다섯 개가 그 서문리 고갠가 글루 가더라구. 근데 거기서 뭐 소리가 나는 것 같애, 확 소리가. 대포 터지는 소리 같진 않고 그냥 확 소리가 나는데. 거기서 그냥. 그 땐 하나도 아니고 다섯이서 멍석마냥 쭉 달라붙어 있어. 거기 와서 떡 있더니. 난 애들

적인데 그때 글 배우고 그럴 적인데. 무서워서.

"어머니 아버지가 의정부 시장을 가셨다 늦게 안 오셨다." 구.

"아유. 가자." 구.

했더니.

"가긴. 뭐 일로 오실른지. 그 축석검문소로, 일루 오실른지."

저 금호동, 글로 오시던지 양단간에 오시니까. 아 별안간 저기서 멍석 같은 불덩어리가 죽 가더니. 거기 가서 불을 놨는데 행랑터가, 행랑터가 홀랑 타버렸어. 문에 타 버렸다구. 여섯 명이야. 아 여섯이 봤는데 여섯이 죄 본 노무거. 나 혼자 봤으면 헛 거 봤다고 할 텐데. 아 홀랑 탔어. 그래서 야 인제 거기서 홀랑 탔으니까. 불덩어리가 시뻘건 게 무척 많이 갈 거 같은데. 다 가지 않고 파란 놈 한 덩어리가 가더라구요, 서낭 있는 데. 그러더니 거기서 서문고개루다. 하나 왔는데, 셋이 글루 가요. 그게 어떻게 되는 건지 참 모르겠어. 쪼금 있더니 늑대라고 있잖아, 늑대가 그냥 수 십 마리가 우는 것 같애, 그냥. 저기 저 산등성이 있는데 울고, 여기서 울고 저기서 울고 그냥 뭐 개 짖는 소리가 안 나나, 애 우는 소리가 안 나나. 상제 곡하는 소리두 나구. 늑대가 그렇게 여러 가지 소리를 해요. 한참 있더니. 문을 이렇게 하니까 아버지가 저 건너동네 있는데 걸어오시더라구. '맞구나.' 하더라구. 게 거기 갔는데 아 무서워서 난 어머니 치맛끝 붙들고서 놓칠 않고 쫓아갔는데. 다른 사람은 나이가 두 살 세 살쯤 많고 그런 사람들이구. 아 여길 오니깐. 아버지가 의정부 갔다 오시니깐 일곱이지. 기냥 두 마리가, 늑대가. 늑대가 두 마리가 앞을 탁 막아요. 그래서 그냥 죽었어. 나하고 같이 갔던 사람 다 죽었어. 기냥 볼기짝을 두들기면서 가져갔어요. 지팡이를 하나 가져갔나? 아무 것도 안 가져간 걸. 길바닥에서 뭐 지금 같으면 돌멩이가 있지만 전엔 돌멩이가 없었다구. 그래서 흙을 파가지고 확 던지면 여기서 저만치 가서. 그래서 헐 수 없이 쭉 일자로다 서가지구서. 지금 저 회관 있는데. 저쪽에 집이 하나 있었는데. 거기 가서 보니까 짝대기 지게에다 걸쳐 놓은 게 하나 있더라구. 바로 윗집에 최갑순이라고. 가지구서 그 때 열여섯 살은 됐어, 그 사람이. 십육 세 됐는데. '에라, 이놈의 늑대야 맞아봐라.' 하고 쫓아가니까. 어디로 갔는지. 뛰는 것도 못 봤는데 없어졌어. 그날 저녁에 저 건넌마을 김하경이라고 그 사람도 여든 살인데. 그 집 돼지새끼 하나 사다놓은 걸 그걸 물어갔어.

[2003년 6월 8일 채록]

29. 구들장을 나른 도깨비

● 줄거리

옛날 총각들이 사랑에 모여 짚신을 삼고 있었다. 밤이 깊어지려고 하는데 마당에서 쿵쿵 울리는 소리가 났다. 무슨 소리냐고 물으니 주인은 도깨비들이 구들장을 나르는 소리라고 했다.

▣ 아유, 참 무섭데. 근데 그 참 도깨비가 있긴 있어요. 왜 있느냐믄 지금 얘기한 사람의 큰 형이, 지금 한 구십 살인지 고렇게 됐어. 아 구십 살이 아니라 백네 살쯤 됐을 거야. 근데 이놈으로다 짚신을 삼으러 갔어요. 짚신 삼는데 메치 삼냐면, 다섯이 짚신을 삼았거든. 그 짚신을 삼다가 그걸 마치고 한해 갈려고 하니까,

"이거 마치거든 가. 이거 마치거든 가. 두 켤레씩 삼고 그러면 밝는다." 구.

"에이, 여기 방이 뜨뜻한데 여기서 한숨 자고 새벽에 가지 뭐."

아 그래, 그러구선. 겨울이니까 추운데 바람 쐬고 저희집으로 오는거보담 객실이니까, 거기서 자는데. 막 잠이, 잠이 들려고 하니까 쿵쿵쿵 디리 울리고선. 기냥 앞마당에 뭘 쿵 하고 짊어 던져버리더래.

"아 이게 무슨 소리냐? 구.

잠이 죄 깼지 뭐야. 여섯이. 새벽이 거반 됐는데. 쿵쿵쿵 밤새도록 그러더니. 그래서 잠도 못 잤대. 문을, 사랑 안 문을 쪽문인데. 여닫는 문인데. 그걸

이렇게 열고서 들여다보더니.

"느덜 춥지 않으냐?"

그러더래, 도깨비가. 그래 무서워서 이불을 죄 쑤시고 들어가고 그랬는데. 무슨 소용 있어. 두 번을 문을 열고

"춥지 않으냐?"

그래서 그 닭이 있는 사람은 집이 고 너먼데. 신도 못 신고 버선발루다 자기 집에 갔어, 무서워서. 아침에 주인더러, 주인더러 안방에서 자는데. 그 짚신 삼은 사람하구 연령이 다섯 살? 그렇게 밖에 차이가 안 났거든. 그래 그 얘길 하니까.

"뭐 우리는 보통 그러는 걸 뭐."

그러더니 구들장을 쪼그만한 걸 하나 집어넣었는데 밤새도록 날르는 소리가 난대. 근데 아침이면 그 노무 걸 도로 갖다논대. 자기가 갖다논 침상에 도로 갖다놓더래. 그래 가지구선 그 사람은 거기서 똥을 쌌어. 똥이 마려웠는데 무서워서 누러 가질 못하고. 그래서 난 왜 이야길 했냐면, '지금 도깨비가 어딨느냐, 어딨느냐?' 그러는데. 도깨비불을 봤거든. 도깨비 형상은 못 봤어도. 불은 뭐 나 혼자 본 게 아니라 한 대여섯이 봤어.

[2003년 6월 8일 채록]

30. 목화 따는 아가씨와 뽀뽀하기

● 줄거리

밭에서 처녀가 목화를 따고 있었다. 짓궂은 사람들이 누가 목화를 따는 아가씨와 뽀뽀를 할 것인가 내기를 했다. 한 사람이 목화밭에 처녀에게 눈에 티가 들어갔으니 불어달라고 했다. 난처했지만 처녀는 총각의 눈을 입으로 불어주었다. 그 모습을 멀리서 보면 남녀가 뽀뽀하는 것으로 보였다. 그 총각은 뽀뽀도 하지 않고 친구들의 술을 얻어먹을 수 있었다.

▣ 이렇게 놀다가 친구끼리 이렇게 앉아있으니까. 이 앞에 밭이 있는데. 처녀가 아주 옷을 잘 입고. 머리에다 수건을 쓰고. 목화를 따는 거야, 가을에. 그러니 인제 짓궂은 사람들이

"너 숫기 좋으냐?"

"그럼 남자가 숫기 없어?"

"너 정말 숫기 좋아?"

"아, 그럼. 느덜이 시키는 거 뭐든지 한다."

"그럼, 너 저기 목화 따는 아가씨랑 뽀뽀할 수 있어?"

"예라, 임마."

그러니깐,

"숫기가 뭐 좋아, 좋기는."

"그럼 뽀뽀하면 어떡할 것이냐?"

하니까,

"아주, 너가 원하는 대로 실컷 먹여주고. 그럴 테니까."

그 땐 그거 술 한턱 한다는 게 큰 상금이나 주는 것처럼 옛날엔 알았다구요.

"너 오늘 아주 실컷 먹여주마."

"그래, 닭 한 마리 잡구?"

"그래. 닭 한 마리 잡는다."

슬금 가 가지고. 에이, 차마 목화밭에 들어갈 수가 없더래지 뭐야. 처녀가 혼자 목화 따는데. 길가구 또. 망설망설하다. 에이, 여기서 보기를,

"저 자식이 숫기 좋다고 하더니. 들어가서 귀때기나 얻어터지지, 니가 뽀뽀를 하냐, 뽀뽀를?"

저기서 딱 나오구 처녀는 여기서 목화를 따가지고. 이런 그릇이 있어. 저고리 오지랖을 들춰가지고서. 거기 담아서 나오는데. 거반 마주치게 되지 않았어? 처녀는 거들떠보지도 않는 거야. 거반 마주쳤는데 벌렁 자빠져서 죽겠다고. 그래

"왜 그러냐?" 구.

그땐 급하대, 죽겠대는데. 아무리 남녀가 유별하지만 모르는 체 하고 그냥 갈 수가 있어?

"왜 그러냐?" 구.

"아이고, 이거 눈에 티가 들어갔는데 당체 눈을 뜰 수가 없다." 구.

그러니까.

"그걸 어떻게 꺼내냐? 구.

"솜으루다 씻어내면 된다."

눈을 들칠려고 하니까,

"들치니까 더 죽겠다." 구.

눈을 들치고 입으로다 호 불면 티가 날아간다. 그게 옛날부터 제일 빠른 방법이라고. 아 그러니

"그거야 못 하겠냐?" 구

금방 죽겠다는데. 눈이 퍽퍽 쑤신다고 날치고 야단이니까. 이렇게 눈을 이

렇게 하고서 자빠져있는 놈을 훅하고 불었지 뭐야. 그러니 여기서 볼 적에야 뽀뽀하고 기습하고 뭐든지 다하는 걸로 뵈지 않겠어. 이제 됐다고. 생으로다 눈에 티 들어갔다고 한 건데 불었다고 나왔어? 고맙다고 하면서 인사를 꾸뻑 꾸뻑하고.

"아유, 감사하다." 구.

"봤니?"

그러니까

"봤다."

뭐라고 할 수 있겠어. 봤다고 할 수밖에. 흉계 핀 건 모르고.

"가자."

"어딜 가재?"

"닭 잡고 술 먹어야지."

슷기 좋다고 칭찬해주다 닭 한 마리하고 술 한통 사서 먹고서 헤어졌다는 얘기여. 거참 볼 적에야 영락없지 뭐.

[2003년 6월 8일 채록]

31. 처녀에게 종아리 맞고 급제한 사람

● 줄거리

서당에서 글을 읽던 총각이 담 너머에서 한 처녀가 글 읽는 소리를 들었다. 욕심이 난 총각을 담을 넘어 처녀를 찾았다. 처녀는 총각을 잠시 기다리라 하더니 회초리를 꺾어 들어왔다. 그리고는 공부하는 총각의 할 일이 아니라며 종아리를 때렸다. 종아리를 맞고 쫓겨난 총각은 분발하여 공부를 하였고 결국 과거에 급제하였다. 대과에 급제한 총각은 부모에게 사연을 말하고 처녀의 집을 찾아 혼인을 했다.

▣ 전에 서당에서 글을 읽는데 가만히 보니까 아주 목청이 참 좋더래. 글을 읽는데. 아까 뭐 서시라 그랬나? 참 목청이 좋게시리 글을 읽다가, 여자가 또 글을 읽어. 고 이웃집에서. 여자 목청은 더 좋지. 이놈이 글을 읽다 말구서. 며칠째 글을 읽고 따라서 글을 읽고 그러는데. '에라, 여자 선이나 좀 봐야겠다.' 그러구서 담을 뛰어넘어 가지고서. 문을 여자 글 읽는 문을 여니까.

"어서 들어오라." 구.

아주 골도 안 내고

"어서 들어오라."

고 그러는 거야. 그러니 남자가 정말 환영을 하는 줄 알고서 슥 들어가서

"어째 그렇게 음성이 좋게 독서를 잘 하느냐? 난 아주 글 읽는 소리에 잠을 이루지 못하고 그런다." 구.

"아, 그러냐? 구.
"바깥에 나갔다 올 테니 잠깐 있으라." 구.
바깥에 나가더니 뽕나무를 이만큼 꺾어가지고 가져왔어.
"그거 뭐할 거냐? 구.
"어서 대님 풀으라." 구.
바지를 치켜서 다리를 토막에 올려 세우더니 그냥 회초라지루다 하나를 가지고 그러는 게 아니라 여럿을 한꺼번에 쥐고서 종아리를 이십대 내지 갈겼나봐, 여자가.
"인제 정신이 드냐?" 구.
"아휴, 내 나갈 테니 제발 이제 매를 놓으라." 구.
"다시는 여기 안 들어온다." 구.
그러지 말고 이 가끔 종아리 맞은 자리가 몇 년을 가.
"그 딱쟁이가 다 떨어져도 푸르스름하게 자국이 날 테니까. 그걸 보면서 공부를 해라."
그거야. 그러면
"나중에 성공한 뒤에 우리 집에 통혼을 넣어서 나하고 백년해로를 맺자. 그러면 갈지언정. 그렇지 않으면 당신하고 나하고 둘이 만나봤댔자 아무 소용없어. 내 종아리를 때리니 그런 줄 알라. 어서 나가라." 구.
이놈이 매만 맞고 오더니 그걸 부둥켜 안구. 즈 엄마 아버지더러도 매 맞았다고 그러질 못하구.
"상처 난데 뭐 약이 있냐?" 구.
"수건 찜질을 좀 하고 그러라." 구.
"왜 그러냐?" 구 하니까.
"아니에요. 자기 친구가 맞아서 상처 나서 약을 좀 알아봐 달라고 해서 그런다." 구.
수건을 비벼가지고 찜질을 하고. 일년 있다가 걷어보니까 퍼런 게 구렁이 감아 논 거 같애. 뱀 감아 논 거. 아, 이걸 보고 '내가 공부 안할 수 없다.' 선생한테 맞은 것도 아니고 처녀한테 맞았으니. 내게 분풀이는 공부 잘해 가지고 과거보는 거 밖에 없어. 공부를 이거 뭐 열심히 해가지구서. 한 삼년 후에 과거를 보러가서 대과 급제를 했어. 그래가지고 육각을 잡혀가지고 떡 왔는데. 그때 봐도 역시 그 종아리 맞은 자리가 퍼랬는데. '내가 이거 과제를 못 보는 건데 그 여자가 교훈을 남겨 준 거야, 매루다. 그래서 내가 된 건데.' 아버지 어머니한테 얘기를 해서 그 사실을 자기아버지한테 고하는 거지 뭐야.

"그런 약조를 했으니 그 집에 통을 해가지고 장가를 가게 해달라." 구.

그래가지고

"상처가 지금도 있단 말이냐?"

"네."

그러구선 그 때서야 바지를 걷는데. 두 다리가 그 때도 시퍼렇지 뭐야.

"가히 내 메누리 감이다."

그래가지구선. 그 집하구 통혼을 해서.

"자네 딸 때문에 우리 아들이 과거를 봤어. 뭘루 다 보답할 수 있냐? 메누리 삼는 수밖에 없어. 혼인을 허락하겠냐?" 구.

했더니.

"별 도리가 있느냐?" 구.

"잠깐 만난 것도 인연이야. 남녀가, 한방에서. 딴사람 줄 필요 있냐?"

면서 택일을 정해가지고 그 사람 사위를 삼아서. 여자가 글 읽는 소리를 참 처량하게시리 명랑하게 해서 남자가 반해가지고 가서 매 맞고 벼슬했다는 이야기야.

[2003년 6월 8일 채록]

32. 힘 자랑

● 줄거리

힘깨나 쓰는 사람이 서울에 갔다. 마침 담뱃대 장사가 담뱃대를 팔고 있었다. 시골 사람이 대나무를 손으로 죽죽 훑으니까 대나무가 쪽쪽 째졌다. 장사는 시골사람에게 담뱃대를 주며 빨리 가라고 재촉을 했다. 그 사람이 어딜 가니까 웬 사람이 손으로 싸리나무를 뚝뚝 떼어 불을 때고 있었다. 그 사람이 자리를 비운 틈을 타 이 사람이 싸리나무를 손으로 떼어보니 전혀 할 수가 없었다. 시골 사람은 겁이 나서 얼른 달아났다.

■ 전에 거, 촌에서 힘자랑하고 꺼떡대는 사람이 서울을 갔는데. 담뱃대장사 있잖아? 담뱃대장사 있잖아. 쭉 인제 담배통 물추리 맞춰 논 것도 있고, 이렇게 놓고 맘대로 사 가래는 사람도 있거든. 대가 부러지면 통은 있으니까, 대만 사가는 사람. 이 사람은 담뱃대도 안 사고. 이렇게 봐가지고 담뱃대가 괜찮다고. 이렇게 훑어요. 밀짚모자 마냥으로 훑치는 거야, 짝짝.

"이거 어디 쓰겠냐?" 구.

"이거 댓가지가 아니고 쓰겠냐?" 구.

"이거 댓가진데요."

본인이, 담뱃대장사가 훑쳐보니까.

"훑치긴 뭘 훑쳐요."

근데 그 사람은 이렇게 해가지고 이렇게 허면 쪽쪽 하고서 째지는 거야.

그게 그렇게 으스대는 거야. 아 그래 한 여나무 개 쭉쭉 훑어서

"에이, 이걸 어디 쓰겠냐?" 고.

"가만있으라." 구.

"내가 골라서 줄께."

"거기서 젤 좋은 걸루다, 이거 가지고 가슈. 서너 개 골라서 가라." 구. "빨다가 째지진 않아."

"당신이 기운이 세서 그렇게 된 걸 나 망해놓지 말고 어서 가라." 구.

이제 오다가 배가 출출 해가지고선 여각을 들르니까 안 부엌에서 소 멕일려고 여물을 쓸어서 불을 때고 끓이는 거야, 쇠죽을. 근데 그 사람 보니까 이거 노무만한 싸리, 싸리를 산에서 베어다가. 굵기가 이만한데. 이걸 도끼로 찍어서 때는 게 아니라 똑똑 끊어서 때더래. 때구서 이렇게 하고서.

"어디 갔다오시는 길이오?"

"아, 예. 담뱃대 좀 사가지고 온다." 구.

그 사람이

"나 소변 좀 보고 올 테니 불 타나 보슈. 잠깐만 좀 봐줘요."

그래 추우니까 불이나 쬘 겸해서 그 사람 간 후에. 그 싸리 굵은 노무 걸 똑똑 끊어서 얼마나 신기하고. 담뱃대 훑은 놈이 그걸 끊으니까 안 끊어지더래지 뭐야. 비틀고 별짓을 다해도 안 돼.

'아이고, 여기서 잘못했다간 매 맞아죽겠다.'

해서 내 뛰었다는 거야, 그냥. 그래 그놈이 이제 오다가, 전엔 서울 갔다 올래믄 며칠 걸렸었다구. 강원도 쪽에서 서울 갈려면. 여각에서 자는데. 한 여나믄 명이 자는데. 이놈은 돈도 한 푼 없고 얻어만 먹을 작정으로다 들어갔는데. 저 떡돌이나 할까. 떡은 팔러가다가 팔지도 못할 노무 거

"돈이 어딨어서 하냐?" 구.

아, 주인더러

"수수 한 말 사다가 떡을 해달라." 구

그래서

"더 얹혀서 주면 될 거 아니야."

"아 주기는 그거 하고 남아올 돈이 있어 쌀이나 한 됫박 사다가 집안식구 낼 아침하고 낼 저녁 먹으면 그만이지. 여유가 있어서 떡을 해먹어?"

"아, 그럼 혼자 다 먹겠다."

담뱃대 훑은 놈이. 그래 주인더러 얘기했어? 얘기했다구.

[2003년 6월 8일 채록]

33. 여각 주인여자 손목 잡은 사연

줄거리

여각에 십여 명이 자고 있었다. 한 사람이 자다가 주인여자에게 물을 청하고는 손목을 덥석 잡아버렸다. 분이 난 여자는 마침 그때 들어온 남편에게 마누라 보호도 못한다며 화를 냈다. 화가 난 주인은 아침에 손님들을 깨워 범인을 잡겠다고 야단을 쳤으나 잡을 수가 없었다. 떠날 시간이 되자 어젯밤 손목을 잡았던 사람이 주인을 희롱하는 말을 남기고 떠나갔다.

▣ 조반석죽이야. 아침엔 밥이구, 저녁엔 죽 먹고 지내는데. 여윳돈이 어딨냐? 그래 떡을 기껏 먹고. 그 사람들도 십여 명이 기껏 먹었어. 저녁에 죄 곯아떨어져서. 십여 명이 건넌방에서 디비 자는데. 일어나보니까 죄 코를 골거든.

"여보, 주인 있어?"

그러니까 주인이 마침 극장구경을 갔어. 옛날에 극장구경이면 아주 웬만한 여유 있는 사람이 갔지. 촌사람이 극장구경 별루 가?

"왜 그러시냐?" 구.

그 주인여자가 그러니까.

"아, 이거 별안간 목이 말라 그러니 물 한 그릇 주세요."

"아, 그러죠."

물 한 그릇 떠다 주니까.

"아, 그릇 가져 가슈."

"아, 거기 두세요."

"아, 가져가라." 구.

"여기 두면 그냥 깨기 쉬우니 그냥 가져가라." 구.

"여깄어요."

그러고 그릇을 내밀면서 여자 손을 잡으니까

"아, 이게 뭐냐." 구.

하면서 그릇을 놓쳐서 깨져버렸지 뭐야. 손을 뿌리치는 통에. 그런데 마침 들어왔거든, 남자가. 그래,

"이게 집에서, 뭐 어떤 놈이 와서 마누라 손목을 잡는지 뭘 잡는지 알지도 못하고 이놈이 구경만 싸질르면 되느냐?" 구.

남자보고 막 푸닥거리를 하니까. 가만있어?

"이놈의 새끼. 어떤 자식인지 잡아내야 된다." 구.

"다리를 부러뜨려 논다." 구, 붙들어가지고.

"깜깜한데 어떤 놈이 손목을 만졌는지 알아?"

"아니라." 구

"알 수 있다." 구.

들어가서 주인이 발길로 곤히 자는 놈들 죄 차니까,

"아, 왜 이러냐?" 구.

그러구선.

"아, 일어나 앉으라." 구.

"왜 그러냐?"

그랬더니.

"이노무 새끼들. 어떤 놈이 물 떠다줬으면 물이나 먹고 그릇을 주든지 하지. 왜 남의 마누라 손목은 쥐고 잡아댕겼어? 어떤 자식이냐? 다리몽둥일 부러뜨려 논다." 구.

아 이 자식이. 아랫목에서 자던 그 녀석이 그랬는데 .

"왜 그러시냐?" 구.

못들은 척 하고 일어나서. 사실 얘기를 사내가 하니까.

"그 놈은 버릇을 가르쳐야 한다." 구.

"여기서만 그런 게 아니라 다른 데서도 그랬을 거에요. 버릇을 애저녁에 가르쳐야 된다." 구.

"거, 어떻게 하느냐?

그랬더니

"소반을 하나 가져오십쇼."

"소반은 뭐할 거냐?"

그랬더니

"소반을 가져오라." 구.

"너희들 손목을 죄 걸쳐놔라."

그거야. 손목을 걸쳐노면. 그리고

"주인아주머니 들어오시라고 그래라. 주인아주머니 손목을 만지고 쥘 적에 느낌이 그 있었을 거야. 어떤 사람이 만지는지 열이면 열 똑같은 게 아니야. 맥도 똑같이 뛰지 않고. 다 각각이니까. 손목을 다시 만져봐라."

그거야.

"엊저녁에 손목 만져본 손목하고 이 손목하고 맞는지 안 맞는지 만져보라." 는 거야.

"아니 그런 놈이나 만지지. 기껏 자던 놈이 왜 남의 손목을 만지냐?"

별소리가 다 나올 거 아니야. 가만히 그 주인이 생각을 하니까 그 소반 가져오라는 녀석이 그러는 건 사실이란 말이야.

"에라! 네놈이 그랬지?"

따귀를 한 대 붙이니까.

"아유, 저 안 그랬습니다."

괜히 잡을려고 하다 마누라 수치니까. 그냥 못 들은 척하고 안 만진 척 하고, 자고 우린 내일 밥 먹고 갈 테니까. 내일부터 건넌방을 허물어버려야지 안된다고. 그러더니 그 이튿날 아침에 조반을 해줘서 조반을 먹고. 같은 일행들이

"하루 저녁을 자도 만리장성을 쌓으랬다구. 이걸 허물고 가슈. 떡값은 그만

두고 이거나 허물어."

그러니까, 쇠스랑 괭이 도끼를 가져가서 막 벽을 허무니까. 주인이

"아, 그건 왜 허무냐?" 구.

"아, 엊저녁에 허문다 그래서 허물어 드릴려고 그래요."

"아, 잡놈아. 니가 그랬어. 이놈아."

그러더래.

[2003년 6월 8일 채록]

34. 자하골 내시 종자 I

◉ 줄거리

자하골 내시와 안씨 성을 가진 참판이 친구였다. 참판을 찾아온 내시는 늘 참판에게 무당의 자식이라고 놀렸다. 내시 때문에 골머리를 앓는 참판에게 마름이 찾아왔다. 참판이 이런 사연을 마름에게 이야기하자 마름이 해결해주겠다고 나섰다. 어느 날 내시가 참판의 집을 찾았다. 마름은 내시들이 논물에서 일하던 남녀가 교접을 해 나은 아이들을 보내 만들기 때문에 물개의 새끼라는 말을 했다. 이 말을 들은 내시는 다시는 참판에게 무당의 자식이라고 놀리지 못했다.

▣ 자하골이라는 데 들어봤어? 내시가 살았대요, 거기. 근데 거기 벼슬아치가 있는데. 친구가. 참판 그 정도 되는 친구인데, 내시의 친구. 근데 내시가 어떻게 언변이 좋은지. 노다지 와서 그냥 무당의 서방이라고 그러나? 안가를 무당의 서방이라고 한다고. 아 편할 안자. 안가. 집이 같이 춤추는 거라고 그래서 무당의 서방이라고.

"무당의 자식 있나?"

오기만 하면 사랑문 열고 그러는 거야, 내시가. 이 벼슬아치 안 가래는 사람이 그걸 머 부변으로다 안 되고. 당할 재주가 없어서 그 노무새끼 오는 걸 아주 싫어해. 허구헌 날 그러기 때문에. 시골 사음이라고, 논을 사주면 관리하는 사람 있거든. 그걸 사음이라고도 하고 마름이라고도 하고 그래. 그 사람이 수확을 다 마쳐가지고서 지주한테로 온 거지 뭐야. 안씨한테. 그 이튿날 조반을 먹고 있는데 그 내시가 와서.

"무당의 서방 있나?"

으레 그러는 거야. 그래 간 뒤에

"아니, 그거 뭐래는 소리야?"

"아, 내신데. 친군데. 노다지 와서 만나기만 하면 이래. 한 번 망신을 줘야 저 소리가 들어갈 텐데. 묘책이 없으니 어떡하냐?" 구.

"내게 묘책을 일러주면 상금을 소 바리나 줄 테니까. 자네 그 묘책 생각 나?"

그래 가만히 생각해보니.

"네, 생각나요."

"얘기해 보게."

"얘기 할 필요 없이 그 내시를 부르죠."

그래 내시를 사람을 보내가지고 금방 오라 그래서, 왔는데.

"자네 집에 가서 점심이나 먹고 왔나?"

"아, 점심 숟갈 막 들으니까 자네가 부르는 걸 안 올 수 있어? 그래 왔지."

"그래, 우리집서 먹세. 마누라더러 가서 숟갈 하나 가져와서 아무개하고 셋이 먹게 하자."구.

먹고 나서.

"시골 살면 자네, 그 옛날 얘기 비슷한 거 할 거 없나?"

"하나 있긴 있는데 들으면 저 분이 좋아할런지 언짢을런지 알 수 없어서 못하겠는데……."

"그걸 장담할 테니 해보게."

그러니까 내시도,

"나도 좋은 얘기 언짢은 얘기 아무 얘기나 해도 괜찮다." 구.

"여기가 자하골 아니에요? 여기 자하골 사시죠?"

"아 그렇다." 구.

"그럼 선조가 누군지 아세요?"

내시는 조마대기라고. 내시가 족보가 있겠어? 이 사람 안서방의 아들도.

참 고자고 뭐. 그런 불알 없는 사람이 내시하는 건데. 송가도 좋고, 김가도 좋고. 이가도. 하여튼 그런 사람이. 기형아 데려다 길러가지고 내시인데 뭐. 근데 그게 어떻게 해서 내시가 되느냐 하면. 내가 옛날에 시골 가니까. 그 남녀노소 할 거 없이 모내는 사람은 여자도 다리를 여기까지 치 걷고서 모를 내더라 그거야. 쭉 일자로, 기러기 날아가는 모양으로 서서. 엉덩이를 툭툭 치고 그러는데. 그 저 성관계로다 그 남녀가 온전할까? 그 내시가 꺼내니까.

"아, 그래서. 그건 어린애가 들으면 아무개가 제 아들이라고 할 수도 없고 아무개가 제 사내라고 할 수도 없고. 그래서 불알을 까요. 그렇게 해가지고 어디로 보내냐 하면 자하골로 보내요."

자하골? 자하골로 보내면 내시가 된 거야.

"그러면 내시를 맨들죠."

불알을 까가지고. 자하골로 보내면. 그래서 뭐라 그랬냐면

"내시 시조가 물개새끼에요. 그래서 내시는 언제든지 물개새끼가 더 많다."

그거야. 그 내시 시조가 물개새끼라 그거야.

"아 그래? 에라, 이놈아! 너 별놈이 아니로구나, 물개새끼구나."

내시가 오기만 하면

"물개새끼 왔냐?"

그러니까 그 소리가 듣기 싫어서.

"내 다시 무당의 자식이라고 안할 테니 물개새끼라고 하지 말게. 아주 남이 부끄럽네."

"이 자식아. 이제서 남이 부끄러? 내가 그거 연구하느라고 소 바리나 내버렸어."

그 놈은 그 얘기 알려주구서 소 한 마리 받아가지고 갔대요.

[2003년 6월 8일 채록]

35. 식당 기둥 때를 약으로 팔아먹은 사람

● 줄거리

거짓말로 먹고 사는 사람이 한 동네를 찾았다. 그 동네의 부잣집 주인이 끙끙 앓고 있었다. 그 사람은 자기가 의사라고 거짓말로 속이고 식당에 들어가 기둥에 덕지덕지 앉은 때를 벗겨 환약을 만들어 주인에게 먹였다. 속병이 있다고 하던 집주인은 그 약을 먹고 병이 나았다. 그 사람은 그 후에도 거짓말로 약을 만들어 팔아 잘 먹고 잘 살았다.

▣ 자기가 관상도 잘 하고 병도 잘 고친다고 허위로다 선전을 하고, 유랑객인데. 어디든지 말을 잘하고 그러니까. 거짓말도 잘 하니까 밥을 거저 얻어먹고. 대우를 칙사하게 받고. 하루는 동네에 가니까. 개와집도 참 좋은. 조선 고래등 같은 개와집인데 주인이 사랑에서 이불을 쓰고 일어나지도 않고 끙끙 앓더래. 그래

"어디가 아프냐?" 구

하니까

"의술이 있느냐?" 구 물어보더래.

"내가 웬만한 병은 다 고친다." 구.

허위야. 사기루다 대답을 했는데.

"아, 그러냐?"

그러더니 일어나더니 내 맥을 좀 보라고. 맥도 몰르구 아무것도 모르는 놈

이 이렇게 보더니.

"아하, 이 병은 뭐 약만……. 소 몇 마리만 있으면 고치는 걸 괜히 고생을 하는군."

"약이 있냐?" 구.

"저 황해도 지방인데. 구월산에 가면 참 좋은 약초가 많은데. 그 약초를 뭔지 몰라서 그 병에 못 쓴다."

그거야. 한의도 모른다 그거야, 웬만한 사람은.

"선생님은 그걸 아느냐?" 구.

"내 그거 여럿 고쳤다." 구.

그래가지고 이제.

"드러 누우라." 구.

점심때가 되었는데 마누라한테 얘기해가지고

"의사선생님이 와 계신데. 없는 반찬 있는 반찬 잘 차려서 드리라." 구.

"약 사러 가신다." 구.

그래서 약을 이제 뭐 방서가 있는 사람이야 처방을 할 줄 알아? 자기 혼자만 점심을 잘 차려줘서 점심을 먹고.

"내가 오늘 빨리 오면 오늘 한 일곱 여덟 시 경이면 올 거야. 그러니까 저녁을 먹지 말고 기달리라."

그거야.

"아 그러겠다." 구.

그래 가지구선 돈을 우선 주지 않아? 약 사오라고. 지금이나 치면 돈 백만 원이나 줘서 그걸 호주머니에 넣고 나서. 저 아래 가니까 그냥 갈비 굽고 끓이고 볶고 그러는데 냄새가 어떻게 진동을 하는지. 우선 갈비 구워서 기껏 먹고, 저녁을. 아 근데 약을 가지고 가야할 거 아냐, 돈을 타가지고 왔으니. 아 이걸 어떻게 해야 하나. 이렇게 나오다보니 옛날에 이만한 기둥을. 대중이 들어와서 솥두 걸고. 가마솥두 걸고 걸상도 쭉쭉 놓구 거기 앉아서 먹구. 더우믄. 설렁탕 집 여간 더워? 더우믄 땀을 해가지구 기둥에다 문질르는 거야. 쓱쓱 문질르믄. 몇 십 년 했는지 옻칠한 것 마냥 덮여있어. 빤질빤질. '에 됐다.' 담뱃대 쑤시는 꼬칭이루다 이렇게 하니까 뭐 격회가 일어나지 뭐야. 그걸 해가지고서 이렇게 해보니까, 정말 저 다마사탕. 다마사탕 환이 됐어. 우황청심환 모양으로다. 대엿 되 해가지고선. 우선 이거 하나나 더운물로 해서 먹으라고. 갖다주구서. 그걸 먹고.

"저녁 먹었냐?" 구.

"아, 손님 오시길 기달리고 해서 우리 안 먹었어요. 손님은 드셨어요?"

"저기서 시장해서 먹었다." 구.

"그 약을 먹고 나서 어떠냐?" 구.

하니까,

"속이 씨리씨릿 하는 게 내려가는 거 같다." 구.

"이건 낼 아침에 자시라." 구.

그 이튿날 자고나서 또 밥 먹기 전에. 속 훑는 게 아니니까. 밥 먹기 전에. 더운물을 떠오라고 그래서, 그걸 하나를 먹이니까. 아 찝찌름한 게 맛이 영……. 세 뎅이를 맨들었다 하나를 점심 때 먹으라고 주고.

"어떠냐?" 구.

"아, 한결 몸이 부드러운 게 아픈 데도 없고 그런 거 같다." 구.

"낫긴 나은 거 같다." 구.

"아, 그러냐." 구.

"아, 돈이 좀 풍부했으면 많이 가져갔으면. 많이 해오는 건데. 그거 해주는 사람이 대여섯 개 남았는데 가져와야겠다." 구.

돈을 또 주니까 갔다 말이야. 또 가서 긁었어. 택도 없이 위에 쪼금 긁은 거. 그거 대엿 대 해서 묻혀가지고.

"인제 이거 둘만 자시고, 세 뎅이는 뒀다가 병이 돋히는 거 같으면 자시라." 구.

"귀한 건데 함부로 쓰시지 말고, 누구 주지도 말고 혼자 두고 자시라." 구.

다섯 되 가져와서 두 뎅이 먹고. 먼저 세 뎅이하고, 다섯 개는 먹은 거지. 그 이튿날 간다니까

"가지 마시라." 구.

"아, 나도 딴 데 약도 팔고 그래야 되는데 오래는 데가 많아서 여기 오래 유숙할 수가 없으니 가야한다." 구.

하니까.

"아, 어떡해요. 돈을 더 드려야 할 텐데."

그러니까

"에이, 뭘 더 주냐?" 구.

송아지 서너 마리 값 더 줘서. 그걸 쓰윽. 딴 데 돌아다니다가. 한 삼년 있다가 거길 이 사람이 죽지 않고 병이 나았는가 또 가보니까. 아주 뭐 위가 왕성해가지고 얼굴이 붉어서. 이렇게 보더니

"아니, 요전에 나 병 고쳐주신 선생님 아니냐?" 구.

"아니 알아보겠냐?" 구.

"아, 알아보구 말구. 이렇게 고마울 데가 어딨냐?" 구.

"내가 스승님을 사방으로 찾아봐도. 당최 찾을 도리가 없어. 여지껏 있는데 참 잘 오셨다." 구.

"처자식 다 갖추고 있냐?" 구.

했더니.

"아들형제 삼남매에 마누라 있다." 구.

했더니.

"그러지 말고 다들 일루 모시고 오라." 구.

집 좋지 않고 형세가 풍부하지 않으믄, 남 병 고쳐주러 댕기다 세월 보내고 그러면 집안 살림도 돌보지도 않았을 거야. 그러니깐. 일루 오시라고 그래서. 거기다 집을 한 채 잘 지어가지고. 아주 형이고 아우고. 거 또 나이가 많았대. 그 의사되는 사람이. 그래서 형님이라고 존대를 하고. 재산도 반씩 노나 가지고 잘 살더래. 아 그래 그것도 약이 된 대는 거야.

[2003년 6월 8일 채록]

36. 지관은 두 말, 중매는 한 말

● 줄거리

글 꽤나 배운 사람이 하룻저녁 꿈을 꾸었다. 꿈속에서 공부한 대가를 치르지 못한다고 꾸짖으며 옥황상제가 거짓말 세 말을 내려 보낼 테니 두 말을 가지고 먹고 살라고 했다. 그 사람이 한 말은 누구에게 보낼 것이냐 물으니 중매쟁이한테 보낸다는 것이었다. 꿈에서 깬 그 사람은 지관이 되어 먹고 살았고 한 말을 받은 이웃집 수다쟁이는 중매쟁이를 해서 먹고 살았다.

▣ 예전에 튼튼하고 한문 꽤나 배운 사람이 과거는 못 보고, 글이 부족해가지고 못 보러가고 있는데 하룻저녁은 꿈을 꾸니까

"너는 벼슬은 못 하겠다. 그렇게 별르고 있는 게, 몇 해가 되도 과거를 보러 못 가고 있는데 뭘 먹고 살 거냐? 천생만민은 필수직업이라고 그랬는데, 하늘이 만물을 성장할 제 무명천불생, 천불생 무명지초요 지불생 무명지초요, 물혹지인이 하늘이 사람을 낼 제 그 사람 굶어죽게 하는 게 없고 다 밥술이나 먹게 했지 사람을 내보낸 게 아니다. 넌 그렇게 공부를 했으면 공부한 댓가를 치러야할 거 아니냐? 너희 부모한테도 부끄럽지 않으냐?"

처자식한테도 부끄럽지 뭐야. 남자가 벌이로 처자식 생계 유지를 시켜야지 그렇게 죽치고 들어 앉아있음 어떡하냐? 에라,

"지금 옥황상제가 거짓말을 서 말을 내려 보내. 그러니까 너 운이 좋으면은 두 말은 널 줄 것이니 그걸 갖고 벌어먹고 살아라."

"그게 서 말이면 한 말은 누구한테로 가겠습니까?"

"아, 이놈아. 두 말 가지면 됐지. 또 한 말을 마저 가지려고? 너 욕심이 과하면 못써."

"저 건너 너희 집에서 한 백 메타 가면 거기 수다스런 마누라가 하나 있어. 그 마누라 한 말을 주겠다."

"그 마누라가 뭐하는 마누란데?"

"저, 참 혼인 중매할 마누라가 아니면 혼인이 성사가 잘 안 돼. 그러니까 그 마누라를 줘야겠다." 구.

그래 가지구선 깨니깐 꿈이지 뭐야. 아, 이게 하도 어려우니까 '산신령님이 나를 먹고 살게 거짓말을 두 말을 줘서 거짓말을 늘어놔가지고선 사람을 현혹시켜가지고 먹고 살게 하는 거로구나.' 하면서 그 때서부텀 육갑을 아주 줄줄 외 가지고 갑자는. 갑자하고 을축하고 서로 연대가 맞지 않으면 궁합이 맞지 않으면 산소를 써도 두 부부지간에 살이 끼면 합장을 못하잖아요? 그런거 아마 봤을 거야. 허다해요. 동쪽에서 상을 당한 집 있어서 상가가 서쪽으로 운구를 하는데 살이 끼는 바위가 있다고. 글로 가면 못 쓰니까 이거를 전부 죄 해가지고 혼자서 달통을 해가지고 거짓말로다 그걸 다 꿰맨 거에요, 옛날에. 옛날에 무슨 뭐 선생이 마련한 게 아니고 서로 해가지고 요게 요렇게 해가지고 격이 지면 소하고 돼지하고 상극인 식으로루 요렇게 맨들어 가지고. 그 사람이 인제 거짓말 두 말을 찾아서 갔대니까. 그걸 가지고 꿰매는 거지. 그래 뭐 집 가서를 자기가 조작을 해가지고 맨들었어. 어디든지 상이 났다하면 내가 가서 산자리를 받아가지고 수고비를 받아가지고 먹고 살겠다고. 책을 아주 꿰메가지고 이렇게 적어가지고 댕기면서 해보니까 그 재주는 용했는지. 거짓말 두 말을 가지고 이용을 하니까 아주 말이 술술술 나오구.

마침 그 근방에서 초상이 났는데 그 사람들 산소자릴 봐달라고. 소문을 냈어. 아주 산소자리 잘 본다고. 그걸 청해가지고선, 아 지관이라구 불러가지고선

"산소 자리 좀 봐달라." 구.

아 그거 보긴 봐도 금시발복 자리같은 건 구할 수가 없다고. 망지 아닌 자리는 선택할 자신 있다고 이렇게 놓더니

"아, 여기가 참 금시발복자리로구나."

"금시발복 자리면 어떻게 되느냐?"

금시발복 자리는 삼형제 있으면 삼형제가 다 부자가 된다 말이야, 여기에 산소를 쓰면. 근데 산소를 써도 수고비를 많이 내놔야지 수고비 적게 놓면 그 효력이 상실이 되서 없어지기도 쉽다.

"삼형제가 다 동의해가지고 수고비를 많이 다오. 그러면 너희가 부자가 된다."

아 그래 삼형제가 잠깐 상의를 해가지고서

"아, 저 지관이 수고비를 많이 달라는데 얼마나 줘야하나?"

"에이, 십만 원씩 내서 지금 돈으로 삼십만 원 줍시다."

웬만하면 이십만 원 이상이야. 지금 지관을 불렀다하면. 그러니 지금 돈으로 한 삼십만 원 주니까 그걸 받아가지고. 그래도 초기가 되서 언변도, 거짓말도 함부로 꾸며댈 수가 없고 해서 뭐 다음엔 재수가 좋아가지고 연달아 초상이 나니까 그냥 아무데나 갖다놓고

"여 산소자리가 좋으니 여기다 두 말 말고 써라."

그거야. 그러니까 인제 두 말 말고 쓰라는 거야.

"아, 여기 써도 괜찮습니까?"

"두 말 말래니깐. 두 말 말고 써."

그렇게 여간 지가 재수가 좋고 상가집에서도 재수가 좋아야. 그땐 뭐 지금으로 일르면 고혈압이고 뇌출혈이고 급살병 있잖아, 심장마비. 그때두, 옛날에두 그 병이 있었는데 산소 잘못 써서 죽었다고 옛날엔 그랬다구. 안 되면 조상탓을 한다구. 그래서 인제 지관은 두 말을 가지구서 디리 벌어서 잘 먹고 사는데, 아 아들이 장성했거든. 장가를 들여야 할 텐데 혼처를 내놓지도 않고. 부자가 됐다고 소문이 났어요. 지관노릇 해가지고. 근데 그 옆에 사는 그 근방에 살던 한 말짜리 마누라. 그 마누라를 불러가지고 이거 우리 아들 중매 좀 하라고. 다른 사람한텐 중매를 서는데.

"우리 인제 재산도 풍부하고. 거리낌 없이 남과 같이 잘 사는데. 중매 좀 하라." 구.

"아, 그러죠."

그러더니

"나하고 선을 보러가자."

그거야. 지관의 마누라를 데리고서 그 한 말 가진 마누라가 색시 선을 보러 갔거든. 가서 얘기하는데

"이 집 영감님은 일류 지관이고 지금 돈을 많이 벌어서 고래등같은 기와집 짓고 세는 전답이 풍부하게 사놓고서 아주 부자라." 구.

그래

"신부를 좀 뵈 달라." 구.

그러니까 이제 웃방에 앉았던 신부가, 신부가 옷을 새 거로 갈아입고 단장을 하고 색시가 내려왔는데 참 잘 생겼더래. 얼굴이 깨끗한 게, 허여멀건한 게 잘 생겼는데. 그 색시 어머니더러

"두 말 마슈. 두 말 말고 한 말 하슈."

혼인을 하겠다고, 딸을 주겠다고 한 말 하래는 거야. 아침서부터 글쎄 좀 여유를 시간을 줘야지 별안간 대답을 하래는 거야.

"한 말 하슈, 한 말 해."

"한 말 하면 그만이지, 두 말 할 거 있냐. 한 말 하라." 구.

그래서 인제 마누라가 한 말 하래니까.

"그럼 주겠수. 근데 내막도 모르는데 나도 한번 신랑 선을 봐야 할 거 아니냐?" 구.

"아, 오라." 구.

그래 그 즉시로 데리고 가가지구선. 신랑 아버지가 자기 아들을 불러서 장인 될 사람이 신랑을 보러갈 거 아니에요? 신랑을 보러가니까 아닌게 아니라 잘 생겼더래. 사람이 장부답게 생겼는데.

"우리 형편이고 가정형편이고 두 말 마슈."

신랑아버지인 지관이

"두 말 마슈. 한 말 하리다. 한 말 해."

색시 아버지가.

"아, 정말 한 말 하셨어. 데려 가슈."

그래서

“사주하고 택일해가지고 데려 가슈. 두 말 마슈. 예, 한 말 했음 그만이지 장부일언이 중천금이라고 또 두 말 하겠냐?” 구.

한 말 두 말이 모여가지고 혼인을 해서 잘 살더래.

[2003년 6월 8일 채록]

37. 금시발복 명당 빼앗은 딸

● 줄거리

아들 삼형제, 시집 간 딸 하나를 둔 사람이 세상을 떠났다. 아들들은 지관을 불러 산소 자리를 구했다. 지관은 한 곳에 가더니 삼형제가 발복할 자리라며 산소를 쓰라고 했다. 집에 돌아온 아들들이 명당을 찾았다고 하는 소리를 시집 간 큰 딸이 엿들었다. 아버지 장사를 치른 딸은 집으로 돌아가 남편과 상의를 해서 아버지 유골과 시아버지 유골을 바꿔치기했다. 얼마 후 아들들의 꿈에 아버지가 나타나 자꾸 춥다는 말을 했다. 의아하게 생각한 아들들이 아버지 무덤을 찾아가보니 누가 시신을 바꿔치기한 것이었다. 아들들이 아버지 시신을 다시 찾아 모시고, 그 시신을 다른 곳에 잘 매장해주었다. 그리고 산소를 지켰다. 얼마 후에 큰 딸이 찾아와 출가외인이라는 말 때문에 노여워 시신을 바꿔치기했다고 용서를 구하는 것이었다. 아들들은 누이를 용서하고 화목하게 살았다.

▣ 출가외인이 왜 출가외인이냐면 이게 여기서 나온 말이거든. 이 저 아들 삼형제에다 딸 하나를 뒀는데 딸이 맨 위에 딸이 맏이고 고 담서부터 삼형제, 남잔데. 친정 동생들이지 뭐야, 삼형제가. 근데 그 맏이 딸은 시집을 갔어. 출가외인이지 뭐야. 이제 시집을 갔으니까. 자기 아버지가 돌아갔는데 딸이 와서 머리를 풀고 그럴 거 아냐, 큰 딸이니까. 자기 친정아버지가 돌아갔는데. 거 지관을 불러가지고 산소자리를 삼형제 지관을 데리고 한 바퀴 휘돌아가지

고 가는데 딸은 데리고 가지를 않았거든. 삼형제 보니까 거기 산소자리가 산봉우란거지가 있는데 활개가 산태안처럼 돼가지고 가운데 노적봉마냥 쭉 흘러져 내려온 봉우라지가 있는데 그걸 지관이

"여기 두 말 말고 쓰슈. 산소, 부재다안 할 거 없이 여기다 쓰면 금시발복될 테니까. 삼년 안에 삼형제 다 부자가 돼. 그러니 여기다 쓰슈."

"그러겠다." 구.

지관을 보내고 삼형제 자기 아버지 시체방에서 얘기하다가

"야, 거기 산소자리가 꽤 좋은 모냥인데 지관이 아주 탄복을 하더라. 그러니까 삼년 안에 삼형제가 다 부자가 돼. 그런 자리라니까 삼형제 중에 하나라도 되겠지. 삼형제 다 되는 건 장담할 수 없지만. 하나라도 되겠지. 자리는 틀림없이 명당이다."

이렇게 얘기를 하는데. 문을 이렇게 막내더러

"누나 혹시 엿듣나 봐라."

이렇게 문을 열어보더니

"아무도 없는데?"

"아무도 없기에 다행이지 누나는 아무리 우리 혈육을. 한 어머니 아버지 피를 받아 낳았지만 출가외인이라는 거야. 출가하면 그 시집 형편만 돕지. 친정 돕는 법이 없어, 옛날서부터. 자고이래로 출가외인이래는 걸 이런데 대해선 절대 알려주지 말아야 한다."

그런 놈을 옆에서 들었단 말이야, 큰 딸이. 젤 맏이가 들었는데. 아, 이거 괘씸하거든. '같이 한 뱃속에서 나온 사남매인데 저를 비켜 세워놓고 출가외인이라 그래? 요것들이 괘씸하다. 내가 기냥 둘 줄 아냐?' 장사를, 할 수 없이 인제 장사를 지냈지. 삼일장으루다, 하루 묵어가지고. 삼일 되던 날 장사를 지냈어. 잘 지냈어, 장사를. 형세도 남부럽지 않게 살고 그러니까 동네사람이 협조를 해가지고 터두 잘 닦고 장사 지냈는데. 근데 그 딸이 장사 지내고 삼우제라고 있잖아요, 삼우제. 근데 보통 하기를 삼오제라고 한다고, 삼오제. 근데 삼우제에요. 초우 재우 해서 삼우제거든. 사흘 되는 날. 근데 삼우제 지내러 인제 딸도 인제 삼우제 지내고 갔는데. 그 안에 어떻게 할 수가 없으니

까 삼우제 지내고 가가지고 자기 남편더러 '동네 기운 꽤나 쓰는 사람 서너 명 사가지고 우리 아버지, 시아버지, 시아버지가 죽었는데 시아버지 유골을 우리 환방을 칩시다.' 그거야. 당신 장인 유골하고 바꿔치자 그거야.

"에이 남자가 그럴 수가 있느냐?" 구.

"당신, 당신을 낳아준 아버지 유골을 바꿔치면 되느냐. 사람이 욕심을 부리면 되는 노릇이 없어. 근데 나도 아주 괘씸하다."

"친정동생 삼형제 나를 출가외인이라고 지관이 한 얘기를 귀뜸도 안 해주고 저희끼리 장사지내고 그러니 날더러 출가외인이라고 그런다." 구.

"출가외인이지, 왜? 거기서 살 수가 있어? 우리집에서 사니까 외인이지. 뭐 그거 나쁜 소리가 아니라 출가외인이야. 출가하면 바깥사람이지 안사람이 아니지 않냐? 안식구가."

"아, 그래도 피를 나눈 사남매가 나를 출가외인이니, 출가외인이니 듣기도 싫어서."

어떻게 사내를 졸르는지. 귀가 아파서

"아, 그렇게 해. 근데 그렇게 했다가 처갓집도 못 살고 우리도 못 살면 어떻게 해."

"아냐, 자리는 좋다. 뭐 삼년 안에 삼형제 다 부자가 되는 자리라." 구.

그래서 사람을 셋을 사가지고 밤에 가서 멍석을 서너 닢 가져가 가지고 그 앞에다 놓구선 멍석에다 흙을 파가지고 분상을 허물어서 멍석 위다 놓는 거야. 놔가지구선 자기 어머니는, 친정어머닌 살았거든. 아버지 혼자니까 옆다구리 따가지구선 감쪽같이 그냥. 널을 쓰지 않았길래 망정이지. 칠성판 갖다 잡아댕겨가지고서. 나흘 되던 날 저녁이지 뭐야. 장사 지낸 지 나흘 되던 날인데 뭐 그렇게 썩겠어? 베 잡아당겨서, 염한 거 잡아댕겨서 감쪽같이. 옆에다 비껴놓고 자기 시아버지 유골을 파서 창호지하고 벼루다 이렇게 가께루다 망을 떠가지고 간 거 그걸 갖다 감쪽같이 집어넣고서 싹 쓸어 넣고 자기 친정아버지를 그 아래 가서 사택 꼽는 데 자리도 보지도 않고 무조건 파고서 거기다 쓸어 넣은 거야.

그리고 나서 며칠 있는데 그 삼형제 꿈에 '아휴 이게 당최 차갑고 추워서 못 배기겠다.' 하고서 삼형제 꿈에 노다지 현몽을 하더래. '아 왜 이렇게 춥다' 고. 거기가 조광한 자린데 왜 춥다고 그러시나. 이상해서 가봐야 뭐 멍석 갔다 도로 흙 쓸어 붓고, 그러니까 판 자국이 아주 절대 없지 뭐야. 이상스럽다. 삽으로다 투턱해가지고 봉분을 뭐 전과 같이 잘 해놓구서. 이상스럽다고. 또 와서 자는데 저녁에 또 '춥고 축축해서 도대체 잘 수가 없으니 나 좀 뭘 덮어 주던지 해라.' '아 이게 이상스럽다' 해서 그 아래 하발치에 내려가니까, 밤에 그냥 파묻고 갔으니까 누가 보든지 말든지 아무렇게나 돌창 섶에다 묻은 거야. 아 그런데 어떻게 비가 왔던지 쓸려가지고선 발이 위험하게 발이 이렇게 뵈더래. 아들 삼형제가 보니까 '아하, 이게 이상스럽다. 다른 자기 아부지를 그렇게 했을 리는 만무하고 누가. 양섶을 가져와서 흙을 묻어줬어. 그 다리 나온 걸 묻어 줬거든. 다른 사람의 시체를 우리가 장사를 다시 지낼 필요도 없고 그래서. 와가지고서 꿈을 꾸니까.

"야 이 미거운 백성들아 내가 그렇게 발이 나오고 그랬으면 양섶으로 발을 덮어주고 윗도리는 그냥 내버리고 가? 이놈들아. 속에서 찬 물이 받쳐가지고 차서 못자겠어."

근데 그 밑자릴 파보니까 거기 샘이 졸졸졸 나더래지 뭐야. 야 이게 우리아버지가 틀림없지. 그래서 사람을 사가지고선 자기 아버질 내버려두고 아버지 산소자릴 팠어. 이게 뭐 피주복절할 일이지. 자리가 차다고 아버지가 분명 현몽을 했는데 그랬을 리가 없고 누가 그런 짓을 했겠어? 자기 누이나 그런 짓을 했으면 했지. 누이가 설마 자기하고 같은 핏줄인데 그럴 수가 있냐고. 아니 파보니까, 자기 아버지 말고 딴. 납골된 유골은 창호지로다 싸요, 이렇게 뼉다귀가 무너진 것만 싸요. 이렇게 칠성판을 요렇게 해가지고 벼로다 가께로 해가지고 요렇게 묶거든. 그렇게 해서 장사를 지내는 거야, 이장할 제. 그래가지고선 잡아당기니까. 야 이렇게 누가 투장을 했어도 우리가 안 이상 아부지를 다시 도로 모셔다 거기다 매장하고 이 사람은 양지바른 곳에 묻어주는 게 상책이다. 그래야 우리도 좋은 곳으로 가지, 그 사람하고 같은 심보를 가지면 안 돼. 양지짝에다 잘 묻어줬어. 자기 아버진 틀림없으니까. 자기아버지지 측근에서 보니깐. 그래서 장사를 다시 모시고서, 그 소문이 났지 뭐야.

자기 누나한테 그 소문이 들어갔어. 근데 자기 시아버지를 어디다 갖다 내버렸는지 그게 또 의문이니까 자기 남편하고 가자고. 밤에 가서 어떻게든 긴망을 보자고. 가니까 이제 삼형제가 지켰어. 장사 지내는데. 그래도 소문이 나가지고. 도장한 사람 시체를 어디다 묻었다는 게 소문이 났으니까 물론 어떤 놈이 캐러 올 것이 사실이니까 지키자고. 그래 사흘을 지켰는데 하루는 어느 연놈들이 오드래지 뭐야. 와가지고 '요 근방이라'고. 오더니 산수분상을 잘 해놨어. 그 친정 동생 삼형제가. 다른 죽은 사람이래도 잘 묻어주자고. 죽은 사람이 무슨 죄가 있겠냐구. 양지바른 곳에 묻어놓고서 떼도 잘 입히고. 남이 볼 적에. 아 산소 예쁘게 썼다. 그 정도로 했는데. 이 늦은 밤에 거길 와가지고선 죄송하다고 잔을 붜놓고 큰 아들, 그 아들하고 메누리하고 시아버지 산소에다 절을 하면서

"죄송하다." 구. "모든 죄를 용서하라." 구. "욕심이 북받치고. 출가외인이라는 한 마디에 가슴을 파고들어가서 그런 죄를 저질렀으니 용서하라." 구.

그래서 아들 삼형제 그걸 지키고 있다가 둘을 붙들었지 뭐야. 그래 저희 누나더러 우리집으로 가자구.

"아유! 가긴 내가 무슨, 어느 고갤 들고 자네 집들을 가나. 동네에서 소문 날까봐 겁이 나네."

"사둔네 시체를 잘 좋은데 장사지냈으니 염려마라. 거기도 역시 부자 될 자리라." 구.

그 매부가 삼형제를 붙들고,

"아휴 누구 탓을 할 수 도 없구, 내 잘못이니까 모든 것을 자네들이 이해하고 전과 같이 잘 지내세. 이제 다른 마음을 안 먹을 테니까. 염려하지 말라고. 자네들 삼형제 정말 많이 너그럽고. 우리 둘을 때려죽일 줄 알았더니 처갓집으로 데려가서 순순히 대접을 하니 참 고맙다." 구.

그래서 출가외인이라는 소리가 그 때서부터 났대.

[2003년 6월 8일 채록]

38. 새우젓 장수에게 봉변당한 화전민 I

● 줄거리

강원도에서 화전밭을 매는 부부 근처로 새우젓 장사가 지나갔다. 부부는 딸 혼자 있는 집에 가지 말라고 일렀다. 새우젓 장사는 그 집에 찾아가 그 딸을 속여 관계를 맺었다.

▣ 옛날에 젊은 사람도 아니야 한 중년급, 사십 이상 된 사람 두 내외 저 강원도 지방에서 화전을 두 영감마누라가 매러갔는데. 새우젓장사가 지나가면서

"새우젓 사시오. 새우젓 사시오."

그래. 그래 그냥 내버려뒀음 괜찮은 건데.

"저 아래 가면 외딴집이 하나 있는데 거기 우리 딸만 있으니 거기 가서 '새우젓 사라' 그러지 말고 그냥 바로 가오."

그랬단 말이야. 그러니까 이 새우젓 장사가

"예. 그럼 바로 가죠."

아 가니까

"새우젓 사요. 새우젓 사요."

그랬더니

"우리 아버지 어머니 저기 화전밭 매러가서 어른이 없어서 새우젓 살 수가

없어요."

"내 외상으로 한 그릇 주고 가려고. 보리쌀 있음 보리쌀 한 그릇 퍼주구 그렇지 않으면 다음에 와서 받아간다." 구.

"어머니, 아버지가 저기서 그러더라." 구.

"아, 그래요? 그럼 두고 가세요."

"거, 보리쌀 있음 보리쌀 좀 퍼달라." 구.

그래서 보리쌀을 푹푹 그냥 뭐 한 되 퍼줄 걸 두 되씩 퍼 주구. 새우젓을 사놨는데.

"근데 색시 얼굴이 왜 그러냐?"

"왜 어때요?"

누렇게 메주 뜨듯 얼굴이 떴다 그거야.

"아, 왜 그래요?"

색경을 보니까 참 전에 허여멀겋던 게 새우젓 장사 말을 들으니 누렇게 뵈더래지 않아. 그래

"왜 그러냐?" 구.

"에, 내종병이 들었어. 배속에 내종병이 있어서 뱃가죽이 곪고 그래서 고름을 빼질 못해서 이렇게 되었으니까 고름을 빼야한다." 구.

이 영특한 새우젓 장사한테 그 여자가 고름을 빼달라고. 새우젓 장사가 그냥 자빠뜨려놓고 그냥 행실을 냈는데. 그 여자가 남자가 뭔지 여자가 뭔지 몰랐는 모양이야. 이제 산골에서만 살고 나가지고 못하고 저희 어머니 아버지한테 그런 얘기도 들어보지도 못하고 그랬으니까. 그래 이 새우젓 장사가 기냥 그 옌장을 쑥 빼니까 그러고 접시에다가 담아놨단 말이야, 그걸. 호르몬을 담아 놓구선 왔는데. 저 아래 수다쟁이 마누라가 말을 왔다

"어머니 아버지 어디 가셨어?"

"아, 저 화전 매러 가셨어요."

그러고 새우젓장사는 저 길로 내려가고. 이렇게 보더니 접시에 무슨, 간장 종지에다가 새우젓장사가 받아놓고 간 걸 그 마누라가 아 이거 타밥숭늉인가 보다 하고 홀짝 들이마셨어, 그걸. 홀짝 들이마셨는데 냄새가 나고 비린내가

나고 그러냐고. 아 그거 타밥숭늉이 익질 않아서 그런 건데. 그 여자가 나오더니 처녀가 나오더니,

"아니 내 뱃속에서 고름 빼 논 걸 누가 마셨다." 구.

"아니 뭐 고름을 빼놨어?" "아이고 어쩐지 비린내가 나는 게. 웩웩"

하고 내려가는데. 내려가다 보니까 길바닥에 이만한 다시마가 떨어져 있더래지 뭐야. 비위가 뒤집히니까 그걸 해가지고 붙들고서 질겅질겅 씹고 가니까. 다시마가 짜지 않아? 그러니까 비위가 좀 가라앉는데. 아 누가 냅다 부리나케 두 팔을 걷고서 냅다 젊은 사람이 오더래.

"어디서 내려오쇼?"

"저 윗집에서 내려오는 길이라." 구.

"그게 뭐요?"

"뭔 놈의 길바닥에 다시마가 떨어져서 비위가 뒤집혀서 이걸 씹으니까 좀 가라앉았다." 구.

"아니 이걸 보라." 구

하더니 모가지를 이렇게 젖히는데, 연주창이라고 있어 모가지가 아주 돌려서 떨어진대. 연주창을 앓면. 근데 이게 가시지도 않아요. 지금 인제 성형수술하면 살을 떼다 붙이고 그래서 그걸 모면한다고 하지만 그거 한 번 어리면 모가지가 허연 노무 게 보기 싫다고. 연주창하는 사람을 내가 몇 봤는데.

"아, 여기 붙는 거라." 구.

하는데 고름이 질질질 흘르는 헌데다 감은 거야. 내려오다가 그게 풀어져서 땅에 떨어져서 그거 찾으러 온 거야.

"그거 봤느냐?" 구. "그거 내 연주창에 감은 다시마를 씹으면 어떡하냐?" 구.

그렇게 하고 보니까 피고름이 뻘겋게 묻었지 뭐야.

"아이구, 더럽게 재수가 없다."

그러구선 침을 퉤퉤 뱉고서 새우젓 장사 가더래는 식으로. 근데 이게 여자들이 없으면 더 재밌게 얘길 하는 건데.

[2003년 6월 8일 채록]

39. 장님의 용한 점괘Ⅰ

◉ 줄거리

장님과 제자가 길을 가다 날이 저물었다. 장님은 제자를 시켜 돌을 집어오게 한 뒤 점괘에 나온 대로 림차돌의 집을 찾아 머물게 되었다. 어떤 음식이 나올 것인가 둘은 점을 쳤다. 제자가 점을 처보고 칼국수가 나올 것이라 했다. 마침 주인이 칼국수를 끓이려고 반죽을 만들고 있었다. 장님은 밀전병이 나올 것이라 했다. 잠시 후 음식이 나오는데 보니 밀전병이었다. 칼국수를 하려다 반죽이 질어 밀전병을 했다는 것이다. 제자는 점괘대로 풀이하지만 시에 따라 풀이를 달리하는 스승을 따를 수가 없다는 것이다.

▣ 장님 하나는 제자고 하나는 선생인데. 둘이 길을 가다가, 장님끼린데. 해가 저물었어.

"아, 이거 해가 저물었으니 이걸 어떡하느냐?"

어디 일가를 찾아가지고 자고 가야 할 텐데 장님 둘이 있으니 어디 집이 있는지 아나. 소리 지르니 산골에 집이 없을 거고.

"어떡하느냐?" 구.

"그 수화 좀 흔들어봐라."

장님이 요만한 대통이 있다고. 대통 안에다 수화를 넣어가지고 흔들어가지고 툭 튀어나오면 그걸 엄지손가락에다. 지금 시각장애들 가지고 하는 거 있잖아. 책도 만져보고, 그거 모냥으로다 점을 쳐서 본다고. 그래서 요렇게 만져서 뭐하나 점을 쳐봐라. 제자를 시켜가지고선 돌멩이 하나를 집어던졌어. 한참 있다가 덜커덕 하고 떨어지는 소리가 나는데. 뭘 집어던졌나 점을 쳐봐라. 점을 치니까 차돌이라고 나오더라, 차돌.

"차돌인데요."

"아, 여기가 산속인데 수풀 림자 차돌. 림차돌이가 사나 봐라."

"림차돌아 림차돌아 불러봐라."

"림차돌아!"

애들이니까 목소리가 우렁차지도 않고. 선생이

"림차돌아, 림차돌아!"

하는데 저녁을 먹고 잘라 그러는데 어떤 사람이 산 속에서 제 이름을 불르거든. '참 거 이상도 하다. 내 이름 알 사람은 없는데 어서 이 밤중에 림차돌일 불러?'

"나가보라." 구.

마누라를 시켜서 나가보니까 저 아래서

"림차돌아, 림차돌아! 하고 불르더라." 구.

"게, 여기 림차돌네 집이 여기라." 구

소릴 지르니까

"저기 인기척 소리가 나니까 절로 가보자." 구.

장님 둘이 뒤척뒤척하면서 올라가니까.

"여기가 림차돌네 집이냐?" 구.

"그렇다." 구

하니까. 영감이 나와서. 림차돌이를,

"어떻게 내 이름을 알았느냐?"

하니까.

"점을 치니까 점괘에 그렇게 나왔다."

그래서 차돌을 집어던졌는데 어디다 집어던졌느냐하면 수풀에다 집어던졌어. 수풀 림자에 차돌이라고 그래서

"림차돌로 불러봤다."

가만히 보니까 행락이 아니거든. '정말 그렇게 점을 잘 치나. 그래 어디 그렇게 잘 안다니 어디 선생하고 제자하고 시험을 한 번 해봐야겠다.' 그러구서

"저녁들은 어떻게 했냐?" 구.

"저녁은 뭐냐? 구.

"간신히 여길 찾아왔는데 저녁 먹을 리가 있느냐?" 구.

"그럼 내가 저녁을 시킬 테니 그렇게 있으라." 구.

사랑에다가 장님 둘을 놓구선 안에 들어가서 마누라더러

"장님 둘이 밤에 찾아왔는데 저녁을 간단히 대접을 해야지 어떡하냐?" 구.

"그래야죠. 그래 저녁은 뭘로 할까요?"

"그냥 반죽을 해가지고 칼로 칼국수, 칼국수를 대접하죠. 그게 젤 쉬우니까 불만 때면 되니까."

"그렇게 하라." 구.

바깥에 나와서 장님 둘을 놓구선.

"내가 마누라한테 저녁을 시키고 나왔어. 근데 점을 잘 친대니 내가 뭘 마누라한테 저녁을 시켰나 알아 맞춰보라." 구.

그 장님 어른이 제자더러

"그 점 좀, 점괘 좀 풀어봐라."

이렇게 보니까 뱀 사자 나오더래. 뱀이 길지 않아? 꼬랑지가 길죽길죽한 게 국수가 뱀모냥으로다.

"국수를 시켰는데요?"

주인이 국수를 마누라한테 시켰으니까,

"제자가 참 용하구나. 어떻게 내가 국수 시킨 줄 알고 국수 시켰다고 그러니?"

그러니 선생이 하는 말이, 손을 긁적긁적 하더니

"에이 국수가 아니라 밀전병이외다."

그래 인제 그러니까

"뱀 사자가 나왔는데 밀전병이에요?"

"담 뱀을 똘똘 뭉치고 있어. 똘똘 뭉치고 있으니 전병 아니야? 넓적하구. 밀전병이다."

주인이

"에이, 선생이라고 개불알도 모르는구나. 제자만도 못하다. 내가 분명 국수를 시키고 왔는데 밀전병이래. 얼토당토않게 밀전병이야. 그러니 선생님 장님이 틀렸소. 내가 밀전병을 부치지 않고 국수를 시켰는데 얼토당토않게 밀전병이오?"

"에이. 그럼 들어가지고 말고 셋이 앉았다 상 나오면 얘길 해보자. 누가 맞나."

한참 해가지고 불을 때가지고 뭘 하는지 후닥닥 하고 그러는데 아 근데 기름냄새가 막 나오더라구 사랑까지.

"이게, 밀전병 부치는 냄새 아니냐?"

그거야 장님이 하는 말이.

"아, 그거 참 칼국수 하는 데는 기름냄새가 안 날 텐데, 기름냄새가 나서 이상스럽다."

근데 오는데 밀전병을 부쳐가지고 칼로 쓱쓱 쓸어가지고 이렇게 두 접시를 담아가지고 들어오지 뭐야, 마누라가. 그래

"마누라 거기 앉으라." 구.

"아니 내가 분명 국수, 칼국수해서 대접하라고 했는데 어째 밀전병을 부쳤느냐?"

그거야, 마누라더러.

"에 칼국수를 하려고 반죽을 했는데 어떻게 진지 할 수 없이 국자로 뜨게 되서 밀가루 약간 넣고 파를 넣구서 밀전병을 부쳤소, 질어서."

그래서 가만히 생각을 하니까, 뱀이 낮에는 활동을 하고 돌아댕기지만, 그래야 국수지. 밤에는 어딜 가질 않고 끝에서부터 똘똘 말고 있으니까 이게 질어서 밀전병이 됐다 이거야. 가만히 주인이 생각을 하니까 선생 장님이 용킨 정말 용터래. 애가 수화를 꺼내서 첨에는 꼭 맞힌 것 같더니 고새 시각을 다투고서 밀전병으로 변경이 될 줄 어떻게 알았느냐고. 거 장님이 오라지게 용하다고 그러더래요. 스승이 낫다는 얘기죠? 그럼 낫죠.

[2003년 6월 8일 채록]

40. 금정골에 얽힌 사연

줄거리

금정골은 포천군에서 의병활동을 하던 이헌찬과 군사들이 일본군들과 싸우다가 몰사당한 곳으로 군중골이라고도 한다.

▣ 저 금정, 군중골이라고도 하고 금정골이라고도 하고 그래. [채록자 : 이름이 두 가지에요?] 응. 거기서 옛날서부터 쇠가 난다고, 중석. 중석이라는 게 쇠의 원료 아니야? 그거 캐다가 둔 데도 있고, 금이 난다고 금 캐다 둔 데도 있고. 또 옛날 저 삼일운동 전에 일본군이 와가지고 한국 전부 함락을 해가지고 그 쇠붙이 식량을 죄 뺏아갔다구. 와가지고. 그 김 뭐시야 지도 그린다고. 김정호 나오지 않았어. 그 모냥으로다 일본놈이 거기다가 목표물을, 뭐라고 하더라. 기점이지. 그거를 해놓고서 네모 빤듯하게 공구리를 해놨다고. 그리고 가운데다 말뚝 박는 공구리 구녁을 해놨어. 거기다가 뿔대 꼽구선 세면으로 지리 쟀던 거야. 그걸 갔다가 군중골이라고도 해 군중.

의병 때 거기 아주 군인이 많이 몰렸었대거든. 그 축석군이 넘어와서 저쪽 광릉내 쪽으로다 진정면 진건면 뭐, 이런대서 이 포천군 양주군 일대야. 전부 그 군중이야. 군사 군자하고 무리 중자. 군중이라 하면 여러 사람을 군중이라고 하잖아. 근데 군중이라는 건 무리 군자 가운데 중자지. 그 뫼 가지구선, 거기서 축석 검문소라고 있어. 저 송우리 가는데. 거기서 의병들이 뫼

가지고 일본놈을 복병을 했다가 매복을 했다가 일본놈 거기 지나가는 걸 전부 기습을 해가지고 죽이자고. 잡자고. 거기가 어디로 옆으로 비껴갈 데가 없고 축석 검문소가 좁아. 전에 차 재우고 다녔다고 거기. 거기서 양쪽에 있다가 일본놈들 오는 노무 걸 이조 포천, 이헌찬이래, 일본 헌병대장이. 이헌찬이란 사람이 포천에 소홀면 홀래면 일대에서 소 잡은 가죽을 전부 모아가지고 그걸 오려가지고 옛날에 대포 만들려면 뭐 쇠가 부을 수가 있어? 재주가 없으니까 주조를 못했지. 그래서 왠만한 파이프 같은 걸. 쇠를 해가지고 댓가지도 이렇게 낭구를 반을 쪼개가지고 그 낭구 속을 파고 양쪽을. 이렇게 맞춰. 속이 비었을 거 아냐? 그럼 그걸 뭘로 하냐면 쇠가 없으니까 쇠가죽으로 다 몇 번을 감아. 그래가주구선 그 속으로다 이렇게 구녁이 여기 났으면 여기다가 이렇게 되어있는데 여기다가 황가루를 너. 왜 성냥황 전에 찍어서 불되는 거 있었지, 파란 노무 거. 그거를 집어넣구선 화식을 달아가지구선. 이걸 자기황이라고 있어. 대면 금방 터지는 황이 있어. 이 노란놈은 불이 대려서 터지지만 요렇게 불에다 대면 바로 펑하고 터지는 황이 있다고 옛날에도. [채록자: 이름이 뭐에요?] 자기황. 자기황인가 봐. 스스로 일어나는 황이래서 자기황이라고 해. 이런 얘기했다가 잘 하는 사람에게 망신당할지도 모르지. 그래 그거 해가지고 시험을. 그걸 대낮에 할 수도 없고. 일본놈은 총을 죄 가지고 있는데. 그거 맨들어가지고 언제 써먹느냐 하면 집에 이렇게 묵새기면서 밤에 야간에 일본놈들이 거기 있대는 소문을. 의병, 의병이 거기 있대는 소문을 전부 그 한국 사람이 코치하는 패가 있다고. 거기 수십 명이 잠복하고 있으니까 다 채길해서 죄 잡아라. 한국사람이 가서 고발하는 패가 있잖아. 그 친일파지 뭐야.

그 사람이 수백 명 아마 잡았대나 봐 포천군 일대에서. [채록자 : 의병대장인가요 이헌찬이?] 웅, 그 때 의병대장이었어. 지역 의병대장이지, 한국 전체가 아니고. 군중굴 있는데 거기 와 있다가 거기도 또 시원치 않고 그러니까 거기서 그냥 우물우물 하다가 금호동 다음에 자연리라구. 글로 넘어갔는데 이 쪽에서 웬 사람이 오더니

"여기 군인이 일본놈 군인이 이 축석굴로 넘어온다. 구.

그랬는데

"여기서 지키고 있다가 일본놈을 사로잡아라. 수십 명 넘어 온대드라."

"우린 인제 몇 개 저 가지고 있다고 해서 대포알 했던 거 없애버렸는데. 뭘로 해서 잡냐?" 구.

"아 그래도 그걸 기냥 일루 통과하게 그냥 두느냐? 구.

"아유 그럼 할 수 없이 우리가 이제 오도가지도 못하고 자살이나 해서 죽었지. 저놈들한테 붙잡혀가지고 죽는 것보단 우리가 자살해서 죽는 게 낫지 않느냐?"

그래서 군중굴에서 군중이 모여가지구서 군성군성대다 일본놈한테 잡혀가지고서 몰살당했대나 봐. 그래서 이제 군중굴이라고 하는데 금정은 거기서 금을 캐고 그래서 그러는데 하나 성공한 사람이 없어요. 일년이고 이년이고 캐다가 죄 나가자빠지고 또 서울 가서 대법원인가 검찰청에 가서 신청을 해가지고 돈 있는 사람 물어가지고 여기 와서 또 금을 캐고. 지금 아마 보통 다섯 길, 아마 한 이십 메타 삼십 메타도 넘어 거기 지금 굴이 있어 땅속으로 판 노무 데가. 근데 거기 로얄을 따서 거기까지 골프장이 들어가 있거든. 로얄 낚시터라고 써 붙였다고 거기다. 거기 사람이 살림자가 거기 가가지고 붕어 낚시터를 만들어가지고. 접때 이거만한 놈을 열두 마리를 잡아가지고 왔더라구. 주말 농장 하는 사람이 근데 낚시질만 했지 저희집에서 하나도 안 먹는데. 우리집에다 쏟아놓고 가고가고 그랬는데 두서너 번 먹으니까 그것도 냄새가 나더라구.

[2003년 6월 8일 채록]

41. 서산대사와 사명당의 신통력

● 줄거리

서산대사가 사명당을 찾아 해인사로 향했다. 서산대사가 오는 것을 안 사명당이 서산대사를 시험하기 위해 물을 솟구치게 해 산마루를 넘어 강원도 쪽으로 흐르게 했다. 이를 눈치 챈 서산대사가 사명당을 찾았다. 대웅전에 사명당과 상좌 중, 서산대사가 마주 앉았다. 여름이라 땀이 비오듯 하는데 서산대사가 얼음 빙 자를 써 벽에 붙이니 금방 고드름이 얼었다. 다시 물 끓일 영 자를 써 붙이니 물이 끓었다. 또 서산대사는 하늘에서 비가 오게 한 후 다시 햇볕이 나게 해 모두 마르게 했다. 그러자 사명당이 무릎을 꿇고 작은 재주로 시험한 것에 대해 용서를 빌었다.

▣ 서산대사가 어디 있었냐면 합천 해인사라고 있잖아. 사명당이 거기 있었거든. 사명당이 요술쟁이하고 일정리서 도술쟁이하고 시합했다는 식으로……. 서산대사가 가만히 소문을 들으니까 사명당이 상통천문하고 하달지리한다고 빵빵대는 소문이 귀에 막 들어오더라구. 서산대사 귀에. '야, 한국에 명인이 또 있구나.' 그러구서 어디 불치하문이라고 어린사람한테 글 배우고 물어보는 게 흉이 아니다. 그걸 부끄러워하지 말아야 옛날서부터 글을 배워서 성공을 한다. 그래 불치하문(不恥下問)이라는 거야. 어린사람한테 하문(下問)하는 걸 부끄러워하지 말라.

그래 인제 하루는 서산대사가 사명당을 방문하려고 강원도 유점사에 있다가 길을 떠난 거야. 합천 해인사를. 그 사람이 축지법을 못해? 뭐든 다 하는데 슬슬 도보로다 걸어오는데. 벌써 이 사명당이 서산대사 오는 줄 알고선 시험을 한 거야. 물이 여기서 이렇게 내려오는데 위에 골짜기에서 밑으로 내려올 거 아니야, 물이. 근데 여기 물이 위로 올라가게 만들어 놨단 말이야. 산마루탱이를 넘어서 절로 떨어지게. 저기 한번 거기 지난 일이 있는데 분명히 개울물이 저기서부터 흘러내려 왔었는데 이건 일루 흘러서 저쪽 강원도 쪽으로 물이 흘러가게 돼 있으니 이거 귀신 곡할 일이다 . '와 이게 사명당이 날 시험하기 위해서 조작으로 맨들었구나 하튼 재주는 좋다.' 하고 가니깐 벌써 사명당이 서산대사 올 길목에까지 상좌 중을 마중을 내보냈어.

"거, 대사님 오시느라고 수고 많았습니다."

십 리도 넘는데 가서 마중을 나가있거든.

"나 오는 줄 어떻게 알고서 여기까지 마중을 나왔냐?"

그랬더니, 아, 사명당 스승님께서 오시니 마중을 좋구나. 어 일거일동이 참 재주는 좋구나. 개울물이 위로다 치올라가서 고개를 넘더니 그게 말이 되냐. 재주는 비상한 재주를 가졌다. 그래 차차 올라가니까 해인사가 나오는데. 가서 벌써 동구 밖에까지 와있어, 사명당이.

"아유, 스승님 오시느라 수고 많으십니다. 어떻게 외지에 왕림을 하셨냐?" 구.

"아, 사명당이 하도 재주가 많고 도술이 풍부하다고 해서. 나는 새도 떨어뜨리고 물도 아래서 위로 흐르고 거 참 비도 맘대로 오게 하고 눈도 여름에도 오게 하고 그런 재주가 있다고 해서 한 번 방문을 할려고 오래서부텀 별르다가 인제 비로소 왔다." 구.

"아이, 별말씀을 다한다구 장난삼아 해본걸가지고 뭘 그렇게 칭찬을 하시느냐고 과찬이시다." 구.

"아니라. 구 비상한 재주를 가졌다. 구. 전에 올 때 보니까 개울물이 산으로 올라간대는 게 말이 되느냐?" 구.

그래 서산대사가 방에 판두방으로 서선대사 모시구서.

"여기 내가 왔으니 재주 있는 대로 어디 좀 내 시험의 대상이 될 테니까 맘대로 해보쇼."

서산대사가 그러니까

"아유 제가 뭐, 없다고 재주."

부처 모신데. 대웅전 안에서 부처가 셋이 대개 있어, 큰 부처가. 셋이 가만히 앉아있어도 부처 셋이 모여가지고 서로 무슨 회합을 한다 그거야. 뭐 회합을 하냐 하면.

"우리도 여기 셋이 앉았지 않으냐? 저기 서산대사하고 사명당하고 제자 하나하고 셋이 모였는데 우리 하고 저 부처님 세 분하고 똑 같애. 근데 우리는 이렇게 모여 앉았지만 접부처는 자유활동을 못하지 않느냐? 그러니까 부처가 셋이 모여 앉았으니 따로 떨어지게 셋이 저 위치대로 가게시리 해봐라."

근데 서산대사더러 사명당이 그러니까, 아, 뭐 이렇게 해가지고 몇 번 이렇게 하니까 위치대로 제 방석대로 쫙 가서 셋이 나란히 앉아서. 사명대사가 서산대사더러,

"그럼 이 방이 얼음이 빼빼 말른 방인데 얼음이 어서 나서 물이 얼 수가 있어? 여름인데. 물이 이렇게 손두께처럼 얼게 할 수가 있느냐? 구.

그러니까 서산대사가

"그거야 뭐 아무것도 아니지. 그거야 재주라고 부를 필요가 있나?" 구. "재주라고 할 필요가 없다. 구."

"어디 해보라." 구.

그랬더니 손바닥에 붓을 가지고서 물 수자 위에다 얼을 빙자를 점 하나 찍고 지치고 거기다 길 영자 모냥으로 쓰면 얼음 빙자 아니에요? 그걸 써가지고 던지니까 그냥 한 방에 이렇게 얼어. 그래 사명당이

"거 춥지 않겠느냐?" 구.

"어휴, 난 땀이 나는데."

"난 볼기짝이 시려서 못 배기겠다고 얼음을 풀게 해달라." 구.

"얼음 풀게 하는 재주는 못 배웠냐?" 구.

물 끓일 영 자가 또 있어. 그건 삼수변에 길 영 자를 했는지, 얼음이라는 건 이수변에다 하고 점 하나 찍고 삐치고. 삼수변은 점둘 찍고 찌치고 삼수변이라고 하는데 그거를 이렇게 집어서 서산대사한테 글씨 쓴 걸 이렇게 물 끓

일 영 자를 집어던졌는데 금방 물이 부글부글 끓더래지 뭐야, 마루방에서. 야 이거 내가 괜히 쬐끄만 재주를 가지고 서산대사 시험을 헌데더니 이게 언어도단이지 말이 되느냐고 그래도 있는대로 자기 재주껏 시험을 해보느냐고.

"지금 비 오게 할 수가 있소?"

그러니까 이 사명당이

"아, 비 지금 금방 온다." 구.

아 그래 큰 대 자하고 비 우 자하고 둘을 써서 바깥문을 열고 집어던지니까 금방 천둥번개하고 사방에서 검은 구름이 뭉개오더니 소나기가 와가지구선 그 앞에 개울물이 콸콸콸 대고 내려간다고. 아 서산대사가

"아, 참 사명당 재주가 좋으시구랴. 이 청청하늘에 어서 검은 구름이 모여가지고 소낙비가 내리느냐?" 구.

"에이 그까짓 게 뭔 재주냐?" 구.

"비가 와서 내려가는 물을 죄 거둬들여서 여기 한데다 모아놓고 볕을 쨍쨍하게 언제 비 왔더냐 하고, 땅이고 뭐고 가랑잎을 말릴 수가 있냐?" 구

했더니. 그거 어렵긴 어려운데. 더울 열 자하고 바람 풍 자 써가지고 획 던지니까 저 아래 내려간 물이 죄 역수가 되가지고서 절 재실 앞에 가서 몰쳐가지고 부글부글 끓는데. 가랑잎이고 뭐고 어서 회오리바람이 부는지 휘 불어가지고 언제 비 맞았더냐 하고 물이 한 방울 없더래. 부글부글 끓더니 바짝 말라가지고서 물이 한 방울 없어요. 그래서 사명당이 '난 정말 비 올 재주는 가졌어도 내려간 물을 전부 흡수시켜서 비를 말리는 재주는 배우질 못했는데 서산대사는 그것까지 아는구나.'

그러고서 다시는 사명당이 서산대사 앞엔 아주 나시질 않았대, 재주 있다고.

그래서 서산대사가 사명당을 이 한국. 강감찬이라고 있었어. 강감찬의 선생이 되가지고 한국 나라를 좀 도와주라고. 난 볼일이 바빠서 유점사로 돌아가야 할 테니까 사명당이 강감찬이를 시켜서 모든 것을, 다 한국을 회복시키라고. 그래서 성중 안에 들어가가지고선. 맹꽁이 개구리가 어떻게 성중 안에서 되려 우는지 신하들 임금이 귀가 아파서 못 배기겠다고, 그때. 그래서 강감찬을 불러가지고서 임금이

"너 재주가 좋다는데 이 맹꽁이 개구리 울지 못하게 방비를 해라. 물을 퍼서 개구리 잡아서 내버리던지 어떻게 해라."

나라 기구니까 세면에서 줄방을 가지고 와서 퍼가지고서 말려서 맹꽁이라는 걸 죄 잡아다가 저 외부에다 갖다 내버렸다고. 근데 한 일 주일 되니까. 그거 곱쟁이는 와서 들끓고. 그래서 이거 큰일 났지. 나라 망조라고. 웬 노무 개구리가 맹꽁이하고 없던 놈이 이렇게. 참 옛날에 뭐 진대부 위성부 한가야. 통감초부했다는 식으로…. 그 물을. 평화의 댐. 그거 막는 식으로다, 옛날에도 그런 수작을 해서 했는데. 윗 나라에서 저 나라를 칠 적에 물을 가뒀다가 별안간 터 가지고 부엌이고 뭐고 전부 개구락지 투성이고 해서 함락을 받아가지고 성공했다는 식으로 이게 그런 위험성이 있으니까 이 개구리 맹꽁이를 울지 못하게 하라고. 그래 강감찬이를 시켜가지고서 풀을 쓸어서 여물하고 섞어가지고 훌훌 풀으니까 개구라지 맹꽁이가 풀 하나씩 물고서 발랑발랑 자빠져서 다시 울질 못하더래. 그래서 인제 사명당이 그 때 강감천이를 가르쳐가지고 성공을 했다고. 근데 사명당은 벼슬을 줘도 사명당 그런 사람은 벼슬을 안한다구.

[2003년 6월 8일 채록]

42. 긴 얘기

줄거리

긴 얘기가 있다. 성은 고이고 이름은 만이다.

▣ 저 전에 그러잖아. 아주 긴 얘기다. 그래 무슨 긴 얘기냐? 성은 고가고 이름은 만이다. 그래 고만이야. 그래 다 마친 거야? 고만이래니까 뭐. [채록자 : 누구한테 들으셨어요?] 촌에서 낭구꾼 이런 사람한테 그런 얘길 다 한다고 누구든지. 난 긴 얘기하겠다. 뭘 긴 얘기냐? 진진 담배진 자루자루 똥자루. 그게 긴 얘기야. 아 그거 참 몹시 긴 얘기다.

[2003년 6월 8일 채록]

43. 술책으로 장가 간 총각

● 줄거리

삼십이 넘어도 장가를 못 간 총각이 있었다. 총각은 아무 것도 모르는 대갓집 처녀를 꾀어 장가를 가기로 했다. 총각은 콩을 한 됫박 볶아서 나물 뜯는 들판으로 가지고 나가 처녀들에게 주었다. 콩을 먹고 소금을 먹은 처녀들이 개울에 나가 물을 먹을 때 총각은 살꽁지를 잇는다고 꾀어 큰 처녀와 관계를 맺어 장가를 들 수 있었다.

▣ 옛날에 총각이 있는데 낭굴 갈래니까 한 삼십 살이 되도록 장가를 못가서 자기 홀어머니 모시고서 낭구만 해가지고 아침밥 저녁에 죽 먹고 연명을 하고 사는데 뭐 할 게 있어? 낭구밖에. 일이 없지 뭐. 그 옆에 집에 가는데 거 울타리 밑으로다 대갓집 울타리 밑으로 지나가게 돼있다고. 낭구 길이. 거길 지나가니까 '아이구' 깔깔대고 '죽겠다.' 구. 그런 소리가 들려, 인제 안방에서.

"왜 그래, 언니. 왜 그래." 하니까

"아유. 바늘루다 손톱 밑을 바느질하다 찔렀다."

그거야. 그래 그 소릴 듣고서 그 총각이

"그게 아파?" "시집가면 첫날저녁에 그거 이상가게 아프다."

인제 그랬단 말이야. 거기다 대고서. 아 그 소릴 듣고서 바늘로다 쪼끔 찔러도 아픈데 첫날저녁엔 더 아프다는데

"아이구. 난 시집 안 간다, 안 간다."

삼형제 아주 결의를 했단 말이야. 아주 동맹파업을 했어 시집 안 간다고. 근데 바느질도 침선이고 뭐고 일절 집어치고 인제 논고래로 댕기면서 나물하는 게 종사야. 기냥 피리 불면서 바구니 옆에다 차고 나물하러 다니는데 가만히 생각하니까 '요것들을 어떻게 시켜가지고 저 큰 딸년하고 장가를 들어야겠다.' 하고. '강제로다 어떻게든 들어야겠다.' 하고 그걸 묘혹을 꿰내가지고.

"엄마."

"왜 그러냐?"

"나 콩 한 됫박만 볶아 줘."

"그래, 콩을 뭐하려고 그러냐?"

"아. 글쎄. 볶아달라고."

그래 콩을 볶아줬더니 이놈이 소금 항아리에 가서 소금을 기냥 한 웅큼 잔뜩 해가지고서 물을 축여서 그걸 범벅을 했어. 콩 볶아서 밀가루 칠해서 범벅하는 거 마냥. 그렇게 해서 먹었는데. 그날, 그 이튿날 요것들이 나물 또 하러 오것다. 요것들한테 가서

"야, 나물 나하고 같이 하자."

"니가 나물 할 줄 알아?"

"나도 나물하러 왔다." 구. "김치 짠지만 먹으니까 나물이 먹고 싶어서 왔어. 나물 좀 아리켜다오."

"이 빈축 맞은 놈아. 나물도 여태 몰라?"

"그래."

논두렁에 걸터앉아

"애들 둘은 느덜 저기 가서 나물해. 난 느이 큰 언니하고 같이 앉아서 나물할 것이니."

그래 애덜덜은

"그래."

하더니 저기로 갔다고. 그래 콩을 한 됭이씩, 한 됭이씩 주는 노무 걸 다 먹었단 말이야. 둘이. 저도 먹는 척 했지만 그 여자를 다 멕인 거야, 한 됫박을. 콩만 먹은 게 아니라 소금 덩어리를 해서 먹였으니 나중엔

“목이 말라서 죽겠다.” 구.

“여기 물 어딨냐?”

“물이 있긴 있는데 물 먹다가 코가 물에 다면 즉사해. 다시 건질 재주도 없고.”

“그럼 뭘 붙들어야 물을 먹는데.”

“뭐? 그럼 물먹으러 가자.”

물을 먹으러 갔는데 남자가 엎드려서 물을 먹는데. 이 자식이 엉뎅이를 까구서 엎드려서 물을 먹는 거야.

“이걸 붙들라.”

그거야. 사추리에 대고 남자 자지를 두 손으로다 처녀가 딱 붙들고서 괜히 놓치면 물이 코에 다면 난 죽어. 단단히 붙들어라. 삼십 살 먹도록 장가도 못 간 놈이 이십여 살 먹은 처녀가 자지를 붙드니 거기서 물이 줄줄줄 나온다고. 그러니깐 처녀 하는 말이

“야, 이게 살꽁지래는 거야. 살꽁지를 붙들어라.”

그랬더니

“야, 고만 먹어라 살꽁지로 물이 넘는다.”

처녀가 하는 말이.

“그럼 고만 먹어야지. 넌 어떡하느냐. 넌 살꽁지가 없으니 어떡할 것이냐.”

그러니깐 처녀가 “난 살꽁지가 없는데 어떡하느냐?”

“살꽁지를 이어야지.”

자빠뜨려놓고 살꽁지를 잇는다고 기껏 했는데. 아유, 처녀가 처음 맛을 보니까

“정말 살꽁지 맛인지 뭔지, 아유 난 물도 안 먹는다. 살꽁지나 디리 잇자.”

영 떨어지지를 않고. 살꽁지 잇는 게 물맛보다 더 좋다구선.

“너 나하고 같이 살자.”

“첫날밤에 더 아프단 소리 너 시집가지 말라고 내가 한 소리야. 우리집으로 와서 살자.”

식전 다음서부터 딸이 자기 아부지 어머니더러 살꽁지 이었다는 얘길 할

수가 있어? 안허구서.

"나 아무개 총각한테루 시집갈 거야."

"에이 망할 년아 미쳤어? 그 에미 혼자 동거하고 사는 놈 총각한테루 시집을 가? 시집 갈 데가 그렇게 없냐?" 구.

"아니라." 구 "꼭 가야한다." 구.

그래 이놈이 뭘 했냐면 아침마다 그 물터에 가서 대문간에 가서 문간방에 사랑이 들러붙어있는데 인제 '씹' 그리고 오는 거야. 저 자식이 미친 노무 새낀가. 딸이 또 글루 시집을 간다고 그 소릴 마누라한테 듣고.

"실성한 놈한테 아무것도 못 보낸다. 미친놈한테 뭘 보내냐?" 구.

근데 한 열흘도 더 와서 암 소리도 안하고 '씹' 소리만 하고 가는 거야. 이놈 미친놈이라고 원한테다가 고소를 해가지고. 지금으로 하면 경찰서에 가뒀어. 이놈이 식전마다 그러고 가니 미친놈이라고 버릇을 고쳐야겠다고. 하루는 법원으로 넘어갔지, 이놈이. 법원에서 재판을 하는데

"너 정말 식전마다 가서 씹 했니?"

"네. 씹 했습니다."

"며칠이나 했니?"

"한 십여 일 했습니다."

그러니까 판사가, 검사판사가 그 색시 아버질 불러가지고

"여보. 당신 딸은 다 버렸어. 십여 일을 두고 해줬다는데 뭘 딴 데로 시집을 보내냐? 글로 보낼 수밖에 없다."

딸을 불러 물어보니까 아닌 게 아니라 살꽁지 잇는다고 그 얘기를 쫙 했거든.

"에이 누가 그런 줄 아냐. 그래 네 연놈들이 같이 살아라."

장가를 보내서 그 대갓집에서 큰딸이니까 재산이고 뭐고 분배를 해줘서 금시발복이 됐대.

[2003년 6월 8일 채록]

44. 쫓아낸 아들이 돈 벌어온 사연

● 줄거리

한 집의 아들이 빈둥거렸다. 보다 못한 아버지가 돈을 주며 쓰고라도 오라고 내쫓았다. 쫓겨난 아들이 주막집엘 찾아갔다. 아들은 돈을 꺼내놓으며 한 번 관계할 수 있게 해주면 돈을 주겠다고 했다. 돈에 눈이 어두운 여자가 응낙을 했다. 아들은 여자와 관계를 맺는 척하기만 했다. 견딜 수 없게 된 여자는 도리어 관계를 해주면 돈을 내주겠다고 했다. 결국 아들은 돈도 벌고 여자까지 아내로 맞이할 수 있게 되었다.

▣ 한 그럭저럭 사는 집인데 아들이 아무 것두 하지 않구 빈둥빈둥 하니까 아부지가 야단을 쳤어.

"이놈아. 쳐 박혀 있지 말고 뭣이나 해라."

아부지가 돈을 줘서 주면서

"이 돈이래두 쓰구 와라."

하면서 아들을 돈을 줘 내쫓았어. 이놈이 밖에 나가니 할 일이 있나? 궤춤을 돈을 차고 장판에 돌아다니다 보니깐 주막집에서 이쁜 여자가 술을 팔구 있는 거야. '에이 이 여자가 한 번 해야겠다.' 하구 돈을 보여주면서 '한 번 하자'구 한 거야. 여자가 돈을 보니까 꺼뻑 했지. 밤에 이놈이 찾아가서는 자지를 꺼내가지고 여자 자빠뜨려놓고 거정자리다 빙빙 돌리고 거기 박지도 않고 그냥 오는 거야. 그리고 돈을 지금 돈으로 몇 백만 원씩 줘, 되레. 그렇게 한 열흘을 그 남자가 거기다 대고 거정 자리다 대고 문질르는 거야. 나중에는 자기 재산도 거반 다 갖다 그 여자를 줬는데. '에라, 인제는 내가 그 밑천을 빼야겠다.' 갖다 대고서 슬슬 문지르니까 그 때는 세부 역질 되가지고 여자가 그냥 배길 수가 없어. 남자를 돌아가게 맨들 수가 없더라구. 자기 자신이 모든 것이 죄 동원이 되가지고 몸땡이가 죄 발동이 되가지고 세면이 근질근질하고

"아유 조금 더 디밀어 보라." 구.

"거기다 문지르냐? 구.

"조금 더 속에다 디밀라." 구.

"안돼."

"아, 쪼금만 더 디밀라." 구.

"그럼 약조가 있어야 돼."

"뭐 약조를 하냐?" 구.

"내가 가져온 돈 다 쓰지 않고 기냥 뒀냐?"

"그냥 뒀다." 구.

"그럼 그거 꺼내 놔라."

갖다 꺼내 옆에 놓고서 돈을 이렇게 쌓아놓고.

"그걸 아주 다 디밀 것이냐?"

"다 디민다."

다 디밀려다가 도로 빼가지고.

"너 느이 재산이 얼만지 다 갖다 여기다 붙여. 그래도 되겠니?"

"아, 그래도 된다." 구.

자기 재산을 다 갖다 붙였어. 여지껏 모은 돈 두 집 재산을 다 갖다 여기 쌓아놓고서.

"그래도 뭐 좀 더 있지 않느냐?"

"너 귀금속 없어?"

없고 여기다 다 갖다 붙였어.

"이 옘병할 놈아."

확 잡아 댕겨가지고 자기 욕구를 만족을 시켜가지고
"인제, 니나 내나 재산을 이어가지고 우리가 사는 거야. 그러니까 가자."
그래가지고 그 여자를 데리고 자기 아버지한테 가서
"저 장가들고 왔습니다."
"뭐! 장가를 너희끼리 장가를 드냐."
"사실 저희 아부지한테 돈 못 쓴다고 그냥 퇴박을 맞고서 사내자식이 돈도 못 쓰는 자식이. 사람 뭐 하느냐고 그래서 한 푼 두 푼 모아 쌓아놨다가 결국은 그 집 재산까지 다 가지고 왔으니까 장사가 이거만하면 되지, 아버진 여지껏 뭘 모으셨어요. 난 이만큼 벌었습니다. 여자도 얻고."
"가히 내 아들이다."
하고 잔등이를 투덕투덕 해주구서 근데 메누리가 기가 맥히게 잘하더래. 그 여자가.

(이런 얘긴 누구한테 들으신 거예요? 훈장님한테 들으신 거예요?) 남대문 봉래여관이라고. 내가 가서 꽤 여러 날 저녁 잤는데 거기 생선장사가 와서 그 얘길 하더라고. 봉래여관은 왜 가셨습니까? 그때 우리 일정 때, 석유 기름 배급이 없어서 웬만한 정미소는 중단을 시켰거든. 기름을 살수가 없으니까. 서울서 한 집. 봉래여관주인이 기름을 아마 한 백 통 샀나봐. 그래가지고 방아를 독단으로다 찧는데 용궁 떠논 게 있는데 그 때 그걸 내가 뭘 정성이 뻗쳐서 자전거에다 쌀을 닷 말씩을 싣고서 다섯이 봉래여관을 간 거야. 순경한테 붙들리면 쌀이고 뭐고 죄 뺏기는 거야 붙들려도 자기가 배상을 해놓지 않거든. 그냥 쌀만 뺏기는 거지 그리고 또 공정가격은 쳐주구. 하루 저녁을 잤는데 생선장사가 와서 얘기를 대엿 가지 했는데 죄 잊어버리고 그거 하나 기억나 지금.

[2003년 6월 8일 채록]

45. 오시하관午時下官 사시발복巳時發福

줄거리

어느 마을 가난한 선비 집에 상이 났다. 동네사람들이 십시일반해서 장례를 치렀다. 그때 길을 가던 왕실 지관이 보니 그 자리는 매우 흉한 자리였다. 놀란 지관은 사람들에게 누가 자리를 봐주었냐고 물었다. 마을사람들은 유식한 학자가 잡아준 자리라고 했다. 지관은 마을사람들에게 새 자리를 잡아주며 자기가 가진 돈으로 장례를 다시 치르라고 했다.

그리고 처음에 자리를 잡아준 학자를 찾아가 따지니 그 자리는 사시하관이면 오시발복하는 자리로 벌써 그 사람은 발복했을 거라고 했다. 지관은 자신보다 뛰어난 지관임을 인정할 수밖에 없었다.

▣ 사시(巳時)는 열한 시를 사시라 그러고, 오시(午時)는 열두 시를 오시라 그러거든. 근데 오시 하관이면 한 시간을 더 있어야 하관 할 거 아냐. 근데 열한 시에 부자가 돼. 그 산소자리가 그렇게 좋다는 거야. 옛날에 어려운 사람은 지관도 부를 수가 없어. 돈을 줘야할 테니까. 돈이 있어? 아침에 재수 좋으면 밥 해먹고 점심 건너뛰고 저녁에 죽이나 멀겋게 쑥이나 뜯어다 넣고 쌀이나 몇 알 넣고 죽 쒀서 먹는 게 그게 조반석죽이래는 거지 뭐야.

그럴 적인데 자기 아버지가 돌아갔거든. 그래서 이거 어떻게 해야 하나 어떻게 해야 하나? 근데 동네에 옛날에 지금 이장이 있었는데 전에 소임이라고 있었어. 적을 소(小) 자 하고, 맡길 임(任) 자 하고. 동네 소임이면 이장이나

부장이나 마찬가지야. 그 사람한테 얘길 했는데

"이러니 이거 어떡하냐? 십시일반으로 동네 소임께서 어떻게 부락 청장년을 한 십여 명 모시고 와서 장사나 지내줬으면 좋겠는데 점심 대접할 쌀이 없으니 어떡하냐?

그거야. 가만히 생각하니까 그 사람은 그런 참 묘한 게 있는 사람인데, 그렇게 어려워. 선비가 옛날엔 글만 읽고 일을 안 하니까 어려울 수밖에 없거든, 옛날엔. 그래 소임이

"아, 염려 말라." 구. "우리가 쌀을 십시일반으로다 한 됫박 씩 거둬가지고서 점심 쌀을 장만해가지고 갈 테니까 술하고 아무 염려 말라." 구.

그래 소임한테 맡기고 상제는 와가지고 울고 있는데, 밥이나 틈틈이 먹고 점심이나 먹고 그랬어야 힘이 있어서 울기도 좀 울고 그러는데 저 목소리가 모기소리만큼

"아이고 아이고"

하고 있는데.

"아이고 아이고"

가 아니고 애곡(哀哭)이외다 애곡. 슬플 애(哀) 자하고 울 곡(哭)자하고 해서 애곡(哀哭)이야. 근데 그게 변해가지고 '아이고'가 됐지. 그렇게 우는데 소임이 한 십여 명 데리구와 가지고 쌀을 몇 말씩 갖다놓고 한 쪽에 솥을 떼다놓고 밥을 하고 자기가 가져온 술을 놓고 손님 점심을 대접해가면서 장사를 지내는데 그 때 마침 국상이 났어. 이조 때 국상이 나가지고서 대한민국에 있는 그 때 팔도인데, 팔도 지관을 다 불러가지고 나라 지관이니까, 뭐 웬만한 잘 아는 사람은 죄 불러다 세를 팔방으로다 답산(踏山)을 시키는 거야. 산을 모조리 밟아가지고 좋은 명당자리를. 능 쓸 자리니까. 궁으로 돌아다니다가 거기를 다다랐는데 사람들이 밑에다 구덩이를 파고서 거기를 회를 이렇게 집어넣고 송장은 넣지 않고 회를 닫는다고 한번. 단단해지라고 바닥이. 그 소리가 나더래. 그래서 이 사람이 참새가 방앗간 기냥 못 지나간다고. 지관이니까 '어떤 사람이 산자리를 어디다 봤나?' 하고 '한 번 구경하고 가야겠

다.' 하고 나라 지관이 쓱 거길 달쳐서 우선 그 돌 위에다가 지단처를 놓고서 이렇게 보니까 세만 꼼짝꼼짝 해서 방위고 뭐고 해보니까 전부 해보니까 아주 몹쓸 자리야. 오시 하관이면 삼형젠데, 삼형제 몰사하는 자리야, 하관 즉시 삼형제가 상제가 셋이 바로 몰사할 자리야. 아주 망지야. 그래 그 지관이 가만히 내가 잘못 봤나 하고 다시 책을 풀어서 방위고 뭐고 육갑을 풀어서 보니 아 틀림없는 망지거든.

"아니 이거 누가 산소자리 잡았냐?" 구.

"이 윗집이 선비인데, 아 그 사람 산소자리 보러 다니지 않았지만 글 용하고 귀신같은 사람이라." 구. "글엔 고만이라." 구. "그 사람이 잡아 줬다." 구.

"에이, 여기 쓰지 말라." 구.

"왜 쓰지 말래느냐?" 구 했더니

"여긴 산소 쓰면 하관 즉시 삼형제가 몰상하는 자리야. 내가 봤으니 그렇지 안 봤으면 당신 삼형제 몰살해 오늘. 안 봤으면 모를까 봤으니 내가 기냥 갈 수가 있느냐? 그래 할 수 없이 다시 좋은 자리로 잡아줄 테니까 여기다 써라. 여기는 오시하관에 금시발복자리야. 하관하기 전에 부자 되는 자리야. 여기다 써라."

"우리 삼형제가 몰살해도 먼저 잡아준 자리 썼지. 변경할 수 없습니다."

"무슨 사람들이 자기가 상제가 장례는 고사하고 바로 죽는다는데 거기다 산소를 모시면 누가 뒤끝이 있어서 부자가 돼?"

"여기가 오시하관에 사시발복 자리라는데요?"

"잘못 알았다." 구 "여기다 쓰라." 구.

"안된다." 구.

"왜 안 되느냐?" 니까

밥하고 술하고 지관이 돈을 꺼내줘서 산소 쓰라고 하는 그런 자리면 모르되 동네서 소임이 되되 한 되씩 거둬들여서 술하고 안주하고 일거일동을 다 동네서 부담 져서 가져오셔서 장사 지내주는데 딴 데 쓰면 내일 장사 또 지내야 돼. 그러니 어떻게 그걸 동네서 어떻게 술하고 쌀하고 또 걷을 수 있느냐. 우리가 죽으면 죽되 동네 여러분에 손해 안 끼쳐드리겠다고. "우린 여기다 쓰겠다." 구.

"사람이 성질이 그러냐?"

그냥 도포 소매에서 확 하더니 돈 뭉치를 탁 꺼내서

"이거 가지고 쌀 사고 술 사고 하면 얼마든지 남아, 돈이. 사람이 분통이 터져서 그냥 둘 수가 있느냐?"

그러고서

"난 가오. 이거 가지고 다시 장사 지내. 당신 거기다 지내면 당신 삼형제 몰사야. 내가 나라 지관인데. 내가 그냥 보고 갈 수가 없어서. 보지 않음 모를까 본 이상 그냥 지날 수가 없어서, 내가 노자돈을 전부 다 주고가니까 다시 장사 지내라." 구.

소임이 그걸 받아가지고 생각하니까 딴은 그렇더라 그거야. 소임 역시도 '나라지관보다 그 선비가 귀신이 아니냐?' 그거야. 올 사람이 와가지고서 돈을 대주면서 장례비를 대주고서 여기다 옮겨 쓰래는데 그거까지 벌써 선비가 알았다 그거야. '야, 그 선비가 보통사람이 아니다.' 장사를 그 이튿날 지내려고. 거기 쓸어 묻고서. 그 이튿날, 인제 주식이 풍부하니까, 내일 지내자고. 그 이튿날 장사 지내는데. 그냥 지나갔음 괜찮은 건데 그 선비를 찾아갔단 말이야, 나라 지관이. 찾아가서.

"거 선비 공부 참 잘 하시는구랴."

"촌에서 심심하니까 읽던 책 도로 읽고 읽던 책 도로 읽고 복습하는 거죠."

"과거도 안보고 책만 읽으면 어떡해."

"에이 과거 볼 자격도 없고."

"그 저 아래 보니깐 촌 무지랭이가 빈한한 사람이 아버지 상을 입어가지고 장사를 지내던데."

"그거 참 굶기를 부잣집 밥 먹듯 하는 사람이 되서 형편없죠."

"누가, 내가 오다보니까 산수자리 참 좋은 데로 잡아주던데."

"그거 내가 잡아줬는데요. 그 사람 부자 됐죠. 좋은 자리죠. 오시하관에 사시발복인데 벌써 부자됐을 거에요."

그러더란 말이야.

"그걸 어떻게 아느냐?" 그랬더니.

"벌써 일수가 그 사람이, 귀인이 찾아서 도와줄 일수야. 그 사람 벌써 부자 됐을 거에요."

"예라, 내가 네 놈한테 속은 거다. 눈 위에 파리가 있대더니 너를 두고 한 말이다. 여기서 글 배우지 말고 능 자리를 보러 다닙시다."

"아유, 난 그런데 눈 뜨지도 않고 그냥 되다되다 잡아준 건데, 난 그 진술서도 잘 모르고 그 때 잡아준대는 게 그런데 잡아줬으니까 한 번이나 했지 난 그런데 눈 안 뜬다." 구.

아주 일절 거부하고. 그 사람하고 갈려다 못 가고. 그 사람 하나 산소자리 잡아줘서 부자만 맨들어 줬대.

[채록자 : 이 얘기는 누구한테 들으셨습니까?]

아는 선생한테 들었어. [채록자 : 서당선생님? 함자가 어떻게 되시는 데요?] 유병팔. [채록자 : 무슨 류자에요?] 버들 류(柳) 자. 잡을 병(秉) 자. 여덟 팔(八) 자. [채록자 : 지금 살아계시면 연세가 어떻게 되셨을까요?] 백 한 십오 세 됐을 거야. 그이가 글을 그렇게 많이 배진 못했는데 말수 다 좋고 다문박식해서 몰르는 게 없어 어딜 가든지 한 몫을 하더라구. 그래 그 선생한테 정신도 좋고 그런 사람은 많이 배지 않았어도 어디가든지 뭐든지 논설을 하면 남한테 빠지진 않아요. 말수다도 좀 있는 사람은 자연적으로 다문박식이라고. 그래 그 주역까지 읽었다는 사람하고 여기 와서 가끔 얘기하면 글은 많이 배우지 않았대는데 그런 소리 어서 들었냐는대. [채록자 : 소리도 많이 하셨다고 하셨잖아요. 장구 같은 것도 잘 치시고.] 잘 치긴 치는 거지 뭘 잘 쳐. [채록자 : 두레할 때 상주도 하셨다고 하셨잖아요?] 내가 전부 서울 가서 사다가 그냥 한 바퀴 치면서 처음 치면서 저 개울가에 술집이 하나 있었는데 거기서 연습을 좀 시켜가지고 전에 나보다 나이 많은 사람은 그래도 치는 걸 봤거든. 지금 태징이라고 하는 거 소구 같은 거, 북 같은 건 이따금씩 두드려서 칠 수 있거든.

[2003년 6월 8일 채록]

46. 기러기 갈대순 물고 미시령 넘는 사연

● 줄거리

미시령은 하도 높아 기러기도 쉬어서 넘어가는 고개이다. 기러기가 기어 넘어가니 한 늙은이가 꾀를 내 고갯마루에 그물을 쳐 놓았다. 그물을 친 늙은이는 수많은 기러기를 잡을 수 있었다. 동료 기러기가 그물에 걸려 희생당한다는 것을 안 기러기는 그물에 걸리지 않으려고 갈대순을 입에 물고 미시령을 넘기 시작했다. 이후 기러기는 그물에 걸리지 않게 되었다.

▣ 미시령고개 기러기가 출함춘북이야. 출함 가을이 되면 남쪽으로 나가고 기러기가 봄이 되면 북쪽으로 들어가요. 지금 불한불열이야. 덥지도 않고 춥지도 않고 그걸 좋아하거든, 기러기가. 그러니깐 봄이면 북쪽으로 들어가야 선선한 바람이 불고 가을이면 추워지니까. 겨울 월동을 할려면 남쪽으로 나가는 거야. 지금 저 충청도 대구 대전 저쪽 경상남쪽으로 들어가면 기러기 오리가 아주 우물우물해요, 거기 가면. 테레비에도 나오지 않아요? 낙동강에 철새가 전에 없더니 지금 월동을 거기서 한다고.

이게 뭐 출함춘북인데. 춘북이에요. 봄이 되니까 여름을 더운 지방에서 지낼 수 없으니까 북쪽으로 날아가려고 하면 천상 미시령의 제일 높은 고개를 넘어가야 되거든. 그게 거길 넘어가면 기러기 날짐승도 간신히 그 령을 넘어가는 거야. 그거 한 양쪽이 아마 사십 리는 되나봐, 이쪽이나 저쪽이나. 그거를 고개를 간신히 넘어가서, 거긴 기어가. 고개 가가지고 날개짓 할 힘이 없으니까 기어 넘어간다고 기러기가. 그걸 그 근방에 심사 사납고 욕심 많은 늙은이가 그거를 가만히 보더니 기러기 잡아먹는 게 수고만 아끼지 않고 망을, 그물을 뜨면 틀림없이 잡겠다. 기어가는 노무 걸 망을 옭아 닥치기만 하면 수십 마리씩 한꺼번에 잡을 희망 있으면. 에라 친구 하나를 불러가지고서.

"그물을 뜨세."

기러기 망이니까 이만큼씩 아가리가 뭐 이만큼씩 해도 빠져나가지 못하잖아. 기러기 만져봤어? 기러기 봄에 나와서 보면 두 마리 우리 뭉겨 한꺼번에. 일본놈이 엽총 가져와서 우리 산 있는데 와서 건답으로 이렇게 가고. 딴 데로 흘러져 내려가네, 얘기가. 양쪽 개뚝에 가서 하면 논을 가운데다 놓구서 포수가 둘이 가는 거야. 그리고 한 놈은 촌에서 하나 돈을 주고 사가지고, 인부를. 논에 있는 기러기를 튀기는 거야. 슬슬 걸어가면 자연적으로 날라가거든. 근데 그 기러기란 놈이 펄펄 대면 한참 해야 떠. 그냥 뭐 참새 마냥 쪽 가는 게 아니고 한참 퍼덕퍼덕해서 총질하긴 웬만한 재주 있으면 기러긴 막 잡았어. 한 방에 두 마리씩 떨어지고, 그냥. 쌍알배기 가지고 이거 터뜨리고 나서 또 날라가면 또 쏘고. 한 사람이 대엿 마리씩 잡아가지고 갔는데, 인제 그럴 지경인데. 그렇게 기르는 기러기를 잡으려니까 굵기야 이거만은 해, 기러기 통이. 그러니까 그물 뜬 코가, 아가리가 이거만 하지 뭐야. 그걸 둘이 떠가지고선, 기러기도 무척 길게 떴지. 두 녀석이 앉아서 떴으니까. 그래 그걸 가지고서 낼 이맘 때, 주야로 넘어가. 밤낮이 없어, 기러기가. 낮에도 넘어가고 밤에도. '아 월동대책을 하려니까 거깄다 얼어죽으면 나냐?' 그러구선 봄이면 북으로 들어가고 가을이면 남쪽으로 나가고 그러는데. 오고가는 놈을 일년에 두 번씩 잡는 거지 뭐야. 그게 거기다 그물을 요렇게 쳐 놓구서 두 늙은이가 양쪽에서 지키고 있는 거야. 인제 위장을 해가면서 지키고 있는데. 기러기가 그냥 수 십 마리가 거길 디디 기어 넘어가는 걸 한번 옭아 닥쳐가지고 가운데쯤 들어오면 푹 덮는 거라, 그물을. 그래서 덮으면 팔딱팔딱하면 늙은이 둘이 가서 발로다 모가지를 탁탁 대가리 밟으면 그만이야. 저 날짐승은 대가리만 으스러지면 그만이거든. 사람도 그렇잖아. 깨지면 죽는 식으로. 그래 가지구선 잡는데 참 일년이면 수 백 마리 잡았어, 그 두 늙은이가. 근데 그 기러기도 날짐승이지만 자꾸만 동료가 가서 잡히면 숫자가 줄 거 아니야. 이게 어떻게 해서 죽나 허구서, 기러기 선발대가 와서 거길 보니깐 전에는 기어 넘어갔었는데 몇 기를 세니 그물을 쳐놨으니 거기를 기어 넘어 갈 수가 없으니까 '죽거나 말거나 그물로 들어가서 그렇게 희생을 당하고 희생을 당하고 죽는구나.' 그러구선. 그 때서부터 뭘 했냐하면 기러기에 갈대라고 있잖아. 기러기하면 글 짓고 그럴 땐 우선 갈대가 들어가는 거야. 갈대 노자. 기러기가 주댕이에다 갈대를 물고 가는 거야. 그럼 그물에 걸리진 않거든. 이렇게 올라가다 떨어지면 땅에나 풀썩 떨어지지 그물에 떨어지진 않는 거지. 이렇게 올라가선 갈대 때문에 그물 속에 모가지가 들어가질 않아. 그걸 방비하기 위해서 갈대를 입에다 넣고서 그물 위로다 기어 넘어가서. 나중엔 그물이, 그물 친 늙은이들이 해봉을 당하더래지 뭐야. 갈대 때문에 그래서 갈대 얘기를 웬만한 사람은 기러기 하면 갈대를 입에 담고 그러는데 그거 내막을 아는 사람은 많지는 않았을 거야. 그래서 기러기하면 갈대래서 늙은이들이 한 삼년은 잘 잡아먹고서, 기러기도 이력이 나가지고 갈대를 물고 와서 얽히진 않더래.

[2003년 6월 8일 채록]

47. 산돼지 목에 새경 걸어 둔 머슴(독한 눈싸리뿌리로 만든 술)

◎ 줄거리

눈싸리뿌리로 담은 술은 매우 독했다. 눈싸리뿌리로 담은 술 한 잔이면 누구나 골아 떨어졌다. 주인에게서 눈싸리뿌리술 담는 법을 배운 머슴 하나가 십년을 머슴 살다 새경을 받아 살림을 났다. 산 속에 땅을 사서 농사를 짓는데 수확 때만 되면 짐승이 내려와 농사를 망치곤 했다. 이듬해 눈싸리뿌리 술이 생각난 사람은 술을 담가 땅 속에 묻어두었다. 어느 날 그 곳에 가보니 멧돼지 한 마리가 그 술을 먹고 죽은 것처럼 누워있었다. 기분이 좋은 그 사람은 새경 받은 돈은 소나무에 걸어놓고 또 멧돼지다리를 소나무에 묶어놓았다. 얼마 후 가니까 술이 깬 멧돼지가 소나무를 뽑아 산으로 올라가 버렸다. 그 사람은 돼지도 잃고 새경으로 받은 돈까지 모두 잃어버린 것이다.

▣ 저 전라좌도 남문 밖이라고 옛날서부터 내려오는 거거든. 춘향이 고향이지 뭐야. 광한루 거기 이쪽으로 남문 밖이 거기거든. 거기 부자가 있는데 생일잔치를 해마다 하는데 거기서 생일, 아무리 술 싫은 사람도 거기서 생일잔치 먹으면 주인이 내쫓아. 이제 그만 먹고들 가라고. 왜 가라 하냐면 그 술을 이긴 사람이 없다 이거야. 눈싸리뿌래기 찧어서 담근 노무 게 돼서. 주인만이 혼자 마셔 보고 주인만 알지 다른 사람 모르거든. 왜 그렇게 술이 독한지 모른다구. 그 눈싸리 뿌럭지를 찧어가지고서 물에다가 이렇게 개 가지고. 소하고 돼지하고 이가 그냥 막 생긴다구, 소두. 그럼 그걸 한 번 발라주면 그

냥 이가 싹 죽어 떨어져요. 그래 그걸 그 늙은이가 보고.

"야, 이거 술을 여기다 담그면 사람이 죽진 않지만 오래 술을 많이 먹진 못하고 저희집으로 내 쫓으면 가다가 곯아떨어지든 말든지 허라."

그러구선. 인제 술을 그 저 머슴더러 눈싸리 뿌럭지를 캐오라고 그래서. 내일모레 한 대엿새 있음 내 생일인데 친구들 모두 동네사람이구 뭐구 온 동네 사람 다 초대해가지구 술대접을 해야 할 텐데 그걸 캐오라구. 그래 가지구 눈싸리 뿌럭지 한 짐 캐오면 그걸 도끼로다 짓이겨가지고 물에다 담가서 헹궈가지고 술 막걸리 담는 데다 거기다 집어넣는 거야. 그래 그거를 한 일 주일 두면은 부글부글 끓어가지고 막걸리가 참 돼가지고 팍 가라앉거든, 막걸리가. 윗 걸 뜨면은 막걸리가 돼. 용수라고 있는데 이거만한 거. 막걸리가 가라앉아서 약주가 뜬다고. 그거만 먹으면 아주 술맛 좋고 독하다고, 옛날서부터. 글 잘하는 사람은. 뭐 추바위적막이라구. 저게 무르팍을 탁탁 치면 참 술맛 좋다. 은제 오늘 이 술이 또 취하면은 내년에나 술맛을 볼 텐데. 이거 어떡하느냐고 아쉽다고. 술을 두 차례만 하면 이제 가라고. 해가 넉잔 대두 가라는 거야. 머슴을 시켜서, 동네사람 청년을 시켜서 노인네들 동구 밖으로 내쫓으라고. 내 쫓으면 한 몇 걸음 못가서 고꾸라지는 놈에 벌렁 자빠지는 놈에, 전부 곯아떨어지는 거야. 그래 그 일꾼더러.

"가봐라."

가보니까 열이면 열 다 자빠져서 쿨쿨 잠자는 거야. 저녁 때 가 보래니까 한 놈 두 놈 일어나서 저희 집을 찾아서.

"아 한 사람도 없던데요."

"그럼 됐다."

이 일꾼이 거기서 한 십년 머슴을 살았어, 그 집. 그래서 술 하는 방법이고 뭐고 다 배웠거든. 그 머슴을 시켜서 술 한 거니까.

'에라, 인제 난 여기 머슴을 살지 말고 내 머슴 사는 거 십년을 살았으니까 그거만 타가지고 나오면 나도 부자야. 그러니까 새경을 달라고 해서 나도 자주독립을 해야지 안 되겠다.'

하고서 주인더러

"전 그만 나갈 테니까, 좀 더 이 십 년 되면 이 집 재산을 제가 다 뺏어야 되요. 그러니까 주인도 부자 되고 저도 부자 되고 그러니까 그렇게 해주세요."

가만히 이 주판을 가지고 이렇게, 전에 주판이라고 있었어. 살구씨로 놔서 뚝딱 했다구. 그걸로 해보더니 아닌 게 아니라 '딴은 그렇구나.'

"가거라."

그러고선 소를 수 십 마리 값을 엽전으로 해가지고 한 짐 잔뜩 지구서

"안녕히 계시라." 구. "나두 이거 가지 가고서 부자노릇 하고 살겠다." 구.

"그래, 아무쪼록 부자노릇 하고 살아라."

하고서 서로 헤어졌는데. 이놈이 가가지구서 무슨 산골 년석이 돼서. 산골 땅만 밭이고 논이고 다 사가지고 농사를 짓는데 한 해 농사짓는데 가을에 수확을 하려고 일꾼을 얻어서 낫을 가지고 지게를 지고 가서 보니까, 콩이고 밭이고 베고 산돼지 토끼가 와서 죄 훑어먹고 빈 베만 남았어요. 콩도 꼬투리 죄 뽑아먹고. 게 '이걸 어떻게 해야 좋으냐?' 이게 올해는 천상 낭패니까 내년이나 어떻게 잘 져 봐야지. 그 까짓 거 뭐 콩대 뽑아야 한 꼬투리 두 꼬투리 달리거나. '에이 염병할. 나머지 산돼지나 마저 먹고, 산토끼나 마저 와서 먹어라.' 하구. 콩이고 뭐고 우물우물 하지 뭐야. 베도 안 베고 콩도 안 꺾구 해서 그냥.

그 이듬해 가만히 생각을 하니까 눈싸리 뿌래기 생각이 나지 뭐야. 산돼지란 놈이 옛날 노인네들이 말씀하시기를 그 놈이 술냄새를 그렇게 좋아한대거든. 산돼지가. 에이 눈싸리 뿌럭지를 찧어가지고 술을 독하게 해서. 그냥 걸르지도 말고 기냥 독 채 땅을 파고 묻어버려야겠다. 거기다 뚱그렇게 해서 산돼지 먹으라고 그냥 한 서너 군데다 그렇게 해놨어. 논 구탱이다 하구 밭 구탱이다하구. 그렇게 놓구선 베하고 콩이 다 떼게 되서 혼자 슬슬 어떻게 됐나 하고 가보니까 산돼지가 술 한 동이를 거반 다 퍼먹었어. 그래가지고 저 산돼지 가죽이 대게 꺼멓다구요. 털도 까맣고. 회색빛도 약간 나는 것도 있고. 기냥 새빨간 노무 깜댕이가 됐어, 가죽이. 술이 취해가지고. 알고 보니 그냥 털 속으로다 그냥 피부를 기냥 뇌혀 가지고 나와서 그냥 뭐 발길로 차도 다 죽었지. 뭐 숨만 그냥 이따금씩 쉬고. 이거 혼자 가져갈 수 없으니까 동네

사람을 데려다가 작파를 하든지 목도 떼로다 미고 가든지 해야지. 기냥 혼자 어떻게 할 수가 없고. 기냥 갔으면 괜찮은 건데 이 자식이 외지에 있으니깐 허리띠를 끌러가지고 허리띠를 산돼지 뒷다리를 매가지구 소나무에다 이거 만한 소나무에다 붙들어 맸어. 그러구선 집이 와서 동네 정장 십여 명을 데리고서 저 장강틀이라고 있어, 상여 미는. 그거 하나를 가지고 거기다 목도를 해가지고 산돼지를 미고 와서 집에 와서 작파를 하려고 갔는데 가니까 그냥 산돼지가 온데 간 데 없네. 소나무가 몽땅 뽑혀 나갔어. 이게 인제 '진작 올걸 산돼지가 술이 깨가지구서 달아났구나. 다신 혼이 났으니까 안 오겠지.' 그러구선 이게 십년 산 노무 허리띠에 주머니 찬 노무 걸 몰르구선 산돼지 다리에 매서 소나무 죄 뽑아가지구 달아나서 십년공부아미타불이야. 헛 살았지 뭐야. 새경을 산돼지에 걸어놨으니 돈 낭패를.

"아이구! 내 돈."

"아 왜 돈이?"

"허리띠에 돈 주머니를 갖다 맨 노무 걸 몰르구서 산돼지 다리에다, 소나무에다. 소나무 붙들어서 달아났으니 그걸 어떻게 찾느냐?"

했더니, 주인 녀석 하는 말이

"아냐. 토막나무 끈 자리지. 소나무 끌고 갔으니까 자국이 줄창 났을 거야."

그 얼만 하냐면 이따위에다 달았으니까 끌고 뿌리째 달아났으니까 토막나무 끄은 자리라 그거야. 지가 어디 갔는지 붙잡힌다. 그래 젊은 사람을 대여섯 데리고 쇠시랑 뭐 도끼 뭐 낫 이따위를 가지고 쫓아가니까 자국은 났더래지 뭐야. 근데 거긴 산을 넘어서 장산을 넘어가지고 갔는데 이게 큰 대솔 밭으로 나갔는데 어딜 갔는지 자국도 거기 가선 없더래. 바위 틈바구니 이리저리 갔는데. 그래서 하늘만 쳐다보다가 십년공부 나무아미타불. 눈싸리뿌래기 때문에 그놈은 아주 망했대는 거야. 돈 염낭을 산돼지 다리에 감아줘서 산돼지가 십년을 머슴을 살았대는 거야. 그렇게 술이 그렇게 독하대요.

(이어 젊은 시절 사냥을 하던 경험을 풀어나갔다.)

돼지를 잡아 배를 갈르고 내장은 빼놓고 창자 이따위 빼버리고 그 으름나무를 집어넣구선 기냥 칭칭 끄나풀로다 감고서 푹 고아요, 아주. 산돼지 뼉따귀가 흐물흐물 하도록. 그거 한 마리를 베수건으로다가 꼭 짜가지고 마시면 한 사발 반 고 정도밖에 안된다구. 잘 먹을 땐 그거 먹고 내가 그 고기 한 마리를 거반 다 먹었어. 근데 그 으름나무 넣고 구웠는데 잔맛이란 게 없어. 사람이 먹어도 괜찮은 거거든 으름나무 껍질 이따위 것들. 그거 한 마리 먹고 내가 옆으로 이렇게 하구 아픈대로다 지질리구는 잤어도 이쪽으론 못 잤어, 한 이년을. 근데 그 옆에 사람이 우리 큰아들보다 나이가 작았어. 겨울에 눈이 왔는데 옹을 놓으러 요렇게 새면을 다 막아놓고 올가미를 놓고 나가면 주댕이가 걸리던지, 발목쟁이가 걸리게 올무를 해놓구선. 이 올무를 해놓고서 올무 끝을 나무를 휘어가지고 붙들어 매놓거든. 그러면 걸릴라 그러면 이 안에 가르장 막대기가 있는데 발로다 지랄하는 통에 튕겨져 나오면 매달려요, 토끼가. 그래서 그걸 잡아왔는데 두 마리를 해먹고 나니까 언제 아프더냐.

한 삼십 년 됐는데 여지껏 괜찮아. 지금 그거 땜에 침 맞으러 다니는 사람이 의정부 찜질방인가, 이백만 원 삼백만 원씩 하는 전자용품. 그거 팔아먹을려고 하는데 그거 아무 소용없어. 자기 부모한테 피를 잘 타고 나와야 병이 없지.

[2003년 6월 8일 채록]

48. 매봉재의 유래 I

● 줄거리

매일 중이 동냥을 얻으러 왔다. 처녀가 나서 중에게 동냥을 주었다. 중은 하루도 빠짐없이 매일 동냥을 왔다. 얼마가 지나자 중은 처녀의 부모를 찾아가 처녀가 보고싶어 죽을 지경이라고 하소연을 했다. 처녀의 부모는 중이 얼마나 처녀를 만났느냐고 물었다. 중은 한 달 이상 처녀를 만나왔다고 했다. 처녀의 부모는 한 달 이상 만난 처녀와 총각이 그냥 있었을 리 만무하다며 혼인을 시켜주었다.

▣ 매봉가절(每逢佳節)이면 배사친(倍思親)이라는 소리 알아요? 매봉가절. 매양. 매양 매(每)자 있잖아. 가 자. 아름다울 가(佳) 자. 인 변에 흙토 둘 한 자. 아름다울 가(佳)자. 가절(佳節). 곱 배(倍)라고 있어 인 변에 설 립 아래 있고 한자. 배사이라고 배 자. 저 배사. 생각 사 자, 녁 사 밭전 아래 자. 배사친. 이거 내가 잘 아는 것도 잘 아는 척 하고 글자를 알려줘서. 매봉가절배사친(每逢佳節倍思親). [채록자 : 봉자는 무슨 봉자를 씁니까? 만날 봉자에요?] 응 만날 봉(逢)자. [채록자 : 석 봉자 아니구요?] 매봉가절이면 매향 가절이면. 추석이든지 정월 초하루든지 명절만 돌아오면 자기 고향에 계신 부모생각이 곱쟁이로 배사친이라는 게 곱쟁이도 더 난다는 거야. 그래 그 사람이 인제 가만히 생각을 하니까 이건 또 딴 얘기가 나와요 인제. 매봉가절이면 배사친이라는 데, 난 언제나 고향에 돌아가서 부모를 효도로다 모시나. 평생 일생소

원이 부모한테 효도하는 거야. 원컨대 원득삼산불로초(願得三山不老草). 삼신산이, 신선 노는 데가 있어요. 중국, 삼신산이라는데. 신자 빼고 삼산 불로초라 그랬다고. 불로초. 늙지 않는 초를 구해서 배흔고당 백발친(拜欣高堂白髮親)이야. 절 배자. 길일 흔자. 고당. 높을 고자. 집 당자. 백발. 벌써 그 옛날에 고향 떠나가지고 외국에 가서 몇 십 년 군대 행사하던지 행상하던지 자기 아버지 어머니가 머리가 하얗게 세지 않은걸 보고 왔어도 몇십 년이 지났으니까 백발친이라구. 백발친이 됐다는 거야. 그래 배흔고당백발친이야. 고향에 가서 어버이한테 절을 하면서 백발어버이한테 절을 하면서 불로초를, 헌자 아냐? 배 헌. 그래 이제 매봉재 이야기하다 괜히 튀어나왔는데. 주책없다 그러지 말아요, 가서.

그래 매봉재라 매봉재라. 거기서 나이 살이나 먹은 사람도. 얘기책 잘 본다는 사람한테도 내 물어봤어. 여기 고배가 시원치도 않은데 매봉재라 그러는데 왜 매봉재라 그러냐? 나도 듣긴 들었는데 모르겠어. 자넨 알아? 저는 또 어린 지금 글 배는 애들이 그런 걸 알 수가 있어요? 그때. 근데 매봉재라 하고 제가 가만히 생각하니까. 어떤 사람은 꿩 잡는 매 있잖아. 그거를 거기다 포수가 가가지고. 그걸 포수라고 했다고. 매 사냥하는 사람. 잡을 포자 짐승수자 포수야. 총으로 쏘거나 활로 쏘거나 포수지 뭐야. 그걸 내놓던 장소가 되서 매봉재라고. 에이 그것도 아니라고. 봉우리 봉자가 아니고 만날 봉자라 그거야. 매봉재라고. 재 자도 알았었는데 잊어버렸어. 고개라고 산마루 재 자인데. 매봉재라고. 문경새재도 있고 그렇잖아?

그래 거기 중이 타기 전에 우리 개 앞으로 해서 저 아래 저 곰리라고 있거든. 여기 학교 있잖아요, 이쪽에? 초등학교. 글로 목화동냥을 갔다가 오다보니까 웬 색시가 오다가 길개 집인데.

"목화동냥 왔습니다."

그러니까 처녀가 목화바가지를 이렇게 내놓고서

"여기 목화 동냥 내놨습니다. 대사님 이거 가져 가슈."

그랬더니 아 이거 대사가 목화동냥을 바랑망태에다 집어넣질 않고 그 색시만 물끄러미 봤단 말이야. 그 이튿날 또 오는 거야. 주지 중이

"목화동냥을 한 번 갔음 그만이지 또 가냐?"

"또 오면 또 준다 그랬다." 구.

"거기 가서 목화 동냥 왔습니다."

"어제께 왔었는데 또 오셔요? 스님."

"아 매일같이 목화동냥 하시면 무슨 목화로다 동냥을 드려요?"

"어이 목화동냥 하러 온 게 아니라 아가씨 동냥하러 왔습니다."

중이 그러니까

"아가씨 동냥을 왔어요?"

"아가씨가 하도 잘생기고 그래서 소생이 아주 한 잠 자지도 못했다고. 아가씨 현상이 떠올라가지고서. 문을 열고 목화동냥바가지를 내논 게 눈에 선해서 잠도 못자고 뜬눈으로 새고 또 왔다." 구.

"어유, 그런 소리 하지도 말라." 구. "일개 스님이 여자한테 관심을 두면 중으로선 다했지 뭐냐?" 구.

"아유, 중도 사람인데 우리 서로 남녀가 마찬가지지. 처녀는 중이 남자로 뵈지 않느냐?" 구.

"그래도 승 아니냐?"

그래. 아 승도 중이고 중도 승이고 남자고 그렇지.

"낼 또 올 거야."

"아 오지 말라." 구. "우리 부모한테 들키면 큰일 난다." 구.

그래도 그 이튿날 또 왔어.

"목화동냥 왔습니다."

아 근데 목소리 들으니까 여자도 반갑긴 반가워요. 참 여러 번 만났으니깐 한 번 보면 초면이요 두 번 보면 구면이라고 반갑다고.

"아, 내려오셨어요?"

하고 인사가 저절로 나가더라고. 그래 매일 만나는 거야. 열흘을 두고 만나, 한 달을 두고 만나 중이 가만히 생각하니까 '이거 안 되겠더라.' 중이 직접 가서 색시 아버질 찾아갔어. 찾아가면서 저 절골, 사곡동이라 그래, 사곡동 절골을. 지금도 절골절골 하는데. 거기서 내려오는 절인데. 목화동냥을 왔다가.

저 대갓집 규수분을 안기시는데. 목화동냥을 바가지에 내놔서 가져가라고 그러는걸 보고서 제가 흠모를 하고 불교엔 염불엔 마음이 없고 잿밥에만 맘 있다는 식으루 색시 얼굴이 환상이 떠올라서 심불안석이야.

"밤에 잠을 하나도 자지도 못하고 이걸 어떡하느냐? 구.

"기지사경에 처했으니 사람 하나, 승이래도 사람 하나 살려달라." 구.

"그래 느덜 몇 번이나 만났느냐?"

"벌써 몇 달간 여 매봉재 재에서 만났다."

그거야.

"그래? 에이, 그럼 내 딸도 버렸구나. 몇 달을 만났대는 게 처녀 총각을 만났대는 게 그냥 헤어졌을 린 만무야."

그러니깐 참 연속극에 강을 넘었대는 식으로. 강을 넘었으니까 처녀도 모면하고 총각도 모면했다. 그래 할 수 없이 장가를 들여서 그 중 머리를 길러. 자기 집에 와서 머리를 사랑방에서 숨겨놓고 머리를 길러가지고 요렇게 쥐게 쥐니까 상투를 짜가지고 혼례식을 치러서 잘 살더래. 그래서 거기서 처녀총각이 매양 만났다는 고개가 되서 매봉재라고 옛날서부터 매봉재, 매봉재 그렇게 내려왔다구요.

(매봉재의 유래를 이야기하다가 갑자기 <빈터절터> 이야기가 끼어들었다. 이야기판의 상황을 중시해서 매봉재의 유래 속에 <빈대절터> 이야기를 정리했다. 이야기가 끝나고 이야기의 출처에 대해 물었다.)

아, 이거는 얘기책 잘 보는 사람한테 질문을 하다가. 그 이가 나보다 그 때 나보다 글을 많이 배웠지. 나는 통감 초본인가? 거, 읽을 땐데. 그 이가 와서 시향 지내러 오셨다가 얘기책을 보면서 옛날 얘길 잘 한다고 그 이가 하더라구. 그래 아 그이 참 다문박식을 해서 들은 데도 많고 글도 널리 아는구나. 다문이라는 게 많이 들었다는 얘기야. 들을 문(聞) 자, 다문 넓을 박(博)자, 알 식(識) 자. 다문박식(多聞博識).

[2003년 6월 8일 채록]

49. 빈대절터

● 줄거리

회암사 절이 매우 컸다. 그러나 빈대가 많아 중이 다 달아나고 동냥중 하나만 남았다. 하루는 동냥중이 자다가 보니까 갑자기 커다란 기둥이 하나 서 있었다. 자세히 보니 빈대가 쌓여 된 기둥이었다. 놀란 중이 절에 불을 놓고 달아나버렸다.

▣ 하루는 고 위에 저 우리 선대, 내게 9대 방조 산소가 거기 계시고 내가 8대조 5대조 산소를 거기 모셨는데 거기 지금 옛날에 절터가 있었어요, 절. 지금 거기 가도 절에서 쓰던 노무 용품이 뭐 안반도 있고. 돌안반. 돌로다 떡 치는 것도 해놓고 비석도 옆으로 쓰러진 것도 있고. 축대. 대웅전에 올라가는 축대도 기냥 있고 그래, 계단이. 거기 중이 있었는데, 여기 호연사에. 소리 들었을 거야, 호연사. 이성계 적에 호연사 증축을 해가지고 이성계도 거기 가 있지 않았어? [채록자 : 회암사요?] 응 회암사. 거기는 빈대 때문에 다 망그러지고 절이. 중 하나 남았다. 주지고 뭐고 광릉 절 이런 데로 삼시사방으로 죄 헤어져 달아나고. 빈대 때문에 거기서 유지할 수가 없어서 죄 달아났어. 젤 하치 동냥중 하나만 남았는데 절이 무지하게 컸었다고. 근 평이.

그 날 저녁에 와서 또 혼자 와서 자는데 군성군성 대긴해도 대수롭지 않게. 전엔 뭐 해야 한껏 해야 촛불 켜놓고 그랬었는데 기름 불 저 뭐야 피마자기름 들기름 짜가지고서 이렇게 심지를 해놓고 불을 대고 났다고. 그 이튿날 아침에 자구서 일찍 일어났는데 훤했는데 보니깐 대웅전 앞에, 덕수궁 창경궁 창덕궁이구 뭐구 가 보믄 이런 아름드리 뻘건 노무 기둥 있잖아. 그 기둥이 떡 가운데 섰더라 이거야. 근데 내가 왜 그 얘길 하지. 중 애기가 나오니까 그 얘길 하는데. 인제 그 절이 이제 망할려니까 기둥이 이렇게 서있는데 예전에 없었는데 이걸 이렇게 신기스러버서, 이 기둥을 이거 절 질 제 기둥이 없었는데 별안간 기둥 있냐구 훑어보니까 그게 나무기둥이 아니라 빈대야. 빈대가 한 마리 위서부터 요렇게 내리 또 달라붙고 또 달라붙고 그래서 그냥 이렇게 박쥐 연결시켜서 늘어진 거 봤어? 박쥐도 그렇게 달라붙는다고. 위서부텀 한 마리가 달라붙고 또 달라붙고. 그래 엎치고 덮쳐가지고서 빈대기둥이 된 거에요. 그래 이걸 만지니까 빈대가 우수수하고 천장으로 기어 올라가는데. 삽시간에 빈대가 다 없어지지 뭐야. 죄 올라갔으니까. 땅으루 내려가서 마루구녕 이런대로 들어가고 위로 천장으로 올라가고 그래서 빈대기둥이 없어졌는데. 가만히 생각하니까 '에라 내가 여기서 빈대한테 물려서 죽는다.' 그러고선 거기다 불을 논 거야 인제. 그 주위. 그래서 회암사가 몽땅 불에 타 죽은 거야. 중이 나올 적에 아유 초가삼간이 다 타죽어도 빈대 타죽는 맛이다. 절이 타거나 말거나 빈대 잘 타죽겠다 그러구서. 지금도 어떻게 잘 가서 돌 틈을 보면 빈대껍질이 약간 나온대나 봐. 그 절을 통해 나 지금 애기하는데 선대 산소. 절이 그 통에 없어진 거야.

그 거기도 빈대가 있었다고 하더라고. 우리 선대 산소 있는데. 중이 와서 인제 불을 논 모양이야. 그래가지구 전부 죄, 지금도 땅을 파면은 이만한 노무 항아리들이 나오는 데가 그득해요. 도자긴가 그거.

[2003년 6월 8일 채록]

50. 입춘문立春文 따라해 부자 된 사람 : 소문만복래笑門萬福來

줄거리

한 게으른 사람이 웃으면 복이 온다는 입춘문을 보고 늘 웃고 다녔다. 이를 본 이웃집 학자가 청년을 불러 자기 집 밭의 쇠떼기풀 뿌리를 캐 팔면 나중에는 금방울이 나온다고 했다. 청년은 이 말을 듣고 열심히 풀을 뽑았다. 얼마 후 밭이 깨끗해졌다. 학자는 품삯을 주면서 이것이 금방울이라고 했다. 나중에 청년은 부지런해져 스스로 열심히 일을 했다. 밭주인은 청년에게 밭을 나누어 주었다. 청년은 더욱 열심히 일해 혼인도 하고 해서 부자로 살았다.

▣ 소문만복래(笑門萬福來)라고. 그 소문 소지연이 황금출이라는 말도 있잖아. 입춘에도 붙이고 광 같은데 취지무궁이니 용지불갈이니, 광에는 창고니까 뭘 갖다 집어넣고 누가 탓하지도 않고 암만 갖다 써도 없어지질 않아. 얼마든지 그게 생산이 되고. 그런 글귀를 거기다 붙이는데. 웃으면서 문에서, 웃으믄 만복이 온다. 개문(開門)하니 만복래(萬福來)라고도 해. 문을 열면 만복이 들어온다고 해서. 아침 정월 대보름날 일찌가니 문 열어놓고 입춘날도 열어놓고 그런 사람 많았다고, 전엔. 요즘은 개화가 되가지고 그거다 미신이고 그렇다는데.

소문만복래란 소릴 듣고서 게으른 사람이 게으른 청년 하나가 일도 안하고 아침에만 일찌가니 문을 열고서 문에서 껄껄대고 웃고 웃고 들어가고, 그 이웃네 학자 하나 저 놈이 미치기 전에. 매일같이 저렇게 문을 열고 웃고 들어

가고 웃고 들어가고. 그래

“그게 아니다. 내 아리켜 주께. 그대로 해라.”

“어떻게 해요? 소문만복래라고 수천 번을 해도 복권이 아무것도 안 돌아오던데요.”

“에이, 그건 소용없어. 사람이 껄껄대고 웃으면 신상에 좋다는 그 의미지 복이 어서 들어오냐? 복은 뭐든지 꿈지거려야 복이 들어오지, 맹탕 기는 놈한테 복이 들어와? 소문만복네라고 하는 것이 내가 방도를 하나 아리켜 줄 테니까 그대로 해라. 우리 집에 와서 일을 해라.”

그거야.

“무슨 일을 하냐?” 하니까

“쇠때기풀이라고 있어. 솜같이 짚방나무 잎새귀마냥 풀이 나오는 게 있는데. 요만한 노무 게 노랗게 곰팽이가 져가지고 씨같은 게 앉았는데 이걸 까보면 씨가 아니구 푸석푸석한 먼지가 돼버려. 씨가 안 앉고. 근데 그 뿌래기를 캐면은 그 속에 이만한 노무 금으로 만든 방울이 하나씩 달렸어. 그걸 캐서 팔면은 몇 개만 팔면 큰 부자가 돼. 이거 해서 금방울이 안 달렸으면 저 놈 또 캐고 그러면 종말에 가서 금방울이 나온다.”

그거야. 아 그래 그 매일같이 호미 괭이를 가지고와서 쇠때기풀을 캐는 거에요. 이만큼 캐도 끝이 없어요. 그걸. 아마 한 팔십 센치 삼십 센치. 그거 육십 센치를 파도 뿌래기가 끝이 없어. 한 없이 파가지고 그걸 전부 뽑으니까. 그것도 한계가 있지. 그 밑에 뿌럭지는 싹을 못 터 가지고 올라온다고. 깊이 파면은 한 삼십 센치 이하로 파면 그건 죽어버려, 그 속에서. 그 부잣집은 매일 와서 그걸 캐니까 풀씨가 없어지고. 이 놈은 금방울을 찾을려고 왠 밭데기를 다 찾아 헤매서 뿌래기를 싹 쓸어서 죄 캐버렸단 말야. 캐고 나니깐 부자가 가만히 생각하니까 저 놈이 일을 벌써 한 달씩 와서 일을 했는데 저놈을 쇠키기만 하면 안되니까

“옛날에 늙은이들한테 그 속에 금방울이 달렸다고 캐라고 해서 나도 캐보긴 했는데 암만 깊이 파도 금방울을 구경을 못했는데 저 놈을 쇠키는 건 안돼. 그래도 품값이라도 많이 주자.”

그러구서 한달 일한 노무 걸 그냥 곱쟁이를 줘서, 자기 밭을 그냥 아주 흙만 남기구 풀이래는 건 일절 없이 다 매놨거든. 그래 그거 한 달 일한 노무 걸 두 달 품값을 줬어. 그러니까 아주 참 벨안간 부자가 됐지 뭐야. 일은 한 달을 했는데 두 달 치 봉급을 탔으니까. 야 가만히 생각하니까 그 주인이 '누구한테 그 금방울을 달렸다고 캐봐서 자기가 캔 데는 풀이 안 났으니까 나를 시켜서 금방울 있다고 시켜야만 그 밭데기에 풀을 다 뽑을 것이다. 그래서 나를 시켰는데 또 다른 사람을 자기가 자기 이욕지심을 생각하고서 남을 시키면 또 자기가 죄를 받을 거니까 그 사람 품값을 후히 줘야겠다.' 그러고서 나를 두 달치 품값을 준 거로구나. 자기도 잘 되고 일꾼도 잘되고 그랬으니까 그 사람도 뭐 죄는 안 받고 나도 뭐 나 할 만큼 일을 해서 품값을 탔는데 이게 소문만복래지 다른 게 소문만복래가 아니로구나. 일을 가서 하지 말라 그래도 무조건 해야지 안 되겠다. 그러고 그 담서부터는 주인이 해 달래기 전에 먼저 나와서 풀이 나기만 하면 호미를 가져가서 한없이 파가지고 끝장을 보고 그만두는 거야. 문전옥답이라고, 문전옥전이 됐어. 뭘 심든지 일취월장으로 잘 되는 거야, 김이 하나도 안 나고. 그래 그 사람도 그 옆에다가 밭을 풀한남기고 그 옆에다가 한 오십 평 주면서 집을 여기다, 너 품값 타간 거면 여기 집을 지을 거야. 그럼 내 토지를 반을 줄 테니까 너희하고 우리하고 논을 반반 노나서 해먹고 잘 살면 우리 일생엔 걱정 없을 거야. 넌 장가나 들면 인제 복 받고 산다. 장가들 색시가 있어야 장가를 들지. 색시를 구해야지 어서 거저 색시가 굴러들어 오냐. 그래갖구서 한 십리 밖에 자기 고모가 사는데. 하루는 거기 가서 옛날엔 십 리 밖이라면 왕래가 자주 다니질 못했다구. 무신 머 차가있어 인력거 뭐 웬만한 사람은 인력거 타고 하인한테 들려서 왔다갔다 했지만. 거기 가서 자기 고모더러

"인제 나 재산을 모을 만큼 모았으니까 고모 나 장가 좀 들여 줘."

"재산을 어떡해서 모았냐?"

"소문만복래라는 소리 있죠."

"아 그렇지. 우리도 이렇게 소문만복래라고 써 붙였는데 복권이 아무 것도 안나. 요모양 요꼴이다."

"아, 난 그거 써 붙이고 나서 부자가 이렇게 됐어요."

"부자가 얼마가 됐어?" "밭 천 평 논 천 평 해서 이천 평인데. 그거 해먹으면 어머니 모시고 아주 끄덕없다." 구

장가들어도 의식 걱정 안하고. 그게 점점 이자가 이식이 되면은 그거 가지고 또 심리를 하면 부자가 되고 또 거기서 생산되는 곡식 가지고 또 부자가 되고. 두 집 큰 집 작은 집 남남인데도 참 선부동난인데. 아주 친척보담도 더 친절히 지낸다고. 고모를 데리고 와가지고선, 집구경을.

"아이, 이게 너희 집이란 말이야?"

고모가 전에 거기서 시집갔을 거 아냐.

"아니, 이게 나 시집갈 땐 오막살이었는데 어떻게 이렇게 와가를 이뤘냐?"

그 소릴 하면서 소문만복래 자초지종을 얘기를 하면서. 주인이 쇠때기풀을 제거를 시켜달라고 그 속에 금방울이 있다고. 암만 파도 금방울은 없고 디리 파니깐 쇠때기풀이 멸종을 당했다 그거야. 그래서 거기서 곡식이 그냥 심기만 하면 무거워지고 그래서 곡식이 한 섬 나던 거 두 섬, 석 섬씩 나고 풀의 무게 무너져서 곡식이 수확이 안 나더니 많이 나가지고 고맙다고 그러고. 그 사람네 품을 일년내 팔았더니 품값도 많이 주고. 그래

"느 어머니 모셔다가 집을 땅을 줄 테니까 이불이애간에 친척처럼 큰 집 작은 집처럼 집을 짓고 잘 살자."

땅을 반반씩 노나 가지고 부자가 됐다. 가만히 생각하니까 고모의 사촌이 그 옆에 사는데 사촌의 대고모가 거기 어디 사는데 그 손녀딸이 참하다고 그 소릴 들었는데 우시루 거길 뛰어갔지 뭐야. 뛰어가서 고모할머닌 돌아갔는데. 그러니까 대고모지. 아 그래 자기하고 인제 숙황이지. 할머니의 메누리니까 숙황인데.

"대고모 할머니, 친정붙이루다 규수가 있대는 데 참하다는데, 우리 친정조카한테루다 혼인을 하면 어떠냐?" 구.

"아, 조카가 그렇게 어렵다는데."

"어려운 게 뭐냐?" 구. "우리 몇 집 재산을 다 모아도 따라가지 못할 만큼 부자가 됐어."

"아, 어떻게 그렇게 부자가 됐느냐?"

"아 금시발복이고 아주 참 노고를 애끼지 않고 일을 했기 때문에 끝끝내 성공을 해가지고 부자가 됐어. 고래등같은 기와집을 떵떵. 육관대청에다 남종여종을 부릴만큼 부자가 됐다." 구.

그래서 색시 아버지를 고모가 데리고 구경을 하니까, 아니 그 근방에 없는 집이지 뭐야. 신랑이 누구냐고. 저기 저 사람이라고. 부자가 돼서 일을 하드래도 그래도 일꾼도 두고 밥도 안 해먹고 자기 어머니 그냥 대부인 모냥으루다 밥도 시켜먹고 일도 자기도 안하고 그랬으니깐, 얼굴도 허여멀건한 게 부자의 자식이지 뭐. 아유 그 고모가,

"한 말 하슈. 한 말 하고 가슈."

그 혼인중매를 그래서 색시 아버지가 지금 말마따나 오케 그러구서 한 말하고 갔어. 그래서 부자가 돼서 소문만복래 만복래 하더니 결국은 그렇게 해서 부자가 됐대는 거야.

[2003년 6월 8일 채록]

51. 소대상이란 이름의 유래

◉ 줄거리

소대상이라는 사람은 늘 자기만 했다. 소상 대상을 치른 사람처럼 잠만 자기 때문에 붙은 이름이다.

▣ 잠도 한이 있지. 소대상이란 사람은 노다지 쓰러지기만 하면 자서 소대상이야. 소대상이 소상 대상을 치르면 밤을 샜으니깐 디리 자는 건데. 그걸 소대상이라 하는데. 그 이름을 잠을 잤기 때문에 소대상이라고 이름을 졌어.

노다지 자는 거야 그냥. 길에 가서 앉았기만 하면 자는 거야. 그래서 지나가는 행인이

"이 놈이 소대상을 지냈나? 노다지 자."

소대상이

"내가 왜 소대상이야?"

소대상이니까

"소대상 치른 놈 전에 왜 자냐? 대낮에."

그래서 소대상이라고 그 사람이 이름을, 잔다고 해서 소대상이야. 아까 저거.

[2003년 6월 8일 채록]

52. 새소리 알아들은 사람

● 줄거리

팔도유람을 하던 한 청년이 고개를 넘어가는데 까마귀가 '임하다육'하고 우는 소리를 들었다. 가 보니 사람이 죽어있었다. 마침 시신을 찾던 사람에게 붙들려 살인 용의자로 관가에 끌려가게 되었다. 그 청년은 자기가 새소리를 알아듣는다고 원님에게 이야기했다. 원님은 제비새끼를 잡아 감추고 제비가 무슨 소리를 하는가 알아 맞춰보라고 했다. 청년은 제비가 '육불식피불용(肉不食皮不用)하니 환아자(還我子)'이라고 한다고 했다. 원님은 청년이 새소리를 알아듣는다고 인정하고 방면을 해주었다.

▣ 옛날 한 청년이 팔도 유람을 하는데, 강원도로 경상도로 충청도로. 그땐 팔도니까 남북도가 없잖아. 함경도서부텀 평안도를 다 거쳐가지고서 경기도를 닥치는데 용인 그쪽을 닥친 모양이야.

용인 산골을 넘어오는데 가뜩이나 다리가 아파서. 고개를 넘어오는데 까마귀란 놈이 '까악까악' 하고 울드래는 거야 까마귀가. 산골에서 까마귀가 그렇게 오래 앉아서 우는 법이 없는데. 근데 그 사람이 듣기에는 '까악까악'이 아니고 '임하다육(林下多肉)'이야. 수풀 림(林)자 아래 하(下)자 많을 다(多) 자, 고기 육(肉) 자. 임하다육. 임하다육. 그러는 게, 우리네서는 밤낮 까악까악 하는 것같이 들리는 거지. 근데 그 사람은 그걸 세밀하게 따지고 보면 수풀아래 고기가 많다. '임하다육, 임하다육' 그래서 수풀 아래 고기가 많다고 그랬는데. 그래 '무신 고기가 산중에 있나?' 하고. 소나무 밭인데 빽빽한 밀림이거든. 물이 좔좔 흘르니 물고기가 있대는 말도 아니고. 어떤 포수가 뭘 잡아서 산돼질 잡아서 내버린 것도 아니고. '임하다육, 임하다육' 하는데 괴상하다. 그러니 내가 그걸 듣지 않았으면 모르거니와 듣고 나서 알구선 가야지, 궁금해서 배길 수가 있나. 그러구선 슬슬 가니깐 한 놈이 젊은 사람이 꿋꿋한 사람이 물푸래 작대기를 가지고 딱 짚고 섰더라 그거야. 근데 보니까 거적으로 다 시체를 덮어놨어. 그래더니 그 작대기로다 거적을 이렇게 슬쩍 제치고서,

"니가 이 시체 어디로 누가 치웠나 안 치웠나 보러왔지?"

"아니라." 구.

"아니긴 뭐 아니야. 여기 이 수풀 속에 뭘 찾아먹으러 여길 들어 왔냐?"

는 거야. 외래

"여기 무슨 임무가 있어서 왔을 거 아니?"

그래서 내가

"짐승 소리를 막 갈기고 그러는데 그런데 어떻게 할 도리가 없어. 내가 짐승소리를 잘 알아들어. 근데 여기오니까 까마귀가 '임하다육 임하다육' 수풀 아래 고기가 많다 고기가 많다 그래서 이 수풀 속에 물고기도 없을 거고. 이게 뭐 어떤 사람이 산돼지고 노루를 잡아서 내버리고 잊어버리고 갔나? 그래서 내가 들어온 거다. 짐승소리를 잘 알아들어서."

"임마, 잔소리 말라." 구. "법은 모르고 주먹은 가깝다. 구.

디리 치는데 어떡하냔 말이야. 할 수 없이 그 때. 지금은 경찰서지만, 원한테루 끌려간 거야. 시첸 거기다 거적 덮어놓구. 즈 아버지 시체는 덮어놓구. 그 죄인을 끌구선 원한테 가서

"이놈이 우리 아버지 때려죽인 놈이니까 웬수를 갚아주슈."

원한테다 부탁을 허구. 즈 아버지로 가서 동네사람을 선발해가지고 시체를 해서 장사를 지냈는데 옛날에도 살인자를, 사람을 금방 죽이는 건 아니잖아요. 메칠 말미라 해가지구서 모든 걸 알아볼 걸 다알아보고서 장사를 지내고. 근데 인제 장사를 지내라고 원한테 허락을 맡아가지고. 이 사람은 살인자로 살라고. 인젠 살려 줄 수가 없어. 무슨 웬수로다 죽였는지 내막이나 잘 꾸며

가지고 상부에다 서류를 받쳐야 할 테니까 장사를 지내라고. 그래서 장사를 지내고. 인제 거길 궁금하니까 가봤지 뭐야. 그 아들이. 즈 아버지 장사 지내 놓고 떡 원 있는데 삼문밖에 들어가니까, 원이 죄인을 다시 또 재문초를 하는 거야 인제. 그

"어떻게 해서 저 사람의 아버지를 니가 죽였느냐?"

하니깐,

"전 절대 죽이지 않았다." 구.

"그럼 여기는 어떡해서 붙들려왔어?"

"아. 요전에도 원님한테 말씀드렸지만 짐승소리를 잘 알아들어서 거길 오니까 글쎄 '임하다육 임하다육' 그래서 무슨 고기가 있나 하고 들어갔다 이렇게 얽혀 들어왔습니다. 거기 들어간 짐승소리 잘 들은 죄밖에 없어서 들어간 것이지 다른 이유가 있어서 들어간 거 아니라." 구.

"다 소용없다. 임마. 짐승소리 알아듣긴 뭘 잘 알아들어."

이놈을 내일 죽여야 할 텐데 이걸 좀 시험을 해보고 정말 짐승소리 잘 알아듣는 걸 괜히 죽이는 거 아닌가 원도 의심이 나서 상류 안에 대들보에다가 제비가 집을 졌는데. 제비새끼가 날라갈려고 푸드득 할 정도야. 제비새끼 하나를 원 관복 소매에 집어 넣구선. 죄인은 몰르니깐 죄인을 불러다가,

"너 마지막 소원이 뭐냐? 애매하긴 애매허냐?"

"네. 애매합니다."

"짐승소릴 그렇게 잘 알아들어?"

새 소리고 짐승소리고 웬만한 건 다 해득을 한다 그거야.

"그럼 저기 저 용마루에 앉아 있는 제비는 왜 저렇게 짹짹대고 있느냐?"

"이 붓을 하나 주십쇼."

그랬는데. 포승 질른 손을, 한 쪽을 풀어주니까. 붓으로다 육불식(肉不食). 고기 육(肉) 자, 아닐 불(不) 자 머문다고 한 거지, 밥 식(食)자를. 피불용(皮不用)이야. 가죽 피(皮)자, 아닐 불(不)자 쓸 용(用)자. 육불식피불용(肉不食皮不用). 환아자(還我子). 돌아온 데를 환금이라고 하잖아. 환아자. 환아자. 내 아들. 아자. 하라. 국문으로다 하라. 환아자 하라 야.

"저 제비가 '고기도 먹지 못하고 가죽도 쓰지도 못하는데. 내 아들을 돌려 보내다오, 돌려 보내다오.' 그러는 소리올씨다. 아마 원님께서 제비새끼를 어디다 감췄는지, 제비가 그렇게 지저귄다." 구.

가만히 보니까 귀신 아니야? 귀신. 자기가 제비새끼를 여기다 집어넣었는데. 그게 그 제비가 지저귀는 소리가 육불식피불용(肉不食皮不用)하니 환아자(還我子)야, 환아자야 하는데. '비빌비리 배쪽 비빌비빌 배쪽' 그런다고 하잖아 우리네 들을 적에. 원이 탄복을 했대.

"얌전코 고운 사람 죽일 뻔 했다." 구. "그렇게 짐승소리 잘 듣는 줄 누가 알았냐?" 구. "무죄석방이니 너 그런 줄 알아라."

저 제비가 뭐라고 했냐면

"고기도 먹지 못하고 가죽도 쓰지 못하는데 왜 내 아들을 감췄느냐?" 구.

그러고 우는 게. 여간 짐승의 소릴 잘 알아듣나? '임하다육 임하다육' 하는 게 맞는 말이야. 저 사람 웬수 되지 마라. 무죄석방이야. 그래서 풀려났대는 거야, 죄인이.

[2003년 6월 8일 채록]

53. 한시로 신랑감을 구한 여자

● 줄거리

한 여자가 배필을 구하기 위해 신문에 '국무성(國無城)이여던 이일이시(二日二時)허라.'는 광고를 냈다. 한가할 때 이틀 후 오라는 내용이다. 그 여자는 그것을 풀이한 사람에게 시집을 갔다.

▣ 글 잘하는 선비가 어딜 가니깐, 애들 둘이 나란히 서 있더래. 그래서

"느덜 몇 살이냐?"

둘한테다 물어보니까 한 놈은. 국무성이지. 이거 국무성하고 이일이시하라. 그건 연애편지야. 전에 그것도 대학교. 요 대학생이 대학을 마치고 4년제 대학을 마치고 집에 와 가만히 앉았으니까. 나야 혼인 배필을 구해야 할 텐데. 어떤 사람을 채택을 해가지고 신랑감을 구하나 하고 연구 끝에 그렇게 해서 아주 신문에다 냈어. 국무성(國無城)이여던 이일이시(二日二時)허라. 이여던을 집어 너야 새길 적에 말이 돼. 이일이시. 날 일(日) 자 때 시(時) 자. 두 이(二) 자. 이틀 두 시래는 거지. 국무성이래는 게 나라 국(國) 자를 써요. 나라 국(國) 자를 써 보라구요. 그 뚱그런 게 성문을 얘기하는 거야. 고걸 입 구를 없애면 뭐가 되냐 말이야. 혹(或) 자야. 국무성(國無城)하고 월입문(月入門). 달이 문으로 들어오면 입문 아래 달을 한다고. 그럼 한가할 한(閒)자야. 한가할 한 자 아니야, 달이 문에 들어왔으니까. 혹 한가하거든. 이일이시

(二日二時)래는 게 이십사 시간이 사십팔 시간 아냐? 이틀이면. 이시가 여기 또 붙어 있잖아 두 시간. 이십팔 시간에 두 시간을 느면 오십시란 말이야. 오십시오. 혹 한가하거든 오십시오. 그러는 거야. 그거 해석하는 사람은 무조건 박씨고 이씨고 시집갈 테니까 들어오라. 그랬더니 그거 해석하는 사람이 별로 없더래. 이게 어서 터져 나왔는지. [채록자 : 그래서 어떻게 됐습니까?] 그래 어느 누가 해석을 했으니까 우리네 귀에도 들어와 있지. 그래서 시집을 갔대는 거야.

[2003년 6월 8일 채록]

54. 김삿갓의 풍월

◉ 줄거리

김삿갓이 유람을 하다 개성의 어느 집을 찾았다. 주인이 축객을 하자 김삿갓이 시를 읊어 주인을 꾸짖었다. 또 쉰밥을 주자 시를 지어 나무라니 다음날에는 대접이 달라졌다.

▣ (김삿갓의 이야기를 알고 있느냐 물었다.)

김삿갓 얘기. 그건 알겠군 그래. 김삿갓 얘기. 문 좀 열어 달라고. 하룻저녁 재워달라고 하니까. 대문을 닫고 들어갔는데. 김삿갓이가. 부개서하폐문이야? 이름은 열 개자 개성인데 왜 문을 닫고 들어가. 그거 몇 마디를 또 해요. 그리고 그 외에는 전부 잊어버린 모냥이야.

김삿갓이가 유람차로다 삿갓 뒤집어쓰고서. 이 집 저 집 걸식하는 노래도 있고. 그런데. 개성을 들어섰는데. 뭐라 그랬냐면 작년에도. 구월산이 있어. 황해도 구월산. 구월산엘 처음 들어섰어. 근데 작년에 구월산엘 들어섰는데 올해도 또 구월산엘 구월에 들어갔단 말야. 근데 여깄는 산은 겨울이고 여름이고 춘하추동이 산빛이 다르지 않아? 잎이 피고 꽃이 피고 그러면. 근데 구월산은 구월에 가도 구월이고. 사월에 가도 구월이야. 인제 그걸 한문은 작년 구월에 과구월을 했는데. 금년구월(今年九月)에도 과구월(過九月)이라. 올 구월에도 또 구월에 들어갔단 말야. 연연구월과구월(年年九月過九月)해도 해마다 구월산엘 지나도. 구월산색은 춘하추동 없이 장구월(長九月)이야. 노다지 구월. 구월산이 어디가. 겨울에도 구월산. 여름에도 구월산이지. 구월산색이 장구월이래는 거야. 이런 얘기하면은 글 많이 뱄던 사람은 캄캄해더라고. 거길 지나서 김삿갓이가 인제 개성을 지나 들어오는 거야. 지나가지고선 한 집에 들어가니까. 그것도 뭐 초가집 참 못 사는 집은 들어가지 않고. 대문도 큼지막한 대문을 두들기고서. 주인양반을 불르니까. 주인이 이렇게 내다보더니 거지 복장을 하고 의복이 남루하고 그러니까 문을 탁 닫고 들어가더란 말야.

"딴 데나 알아보쇼."

그래 저

"주인이 어째 사람이 그러냐? 고을 이름은 개성, 열 개(開)자 개성(開城)인데 왜 문을 닫고 들어가느냐? 문이나 열어라."

그거야. 문을 열고나서. 방에

"아무 방이라도 좋으니 하룻저녁 자고 갑시다."

"아, 낭구가 없어서 불을 못 때서 추워서 못 잔다." 구.

그래서 인제 허는 말이

"산명송악(山名松嶽)인데."

산 이름은 송악산인데 소나무 송자. 기무수하(幾無樹下)

"어째 낭구가 없냐?"

그거야. 산명송악에 기무수하. 딴 데로 가라고. 이 얘기 저 얘기 들을 거 없이 가라고. 황월축객(黃月逐客)이 비인사(非人事)라. 황월에 축객. 손을 쫓는 것이 인사가 아니야. 사람이 할 일이 아니라, 비인사라. 예의동방에 자독진이라. 동방예의지국이라 하잖아 한국이. 예의동방에서 자네가 혼자 진시황제하고 똑같구나. 왜 진시황제하고 똑 같느냐. 진시황제가 이사하고 손님을 쫓았어. 다 구찮구. 송사고 뭐고 이제 만리장성도 쌓고 먹을 것도 다 하고 완벽하니 손님이 뭐, 나라 돕겠다고 오는 사람 받아들이지 말라고 축객을 했다고. 예의동방에 자독진이라. 예의동방에서 홀라 진시황제를 닮았구나 그랬대는 거야. 들어와 가지구선 아무데서나 자라고. 핑계를 댈 수가 없잖아.

"왜 너 핑계를 대느냐?

낭군 없으면 송악산에 낭군 얼마든지 있는데, 왜 냉방이냐? 삼십객식오십반(三十客食五十飯)이라. 서른 소리. 쉰밥을 먹더라 그거야. 삼십객식 오십반. 오십밥이면 쉰밥이거든. 왜 어엿이 밥을 해주든지 하지. 쉰 찬밥을 갖다 주느냐 그거지. 별안간 저녁에 황혼에. 저희는 저녁을 먹었는지 안 먹었는지 찬밥을 갖다주니까 그걸 글을 지었는데. 사십수하(四十樹下)에, 사십수하에. 그 담엔 몰르겠는데. 마흔나무란 거야. 마흔나무. 마흔나무라는 건데. 나쁜 놈이라는 거야. '마흔 나무아래 웬 못된 놈이 사는구나.' 그랬대는데. 못된 놈이랜 건 잊어버렸어. 정신이 그렇게 없어. 하루저녁 그 담엔 아주 진수성찬, 아침엔 잘 차려주더래. 김삿갓을 몰라봤다 그러구선.

[2003년 6월 8일 채록]

55. 제갈량의 지혜

◉ 줄거리

주유가 적벽강에서 조조의 수군을 치려고 했으나 마땅한 꾀가 없어 노심초사했다. 배를 배치해 놓고 화공을 하려고 했으나 동남풍이 불지 않아 병이 났다. 공명은 자기가 동남풍을 불게 하겠다고 목을 걸고 약속을 했다. 동남풍을 빌던 공명은 마지막 날 강 하류로 내려가 기다리던 자룡을 만나 주유가 보낸 서성과 정봉을 물리치고 유비의 진으로 돌아왔다. 주유는 자기를 내고 또 제갈량을 냈느냐며 하늘을 원망했다. 주유는 제갈량의 제갈량의 지혜를 빌어 화살을 마련했고 또 동남풍을 이용하여 조조의 백만대군을 격파했다.

적벽강에서 대패한 조조는 달아나다가 유비의 장수 자룡, 장비 마초등을 만나 혼이 났고 화룡도에서 관운장을 만나 겨우 목숨을 구걸하며 살아 달아났다.

▣ 제갈량이보담 이저 주유, 주유가 아주 지혜고 뭐고 자기 외에는 없다구 그렇게 자기 혼자 일컬으고 있는데, 가만히 생각허니깐 아무리 지가 (잠시 잡담) 아 그래, 주유가 가만히 생각할 제, 에 아무캐도 조조를, 왜 조조 있잖아. 조조를 칠려면 제갈량이 지혜를 빌어야지 내 재주룬 칠 도리가 없으니깐. 제갈량이, 아니꼬와도 '제갈량이 지혜를 빌어야겠다.' 마음을 먹고 있는데. 그게 아니꼬와서 조조는 쳐 때려부숴야 허구, 그게 적벽대전이야 그게. 왜 적벽강 싸움이라구 그러잖아. 그래 주유가 가만히 생각허는데 주유가 노심천만해가지구 그게 병이 됐어. 어떡해서 저 제갈량이 힘을 안 빌리구 자기 지혜대루다

조조를 때려부수나 허구 생각해두. 뭐 우선 동남풍이 불어야 조조가 거 그 강에다 저 진을 치구선 배를 수백 대를 꽈놓구선 하는데. 거기 강을 벗어나야 조졸 치는데 칠 수가 없으니깐, 전방에다 그렇게 배치해놔서 노심천만해가지구 근심을 하구 있어서. 병이 나기를 왜 병이 나기를 왜 병이 났는가 하면 우선 동남풍이 언제 부는지 알질 못하구, 또 안개가 끼어야 하구 그날. 야, 이거 어떡해야 하나. 그래 할 수 없이 재주가 지가 좋대는데 동남풍을 빌 수가 있나. 만일에 동남풍을 못 비는 날이면 그짓말이나 허먼 그때 내가 제갈량이를 죽여버리겠다. 그렇게 주유가 맘을 먹구 있는데. 근데 조조두 죽여야 하구 제갈량이두 죽어야 자기가 왕노릇을 튼튼히 하고 통일천하를 허는데. 하루는 헐 수 없이 제갈량일 불렀대.

근데 낑낑 앓아서 주유가 그냥 일어나질 못할 정도야, 병이 나가주구. 그래 벌써 그럴 줄 알구선 제갈량이가, 이 바람 풍자 손바닥에다 이렇게 써가지구 이-렇게 가서 주유한테다 대니깐

"언제."

그러면서 벌떡 일어나는 거야. 언제 바람이 부느냐 그거야. 그래 바람이 불어두 이 바람이 불어야 되는데, 동남풍이 불어야 한다 그거야. 그래 동남풍이 이렇게 허니까

"언제 부느냐?"

그러니까.

"동남풍을 사흘을 빌면은 동남풍이 사흘 되던 날 저녁서부텀 분다."

"그럼 동남풍만 불면 뭘 하냐 안개가 껴야 이쪽이 나가는 게 저쪽에 뵈질 않지."

"적군한테 폭로가 되믄 우리가 화살에 맞아서 죄 죽을 텐데. 안개 끼는 날을 알아야 한다."

그래. 그래 안개 끼구 동남풍도 같이 낀다 그거야. 그래 우리가 준비할 건 뭐 준비할 게 있느냐. 짚을 참 지끔 저, 마초 묶는 걸루다 큼직큼직하게 저 집을 동우를 지어가지구선 배에다 그냥 그뜩그뜩 실었어. 그리구 솔가지 솔가지를, 마른 솔가지를 말려 가지구선 그냥 참 배를 한 십여 대 실구선.

"이제 동남풍을 그리믄서 있으라." 구.

"그날 동남풍을 못 빌믄 어떻게 하느냐?"구.

그랬더니

"아주 내 목 빌 다짐을 여기서 각서를 쓰구 가겠다."

그래 제갈량이 각서를 쓰구선 주유한테 주니깐, 됐다구.

"인제는 네가 죽었다. 동남풍이 에기 일개 변화루다 기상 변화루다 부는 거지. 네가 뭐 빈다구 동남풍을 불 주 아냐",

그리구서.

"이제 잡어논 금새다."

아 근데 그날 벌써 제갈량이가 머리를 그냥, 상탕에 참 세수하고, 중탕에 목욕하고 하탕에서 그냥 전부 목욕재계를 다 마치구선 막 내려오니깐 고때 사흘 되던 날 저녁 때에. 벌써 제갈량이는 주유가 저 동남풍이 불어두 저를 죽일려니 벌써 알구서 미리. 주유가 죽일 줄 알구선. 조자룡이 있잖아. 조자룡이더러 배를 두 대를 가지구선.

"타구 날 데리러 오너라."

그렇게 약조를 하구 왔는데. 그날 조자룡이가 두 댈 가지구 왔는데. 왜 두 댈 가지구 왔느냐? 한 대는 만약에 이쪽에서 그 돛대는 부러트리는 날이면 한 밴 뒤웅배가 되거던. 그러니까. 한 배를 여유루다 두 대를 가지고 갔는데. 아 주유가 벌써 사람을 보내서 이제 저 제갈량이가 동남풍 빌고 내려 올 테니깐, 내려오믄 붙들고 오너라 그거야, 죽여버리게. 그 벌써 그걸 알구 배에 먼저 탔네. 제갈량이가 벌써 동남풍을 빌구선 벌써 배에 올라서 벌써 아마 한 몇 백 메타 나갔는데 (잠시 잡담)

그래 제갈량이를 태워 가지구선 아마 한 이삼백 메타 나갔는데 배는 벌써. 근데 그때 인제 주유가, 서성 정봉이야, 주유의 장사. 그 두 사람을 보내서 잡아와라 그랬거든, 제갈량이를. 지금 하산을 할 테니까 잡아와라 그랬거든. 벌써 미리 알구선 시간을 앞당겨서 제갈량이가 벌써 탈출을 헌 거지. 근데 우리 저 도독님이, 그땐 대통령도 아니구, 저 주윤데. 그것도 도독이야, 도독. 대통령이나 마찬가진데.

"도독께서 선상님을 모셔오라구 그런다." 구. "잠깐 멈추라." 구.

"아, 내가 갈 길이 바빠서 집에 가서 할 일이 많아서 가야한다." 구. "뵙지 못하구 간다구 가서 여쭈라." 구,

그랬더니 서성 정봉이가 활을 잘 쏘거든. 그래 배를 쏘아가지구선. 참 배 하나를 돛댈 부러뜨렸다구. 그래서 한 놈이 돛대가 부러졌으니까 예비 배를 가주가서 그 배로 옮겨타구 냅다 가는 통에 차차 멀어지니까, 화살이 돼? 그래 할 수 없이 서성 정봉이가 가서 놓쳤다구. 벌써 가니깐 몇 백 메타 나가가지구선 활루 쏴서 배 하나 돛대를 부러뜨려가지구. 하나 뒤웅배는 만들었으나 벌써 알구선 배를 두 댈 가지왔더라 그거야. 그래 그 배로 옮겨타가구선 도주해서 놓쳤다구. 아 참 아닌게 아니라 귀신은 귀신이다, 제갈량이가. 그래 뭐 어떻게 해, 조조 칠 생각이나 해야지 제갈량이가. 본국 저의 나라로 돌아갔으니까.

그래 제갈량이가 주유더러 짚 동우루다 묶어가지구선 한 댓 대하구 청솔가지. 아참 마른 거 열아믄 데 해가지구 그냥 징 장고 북을 두둘기면서 안개가 끼었으니깐. 그날 냅다 가는데 동남풍이 참 설설설설 부니깐 주유가 탄복을 허드래지 뭐야. 주유 저 문턱에다 기를 이렇게 하날 달아놨어. 근데 벌써 기가 풀럭풀럭 허면서 그냥 동남풍이 불어가지구 그냥 조조 진지로다 그냥 내부는 거야, 동남풍이. 아 이런 천생주유, 천생주윤데. 하늘이 주유를 냈는데 우하생제갈량이냐 그거야. 또 어찌 제갈량을 냈느냐 이거야. 제갈량이 때문에 조조를 쳐부술 생각은 않구. 꼭 제갈량이 잡아 죽일 그런 생각만 그렇게 도와줬는대두. 징 장구 북 두둘기면서 쿵닥쿵닥허구 그냥 가는데, 아 조조의 군사들이 안개는 잔뜩 껴가지구 뵈진 않지. 북소린 차차차차 가까워지지. 거기다 대구 활을 디리 쏜 거야. 그래 활을 디리 쐈는데 그냥 어떻게 활을 기냥 몰망질을 해서 했는지. 배가 이렇게 귀울어져, 한쪽으로만. 화살을 기냥 수십만 발을 받으니깐 활촉이 쇠 아니야? 그래 기울어지니깐 배를, 배를 돌리라구 돌려대가지구 또 한참 두둘기니깐 배가 똑바루 스러래지 뭐야.

이젠 거반 얼마 안 남었으니까 말야. 그 섶 실을 배에다가 불을 질르라. 그 솔가지 마른 대다 불을 질렀으니 동남풍은 불겠다. 조조 군사 있는 배루다

인제 디리 불어닥치는데 조조 제갈량이가 조조한데 가서 사전에 뭘 얘기했느냐 하면 배를 여기저기 놔가지구 저 주유를 쳐야 하느냐 배를 연결을 시켜가지구. 그 넓은 마당에서 거 군사 훈련을 받구선 쳐야 쉬우냐 그랬더니. 벌써 그걸 먼저 알구선 배를 연결을 시켜라 그거야 그냥. 거 좋은 노무 석가래 같은 걸루다 그냥 죽죽 배 위에다 놓구선 못을 쳐 박아서, 수백 대를 배 하나루 만들다놨어. 그러니 그걸 솔가지에다 불을 놨으니 기냥 뭐 바람에 연기에 휩쓸려 가지구. 뜨겁긴 허구 도망을 갈려니 배가 있어야 도망을 가지. 한 데다 연결을 시켜 놨으니. 그래 거반 다 물에 빠져 죽은 거야. 그래 나중에 가서 보니깐 그 지키던 놈 몇만 저 가장자리 뱃전에 앉았는데 그놈두 연기를 쐬가지구 꾸벅꾸벅 졸던 몇 눔 마자 그냥 물에다 집어 쳐 넣구. 인제 그저, 짚 실을 배, 짚 실은 배만 인제 징 장구 북을 울리믄선 인제 승전골 울리는 거지. 뭐 그때는. 그리믄서 주유한테 갔더니, 아니 다 파지. 아주 한 눔 한 눔 없이 다 팼대. 그래 조조는? 조조는 거기 들어오지도 않고 얼루 내뺐다 그거야.

인제 그걸 알구선 제갈량이가 그 조조를 잡아야 할 텐데. 조자룡이가 간다 그래, 쟁비가 간다 그래, 뭐뭐 마초가 간다 그래. 전부 못 가게 허구. 조조두 하늘이 낸 사람이니깐 느덜 손에 죽을 수가 아냐. 그러니깐 관운장을 보내야 한다. 관운장이 그 죽을 걸 조조가 구해줬거든. 말두 저 그 천리마를 몇 바리 주구. 잔채두 기냥 삼일잔치에 오일잔치에 그렇게 팔일잔치를 해 주구. 저 관운장 죽을 걸. 어 여몽이가 함정을 파 놓구선, 저 관운장을 쫓아가니까. 이건 함정 파는 줄두 모르구 내치다가 말타구 함정에 가 빠진 느무 걸. 죽을라구 자살할라구 나갈 수도 없구. 함정을 깊이 파 노니깐 뛰어 나갈 수나 있어? 칼을 가지구 목아질 잘르라 그러니깐 조조가 그때 장군은 칼을 멈추라구. 여기 조조가 여기 대령하구 있다구. 그래 조조가 발을 내려서 잡아댕겨 가지구 살려놨어, 인제 관운장을. 그래서 관운장이 가야 조조를 살려주지. 다른 사람이 가면 조조 목을 베어가지구 올 거야. 그 사람두 하늘이 낸 사람이야, 개인 손에 죽으믄 안 된다구. 그래서 관운장을 보냈는데. 인제 그 통에 조조가 쬤겨나가니깐 패하구, 군사는 다 죽이구 뭐 어떡해. 혼자 말을 타구 가다가 한 군데 가니깐. 산 벌엉거지가 요렇게 있는데 저 여기다 매복을 허믄 갈 데 없이 제가 꼼짝두 없이 지가 잡힐 텐데. 제갈량이가 약다 약다 허더니 헷 약구나. 요런 데가 매복을 허믄 지가 꼼짝없이 죽을 텐데 여기다 매복을 못 댔구나.

그랬더니, 아 관운장이가 거기 지키구 있다가 '이눔 간사한 조조야, 이눔 짜른 목 길게 빼서 내 칼을 받으라'구. 아 그러니까 쨰질어져 버렸지, 거기서. 흰 소리 하다가. 그래 조조가 무릎을 꿇구 허는 말이,

"제발 장군님 살려줍소. 뭐 상마에 천금이요 하마에 백금 그렇게 내가 말을 갔다 바치구. 삼일에 소연허구 오일에 대연헌 그런 은공을 생각헌들 소장의 목을 빌 수가 있겠느냐?"

그거야.

"장군은 전일 은공을 생각해 소장을 어 살려달라." 구.

"이 간사한 눔아. 그게 뭐 그걸루 해서 생명이 왔다갔다 하느냐? 오일에 소연 대연허구, 삼일에 소연을 내가 그걸 해 달라구 그랬냐?"

그랬더니.

"아니 그럼 함정에 빠질 제 나 아니믄 거길 나올 재주가 있었느냐? 그런저런 생각헌들 제 목을 비구 가겠냐?" 구. "거 어서 빌 테믄 비라." 구.

목아질 길게 내 노니깐. 칼을 딱 집에다 넣구선,

"일어나라." 구. "대공을 세워서 너를 살려주니 다시는 우리 나라하구 그 주유 나라를 침범을 허지 말아라."

그러니까

"다시 안 그러겠다." 구.

그리구선 거기서 항복을 받구선. 와서 인제, 제갈량이는 뜻대루 되는 거지 뭐야. 조조를 죽이질 않을라구 관운장을 보냈어. 죽이지 않구. 주유는 가지두 않았어요, 아 갔구나.

"그 저 활촉, 지가 이십만 대 선사한다구 그랬지유."

"아 그렇다." 구.

"그래 대령했느냐?" 구.

"예. 대령했습니다."

그래 이십만 갤 뽑아서 딱 갖다 바쳐.

"이십만 개를 지가 선사를 하는 거니까 이십만 개 더 받으시라." 구.

그래 양쪽에 받은 느무 거. 이십만 개씩 사십만 개를 활촉은 조조의 군사 다 죽이구. 이쪽 짚동에 가 다 꽂혀 있어서, 주유가 그래서 조조를 패하구 적벽대전에 승리를 했대는 거야.

[2003년 7월 12일 채록]

56. 못생긴 제갈량 부인의 지혜

● 줄거리

제갈량의 부인 황씨는 매우 못 생긴 여자여서 제갈량은 결혼하고도 색시를 쳐다보지도 않았다. 그러나 황씨는 재주가 비상했다. 제갈량은 부인 황씨의 지혜를 빌려 적군을 물리쳤다.

▣ 제갈량이가 황석궁이라구 허는 사람의 사위거든. [채록자: 황석공이요?] 황석궁. 그런데 그 사람이 중이야 중, 원. 그런데 중이 딸을 하나 뒀는데, 딸이 매우 못생겼어. 아주 그냥 참 뭐 꿔매놓은 것 같아, 얼굴이. 조립식으로다 어떻게 만들어 놨는데. 아주 엉망이 됐어. 누가 보면 저걸 여자라구 아유. 아무리 병신이래구 데리구 살 맘은 한 사람두 없었대는 거야. 그렇지만 제갈량이는 그래두 참구 데리구 살리라 하구 제갈량이를 사위를 삼았는데. 대렐 지내구 얼굴을 쳐다보니깐 그 삼월에 할 제나 얼굴을 봤지. 그 초례청에서 저 병풍 가려놓구 제상 차려놓구 그 독제상에서, 이렇게 색씨 맘대루, 거 오성하구 한음은 그렇게 맘대루 봤대구드만. 근데 이런 사람은 거 숫끼가 없어서 색씨 뭇 쳐다봐. 지금은 쳐다보구 뽀뽀도 몇 번 하구 결혼두 허구 그렇지만. 옛날에 색씨 얼굴도 못보구 혼인헌 게 많다구.

근데 저 왜 상월이라구 방에다 색씨집 안방에다 둘을 요렇게 나란히 해 놓구 마주 앉혀놔, 신랑 색씨를. 그때 얼굴 보래는 거야. 근데 나부터두 열일곱 살에 장갤 갔는데 네미, 색씨가 뭔지 엄만지 시악신지 누인지 알지두 못해는 노므 걸 장갤 갔는걸 뭐. 그래 보니깐 참 도리머리가 흔들리드래지 뭐야. 제갈량이가. 어휴 저걸 데리구 일생은 어떻게 사느냐 그거야. 근데 나가서 장난을 허다 이저 두루매기에, 왜 여기 베침구녕이 있어 여기. 호주머니 모냥으로. 그럼 여기에서 저 이 뭐야 바지허구 허리띠허구 내려가까봐 이걸 움켜쥔다구 두루매기 속으루 너서. 그럭허다 여기가 확 허구 그냥 둘이 다 틑어졌네. 두루매기가. 그래 뭐 어떻게 해. 시악시더러 인제

"좀 꿰매 달라." 구. "장난허다 엎으러져 가지구 이렇게 양쪽이 다 틑어졌으니 어떻허느냐?" 구.

"거 다치지는 않으셨냐?" 구.

그러드래.

"다치지는 않았다." 구.

"뭐 재수 없는 사람이 자빠져도 코가 깨진 대는데 난 엎어러져도 코는 안 깨졌다." 구.

그래 마누라가 참 바늘에다 실을 꿰는데 이것만한 실을 꿔드래지 뭐야. 거바 같은 걸루다 어떻게 기냥 이렇게 꿰매는데 원 제 얼굴모양으로 바느질을 허는데. 그냥 아주 다 꿰매놓구선 쓱 이렇게 손으루 한번 셔바닥으로담 '슥' 이렇게 손으로 하는데 인두루다 쓱 대는데 어디가 바느질 땀인지 실밥이 어디루 갔는지 하나 없이 그냥 짜 논 것 같으더래지 뭐야. 야, 참 정말 얼굴은 못생겼어도 바느질 솜씨가 참 일류다. 저 재줄 가졌으면 내 뒷바라지는 충분히 하겠다. 그래서 그 시악시하구 일생을 보냈는데, 모든 계기를 그 저 대통 아니 저, 제갈량이 부인이 자아내 가지구선. 참 전부 죄 그 육갑 그 자기 아버지 대사한테 밴 기술을, 그 제갈량이 자기 사내를 다 가르켜 놨대는 거야. 그래 뭐 팔민, 팔-. 이를 했기 때민에 말이 잘 안나오네. 팔문금사진이라구 있는데 여 왜 태극기 있잖아. 태극기는 인제 건곤감리인데, 거기 또 팔괘야. 네 괘가 또 들어가 있다구. 팔괘래는 게. 그거를 해놓구 거기마닥 신장을 불러가지구 거기다 보출 세워 노믄, 들어올 젠 요-렇게 들어오는 문을 해 놓으면 적군이 '아, 이 성문이 열렸구나.' 그리믄서 들어와서 좌충우돌허구 허는데,

그 와보믄 군사는 하나두 없이 빈 성이야. 그래 나갈려구 그리믄 저쪽 저 입구를 닫았으니 출구가 있어야 나가지. 참 저 극장에 들어가서 비상구구 뭐구 있으면 불이 켜져서 글루 나가지만 그때 비상구가 있어? 에미. 이리 나갈려믄 기냥 신장이 창이구 칼을 가지구 들이 대는데 저쪽으루 나갈라 그러믄 저쪽에서 또 그리구. 그 저 황석공의 딸이 그렇게 재주가 좋았데. 그래 그거를 제갈량이가 죄- 본받아가지구. 과연 내 마누라다. 얼굴은 참 쳐다보지 않구 재주만 보구선 산다 그리믄서 일생을 살았대는 거야.

[2003년 7월 12일 채록]

57. 명을 늘이지 못한 제갈량

◉ 줄거리

제갈량은 재주가 좋았지만 수명이 얼마 남지 않았다. 공명은 수명을 늘이기 위해 등잔불을 켜놓고 수명을 연장하려 했다. 그러나 자기를 싫어하는 일등모사 우연이가 등잔불을 발로 걷어차 수명을 연장할 수 없었다.

▣ 그래 제갈량이가 한패공이를 삼 년을 더 도와야 하는데 삼년은 무자라서 자기 수명이 고만이야. 자기 손금을 꼽아서 이렇게 수를 놔보니깐 얼마 안 남았어, 자기 수명이. 그래 삼년을 더 살아야 내가 완성을 허구 한패공이를 돕는데. 이걸 어떻게 하나 그러구선. 한패공이 아니구 그때 유방이지 아마. 한패공이는 항우하구 쌈한 게 한패공이지. (잠시 논란) 저기 장자방이. 장자방이야 그 모사가. (잠시 휴식) 그에 인제 그 수명 얘기를 허다 됬는데 자기가 마음대루야. 여기다 저 들기름을 여기다 붓거든. 그래가지구 다 심지를 요렇게 해서 불을 대려서 요렇게 놓으믄 더 타 들어가지두 않구. 이 기름이 말르드룩 타는 거야. 근데 요게 왜냐믄 한 달. 한 달을 꺼지지 않고 타믄 자기가 삼 년을 더 사는 거야. 그래 자기 재주가 그렇게 좋아요, 좋기는. 근데 가만히 보믄 그래두 재가 있거든 재가 된다구 그러잖아. 재수가 없으믄. 누가 있느냐 하믄 그 우연이래는 놈이 자길 싫여헌다구, 제갈량이를. 요놈이 분명 내가 죽으믄 자기가 아주 일등모사야 인제, 한국에. 그래 요놈이 무슨 내가 앓는다구

그러면 문병을 와가지구 나한데 절을 하는 척 하구 발루다 이걸 찰 것이다, 이 등을. 명등(命燈)을 발길루 차믄 엎질러지믄 불이 꺼질 거 아냐. 그러믄 자기가 허사래는 거야, 이게. 한 달을 켜져야 하는데 한 달 안에 불이 꺼졌으니깐 자기가 수명을 연장할 수가 없다. 그리니 인명은 재천이라구 하늘이 우연일 시켜서 요 불을 끄느냐 안 끄느냐에 달렸어. 삼년 더 살구 안 사는 게. 그래 가만히 보니까 이눔이 끌 것 겉긴 겉은데. 혹시나 하늘이 더 살게 할려면 우연이를 보내질 않던지. 절을 허다가 어 그 명등을 발길루 안 차든지 둘 중의 하나니까. 어 그것만 대기하구 있을 뿐이지. '내가 굳이 억지루 더 살랴구 그래두 안 된다.' 그러믄서 그랬는데. 아닌 게 아니라 하루는 우연인가 이놈이 청치 않은 잔치에 묻지 않는 말을 한대는 식으루,

"어유 선생님. 어디가 그렇게 불편해서 이렇게 드루 누으셨냐?" 구.

그러믄서 절을 냅다 하면서 이눔이 자리에서 절을 하는 게 아니라 미끌어지는 척 모냥으로 하면서 이걸 발길로 찼단 말야.

"아유 참. 이거 어떡헙니까?"

"에 괜찮다. 이거 뭐 하늘이 나를 더 살지 말래는 걸 내가 더 살 필요가 없어. 괜찮다, 괜찮어. 아무 염려 말아라. 집이 들어가서 인제 내 대신 한패공이나 인제 잘 (잠시 생각) 한패공이 유현덕이지? 유현덕이나 잘 보필해서 나라 평정을 시켜라."

그래서 결국 자기가 더 살 것두 포길 한 거야, 포기. 거 선반 같은 데다 명등을 올려놓구 일부러 저 손으루 잡아댕겨서 끄지는 않을 테니까 그럴 것두, 그런 사람덜은 하늘에 참 명만 기달리는 거야. 그래 결국 유현덕이를 삼년을 보필을 못허구 자기 명에 죽었대.

[2003년 7월 12일 채록]

58. 사탕으로 꾀어 콩밭매기

◉ 줄거리

화자의 경험담이다. 어릴 때 부모님이 콩밭을 매라고 시키면 사탕으로 아이들을 꾀어서 밭을 매게 하고 자기는 놀았다.

▣ (말 잘하는 사람은 못산다는 말을 꺼냈다. 일을 안 하는 게 아니라 꾀로 한다면서 꺼낸 이야기이다.)

아 처음에 아부지 생전에 계셔서 의정부를 가시면섬. 나 그때 콩밭두 잘 못 매구 그럴 때야. 근데 거기 콩밭이 한 칠백 평 됐거든. 그래 이거 골걷이를 하는 대루 해라. 콩밭 골에다 녹두를 뿌렸어. 그래 거기 풀이 엥기니까 그거 풀을 죄 뽑아라 그러시더라구. 그래 장에 갔다 오셨는데. 아 이걸 덤비니까 에기 풀은 콩밭에 이렇게 수두룩하게 자라는데 혼자 할래니 도리가 있어야지. '난 혼잔 못해. 누구든지 데리구 나가야지 혼잔 못헌다.' 구.

그래 거기 가서 호밀 가지구 앉었는데 동네 애덜덜이, 전부 내 손 아래야. 여섯인가 되 있더라구. 근데 마침 저 광우리 장사라구 이렇게 광우리에다가 팔러다니는 장사가 있거든. "과자 있어요?"

"아, 있다." 구.

"누깔사탕 있냐?" 구.

"누깔사탕 있다." 구.

사탕을 지끔으로 보면 만원어치 샀어. 가서 세 개씩인가 죄 노놔 줬어. 다섯, 여섯 여섯을.

"그러니까 이거 먹구 이 콩밭에 풀 있는 거 전부 죄 뽑아."

"아, 염려 말라." 구.

"이거 다 뽑구 나믄 또 줄 거야?"

"또 준다." 구.

그래 다 뽑았는데 한 그래두 사탕이 반 봉지 남았어. 근데 그 놈들이 후닥닥 대는데 발루다 짓밟구 뭐 콩밭에 풀이래는 게 힘이 없어. 콩밭 그 속에서 자란 놈이 돼서. 죄 밟구 그냥 문대구 뭐 그래서 아주 몇 시간에 그 칠백 평을 다 해결을 봤어, 그래. 바깥에 이렇게 보니깐 녹두만 남구 풀은 죄 쓸어지구 전부 죽었더군 그래. 그래 한 봉지를 다 세 개꼴이 되던가?

"낼 또 올까요, 일루?"

"낼은 뭐. 또 오기는 밭이 있어야 오지."

그렇게 농사를 지었다구요.

그리구 뭐 일본 갔다 와가지구 계속 저 여기서 아마 한 육 미터 되는 노무거 그물을 가지구 댕기면서 고기 잡아서 놓구 그 퍼다가 매운탕 지져서 동내 사람 술 사다놓구. 그 뭐 포식이지 뭐 한에 두 그릇 세 그릇씩 퍼 먹으믄 저 국수 넣구 털래기를 했다구. 때가 지나니깐 두 그릇 세 그릇씩 다 퍼먹구. 그게 내가 참 좋아했어요.

[2003년 7월 12일 채록]

59. 처녀가 낳은 아들, 애비 찾아주기

줄거리

옛날에는 속옷이 없어 부인네들이 그냥 걷치마만 입고 일을 했다. 여자들이 모내기를 하다가 힘이 들어 들에서 쉬다가 잠이 들었다. 지나가던 사람이 사타구니를 들어내고 자고 있는 여자를 들여다보고 갔다. 그때부터 여자의 몸이 불어와서 아기를 낳게 되었다. 처녀의 몸으로 아이를 낳은 여자는 자기 자식의 아비를 찾아주고 싶었다. 그때 곶감장수가 지나가는데 느낌이 남달랐다. 여자는 술과 음식을 잔뜩 장만해서 주위 사람들을 모이게 했다. 그리고는 결백을 주장하며 아이에게 모인 사람들 중에서 아버지를 찾게 했다. 아이는 핏줄의 끌림에 의해 곶감장수가 아버지라 했다. 곶감장수는 자기가 아버지라며 자기가 처녀가 자고 있을 때 자기의 호르몬을 빼서 풀잎에 묻혀 처녀의 가랑이에 넣었는데 마침 월경인 때라 임신을 한 것이라 했다. 여자는 곶감장수와 혼인을 해서 잘 살았다.

▣ [채록자 : 어르신 그 모내기 이앙, 이앙하다가 임신한 얘기는 어떤 얘깁니까?] 이거 안했나? [채록자 : 안하셨습니다.] 그것두 좋지 않은 얘긴데.

옛날에 글쎄. 거 속옷이 없어서 기냥 뭐, 너랭이나 하나 끝을, 가랑이 붙들어매구 기냥. 질끈 됑여 가지구선 모내러 댕겼거든, 부인네두. 그 웬만한 잘사는 부인네, 어디 댕겼어? 어려운 부인네덜이나 다니는 거지. 그래 한참 모내구 그러다가 정심을 먹으믄 기냥 맥을 못추구 논두랑에, 그냥 허린 아프구 하니깐 어디 드러누울 때만 있으믄 죄 벌렁벌렁 뭐 남녀가 다 드러누워서 곯아떨어지는 거야.

근데 어떤 놈이 지나가다가 이르케 보니깐 여자가 그냥 벌렁 드러눠서 지나는데, 고쟁이두 에기 사타구니가 뜯어진 느므 고쟁이를 입구선 드러 누웠으니까 밑천은 다 드러난 거지 뭐야. 지나가는 놈이 참 길이나 가지. 누가 그거 디리다보라구 그랬는지 들여다보구 갔는데. 그때서부텀 여자가 몸이 이상스러워요. 그래 뭐 참 여자하고, 아니 참 남자하고 상대헌 일은 꿈에도 없었는데 배는 점점 불러오는 거야. 그래, '거 이상스럽다. 에미럴, 이게 무신 조화야, 이게. 밥 먹은 게 체한 것두 아닌데. 임신은 꼭 임신인가 분데, 어떤 남자하구 관계 했어야 임신이지, 혼자 임신을 할 수두 없구 이게 어떻게 된 거냐?'구. 그래 노다지 참 고민으루다 지냈는데. 열 달이 차가지구. 임신, 참 정말 어린애를 낳는데 기가 맥힌 떡두꺼비 같은 아들을 낳았거든. 그래 아들을 낳는데 그 집안네서

"내쫓아야지, 이거 남부끄럽게 어떻게 여기다 두느냐?"

"아니다. 이게 내쫓을 것두 아니구. 아, 본인은 절대 아니래는데. 어린넬 낳았어두 아니래는데. 이거 언제든지 밝혀질 날이 올 테니깐, 그때까지 참아달라." 구.

일가 수풀에서 나가라는 것두 안 나가구 있는데.

한, 하루는 콩을 널어 놓구 콩을 투덕투덕 하는데, 애가 벌써 한 너덧 살 됐어. 그래, 엄마엄마 하는데. 가만 있어, 도리깨로 얻어맞는다. 엄마 콩 떨구 저녁 줄게. 가만 있어, 가만 있어. 그리구 달래구선 콩을 마저 떨어서 긁어 놔 놓구.

근데, 곶감장사가 아, 소금장사가 지나가더래여.

"소금사려."

그러니까 그 옆에서

"곶감두"

한 녀석이 뒤 가서 그리구 가거든. 이상스럽다. 그랬더니 근데 그 아랫마을 가서. 또 소금장사 다 팔구, 빈 통을 짊어지구 올라오믄서,

"어 소금떨이요. 소금떨이요."

그러니까

"곶감두 떨이야. 곶감두 떨이야."

그래 그 소금장사가

"여보, 곶감은 한 개두 못 팔구, 뭐 떨이가 떨이야?"

"한 개나 두 개나 마지막이니까 떨이지."

그래 곶감장사 가만히 보구 말이야, 그 자기 아들을 보니까 거반 닮았거던. 자식이 곶감두 가주 댕기지 않구서 맹탕 소금장사 댕기는 데 '곶감 사려, 아저, 소금 사려' 이러믄 곶감두. 이러는 수가, '저 자식이 틀림없는 사람이다.' 거 건너동네 사는 사람이거든, 그 사람은. 그래 저 눔이 어떻게 나 자는 새 와서 어떻게 요절을 냈는지 그래서 내 임신을 된 거는 사실이라구. 그래 동네 사람을 그 이튿날 전부 불러 다 놔놓구. 그 건너동네 그 사람두 오라구 그랬어. 오래 가주구선 그 음식을 장만해가지구선 막걸리를 몇 통 사다놓구. 안주를 장만해놓구선, 한 군데

"내가 여러분께 죄송스러우나마 한 마디 여쭐 말씀이 있으니까 귀담아 들어주시길 바란다." 구.

그러니깐 그 유사가 허는 말이,

"거 무신 얘긴데 그렇게 거창하게 나오시오?"

그러니까,

"오늘은 애 아버지를 찾아주는 날이야. 그러니깐 여러분이 말야, 나이가 많으나 적으나, 내가 느 아무지다 그러구 이리 오너라 이리 오너라. 그러구 가는 사람은 애 아부지라."

그거야.

"거 열 사람한테 가믄 어떡헐 거냐?"

"아, 열 사람한데 가지 않는다."

그거야

"사람이래는 게 핏줄이 땡겨 가지구. 그래두 애래두 즈 아부지를 알아보구. 또 자기가 그런 먼저의 저 죄상이 있으믄, 뭐든지 다 땡겨가지구. 서루 핏줄이 땡기믄, 아 인연이 맞아 들어갈 테니깐 그걸 기다리라." 구. "나 역시두 참

결백한 몸뗑이에서 애를 낳는데 어떻게 집안에서 나가라구 모두덜 그러는데. 난 절대 꿈에두 그런 적이 없는데 어린애를 낳으니 그래두 즈 아부지를 찾아 줘야 할 것 아니냐. 그리구 내 허물을 벗을 거 아니냐? 내 서방질 했대는 소릴 면하구 내가 죽어야지. 이걸 억울해서 어떻게 사느냐?" 구.

그래 아 어떤 놈은

"어린애까지 낳았으니 그만이지. 뭐 서방질을 허거나 말거나."

그래는 눔도 있구.

"아, 그게 아닐세."

근데 제마다 다 쪽 한 삼사십 명이 뫼 가지군,

"내가 느 아버지다 일루 온." 하니,

"안 가!"

아 그래드니 마지막에 가서 거 건너동네 사는 눔, 그 눔이

"내가 느 아버지다."

하니깐 그냥 쫓아가 턱 앵기더래지 뭐야. 그래 애새끼래두 그거 인륜이라는 게 그게 무시할 수 없는 거야, 그거야.

그래서 모 내려 가 그래 가지구서 낮잠 자다가 봉변을 당해서, 봉변두 이상스럽게 당했지 뭐. [채록자 : 어떻게 당했는데요?] 어떻게 당했는지 그것까지 얘긴 안하지. [채록자 : 그걸 얘기 해주셔야지요. 그게 궁금해서 못 견디겠는 데요? 그걸 알아야 재미있지 뭐 알맹이가 쏙 빠진 얘기가 돼 가지구] 저기 지나가가주구, 저기 저 건너 모퉁이 저 화장실에 가서 재기 호르몬을 빼가지구 가랑잎에다 받아서 그, 그때 가두룩 벌리구 세상 모르고 자더래지 뭐야. (웃음) 그때 마침 또 여자가 월경을 하던 때야. 그래 발정이 오는 거야, 인제. 그래 거기다 이렇게 가랑잎에다 기울이니까 쭉 들어가더래지 뭐야. 그런 적밖에 없는데, 아 이 여자는 글쎄 어린넬 배가지구 그렇게 일가사람한테 내쫓길 뻔 하구. 그래두 어거지가 시니까 내쫓기지 않았지. 즈 아버질 찾아주더래. 그래, 일가들이 와서 에기, 이 흉측한 놈아 그래 그런 법이 어딨냐. 그러구선 매도 좀 맞었대나 봐.

[2003년 7월 12일 채록]

60. 자하골 내시 종자Ⅱ

◉ 줄거리

내시가 판서와 친구간이었다. 판서가 안(安)가인데 내시는 볼 때마다 무당의 자식이라고 놀렸다. 판서는 매일 망신을 당해 곤란을 겪었다. 그때 마침 시골서 사름이 왔다. 이 이야기를 하자 사음이 자기가 해결해 주겠다며 내시를 찾아갔다. 사음이 시골서 올라왔다는 말을 하자 내시가 시골사람들은 모를 내면서 서로 상접을 많이 한다는데 사실이냐며 시비를 걸었다. 사음을 그렇다고 했다. 내시는 그러면 아이들의 아비를 알 수 없을 텐데 어떡하느냐 물었다. 사음인 그런 아이가 생기면 불알을 까서 자꼴로 보내 내시를 만든다고 했다. 그래서 자꼴 내시는 물에서 난 새끼라 하며 물개새끼라고 놀렸다. 내시는 다시는 판서를 놀리지 못했다. 판서는 사음에게 땅을 서너 마지기 내려 보답을 했다.

▣[채록자 : 임신한 내시는 왜 내시가 된 거예요?]

내시두, 내시는 내시가 된 게 아니라. 내시가 저 베실아치 판서되는 사람하구 친구간이거든. 근데 그 판서가 성이 안가야. 그래 계집이 갓 쓴 자라구, 갓머리 안에 계집녀잖아, 편안 안(安)자가. 그래 계집의 자식, 저 무당의 자식이라 그거야.

"여자가 갓을 쓰믄 무당 밖에 더 되냐? 그러니깐 너 무당의 아들이다. 무당의 아들이다. 무당의 자식 집에 있나?"

그러구선 판서 베실하는 데 와서 내시가 그러니까 아, 판서는 말 주변 없어 답변할 재룬 없구. 그러니까, 노다지 쫄려 지내는 거야.

"에 그러지 말구 술이나 먹자."

그래, 술이나 주믄, 술이나 먹구,

"거 잘 먹구 가네."

그러면 그 이튿날 또 와서

"아, 무당의 자식 게 있나"

그러니 술을 뭘루다 당하느냐 말이야.

근데 그 시골서 저 베실아치가 땅 사준 게 있는 데. 사음이라구 있어, 마름. 소작권을 죄 맡아가지구선 도지를 정해가지구선, 한 마지기에 베를 두 섬, 석 섬씩 죄 거둬다가 지주를 갖다 주는 거거든. 거 타작관이, 추수관이라구두 허구 타작관이라구두 허구. 그 사람이 왔는데, 아 그때 마침 와서

"아, 무당에 자식 집이 있나?"

내시가 와서 그리거든. 그러니까 저

"뭘하는 소리냐?" 구.

"아, 저 마할 노무 내시가, 저 노무 자식이, 어떻게 와서 노다지 날마다 와서 인사가, 무당의 자식 집이 있나? 기집, 저 갓머리 안에 계집 여자가 편안 안(安)자가 아닌가, 내가 안간데, 여자가 갓을 쓰믄 무당이 갓을 쓰지 다른 사람은 갓을 안 쓴다. 그러믄서 무당의 자식이라구 그러는데 저거 어떻게 모면할 도리가 없으니. 어떡허느냐?" 구.

그랬더니,

"에 그게 내 알으켜 주지요."

"아 뭔지 알으켜 주믄 내 베를 멫 섬을 줄게."

"아 정말 그러실 테요?"

"아, 그러라." 구,

"내 그러믄 한 사날 여기서 묵어가지요."

"게 열흘이래두 좋구 스므날이래두 좋으네."

그래 그 사람을 재 가지구, 아닌 게 아니라 그 이튿날 아침 일찌가니 먹었

더니

"무당의 자식 집에 있나?"

또 그리구서 오드래.

"저런 마할 자식 또 왔네. 그래 자네가 답변허게."

"네, 염려 말라." 구. "오늘은, 인제 내일은 안 오도록 맨들을 테니깐 인제 염려 말라." 구.

"꼭 안 오까?"

"아, 안 온다." 구.

근데 이 놈이 와서 하는 말이

"저 노형은 저 시골서 오셨오?"

"네. 시굴서 왔습니다."

"그 시굴 농사짓는 데 그거 여자덜도 웅뎅이를 거반 다 내놓고. 남자 하나 여자 하나 이렇게 섯바꿔서 내는데 거 툭툭 치다 그거 서루 저 상접이 돼서 거 임신을 허지두 않느냐?"

그거야.

"아, 맘에 들믄 모내다 말구두 가서 저 한잠 자구두 나오구 그러느무거 뭐 그럴 수두 있죠."

그랬더니,

"만일에 임신이 허믄 어떻게 허나?"

이 내시가 묻는 거야. 되물어. 되 캐물어.

"아, 임신을 풀풀이 허죠."

"그 임신을 허믄 그걸 누구 자식이라구 그래? 내 자식이라 그리믄 자기 마누라가 있는 사람인데. 유부년데, 유부남인데. 그럴 수두 없는 거구."

"거, 그건 저 불알을 까요. 그 어린애 나믄."

"그래 불알을 까서 어떡허나?"

그러니까,

"아, 저 자꼴(자하꼴)로 보내죠."

자꼴이 내시, 서울 내시 사는 데가 자꼴이야.

"그래, 자꼴루 보내면 거기서 받아줘?"

"거 내시만 사는 덴데. 내시가 자식이 없어서, 디리 입양을 헐랴구 애쓰는 데. 없어서 기냥 사는 사람이 여간 많아요?"

그래 내시한테 허믄,

"아이구 어서 오라." 구.

참 반가워 하믄서 맞아들여서. 거 내시 그래서

"내시 씨가 어서 생겼냐 하믄 그 모내는 데서 엉덩이를 툭툭 쳐가지구 임신이 되믄, 그걸 불알을 까서 내시촌으루 보내서 그 내시가 원 물개새끼에요. 물개에서 낳다구 그래서. 모내다 물에서 거 임신이 된 거니까. 거 내시 씨알이 물개새끼에요."

"아, 물개새끼야? 그래 내시가 물개새끼 씨알이란 말야?"

"네 그렇지요. 옛날서부텀 내시는 거기서 나와가지구선 자꼴루 보내서, 내시 씨가 퍼져서, 내시가 물개새끼라." 구.

그 이튿날 아침에 이룧게 유리구녕으루다 저 미닫이를 요렇게 하구 그 자식 오나 허구, 내시 오나 허구 보다,

"물개새끼 오나?" 아 그게 챙피허니깐, 물개새끼두 안 올 거구 말야.

"내가 저 무당의 자식이라구두 안 그럴 데니깐. 이제 그만두세, 그만 둬."

그리드니 다시는 무당의 자식이라구 안 그러드래.

그래 그 사람덜은 그저 그 얘기, 저 물개새끼 얘기 한 사람은 땅을 한 댓 마지기 줬대. 그 망신 모면하느라구. 그래서 그 이앙할 때 임신한 게 물개새끼가 되믄은 누구자식이라구두 그럴 수 없으니까 내시, 불알을 까서 내시촌으로 보냈대네.

[2003년 7월 12일 채록]

61. 시로 귀신 타박 준 이야기

● 줄거리

어느 사람이 한시를 짓고 죽었다. 그때부터 원혼이 되어 시를 읊으며 마을을 떠돌아다녀 사람들이 괴로워했다. 그때 지나가던 붓장사가 이를 알고 귀신에게 칠언에서 두 자를 빼고 글을 지으라 하니 귀신이 짓지 못했다. 붓장사는 두 글자를 빼 읊으며 시를 짓지도 못하면서 사람들을 괴롭히느냐 핀잔을 했다. 그때부터 귀신이 나타나지 않았다.

▣ 더불 여 자 여, 마를 고, 나무 목자, 모둘 제자, 비유할 비자, 그 추수는 거 뭐야, 거 제비 쓴 거 아냐? [채록자 : 제비 갖출 비 자요.] 아니 비유할 비자야. [채록자 : 견줄 비자요, 낙화여고목제비] 추수는 가을물, 한 가지 공 자, 긴 장, 하늘 천, 한 일, 빛깔이라구 색색자, 빛색. 인제 그렇게 하날 지어가지구. 한 귀를 짓구서, 고걸 절귀라 그런다구. 그걸 짓구서 그냥 죽었어. 단명해 가지구. [채록자 : 처음 듣는 얘긴데요] 죽었는데, 그 죽은 날 갔다 장살 지냈는데. 거 원혼이 돼가주구. 기냥 동네루 댕기문선 저녁만 먹으믄 동네 사랑 앞으로 댕기면서, 낙화는 여고목제비하고 추수는 공장천일색이라 그러구선 디리, 아 참 잘 지었다, 잘 지었어. 그러구선 동네루 댕기문선. 아 그거 하루이틀이지. 거 귀신이 그러니 여간 듣기가 싫을 거야? 그래 그걸 어떻게 방빌 하나 허구 연구 중인데 아무리 글 잘 진 사람, 잘허는 사람이래두 그 귀신 타박 줄 수가 없잖아. 이런 사람이믄 뭐 무슨 잘 어떻게 허지, 무신 잘 뭐 어떻게

허지, 그걸 왜 넣어가지구 그러냐 인제 그러지만. 귀신하구 얘길 헐 수두 없구, 무서워서.

그래 하루는 붓장사, 필사, 필공이라 그래. 필공이가 인제 그 서당을 쫓아다니니깐 붓 팔랴구. 하룻저녁 자는데, 아 저녁을 먹구나니까 참 낙화는 여고목제비하구 추수는 공장천일색이라. 그냥 이 집에 가서 그러구 저 집이 가서 그러구. 아 그래 하여튼 저녁만 먹으면 문을 콱콱 잠그구 바깥에 나오질 못해. 무서워서. 아 그러구, '잘 지었다.'구. 그러구선 기냥 하하 대구 웃고 그리구 달아나구 달아나구.

"아 저거 뭐 하는 소리냐?" 구.

"아, 그 아무개가 그 글을, 그 귀를 짓구선 원혼이 돼서 저렇게 떠돌아 댕기는데, 동네가 시끄러워서 잠을 잘 수가 없으니 저걸 어떻게 방빌 허느냐?" 구.

"어이, 내가 오늘 저녁은 내 방빌 하겠다." 구.

"거 어떻게 방빌 허느냐?" 구.

"가만있어 보라." 구. "내가 허는 걸 보라." 구.

그게 몇 자야. 여섯 잔가? [채록자 : 일곱 잡니다.] 일곱 자야? [채록자 : 일곱 잡니다. 절구니까] 아냐, 절구라구. 절구는 두 구를, 한 구를 가지구 절구라 그러는 거야. 칠언이야. 칠언. [채록자 : 칠언 절구지요] 낙화여고목제비. 여섯 자지. [채록자 : (손가락을 꼽아보며)낙화여고목제비.] 어? (웃으며) 낙화여고목제비. 체, 일곱 잔데.

그래, 그거럴 오언으로 맹글어라 그거야. 다섯 자루. 아냐, 그러니깐 여섯 자루군. 뭘 빼느냐 하믄. 낙화는 여, 더불여 자, 더불여 잘 빼라 그거야. 왜 군덩뱅이루 뭐야, 낙화는 저 고목제비하구, 떨어지는 꽃은 떨어져 버렸으니깐 고만이지 뭐야. 그래 다시 올라붙을 수가 있어? 그러니깐 고목에다가 비유헌다 그거야. 고목이나 매찬가지다 그거야, 떨어지는 꽃은. 그 더불 여 자를 빼버린 거야. 그래 추수는 공장천일색이라 추수는 장천일색이야. 가을 물은 푸른 하늘, 그 장천허구 빛깔이, 가을 물은 똑같다구. 퍼런 게, 하늘이나. [채록자 : 필공이 그렇게 했다는 말이지요?] 그래, 필공이,

"그렇게 그 두 자를 빼고서 임마, 잘 졌다구 그래야지. 괜히 군덩뱅이루,

여 자허구 공 자는 왜 넣어? 뭐 잘 졌다구 그러냐?" 구

그랬더니, 가만히 귀신이 생각허니깐,

"참 여 자두 괜히 넌 거구 더불 여 자, 더불 여 자는 빼두 말이 되는데. 괜히 넣었다." 구.

그러믄서 다시는 고 이튿날부텀 다시는 안 읊으고 다니드래. 그래서 필공이가 버릇을 고쳤다는 얘기야.

[2003년 7월 12일 채록]

62. 절에서 공부하다 부부가 된 처녀 총각

◉ 줄거리

대갓집 처녀가 글을 배우고 싶어 했다. 어쩔 수 없이 부모는 남장을 시켜 절로 보내 글을 배우게 했다. 절에는 이미 다른 총각이 들어와 글을 배우고 있었다. 둘이 한 방을 쓰게 되자 총각은 처녀의 신분을 자꾸 의심했다. 처녀가 여자가 아니라고 부인하자 총각은 갖가지 시험으로 곤란을 겪게 했다. 처녀는 지혜를 다해 남자라고 우겼으나 결국 여자임이 탄로 났다. 처녀는 부모에게 사연을 말하고 혼인을 하자고 했다. 혼인을 하게 된 신랑은 신부에게 어떻게 오줌줄기 시합에서 자기를 이겼느냐고 물었다. 여자는 붓뚜껑을 끼워 오줌눗기 시합에서 이겼다고 털어놓았다. 부부는 행복하게 살았다.

▣ 전에 처녀가, 거 대갓집 처년데. 자기 아부지가 글을 가르칠려니까 원 부모 뜻두 맞지 않구. 일일이 딸을 때릴 수두 없구. 그래서

"에 절에 가서 아무개 중한테 글을 배라."

그래 절루 올려 보냈어. 그래 저 남복(男服)을 시켜가지구선 상투를 짜 가지구, 처녀를. 그래가지구선 절에 들어가 주지한테 공부를 하는데. 그때 마침 건너 마을 또 총각이 하나 있는데. 그 집이서두

"에 여기서 하는 것보단 아무개 절 주지한테 배믄, 주지가 문장이니까. 공불 잘 하구 오너라."

그리구선 인제 보냈는데.

일년에 꼭 한번씩 오는 거야, 자기 집을. 자주 오믄 집을 못 잊어서 공부와해가 되니까 자주 오지 말라구. 그래 보구 싶으면 자기 부모가, 자기 어머니가 대개 데리구 가서. 뭐 간식두 좀 해다주구 인제 그러는데. 한 방에서 뒹구는 거야. 그러니깐 남복덜을 입었으니까 다 남자지 뭐야. 근데 여자는 약간 저 얼굴이 벌써 살이 참 곱구 그렇잖아. 남자 손목을 만져봐두 부들부들 하지 않구, 곱질 않은데. 남자가 가만히 그 여자 관상을 보니깐. 남복을 여하미남이라구, 남복을 했지만 저렇게 고울 수가 있나? 수시로 그걸 연굴 허는데.

"우리 목간을 가세, 친구."

그러니까, 아니 싫다구 그럴 수도 없구.

"그래 가세."

그래 인제 그 남자는 그 여자더러.

"자네가 저 위 가서 허게. 난 이 아래서 할 테니까."

"아냐 내가 아래서 헐 거야."

"아 그러지 말구 자네가 위에서 해."

그래 서루 참 오기다툼을 하다가 여자가 위에서 목욕을 하는데. 그래 목욕을 하는 데 올라가서 볼 수도 없구 말야. 그래 목욕을 다했는데, 이 있지, 기름방울이 이렇게 동동동동 떠내려 오드래. 그래 기름방울이 이게 동동 떠내려와서 이게 뭔가 하구, 그래 가만히 손에다 요 기름방울을 요렇게 펴가지구 보니깐 피가 섞인 기름방울이야. 이게 여자가 틀림없는 여잔데. 그러구선.

"아니 왜 핏방울이 떠러져 내려와."

그러니까

"아니 바위에 손을 슬쩍 했더니 피가 나는군."

그랬으니깐 고만이지. 그걸 어디 보자구 그럴 수도 없구. 그래 뭘루다 이렇게 새끼손가락을 쳐 매는 시늉을 하구 나왔어. 인제 옷을 입구선 집으로 공부를 하는데.

인제 그 의심을 사기 시작하니까 한이 없어. 그래 남자넌석이,

"자네가 오줌줄기가 신가. 내가 신가. 우리 요기 담이 이렇게 높지 않으니까, 오줌으루다 담을 넴겨 볼레나?"

그러니깐,

"에 이 사람아. 사람 왔다갔다 하는데, 오줌을 한데서 어떻게 놓냐?" 구.

"사람 없는 새 여기서 해 그럼 사람 안 다녀 여긴."

그래 이 눔이 사내녀석의 오줌이래는 게 간신히 담을 넘어가는 거야. 근데 저 남자가 인제 간신히 저는 담을 넘겼는데. 그래 저 남자는 이미 여잔데. 저게 만일에 여잘 것 같으면 오줌줄기루 담을 어떻게 넘기느냐 그거야. 이제 요때 탄로가 난다.

근데 이 여자가 오줌을 누는데, 위루 그 사람보다 목적 두자는 높이 올라가서 떨어져. 근데 염병할 게 어떻게 해서 오줌줄기가 셔. 그래 저게. 그래 인제 밝히질 못한 거야.

그래 그러구섬두 아마 반 년은 지났는데. 서루 다리두 치켜 얹구 그러믄, 한참동안은 그냥 두더래, 여자가. 골을 낼 수두 없구. 그래 다릴 치켜 얹군. 별 짓을 다 해구. 그래 나중에 자는 새 촛불을 얼른 대려 놨어. 그러구 보니깐 아 벌써 성년이 돼서 안가슴이 이렇지 뭐야. 젖퉁이가 그냥 텡텡해 올라왔는데 그때 이렇게 만져 봤대지 뭐야. 아 젖퉁이가 큰 거야. 제 젖을 만져 봤더래. 저는 민펜데. 그래더니 깜짝 놀라 일어나드래, 여자가. 일어나더니 보퉁이를 훌훌 싸는 거야.

"인젠 더 이상 여기서 배길 수가 없다."

그리구선. 그래 옷을, 자기 옷을 입을 놈이구, 책이구 죄 싸가지구 가니까.

"아 그걸 왜 싸느냐?" 구.

그랬더니

"나는 이제 가야 한다." 구.

"왜 갈랴구 그러냐?" 구.

"인제 여지껏 공부헌 건 자네나 나나 남잔 줄만 알구선 했는데 탄로가 났어. 그러니까 여기선 배길 수 없어. 자네두 공부 못하구, 나두 공부 못하는 거야. 그래 자넨 공부 여기서 잘하구, 만약에 연분이 있대믄 우리 둘이 만나서 혼인을 허는 거구. 내가 아부지한테두 여러 번 인제 어머니한테 청을 넣가지구 아부지한테다 인제 권골 어머니가 허면 내 말을 받아들일런지 모르니깐 만일에 부모님께서 허락을 헌대면 자네허구 나허구 혼인을 허는 거구. 부모가 즉 반대를 허문 못하는 거니까 그런 줄 알라구. 난 간다."

그러구선 냅다 달아나는 걸 뭐 붙들 수 있나?

"정말 꼭 그렇게 하겠냐?" 구.

"아, 틀림없이 내가 어머니한테 청을 넣겠다." 구.

"그럼 나두 아부지 어무니한테 청을 넣겠다." 구.

"이것두 우연치 않은 인연이야. 남녀가 여기에 와서 공부 일년간이나 했대는 게, 이게 아닌 게 아니라 큰 인연이니까. 하늘이 준 인연을 버릴 필요가 있냐. 우리 성사시키자."

그래서. 자기 어머니 아버지한테 양쪽에서 다 청을 넣어가지구. 그러니까 어떻게 부모들이, 양방 부모들이 합의를 해자지구 혼인을 정했어.

그래 가지구 혼인을 해가지구. 나중에 첫날밤에,

"그래 대관절 거 담 너머 오줌줄길 어떻게 담을 넘기냐?" 구.

그랬더니

"거기다가 이저 상자 쪼가리 같은 걸 요렇게 대구 거기다 거 붓뚜껍을 붙여서 가운데다 끼구 힘을 줘서. 벌써 자기가 그럴 줄 알구 내가 시험을 한번 해봤다."

그랬더니

"내가 그런 줄도 모르고 난 감쪽같이 속았다." 구.

그래서 혼인을 했는데 두 내외 장가들고 나서 공부를 해서 벼슬까지 했대나 봐.

[2003년 7월 12일 채록]

63. 책 씻기

● 줄거리

옛날 서당에서는 책을 한 권 떼면 책씻기를 했다. 술과 송편을 해 와 학동과 동네 사람들이 나누어 먹었다. 책을 떼면 훈장이 책에 수결을 해주었다.

▣ [채록자 : 재미있네요. 이 이야기는 누구한테 들으셨습니까? 어르신] 선생님한테 들었어. 한문선생님. [채록자 : 유선생님한테요?]. 응. 다예요, 다. [채록자 : 한문선생님은 결혼하고 잘 사셨어요?] 응. 그땐 선생 해가지구, 그 갱미 받아가지구 그래두 잘 지냈는데 그 아들이 농사 짓는다구 뭐 껍적대더니 죄 까먹구 중년에 즈 아버지, 선생 돌아간 지 한 삼년 있다가 젊어서 죽었어. 결핵으루 죽었대나 봐. 그러구 아주 거기 씨덜이 없어졌어. 얘기 잘하는 게 좋지는 않은 모양이야, 결말에 가서는. [채록자 : 그걸 갱미라구 그랬습니까?] 선생 수업료를 갱미라구 그랬다구, 갱미. [채록자 : 갱미는 어떻게 받았습니까?] 뭐 천자 배우는 사람은 벼 한 가마니. 통감 배우는 사람은 저 베 두 가마. 많이 받는 사람은, 베 두 가마믄 무신 맹자 이따위두 다 배. 통감은 한 가마 두 가마야. [채록자 : 책씻기는 어떡해 하셨어요?] 책씻기는 천자를 배믄 떼잖아? 다 떼면은 천지현황 언지호야를 다 읽고나면 인제 거기다 선생이 도장을 콱 찍어줘요? [채록자 : 책에다요?] 응. 인제 다 배웠다구 그럼 거기 접장이라구 있다구. 접장이 뭐냐믄 학생장이야. 그 접장이,

"너 천자 뗐으니 책씻기 해 와야지."

그럼 안할 수두 없어. 통감 또 배워야 할 테니까. 동몽선습 계몽편 다 배야 할 테니까. 책씻기를 해오는데 술하구 송편은 이만한 노무 한 짐은 해가지구 온다구. 그럼 동네에, 인근동 사람이 거반 다 뫼서 먹어요. [채록자 : 그럼 천자문에 도장을 찍을 때는 수결을 하셨나요, 어떤 도장을 찍으셨나요?] 이저 붓으루다 저이 실사 변에 이 겨울 동 마칠 종자 종자를 해놓구는 한 바퀴 이렇게 완주를 돈다구. 그래 싸인인 셈이지. [채록자 : 수결은 안 하시구요?] 에. [채록자 : 보통 천자문은 몇 개월 걸리셨어요?] 난 천자 반 백에 안했어. 계몽편두 배우다 싫으면 안 배우구. 통감 초 권두 한 스무 장이나 읽었으까, 통감 둘째 권두 한 댓장 읽다가 그만 뒀구, 셋째권두 반 백에 안 배웠구. 맹자 셋째 권을 배우다 그만뒀지.

[2003년 7월 12일 채록]

64. 새우젓 장사에게 봉변당한 화전민 II

● 줄거리

새우젓 장사가 강원도 화전밭 근처를 지나가게 되었다. 부부가 비탈밭을 매는데 속곳을 입지 않은 여자의 응뎅이가 실그러져 보였다. 새우젓 장사는 여자의 아래가 삐뚤어졌으니 자기가 고쳐주겠다고 했다. 어리숙한 여자는 새우젓 장사가 시키는 대로 했다. 다시 마을로 내려가던 새우젓 장사는 그 집에 들러 딸도 병이 들었다며 고쳐주겠다며 수작을 부렸다.

▣ 옛날에 새우젓장사가 저 지게에다 이만한 노무 통. 그거 저 지구 댕기는 새우젓장사 못 봤지? 옛날에 보리마당질하는 도리깨루다 투덕투덕 허믄 '새우젓 사려' 하믄 덥기는 하구. 돼지 흔히 잡아먹었어? 새우젓 한 사발 사가지구. 그 애호박. 애호박 숭숭 쓸어서 호박나물 볶아서, 보리밥 썩썩 비벼서 한 사발씩 먹구. 그래 옛날 사람들이 방귀를 왜 잘 뀌었냐 하믄 보리밥 먹으니깐 자료가 방귀자료거든. 그 그냥 방귀만 나가는 거지.

그런데 그 새우젓 장사가 참 저 강원도 큰 명호를 하날 떡 넘어가서 보니깐, 젊은 두 내외 화전밭을 매더래. 참 콩밭을 이렇게, 대개 이렇게 비탈이 졌다구. 대개 화전밭이래는 게. 한 가랑이는 그 아래에다 이렇게 걸치구, 한 가랑이는 밭두덕이 높으니깐 이럭허구선 매 나가는 거지 뭐야. 다리 하난 여기 있구, 다리 하난 저 땅에가 있구.

그 새우젓장사가, 하여튼 나같이 참 숭악스런 놈이구 그랬는지. 이렇게 보니깐 그 여자 응뎅일 보니깐 응뎅이가 한쪽은 이 위에가 있구, 한 쪽은 이 아래가 이렇게 실그러져 있거든. 그래 이놈이 기냥 지나가는 게 아니라 에이 이거 삐뚤어진 것 고치려. 삐뚤어진 것 고치려. 그러구선 쭉 내놓구 새우젓 사려. 삐뚤어진 것 고치려. 그렇게 두 마디씩 하구 내려가더라 그거야. 저 녀석이 새우젓 사려 그리구 삐뚤어진 고치려 하는 건 뭐가 삐뚤어졌대는 거야. 대관절. 이 여자가 가만히 콩밭이나 맸으면 괜찮은 건데. 아 전엔 고쟁이 무신 너랭이 이따위만 입지 않았어? 뭐 지금 반쓰봉이구 뭐 무신 뭐 팬티구 뭐구 입었어? 너랭이나 하나 입구, 헌 노무 게. 그래 너랭이 새루 이렇게 하구 자기 밑천을 보니깐 아 이렇게 삐뚤어졌다 그거야. 한 다리는 이 아래에 있구. 한 다리는 (웃음) 이 위에 있으니깐 아주 삐뚤어져두 몹시 삐뚤어졌어. 그걸 고치려, 고치려. 아 저놈이, 내가 이런 걸 가지구 여지껏 살았구나.

"당신 삐뚤어진 거 잘 고치우?"

"네. 잘 고치구 말구요."

"거 어떻게 고칠 거요?"

"여기서 고치지. 뭐 집으로 들어갈 필요두 없습니다."

그래 사내는 저기서 밭을 매는데.

"당신은 좀 매여, 매. 내 얼른 삐뚤어진 거 고치구 올게."

그래 염병할 노무, 이놈은 마누라가 여지껏 데리구 자구 같이 생활을 했는데. 삐뚤어진 게 없는데. 뭐가 삐뚤어져 고치러 갔나 하구선. (욕하지 말아요. 내 안 할려다 하는 거야, 정말) 아 그래. 가서 고치는데 뭐 고칠 게 뭐 있어? 그게 해주는 거 백에. 그래 데리구

"어떤가 자세히 보라." 구.

그랬더니 아 반뜻하거든.

"아 이게 이렇게 고치는 수가 있구나."

멍청이 여자가 와서 그러니까 이 새우젓 장사는 뒤도 돌아보지 않구. '새우젓 사려' 그러구 가는데.

"저 아래 내려가서 외딴집이 있는데 딸이 있으니 딸이 새우젓 안 살 테니까 바루 지나가우."

"네."

그래 와서 밭을 매는데.

"그래 고쳐졌냐?" 구.

"뭘 고쳤냐?" 구.

사내가 그러니깐 에이 고치진 뭘 고치우. 그래 보니까 매찬가지지. 비탈밭인데 고치나 마나지 뭐야.

"아 이 자식한테 내가 속았구나."

그러나 저러나 그노무 딸 얘기를 해서 딸 행실 내주지나 않으까 그러구선. 아 근심을 하구 있는데, 거기 가서

"새우젓 사려."

그러니까

"새우젓 안 사요."

근데 여자가 잘 생겼더래지 뭐야, 딸이. 그래,

"아, 근데 아가씨가 그거 얼굴이 왜 누러냐?" 구.

그러니까

"제 얼굴이 누래요?"

"아유 여간 꽃 같은 아가씨들이 널 뛰구 그러구 화장하고 그러는 데두 누르퉁퉁한 게 병이 든 게 이만저만 하게 든 게 아니다."

그거야.

"그거 어떻게 고쳐요?"

"에에 고치는 수가 있다." 구. "돈두 안 든다."

그 녀석이 방에 들어가서 딸을 또 해줬네. 아 그래 딸을 해 줬는데.

"아, 이젠 날 거라." 구.

이제 중간에 얘기는 그만 두구선 조금 있더니 웬 여자가 웬 사람이 냅다 치올라오더래. 그 새우젓 장사가

"어디 가느냐?"

그랬더니

"아 저기 올라 간다." 구.

"뭐 잊어버렸느냐?" 구.

"아 연주창을 앓아서 연주창엔 다시마루 감는 게 빨리 돼. 다시마가 진을 빨아 올리구, 독기를 빨아올려서 빨리 아문 대나 봐. 바람결에 휘적휘적 허더니

"다시마가 떨어져 나갔다." 구. "그래서 그거 찾으러 간다." 구.

그러니깐

"있더라." 구.

아 그래 마누라가 다시마나 찾아가지구 그냥 갔으면 되는데 그 집에 외딴 집에 딸 하나 사는데 가보니깐 툇마루에다가, 요런 보시기에다가 뭐 술찌기 같은 노무 거, 물을 받아 놨더래지 뭐야.

"이게 원 조밥 숭늉을 여기다 붜 놨어?"

그러구 홀짝 들이 마셨어. 이게 맛이 참 아무것도 아니지. 비린내두 나구 벨 노무 냄새가 다 나는대.

그래 가다보니깐 다시마 조각이 떨어져 있잖아. 그래서 그거 어떻게 좀 비위가 가라앉을까 하구 다시말 주워 질겅질겅 씹구 가는 거야. 그때 웬 사람이 냅다 올라오면섬

"아, 여보 그거 남으 연주창에 붙였던 노무 다시만데 그걸 왜 씹구 있느냐?" 구.

이렇게 보니까 그냥 피고름이 시뻘겋게 묻은 거야. 그러니까 이게 비위가 뒤틀리는 거야. 그 다시마를 뺏어가지구선 연주창 앓은 사람의 모가지에 다시 감구 그 생각을 하니깐 시뻘건 노무 거 씹어 먹은 생각하니까 비위가 뒤틀려가지구 '에이 안 되겠다.' 그러면서 살구씨를 짓찧어 가지구선 기름에다가 넣어서 살구씨를 졸여서 한 반 종지 먹구선 설사를 한 바탕 하구 깨소금을 입에다 넣구선 좀 질겅질겅 씹구 나니깐 비유가 가라앉더래.

그래 그거 그날 일수가 좋지 않으믄 걸린대는 게 그런 거만 걸리구. 새우젓 장사는 모녀를 해주구 갔지 뭐야.

[2003년 7월 12일 채록]

65. 아들 제사 받아먹지 못하는 사람 I

● 줄거리

술 좋아하는 사람이 친구와 만나 취하게 마시고 실수로 서로 집을 바꿔 들어가 부인과 잠을 자고 나왔다. 수십 년이 지나 이 사람들은 죽고 자식들이 장성하여 제사를 모시고 있었다. 그런데 죽은 영혼이 아들 집에 젯밥을 먹으러 갔는데 친구가 자기 제상을 받고 있는 것을 보았다. 생전에 자기 아들로 알고 있었는데 죽어서야 혈연관계를 알게 된 것이다.

▣옛날에 술 좋아하는 사람이 하나 있었는데, 부부 생활두 원만히 허구 그러는 사람인데. 장에 가서 친구를 만나가지구서 술을 잔뜩 먹구 중간에 오다가 산 모랭이에서 또 드러누워서 잠두 한잠 자다가 술이 깨니깐, 들어간다 들어간대는 게 아지두 못하는 집인가 본데. 아 뭐 참 기억두 안 나구. 취중에

"마누라!"

대문을 발루 탁탁 차구선

"문 열라."

그러니까, 아 목소릴 들으니까 자기 영감 같더라구. 문을 열구

"웬 술을 그렇게 많이 잡쉈냐?" 구.

디리 그러면서 아, 뭐 얼버무려 가지구

"친굴 만나 가지구 한 잔 허다허다 날이 저물구 그랬다." 구.

말두 잘 안하구 그 사람두 저희 집인 줄 알구 들어간 거야. 근데 고갤 푹

숙이구 이리 비틀 저리 비틀 허문섬 들어가서

"저녁은 어떻게 했느냐?"

그래두 고개만 홰홰 젔구 안 먹는다구 그래믄섬. 그래서 이불을 깔구 인제 자는데. 마누라가 술을 잔뜩 먹구 와서 마누라가 고단하게 자는지 이불을 차 넣구 자는지 알지두 못허구 자기만 잔다구. 온통 그러다 마누랄 데리구 잤어. 잤는데, 마누라두 자기 영감인 줄 알구 인제 자구, 이 술꾼은 자기 마누라인 줄 알구서 인제 같이 잤는데.

인제 수십 년 지났어. 아니 저, 수십 년 지난 게 아니라 그래가지구 훤히 밝았는데 이렇게 보니까 자기 집이 아니라 딴 집이야. 자구 일어났는데

"야, 이거 내가 실술 몹시 했는데."

어떻게 됐는지 바루 친구의 집이야. 친구 마누라와 같이 잤는데 '예기 술김에 뭐 그냥 가믄 고만이지.' 그리구서 갔는데 아 오다가 친굴 만났대, 새벽에.

"아, 자네. 어디 있다 인제 오나?"

"아, 나 우리집에서 자고 오는 길일세."

"아, 우리 집은 여긴데, 어서 자구 와?"

"자넨 어서 오는 건가?"

"아, 나두 우리집인 줄 알구 자구 왔는데. 이게 자네네 집이 돼서 이거 참 실술 저질렀는지 모르겠네."

"예구, 술김에 뭐 어떤가."

이러믄서 서루 헤졌는데.

그래 수십 년이 지나 가구서 그래두 다 그 얘기 취중에 그렇게 된 얘기니까 서루 이핼하구 그러는데 수십 년 지나서 아들을 나 가지구 이십여 세 지나가 지구 근데 둘이 다 죽었어. 친구 간에 다 죽었는데. 인제 서루 한 날 한 시에 죽었는지 원. 그 친구가 제삿날이니까 아들네 집으루 갔는데 가서 대문을 떡 들어서서 보니까 마루 대청에다가 제상을 꾸며놨는데, 자기 친구가 떡 올라 앉았더래지 뭐야, 젯상에. 거 그 위에 지방을 딱 붙었데 자기 이름을 써서 붙인 게 아니라 자기 친구의 이름을 써서 딱 붙였드래. 아 그거 지방을 그렇게 붙인 게 아니라 지방은 바루 붙였는데 자기 친구가 와서 떡 잔을 받어 먹드라

그거야. 그래서 이거 뭐 안 간 척허구 대문간에 옆에다 몸을 기대가지구 앉았다가 나중에 갔는데 '아, 참 이상두스럽다.' 그러구선 '그 어째 내가 그 아무개 아범이 난데 저 사람이 제사를 먼저 받어먹구 가는 게 이 무슨 이친가.' 허구선. 거 조화 속이 돼서 거 아들 보구 물어볼 수두, 아들이 뭐 알아? 그래 마누라 제사 받아먹구. 거 귀신이 됐으니 마누라더러 얘기두 할 수 없구. 그래 그 친구가 먹던 나머지를, 인제 정작 아들의 아버지는 먹구선 가는데 웬 청년이 하나 나타나더래지 뭐야. 그래 컴컴한 밤이니까

"거 누구냐?"

그러니까

"아무개에요. 아저씨 어딜 갔다 오세요?"

그래 친구의 아들이야. 그래 자네 아버지 제사 언젠가 며칠 안 남었어요. 한 열이틀 날이나 열사흘 날이라구. 그래서 자네 거기나 한번 내 가 봐야겠다구. 그 지사날을 잊어버리지 않구 기억해 뒀다가 십삼 일 날 딱 가니까, 아 역시 그 친구가, 제 제사지 인제. 그 아들이 인제 자기 아버지 제사 지내는데, 그건 바루 자기가 난 아들이니까 제 제사를 받아 먹는데 이 사람은 이게 무신 이상스럽다. 그러믄서 제살 받아먹을 수가 있어, 남우 아들인데. 이거는 제 아들이니까, 가서 친구지만 받아먹었지만. 그리구 또 친구 나간 뒤에두 이거 제 아들이야.

인제 명색이 제 아들이지 내용은 그 친구의 아들인데. 그 술 먹구 그 마누라, 친구의 마누라하구 동품해가지구 어린애가 생겨서. 인제 그래 그렇게 돼 있으믄 그 부인두 몰르게 그 사람이 와서 제살 받어 먹는대. 귀신두 맘대루 못헌대는 거야. 자기 아들인데 자기 아들인줄 알았지만 내면적으루 친구의 아들이라 그거야. 그래 부인더러 디리 들어가서 캐물었는데, 아 모른대는 거야, 뭐야, 딴소리 한다구.

"이거 술 먹구 와가지구 같이 자구 그거 뭐하는 노무 소리냐?" 구.

"난 그날 아무개 부인하구 자구 왔어. 그래 당신두 저 아무개하구 같이 자지 않았어?"

"아, 술김에 왔는데 당신인줄 알구 같이 잤지. 누가 딴 사람인줄 알구 같이

잤냐?" 구.

"아, 그런 소리가 어디 있냐?" 구.

"자기가 술이 취해가지구 일을 저질르구 와서 외박을 허구 와서, 뭘 잘했다구 그래냐?" 구.

"아, 당신은 집이서 외박을 헌 거지. 그게 잘한 거냐?" 구.

서루 언성을 높이면서 소리를 지르는지.

"소리를 질러야 인제 남만 부끄럽지, 그만 둬. 없던 일루 합시다."

그러구서 했는데.

인제 그 저 친구의 아버지가, 혼이래는 게 있는데, 뭐 삼혼칠백이라구 그러는데 뭐 혼이 셋이래거든? 죽으믄 사람에, 그 백이래는 거. 혼백, 백이라구 있는데, 일곱이래. 그게 지금 과학적으루 아무 소용이 없는 거야. 괜히 말을 지어 가지구 허는데 실지면으르는 혼이 없대.

근데 한 군데 가니까 바위가 덜미에 있는데 거기서 술이 취해가지구 친구가 자더래지 뭐야.

"여보게, 여보게. 왜 여기서 자나?"

그랬더니,

"아 마누라가 외박을 했다구 그러구선 집이 못들어오게 한다." 구.

"외박을 어디서 해?"

"이 사람아 자네가 아다시피 서루 왜 새벽에 자네 만나지 않았어. 게, 나는 자네집에서 자구. 자넨 우리집이서 자구 그랬다구. 그걸 지금 뇌까려가지구 외박허구 온 사람 집에 못 들어오게 한다." 구.

"집에 못 들어가서 여기서 자는 거야."

"에이, 나하구 같이 가세."

그래 친구가 친구를 데리구서 그 친구네 집에 가서 인제 문을 열구

"나 왔어."

"나가 누구냐?" 들어오지 말래니까 왜 들어오느냐?" 구.

"나는 어떡허우?"

그 친구가 저, 친구의 부인더러 그러니까

"나는 어떡하는 게 뭐야? 에미, 서방두 내쫓는데 가외 사내가 무신 아랑곳이 있냐?" 구.

"아, 나하구 같이 자지 않았냐?" 구.

"아 자긴 언제 자?"

"아, 사실이 이렇게 된 거니까 부인덜이 서루 이해를 해야지."

그래 양쪽 부인을 다 데려다 놓구

"우리가 과실이냐, 당신네덜이 과실이냐, 생각을 해 보자구 여기서. 넷이 앉아서."

그래 가만히 보니까 죄 실수는 저질른 거 아냐? 뭐 여자두 잘 했다구 그럴 수 읍구. 남잔 술김에 그랬다지만 술을 안 먹은 부인네

"느덜은 왜 남우 남자하고 잤냐?" 구.

그러니 동네사람을 회의라구 참석을 하라구 그럴 수두 읍구.

"에기. 말이 밖에 나가믄 다 챙피허니까 그만 두자." 구.

그러구 '부인두 영감 쫓지 말라' 이거야.

"당신은 뭘 잘했다구 그러냐." 구.

"나허구 같이 잔 생각을 해 봐. 누굴 내쫓아 내쫓긴."

"아 그렇게 됐느냐." 구.

"그렇게 되지 않으믄."

그럼 근데 그 차마 이 사람이 우리 마누라허구 자서 어린앨 나 가지구 제살 받으러 왔다구 그 얘길 안했다구, 그 친구 부인한테. 아 사실이 아닌 게 아니라 얘길 들어보니까

"잘잘못은 그만 두고 좋게 지내자." 구.

아주 화핼 허구 쫓았던 남편을 불러들여 가지구 여지껏 잘 살더래.

그 귀신이래는 게 자기 자식인 줄 알었어두 나은 혈액관계루나 혈통관계루나 자기 자식이라 길르긴 했지만 제사는 못 받어먹드래.

[2004년 1월 4일 채록]

66. 김삿갓에게 욕 본 사람

◎ 줄거리

김삿갓이 지나가다 생일 잔칫집에 들어가 밥을 청했다. 주인이 허름한 외모를 보고 푸대접을 하여 김삿갓은 시 한 수를 지어주고 떠났다. 시를 보고서야 김삿갓을 알아보고 찾았으나 이미 사라진 뒤였다.

▣ 김삿갓이라구 있잖아. 그 사람이 돌아댕기다 한 군데 가니깐 생일잔치를 허는데 아주 참 기고만장하게 채려놓구 손님두 친구를 전부 새면에서 와 가지구. 그거 뭐 만장 세구 참 아니, 수연 세구 이런 걸 쳐 놓구 그러는데 가서

"배가 고프니 점심식사 허구 가게 좀 채려달라." 구.

아, 저 뭐 폐포파립이래나. 기냥 뭐 으복이 남루하구 갓두 전부, 삿갓이구 뭐구 죄 찢어진 노무 거만 들쓰고 돌아댕기는 김삿갓인데. 아유 거지가, 그 사람인 줄 모르구. 그래두 김삿갓이래믄 아주 우대 받었대거든. 글을 잘 짓구 그러니까. 그런데 옷을 드럽게 입으니깐 그 친구덜이,

"에유, 저 거지 뭐하나?"

궈이

"저 아래, 퇴 아래에 개다리소반에다 콩나물 부시레기하구 술이나 한 잔 갖다주라." 구.

그래 거기 가서 술을 먹는데, 술을 먹구 났는데

"아, 기냥 가느냐?" 구. "거지래두 시 한 수를 짓구 가야지. 그냥 가믄 어떡허냐?" 구.

"거지가 무신 시를 짓냐?" 구.

쥔이 야단을 치구.

"꼴두 보기 싫으니 빨리 가라." 구.

그래두

"붓이나 좀 빌려 달라." 구.

그러드니 쓱쓱쓱쓱 냅다 기냥 몇 자 적어 놓구선, 소반다리 속에다 이렇게 집어 넣구선,

"잘덜 노슈. 난 잘 먹구 가오."

거기 뭐라구 썼냐 하믄, 거기 괴하구 기이허구 그 형편없는 인물이 왔으니 그 당에 가득한 손님덜이 깜짝 놀래드라 그거야. 에미, 거지가 저렇게 허니. 그래 그 글을 뭐라구 졌냐 하믄, 언문 진서를, 이제 진서는 한글 아니야? 아니 한문? 섞어작허니, 이제 섞어서 썼대는 거지. 그래 인제 이걸 읽어 봐가지구. '시왈비왈개오자'라. 이 시 자를 잘헌다구두 해. 잘 지었다 허나, 무 비왈 아닐 비 자. 못 지었다구 허나 그런 사람은 전부 내 아들이라 그거야, 개오자라. 그래, 이 사람덜이 거 뭐 고개가 끄떡끄떡 허믄서 이걸 읊어야 과객이 인물래 하니 만단봉, 빈객이 경안개라. 거 그래가지구. 이 글을 시왈비왈개오자라. '이 글을 잘 지었다구 허든지 못 지었다구 허든지 논평하는 놈은 내 아들이라' 그거야. 그래서

"그래 어떻게 지었어."

"아냐."

뭐라구 그럴 수가 없으니깐. 그래 가만히 보니깐 거지한테 욕을 기껀 먹구 났는데 이걸 읽어보니깐 보통사람인 진 게 아니구. 이게 김삿갓인데

"우리가 몰라보구 괜히 안면박대를 해서 미안하다." 구.

그래 사람을 시켜가지구

"그 사람을 찾아오라." 구.

거 김삿갓인데. 거 어디 그 어디에서 글을 좀 짓구 같이 하루 놀자구. "의복이 남루하면 어때냐?" 구. "밤낮 객지루다 싸대니니까 누가 빨래해주는 사람이 없구. 그러니까 자연적으루 그렇지, 거 속이야 거지겠냐?" 구.

불르러가니까 벌써 어디루 갔는지 없드래. 김삿갓이가 축지법두 했대. 한 걸을 떼믄 보통 한 삼 킬로 이상은 디뎠대거든.

[2004년 1월 4일 채록]

67. 백자천손 곽자희

● 줄거리

아들이 백, 손자가 천 명인 곽자희가 있다. 자손이 많아서 어딜 가도 결국은 자기 손자 집일 정도로 자손이 번창했다. 곽자희는 여기저기 떠돌아다니다 모르는 사람의 집에서 죽었지만 결국 자기 자손의 집이었다.

▣ 아들이 백이구 손자가 천 명이래. 곽자희, 곽가야. 성이 곽이구 이름이 자희구. 그래 어딜 가든지 뭐 어디 볼일이 있어서. 의관을 정제해가지구 어느 사랑에 가서 지나가는 손이 하루저녁 유숙허구 가겠다구 주인을 청하믄 거 소자출을 얘기허구

"어디 사시는 누구구, 어떠냐?"

하믄 근데 죄 자기 아들, 자기 자손이야. 어딜, 그렇지. 아들이 백이구 손자가 천이래니까 천이 각개에 자주독립해서 살믄 천가 아냐? 천가, 집이 천 채지 뭐야. 그래 처처마다 당도허면 '우리 아부지, 우리 할아부지.' 그래 이 사람이 거 허다 인제 객사 비슷하게 남으 집이서 죽은 거야. 근데 결국 남으 집이 아니구 자기 손자 집이야. 남으 집이지만 워낙 손자가 천 명이니까. 뭐 웬만하믄. 옛날엔 집이 많지 않았었거든. 그래 남으 집에서 객사를 한 줄 알았지만 자기 넷째 손자에 집에서 죽은 거야. 근데 아들이 백 명이구 손자가 백 명이래는데, 인산인해라구. 임금이 죽으면 인산이라구 그랬어. 그래 사람이

산처럼 뫼구, 인산인해야. 사람이 바다처럼 뫼였다구 인해야. 그래 서루 시체는 뻗어놓구 어떤 사람이 만상제인지 알 수가 없어서. 그래 서루 통성명을 허구 이들은 아들끼리 인살 허구 손자는 손자끼리. 남남인줄 알었지만 인사를 허니까 결국 곽가의 자손들이야. 그래가지구 인근 동네가 전부 곽씨 성을 가졌드래. 인살 허구 나니까. 그래서 그 사람 장사를 지냈는데두, 참 나라 국상처럼 장살 지냈대. 그래서 백자천손 곽자희래는 거야, 인제.

[2004년 1월 4일 채록]

68. 나라 구한 아기장사

● 줄거리

유복자로 태어난 아기가 삼칠일 만에 말을 하며 날아다니기까지 했다. 아이가 네 살 때 이미 장사가 되어 그 소문이 나라에 알려졌다. 여섯 살 때 오랑캐가 쳐들어와 전투에 나가 승리하였으며 여섯 살 때는 이미 다 성장하여 보통 사람 두 배는 됐다. 오랑캐가 침범하였으나 이 아이를 당할 자가 없어 오랑캐로부터 다시는 한국에 침략하지 않겠다는 혈서를 받는다. 그 후 아이는 미인을 얻어 결혼하고 자식 낳고 잘았다.

▣ 아기장사래는 건, 부인이 저거 하다 십 개월 만에 어릴 앨 하나 낳았는데 세 돌? 그래 삼칠일이니까. 이십 일 만에 이웃집이 무신 일이 있어서 잠깐 일을 거들쳐 두고 거길 오니까, 아 삼칠일 된 노무 어린애가 없어졌어, 방에. 이게 무슨 조화속이지. 이게 대낮에 무신 호랭이가 물어갔다구두 헐 수 없구. 집이 개는 사람이 오믄 첨 반가워허구 그러는데 개가 물어죽였다구, '물어죽였으믄 시체래두 있을 텐데 이상스럽다'구. 게 안방 건는방 뭐 할 것 없이 다 뒤져두 없는데. 이름은 지었을 테니깐

"아무개야, 아무개야."

하구 불르니깐

"나 여기서 떡 먹어요."

그러드래. 어서. 이상두스럽다.

“떡이 웬 떡이냐?”

“고사떡 먹어요.”

그래 인제 이웃집이서 고사를 지냈으니까. 영감은 없구 거 애 하나, 게 유복잔데 나 가주구선 애나 잘 길러서 재밀 볼까 허구선 했는데. 거 어서 떡을 먹나 이렇게 보니까. 그 전에 선반이라구 있어. 마루에다 널빤지 이렇게 해놓구 거기다 뭐 이렇게 올려놓는 거. 이웃집이서 고사떡이니깐 뭐 어린애 데리구 또 고사떡 먹을 새두 없구. 여럿이 먹어야 그래두 뭐 좀 먹지. 혼자 먹을 수 없구. 팥 부시래기나 입에다 넣구 거기다 갖다. 괭이가 무서우니까, 인제 선반에 얹었는데. 아 인괭이가 올라가서 떡을 먹구 앉았더래지 뭐야. 그래

“대관절 니가 그래 거길 어떻게 알구 떡은 것다가 갖다 놓은 지 거길 어떻게 알구 올라가 떡을 먹냐? “근데 거길 어떻게 올라갔어? 누가 올려 놔줬냐?”

“아, 내가 올라갔어요.”

“거 빨리 먹구. 체한다.”

“찬 노무 떡을, 밤 잔 떡인데 그걸 먹느냐?”구.

“애, 젖 먹는 애가 떡을 먹는대는 게 말이 안되니까 빨리 내려오라.” 구.

그래 참 아닌 게 아니라 요기 있다가 상큼 내려오더래지 뭐야.

“가만 내려오너라.”

“아 괜찮아요. 혼자 내려가여. 혼자 올라간 걸 내려오질 못하겠냐? 구.

내려가는데 참 이상스럽드래. 선동이래두, 정말 비동(飛童)이지. 선동은 잘 생기구 그러믄 선동이라구 그래는데. 이거 나는 놈이기 전엔 거길 올라갔다 내려올 수가 없는데. 게 자는 노무 걸, 애니까 물에 잡아넣을 수두 없구. 이제 병원에서 산부인과에서 어린앨 낳았으면 그냥 발가숭이루 막 씻기구 그러는데. 옛날에 그러지 못하구 수건을 물에다 뜨듯하게 적셔가지구 겨드랑이를 씻으니까 겨드랑이에 날개가 이것만 하드래지 뭐야. 삼칠일 된 노무 애가. 그래서 장사가 돼서 날개루다 날아올라 갔대는 거야. ‘이상두스럽다.’ 그러구선 이게 집이서 자랄 수가 없어. 장산데, 장사믄 때를 만나믄 부모 하직두 없이 슬그머니 나가서. 나라에서 요구헌대요. 거기 장사루다 활약을 해서 전쟁에나 가믄 장사는 안 죽어? 전쟁에서야 후딱하믄 적병한데 찔려 죽이구 뭐 그러

는데. 나하구, 나 늙어죽을 때까지 저게 보필을 못할 텐데. 저걸 어떻게 허나 근심을 하는데. 하루는 네 살 먹어서 누가 찾아서 문을 열구 나가니까

"어서 오셨냐?" 구.

"나라에서 왔다." 구.

근데

"어째 오셨냐?" 구,

"나라에서. 여기 장사가 있다구, 참 상감께서 데려오라구 그래서 왔다." 구.

"아, 네 살배기 어린앤데 장사가 무신 장사냐?" 구.

"아냐. 벌써 소문이 나가지구 벌써 임금님 귀에까지 소문이 들어가서. 그래 그런 장사 지금 전쟁에 써 먹어야 될 테니깐. 그 장사가 아니믄 적을 무찌를 방책이 없어. 그러니깐 그 장사를 여하간 데려구 오라. "구.

아무리 장사래두 네 살이니까 뭐. 그렇게 날래구 그러지만 체격이래는 게 다 자라질 못했지 뭐야. 그래 헐 수 없이 나라에서 왔대니까 뺐을 수가 있어?

"담에 들를 테니까 너무 섭섭해 말라." 구. "지금 전쟁에 나가는 것두 아니니까 집에 한 번 댕겨서 나갈 거라." 구.

거 임금한데 가서 했는데. 가만히 보니깐 뭐 그렇게 장성하게 자라지두 않았는데. 그래 임금이

"니가 그렇게 장사라? 날래구 그렇다는데, 저 용마루에 사다리 놓지 말구 거기 올라갈 수 있느냐?"

"네, 거기쯤은 올라갑니다."

그래 문을 열구선 그 대궐이 여간 높아요? 뭐 경복궁 창경원 덕수궁 뭐 여간 높은가?

"거길 올라가 봐라."

그랬더니. 쑥 솟아서 올라가는데 참 제비나 이런 거 앉듯 용마루에 웅크리구 앉았는데.

"고만하믄 되겠다. 한 일이 년만 길르믄 몸두 부대하구 써 먹겠다."

하구서

"느 집이 가서 이 년만 있다가 또 불르믄 오너라."

"네. 그러겠습니다."

그래 이 년인데. 여섯 살 먹어선 다 자랐어. 체격이구 뭐구.

아 근데 그 오랑캐가 쳐들어오는데 천상 그 사람을 불러야지 뭐 다른 사람이 내기 헐 재단이 없어서.

"그 사람을 꼭 불러오라" 구.

가서 또 시켰는데

"가자."

그러니깐,

"예, 가겠다." 구.

자기 어머니한테

"전장에서 꼭 승리를 허구. 어머니 꼭 계시라." 구.

"염려말구 승전을 허구 돌아오너라. 내 고대하구 기달리겠다. 너 아니믄 내가 누굴 믿구 살겠냐?" 구.

갑옷이구 뭐구 투구구 다 해서 임금이 친히 내리신 장검을 차구선 말을 타구 갔는데. 아 그거 오랑캐가 뭐 이름이 여몽이래나 뭐. 여몽이래는 장사가 그래

"대가리에 피두 안 마른 사람을 전쟁에다 내보내느냐? 너희 나라두 인제 다 봤다. 오죽 없으믄 저 따위 애를 내보냈겠냐?"

그래구선

"죽기 전에 얼른 퇴진해서 가라. 괜히 아까운 애덜, 괜히 비명에 가지 말라." 구.

아, 그런데 참 여섯 살 먹은 동자가 기냥 갑주 투구를 갖춰가지구 장검을 빼들구,

"빨리 여몽이랜 놈 내 앞에서 무릎을 꿇지 않으믄 너 목아질 잘를 테니깐 알아서 하라." 구.

소릴 지르는데, 아 여섯 살 먹은 애가 소릴 지르니깐 참 창경원에서 저 사자 우는 소리만큼 우렁차대지 뭐야.

"아 저놈 쬐끄만 놈이 울음소리가, 목청이 저렇게 굵으냐?" 구.

아 그래 오라구 그러니깐 무릎을 꿇을 수가 있어?

"되나 안 되나 저 따위, 한 칼에 목을 잘라서 우리 천황한테 가 바쳐야겠다." 구.

그러구선, 거 여몽이가 말을 타구서 달리는데. 그냥 이건 말은 절루 간다봐라 하구 그놈 투구 끝에 가서 올라서서 기냥 내리 칼루 쿡쿡 찌르는 거야, 새면을. 한 칼에 비믄 너무 죽이기가 아까워. 그러니깐 이렇게 고자릴 쑤시듯 쑤셔서 죽인다구. 아 몇 번 장사는 소용이 있어? 칼루다 쑤시는데. 여기가 고환이래는데, 여기가 이제 목 뒤가. 목 뒤가 두 번인가 콱콱 쑤시니까 비실비실 허더니 여몽이란 장사가 쓰러져 버렸단 말야. 그러니깐 군사가 무장지졸이지. 뭐 무신 힘이 있어? 죄 그냥 뿔뿔이 동서남북으루 헤져 달아나서 적을 격퇴허구선 승전고를 울리구선 임금 앞에 가니깐,

"참 가위 나의 대장이라" 구. "인제는 짐이 발을 뻗구 자게 생겼다." 구. "유사시믄 너를 찾을 테니까 꼭 와서 도와달라" 구.

"염려 마시라." 구.

그래 거기서 상을 여간 많이 줘? 그저 심부름 허던 거 재상이. 그러니까 장군이지 장군이야. 대도독이야 참. 나라에서 임금 알룬 그 사람이야. 그때 인제 애덜이래두 참 '장군, 장군' 하믄서. 아주 뭐 벼슬아치두 '장군 장군' 장군은 뭐 영의정이나 뭐 진배 없대, 계급이. 그래, 임금이 이저 뭐야. 수레에 장군이 올라타믄 임금이 친이 밀어준대, 이렇게. 군이 인제 것다 문지방 군자가 있는데 군이 내에는 임금이, 천자는 짐이라구 그러지만. 인제 제후왕은, 한국 사람은 과인이라구 그런다구, 임금이

"과인이 치죄하구 다스리구. 군이 외문 장군이 치죄하라."

이거야.

"이 문지방 밖에는 같은 장군이 아무리 베슬 높구 영의정 좌의정 우의정이래두 당신 맘대루 해라."

그거야. 허갈 내주는 거야. 그래 장수두 그 사람 앞에 가서는 꼼짝두 못해. 그런데 그게 한 사 년인가 됐으니까 인제 열 살이 딱 된 거야, 인제. 열 살이 됐는데 뭐 남만 호적덜이래나, 그 사람덜이 이 한국에다 사신을 세 명을 보냈

는데, '여자 열 명허구 소 백 바리허구 보내라.' 이거야. 근데 그걸 안 보내면 막 디리 쳐들어오는 거야. 그러믄 한국이래는 건 아주 존재가 없어가지구. 장사가 없으니까 뭐 멕이든 할 도리가 없어. 그걸 꼭 여잘 누가 오랑캐한테 시집을 갈라구 그래. 지금은 깜둥이구 뭐구 서루 눈이 맞아가지구 저 국적 없이 살지만, 옛날이야 참 한국하구 중국하구 그 두 나라 외에는 오랑캐라구 그랬다구. 그래서 그걸 누구를 보내느냐. 그래믄 베실아치덜이 회의를, 지금 국회에서 예산통과를 이년인가 일년이구 지대루 가결을 못 허구. 지금은 통과가 됐나? 예산은. 그래 근데 남만 호적덜이 와가지구선 그걸 떡, 사신을 해서 한국으루 서한을 보냈는데 임금이 끓구 있는데. 영의정이래는 사람이 벨 도리 없다구. 거 여자를 열명 뽑을래믄 몇 백 명 중에서 젤 못난 사람을 채택해가지구 보낼 때는 누가 못났는지 그걸 일일이 조사 검토할 수두 없구. 디리 치는 수밖에 없다구.

"아, 치긴 누가 치냐? 누가 디리 치냐?" 구.

이거 아 뭐 열 살 먹은 장군을 불르믄. 그 뭐 날라대니다시피 하니깐 그놈들 칼에 죽지두 않아. 그러니까

"몇 천명하구 그 사람만 보내면 뭐 틀림없이 승리하구 올 테니까 그렇게 하라." 구.

"아, 그리라." 구.

"영의정이 알아서 지시를 내리라." 구.

그래 할 수 없이 인제 걔를 불르니까 에기, 오는데 몇 해만에 오니까 임금이 몰라보게 됐지. 참 장대한 노무 장산데. 그래 군사를 지금 한 천 명밖에 없는데 그걸 다 데리구 가믄 이 국토 성중 성안을, 방비할 사람을 그래두 냉겨둬야 할 테니까

"장군이 알아서 데리구 가라."

그래

"많으믄 괜히 걸리적 대여. 제 발길에 지가 차여 넘어지는 놈이 있으니깐 뭐 오백 명만 달라." 구.

"그렇게 적게 가지구 가두 돼겠냐?" 구.

"지가 승리하구 오겠으니깐 염려 놓으시라." 구.

그래 또 가가주구선 했는데 가을 추(秋) 자, 서리 상(霜) 자 추상, 이름이 추상(秋霜)이야. 그래 추가가, 거기서 나온노무 추간 가봐. 추가가. 한국에. 지금 추가가 행세해요. 여기 추병원이라구. 큰 병원이 있어. 근데 우리집 옆 다구니에 마누라가 있는데 그 사람두 추가야. 참 희성이라구. 거 뭐야, 저 뭐 추골피, (잠시 망설이면서) 아, 마골피? [채록자 : 천방지축미골피요?] 그게 속에 들어가는데 천방치축 마골피인가 무신, 그런데. 거 추가가 알아주지 않는데. 지금 추가구 뭐구, 총각 장가 못간 놈이야, 뭐 그런 사람 얻지 못해서 장갈 못 가는데. 이 거 추간대 그렇게 장력이 시구 그냥 뭐 동에 가 번쩍 서에 가 번쩍 허는데 오백 명을 데리구 갔는데. 오백 명 장사가 힘깨나 쓴다구 했는데 그놈한테 죄 죽었내. 추장군한데 적군. 적군 아 뒤에서 후방에서 방관하던 노무. 아 성은 몰르겠어, 장사 성을. 그래서 기냥 칼을 기냥 집어던지니깐 그것두 도술두 했는지. 거 추가 그냥 그저 투구, 그 모자, 장사 쓰는 걸 투구라 그러는데, 투구를 그냥 빵빵 매가지구선 이렇게 해서 칼이 그냥 빵빵빵 여길 돌아가니깐 투구가 뷔져 나가니깐 살두 디리 뷔 지는 거니깐. 기냥 이렇게 허는 새에, 기냥 쫓아가서 참 날르는 거지. 날아서 그냥 칼을 훔켜, 자기가 버린 칼인데. 가서 그냥 투구를 죄 벳겨놔서 칼루다 그냥 그 골통을 내리 쬐겨가지구. 그래 뭐 그러지 않아두 그 칼이 살이 베서. 지금 저 골 수술헌 거 모냥으루 거기 갖다 떨어졌는데.

"아유, 이거 내가 아무 것두 몰루구, 그런 장사 있는 걸 몰르구, 내가 괜히 쳐들어오구. 갔다가 적국에다가 그런 통고문을 했다." 구.

아유, 거기서 무릎을 꿇었어.

"목심을 살려주시믄 내가 다시는 한국을 침략 안하겠다." 구.

"거, 여기다 각서를 써라."

"아, 지필묵을 안 가져 왔는데."

"마, 장사가 쓴대는 게, 항서를 쓴대는 게 혈서루 쓰지. 지필묵으루 써?"

"혈서루 써. 손가락 깨물어."

그래 이걸 뭐라구 그래. 이거 무명지지. 이걸 일본말루는 '사시유비'라 그

래. 이렇게 가리킨다구. 한국말룬 모르겠어. 그래 그걸 깨물어가지구선 참

"다시는 한국을 침노 안 하겠으니, 목심을 살려달라." 구.

해가지구선 도장을 꽉 찍어서 가지구. 그걸 갖다

"그럼 빨리 가거라. 내 이 군사를 다 죽일래두 죽여. 그러니깐 니가 혈서루 각서를 썼으니까 항서를 썼으니, 항자는 불살이래는데. 항복한 사람을 죽이지 않으니까 내 널 살려보내니 그러니깐 차후에는 그런 일이 없두룩 해라."

"네, 알았습니다."

그리구서 아 애한테 항복을 하구 혈서를 써 임금 앞에다 했더니. 어유 그때서야 근데 뭐 열아믄 살 먹었는데 이건 보통사람 곱쟁이는 체격이 자랐더래. 그래 악수를 허면서 술을, 어주 삼배래는 거야, 옛날부터 삼배래는 거야. 옛날서부텀, 임금 막을 어 자, 임금이 주는 걸 어주라구 그러는데. 어주 삼배라구.

임금한테 하직을 허구선. 그땐 뭐 한국 안에서 제일 잘 생긴 여자를 임금이 혼인중매해서 장가를 들었어. 그래가지구 삼남 이녀를 나 가지구선 그것두 전부 뭐 삼남이 삼정승 노릇을 허구 그 아들 또 손자덜은 판서 노릇을 허구. 이러구 그 동네에서 아주 유명 높은 대갓집이 되더래.

[2004년 1월 4일 채록]

69. 셋을 모르는 부엉이

◉ 줄거리

김서방이 나무하러 갔다가 우연히 부엉이 집을 발견했다. 그 속을 보니 토끼, 꿩 등이 여러 마리 있어서 두 마리만 남기고 가지고 와서 동네잔치를 벌였다. 부엉이는 하나 둘까지만 셀 수 있어서 두 마리만 남기면 걸리지 않는다. 그런데 욕심 많은 어느 사람이 다음날 아침. 부엉이 집에 가서 잡아 놓은 토끼 등을 모두 들고 나왔다. 그 때 부엉이가 돌아와 모두 도둑맞은 것을 알고 그 사람을 공격하였다. 두 마리만 남겼어도 괜찮았는데.

▣ 이건 실환데, 여기 포천 저 소흘면 사는 사람인데, 포천군 소흘면 용상동이야, 용상동. 동네이름이. 저기 가봤는지 몰라. 저 무신 궁중, 궁전식당인가 여기 있어. 저 상가대 거반 다 가서. 거 산 고개 밑에 궁전식당이라고 옛날엔 아주 잘 했는데 지금은 워낙 요리사들이 많구 그러니까 맥을 못추드라구.

거기 사는 사람인데, 저 김해 김간데. 김서방이래는 사람인데, 거기 올라와서 거 궁전식당인가 거기 산에서 낭구를 하러 왔는데. 그때가 한 삼월쯤 된 모양이야. 춘삼월쯤 됐는데. 거기 오니깐 바위틈에서, 그거 부엉이라구 있잖아, 부엉이. 그게 날개를 쩍 벌리고, 부엉이도 거반 날갤 피문 일 메탄 된다구. 부엉이 잡아서 박제도 해서 집에다 둬 봤는데. 누가 그러데, 재수가 없다구 그래서 누굴 줬어. 의정부 누굴 줬는데. 근데 고기를 박제하는 사람이 가져왔는데 무청 질겨. 맛은 괜찮드구먼 질겨서 먹을 수가 없드라구.

근데 거기 부엉이가, 바위 낭떠러지 바위 있는 데서 확 하구 날아가는 게 이 사람 생각에 '아, 저거 부엉이 집이로구나.' 그래 옛날에, 그래 마을 방에서 늙은이들이 '붱이집 만났어. 붱이집 만났어.' 그게 부엉이굴 만났다는 얘기거든.

근데 부엉이래는 게 하나 둘만 알았지 셋두 몰른데. 그래 거길 어떻게 지게를 놓구선, 근데 사람이 서서 부엉이 집엘 못 들어가게 돼 있다구. 벽선에다 이렇게 날라가서 우리를 맨들어서 새끼를 치구 그래서. 사람이 그걸 꺼내 내버릴내두 못 끄내 내버려. 사다리를 안 가주가믄. 근데 이걸 지게를 해가지구 같이 올라가자구 하니깐 퇴끼가 세 마리, 산토끼 꿩이 여섯 마리가 있더래, 장끼. 그 소릴 사람이 듣구선 퇴끼 한 마리 하구 뭐야 저 쟁끼 한 마리 하구 두 마리 남기군. 그러니깐 꿩 다섯 마리하고 퇴끼 세 마리하구 지게에다 짊어지구 낭구도 못하고 기냥 마대루다 있었는지, 아 등거릴 벗어서 혹시 부엉이가 오다가다 보까봐. 보믄 사람은 못 당한다구, 사람두 져요. 그래 거기다 덮어 가지구 오는데, 쓱 부엉이가 덜미서 휙 하더니 저희 굴루다 들어가더라 그거야. 젠장 괜찮다. 그래 쟁끼가 다섯 마리에 퇴끼가 네 마리니 동네사람이 잔치를 해두 될 거야. 거 장끼라는 건 수꿩, 고기가 많어. 거 토끼도 산토낀 커두 한 사발, 적어두 한 사발이라구. 네 마릴 해 가지구 동네잔치를 했어. 십여 호에서 포식을 하다시피 했는데.

근데 어떤 놈이 가만히 먹더니 '아, 내가 그걸 만났다면 집이 갖다 두구두구 집안 식구들 메칠을 먹을 노무 걸. 아, 그놈이 어떻게 거기 가서 부엉이 집을 만났어.' 이놈이 꼭두식전에 거길 갔어, 지겔 지구. 그게 옛날에 베, 뭐 오승인가 사승인가 그걸루다 저 잠방등거릴 새루 해 입구선 지겔 짊어지구. 자루를, 아주 꽁하구 토낄 잡으라구, 잘루루 잡을라구 떡 가주가서 거기를. 지게가 이렇게 되지 않았어, 지게가. 여기다 여 가지구 쇠장을 두 개 해가지구 거기 올라가서 보니까 아, 퇴끼 세 마리하구 꽁 세 마리하구 여섯 마리가 있드래지 뭐야. 욕심 사나운 놈이 몽땅 가져왔다. 홍, 꿩 세 마리하구 퇴끼 세 마리하구 몽땅 잘루에다 하니깐, 잘루가 그냥 한 잘루지 뭐야. 그 이렇게 오는데, 부엉이란 놈이 획척 허더니, 아 기냥 지나가니까 '에라 괜찮다.' 그러구 가더니 우리에서 보니까 한 마리두 없네. 토끼 한 마리하구 꿩 한 마리하구 냉겨 뒀으면 괜찮은 건데. 이놈이 이렇게 허더니 벌써 냄새가 나지 뭐야. 획 하더니 기냥, 전에 봉대기 이렇게 뒤집어 씌운 걸 발루다. 또 이렇게 한 번 날라가더니 또 이렇게 날라가더니 기냥 상투 짠 노무 머리를 해가지구 기냥 냅다 해대니 사람이 들릴 지경이야, 어떻게 센지. 아 그래 이렇게 허믄 이놈이 날라가군 헌데, 발톱으로다 여길 긁어서 여기가 몇 번을 째졌는지두 몰라. 지금같으믄 병원에 가서 꿰맬 지경인데. 그때는 한껏 해야 쑥으루다 지지기나 허구 그랬다구. 그러더니 잔댕이를, 그걸 내려놓라구. 잔댕이를 북북 해서 넙적다리 있는데 거기두 날루믄, 날루믄서 발톱으로 행키믄 찢어지구 찢어지구 그러는데. 생 베잠방 등걸이 그냥 살만 남았어, 다 찢어져서. 그리구 그러니깐 에라, 내 명에 못 죽겠다. 아 살이 찢어져서 피가 줄줄 나니 어떻게. 기냥 지게 벗어 내버리구 왔어. 그래니깐 부엉이가 그 잘루를 발루다 찢어가지구 죄 내려다 제 굴루다 운반을 해가지구선. 그 진일루다 한 달을 고생을 했대요. 기냥 넙적다리구 성헌 데가 없이 죄 찢어진 노무 걸 뭐. 그래 그저 부엉이 집 만난 사람이 아, 아주 앓는대니까 가봤는데. 그렇데.

"거 왜 그러냐?"

하니까, 사실 얘길 했어.

"에라, 미친 사람아. 부엉이 두 개는 꼭 냉겨야 돼. 하나둘 허구선 셋을 못세는데. 거 에미, 꿩 세 마리 하구 퇴끼 세 마리하구 한 마리씩 두구선 그랬으면 여간 좋아? 에미, 네 마릴, 여덟 마리를 가져왔으니, 마 죽기 않길 다행이야. 누깔을 쏘믄 눈두 쑥쑥 빠져나가. 너두 임마! 정말 운이 아주 운수 대통이다."

그래서 욕심 사납게 굴다가 고기도 못 으더먹구, 새 그거 베등걸 잠뱅이 핼래믄 베가 저 두 필씩이 거반 들어갔어. 약정한 돈이라구. 그래서 새 베잠방 등걸이만 죄 찢어뜨리구. 거 치료 하느라구 돈두 많이 들어갔대여.

"에미, 너 때문에 나 이렇게 고생한다." 구.

"임마! 욕심이 사나왔으니, 내가 거기 가서 그걸 가져오래? 옛날 신발 방에서 하나 둘 허믄 부엉이가 셋은 못 센다는 말을 못 들었어. 그걸 몽땅 가져와서 그 곤경을 당하구 있어?"

그래서 고생 된통 했대. 그래 다신 그 부엉이가 무서워서 거길 얼씬 못했다. 근데 이 사람은 두구두구 갖다 먹었어. 두 마리만 냉기믄 괜찮은데.

[2004년 1월 4일 채록]

70. 매봉재의 유래 II

● 줄거리

중이 매일 동냥하러 와서 여자를 만났다 하여 매봉재가 되었다.

▣ 거기 매봉(每逢)재라구 있어. 중이 동냥 와서 서루 매일 아침마다 만나는 데서, 그래 매양 매 자, 만날 봉 자 허구, 고개라는 뭐 문경새재니 재자. 그거 매봉자야. 그래서 매봉재야. [채록자 : 매일 만나서 매봉재에요, 매가 날아가서 매봉재가 아니구요?] 그래 중두 석환이구 그만 집어치구 당신하구 살아야겠다 허구서 내려와서 그 여자하구 결혼을 해서 살았대. [채록자 : 매일 만나서요?] 거 매일 만나는데 그럼 뭐, 매일 만나믄 그냥 만났을 거야. 수침해니깐.

[2004년 1월 4일 채록]

71. 승학교의 유래

줄거리

충청도 사람 유씨가 과거급제를 하자 임금이 소원을 물었다. 유씨는 학을 타고 양주에 내려가는 것이라 하여 양주 목사 벼슬을 받았다. 목사가 된 유씨는 고을을 잘 다스려 임금님에게까지 알려졌다. 왕이 유씨에게 양주에 말을 타고 가서 처음 어디에서 내렸냐고 물었다. 양주골 돌다리에서 내렸다고 하니 그 다리를 승학교라고 이름 붙였다.

▣ 승학교래는 게 탈 승 자, 학 학 자거든. 승학교야. 옛날에 근데 여기 경기도 사람이 아니야. 그 선비가 아마 충청남북도에 사는 사람이래. 인월두 유 자, 사람 인 아래 곧직한 자. 그걸 인월도 유 자라구 그러지. 그 유생인데 과거를, 인제 보러 갔는데. 가다가 웬 남자를 만났는데 아마 이쪽 파주 그쪽에서 그것두 과거를 보러가는 사람인데. 여관에서 서루 통성명을 허구나선

"과거 보러 가느냐?"

"그렇다." 구.

그거 유양리, 그러니까 인제 거기가 그걸 신읍이라 그러거든. 구읍은 나 사는데 거기가 주내 양주 구읍이구. 지금 승학교 다리 있는 데는 인제 새루 일정 때 허구 거, 그러니깐 아마 이조 오백 년 중년일 거야. 아마 한 삼백년 거반 됐는데.

과걸 보러가가주구서 인제 거기 얘기 허는데 다리 시원치 않다구. 이런 얘

기 저런 얘기 주구 받구 그러다 과거 보러 가가주구, 과장에 가서 과거를 봤는데 일등으루, 충청도 사는 유씨래는 사람이 대과 급제를 했어. 그래 임금이 불러가지구선, 글을 워낙 잘 지어서. 그저 입시관이 임금 앞에 가서 그걸 읽으면서 이렇게

"글을 잘 지었다. 참, 정말 문장이라." 구. "여지껏 입시관으루다 수십 년을 봤어두 이렇게 잔 진 글은 처음 봤다." 구.

그래 어떻게 지었느냐니깐 이제 국문으루다 써야지. 임금이,

"그래, 너 소원이 있을 거 아니냐? 과거 봐 가지구서 베슬을 하믄, 장원급제를 허믄 어떡헌대는 소원이 있을 거 아냐?"

"저 소원은"

요대 그냥 저 국문으루 써요. (이야기를 들으며 한자로 메모를 하는 것을 보고 한글로 쓰라고 일러주었다.) 요대십만전. 그게 뭐하는 소리야? [채록자 : 요자가 무슨 요 잡니까?] 허리 요 자야. [채록자 : 허리에 십만 전을 찬다는 얘깁니까?] 어, 띨 대 자거든. 요대십만전하구. 옛날에는, 지금은 뭐 억이구 그래지만 그때는 옛날에 십만 냥이믄 무지하게 많은 돈이라구. 요대십만전(腰帶十萬錢)허고 승학하양주(乘鶴下楊州)라. 승학, [채록자 : 학을 타고 고향으로 내려간다는 소리지요?] 여기 양주,

"학을 타구 양주에 내려가는 것이 소원이올시다."

인제 그랬어. 그리 내릴 하 자지. 아래 하 잔데 내릴 자 내린다구두 윗 상자 올라간다구두 그래.

"승학하양주(乘鶴下楊州)올시다."

임금이 잔등이를 이렇게 쓰다듬더니 어주를 석 잔을 임금이 친히 붜줬어요, 선비를.

"아무쪼록 양주에 내려가서 치안담당에 비리가 있으믄 낱낱이 조사해서 가지구 올려라."

그랬거든. 그래 인제 그 사람이 암행어사 겸 양주목사 원 겸해서 내려온 거니까 자기가 전장이 있으믄 그까짓 것 전부 다 덮어두구 자기만 잘 하믄 되겠다. 물러간 사람 죄 줄 필요두 없구. 인제 그 사람이 와서 치안을 허는데

아 뭐 백성이 주리는, 배 고픈 사람 없구. 전부 골고루, 창고에 있는 곡식을 그냥 분배해주구 그래 아주 잘 사는데. 그래 임금이 불러 올렸어요, 하루는.

"그래 경이 내려가주구선 치안을 잘한다구 아주 소문이 자르르 허게 내 귀에 들려오는데 그래 어떻게 치안을 잘하느냐?" 구.

"어 치안을 잘하기는 먼저 원두 잘했겠지만. 가니깐 창고에 있는 곡식이 많더라." 구. "그래서 어려운 사람 전부 배급두 주구 지금 아마 모두들 주리는 사람, 주려서 죽는 사람 없이 잘 치안유지가 잘 된다." 구.

그래가주구선 그럼

"거기 가는데 어디 가서 말을 타구 가서 내렸느냐?"

허니깐 그래 양주골 다리에, 돌다리. 그때는 돌다리였어.

"돌다리에서 내렸다." 구.

근데

"물은 많이 내려가느냐?"

그러니깐 물두,

"물은, 가물어두 물은 내려가더라." 구.

"아 그래?"

아 그래 임금이 지어줬대. 승학교 다리라구. 그 선비가 거기서 말을 타구 갔지만 학을 타구 그 돌다리에서 내렸더구 그래서. 돌다리라구 됐냐. 승학교라구 그랬다구. 그래 유래가 승학이야. [채록자 : 임금이 이름을 지어준 거로군요.]

[2004년 1월 4일 채록]

72. 충신 예양

◉ 줄거리

높은 벼슬을 하던 예양은 왕 조양자가 죽고 새로이 조맹이 왕이 되자 모든 벼슬을 버리고 거지 생활을 한다. 그러면서 늘 조맹을 죽일 기회만 엿보면서 때를 기다린다. 마침내 조맹을 죽이려 하지만 실패하고 목숨만 잃게 된다.

▣ 예양이래는 사람이, 이것두 계급이 아주 높은 정승 판서 지위에 가는 베실아치하는 사람이거든. 근데 어떡허다가, 예양이 그 베슬하던 임금이 조양잔가봐 아마 임금이. 좋은 나라야. 거기서 베슬하다가 조양자가 죽구 딴 임금이 들어서니까, 조양자가 계열식으루 이조 오백 년을 전주 이가가 죽 내려서 임금이 됐으믄 이 임금 하다가 지 임금 섬기믄 관계가 없는데 이건 타성이 임금 노릇을 허니깐. 아 첨에가, 첨에 조양자가 아니구 딴 사람 임금 밑에서 베실하다가 조맹이래는 사람이 있어. 조맹이래는 사람이 새루 나온 임금이거든. 그래 그거 임금에 가서 베실하는 게 싫으니깐 베실을 탈퇴하구 바깥에 나왔다구. 나와서 돌아댕기는데, 거 베실아치가 뭐 나와서 돌아댕기니 농사를 지을 수가 있어? 그래 슬슬 돌아댕기믄섬. 참 걸식을 하다시피 허는데. 자기 친구가 보니깐 그 사람이 전 거지 중에두 상거지가 됐더라구. 그 베실, 높은 베실하던 사람이. 그래 꽉 붙들문섬

"그래, 자네 처신을 마하게 해가지구 거지 중에 상거지가 되구, 걸식을 헌

대지 말이 되느냐?" 구.

그래

"자네 비상한 재주를 가졌는데 글이 남보다 못해, 참 글씨를 남보다 못 써? 그냥 뇌가, 비상한 뇌를 가지구 조양 임금을 섬기지 않구 그렇게 돌아댕기느냐?"

그랬더니

"에유, 충신은 불사이군이래는데 내가 어떻게 조양을 또 섬기느냐?" 구.

이거야.

"에이, 난 안되겠다. 못 섬기겠다." 구.

그래 인제 거 그 사람이, 인제 거지가 이름이 예양인데, 그 친구가 이자지재로, 이자는 너 이 자야. 인제 너같이 스스로 그 재주가 풍부한 사람으로서 필사조맹이면 반드시 조맹 임금을 셈기믄 필수양허리니 반드시 임금 앞에서 가까이 이제 행정을, 베실을 행한다 그거야. 왜

"그 조헌 재주를 가지구 왜 임금을 못 섬기느냐?"

그랬더니 난 저 뭐야

"충신은 불사이군이래는 게 그게 뇌에 백혀가지구 다른 임금은 셈길 수가 없어."

그래 디리 임금 앞으루 끌구 가구 안 끌려가구 그러다 놓쳤는데

"에이, 그 꼴 뵈기 싫으니깐 생목숨 끊을 수는 없구."

그러니깐 숯등걸을 생켰어. 그거 한문으루는 탄탄위아야. 숯 탄 자가 있거든. 생킬 탄 자, 숯 탄 자. 숯을 생켜가지구 위야 벙어리가 됐다구. 그래가지구선 걸루 댕기믄섬, 저 시내루 댕기믄섬 거지루다 벌어먹는 거야. 왜 그렇게 벌어먹느냐 하믄 언제든지 그 저 조양자가, 아 조맹이 걸루 나오믄 칼루다 찔러 죽일라구. 근데 그 조맹이래는 사람이, 그 양자가 셈기든 임금을 죽였어. 살해하구 이제 자기가 임금노릇을 허니깐 그걸 신하루서 웬수를 갚아 줄려구 그 지랄 하는 거야. 그래, 뭐야. 칠신, 탄탄위아허구 칠신위면, 위변인가 옻을 그냥 왼 몸뚱이에 칠했어. 그러니깐 헌 데가 나가지구 그냥 아주 문뎅이 비슷하지 뭐야. 그러니 아무 델 가던지 그 사람 탓할 사람, 만질 수 있어? 헌데 투성이니. 그래니 아무 데 가서 움켜서 먹어두 저놈 왜 그거 먹느냐구 소리만

질렀지 쫓아오진 못하거든. 병이 옮을까봐. 문둥병잔 줄 알구. 그래가지구선 몇 번 칼루다 맞아서 죽을 뻔두 허구. 그래서 피하구 피하구 그랬는데 이러다가 여기 있다가 임금 웬수두 못 갚구 내가 명에 죽겠다구. 그래구선 어디 가서 그 참 고기 파는데 가서 고길 싫컨 갖다가 다리 밑에서 불을 해 놓구 거기서 궈 먹구 연명을 하는데.

하루는 아 조맹이래는 임금이 어딜 순찰을 허는 거야, 임금이. 그래 말을 타구선 그 다리를 막 지나가는데 이제 거기서 양자가, 예양이지 양자가 아니라. 예양이가 칼을 가지구 임금을 찔려 죽일랴구 냅다 뛰 나오는데. 아 이 말이 놀래서, 아 사람두 아닌 게 짐승두 아닌 게 다리 밑에서 뛰 나오니까 말이 그냥 네 발을 그냥 몽글리구서 냅뛰는 통에 고만 조맹이 떨어졌지 뭐야, 낙마를 했어. 그래 찔려죽일랴구 그러는데 아 뭐 호위병이 여간 많을 거 아냐? 임금이 출동하는데. 아 호위병이 칼루다 그냥 목아질 도려서 다리 알루 쓰려뜨려서. 거기서 웬수두 못 갚구 자기 참 몸만, 모가지가 떨어졌대는 얘기야. [채록자 : 예양이가 자객이네요?] 응. 자객이지만 충신이지 자기 임금 죽였다구 그걸 그랬으니.

[2004년 1월 4일 채록]

73. 수중방골과 어사 박문수

줄거리

박문수는 과거 보러 가는 길에 이상한 과부를 보게 되고, 또 파란 색 옷을 입은 남자를 만난다. 그 남자에게 이미 과거가 끝났다며 장원급제 글까지 알려준다. 이상히 여긴 박문수는 한양에 도착하여 과거를 보는데 남자가 알려준 시가 문제로 나와 장원급제를 한다. 암행어사로 돌아오는 중에 과부집에 들려 남편이 죽은 내막을 알아본다. 그 집에선 아들이 어느 날 실종되어 시체도 못 찾고 걱정하고 있었다. 박문수가 수사에 나선다. 과부를 의심한 박문수는 과부와 내통한 남자가 남편을 죽이고 연못에 빠뜨린 사실을 알아내고 죄인들을 잡는다. 한편 과거보러 갈 때 시제를 알려준 남자가 죽은 사람이었다.

▣ 당나귈 타구 과걸 보러 가는데, 그래 누구냐 하믄 박문수야. 나중에 박문수라구 나오는데. 한 군델 가니깐 웬 여자가, 저 하얀 사륜골 타구선 주막 있는데서 내리더라 그거야. 그래 박문수가 말게 내려서 요기두 할 겸 주막에서 술을 한 잔 받어서 먹구 났는데, 나와서 이렇게 보니깐 그 사륜교, 과부는 하얀 조근이구 뭐구, 사륜교구 하얀 포장을 하거든. 그러구 또 과부는 염색한 옷을 못 입게 돼 있어, 옛날에. 다 하얀 노무 옷을 입지. 차 이것두, 근데 가만히 있었으면 괜찮은데. 그거 뭐 시원치 않은 과부니까 사륜교 문을 발루다 했거든, 발을 처들구 이렇게 밖을 내다보더라 이거야. 박문수가 보니까 참 잘 생겼어. 아 미인이 팔자가 세대. 옛날서부텀. 잘 생겨서 과부가 됐구나. 그래

뭐 물어 볼 수두 없구. 그 옛날에 남녀가 유별한데 말을 건네? 그래 과거 보러 말을 타구 가는데, 그 뒤에 여자는 얼루 갔는지 조사두 않하구. 자기에 관한 일이 아니니까.

가는데 그 인제 갯둑에서 산모랭이를 지나가주구선. 인제 갯둑이 이렇게 뚱그렇게 싸였는데 거기서 오다가다. 그 사람은 퍼런 당나구에다 퍼런 옷을 입구 서울 쪽에서 오구, 박문수래는 사람은 시굴서 가는데. 오다가다 만나니깐 말을 타질 못하구 하난 박문수는 내려서 괴삐를 붙들구선 허는데

"청년 어디 가오?"

그러드래. 인제 그 퍼런 옷 입은 사람이. 그래

"서울 갑니다."

"서울은 뭐허러 가느냐?" 구.

"과거 보러 갑니다."

"아, 과거는 어저깨 지났는데 이제 과걸 보러 가냐?" 구.

"아, 그렇게 안 들었는데……."

"아니라. 내가 과거 보는데 가서 참여했다 낙방을 하구 오는데 내가 괜히 당신한테 그짓말 하겠냐구. 어저깨 지났다." 구.

"아, 거 이상스럽다. 분명히 내가 알구서 내일 과거래는 소리 듣구서 가는데 어저깨 지냈대는 게 말이 되느냐?" 구. "아 참, 과건 누가 장원급제 했냐?" 구.

"그 사람의 이름은 몰루구 장원급제한 글은 내 왼다." 구.

"아, 그 글을 일러줄 수 없어요?"

"아, 대략 내가 왼다." 구.

"그럼 저 어디 읽어보시라." 구.

뭐야, 망부대상에 첩저환이요. 거 전부 국문으루 써야지. 망부대상에 첩저환. 인제 무슨 말이냐 하믄 지애비가, 남편을 지애비라 그래거든. 남편이 어디 갔다 안 와서 그 누라구두 하구 대라구두 허구 그래. 무신 망월대니 뭐 그 대상에서 이 첩저환. 귀밑머리, 전엔 귀밑머리 이렇게 했거던. 그걸 이렇게 인제 쓰다듬으면서 인제 돌아온대는 얘기야, 자기 집으루. 그래 뭐야 방목원중에 우대영이라. 방목은, 그저 소구 산에다 놔 내다 멕이는 걸 방목이구,

원중은 동산이라 그러거든. 우대영이야. 거 목동이 소고삐를 들구 가기가 뭐하니까 꼬릴 져 가지구 어깨에다 띄어 가지구 인제 집으루 돌아온대는 애기야, 우대영이라구. 사줄이라 네 귀를 읽어줘야 하는데, 아 정신이 없어가지구 남한테 옮기기두 어려워. 창연고목, 창연고목계남리. 인제 시내 계 자, 남쪽 남 자, 이저 마을 리 자, 이저 그러니깐 동네에 개울이 한 개 낀 거지. 그래 계남리야. 동네 이름이 계남린데. 그래 뭐야. 망부대상 아참, 저이 뭐야. 단발, 단발초동이 농적환이야. 저녁때가 되니깐 인제 그 소 치는 애덜이 꼴짐이나 지구선 피리를 불면서 돌아온대는 그거야. 농적환이라구. 저거를 애길 해야 하는데.

"글제가 뭐냐?"

그러니까 떨어질 낙 자, 비칠 조 자, 그래 '낙조'라 그거야. 해 넘어가는 걸 낙조라 그러거든. 그럼 그

"다음은 고 뭐냐?"

그랬더니 다음은 뭐야 이 문진, 문진행객은 편음급이야, 편음급. 배 타러 가는 그 손님은, 행객을 손님이라 그러잖아. 행객은 잠깐 인제 지체할 수가 없어. 배 시간두 있구 그러니깐. 조각글을 뭐 쉴 새두 없구 그냥 급히 간대는 거야. 인제 그래 심사귀승은 장불한이야. 절을 찾는 중은, 절루 돌아가는 귀승이, 돌아가는 귀승이 장불한이야. 지팡이가 한가할 때가 없다. 투닥투닥 허면서 장불한이라구. 아 그거 하난 그건 또 잘 모르는데 그래. 낙조, 낙조타홍, 괘벽상. 떨어지는 해가 빨겋게 인제 타오른대는 거지. 빨가잖아, 괘벽상이야. 벽상에 인제 걸려있대는 거야. 인제 넘어갈려구. 인제 그거 한 귀는,

"한 짝은 내 잊어버렸는데 생각이 안 난다."

그거야. 그래

"아유 그건 모르겠다." 구.

그러구선

"아유 난 나두 바빠서 가겠오."

그러구선

"내 말이 정말인지 거짓말인지 서울을 한 번 가보우."

그러구서 헤졌어. 거 이 사람이 정말인가 거짓말인가 원 날 속이는 건가. 이왕 여기까지 거반 다 왔는데 서울을 가봐야 되겠다. 그래 서울 가니깐 그 이튿날이 과거야. 과거 기냥 거짓말 한 거야.

"너 이걸 가주가서 과거 해라."

그러구서 글을 읽어준 거야. 알으켜 준 거야. 근데 네 귄데 세 귀 반은 일러주구 한 귀를 잊어버렸다구 안 알려줬거든.

그래 거기 과장에 가가주구선 종이를 펴 놓구선 뭐 글제가 뭔가 하구 보니깐, 아 낙조야. 그 사람이 일러주긴 바루 일러 줬는데. 이걸 어떻게 알구 그 사람이 일러줬나 허구. 이거 온통 대학시험 보는데 조금만 새나가두 야단인데. 글제가 그 사람앞으루까지 알아챘으니까, 야 이게 참 귀신이 아니믄 천도깨비지. 그 사람이 참 과거 봤대는 글을 나헌테 알려줬는데 이게 참 천우신조래서 나를 아마 대과급제에 입시시킬랴구 귀신이 나를, 산신령이 귀신을 시켜서 나를 알으켜 준 모양이다. 그래구선 그래 그 사람 뭐 낙조라구 그랬는데. 지가 암만 박문수가 암만 글을 잘하지만 생각해 봤자 더 잘 지을 수 없지 뭐야. 그래 그거 죄 베껴논 거야 거기다. 그래 맨 끝에서 가서 이걸 챌랴 하는데 참 난처하거든. 그래 낙조타홍괘벽상하니 그리구서 나서 그 다음 귀를 잊어보렸다구 그래서 인제 거기가 단발초동이 농적환이 거기 들어가는 거야. 아까 이 위에 올라갔는데 그건 인제 안압첩진백운간이야, 고게. 이게 글을 잘 지었다는 게 단발초동농적환이라구 이게 사람이 지은 거구, 박문수가. 귀신이 안압첩진백운간이라구. 그래 헐 수 없이 해가 넘어갔으니깐, 그 뭐 옛날에 단발 아냐? 머리 상투두 못 짜구, 어른이 돼야 상투를 찌는 거니까. 초동이니까 단발초동이 농적환이야. 이렇게 떡거머리를 해가지구서 초동이 피리 불면섬 돌아오더라. 이렇게 지어서 떡 갖다 바쳤는데. 아 입시관이 뒤적뒤적 디리 읽어보더니

"참 글 잘 지었다."

그래구 임금 앞에 가서 바쳤더니. 임금이 보구선 그 입시관두 이렇게 보더니

"이게 사람이 지은 글은 아닌데, 귀신이 지었지 사람이 이렇게 잘 지을 순 없다."

임금더러 이거 단발초동농적환이래는데, 요거 한 귀가 사람이 지은 것이지 다른 건 다 귀신이 지은 거래. 아 그 사람덜두 귀신이지 뭐야. 그러나 저러나 워낙 잘 지어서. 그 해가 넘어가서 벽산에 걸렸으니까 소치는 애덜은 피릴 불면서 저희 집으로 소를 몰고 돌아온대는 거 그것두 잘 지은 글이지. 아 이게 대과급제라구. 그래구선 불러가지구선 임금이

"그래 뭐 너 소원이 뭐냐, 원으루 가구 싶으냐?"

"뭐 난 암행어살 가구 싶다."

박문수가. 그래서 임금 앞에서, 어사화를 임금이 꽂아주구 어주 삼배를 받아먹구선 시골루, 저기 오던 길루 가는 거야.

가 가지구선 어딜 당도했는가 하믄. 그저 백포장 이저 뭔가 소장이래는 심으루 하얀 사륜교 내려놨던 데, 거길 당도했거든. 술집 쥔더러

"아, 어제 여기 하얀 사륜교 멈췄대는데 그 사륜교가 어디로 가는 사륜곤진 혹 주모는 아느냐?"

"네, 아 저 건너 고래등 같은 개와집, 거기 아가씨라" 구.

"근데 왜 상제가 됐느냐?"

그랬더니

"아 별안간 거기, 그 장가 든 지 한 달두 못 돼서 어디루 갔는지, 어태 시체두, 호랭이가 물어갔으면 시체래두, 대가리래두 냉겨 놨을 텐데 여지껏 종무소식이라."

그거야. 그래서

"대감이구 뭐구 안팎 종이구 울음으루 세월을 보낸다."

그거야. 아 그래 이게 어지깨 그, 저 발 척 들구 새면 돌아다보던 그 여자가 행실이 나쁜 건 사실이야. 그 그런 저 귀가댁 부인, 며느리래믄 그 심신을 삼가해야 돼는데 난잡하게 구는 게, 그게 미심쩍어서 거길 파구 들어간 거야, 인제 박문수가. 그래 거기 집을 찾아가니까, 참 집이 베슬아치 판서의 집이야. 판서에 집인데, 집두 참 기가 맥히게 지어 놨는데. 거기 들어가서 인제 당나귈 타구 들어가서 바깥마당에 내려서, 게 전에 옛날에는 사랑 앞에 가서

"이리 오너라, 이리 오너라."

불렀거든. 하인이 나와가지구선

"왜 그러시냐?" 구.

그래

"날이 저물어서 잠깐 유숙을 허구 낼 떠날려구 하는데 쥔 노인 어디 계시냐?" 구.

"대감께서 사랑에 계시다." 구.

그래, 그 하인이 가서 바깥에 손님이 왔는데 쥔을 찾더라 그거야. 그래

"의복이 어떠냐?"

의복이 형편없이 입었드라. 그래 당다귈 타구 왔더라구. 그래 문전 나그네 뭐 혼연대접이라구. 박대할 수 없으니깐. 의복은 남루하나 사립문을 열구서

"일루 들어오라." 구.

그래 저 박판서는 관을 쓰구서 떡 앉았는데, 가서 절을 했어요. 처음 뵙겠습니다. 그리구

"전 과객인데 지나다 날이 저물어서 나리 댁에 하루 저녁 유숙할까 하구 들렀습니다."

"아, 그러라." 구.

그래구서 얘기얘기 하다가 저녁을 차려줘서 저녁을 먹구. 거 쥔한테, 인제 그 판서한테 얘기를 캐는 거지 뭐야. 자제는 어떻게 되구. 저 자부의 출신은 어디구 뭐 그런데. 얘길 쫙 해. 호환이라구 그럴 수두 없구. 호랭이가 물어갈 수두 없구. 이걸 어떻게 얘길 해야 하는지 모르겠다구. 베란간 결혼한 지 이십일 됐는데. 아들이 뭐 아무 것두, 신발조차 찾을 길이 없어서 여지껏 이거 아주 애통이 터져 못살겠다구. 차라리 나 역시두 베실아치지만 생목숨 끊을 수두 없구. 아들 생각을 하믄, 외아들인데 시체래두 찾았으면 좋겠는데. 시체래두 찾을 길이 없어서 이럭허구 있다구.

"지가 어떡허든지 해서라두 호랭이가 물어갔어두, 산에 엇다 유골을 냉겨놨을 텐데. 물에 빠져죽어두 시체가 있을 거구. 얼루 도망을 갔으믄 살아있을 거구. 내가 어떻게 해서든지 전심전력을 다해서 내 찾아드리겠다." 구.

"아, 그러냐?" 구.

그러니

“사면으루 방을 붙였어두 찾을 도리가 없는데 자네가 뭘 찾나?”

“아니라.” 구.

“이떻게 해서라두 찾아드리겠다.” 구.

그래

“이댁 사랑에서 한 삼사 일 말미만 주시면 지가 어떻게 찾아드릴게, 여기 유숙하게 허락해 주시겠냐?” 구.

“아, 그러라구. 열흘두 좋구 스므 날두 좋구, 나 혼자 적적하니 또 벗 삼아서 얘기두 허구 좋다.” 구.

그래 판서의 승낙을 받구서. 그래 그날은 서울 갔다오구 그래서 고단하니까 집을 수색을 안하구. 그 이튿날 밥을 먹구선 조반을 먹구선 좀 돌아댕기다가, 저녁때 들어서 저녁을 채려줘서 저녁 식사를 허구선 ‘이 집 구조가 어떻게 됐나 안에 들어가서 살펴봐야겠다.’구. 그래 바깥에 나와서 보니깐, 끈타불을 허옇게 담에다, 개와담. 대개 그런 집은 개와로 담을 잇잖아. 그 덤불을 이렇게 바깥으루 늘여논 게 있더라구. 아 이게 잡아댕겨보니깐 땐땐해. 그래 끈타불을 붙들구 담을 넘어갔어. 야, 이 끈타불이 수상한 끈타불이다. 그래 가보니깐 연못이 있잖아. 근데 거 별당에 있는데, 연못 건너가서 별당이 있더라 그거야. 그래니 그 ‘연못을 건너갈 수두 없구 이걸 어떡허나.’ 이렇게 보니깐 아 거기 배를 타구 건너가는데 가느스름한, 가느스름한 끈이 있어. 그래서 끈을 이렇게 잡아다니니까, 거 왜 기 다는 거 모냥으루 도르래미루 해서 잡아댕기믄 오구 이쪽거 당기믄 절루 가구 아 그렇게 해놨더라구. 아 이렇구나. 근데 보니깐 불을 켜놨어. 그 별당에 불을 켜 놨더라구. 그래 거길 잡아댕겨서 슬며서 가서 쥐 죽은 듯이 있다가, 그 마루 밑에 가서 웅크리구 앉었는데 얘기소리가 나더라 그거야, 별당에서. 그래 인제 누가 있나믄 과부가 거기 자는 거야. 근데 보니깐, 아 신발이 두 켤레야. 남자 여자. 그러니까 배가 이쪽에 왔으니까 누가 수영을 해서 올리두 만무허구, 올 사람이 없다. 신발을 감추지두 않구 거기다 두 켤레를. 남녀 신발을 벗어놓구 그래서. 그래 올라가니깐 문을 요렇게 아, 창호지 아냐. 옛날에는 다 창호지루다 문 발른 노무 걸 침을 발라가지구선 이렇게 뚫었어. 안 들여다볼 만큼 이렇게 뚫렀는데. 보니깐 둘이 그냥 껴안구선 모루 드러눠서 그냥 별누무 얘길 다하구 그러는데. 그래

"우리가 줄창 이렇게 만날 수두 없는 거구. 언제든지 괴삐가 길면 밟힌다." 구.

그래

"탄로가 날 건데. 이거 어떡허느냐?"

"메칠 더 있어가지구 여차직하면 거 쥔 늙은이, 판서. 그 이만 없애믄 다 이게 우리 재산이다."

그거야.

"누가 탓헐 사람두 없구. 그러니깐 그럭허자."

"그럼 그때나 기달리겠다." 구.

그래가지구

"슬슬 팔아가지구 멀리 도망가서 살면 그만이지 뭘 근심허느냐?" 구.

아 이따우로 소리를 하믄섬 자빠져서 자는 거야. 그래 얼굴을 자세히 봤어. 그, 자식이 그래두 이 근방에 어디 있는 놈이니깐 내 얼굴을 자세히 익히겠다. 그 여자는 벌써 먼저 과거 보러 갈 제 발 쳐들구 있는 거 보구 그래서 낮 여겨 뒀는데. 남잘 보니까 참 거무두룩한 놈이 얼굴은 잘 생겼는데, 아주 기운두 장대. 키두 장대허구 기운두 참 역발산 닮아서 세겠다 그리구서. 그래가지구 서루 배를 잡아당겨서 타구. 그놈덜 건너오라구 배를 그쪽에다 대주구 슬며시 인제 사랑방에 와서 또 자는 거야. 그러니깐 그 쥔늙은이가 잠은, 아들이 죽었는데 잠은 그렇게, 아들이 죽었는데 잠은 올 거야?

"아, 젊은이 어딜 갔다 늦게 오느냐?" 구.

"잠두 안 와서 슬슬 달구경두, 슬슬 거닐다 오는 길이 올시다."

아, 그래 인제 뭐 얘기얘기 허다 잠이 좀 들었는데

그래 과거 보러 갈 제, 그래 저 젊은인 그 서울 갔다 오는 이더러

"그래 주소가 어디냐, 어디 사느냐?"

"난 수중방골 사는 사람이요, 수중방골."

그래 가만히 생각을 그 박문수가 생각을 해 보니까 수중 물 수 자하구 가운데 중 자허구 방 방 자하구, 골 곡 자하구, 방골, 이게 물에 빠진, 물속에서

산대는 소린데. 이게 귀신이 틀림없어. 귀신이, 그 남자의 혼이다 이거야, 아들에. 그래 건지는 게 문제 아니다. 연못 속에 인제 집어넣은 건 사실이다. 이렇게 생각을 허구. 그러믄서 조반을 먹구서

"근방에 한문 서당이 있느냐?" 구

판서더러 물으니까.

"저 건너 개울 건너 초가집인데, 그 사람두 부잔데 거기서 한문선생을 앉치구 글을 가르킨다." 구.

그래, 아 거길 슬슬 건너가가지구 선생한테 인사를 허믄서

"좋은 일 허신다." 구.

"아이들이, 생도가 몇 명이나 되느냐?" 구.

"한 칠팔 명 된다." 구. "소일거리는 되지요."

그래서,

"그럼 구경이나 좀 허겠습니다."

그러구 인제 선생, 지금으로 선생이 앉아서 책 들여다보구 담배 피구 그러는 장소가 있다구. 시방이믄 시방 학교 교사덜 생도 가리키는 식으루. 인제 서당에 가서 글 가르켜주구선 또 와서 자기 처소에 가서 책두 들쳐보구 그리구 구경하는 길에 구경 좀 하라구. 거 이렇게 가서 댕기믄섬 보구 책두 들쳐보고 그러니깐, 그 놈이 접장이야. 그저 뭐야 그 별당에 저녁에 가서 자던 년석이 이렇게 보니깐 눈 여겨 봤으니깐 눈이 띄지 뭐야. 그런데 접장이야.

"접장님, 공부를 그렇게 잘 허시냐?" 구.

"에이 공부는 뭐 잘 하오?"

아, 이죽이죽 허는 게 말대답 잘 허구 그래. 그래 그놈더러 얘기하믄 자기 고향이 어디구 현 주소가 어디구. 잘 가르켜 주질 않을 거니까, 딴 사람 앞에 가서 얘기해야겠다. 그저 선생더러

"저 접장이란 사람이 공부두 잘 허구 말수단도 좋다." 구.

"장래에 유망한 제자라." 구. "거 공부두 잘 한다." 구.

그래

"원거인이냐?"

그러니까

"아니라." 구. "한, 한 달 전에 저기 어디 가평인가 무신 그쪽에 살다가 여기 이산 온지 한 달 쬐끔 넘었다." 구.

"아, 그러냐?" 구.

'옳지, 인제 그 놈을 틀림없이 내가 잡아놨다.'

그러구선 그래 얘기얘기 허다가 선생더러

"아, 인제 잘 놀다 갑니다."

그러구선 인살 허구서, 숙소 정한 판서네 집으로 와가지구.

인제 그 날은 그럭저럭 해서 오후가 다 됐으니 뭐 시일이 짧아서 안될 거구. 또 그 놈두 별안간 도망갈 것두 아니구. 확인을 아주 더 확적허게 하겠으니 오늘 저녁에 또 가봐야겠다. 그놈이 또 왔나 안 왔나. 아닌 게 아니라 배가 저쪽에 닿아있는데 끄나풀을 잡아대려가지구 배를 타구 건너가서 보니까 또 역시 와서 부둥켜 안구 자는 거야. 그래 그 이튿날 '에라 해야겠다.' 허구서, 조반을 일찍 해줘서, 조반을 일찍 먹구 역졸을 불렀어요. 그거 어떻게 연통은 줄창 있지요. 어디까지 와서

"느덜이 매복을 허구 있어라."

허구 드믄드믄 섞여져 있는데. 역졸을 십여 명 불러가지구선, 우선 그저 글방에 가서 소문이 나믄 그 놈이 도망갈 테니깐

"접장이라는 사람을 불러가지구, 붙들가지구 오너라. 젤 얼굴이 거므스름한 게 접장이믄 다 안다."

역졸이 서당에 가서 훔켜 붙들어가지구선 와서, 그 후원 그 별당 뒤 처마에다 앞에다 연못가에다 꿇려놨어. 거 오라를 져 꿇려놓구. 그 또 저 판서, 판서 쥔 영감을 인제

"잠깐 절루 가시자." 구.

"거긴 뭘 하러 가느냐?" 구. "보기두 싫다"

이거야. 아들이 거기서 죽었으니깐

"아 그래두 가셔야 한다." 구. "아들을 찾았다." 구.

"아들을 찾아?"

거 틀림없으니깐. 수중방골이래는 걸 그것만 믿구선 그래 역졸을 불렀더니, 에미 육모방맹이를 하나씩 척척 차구선

“네 이놈, 내가 묻는 말에 바른대루 얘길 해야지, 그렇지 않으믄 방맹이루 해골을 부셔 죽일 거야. 묻는 말에 꼬박꼬박 숨김없이 대답해라.”

“전 아무 죄 없습니다.”

‘설마 탄로 났을라구.’

“너 이집 판서의 아들 아무개를 죽여서 여기 연못에다 집어넣었지.”

“아유, 별 말씀을 다한다.” 구. “절대 그렇지 않다.” 구.

아, 그래 너 이놈 한 대 등어리를 육모방맹이루 내갈기니까

“아이구 죽겠다.” 구.

“야! 임마. 사람을 죽여놓구. 마, 그거 한 대에 죽겠어?”

쇠스랑 뭐 갈퀴, 이따위를 끄나풀을 묶어 집어 던지구 집어 던지구 잡아댕기니까 그 옷이 기냥 쇠스랑에 끌려나오는 거야. 그래 아 묵직하다구. 아 잡아댕겨 보라구. 슬슬 잡아 댕겨서 보니깐 아닌 게 아니라 사람이지 뭐야. 그래 배에다 이만한 노무 돌맹이를 쳐맸어. 얼른 가라앉아 버리라구. 죽어두 시체가 뜬다구여. 그래 인제 돌맹이 끌러놓구선, 인제 둘러 뉘여 놓구 대감을 인제 그때 그저 불르니까 아들을 찾았다구 그러니까. 아들을 찾았대는 판에 아, 눈이 번쩍 뜨여,

“아들을 찾아, 뭐야?”

그래 가보니깐 자기 아들이지 뭐야. 그냥 거기서 붙들구서 대성통곡을 허구.

“이건 꼭 그 자부가 시집 와가지구 이놈하구, 그 사전에두 여기 시집오기 전에두 좋아 지냈어. 이놈이 그 자부허구 짜구선 당신 아들을 죽여서 여기다 갖다 집어넣은 거야.”

메누릴 데려온대니까, 아이구 혼자 된 며느리를, 가뜩이나 지금 애통이 터져서 울상을 허구 있는데, 왜 여길 불러내느냐구 영감은, 시아부지는 알지두 못허구

“아, 아니라.” 구. “잠깐 와서 얘기나 허구 도루 들여보낼 테니까 염려 마시라.” 구.

그래 뭐 배를 잡아대기믄 배가 가고오니까 역졸이 가서, 뭐 메누리구 뭐 대갓집 메누리구 있어? 죄인인데 그냥 훔쳐 줘가지구 배에다 집어넣어가지구 건너와서. 그 며느릴 거기다 그놈허구 나란히 꿇어 앉혔어. 꿇어 앉혀놓구, 그래

"너희덜이 둘이 언제서부텀 작당을 허구 이렇게 만나며 이집 그 아드님을 살해가지구 이 수중방골에다 집어 넣었느냐?"

그래 아닌 게 아니라 꼭 들어 맞어.

"시집 온 지 이십 일 만에 혼자 견딜 수가 없어 여길 따라와 그렇게 했다." 구.

그래 그러구 할 수 없지. 암행어사래두 죽일 수가 없으니까. 포승을 질러가지구 서울 그 뭐야 이저 지금으루 대검찰청인가 형무소루다 보내고. 그 시아부지한테

"이 며느리는 어떻게 하겠습니까? 내 처치할 수 없으니까 대감께서 알아서 처리하십시오."

이것두 살인자지만 글루 같이 보낼 수두 없어.

"판서댁에서 알아서 처리하십시오. 저의 할 일은 다했으니 여기 인제 처분만 바라겠다."

그래서 그 놈은 서울 뭐, 금어장군인가, 무신 그거 시켜가지구 형무소로다 냉겨서 뭐 사형을 시킬 거지 뭐. 그래서 아들을, 시체를 수중방골에서 찾아줬대는 그 얘기야, 인제. 그래서 그 아들이 창연고목계남리에 무신 단발초동농적환이라. 그 글 지은 게 급하대는 거야. 낙조니까 해가 넘어가니까 다 급하다는 얘기야, 그 글이.

[2004년 1월 4일 채록]

74. 늑대 먹이 훔쳐 먹고 혼난 사람

줄거리

최갑성이란 산에 나무를 하러 갔다. 소나무 밑에 가니 돼지 대가리가 묻혀있었다. 동네 사람과 어울려 먹을 생각으로 꺼내 집으로 돌아왔다. 그날 밤 돼지 대가리를 잃어버린 늑대들이 집으로 찾아와 난리를 피웠다. 어쩔 수 없이 돼지 대가리를 바깥으로 내던졌다. 늑대들은 돼지대가리를 물고 산으로 돌아갔다.

▣ 이거 실지 얘긴데. 우리게 사람이, 최갑성이래는 사람이 있었는데 그 사람이 낭굴 갔는데, 지겔 지구. 썩 산에 올라가니깐, 옛날엔 지금은 그런 게 별루 없어. 저 소나무 밑에 가믄 있을 거야. 그 소나무 밑엔 풀이 안 난다구. 솔가지 떨어지구, 옛날 송충이 똥이 떨어지믄 풀이 죽어버려. 근데 거기 저 파란 이 뗏장이라구 있어, 뗏장이불이라구. 파래. 근데 화초분에다가 이런 걸 걷어다가 쪽 펼지면 습기두 저기 건기두 제거하구 습기를 많이 빨아들여. 거기 물 주면 자연적 스폰지 비슷하게 푹신푹신 헌 게. 그런데 그게 파래. 그게 요렇게 수두룩하게 소나무 밑에 있거든. 그래 이상스러워서 작대기루 이렇게 툭툭 헤쳐보니까 돼지 대가리가 나오는 거야. 돼지 두족이 나왔어. 돼지 대가리는 안 먹는 데거든, 늑대두. 그 옛날에 내려오는 말이 두족, 저 돼지대가리를 호랭이구 늑대구 먹으믄 산신령한테 벌을 짓는 데나봐. 그래 그걸 파묻어 놨어. 그래두 가끔 저 세 구역 지나믄 그걸 펴 놓구선. 인제 그 모가지 잘라논 거 피가 있으믄 피두 빨아먹구 인제 그러느라구. 누가 가져가지 못하게 놨는

데. 이렇게 가려 놨는데 낭구를 그래 다해가지구, 삭정이를 한 짐 해가지구 대가릴 꺼내서 지구. 옛날에 돼지대가리래두 여간 귀하지 않았어? 지금은 뭐 셋이 얼러서두 돼지 한 마리 잡아먹구 그래지만, 촌에서두. 좋은 세월이 돼 놔서. 그래 그걸 갖다가 놓구선. 내일 아침은 동네사람들을, 그 인가 대여섯 집 뫼 가지구 이거 과서 먹는다구.

인제 놨는데 그래가지구 광에서 갖다 집어 넣구선 문을 잠그구 저녁에 자는데. 아 이 노무 늑대가 수십 마리 내려와 가지구선 기냥 대문 문지방을 기냥 부드득부드득 물어뜯구, 거 사랑 그 툇마루에 올라와서 그냥 미닫이두 북북 찢구, 발루다. 어떻게 문을, 잠을 잘 수 없어서, 안방이구 뭐 건넌방이구 무서우니까 그러구 '우릉 우릉' 허구 울구 애 우는 소리, 상제 우는 소리, 그저 사람 죽으믄 상여 내가는 거 있잖아. 그 소리두 허구, 벨 소리 열두 가지 소릴 해. 그래 사람이 누가 여럿이 뫼 가지구 뭐 얘기나 허구 우슨 소릴 허는 줄 알구서 가 보믄 늑대야. 사람에 소릴 그렇게 헌다구. 그래 잠을 못자구 그래서, 이게 웬 일이냐구. 그 아들을 일러가지구서, 즈 아부지가

"이게 왜 이러냐?" 구.

"늑대가 별안간 전엔 안 그러더니 와서 들쑤시구 식구덜을 못 살게 구느냐?" 구.

그 즈 아부지더러 그 얘길 했어.

"아, 산에 올라가니깐 그 절골이래는 덴데. 절골, 그 산소 앞에 그 뭐 수두룩하게 긁어 놔 논 게 있길래 헤쳐 보니까 돼지 대가리가 있어요. 그래서 이걸 이웃허구 과 먹을랴구 엇저녁 나뭇짐에 껴서, 저녁때 광에 갖다 놨더니 아마 그것 때문에 그러는 모냥이에요."

"에라, 돼지 대가리는 못 먹어두 저녁마득 와서 그럴 테니 어떻게 견디겠냐?" 구.

그래 헐 수 없이 즈 아부지가 야단을 쳤어. 그걸 낭구 가는 길에 떡 얹어서 도루 묻구선 긁어 놔 놨어.

그랬는데 저녁 먹구선 문을 다시 낮에 또 문을 발르구 대문두 빗을 질르구, 바깥에 나오지도 못허구, 오줌 요강이구 오줌똥이구 죄 밖에다 있는 노무 걸

안에 들여다 놓구선. 아주 잠잠하더래는 걸 뭐. 돼지 대가리를 거기다 갔다 원위치에다 파묻었더니

"그래, 이런 노무 걸 돼지 대가리를 삶아먹었으면, 그 노무 저녁마다 어떻게 할 뻔 했냐?"

"어이 그래두 삶아먹으믄 고기두 먹은 지 오랜데 삶아먹은 것 갔다 그거 뭐 동네사람이 뫼 있다가 작대기를 가지구 후루득 패 버리믄 괜찮을 노무 걸 괜히 갖다 놨어요."

그래 거기 또 가 봤어, 인제 아들이. 또 가보니까 먹진 않아. 늑대가 인제 가끔 그저 있나 허구 늑대가 혓바닥으루 핥아나 보구 그러는데. 그래 둘이 가서 그걸 또 가져왔어. 또 가져와서 그날 저녁에 불을 피구 가마에다 그걸 집어넣은 거야. 그랬더니 에미 그 고길 먹기 전에 늑대가 십여 마리 내려와서 그냥 이리 뛰구 저리 뛰구 불 때는 노무 잔뎅이를 발톱으루다 북북 긁으니까 옷이 직직 찢어지는 거야. 그래 작대기루 두들겨 팰래두 여간 날랜가, 산짐승이. 그래 팰 수두 없구. 동네사람이 한 댓 명 뫼가지구. 어떻게 할 도리가 없어. 돼지 대가리 먹지두 못허구 건져서 바깥에다 집어 내던지니까 십여 마리가 물구서 산으루 올라가. 그래서 십여 명이 돼지 대가리를 못 먹었대.

근데 그 동생이 인제 그날 저녁에 돼지 대가리 내버리구서, 곤 거 내버리구서 그 사랑에서 자다가. 그 최갑성이네 동생이, 똥이 마려우니깐 화장실에 가진 못허니까 채마밭이 바루 사랑 앞인데. 거기서 대변을 볼려구 응뎅이를 까가지구 앉았는데. 아유, 앞에 꺼먼 게 웅크리구 앉았더니 이렇게. 개인 줄 알구 그랬더니 '아웅' 허더니 에미 그저 최갑성이 아우 여기를 기냥 긁어서, 여기가 피가 그냥 철철철 나. 산짐승 발톱이 무섭다구. 그래가지구 거기 주저물러 앉었지 뭐. 일어 설 수가 있어? 이렇게 긁어놨으니 그래 똥에가 물러 앉았는데 그 즈이 그래니까 아부지하구 거기 성하구 나와가지구 간신이 부축을 해서 물을 끓여가지구 옷을 죄 빨구 몸을 씻기구 그래서 데리구 들어갔는데. 그리구 나선 그 늑대, 참 돼지대가리를 죄다 돌려 줬는데 가끔 내려와서 그 집에 와서 사람을 놀래구 놀래구 그래가지구선 아주 한 일 년 동안 된통 고생을 했다구.

[2004년 1월 4일 채록]

75. 신랑 일곱 죽일 팔자를 지닌 여자와 혼인한 사람

● 줄거리

강원도 한 선비가 과거를 보러 서울로 향했다. 다락원의 한 여각에 들었는데 웬 벼슬아치 집의 하인들에게 끌려 그 집에 따라갔다. 그런데 그 집에는 사주에 신랑 일곱을 죽여야 하는 여자가 있었다. 선비는 그 여자의 신랑 노릇을 하기 위해 납치를 당한 것이다. 그런데 그 선비는 여덟 번째 남자였다. 그 여자는 하룻밤을 보내자 운이 좋으면 살 것이라며 선비에게 살 방도를 일러주며 패물을 싸주었다. 하인들에게 끌려간 선비는 자루에 쌓여 강물에 던져졌다. 천행으로 어부들에게 구원을 받은 선비는 어부들의 도움으로 과거에 응시 장원을 했다. 장원을 한 선비는 돌아와 어부들에게 보답을 하고 자기를 납치했던 여자를 찾아 백년해로 했다.

▣ 아, 저, 그러니깐 저 강원도 양양이래는데 있지, 양양. 거기 사람인데. 거, 전엔 걸어왔으니깐 메칠 만에 여길 당돌헌 거지 뭐야. 서울은 가보지두 못허구, 저 다락원이라구 거기 가믄 쌍문동일 거야, 지금은. 거길 가서 여각에 가서 자는데, 누가 좀 일어나라구 그러드래여. 그래 보니깐 참 상투는 짰는데 기골이 장대한 사람이 좀,

"나 좀 보자." 구.

"왜 그러느냐?" 구.

아 여기 있어 누가, 무신 판서구 뭐구 그 댁에서

"나리가 좀 보자구, 뵙자구 그러는데 가시자." 구.

아니 또 베슬아치가 보재는데 안 갈 수두 없구. 그래 끌려갔는데. 그냥 세수를 허라구 물을, 그 하인이 데워다줘서 세술 다 하구. 그래 사랑으로 들어오라구 그래서 사랑으루 들어갔더니 명주바지 저고리를, 그때 옛날엔 뭐 명주바지 저고리면 고만이였다구. 지금은 뭐 주새루니 나단이니 뭐 저 새루 나온 참 모피구 뭐구 다 있지만. 옛날에는 아주 무명 아니믄 명주야. 명주가 최고였지. 명주바지 저고리를 싹 입혀가지구 상투를 다시 그러 봐서 망건을 씌워놨는데 참 미남자거든.

근데 그 아버지허구 어머니하구 가서 사주를 물어봤는데. 점쟁이하구 장님하구 무당한테 다 물어봐두 그 딸이 신랑을 일곱을 죽여야 나중에 여덟째 가서 저 만난다 그거야, 베필을. 그렇지 않으면 그 다섯이구 여섯이구, 그때 아무리 잘난 사람허구 부자허구 시집을 가두 자기가 죽는다 그거야. 그래 신랑을 입곱을 죽여야 여덟째 가서 해로하구 살지, 그렇지 않으믄 팔자가 그렇다 인제 그러니깐. 그래

"하나두 아니구. 에미, 일곱을 남을 죽여야 할 텐데 이걸 어떻게 하나?"

하구. 저기 아버지 어머니두 영감 마누라 끓구 있는데 근데 머슴은, 하인은 알아. 그래서 하인이 데리구 갈 제

"아, 아까운 선비 또 하나 죽는다."

그러구 데려 간 거야, 인제. 그게 몇 째냐 하믄 여덟째야. 벌써 일곱은 사전에 벌써 죽은 거야. 근데 이것두 죽을런지 살지 모르거든. 근데 이건 샥시감을 몰르거든 이거 틀림없이 죽일 거다. 가만히 보니까 일곱을 상대해 본 결과에 그렇게 얼굴이 잘 생기구 특수한 인물이 없다 이거야. 사람이 '죽이긴 아까운데 이걸 어떡허나, 자기가 명이 길믄 살아 돌아오는거구 그렇지 않으믄 뭐 도리, 부모 시키는 대루 했지. 별 도리가 없다.' 그러구서. 아, 저녁을 먹구 한참 있으니깐 미닫이를 쓱 열구선 그 남자가 들어오는데 참 첫눈에 반했어.

"아, 어서 오시라.' 구. 그래 '앉으시라." 구.

"근데 이게 어떻게 된 거냐?" 구.

"아, 앉으시라." 구. "지가 자초지정 얘기를 헐 테니깐 여기 발뺌을 허구 도

망을 친대두 살질 못허구, 여기서 살려줘야 사는 거니깐 잠자쿠 가만 있으라."

그거야. 그래 가만히 있는데 그 하인이

"불 끄구 잠자리에 드시오."

그래거든. 하인이 그래. 잠자리에 들었는데. 무조건 샥씨가 여러 번 경험이 있는 샥씨니까 남자더러

"옷을 벗으라." 구

그리구. 인제 껴 안구 드러누워서, 인제 그날 저녁을 보내는 판인데. 이제 한잠 자구나믄 하인이 나오라구 깨는 거야. 깨가지구 그냥 궤짝을 짜놓구 궤짝 속에다 집어넣는 거야, 그 사람을. 생으루 집어넣구선, 돌을 그 궤짝 속에다 돌을 집어넣어. 그러믄 가라앉는 거거든. 궤짝이 무거우니까 물에 띄워서 죽이는 거야, 수장을 허는 거야. 그래 인제, 그 샥씨가 자기에 패물, 패물을 전부 주워서 이렇게 놓구선 반은 그 하인을 줬어요, 패물 반은. 그리구선 저 여덟 째 신랑을, 호주머니두 없는데

"이런데다 해서 전부 소매 속에다 넣구. 잘 간수해서 명이 하늘에 닿으면 사는 거구, 만일에 살아오믄 나하구 결혼허구 사는 거야. 당신이 암만 재주가 좋아두 살아나올 수 없어. 그러니까 내가 그 하인더러 패물을 주구 이번엔 꼭 어떻게 그냥 건천에다 내놓을 수가 없으믄, 내놓으믄 저희가 벌을 받는 거그든 인제. 저 죽이지 않구 살렸다구. 그래 물에 가라앉지만 않게, 이 동네를 벗어나서 십 리구 이십 리구 밖에 가서 어떻게 요행이 살아나믄 과거 봐 가지구 대과급젤 하믄 여기 집을 찾아올 거야. 그러믄 나하구 산다."

그래놓구선. 그래니 하인을, 에미 생전 그런 거 만져보지두 못한 노무 패물을 듬북 받았으니 "아유, 아씨 시키는대루 헐 테니깐 염려마시라." 구.

그래

"당장 여기 살아나 일루 들어오게 하믄 안돼. 몇 십리밖에 떠가가주구 해서 어떻게 어디 바위에 부딪쳐가지구 낭구에 걸려가지구 그러는지 누가 건져주면 사는 거니깐 물속이 가라앉지 않구 돌맹이를 매달지 마라."

그렇게 부탁을 했으니깐 그래 널 집어 넣으니깐 둥둥둥 떠가는 거지 뭐야. 아무쪼록 정신을, 그래 묶었던 거를 풀렀어. 그래가지구 위만 붙들어 맨 거

지. 널만 허믄 곰방 나오니깐. 그래 속에 저 죽은 사람 염허는 식으루다 염헌 거 그거만 풀구서. 누가 떼면 숨이나 쉬구 자유루다 나오라구 그랬드니. 메칠을 됐는지 누가 두럭두럭 허구선 집아 댕기는 소리가 나더래지 뭐야. 그래 저 결관을 했으니, 널을 붙들어 맸으니 나올 수도 없구. 꼼짝할 수가 없어서 헌건데. 아마 이틀 된 모양인데 널 속에서 생각을 해보니까, '내가 살긴 살았는데 이게 어떻게 된 건가?' 그랬더니

"어 널이 하나 떠내려오네."

저희끼리 애기허믄서 막대기루다 널을 잡아 댕겨서

"그걸 끊어봐."

결관 바를 뚝뚝 끊구서 이렇게 하더니

"어, 살았어. 송장이 아냐? 살았어."

저희끼리 아 그래가지구선 그걸 끄들어서 못을 맸던 노무 걸 끌러버리구. 명주 바지 저고리 입은 채루다 겉을 싸서 묻었는데, 보니깐 잘 생겼더래지 뭐야. 그 뱃사공덜이 꺼내가지구 자기집에다 갖다 해가지구 미음을 끓여먹이구. 그 정신 든 후에 밥을 져서 멕이구 그래

"대관절 어떻게 해가지구 이렇게 된 거냐?"

"아, 과걸 보러 가는데 여각에서 자는데 웬 사람이 오라구 해서 갔는데 이렇게 나를 이 속에 집어 넣구선 '그냥 운 좋으면 살아 귀인을 만나면 살아나구 그렇지 않으면 죽을 거라구. 아뭏든지 살아나길 바란다'구. 그리구선 떠내려 보냈다." 구.

"아, 그러냐. 운수가 좋았구랴."

"우리를 만나서 살아나온 건데. 그래 과거구 뭐구 보따리를 거기다 뒀으니 찾을 수도 없구. 아 어딘지두 행방불명이라."

그거야. 그래니깐 그

"우리가 저 지필묵을 준비를 채려 줄 테니 과거나 보구 오시오."

그 뱃사공덜이, 어부덜이지. 인제 어부들이 각출을 해가주구선 지필묵을 전부 사줘서 또 여비도 좀 그 사람덜이 주구. 아 그리구 또 여자가 준 패물이 있으니까 그러니깐

"내 돈은 지금 한 푼도 없어. 내 맡기구 가서 과거 보구 이리루 올 테니 이걸 보관허라." 구.

"아 그러시라." 구.

"저희덜이 어부지만 맘은 나쁜 게 아니구. 이 패물 가지구 도망두 안 가구 내 선비를 기달리니까 일루 꼭 들르라." 구.

"아, 그러라." 구.

거, 가서 아닌 게 아니라 과걸 보는데 대과급제야. 아주 제 일석으루 당선이 돼가지구서 '내가 그 여자를 배척을 하구 딴 데 여자를 취택해서 장가를 들믄 내가 죄를 받아. 그래두 그 여자 덕분에 살아났는데 여자를 배척을 할 수 없다. 그 쥔 장인 장모자린 괘심허나 지금 세상에, 에기 관상을 봐가지구 사람을 일곱씩이나 죽였대니 그게 말이 되냐.' 구. 그래나 '그 여자를 생각해서라두 글루 장가를 가야겠다.' 그러구서 아 육각을 잽혀가지구 그 어부집, 거기 가서 허니까 '설마 그 사람이 벼슬을 해가지구 이렇게 기고만장하게 올리는 만문데 딴 사람이 길을 잘못 들었나? 쉬어갈랴구 여길 내렸나?' 아 가만히 보니깐 그 저 자기네덜이 갹출해가지구 준비 채려준 그 선비가 아니야? 그래 그 선비가 저 어부의 손덜을 붙잡구선

"참 덕분에 이렇게 베실을 해가지구 내려왔다." 구.

그래

"대관절 그 보따리 두고 온 데가 어딘지 난 향방두 몰루구. 이거 관에 실려서 떠내려 왔는데 그거 알겠냐?" 구.

가만히 보니깐 패물이래는 게 보통 집에서 나오는 패물이 아니라 그거야. 베실아치네 집 아니믄 이 따위가 있을 리 만무야.

"내 그 댁을 모셔다 드릴 테니까 글루 가자." 구.

그래 패물을 자기 주길래 패물 일부를 뱃사공을 노나 줬어. 그리구선 고마우니까 거길 떡, 기냥 말을 타구 육각을 잽혀가주 가니깐, 이게 어쩐 일인가 허구. 그저 장인이 나와서 사랑문을 열구 보더니 '우리집이 이런 과거 본, 대과급제한 선비가 올 리가 만문데, 이게 어떻게 된 건가' 하구선. 그래 저 쥔아 그것두 참판 이상 가는 베실아친데, 한참 이상 판서 계급이 높으니까 우선

가서 절을 하구. 장래 장인 될 사람인데

"절 아시겠습니까?"

"아, 몰르겠는데 어떻게 된 거냐?" 구.

"아무 때 저런 날 저 따님 사위루다 취택이 돼가지구선. 날 여각에서 자는 거 하인을 시켜서 여기 붙들려 온 아무개올시다. 저 얼굴을 자세히 보십시오."

잠깐 봤지. 죽을 놈을 뭐 디리 뜯어 자세히 봤을 거야? 근데 기억두 나는 거 같은데. 대관절 어떻게 살아왔는지 자초지종을 얘길 허래는 거야.

"자네두 죽을 건데 어떻게 해서 살아왔느냐?" 구.

그래 그 얘기 할 거 없이

"따님을 좀 보게 해달라." 구. "내 따님 덕분에 살았어. 따님 좀 봐야겠어."

그 딸을 사랑으루 나오라구 그래서 그냥 가서 장인이구 뭐구 알 거 없이 여자 손을 덥썩 잡았어.

"남녀가 유별한데 이게 이러는 게 아닌데. 하두 고맙구 반갑다보니까 나두 몰르게 이렇게 무례한 걸 용서하라." 구.

그래 가만히 보니까, 아 참 꿈속에서 본 남자래는 식으루 그날 저녁에 자기가 상관하구서, 패물을 그 하인하구 그 사람허구 나눠준 그 생각이 나는 거야.

"아, 정말 그 분이냐?" 구.

"아, 틀림없다." 구. "규수 덕분에 생명을 보존해서 몇 십리 그렇게 이틀을 떠내려가다가 어부한테 구원을 받아가지구선 이렇게 어부가 둘이 해서 저녁 식사두 해주구 아침밥두 해주구. 또 저 과거 그 물건을 전부 구비해 줘가지구선 각출을 해줘서 내가 이렇게 과걸 봐가지구 부인 덕분, 내 부인이라 허리다 뭐. 하룻저녁을 잤으니까. 부인 덕분에 이렇게 귀히 되구 그래서 내 생명두 유지했으니."

"아유, 저 아니믄 왜 생명이 위태로웠겠냐? 저 때문에 그것두 위험을 치룬 것이지. 저 아니믄 과거나 봐가지구 낙향을 했으믄 부모님 만나뵙구 좋은 세월을 보냈을 걸 고생을, 그렇게 죽다 살아났으니 나를 용서하라." 구.

"아니라." 구

인제 웬수가 은인이 되구 은인이 그렇게 됐으니 저 팔잘 때웠으니까 말야.

"인제 부인두 팔잘 폈어. 관상쟁이가 틀림없이 맞힌 거야. 그래 나두 죽을 뻔하다 그래두 내 생명이 그래두 하늘이 낸 덕분으루다 저렇게 인명은 재천이라구 살아났으니깐 나하구 당신허구 내 장인 장모를 친어머니 모냥으루 같이 모시구 살 테니깐 그런 줄 알라." 구.

그래 즈 집에 가지두 못하구 양가에 부모가 다 뫼지두 못하구. 샥시집에서 혼수를 마련해가지구 대례를 지내서 거기서 해가지구선 기구만장하게 그냥 말타구 육각을 잽혀가지구 자기집엘에 가니깐, 자기집이서두 깜짝 놀랬지 뭐야. 설마 우리 아들이 그렇게 벼슬허구 이렇게 기굴 차려서 시악씨까지 얻어가지구 왔대는 소리가 꿈인가 생신가. 그래 메누리를 보니깐, 참 메누리두 참 잘 생겼더래. 메누리두 또 도량이 넓지 뭐야. 그렇게 해주면은 살아나리라 하구. 그래가주구선 유자생녀 해가지구선 두 집이 복을 누리구서 살더래요.

[2004년 1월 4일 채록]

76. 물동이 깨고 혼인한 사람

줄거리

어느 부부의 아들이 장성했는데 합당한 혼인자리가 없었다. 어느 날 꿈에 길을 가다가 웬 총각과 어깨를 부딪치게 되었다. 그 총각은 윗마을 임씨 성을 가진 처녀가 물동이를 이고 갈 때 어깨를 부딪쳐 동이를 깨면 장가 갈 수 있다고 일러주었다. 잠을 깬 총각이 우물가에 가보니 아닌 게 아니라 한 여자가 물동이를 이고 가려고 하고 있었다. 총각은 일부러 어깨를 부딪쳐 동이를 깼다. 당황해하는 여자를 달래 자기 집으로 가 물동이를 대신 주고 지난 번 꿈 이야기를 했다. 여자도 그 총각이 맘에 들었는지 부모에게 이야기를 해, 둘은 혼인을 할 수 있었다.

혼인을 하자 시어머니는 대대로 내려오는 불을 꺼뜨리지 말라고 하고는 모든 열쇠는 며느리에게 물려주었다. 그런데 밤만 되면 불씨가 꺼지려고 했다. 걱정이 된 며느리는 밤에 부엌에서 몰래 지켜보았다. 밤중이 되자 한 동자가 나타나 불씨에 오줌을 누고 있었다. 며느리가 나타나 꾸짖자, 동자는 자기는 여자라며 '당신 신랑을 사모하다 죽은 원귀인데 당신 남편과 하룻밤만 자게 해주면 다시는 나타나질 않겠다.'고 했다. 며느리는 귀신의 옷을 해주고 남편과 하룻밤 자게 해주었다. 아침이 되자 원귀는 하늘로 올라가고 며느리는 남편과 행복하게 살았다.

▣ 옛날에 아들을 하날, 인제 부부가 살다가 아들을 하날 낳았는데. 아들이 한 십칠 세 이상 십팔 세 됐는데. 그 참 합당한 자리가 없어서 거 산골이구

뭐 그러니까 얼른 색시두 수소문헐 수두 없구. 옛날에 뭐 연인갈 통해 중매결혼이나 했지 기냥은 연애구 그런 거 없었으니까. 장가를, 어떻게 참한 며느리감을 얻어서 가약을 맺어주나 하구 주야루 부부 근심을 허구 있는데. 자다가 저 십팔 세 먹은 총각이, 자다가 꿈을 꾸니깐. 웬 젊은애가 산골에서, 산길을 가다가 서루 마주쳤는데 이 서루 그 십팔 세 먹은 총각허구 산에서 내려오는 저 젊은애하구 거 어깨가 툭 부딪쳤다구여. 그래 부딪쳤는데, 그 인제 부딪쳤으니깐 앞으루 가던 놈두 돌아다보구 내려오던 놈두 돌아다보구 그랬는데, 거 지금 말루

"이거, 참 미안하다." 구 "길이 좁다보니까 서루 어깨를 부딪쳤으니 이해허구 가라."

그러니까

"에유, 나두 어깨가 부딪쳐서 조금 굽질리지나 않았는지 허구 내가 돌아다본다." 구.

"그럼 내려가다가 거 웃마을에 임씨 가진 성이 처녀가 있어. 그러니까 그럼 거기 물을 길러내려 올 거야. 그럼 그 여자 어깨를 툭 쳐서 그 물동이를 툭 치믄 물론 물동이가 깨질 거야. 그 여자 물동이가 깨지믄 인연이 닿는다." 구.

"그 여자가 얼결에 툭해두, 꼭 해서 두 손으루 물동이를 내려뜨리지 않으믄 당신허구 인연이 없는 거니 꼭 명심하라." 구.

"쳐두 돼게 쳐라."

그거야. 어깨가 세믄 몸뗑이가 유동이 안될 테니깐. 그러니 처녀래는 데, 에기 처녀 어깨를 칠 수두 없구. 또 산골에서 뭐 본 데 없이 부모 말만 듣구 자란 노무게 돼서. 이것 저것 십팔 세는 됐어두 철이 안 났는데. 아 그 사람이 그러는데 '이상스럽다. 그 사람이 뭔데 왜 남 얘기를 그렇게 앞에, 전도를 애길 해주나.' 허구선 이상하게 생각을 허구서 내려오니깐. 아니 그 웃동네 자기 집은 그 알루 좌측으루 가는데 그 우측 동네서 물이, 거기 밖에 없어가지구 거길 물을 길러 내려오는데 그냥 두 손으루다 물됭이를 잔뜩 쥐구서 이렇게 내려오는데. 에미 세게 쳤다. 여자가 벌렁 나가자빠지믄 또 그것두 안됐구. 또 물됭이를 깨뜨려야 되는데 물됭일 억지루 깨뜨릴 수두 없구. 그래 그 청년

이 시키는 대루 툭 쳤다구. 어깨를 툭 치니까 그냥 꼭 붙들었던 노무 물동이를 그냥 바위 위에다 팽개치더래지 뭐야. 그러니깐 여간 잘 깨지지 뭐야, 물됭이가. 에기 바위 위에다 떨어졌으니, 그래 뭐 해갈 뭐 해갈 바심이 됐대나, 해골부심이 됐대나. 그래 깨져가지구, 그래서 아 그냥 갈 수가 있어? 그렇게 했으니.

"아, 이걸 어떻게 허느냐?" 구. "나두 무심코 옆으루 비켜선대는 게 길이 좁아서 비킬 수가 없어서 이렇게 됐으니 이걸 어떡허느냐." 구.

"물됭이를 깨뜨렸으니 물을 가주구 가야 집안 식구 물을 공급을 헐 턴데 이거 미안해서 어떡해? 우리집이 가서 물됭이를 내가 대신 드릴 테니 그걸 가지구 물을 길어 가주 가시라." 구.

그러니까

"아유, 괜찮아요. 저 갈 길이나 어딘지 가세요?"

"나, 요 아랫동네에 산다." 구.

"그럼 가시라" 구.

"우리집에 여유루다 또 됭이가 하나 있으니깐 집이 가서 됭일 가져와서 물을 길어 주겠다." 구.

그저 청년 말과 같이 '물됭이가 해골바심이가 됐으니 인제 인연은 되긴 됐나부다.' 허구선 심중에, 자기 아부지 어머니더러 그 얘길 했어. 그런데

"물됭이를 깨뜨렸으니 그 물됭일 대신해 줘야 한다." 구.

"그럼 대신해 줘야지. 물됭이 가져가서 거기 기달렸다 오거든 이 물동일 줘라. 거 됐냐?" "즈이 어머니 아부지한테 물됭일 깨뜨렸다구 꾸중을 들을 모양인데 이걸 어떡허느냐?" 구.

"꾸중 안 듣도록 어떻게 방책을 써라."

기껀 물됭이를 가주구선 거길 가보니깐, 막 물을 하나 퍼 담았드래.

"아, 물됭일 왜 가져 왔냐?" 구.

"내 물됭이를, 낭자 물됭이를 깨뜨려서 미안해서 '이거 가주가라.' 해서 가져왔다." 구.

"아유, 고마우셔라."

그러니깐

"물을 하나 내 길어다 드릴게요. 그건 기냥 가주 가세요."

남자는 물을 길어 가주 갈 수 없으니. 그래 처녀가 물을 한 동이 길어다 동자 집에다 놓구선, 부엌에다 놓구선 나올래니깐 그 시어머니자리가 나오더니

"아이구, 뭐 어떡해서 처녀가 여길 왔냐?" 구.

그 아들이

"물을 길어 가라구 됭일 가주가니깐 이 처녀가 벌써 물을 한 됭이 퍼 놨더라." 구

이러니 내가 빈 됭일 가주 가니까

"아, 물을 가져가야지, 거기서두 이 물을 잡숫구 사는데 그냥 내려가믄 어떻게 하느냐?" 구.

"물을 한 됭이 길어가라." 구.

"지금 갈랴 그러는 중이라." 구.

"아유, 여기 와서 몸이나 좀 녹혀서 가라." 구.

그 시어머니자리가 안방으루 그 처녀를 불러들여서. 지금은 뭐 그땐 옛날에 차두 없구 뭐 웬 만한 사람은 보리차두 못 끓여먹었다구. 숭늉이나 마시믄 마시구 그랬지. 그래 숭늉을 따뜻하게 데워서

"이거나 추운데 마시라." 구.

해서 한 곱뿌 줘서 마시구. 그래 어머니 아부지 안부두 하구. 인제 그래가지구. 그래 얘길 지어머니한테, 그 청년이 허던 얘기를 허까 말까 허다가 '에라 그만 둬라.' 즈어머니더러 인제 그 청년이 하던 얘기를, 그 샥씨 보내구선 그 얘기를 했어. 그러니 물됭이는 내가 깨뜨려 준 물됭인데. 물됭이를 깨뜨려야지 물됭이를 깨지 않구 두 손으로 잔뜩 붙들구 있으믄 인연이 안 된 거야. 그러니까 물됭이를 어떡해서든지 깨뜨려야 한다구. 그래서

"그 물됭이가 깨졌는데 그 매파를 들여서 규수를 메누리로 삼으시믄 어때요?"

"거 우리 말을 거기서 듣겠느냐?"

허니까. 그런데 청년이 자기가 어떡해서 샥씨 어머니 아부지는 내가 귀를

아주 잘해 놨는대두 죽어. 아 그래서 다시 부채루다 부치구 그래서 간신히 죽은 노무 걸 살리구 살리구 살리구. 그래서 또 불을 때가지구서 숯등걸을 맨들믄 또 축축하게 젖어가지구 그래. 거기 가마두 구녕이 뚫리지 않아서 물두 안 새는데 그렇게 불씨가 죽으니까 '이거 참 이상스럽다.' 하구서 하루는 지켰어. 그 부엌문 뒤서, 이렇게 거적을 가리구서 이렇게 보니깐, 거반 밤중쯤 되더니 웬 쬐끄만 노무 애새끼가 와가지구 거기다 오줌을 깔기는 거야. 그 아궁이에 불씨 묻어둔 데. 오줌을 깔기니까, 아주 죽이지는 않구 제우 살아나기만 하게. 그냥 뛰어가서 꽉 붙들었어.

"이게 내 생명이야. 이것만 꺼지믄 난 여기서 못 살구 달아나는 거야. 그러니까 이런 짓 허지 말라." 구. "뭐 때문에 이 불씨를 꺼뜨릴랴구 허느냐?"

"나두 애덜이 아니구 처녀다."

그거야.

"생시에 처녀를, 아 저 이 남자를 사모했는데 내 맘대루 헐 수두 없구. 우리 부모가 말을 안 듣구 그래서 난 병이 들어서 죽었어. 웬수 갚기 위해 널 못살게 하려구 불씨를 꺼뜨리는 거다."

그거야. 그러니까

"내가 오줌이 많으믄 이걸 다 꺼뜨릴 건데 이거 다 꺼뜨릴 오줌이 없다."

그거야. 그래서

"반백에 못 꺼뜨린다."

"그럼 소원이 뭐냐? 난 천상 이집으루 시집을 와가지구. 시부모의 교훈을 받아 이 불씨를 꺼뜨리믄 난 쬧겨나가는 거야. 나 쬧겨나가믄 당신이 귀신인데 여기서 이 남자하구 살 수 있느냐? 남 못헐 노릇만 시키는 거지. 내 소원을 성취시켜 줄게, 말을 듣게시리 이 불씨 꺼뜨리지 마라, 이것만은. 내 소원을 들어주겠느냐?"

"그럼 내 옷을 한 벌 해다오. 아주 이쁜 소복으루다 옷을 한 벌 해주구, 당신 남편을 아무데 이러저러한 날 밤중에 여길 바깥에 내보내다오. 내 귀신이나마 당신 남편하고, 바깥에서 내 하루 저녁 자믄 내 소원성취가 돼서 나는 다시 여기 나타나지 않는다. 난 옳은 귀신이 돼가지구 하늘로 올라가가주구.

당신하구 남편은 검은 머리 파뿌리가 될 때까지 살 테니까 소원을 들어줘. 그렇지 않으믄 내 끝끝내 저 불씨를 꺼뜨리겠다."

그거야.

"아, 염려 말라." 구.

그래 시어머니한테 얘길 해가지구 소복을 참 좋은 걸루다 아래 위를 일시 벌루 해서 가주 나가서 거길 지키구 있으니까 귀신이 나타나. 그래서 옷을 한 벌 입혀 놓으니까 소복단장을 했는데 참 기가 맥히게 잘 생긴 여자야. 그러니 신랑을 안 보내줄 수가 있어? 자기가 못살구 쬣겨나갈 판인데. 불씨를 꺼뜨리믄. 그리구 또 원한귀가 옳은 귀신이 돼서 하늘로 올라간대는데 그걸 못들어 줄 거야? 아, 그러라구. 신랑더러 얘기를 쫙 했어. 그 처녀가 죽었는데 귀신이 돼가지구 이렇게 나를 망해 줄랴구 웬수를 갚는다구. 나 때문에 당신을 만나지두 못하구. 근데 꼭 불씨를 꺼뜨릴랴구 그래서 내 지키니까 그거 나타난 거야. 붙들어가지구 사실 자초지종 얘기를 들어보니까 사연이 이만저만한데 그걸 들어줘야지 어떡하느냐. 이왕 죽었지만 그래두 옳은 귀신이 돼서 하늘루 갈 데루 가야지.

"에이, 당신이 있는데 거긴 왜 가느냐?" 구.

"아 귀신인데 뭐 어떠냐?" 구.

"괜히 귀신이 들어오면 되는 일이 없어. 귀신한테 괜히 고사두 지내구 뭐 그러는지 아느냐?" 구.

"나 잘 되라구 고살 지내는 거지 귀신 잘 되라구 고사 지내는지 아느냐?" 구.

그래 남편을 꼬대서 옷 바지저구리를 잘 입혀가지구 밤중에 내보내서, 가서 문을 열구선 오나 하구 살펴봤대. 그냥 소복을, 해다준 소복을 입구 내려와가지군

"아유 오래간만이라." 구.

그러구선 남편을 얼싸안으믄섬 둘이 부둥켜 안구서 쓰러져 자는 걸보구 문을 닫구 들어왔는데. 한 서너 시간 있으니깐 남편이 옷이 다 젖었드래, 진땀이 흘러서. 아 귀신하구 잤는데 무서울 거 아냐? 기냥 진땀이 나가주구 옷이 다 젖었더래. 근데

"왜 땀을 흘렸냐?"

그랬더니

"무섭구 떨리는데 그 여잔 디리 붙들구 놓진 않구. 그러는데 날이 훤하니깐 나를 놔 주더라." 구.

그러더니

"가서 부인하구 잘 살라." 구. "난 인제 부인 덕분에 난 인제 하늘루 올라가게 됐어. 옳은 귀신이 돼서 옥황상제를 찾아뵐 테니까 염려 말구 잘 살라." 구.

갔는데 이렇게 진땀이 흘렀다구. 그래서 옷을 다 색씨가 내줘서, 옷을 입혀 가지구 여지껏 잘 살더래는데 뭐.

[2004년 1월 4일 채록]

77. 개와 같이 산 여인狗不十年

◈ 줄거리

산중에 부부가 십 년 이상 묵은 개를 데리고 살고 있었다. 어느 날 개가 들어와 남편을 물어죽이고 남편 시늉을 하며 여자와 살려고 했다. 두려운 여자는 어쩔 수 없이 개와 한 이불 속에서 살 수밖에 없었다. 어느 날 나그네가 찾아왔다. 여자는 개가 듣지 못하도록 몰래 나그네에게 그 사연을 이야기했다. 나그네와 여자는 개를 유인하여 목을 졸라 죽일 수 있었다. 겨우 개를 죽인 여자는 남자를 따라 산을 내려와 본 부인과 함께 남자를 모시며 잘 살았다.

▣ 개하구 사람하구 산 얘기 들어봤어? [채록자 : 개하구 사람하구 살아요?] 계불십년(鷄不十年)이오 구불십년(狗不十年)이야. 개 구 자가 있거든 구불십년이야 개를 십년을 묵히질 않아. 계불십년이야. 닭두 십 년을 묵히면 변화를 일으킨대. 옛날에 개허구 닭허구 지내허구 구랭이허구 서루 상극이 지면 기가 맥히게 혼란이 일어나는데.

개를 산중에서 두 부부가 사는데 참 신혼부분데. 개가 십년이 묵었대지 뭐야. 십년이 묵었는데 신혼부부니까 뭐 신혼부부끼리 참 정담이구 못하는 거 없이 세월을 보내고 재미가 깨 쏟아지듯 헌대드니. 그런데 한 일 년 지났는데, 그래두 어린애가 없어. 임신을 못했는데, 하루는 개가 바깥엘 나가 오더니 '끙끙끙' 허구 문을 들이 찢어서 할 수 없이 문을 여니까 거기에 들어 왔는데 또 엉크러져 가지구 장난을 하는데 개가 이렇게 보더니 그냥 들이 뎀벼서 남자를 명줄을 물어서 죽여 버리드래. 그래 벌써 그 개가 십 년을 묵어서 아주 전 구렝이가 된 거야. 그냥 변화를 일으킬 정도루다 묵었어, 십 년. 그래 여자는 '구불십년이래드니 참 옛날 노인네 말이 옳구나. 저 놈두 남녀가 거교접하는 노무 걸 눈치 채구선 우리 남편을 물어죽었다.' 구. 아 어딜 그리구 나선 그 억지로 끌어다가 산비탈에다 구뎅일 좀 파구선 남편을 장살 지낸 거야. 누굴 솔발할 수두 없구 그래서. 근데 그 여자두 장력두 세지. 죽은 사람을 혼자 끌어다 묻었는데. 밥을 허러가두 이 치마자락을 이렇게 꼭 물구 있어. 개가 어디 맘대루 가지두 못허구. 화장실에 가두 또 쫓아가구. 물을 길러가두 또 쫓아가구. 아, 개를 때려 줄 수두 없구 말야. 개를 때려줬다가는 물어박질하면 저두 죽을 건데. 아 남편, 장정두 에미 물어 죽었는데. 그까짓 것 여자 물어죽이거든. 근데 그리구 나서 한 댓새 있더니 노다지 그냥 이불 속을 뚫구 들어오는 거야, 개가. 그래가지구, 개가 성가시게 굴구. 말 안들으면 그냥 이런데 막 물구. 그래 저 노무 걸 에기 사람 구경을 해야 어떻게 죽이든지, 누굴 어떻게 눈짓을 해서 잡아달라구 그러든지 허지. '저걸 어떻게 허나.' 하구 뇌심천만헌데 한 일년 그렇게 지냈는데, 여자가 배짝 말랐드래. 그 개 때문에, 저 가슴을 기냥 곯여서 아주 '어떻게 하면 개를 죽이나.' 하구 연구중인데 그냥. 개가 그냥 두지두 않구 성가시게 허니깐. 근데 하루는

"주인 양반 계시오?"

그리구 우렁찬 목소리가 나드래지 뭐야. '옳지 사람이, 누가 왔구나.' 그러구서, 그래 보니까 남잔데, 괴나리봇짐을 하날 짊어지구, 참 패랭이 모잘 하나 쓰구, 서서 주인을 찾더래지. 그래 나가니까 개가 따라 나오잖아. 노다지 치마 끄텡일 이렇게 물구 쫓아댕기는 거야. 이렇게 볼 적에 '저 노무 개가 왜 치마를 물고 노다지 쫓아대니나. 이상스럽다. 워낙 주인이니까, 산골이니까 사람이 그리워서 아마 그리나보다.' 하구

"왜 그리느냐?" 구, "왜 찾으시냐?" 구.

"지나가다 시장끼가 났는데 일가가 돼서 혹시 누룬밥이라두 좀 여유가 있으면 끓여달랠까 하구 그런다." 구.

"아 그러시냐." 구. "들어오시라." 구.

그러나 거처가 앉을 자리두 좋지 않구. 그 개가 노다지 따라댕기믄서 뜩 앉았으니. 아주 여자가 앉았으면은 남편 모냥으로 아주 붙어서 앉았어 뭐. 그런데 남자더러 뭘 얘길 할 사이가 없어 따라댕겨서. 그래서 그 뭐 남자구 여자구 사람의 소리를 뭐 죄 알아들어. 인제 눈치루다 그 남자가 때려잡은 거지. 그래, 아 저 개 누른 밥에다가 그 뭐좀 지금으루 며루치대가리 같은 거 그걸 울거서 냄새가 나게 해서 그릇에다 해서 절루 가져나가서 일루 오라구 해서

"손님이 왔으니 여기서 먹어라. 점심 먹구 들어와 그리그선 데리구 나가면 따라갈 거라." 구.

"아 그러냐." 구.

그래 없는 노무 거 뭐 죄 해서 옛날엔 조기 대가리 자꾸 해놓구 부개대가리 튀겨 놓구 그랬다구. 두어 개 놓구서 누룬밥을 디리 끓이니까 구수한 냄새가 여간 나질 않아. 그래 된장을 한 숟갈 넣구선. 홰홰 들러내면서 내놓구선

"이거 먹으라구 불러내라." 구.

그래 뭐 검둥아 래든지 누렁아 그러든지 주인 여자가

"이거 와서 먹어라."

그러니까, '낑낑' 하더니 냄새가 구수하니까 따라 나갔다구. 여자가 나가니까 밤낮 물고 대니는 노무 걸 누른 밥 끓인 데다가 부게 대가릴 짓 두둘겨 넣구 끓였으니까 여간 좋아? 생전 제 생일 모냥으루다 잘 먹구 오는데, 그 사이에 그 뒷문을 열구 가서 그 남편이 쓰던 지게 괭이가 있거든, 인제 지게에서 졸르는 거, 바. 그걸 올개밀 해 가주구선 자리 밑에 이렇게 집어넣었다가 인제 바깥으로 소변보는 척 허구 나가라구. 아 그래 그 남자가 눈짓을 허는 걸 듣구선 바깥에 나가니까

"어이 화장실엘 좀 가야지."

그래 화장실에 가서 앉았는 거야. 그래 다 보믄 따라 나오고 있어. 인제 화장두 다 봤어두 인제 그저 남자가 뭐 일 꾸미라구 인제 자릴 비어준 거지. 그새 문지방이 이렇게 있으믄 문지방을 여길 뚫러가지구선 구녕을 냈어, 안방에다. 그래가지구 바 올개미를 이렇게 집어 넣었거든. 죄 괭이 바를 바깥에

서 잡아댕길라구. 그래 이렇게 해가지구선 여기다 이렇게 넣었는데 그 놈이 알게 뭐야. 이렇게 기둥 옆에다 이렇게 집어 넣구선. 인제 밤에 이불을 쓰구 자는데, 바깥에

"아, 여기 와서두 좀 다리나 이불에다 디밀구선 드러눠서 자야지. 바깥에서 한둔을 할 거냐?" 구.

그랬더니

"아, 괜찮다." 구. "바깥에다 그걸 잡아 다녀야 할 거니까 내가 기침을 세 번 허믄 올개밀 씌웠다구 씌웠느냐구 물어보니까 당신을 기침 한 번만 하면 된다."

인제 그렇게 약조를 했어, 기침을 세 번을 '컬럭컬럭' 허구 세 번을 하믄 그 사람이 못 씌웠으믄 않하는 거구, 씌웠으면 '에험' 하구 크게 하믄 하 그 놈 개두 자지. 노다지 새는 거야? 개두 잔다구 꿈두 꾸구 그래, 개두. 꿈을 꾸면 '낑낑낑' 늘 그래. 그새 대가릴 쓰다듬으믄서 올개밀 대가리에다 씌웠어. 그러드니 바깥에서 그래두 시간이 장구히 흘렀으니깐. 기침을 세 번 쿨럭쿨럭 하니까, 에험 그냥 바깥에서 바짝 옭은 노무 걸 문지방 밑으루 덥다 마루에서, 개두 크지 십 년을 묵었으니까 문지방에 다리를 뻐팅겨서 그냥 잡아댕기니까 이놈이 벼란간 그냥 화를 면할 수 있어, 지가? 그래 해가지구선 챙챙 감아 가지구선 작대기를 감아서 잡아 댕기니까 모가지가 더 조일 거 아냐? 그래가지구선 작대기루 바깥에서 붙들어서 웃방 문으루서 들어가서 절구갱이가 있는 걸 대가리를 짓 뫘어. 그러니 꼼짝을 할 수가 있어? 다 죽게 된 걸. 모가지를 옭아서 다 죽게 된 걸 잡아대니. 그래 잡았어. 잡아가지군, 새벽에 돼서 바깥에서 죽었으니까 끌어다 안마당에서 또 살아날까봐 꼭 붙들어 매 놓구선. 자긴 뭘 자 앉아선 이렇게 이불을 쓰구선 앉았으니깐 아주 다 밝지는 않았는데,

"아 좀 쓰러져서 좀 잠을, 눈을 붙여야 할 게 아니냐?"

"아 괜찮다." 구.

훤히 밝는데 남자가 개를 지게에다 짊어지구 가서, 거 영감 죽은 그 건너에다가 깊이 파구선 묻구 내려와서

"조반을 했느냐?"

하니까,

"했다." 구. "들어와서 잡수."

조반을 인제 남녀가 겸상을 해서 인제 먹구. 인제 옷갓을 하구 세수를 하구 옷갓을 허구. 망건을 쓰구 인제 그러구서

"간다." 구.

그러니까

"아, 나두 가야 한다." 구.

"어딜 가시느냐?" 구.

"나 당신 따라 나갈 거야."

그래.

"아 내가 어딘 데 따라 나가느냐?" 구.

"나두 집에 마누라가 있는데 따라나가믄 어떡허냐?" 구.

"그래두 날 살려주구 나 저 구해준 은인인데 내가 배척을 할 수가 있느냐? 나 당신 마누라한테 내 자초지정 얘길 할 테니깐 딴 방에서 자두 좋으니 나를 내치지만 말아 다오."

에 그래

"안 된다." 구.

"사정은 그렇지만 그래 어엿이 조강지처 마누라가 있는데 그렇게 할 수가 있느냐?"

그랬드니,

"염려 마라. 나한테 내 밥을 해서 식모살이를 허드래두 내 당신하구 안 떨어지겠다."

그거야. 그래 가서 그러니깐 이게 우리집이라구 그거 시원칠 못해 집두 오막살이집인데. 그래두 웃방 안방 있어 가지구. 아 건넌방이 있드라. 방이 셋이야, 건넌방 안방 웃방 해서. 그래서 들어가서 사실 얘기를 쫙 했는데 그래서,

"영감이 탐이 나서 그런 것두 아니구, 개가 우리 영감을 물어죽였어. 그 물어죽인 노무 개를 이 영감이 죽였어. 그래 나를 그래서 그렇지, 거기서 죽는

건데 나를 살려준 내 은인인데 내 식사 제공이라두 해 드려야지. 그렇지 않으면 온당한, 죽어두 온당한 귀신이 못돼. 그러니까 그렇게 해 달라." 구.

"아, 그러라." 구.

또 내가

"사정을 전혀 생각을 한들 내 딴 데루 가라구 그럴 수가 없으니 그렇게 하라." 구.

그래서 거기 밥을 해주구서 식모살이 허믄섬 큰 마누라가 뭐 시키기 전에 척척 해가지구 그래 영감이 들어오면 같이 자구. 영감이 마누라더러

"아, 거 건넌방에서 혼자 자는데 같이 자주라." 구.

그러믄 같이 자주구. 둘이 여지껏 같이 사는데 죽었는지 살았는지 몰라.

[2004년 1월 4일 채록]

78. 시골 농부들의 지혜

줄거리

전안엽이라는 부자가 있었다. 워낙 토지가 많아 추수할 때는 추수관을 보내 수확을 관리했다. 추수관은 추수하는 농토를 찾아가 농민들에게 잔소리를 했다. 농민들은 추수관이 있어도 속이려고 마음만 먹으면 얼마든지 속일 수 있음을 보여주며 잔소리를 하지 말라고 했다. 추수관은 어쩔 수 없이 농민들의 대접을 받고 해주는 수확만 받아갔다.

▣ 아, 그래 전안엽이래구, 서울사람이야. [채록자 : 전안엽이요?] 그래 안엽. 이름이 전안엽이야. 근데 타작관을, 이제 추수관이라구 있어요. 워낙 저 지역이 넓다보니까 토지도 많이, 새면 경상도 충청도 전라도 안 사는 데가 없이 다 땅을 사 놓구선. 뭐 다섯 여섯 명씩 추수관을 대리루다

"니가 어디 가서 추수해 오너라."

지금 마름, 사음이라구 있어요. 그 창고에다 싸 놓구선

"쌀 얼마 가져오너라."

그러믄 쌀 찧서 갖다주구.

"인제 얼마 팔아라."

그러믄 이십 석 팔아가지구 돈으루 갖다주구. 그런데 안엽이라는 사람은 앉아서 먹구 사는 거지.

근데 추수관이라는 건 쌀을 한 번 추수해 가지구, 그게 한 이십 일 동안인

가 봐. 거 추수기가. 그렇지 베 빌 때두 와서 꼭 봐요. 그래가지구선 벨 이렇게 비구 나문 거반, 꼭 요렇게 한번 기계에다 대는 거. 지금은 콤바인이 있구 그렇지, 전에 탈곡기에다 떠는데. 그거를 또 저 태질이라구 있어. 절구통에다 대구 메다치는 거. 그래 그걸 해노믄 태질 하구 허믄 속이 덜 떨리거든. 기계에, 탈곡기에 떤 거만 해? 이렇게 조사를 해가지구

"아, 그만하믄 됐군."

추수관 나쁜 놈은 전 추수해 가지구.

"됐다." 구.

웬만한 사람은 그러는데.

"한 번 더 때려라."

그거야. 한 알갱이라구 더 떨어지게. 그래 거 일꾼들이, 타작하는 일꾼들이 "자식, 지가 쌀 한 알갱이라두 더 먹어 얻어? 엠병할 자식, 잔소리 더럽게 한다." 구.

그래 어떻하든지 그 사람을 속히는 거야. 이제 일꾼들이. 입을 꽈 가지구. 그 태질할 때는 어떻게 하느냐 하믄 그 절구통에다 태질을 치거든 절구통 밖에다 바루 이렇게 구뎅일 파. 그래 커단 노무 독을 묻어. 그럼 베가 한 가마 두 가마씩 들어가게. 그래가지구 아침 추수관 일어나기 전에 기냥 디리 태질을 해가지구 글루 한 독을 해 놔. 거기다 절구통을 거기다 욂겨 논다구 독에다가. 독에다 욺겨 노문. 뭐 여기두 땅바닥 저기두 땅바닥, 돌을 절구통 굴러가지구 웬만한 거 독을 절구통 주위에다 돌을 큰 걸 새끼 오래기에다 붙들어 맨다구. 그래야 인제 둘러 태질을 해두 움직거리지 않거든. 그래 벌써 그 일꾼들이 한 가마구 두 가마구 베를 얻어주는 거야, 인제. 반씩 논을 건데 한 가마믄 닷 말 더 얻어먹는 거지. 닷 말을 노느면 차례가 오는 건데 의당히.

인제 그리기가 일쑤구. 그리구 또 인제 베 빌 때, 베 빌 때는 그 아무리 부자래두 이걸 다 살 수는 없는 거 아냐? 딴 사람이 사논 것두 있구, 먼저. 거요 논뚜랑이 이렇게 새가 돼 있어요. 그럼 베를 베 가지구 이 똥구녁이 일루 가구, 저 베 수미는 이 자기 논으루 가게 요렇게 쪽 놓거든. 그럼 그걸 요렇게 신다구. 그럼 '몇 무시로군.' 그럼 거기다 적어. 그거 대략 산출 방법이 있어가

지구. '아, 이거 몇 무시로군.' 거 대개 몇 천 무시야. 쬐끄맣게 묶었으니깐. 몇 천 무시믄 추수가 얼마는 나겠다. 인제 그걸 한두 해 하니깐 그 일꾼덜두 '요놈들, 암만 지랄을 해봐라.' 그러구 여기 논뚜랑이 이렇게 돼 있으믄 베를, 여기가 베 이삭 달라붙은 덴데. 이렇게 놔야 하는데, 여기 차례가 가거든. 근데 저 아랫 사람은 벼서 여기다 이렇게 놀 거구, 그래 저쪽으로 가는 건 차례가 여기선. 나무 거니깐 탓하지 못하게 그래 저 자식 저기 담배 피구 오줌 누러 간 새에 이걸 이렇게 논다구, 일꾼들이. 이룹게 놀 노무 걸. 그래서 너희가 암만 그래 봐라. 그래 한 사람이, 나이 살이나 먹은 사람이 저 추수관을 불러가지구,

"거 추수하는 방식이 그 뭐 컴퓨터라루다 뭐 산출허는 것두 아니구 말이야. 우리가 속힐래믄 얼마든지 속혀. 너무 까다롭게 하지 말구, 달걀 삶아주믄 달걀 먹구, 밤 삶아주문 밤 먹구, 엿 과다 주문 집이 갈 적에 한 보따리 가주가구. 그러믄 여간 좋으냐?"

그거야. 어련히 시굴사람이 맘이 다 그렇게 겁칙하지 않아. 그러니까

"봐라. 당신 여기 베 비는 거, 베가 끝이 났는데 잘 봤어?"

"잘 봤다." 구.

"일꾼들이 깔쯤 없이 다 했냐?" 구.

"예."

"뭐가 예야. 이 아래 내려와 가지구 저 사람들 벨 벼 놨는데 이 아랫배미는 적어, 면적이 적어. 근데 윗배미는 크거든. 근데 이 알루 내려간 베가 더 많지 않느냐?"

"아, 근데 어떻게 베가 많이 났냐?" 구.

그래, '우리가 당신 속힐려구 베를 벼서 이렇게 놀 건데 이렇게 놨다' 그거야.

"우리가 속힐래믄 얼마든지 속혀. 가만히 눈을 감구, 잘들 하슈. 그 소리나 한 마디 하구. 거 술이나 같이 듭시다. 그러믄 당신두 편하구 이 논 경작하는 사람두 편하구 그러니까 너머 까다롭게 하지 마라."

그래가지구선, 솔직한 사람들이야. 쥔두 그렇구 일꾼두 그렇구. 인제 이튿날 타작할 때 그냥, 타작하기 전에, 그 전에 베 빈 때 숫자하구 타작할 때 고

숫자하구 꼭 맞아야 돼. 멫 뎅이를 풀러가지구 센다구요. 붙들어 맨 거. 그게 다 헷탕이야. 그래 다 끝나구 난 연후에

"당신 아무 소리두 안할 거지?"

"나 아무 소리두 안한다." 구.

"여기 쥔이구 뭐구 경작자 허자는대루 하구 일꾼이나 좋게 보믄 좋게 보는 거구. 그렇지 내가 당신한테 손해 붙일 거는 아닐 거니 알아셔 하슈."

그런 연후에 그래 절구통을 치웠어. 그 속에 이만한 노무 독이 있네.

"야, 일루 독으루 이 베 떤 게 당신 오기 전에 가뜩 해. 인제 당신 가면은 그때 이걸 치구선 쥔 퍼다주믄 쥔 독식하는 거야, 그래 독식헌다구 이걸 한 가마 덜 가주 가봤자 당신한테 뭐 봉급을 깎아 줄 것 두 아니구, 소출이 적게 났다구 당신 내년에 그만 둬? 하구 그럴 것두 아니니깐 알아셔 하슈."

"네, 알았다구."

그래더니, 거기서 한 가마를 쥔을 줬어.

"내 이게 원 상책이다. 나두 몰르게 먹으면은 쥔두 겁칙한 맘이 들어갈 거구. 그러니까 에기, 저 광에서 인심난다구. 이 베 많은 데서 한 가마 경작자 주면은 내가 죄루 갈 거 아냐?"

그렇게 했는데, 나중에는, 멫 해 후에는 사랑방에 앉아서 미닫이만 열구, 아 알아서 베 빌 제 그걸 내가 세지 않을 수 없으니까 말이지 세라구 그랬어. 보고하는 게 있으니까 멫 단에서 얼마가 나왔다 하믄 그러냐구. 이제 풍년들 때 좀 낫군. 흉년들믄 소출이 적게 나거든. 아 베 알이 적게 붙어가지구. 그래서 하여튼 '시골사람을 못 당한다.' 그러드래. 그 타작관이.

그래서 우리두 해 봤는데, 일꾼들이 타작을 허믄서 겉만 이렇게 냅다, 이렇게 시게 치질 않구. 툭 치구선 확 잡아댕기믄 겉에 베만 떨어져요. 속을 안 떨어지구. 그게 뭐하는 거냐구. 아 나중에 그걸 갖다 남의 기계를 얻어다가 그걸 털어요, 또 속을. 한껏 해야 베 몇 너 말이나 그렇게 나는 노무 걸. 일꾼을 셋씩 사가지구. 인건비두 안 되는 노무 걸. 배보다 배꼽이 더 크다구. 농사꾼이 거 보통 한 육만 원씩 받아요, 지금 품값.

[2004년 1월 4일 채록]

79. 자라 살려주고 얻은 화수분

◉ 줄거리

한 사람이 나무를 하러 갔다가 개울에서 넓적한 돌을 주웠다. 돌이 예뻐서 주워다 뒤뚱거리는 뒤지 받침으로 사용했다. 삼년 후 돈이 모이자 뒤지를 바꾸려고 돌을 빼자 돌이 걸어나갔다. 놀라서 보니 자라였다. 놀란 사람은 자라를 물에 놓아주었다.

며칠 후 한 장님이 찾아와 끼니를 청했다. 잘 대접해주자 장님은 며칠 후 한 손님이 올 테니 잘 대접해주고 대가로 도포 속의 항아리를 달라고 떼를 쓰라고 했다. 며칠 후 정말 손님이 찾아왔다. 주인 부부는 대접을 잘 해주고 손님의 도포 속의 항아리를 떼를 쓰다시피 해서 얻었다. 그 항아리는 무엇이든지 넣기만 하면 몇 배로 불어나는 화수분이었다. 부자가 된 부부는 재산을 동네 사람과 나누어 먹으며 행복하게 살았다.

■ 참 무지하게 시대요, 자라. 왜 거북이허구 자라하구. 전에 거 시굴사람이 뒤루다 인제 지갤 지구 인제 낭구를 갔는데. 그땐 개울을, 쪼끄만 개울을 하날 건너야 돼. 돌루다 징검다리를 놓구선, 건너갔다 낭구를 해가지구 건너오는데. 웬 넙적한 노무 동맹이가, 아주 두툴두툴한 노무 동맹이가 하나 있드래. 그래 그걸 이렇게 집어가지구 이렇게 보니까 거 산 놈두 같구 죽은 놈두 같구. 그게 꿈지럭거리지 않는다구, 잘. 자라가. 주뎅이만 쑥 들어가믄 뚱그런 거지 뭐야. 거 괴상스럽게 생기기두 했다. 그래서 그 노무 걸 지게에다 놓

구 지게꼬리에 맸어. 혹시 떨어지지나 않을까 허구. 염려를 해가지구선 붙들어 매가지구선 집에 와서 낭굴 부엌에다 내려 놓구. 동맹이를, 그래 동맹인 줄 알았어. 동맹이두 이상스럽구 잔등이는 꺼멓구 밑은 허옇구. 이게 태양을 쐬지 않아서 아마 돌이 허연가부다 하구. 자란 처음 봤으니까. 근데 그 부인이 저 밥을 헐려구 쌀을 뒤지에서 풀려구 허니까. 뒤지가 한 쪽 발이 짧아서 뒤뚝뒤뚝 허니까

"아유, 동맹이 하나 있으믄, 거 납작한 돌맹이 있으믄 이거 갖다 괴 주."

"아참, 내가 낭구 갔다가 개울에서 깨끗한 돌인데, 참 그걸루 괴믄 좀 좋겠군 그래."

그래 갖다 대니까 꼭 치수가 맞는 거야. 그래 그걸루 괴 놨어. 근데 아무리 저 자라가 발 심이 시구 그러드래두 뒤지를 괘 놨으니까 거 빼가지구 달아날 수가 있어? 그래 죽은 척하구 거기 드러 엎드려 있는 거지 뭐야. 근데 자라래는 짐승이 삼 년을 굶어두 공기만 들여 마시면 산대요.

그래 삼 년 후에 부자가 돼서, '에이, 뒤지를 아예 빼야지. 외관상 누가 와서 보더래두 밤낮 동맹이루 뒤지 발을 괘놨으니까 이게 외관상 이거 좋지 않다.' 그러구선

"우리 뒤지를 좋은 노무 괴목으루다, 느티나무루 짠 괴목으루다 갑시다."

"어유, 쌀만 그뜩그뜩, 동맹이루다 괴믄 어떠냐?" 구.

"거 동맹이두 보기가 좋은 동맹인데. 왜 그걸 빼내 버리냐? 구.

"에이, 누가 오더래두 그거 외관상 나쁘지. 그 저만큼 잘 사는 사람이 돌맹이루다 뒤지 발을 괴 놓느냐? 그 소리 듣기 싫어서 갈아야겠다." 구.

"아, 누가 알우? 당신 의향이 그러시대믄 만류할 수 없으니깐 가시라." 구.

그래 삼 년만에 목수 들여갔구선 느티나무를 괴목이라구 그러는데. 그걸루다 짜가지구서, 옛날에는 뭐 칠하는 게 있어? 옻칠이나 했지. 거 옻칠을 새카만 놈 옻칠을 물그머니 물에다 끓여가지구 타 가지구 발르는데. 지금 니스라 그래나? 그게 칠핸 거 모냥 반짝반짝 하는 게 윤이 좋다구. 그저 절에 가서 거 불지 봐. 반지르르 한 게 반짝반짝 허잖아. 그래 그렇게 칠하니까

"아유 진작 갈 걸. 이거 아주 집이 운치가 난다." 구.

"뒤지 하나 갈았더니."

그래 그걸 안마당에다 이렇게 내 버렸어, 동맹이니깐. 이렇게 덜컥허구 떨어졌는데 그래 점심을 먹구 나왔는데 이놈이 정신을. 근데 삼 년을 굶었으니 그놈이 뭐. 이렇게 보니까 이렇게 제쳐 졌다 어떻게 이게 지랄을 해가지구 뒤집었단 말야. 그래더니 그게 엉금엉금 기어나가. 근데 저기 돌이 기어나간다구. 마누라더러

"여보, 여보 저것 좀 보라." 구. "뒤지 괴었던 돌이 기어나가니 저게 이상스럽지 않냐?" 구. 그래

"어이 그짓말두 꽤 허는구랴."

그러구 나가 보니까 아닌 게 아니라 바깥으루 기어 나가는 거야, 엉금엉금. 거 시게 기어나가믄 빨리 기는 데, 아 그래 '이상스럽다.' 그래구선 가보니깐 살았어. 주뎅이가 참 여기서 이만큼 나와가지구 기어나가는데. '아, 이게 남생이 무신 자라 뭐 또 뭐 거북이, 이래더니 그 종류로구나. 이게 괜히 내가 몹쓸 일을 저질렀구나. 그래두 살았으니까 다행이다.' 그러구선 그걸 갖다 개울에 도루 다 놨어요, 물에다가. 그래 놨더니 원 저거 자라래는 놈이 이 사람이 거기다, 물에다 놓구 보니깐 이룧게 뒷발로 버티구선 잘 가라구 그런 인사하는 식으루 서 있더래지 뭐야. '야 짐승두. 그래 내가 너헌테 몹쓸 짓을 했으니깐 이해해라. 나두 몰르구 동맹인주 알았지 산 짐승같으믄 내가 그랬겠냐?' 그러구선

"아무쪼록 좋은 데루 가거라."

허구서 거기서 서루 작별을 하구 왔는데.

집에 오니까 누가

"이리 오너라. 이리 오너라."

하거든. 대문을 지팽이루 이렇게 탁탁 치구 허는 소리가 나더래. 그래 나와서 보니깐 장님이 문지방을 이렇게 지팽이루다 탁탁 두들기치믄섬 쥔을 찾는 거야.

"아 맹인인데 거 왜 나를 찾으시냐? 뭐 시장끼가 나냐?" 구.

그래

"지나가다 시장끼가 나서 숭늉이래두 한 모금 마시구 가게 해달라." 구. "지금두 갈 길이 먼데 배가 고파서 거길 댈 수가 없을 듯허니"

"아 그러라." 구.

사랑으루 디리 앉혀가지구 밥을 아주 다시 져 가지구. 그래 반찬을 갖춰서 그 장님을 대접을 허니까. 먹구 나서

"참 먹었다." 구. "신세를 어떻게 갚지요?"

"어유 별소릴 다 한다." 구. "점심 한 끼 대접했는데 신세랄 게 뭐 있느냐." 구.

장님이

"내가 보진 못허지만 참 귄의 관상이 참 좋으시다." 구. "미급을 헌 얼마 안 있으믄 퍼런 청의를 입구 손님이 하나 찾아올 텐데, 그 손님을 따뜻한 점심을 다시 나 모냥으루 대접을 하믄 그이가 뭘 일러주구 갈 테니까 그걸 명심을 허구 그와 같이 실행을 허믄 당신 일생껏 아주 부자루다 세월을 보내다 유자생녀 해가지구 이 세상에서 세월을 보내다 돌아가실 테니까 그렇게 허시라." 구.

"아 명심하구 실행을 하겠다." 구.

그 장님은

"점심대접을 잘 받아서 아주 인제 걸음을 거뜬하게 잘 가겠다." 구. "안녕히 계시라." 구.

그 장님은 성한 사람만큼 잘 가. 투덕투덕 허믄서. 산고갤 넘어가는데

"조심해 잘 가시오."

"아 염려 말라." 구.

근데 한 열흘간 그 장님하구 헤어진 지 열흘 있다가 아 푸르스름한 옷을 입구서, 아닌 게 아니라 장님이 일러준 말과 같이 지팽이를 집구선 참 갓을 쓰구, 퍼런 도포를 입구 와서 귄을 찾아서 나가보니깐. 아 장님이 일러준 말과 똑같애. 의상이구 뭐 행세허구 다 똑같은데

"아유, 시장끼가 나는데 좀 뭐 음식을 좀 얻어먹구 갔으면 좋겠는데 그렇게 허실 수 있으세요?"

"아유 염려 말라." 구. 뭐 "나두 내 배가 고픈 것두 아니구 나두 형세가 유여

한데 과객 점심 대접이야 못할 수가 있겠냐?" 구. "염려 말라." 구.

그래 사랑에 갖다 앉히구선 마누랄 시켜 대접을 허면서

"요전에 장님이 일러준 말과 같이 푸른 도포를 입구 갓을 쓰구서 왔는데. 그게 산신령이 시켰거나 용왕이 시켜서 온 사람 갔으니까 좀 정중히, 그릇 소리두 내지 말구 반찬을 잘 차려서 손님대접을 하라." 구.

그래 있는 돈 뭐 지금 같으믄 무신 장조림 헐 것 없이 죄 갖춰서 점심대접을 잘 했는데. 그 사람이 먹구 나더니

"생후에 첨 대접을 받았다." 구. "복 받구 잘 여생을 즐길 것이라." 구. "앞으루 대사가 하나 여기 지나갈 거야. 그 사람이 남헌테 싫은 소리를 하기 싫어하는 사람이야. 꼭 좋은 소리만 하구. 근데 그 사람이 앞으루 여기서 점심대접을 받구 나서두 아유 진수성찬으루다 점심을 잘 먹었다 그러질 않구. '에이 사람 뭐 먹지 못할 걸 반찬이라구 해 놓구 사람 먹으라구 그래느냐?' 구. 먹는 둥 마는 둥 그러구 갈 거야. 그럼 중을, 중두 이렇게 도포 모냥으로 주머니가 이렇게 있다구. 퍼런 옷이구, 그 중두 퍼런 옷이지. 그럼 그 소매를 붙들구 잡아댕기면 거기 뭐 이렇게 만질 거야. 그걸 달라구 애원을 해라."

그거야.

"내가 손님 대접은 불충분하게 했지만 어떻게 이걸 절 주시구 가믄 안되겠냐?" 구. "뭐 저 소일거리가 없구 가 서루 앉아서 친구끼리 환담할 사람두 없구 외딴 집이 돼서 심심허니 이걸 주시믄 내가 벗 삼아서 가지구 놀겠다." 구.

"아, 이건 우리 할아버지가 달래두 안 된다."

그거야.

"자기 절 주지가 달래두 안 준 물건인데 이걸 줄 수가 있냐?" 구.

아 또 그러구,

"점심이나 잘 얻어먹었으면 모르거니와 사람 먹지 못헐 반찬이구 이따위 해다주구 뭘 달래느냐?" 구.

"다음에 들르시믄 내가 아주 성심성의껏 대접을 잘 할 테니까 그땔 기다리시라." 구.

"언제, 언제. 난 뭐 그렇게 오래 살 거야? 당신은 뭐 그렇게 오래 살 꺼 같

으냐?" 구.

"손님대접을 잘 해야 그 손님이 가서 응 아 칭송을 허구 그래야 그것두 수명두 연장이 되구 그렇지. 손님 대접을 이렇게. 중이라구 업신여겨 대접을 했는대두 뭐 달라구……."

아 장님 이상가게 대접을 했는데두. 장님이 그렇게 중이 오믄 아주 칙사대접을 하라구 그래서 더 이상 일주일 더해서 대접을 했는대두 생트집이지 뭐야. 그래 억지루 애원을 해가지구서 장래 약속을 하믄서 뺏었어. 뺏었는데 옥으루 만든 항아리야, 요런 항아리. 근데 뚜껑이 요렇게 있는데. 그 중이 가믄섬

"이왕 내가 참 정말 이게 하늘이 내린 보옥이야. 보배 그릇인데 이걸 당신한테 뺏기구 가믄 인젠 나는 볼 일을 다 본 거야."

그거야.

"볼 일이나 뭐 절에 가서 부처님만 불공이나 잘 드리믄 고만이지 뭐 대사님이 허실 게 있느냐?"구. "심심허믄 우리집에 놀러오시라." 구.

"아 그렇게 대접을 마하게 하는 집엘 또 놀러와?"

"아, 담엔 더 대접을 할 게."

"내 가끔 놀러오리다."

그러구서 심심허니깐 호주머니에서 옛날에 엽전 아냐? 구녁 뚫린 거 뭐. 뭐 상통 [채록자 : 상평통보?] 그거라구. 저기 는 걸 여기다 집어넣었어. 그래 집어 놓구선 문을 이렇게 닫구선 심심허니까 이렇게 앉어서. 긴 장죽에다 담배 한 대를 대려서 퍽퍽 피는데 심심허니까 아 옥이래는데 그렇게 광채두 안나. 거 옥두 저 연수를 해야 사람 모냥으루, 그거 닦아야 광채가 나는데 아유 보물이래니깐 닦을 필요도 없다. 중이 뭐라구 일러주지두 않구 그러는데. 에유 그래가지구선 그래 열어봤대. 아니 엽전 하날 넣었는데 거기 수두룩 해. '야, 이게 정말 화수분 화수분 허더니 이게 화수분이로구나. 말만 화수분이래는 소리를 들었드니 이게 정말 화수분이다.' 그래 마누랄 불러가지구선 거

"쌀 조금만, 한 댓 알갱이만 가져오시오."

"쌀을 뭐 하느냐?" 구.

"아 좀 가져오라." 구.

엽전을 죄 가둬서 책상에다 이렇게 놓구선. 그 쌀을 이 속에다

"당신 손으루다 여기 집어넣으시오."

그래 세어보니까 다섯 알이야. 요렇게 집어가지구 왔으니깐.

"다섯 알이 이게 몇 알이나 되나 봅시다."

그러구서 딱 덮었어.

"어이구 당신 늙지두 않아서 망녕이구랴. 다섯 알이 열어봐야 다섯 알이지."

"아냐. 이 엽전 한 갤 넣었는데 이렇게 많아졌어."

"아이 정말이에요?"

"그거 남편에 말을 밤낮 그진말만 거 속아듣구서 여지껏 살았어?

"하두 그짓말을 잘해서"

"내가 당신한테 뭐 그짓말을 잘하우? 보라." 구.

그래 거 한참 담배 피구선 나갈려구 그러니까

"아 나가지 말라." 구. "이것 좀 구경하구 나가라." 구.

그래 한참 담배 다 피구 재떨이에다 털구선,

"이것 좀 당신이 열어보오. 당신이 쌀을 넣었으니깐 당신이 열어 봐."

열어보니깐 수두룩한 거야, 쌀이. 게 영감 마누라 앉아서 탄복을 한 거야. 그 요전에 장님이 거 일러주던 게 중이 아니라 그것두 역시 용왕이 내린, 보낸 인제 그 무신 객이래나, 귀객이라. 그 장님두 용왕이 보내준 귀객이구 이것이 다 그 자라가 그 용왕한테 가서 일러줘가지구선 자기를 거기서 걸어 갈래믄 힘이 더 빠지는 건데 삼 년을 괸 건 몰루구 괬으니까 죄가 아니다 그거야. 돌인 줄 알구 괬지. 자라가 죽었대믄 그거 안 되는 건데. 그래 기어가는 걸 보구 내가 이거 괜히 산 노무 걸 괴서 죄를 받겠다구. 죄나 어떻게 면할까 하구 그거 물에다. 걸음을 많이 걸믄 힘이 빠지니까 삼 년을 굶었다가 에라 내가 물에다 놔줘야겠다. 물에다 놔준 그 은혜루다 용왕한테 애길 해서 사람이 그렇게 좋은 사람인데 도와달라구 그래서 화수분을, 화수분을 중을 시켜 거기다 넣어준 거야. 그런데 중이 만류허면서 안된다구. 우리 주지 상좌중이 저 달래두 안 준 보물인데 권을 그거를 주겠냐구. '당신을 줘? 문전 접대 환대를 허구선 권을 그거를 주겠냐?' 구. 억지루 매달려가지구 그래서 못이기는

척하구 내줬는데. 그걸 열었다 닫었다 열었다 닫었다 쌀을 가지구 했는데 수십 가마가 됐어, 수십 가마가. 이게 뚜껑을 열구서 노믄 이렇게 부풀으는 거야. 그래 뚜껑을 덮으니까 더 부풀을 수가 없으니깐 하나 밖에 안 되는 거야. 그래 이 사람이 가만히 생각허기를 동네, 이 아랫동네에 가믄 굶는 사람이 허다 해. 그러니까 내가 그 아랫사람을, 쌀을 내 멫 가마씩 제공을 해야 하겠다, 하구선. 그러구서 여기다가, 큰 재백이 있잖아. 옛날에 재백이. 큰 노무 거, 이만한 노무 거. 그걸 안에 들여놨어. 이 화수분을. 그래 쌀을 집어 넣구선 허니깐 글루 넘어가지군 재백이루 하나씩이야, 쌀이. 그래서 또 쏟구 쏟구 그래서 가마니루다 하나씩, 옛날에 가마니가 있었나? 이거 섬이지. 그래 쌀을 섬으루 담으믄 거 지저분하구 그러니까. 그릇을 동네사람더러 가져 오라구 그래서 그냥 한 너 말 닷 말씩 해서, 그냥 어려운 사람 죄 불러서 이렇게 준 거야. 돈두 얼마든지 해서. 그 부락이 부촌가 되더래, 빈촌이.

그래서 그 자라를 삼 년을 뒤지 발을 괴놨다 그래두 잠깐 물에다 갖다 놔줘서 그 자라가 자기 임금한테 용왕을 아뢰가지구 그래두 삼 년 괬대는 보복은 안하구 보은을 했대는 얘기야. 자라루다 뒤지 발 괴 가지구 삼 년 만에 내놓면 걸어간대는 거야.

[2004년 1월 4일 채록]

80. 왕소군 이야기

◎ 줄거리

왕소군이라는 임금의 총애를 받는 미인이 있었다. 중국에서 미인을 보내라는 요구가 왔다. 할 수없이 조정에서는 여자들의 모습을 그려 그중에서 못생긴 여자들을 가려 보내기로 했다. 그런데 못 생긴 여자들은 환쟁이에게 뇌물을 주고 예쁘게 그려 달라고 부탁을 했다. 그런데 워낙 예쁜 왕소군은 돈을 달라는 환쟁이의 요구를 거절했다. 환쟁이는 왕소군의 모습을 가장 못 생기게 그렸고 결국 왕소군은 인질로 뽑혀 중국으로 가게 되었다. 중국으로 보내진 왕소군은 몸을 더럽히는 것이 두려워 비상을 먹고 자결을 했다. 그러자 왕소군의 몸에서 새가 나와 비통하게 울었다. 이 새가 두견새이다.

▣ 왕소군이래는 사람이 중국선 천하일색이야. 그래 임금이 총애하구 그러는 왕소군인데. 근데, 옛날에 구한국시대에, 중국서 쪼끄마했으니까, 조선에다가 사신을 보내가지구 쌀을 몇 백 가마, 소를 몇 십두 보내라 무리한 요구를 하거든. 그래 그걸 안 들어줄 수가 없어요. 약소국이니깐. 아 그래 임금이 전령을 받구선 '아주 미인 이십 명을 뽑아서 보내라.' 그러믄 보내야 돼. 저 한국에 왕비, 저 '왕비를 보내라' 그래두 보내야지 안 보내군 못 배겨. 또 군살 솔발을 해서 한국을 침범을 하면 꼼짝없이 당허거든. 뭐 군사 훈련을 가리켰어? 에기. 그때는 제기. 양반이구 상사람이나 그 베실 다툼이나 하구 있는 사람은 유세나 하구 그래는 판인데, 신하라구 해서 뭐 앞으루 국정에 대해서 무

신 의논이나 해? 괜히 감투나 쓰구 녹이나 타 먹구 그렇게 살아왔는데.

아, 하루는 중국서 '여자 삼십 명을, 소 암소 삼십 바리허구 쌀 삼백 가마하구 보내라.' 그렇게 중국서 사신을 보냈는데 아 임금이 그걸 딱 받아보더니 기가 막혀서. 그걸 안 들어줄 수두 없구. 그래서 아 영의정을 시켜가지구선. 영의정이 우의정 좌의정을 시켜가지구 그 아래에 전부 전달을 해서 인제, 언제 보내기루 약조를 했는데. 언제까지 이걸 완료를 해라. 그러구선 그 아래 부하한테 전령을 했는데. 어떻게 했냐 하믄 다른 건 그까짓 거 뭐 전부해서, 보유미래두 전투야 어떻게 됐든 비상시에 사용할려든 곡식이 있으니깐 보냈지만. 여자를 거 맘대루 못하는 거 아냐? 게 여자 삼십 명을 골르는데 누구를 그걸 보내? 보내믄 오랑캐, 그때 뭐 중국이라구 청나란가 무신, 중국서두 오랑캐라구 그랬다구. 세력에 이기질 못하니깐 할 수 없이 순응을 하구 순응을 하구 그랬었는데. 그 신하더러 삼십 명을 메칠날까지 보내래니깐 그 전부 대령을 해라 그랬었는데. 지금은 카메라가 여자 사진을 찍었지만 그때는 인제 환상이 그리는 거지 뭐야. 환쟁이더러 그 여자 얼굴을 그렸는데. 그때 그리는 것두 지금 사진만큼은 잘 나왔대. 재주덜이 좋아서. 그래 그리는데 그냥 못생긴 사람은 거기 시집 안 갈려구 돈을 환쟁이를 막 집어주는 거야. 나 좀 이쁘게 그려 달라구. 아 그래라구. 그래 돈 많이 주는 사람은 병신두 아주 이쁘게, 참 눈썹이구 뭐구 참 잘 생기게 그려주구.

근데 왕소군이래는 사람은, 임금두 그렇구 참 잘 생겼으니까 너야 거기에 들겠느냐? 염려 말아라. 그래 왕소군이는 자기가 천하일색이라구 임금의 총애를 받는 여자구 그러니까 안심을 허구 환쟁일 돈은 한 푼두 안 줬어. 근데 왕소군이가, 돈을 그래두 가져올 줄 알았더니 환쟁이가 생각하기를 '아, 잘 생겼으니까 임금의 총애두 받구 그랬으니까 돈을 안 내는구나.' 그러구. 그냥 아무렇게나 그린 거야. 눈두 찌그랭이루 해서 옆다구니에 그리구, 모두. 그래 가지구선. 그래 그걸 임금이, 그걸 감사라구 그래나? 검사를 허는데 못생긴 걸 고르는 거지, 사진 중에서, 수백 갠데. 사진 중에서 제일 못난 게 왕소군이야. 그래 영의정 좌의정 뭐 할 거 없이 임금의 총애를 받는 왕소군인데 이렇게 못생길 수가 있나. 그러니 제가 고칠 수, 글씨 같으믄 고칠 수 있지만 환을 고칠 수가 있어? 그래 할 수 없이 이 사람을, 삼십 명을 추렸으니까 임금더러 보라구. 아 이렇게 보니깐 참 못생겼는데, 그 중에서 왕소군이 보니깐 제일 못생겼어. 아 그래 거길 가게 됐다 하구 발표 허니깐 왕소군이 그걸 듣구선 임금 앞으루 간 거야.

"그래 난 전하에 총애를 받아왔는데, 내가 거기를 가게 된대는 게 말이 되느냐?" 구.

"이건 뭐 신하들이 하는 거니깐 임금이 아무리 너를 총앨 허구 사랑을 해두 헐 수가 없는 거다. 이왕 정해진 일이니 임금이 강제루 안 된다구. 그럴 수두 없는 거구 그러니깐. 이걸 빼면 백성들이 원성이 자자할 거야. 임금이 총애한다구 빼구 그런다구. 헐 수없이 가야겠다 그러구. 그래 뭐 나두 도리가 없다. 너 사랑하나 이중에서 네가 제일 못생기지 않았냐? 네 눈으루 봐두."

그때 후회하는 거지 뭐야. '아 못생긴 놈이 그렇게 허다한 대두 잘 생긴 걸루 하구, 나는 못생긴 걸루 환쟁이가 그렸는데 이거 돈을 안 줘서 그렇구나.' 그렇다구 다시 고칠 수두 없는 거구. 그래 중국으루다, 지금으루다 하믄, 일정 때 저 한국 위안부, 위안부 뽑아서 가는 거 모양으루다 가게 됐는데. 그래 왕소군이가 중국 가서 '에이 별 도리 없다. 중국 가서 몸을, 저 중국놈한테 허락하는 것보담 내가 약을 먹구 죽는 게 가상이다.' 그래 약을, 비상을 갖구 갔어. 한국서. 여차직하믄 그걸 먹을려구.

근데 몽고가 어디 북쪽으루 춥대믄. 그래 호지에 무화초야. 오랑캐 땅에는 화초가 없어, 추워서. 그래 인제 그 당음인가 오언에 마상봉안식 허는 거 모냥으루. 그래 호지에 무화초야. 오랑캐 땅에는 꽃과 인제 풀이 없어. 그래 춘래불사춘이야. 봄이 와도 봄 겉지를 않아. 그래 뭐 세월을 디리 보내는데 하루는 왕소군이를 임금이, 임금두 왕소군이를 사진을 보구. 거기서두 그중에서 잘 생긴 놈을 임금이 차지하구 그 나머지는 신하들 이런 차지를 하구 그러는 건데. 왕소군이는 중국가서는 사진으루 눈으루 골르는 거니깐 뒷전으로 밀려나는 거지 뭐야. 그래 거기서 비상으루다 약을 먹었어. 비상약을 먹구선 죽는데 화장이구 가져간 것두 일절 사용두 안 하구.

그래 이저 두견새래는 게, 저 뻐꾸기 있잖아. 뻐꾸기가 왕소군이 원혼귀래.

왕소군이가 비상을 먹구 죽어서 뻐꾸기가 돼 가지구. 봄이면 나와서 '뻐꾹 뻐꾹' 임금을 원망한대는 의미래.

[2005년 7월 18일 채록]

81. 여우 자손 강감찬

◉ 줄거리

강감찬의 아버지는 여우였다. 한 곳을 가니 예쁜 처녀들 셋이 널을 뛰고 있었다. 강감찬의 아버지는 밤중에 여자들 방을 찾아가 가운데 여자와 관계를 맺었다. 둘째 여자는 영문도 모르고 임신을 한 지 석 달 만에 자그마한 아이를 낳게 되었다. 그 아이는 내시의 양자가 되었다. 그런데 그 아이는 비범한 재주를 지니고 있었다. 강감찬의 재주를 알아본 김판서가 사위로 삼았다. 혼인하던 첫날밤에 강감찬은 밧줄로 옷을 꿰매는 재주를 발휘하기도 했다.

어느 날 강감찬이 어느 곳을 가는데 한 사람이 따라갔다. 강감찬은 절을 찾아가 밤에 호랑이가 와서 부정한 중을 잡아갈 것이라고 했다. 밤이 되자 소만한 호랑이가 와서 으르렁 댔다. 강감찬이 글을 써 던지니 호랑이가 물고 가버렸다.

▣ [채록자 : 그런데 강감찬이가 왜 여우 자손입니까? 마저 얘기를 해주셔야지요.] 자세히 세밀히 몰르겠어. [채록자 : 아시는 대로만 해주세요.] 강감찬이 아부지가 여운데. 가니깐 한 저 고래등 같은 개와집이서 처녀들이 널을 뛰드래지 뭐야. 널 있잖아? 이렇게 보니깐 여우래두 규중처녀덜이 널을 뛰는데 아주 그냥 얼굴이 허여멀건한 게. 머리를 딴 노무 게 뒤꿈치에 치렁치렁 하는 댕기꼬리가. '아, 참 아무리 대갓집이 처녀래두 정말 잘났다.' 그래구선 마음에 흡소하니깐. 여우래두 '에이, 저 여자하구 하룻저녁만 자 봐야겠다.' 그리

구. 아 그래 밤에 인제 어둡기를 바라구 있다가 그 처녀 삼형제 방에, 밤에 뭐 기냥 사람이 둔갑을 해가지구. 사람이 돼 가지구, 밤에 보니깐 미닫이 열구 들어가 보니깐 참 셋이 죽 드러 누워있는데 정말 잘 생겼드래. 그래서 가운데 드러누은 둘째, 둘째 딸을 이렇게 보니깐 둘째 딸이 더 잘생겼어. 그 여자하구 들어가서 이리저리 몸뎅이를 빼겨가지구선, 언니하구 동생하구 쪼끔 새를 뜨게 하구선 거거서 가운데 치하구 하룻밤을 잤어. 여우가 사람이 돼가지구. 그래두 몰랐지. 여자두 몰랐다구. 삼형제 다 몰른 거야. 그 당헌 사람두 몰르구.

아침에 일어나니깐 가운데 치가, 여자가 아랫도리가 이상스럽더래. 그래 수건으루다 전부다 씻구 벨 짓을 다하구 그래두 개운치가 않구. 아 그럭저럭 한 삼 개월 지났는데 배가 아프드래지 뭐야. 배가 아파서 '아 이상스럽다.' 그래 즈 어머니더러 얘길 해서 그래 약을 져다 먹어두 낫질 않구 그러더니 아 어린앨 났어. 그래 사람 같으믄 십 개월인데 그래 여우는 삼 개월이믄 낳는대거든. 그래 여우에 자손이니깐 삼 개월이 낳는데, 남자를 낳는데 쬐끄만 남자를 낳는데, 참 이쁘긴 이쁜 데. 꼭 쥐새끼 같은 걸 하날 낳는데. 그러니 그걸 내다 버릴 수두 없구. 또 챙피하구 그래서 어떻게 된 건지 도대체 알 수두 없구

"그래, 너 어떤 남자하구 잔 일이 있느냐?"

"아, 없다." 구.

딱 잡아떼구. 아 즈 언니하구 동생하구 줄창 한 방에서 잤으니 그것두 알게 아냐?

"몰른다." 구 "남자 들어온 일두 없구."

그래가지구 개를 소문이 나가지구. 내시가 그저 강감찬이 난 노무 자식을 내시가 갖다가 한 십여 살꺼지 길렀대. 내시가 길렀는데, 아닌 게 아니라 뭐 석자 세치래나 봐 키가. 석자 세치믄 아 요것만 밖에 안하지. 그래 내시가 밤낮 사랑을 하구 귀애허구 그러는데. 근데 첨서부텀 벌써 하는 행동이 아주 비상해. 내시는 뭐 도대체 그걸 따를 수두 없는 거구, 헐래야 헐 수두 없는 거구. 도대체 비상한 재줄 가졌는데. 그래 그게 소문이 나가지구선 보통 뭐

자기 집, 내시네 집 용마루 겉은데, 허믄 슬쩍하믄 거기 올라가서 용마루 있는데 올라가서 새면을 바라보구

"거 왜 거길 올라갔었냐?"

"아 새면을 좀, 팔방 구경을 좀 하구 왔어요."

그래가지구 십칠 세가 됐는데. 그 소문이 나가지구선 그 저 그러니깐 웬만한 딸 가진 사람이 강감찬이가 고렇게 키가 적구, 재주가 아무리 좋다구 그래두. 키가 난쟁이니깐, 딸 줄 사람이 별루 없는데. 그 김판서래는 사람이 있는데, 하나 있는데, 아 내가 아무리 키가 적구 난쟁이라구 내가 딸을, 비상한 재주가 가졌으니깐 나라에서 차후로 아주 긴요하게 써먹을 사람이야. 그러니깐 딸을 주믄, 총애를 받고 잘 살겠다. 그래서 김판서래는 사람이 강감찬이를 딸을, 강감찬이를 사윌 삼었어.

근데 첫날, 장가갔는데, 첫날밤에 샥시를 껴안고선 자는데 아 샥씨가 뭐 샥씨 반도막이지 뭐야. 그 샥시를 사랑을 하구 첫날밤을 치뤘는데. 옷을, 샥시 치마를 기냥 부러 발루다 이렇게 해가지구선 잡아채니까 '부드덕' 하구 뜯어졌거든. 샥시 치마가 뜯어졌어. 게 첫날 저녁에 자구 나오니까 치마를 입구 바깥에 나가야 되는데 치마가 뜯어졌으니 아 어떡해?

"이게 어떡허느냐?" 구.

"아, 염려 말라." 구 "치마를 좀 달라." 구.

"치마를 주믄 어떻게 할 거냐?" 구.

그러더니

"바늘 좀 달라."구

그래 바늘 옆에 있는 노무 것두 이만한 굵다란 노무 바 같은 노무 노를 갖다가 이렇게 이렇게 해가지구선 죽 하구 손으루다 이렇게 몇 번 문질르니까 어디가 바느질헌 짬인지 뭐 뵈지두 않을 정도야. 그따위루다 새꾸래기 같은 걸루다 꿰매구 그랬는데 샥시가 우두커니 들여다보구 '아. 재주는, 아부지가 비상한 재주를 가진 사람이라구 그래더니 정말 비상하구나.' 그래 그 굵은 걸루다 지직이나 매구 돗자리나 치는 노무 노루다 꿰맸는데. 사람 눈에 비지두 않게 올이 됐으니 참 재주로구나. 그래 그때서부텀터 강감찬이가 소문이 나

가지구.

뭐 보통 한 개울 같은 거, 물이 막 그냥 북적물이 내려가두 그래두 벗지두 않구 기냥 건너가는 거야. 근데 버선 신발을 허구 건너가. 그래 몇 길씩 되는 물두. 거 뒤에서 쫓아오는 사람이 그 사람 보믄 '무척 얉구나' 그래구선 쫓아오다가 풍덩 빠지구. 그래서 떠내려가믄 강감찬이가 쫓아가서 건져 주구 건져 주구 그래. 강감찬이 뒤에 따라다니는 사람은 손해 많아 본대거든요. 그 사람 허믄 자기두 해두 무방하다구 그래선 해보다가.

근데 한 군데 떡 가니깐, 아주 골짜구니가 꽤 깊은 골짜구닌데. 그 비탈루 다 나무길이 났는데. 글루 슬슬 낭구를 붙들구선 지나가는데, 뒤에 쫓아오던 총각 하내 '에이, 조거 자식이라구 조렇게 단장을 허게 잔 노무 자식이 세상에 또 있나?' 허구 흉을 보믄서 앞으루, 그래니깐 얼른 붙들라구 쫓아갈래야, 앞서 갈래두 앞서 갈 수가 없어. 쪼끄만 이가 걸어가두 그렇게 빨리 간다구. 근데 거길 가니깐 바위가 십여 길이나 되는 노무 바위가 딱 맥히는데, 거길 넘어가야 할 텐데. 아 이 총각 재주론 거길 올라간대는 수가 없거던. 근데 강감찬이는 뭐 엉금엉금 허믄서 평지나 매찬가지루. 올라가선 넘어가니까

"아, 나 좀 붙들어 달라." 구.

"아, 그거 평진데 뭘 그러느냐구 어서 오라."구.

"그래 저만치 가서 어서 오라." 구

그래 거길 올라가다가 미끌어져서 이거 내려갈 수두 없구 올라갈 수 없어 바위 중간에서 엎드려있는데

"아, 사람 살리라." 구

소릴 지르니까 강감찬이가 이렇게 와서 손을 붙들구 이렇게 잡아댕기는데 뭐 검부락지 모양으루 잡아댕기는 거야. 깜짝 놀랜 거지, 청년은. 그때서부텀 총각이 '아유, 그 사람 힘두 장사구 재주두 비상한 재주를 가졌으니까 내가 업신여기다 내가 저 사람한테 죽는다.' 그리구선

"그래 대관절 어딜 가슈?

"아유 난 아무데 이런 저런 절을 찾아간다." 구.

"그래, 절엔 뭘하러 가느냐?" 구.

그 절에 오늘 저녁 호랭이가 와서, 절에 중덜 주지구 뭐구, 죄 어떻게 울어 대는지. 그리구 동맹이를 입으루다 물어서 팽개지구 그래서 잠을 못 자. 그래서 그걸 방질 허러 간다구. 그래 절엘 찾아간다구 그래서 저두, 그 사람두 뭐 볼 일두 없구 '에라, 절구경이나 허구 나두 그 사람허구 하룻저녁 잠이래두 자구, 방지하는 걸 구경두 할 겸 가야겠다.' 그러구선 총각이 강감찬이 따라서 그 절에 가서. 그래 사람이 중하구 여럿이니깐, 그 사람두 절 딴 데 가서 자지 말구, 강감찬이가,

"중덜 있는데 판두방에서 같이 자자. 오늘 저녁에 꼭 변괴가 일어날 거니깐 그걸 방지할래믄 죄 여기서 죄 자야 한다." 구.

아 중두 강감찬이랜 걸 몰르구 '아 쬐끄만 게 뭐 아나? 뭘 변괴가 일어난다구 그래?' 주지가 중을 죄 불렀어. 한 십여 명이 그 판두방에서 자는데. 아닌 게 아니라 밤중 쯤 되니까 그 절 앞에 호랭이가, 한 마리가 '으르렁 으르렁' 대구 있네.

"저 보라." 구. "호랭이가 오지 않았냐?"

아 그런데 호랭이가 일절

"여기 와서 멫 해 있어두 호랭이 귀경을 못하구 호랭이 울음소릴 못 들었는데 이게 웬일이냐?" 구.

"여기 중 안에 불결한 중이 있어. 중두 아니구 참 석환이두 아닌 심으루 민간인 집이 가서 동냥한다구 그래서 처녀를 농락하구 그래는 중이 있어서 산신령이 괘씸해가지구 호랭이를, 이 중을 쫓아낼려구 호랭일 산신령이 내려 보냈어. 그렇기 때문에 이 중을, 오늘 저녁에 내쫓으믄 호랭이가 물어서 태질을 할 거야. 그래 중을 살릴려면 밝은 날, 붙들구 있다가. 그리구나믄 중이 정신을 채려가지구 이 절을 떠나믄 마음을 사로잡아서 좋은 중이 될 거니깐. 그렇게 허자." 구

그래 나중에 강감찬이가,

"아 저 호랭일 쫓아야 할 거 아니냐?" 구.

"아 염려 말라." 구.

그러더니 강감찬이가 그 쬐끄만 게, 호랭이가 '으르렁 으르렁' 대는데, 아

주지가 내다 봐두 참 소만한 호랭이거든.

"아 거길 가믄 한 번에 들이마시면 강감찬이가 입으루 들어갈 텐데 거길 으떻게 가느냐?" 구.

붙들구.

"아 염려 말라구. 괜찮다." 구.

그래서 이 한문으루 쓴 노무 걸 날 비(飛)자 하구, 용 용(龍) 자, 그걸 비룡이라구 헌 노무 걸 써가지구 확 집어던지니까. 호랭이가 아닌 게 아니라 그걸 종이짝을 덥석 물구서 그러더니. 헐 수 없이 냅다 산으루 기어 올라가가주구선. 그 날은 인제 무사히 괜찮으니까

"자라." 구.

그래, 강감찬이두 눈을 붙여서 그 중은 불결하대는 중은, 강감찬이가 붙들구 있다가

"대사는 이제 앞으루 이 절을 떠나야 돼. 그렇지 않으믄 호랭이가 날마다 와서 이렇게 울 거야. 그러니까 떠나라구. 떠나지 않으믄 호랭이한테 물려죽을 거야. 그러니까 떠나라." 구.

"아 그리겠다." 구

그래서 밝은 날 중을 딴 절루 떠나보내구. 그 총각은

"아유, 그 좋은 노무 기술을 나한테 가르쳐 줄 수 없느냐? 구.

"아유, 그건 가르쳐 줘야 다른 사람은 밸 수두 없구, 난 하늘이 낸 재주야, 천재니깐. 내 맘대루다 이 사람 저사람 옮겨줄 수가 없는 재주다."

그래구선 그 총각하구 이별을 하구 중은 딴 절루 보내서 중두 살려서. 그 후론 소문이 나서 나라에서 강감찬이두 가끔 이용을 허구 그랬다는 얘기야.

[2005년 7월 18일 채록]

82. 둔갑여우 퇴치한 강감찬

◉ 줄거리

강감찬이 잔칫집에 가는데 한 백발노모가 따라왔다. 함께 가다 보니 노파는 여우였다. 잔칫집에 도착한 강감찬은 주인을 불러 여우가 신랑을 해치고 대리 신랑 노릇을 할 것이니 잡아 없애라고 했다. 주인이 망설이다가 집안사람들을 불러 여우를 잡아 죽였다. 강감찬은 다시 환약 세 개를 주면서 딸이 벌써 임신했을 테니 이 약을 딸에게 먹이라고 했다. 약을 먹이니 딸이 곧 유산을 했는데 네 발 달린 여우였다.

▣ 어느 베실아치가, 큰 베실은 아니구. 참판이나 베실을 한 사람인데. 옛날에 그 집 잔치를 가는 거야. 정다운 친구에 딸이 시집을 간다구 연락이 와서. 쪼끄만 산 고개를 넘어가는데 마누라가, 하얀 백발노모가 지팽이를 집구 돌아도 보더니

"어딜 가세요?"

강감찬이두 첨엔 여운 줄 몰랐거든.

"잔치에 가요."

그래, 동행이 됐어. 그래 강감찬이 하구 백발노파하구 같이 고갤 넘어갔어. 한 고갤 내려서 인가 근처에 갔어. 근데 노파가 소피가 매렵다구 솔밭으루 들어가지 뭐야. 강감찬이가 얼핏 보니까 노파가 솔밭으루 들어가더니 재주를 넘는데 가만 보니 백발여우야. 오줌을 다 누더니 도루 재주를 넘는데 보니깐

도루 백발노파가 됐어. '아 오래 묵은 여우로구나.' 여우가 둔갑하는 거 방지하는 문서가 있는데. 진언을 외믄 다시 여우가 되지 못하게 된다는구만. 강감찬이가 백발노모가 여운지 알구 진언을 외어서 다시 여우가 되지 못하게 하구는 같이 잔칫집일 찾아갔어. 잔칫집이 도착해서 마누라는 안으루 들어가구 강감찬이는 사랑으루 들어갔어. 그때는 남녀 구별이 엄하니깐 여자는 안채루 들어가구, 남자는 사랑으루 들어간 거야.

들어가서 쥔하구 반갑다구 악수를 하구선 조용히 불러 얘길하는데.

"내가 안 봤으면 모르거니와 이왕 동행을 해서 같이 오다가 겪은 일이니 자네한테 얘길 해줌세."

"그래 무신 일인가?"

"자네 딸 시집을 보내는데 대리신랑 노릇을 헐랴구 여우가 따라섰다."

그거야.

"그래 신랑이 미구불 올 텐데 대리신랑 노릇을 어떻게 허나?"

"아 그래두 여우가 환생을 해가지구 사람노릇을 헐 테니까 그걸 조심하라." 구.

그래

"그 마누라를 일절 바깥에 못 나가게 해라."

그거야. 그래 잔칫상이 들어와서 술에 국수에 먹구 있는데. 일모가 됐는데. 거반 날이 저물어 갈려구 그러는데

"아, 나는 인제 갈 데루 가야 헐 테니깐, 동네 젊은 사람을 쇠 무기를 들려서, 그 마누라가 어딜 갈려구 그러면 못 가게 하구 무조건하구 기냥 마누랄 쇠시랑 같은 걸루다 찍어라."

그거야. 그래니

"그 산 사람을, 어떻게 사람을 어떻게 찍느냐?"

그거야.

"아 그래라." 구.

"아, 인제 여우가 재줄 못 부리구 여우가 될 수가 없어. 인제 죽은 뒤엔 여우가 나타나지만 내가 그걸 여우가 못 되게, 여우믄 날래지거든 인제. 사람은

둔해지만 여우가 변신을 하믄 무지하게, 사람 길두 뛰넘는다구, 여우가. 그러니깐 장정이 와서 옹이 하구선 지켜봤댔자 여울 방질 못해. 쫓겨 얼루 도망치는 걸. 그래서 내가 그걸 둔갑을 못하게 방지를 해 놨으니 무조건하구 눈을 감구 찍어라."

그거야. 어딜 간다구 그럴 거니깐. 그래 해가 거반 넘어갈려구 그러는데

"아, 가야한다." 구.

"아유, 쥔 안녕히 계세요."

그리는데. 기냥 날래구 그래니깐 기냥 대문간 뭐 안마당 헐 거 없이 기냥 해가지구 수십 명이 드리 뎀벼서 기냥 쇠시랑으루 막 찍은 거야. 눈을 감구 찍었지, 뭐야. 마누랄 생으루다 찍을 수 없으니깐 눈을 감구 막 찍은 거야. 근데 '애구' 소리를 질르구 결국 안마당에서 죽었는데, 죽은 뒤에 보니깐 참 하얀 노무 흰여우야. 그래 인제 강감찬이가 갈 적에 호주머니에 부시럭부시럭 하더니 환약 세 개를 내줘, 주인을.

"이거를 자네 딸을, 여우가 죽으믄 즉시 멕이게. 그래, 벌써 저 여우가 남자가 돼가지구선 자네 딸하구 벌써 관계를 맺었어. 그러니깐 뱃속에 여우 새끼가 세 마리가 들었을 거야. 그러니깐 그걸 유산을 시킬래니깐 이 약을 멕이게."

아 곧이 안 듣구, 정다운 친구니, 여우 죽은 거 보니까 아 '강감찬이가 명인은 정말 명인이구나.' 그래 벌써 가니깐 딸이 드러 누워있잖아, 아프니깐. 아 약을, 물을 데워다가 약 세 개를 멕이구. 그러니깐 쪼끔 있으니깐 아 오줌이 마렵다구 그래서 요강에다, 다른 사람 다 나오구 혼자, 신부 혼자 방에서 오줌을 누라 그래서 오줌을 누는데. 그 하인, 유모가 들어가서 오줌 요강을 보니깐 새빨간 핏덩이 세 개를 쏟았어. 그런데 보니깐 네 발 가진 짐승이야. 어느새 만들어 넣었는지 여우가 만들어 넣은 거야. 그래서 여우가 백년 묵은 여운데, 그 저 신랑을 없애구 자기가 신랑 노릇을 하구 그 딸하구 살려구 그렇게 계획을 세운 건데. 강감찬이가 그걸 알구선 제거해서 신랑이 추호에 장갈 들어서 샥시하구 잘 살았대는 애기야.

[2005년 7월 18일 채록]

83. 맹꽁이 몰아낸 강감찬

● 줄거리

경회루에서 맹꽁이가 울어대 임금이 잠을 이룰 수가 없었다. 임금이 여러 방도를 취했으니 어쩔 수 없었다. 임금은 강감찬을 불러 방도를 물었다. 강감찬이 짚을 썰어 연못에 던지니 맹꽁이들이 짚을 입에 물고 자빠졌다.

▣ 대궐 연못에 누각 지은 게 경회룬가? 연못에 누각 세워서 잔치하는 거? 그 경회루에서 맹꽁이가 울어서 임금이 시끄러워서 잠을 잘 수가 없어, 주야루다 울어서. 그래 임금이 신하들 죄 뫼가지구 이거 제거할 방도가 없느냐? 그러니깐 신하가 아 어떻게 하느냐? 막대기루다 휘젓거리구 탁탁 치구 그래두 물 속에 들어가 꽥꽥대구 기냥 밤이믄 더하구 그러는데 그래 강감찬이를 불러

"이걸 어떻게 제거하냐? 울지 못하게 할 방도가 없느냐?"

"네 있습니다. 듣기 싫어서 그러시냐?" 구.

"아유 듣기 싫은 거보담두 잠을, 밤에 잠을 이룰 수가 없다." 구.

그래더니 사람을 시켜서 여물을, 짚을 숭숭숭 잘게 쓸어서 가져오라구. 그래가지구선 거기다 훌훌 뿌리라구. 그래 짚을 쓸어서 훌훌 뿌리니까 그 짚을 먹을 거야? 맹꽁이가 짚을 안 먹지. 소나 참 무신 뭐 염소 겉은 게 말 그런 거나 먹는 거지, 다른 맹꽁이 같은 가야 먹나. 그래 그걸 뿌리니깐 맹꽁이가

어서 나오는지 우굴우굴 나와가지구 짚을 하나씩 물구 죄 나가자빠지더래지 뭐야. 그래더니 일절 딱 끊지더래지 뭐야, 울음소리가. 그래서 그때 임금이

"강감찬이 강감찬이 하더니 정말 명인이구 도사지 사람은 아니로구나."

그래 여우에 자손이래. 강감찬이가. 여우가 사람허구 어떻게 교섭이 어떻게 돼가지구선 강감찬이를 낳았대나 봐. 여우에 자손이래서 그렇게 재주가 좋구 그러는데 인제 그거는 그걸루 끝을 맺히구.

[2005년 7월 18일 채록]

84. 사돈의 청첩장

● 줄거리

수사돈이 암사돈한테 '내불왕 내불왕'이라고만 쓰인 청첩장을 보내왔다. 암사돈은 무슨 내용인지 알 수가 없어 근처 글방 선생님을 찾아가 뜻을 물었다. 글방선생이 그 뜻을 풀이해줘 암사돈은 잔치에 갈 수 있었다.

▣ 사둔허구 혼인을 맺었는데 숫사둔이 인제 암사둔한테 청첩장을 보냈어. 근데 청첩장을 보니깐, 이렇게 보니깐 참 내불왕 내불왕이거든, 내불왕 석 자야, 여섯 자를 써서 '내불왕 내불왕'. 그래 이렇게 암만 들여다봐두 연구력이 어둡구 아마 그랬던 모양이야, 암사둔이. 그래 친구더러, 친구가 사랑에 말을 왔는데. 그래

"그래 이 사둔이 청첩장을 보냈는데 오래는 소리두 없구 가래는 소리두 없구 '내불왕 내불왕' 그랬는데 이게 뭐라는 소린가?"

아 그럭저럭 대여섯 명이 됐는데 이걸 터득을 못했거든. 그러니깐 옆에, 글방에 가서 한문 선생을 가 그걸 갖다 뵈었어.

"아, 이거 청첩장인데 이게 무슨 말인지 선생님은 아시겠냐?" 구.

그래 가만히 보니까 내불왕(來不往) 내불왕(來不往). 그래 내불왕 올 래(來) 자 아냐? 래자. 오지 말래두, 아닐 불자는 말랜다구두 쓰거든. 말래두, 갈 왕(往) 오지 말래두 갈 텐데. 내불왕 또 내불왕이야. 오래는 데 아니 갈

수가 있는냐 그거야.

"이게 오지 말래두 갈 텐데, 오래는 데 안 갈 수가 있느냐? 그러니깐 천상 가셔야지요?"

"뭐? 아, 그런 수가 있군, 그래."

내시던 친구든 우리가 글자 꽤나 뱄다구 그래두 선생님은 따루 있네. 껄껄대구 웃구. 그래 인제 헤졌대는 얘기야.

[채록자 : 재미있는 얘긴데요?]

내불왕(來不往) 내불왕(來不往) 거 우스운 거 같애두 뭐 새기기에 달렸지 뭐야. 근데 이게 한문이래두 몇 자 배구 그런 사람이나 아는 거지. 그렇지 않으믄 이걸 해득을 못하는 거지.

[2005년 7월 18일 채록]

85. 열한 장 사주 해결한 딸의 지혜

● 줄거리

딸을 가진 사람이 술을 좋아했다. 그 사람은 가는 곳마다 사주를 받아 주머니에 챙겼다. 그러다 보니 사주가 열한 장이나 되었다. 어느 덧 약속한 혼인날이 다가왔다. 그제야 그 사람은 밥도 먹지 않고 근심을 하게 되었다. 아버지가 근심을 하니 딸이 물었다. 그 사연을 들은 딸이 아버지를 안심시켰다. 혼인날이 되었다. 집에 열한 명이나 되는 사윗감들이 혼인을 하기 위해 모여들었다. 딸은 사윗감들을 모아놓고 재산을 적어내라고 했다. 그런데 한 사람만이 적지 않고 울고 있었다. 자기는 가난하여 모든 재산을 혼인 준비하는 데 썼다는 것이다. 딸은 다른 사윗감을 설득해서 돌려보내고 가난한 사위와 혼인을 했다. 그런데 그 사위가 알고 보니 제일 부자였다.

▣ 친정아부지가 술을 좋아해서 사위 선보러 돌아댕기다, 한 십여 개 사주를 받았어. 그래 술만 잔뜩 취해믄

"어떻게 내 아들이 맘에 드나? 사위감으루 맘에 드나?"

그러구 술을 잔뜩 얻어먹으니깐

"아, 맘에 들지. 그럼, 이 중에서 길다랗게 이야길 헐 게 없이 사줄 써서 날 주게."

그럼 사둔 될 사람더러 사줄 써서 호주머니에다 넣는 거야. 거 딴 데 있으믄 가서 또 술 잔뜩 먹구 술을 좋아하는 까닭으루다, 술만 취하믄 사줄 받아

서 호주머니에다 넣는 거야. 한 십여 장 받아 넣었거든. 근데 혼인날짜가, 그래 사주는 전부 받았으니까. 그래 혼인 날짜가 한 날짜야, 다. 근데 앞으루 한 오 일간, 결혼 날짜가 남았는데. 술두 술이려니와 그때 인제 호주머니에서 꺼내니깐 에기 사주가 이만큼, 한 뭉텡이네. 그러니깐 전에 뭐 책상이래는 게 별루 없구, 벼룻집이 있었어. 벼룻집. 벼룻집에다 이렇게 놓구선 세 보니깐 열 한 장인데. 그래 '이걸 어떡허나 큰일이다.' 그러구선 '에라 나같은 놈이 살아 뭘 하느냐?' 식음을 전폐하구, '죽는 수밖에 없다.' 근데 남칠여구래. 사내는 이렐 굶으믄 죽구, 여자는 아흐렐 굶으믄 죽구 그렇대, 생으루다. 그래 남칠여구야. '인제 이틀만 더 굶으믄 죽는다.' 그래구선 있는데. 아 딸이, 즈 딸이. 엄마가 가서 암만 죽을 쒀다 줘두 안 먹구

"니가 나가 봐라."

"어, 어머니 말두 안 듣는데 제 말을 들으시겠어요?"

"그래두 마지막으루 니가 나가 봐라."

가서

"아부지! 일어나서 죽 잡수세요."

"싫다 싫어. 난 하루만 더 있으믄 죽어. 아무 염려 말아라. 내가 죽어야 모두 해결이 되지. 그렇지 않으믄 해결을 할 수가 없어, 이건."

"대관절 뭣 때문에 그러세요?"

"아유, 벼룻집 위에 꺼내 논 거나 봐라."

아 그래 벼룻집 위에 꺼내 논 걸 보니깐 사주가 이거만 하네. 사주가 손꾸락 두께만 했었어요. 그거 간지루다, 옛날에 창호지두 아니구, 간지루다 속속들이 해서 생일 생시를 적어서 인제 집어넣는 건데. 그 뭐야? 저 이 사주래는 게 생년 생월 생일 생시를 해서 네 가지해서 사주래는 건데. 그래

"네 아범이 술을 좋아하는 까닭으루 술만 잔뜩 취하믄 사주를 달라구 그래서 열한 장이나 사주를 가주 왔어. 근데 그 잔칫날이, 죄 똑같은 날인데. 아 신랑이, 열한 놈이 말을 타구 올 거니깐. 그래 그걸 어떻게 방빌하냐? 어느 신랑은 채택을 하구 또 신랑이, 저 장인 될 사람이 또 주책이 없는 사람인데. 어떤 놈이 왔다가두 그냥 가지 어떤 놈이 장가 들랴구 그러겠냐? 그 아범에

딸이 오죽하겠냐? 그래서 난 죽어야지 그렇지 않으믄 이걸 해결을 할 수가 없어."

아 가만히 딸이 그걸 세어 보더니

"염려 마세요. 지가 해결을 할 테니깐."

"니가 어떻게 해결을 한단 말이냐?"

"글세, 염려 마세요. 그러니 돌아가시기는 그것 때문에 뭘 돌아가세요. 아 그럴 줄 몰르구 약주를 기껀 잡숫구 사줄 열한 개씩 가지구 오세요?"

"너 정말 해결할 자신이 있어?"

"네. 자신 있어요."

아, 그래 딸이 하두 권유를 하니깐 아 자신 있대니깐 그래두 생기가 나서, 죽을 한 반 그릇 인제 먹었어, 한 엿새만에 죽을. 이레 하루 앞두구선 죽을 먹어가지구 회생이 됐는데.

한 사흘 있다가 잔칫날이 닥쳐왔거든. 근데 뭐 딸은 아주 태평이야. 그래

"낼이믄 신랑이 열한 놈이 몰려 닥칠 텐데 어떻게 할려구 넌 가만히 앉어 있느냐?"

"네, 좋은 수가 있으니까 세수나 하구 의관정제나 하구 사랑에 가 앉아 계세요."

그래 딸이 세술 하라구 해서 세술 허구. 망건을, 죄 머리를 빗어가지구서 상투를 다시 짜구서, 갓을 쓰구선 마루에 도포를 입고 앉었는데. 아 정오가 되니까 여기서 말을 타구 와 저기서 말을 타구 와, 열한 명이 신랑이 바깥마당에 온대. 근데 문두 확 열어보질 못하구 미닫이 열구 바라보니깐, 아 열한 명이 와서 죽 와서 섰네. 그래 서루 이렇게 쳐다보는 거야. 신랑끼리. '아 저 놈이 어떻게 여길 장갈 들러 온 거야? 나는 샥시 아부지가 사주 달라구 해서 사주 줘가지구 장갈 왔는데, 그래 저 놈덜은 어떻게 여길 온 거야? 잔치 구경을 온 놈덜인가? 장갈 들러 오진 않았을 텐데. 딸이 여럿이래는 건가? 저놈덜이 신행길을 들어서 열루 왔나?' 아 그래 이 생각 저 생각 하다가, 딱 냈는데. 시간이 있을 거 아냐? 열두 시가 닥쳐왔는데. 샥시가 딱 나가믄서, 이제 교장이 승 학생 운동장에 내놓구 인제 조회하는 식으루다. 거기 서 사주를 이렇게 한

손에다, 열한 개 쥐구. 냅다 기냥 거기서 호명을 하는 거야 인제. 그럭허구선

"이 아무개."

그러구선

"대답을 허라." 구.

아 그래니 샥시가 강당에 올라서서 에기 호명을 하는데 대답을 안 할 수 있어?

"네. 그리구 그 옆으루 스라." 구.

그래 또 그 담에 불러서 옆에 세우고 그래 열한 명을 다 불러 세워놓구. 죙이 한 장씩을 돌라 줬어요. 죙이 한 장씩을 돌라주는데, 죙이를 왜 줬냐하믄

"여러 신랑덜은 전부 보니깐 부자구 잘난 분들이야. 얼굴두 깨끗한데 전부 재산두 풍부한 분들인데 그 중에서 재산이 제일 많은 사람한테 내 시집을 갈 테니 자기 재산 있는대루 여기다 적어라."

그거야. 국회의원 재산 신고하는 식으루다. 나부텀이래두 천만원 재산이믄 이천만원 적구 이렇게 허는데. 근데 그 중에서 한 놈은 옆에 돌아서서 말고삐를 인제 하인이 붙들구 있는데, 하인 옆구리를 붙들구 서서 울드란 말야. 그래

"그럼 재산 목록을 다 적었으면 일루 갖다 내라." 구.

보니깐 열 장이지 뭐야. 한 놈은 울구선 안 적었거든. 그래 이렇게 보니깐 전부 재산가야.

"아, 그래 재산이 그렇게 많은 데 내 얘길 잘 들으라." 구. "당신은 왜 재산을 안 적구 울구 있소?"

"난 재산두 없구 간신히 장가 들러 오는 기구 채린 거밖에 없어. 근데 이번에 거 장가는 못 들구 재산을 탕진했기 때문에 장가들 대책이 없어. 그래서 기가 막혀 운다." 구. "아, 저 사람덜은 재산가니깐 이 색시 못 얻으믄 더 색시 읃구 그러는데 난 그럴 수두 없구 해서 기가 막혀 웁니다."

"아, 그러냐?" 구. "염려 말라."구.

그래 강당에 떡 올라서서 연설을 뭐라구 하냐 하믄

"여러 신랑님덜은 내 말을 명심해 들으라." 구. "우리 아부지가 약주를 좋아하기 때민에 사주를 이렇게 열한 장을 이렇게 가주 오셨어. 그래 아부진 돌아

갈려구 결심을 하구 식음을 전폐허구 드러누우셨다 제우 제 권고에 못 이겨서 죽을 잡숫구 정신을 채리구 사랑에 계시는데. 열 분의 신랑은 다 재산이 그렇게 많아. 그러니 나 아니래두 샥시가 얼마든지 있어. 재산이 풍부하니깐, 장가를 다시 들어 잔치 기구를 다시 차릴 수두 있는 거구. 저기 저 사람은 재산이래는 건 다 들여서 준비를 채리는 거구. 탕진을 했는데 그 사람을 열 분이 살려야지 어떻게 하느냐? 그러니깐 말을 타시구 열 분은 돌아가시구. 난 부정한 여자야. 아부지가 모주의 딸이니, 뭐 시집 가가주구 시부모를 잘 봉양을 하겠느냐? 그러니깐 그렇게 알구선 좋은 낭자를 취택을 해가주구 장가를 들어서 잘 사시라." 구.

그렇게 허구선 그 젤 어렵대는 놈한테다

"일루 오라."

그래서 나중에 시집을 가고 보니까 고 놈이 제일 부자야. 그저 제일 잘 산다구 그래믄 어떤 사람을 취택하겠느냐 그거야? 그러니깐 꾀를 내가주구서는 거기서 울었대는 거야. 그래서 젤 막내가 울어가지구선 샥시하구 장가를 들었대는데. 샥시가 신랑을 위하구 시집식구덜을 그렇게 공경을 잘 하구 그래서 끝내 잘 살았다는 얘기야.

그런 묘계두 낼 수가 없는 거 아냐? 여자루서. 그래 즈 아부지 살리구.

[2005년 7월 18일 채록]

86. 삼정승 육판서 난 명당

줄거리

삼형제를 둔 아버지가 돌아갔다. 아들들은 지관을 불러 산소자리를 부탁했다. 아들들이 참해서 지관은 한 자리를 잡아주었다. 그 자리는 삼정승 육판서가 날 자리이지만 대상을 치르기 전에 아들들이 죽는다는 것이었다. 이 말을 들은 아들들은 훗날을 위해 자리를 쓰기로 했다. 장례를 치른 지 삼일 만에 큰아들이 죽었다. 또 소상을 치르자 둘째 아들이 죽었다. 두 형수들은 시동생이 죽는 것을 볼 수가 없어 쫓아냈다. 쫓겨난 시동생은 이곳저곳을 돌아다니다 한 잔칫집에 들어가게 되었다. 음식을 얻어먹는데 그 집 유모가 양자로 맞이하기 위해 자기 방으로 들여보냈다. 그런데 시집가게 된 주인집 딸이 마지막 날을 유모와 보내기 위해 유모 방으로 들어와 이불 속으로 들어왔다. 얼떨결에 신부는 죽게 된 막내아들과 관계를 맺게 되었다. 그날은 대상이어서 막내아들은 사연을 말하고 죽고 말았다. 어쩔 수 없이 그 집에서는 혼인을 파하고 딸은 죽은 막내의 집으로 들어갔다. 열 달이 되어 딸은 아들 셋을 낳았다. 그 아들들이 성장해서 정승이 되고 다시 그 아들들이 자라 판서가 되었다.

■ 한 곳에 아들 삼형제를 뒀는데 아버지가 연만하니깐 긴 병으루다 오래 끌다가 자기 아버지가 돌아가니깐. 장사 지낼 묘지를 선택을 해야 할 텐데. 큰형두 한문두 좀 배구 뭐 그래서 산자리두. 저기 뭐야. 나라에서 국상이 나믄. 그 일류지관 겉은 사람을 불를 형편두 못 되지만 그래두 웬만한 사람은 불러서 아부지 자리를 택해야지 그래가지구 아 허는데 아우가 한 곳에 가더

니 지관 하나를 모셔왔어.

"형편이 그러니 일당은 수고빌 생각 마시구 저희 삼형제를 위해서 망지나 좀 가려서. 뭐 큰 뭐 사후에 삼정승 육판서구 뭐 또 저 부자 될 그런 택지를 바라는 것두 아니구. 그러니깐 좀 웬만한 데루 가셔서 자리를 선택해 주셨으면 감사하겠다." 구.

아들이 그래두 절을 허믄선 근근히 지관한테 권하니까. 지관이 가만히 보니깐 애가 참하거든.

"그래 웬만한 자리를 선택을 해 줄게 가자."

집은 가서 보니깐 참 뭐 집은 오막살이집은 아닌데. 여자 둘, 그러니깐 형수지. 형수 둘에 아무두 없구 조카 자식두 없어. 그래 여자 둘에다가 남자 셋만 사는 집인데.

"가자." 구

삼형젤 데리구 뒷동산에 올라가서 슬슬 댕기믄서 보니까, 한 군데 묘지가 좋은 게 있어서 가만히 보니깐 '이 사람덜한테 과남한 자린데. 이걸 여기다 쓰라구 얘길 해줘야 하나?' 딴 데 가서, 베실아치 집에 가서 이 산을 사가지구 여기다 산소를 쓰면 삼정승 육판서를 보는 자리다. 그럭하믄 자기가 돈두 많이 생기구 그럴 텐데, '에이 내가 재물에 너무 욕심내지 말구 내가 이 삼형제를 살려야겠다.' 근데 삼형제가 좋은 꼴을 못 봐. 산솔 여기다, 자기 아버지 산솔 모셔두 자기 생전에 좋은 꼴은 못 보는 자리라구. 그래 삼형젤 불러놓구

"이 자리는 삼정승 육판서가 반드시 나는 자리다. 그러나 장사 지내구 삼일 만이믄 맏상제가 죽어. 그리구 또 소상이 되면은 둘째 상제가 죽어. 대상이 되면 그 총각 상제가 죽는다."

그거야.

"그런데 삼정승 육판서가 다 죽었는데 어떻게 나느냐 말이야. 그래서 이걸 쓰라구 그랠 수두 없다. 그러니깐 삼형제가 반드시 삼정승 육판서가 나는 자리니깐 생각해서 써라."

그리구선 가버렸다구, 지관은 갔어. 그래 지관이 간 뒤에 삼형제 자기 집으루 들어와서 인제 아부지 시체를 옆에다 모셔놓구선, 자기 형수덜 둘하구 이

제 다섯이 공론을 하는 거야. 그래 삼정승 육판서가 반드시 나는 자리래는데 이걸 어떡허느냐? 그래 형님을 장사 지내놓면 사흘만이면 돌아간대. 둘째 형님은 소상날을 지내믄 돌아가. 나는 대상날이믄 죽어. 이걸 나중을 뭘 희망을 바라느냐 그거야. 그러니깐 형수가

"아유 즈이덜이야 여자가 뭘 알겠느냐구? 삼형제분이 의논해서 하시라." 구.

그런데 형두 아 또 나중에 혹시 둘째 동생이나, 셋째 동생, 자기는 죽더래두 셋째 동생이 어떻게 끈을 이어가지구 절손이 안 되겠으니 하는 방식이 그래두 생기겠지. 이렇게 생각을 허구

"아, 쓰자."

"쓰믄 낼 모래믄 형님이 돌아간대는데 거기다 쓰믄 어떻게 하느냐?"구.

인제 동생들이 그럴 거 아냐?

죽어두 좋으니깐 하자. 나중을 바래야지 당장만 바라면 되냐?

"죽은 사람이 뭘 바라느냐?"

"본인이 좋다는데 망설일 게 뭐 있느냐?" 구.

그래 형이 헐 수 없이 우겨가지구 자기 아버지 장살 지냈어, 거기다. 그런데 장살 지냈는데, 아닌 게 아니라 삼오제 지내구 와가지구 집일 들어가지두 못하구 산소에서 쓰러져서 절명이 되는 거야, 형이.

"야 아닌게 아니라 지관이 참 용한 지관이다. 삼 일만이믄 돌아간다구 그러더니 정말 돌아갔구나."

그래 할 수 없이 집으루 형을 운구할 수두 없구. 그냥 입은 채루 해서 염을 해가지구선 옆에다가 바루 밑에다, 쭉 지관이 일러주기를 요 밑에다 삼형제 묘를 쪽 써라 그거야. 그래 삼정승 육판서래는 건 아들이 또 나오구 또 아들덜이 또 하나 앞에 둘씩 나면 인제 여섯 아냐? 그러니깐 육판서가 나면, 만일에 나면 이 밑에다 여섯을 쭉 써라 그거야. 그래 삼정승 육판서가 반드시 나니 당신네덜 삼형제 의논해가지구 결정을 해라. 내가 여기다 써라 그럴 수는 없는 거다. 그래서 거기다 썼는데. 아, 한해 두해 지나가니깐 소상이 닥쳐서, 소상을 지내구 났는데, 소상을 지내구 저 음복을 하구 났는데, 둘째 형이 '아이구 골치가 아프구 배가 아프다' 그래. 픽 쓰러져 죽는 거야. 그래 인제 그

형수덜두 '참 지관이 용킨 용타. 죽는 날짜꺼지두 꼭 아니 명인은 명인이다.' 구. 근데 거 소상 지나구 인제 둘째형이 마저 죽으니깐 장사 지내구 시동생 그저 형수 둘이 시동생을 두드려 내쫓았어.

"앞으루 우리가 되련님 죽는 꼴은 못 볼 테니깐 나가라."

그거야. 그래 두드려 내쫓아서 디리 돌아댕기믄섬 새면에 가서 밥두 얻어 먹구 그래서 세월을 보내는데. 그럭저럭해서 또 일 년이 또 지내오는데. 인제 그땐 배가 고프니깐 걸식을 허니깐 인제 자긴 대상이구 뭐구 잊어버렸어. 염두에 어느 날이 대상이랜 걸 알았지만. 아 우선 배가 고프니깐 이웃집에 가서, 이웃집이 뭐야? 거기서 거리가 뭐 몇 십리 밖에 쫓겨 나가주구선 거기서 걸식을 허구 돌아댕기는데. 아 그래 한 군델 가니깐 아주 사람이 백절 치듯 해가지구선 뭐 신명이 기냥, 사람이 북적북적해. '에이 여기 한번 뭐 잔칫집인가부다. 잔칫집 아니믄 사람이 죽었겠지. 장삿집이겠지. 그래구서 한 번 푸짐하게 얻어먹자. 거기를 들어갔어. 아 잔치에 거지가 와서 뭐 없는 노무 걸 아 거지두 콩나물하구 술이나 한 잔 갖다 줘. 떡두 좀 갖다 주구. 나잇살 먹은 사람이 그릇을 갖다주구 그러는데. 근데 그게 샥시집인데, 낼이 잔치야. 근데 오늘 잔치 전서부터 부잣집이니깐. 전에 뭐 부잣집이니까 농토두 빌려서 소작인덜이 와가지구, 땅임자니깐. 와서 일두 봐주구 또 부주두 와서 허구 그러니깐, 사람이 뫴는데. 유모랜 여자가 바깥에 어떻게, 이웃집이 자기 집인데, 가다가 이렇게 보니깐 거기가 콩나물 부시럭지를 먹구서 앉았거든. 가만히 보니깐 인물은 잘 생겼드래. '아 거지래두 거 인물을 잘생겼다' 그래구서 가만 있어라. 내가 저 아들이 없으니깐 아들을 삼아야겠다. 그러구선 거지를 불러 가지구선 그 유모 방에다 앉혀놓구 세술 시키구 머릴 감아가지구 머리를 다시 빗기구 옷을 헌 걸 죄 그냥 갖다 싸서 쓰레기통에 넣구. 옷을 새루 입히니깐, 아주 훌륭한 미남자거든. '내가 힘 안 들이구 아들 하난 잘 얻었다.' 그렇게 생각을 하군. 그래 거기 음식 같은 거 유모니깐, 권리가 대단하거든, 그 집이. 딸을 젖을 멕여 길른 유몬데. 그래 안에 들어가서, 숙수방에 가서 기냥 고기구 뭐구 죽 갖다

"굶었으니깐 많이 먹지 말구 쪼끔씩 쪼끔씩 먹으라." 구.

그래

“고맙다.” 구.

그래구서 저녁 식사구 뭐구 바깥에서 좀 거기서 차려다 주는 걸 먹구. 배가 불르니깐 쓰러져, 그 뭐 밤에 뭐 딴 데 가서 한둔을 했으니깐 잠은 실컷 잤을 거야? 졸리니깐, 유모가 저녁상을 가주 와서 저녁 먹으라구 그래 전부 고깃국에다 반찬두 갖춰서 먹을 만큼 먹구 쓰러져 자는데. 근데 유모가 일 보살피느라구 들어올 틈이 없어. 안 들어오구 있는데. 낼이믄 인제 그 주인집 딸이 시집을 가는 날이거든. 그 쥔집 딸이 그 유모가 벌써 들어갔으려니 생각을 허구. ‘오늘저녁에는 유모, 내가 빨아먹던 젖을 쥐구, 마지막에 시집 가구 나서 만져 볼 수가 있느냐? 그래 유모를 껴안구선 오늘 저녁에는 유모에 방에서 자야겠다.’ 그러구서 무조건하구 기냥 속옷만 입구서 겉옷은 넣어놓구서, 누가 베갤 베고 드러누워 있으니깐 들어가서 이불을 쳐들구서 껴안구 자는 거야. 껴안구 그러니깐 내일 시집 갈 거니깐. 그러니깐 유모 젖줌 만져봐, 만져보니깐 에기 젖두 없구 억센 노무 여자가 아니란 말야. 가슴에 다 손을 넣어봐야 젖두 없구 이게 어떻게 된 건가 하구 불을 켜놓구 이불을 베끼구 보니깐 아주 기가 막힌 남자야. 아하 이게 남자를 껴안구 그랬으니깐 이걸 어떡허나? 내가 남의 남자를 에기 안 만질 거 못 만질 거 죄 만졌는데 어떻게 헐 건가? 거 에라 낼 새벽 이 남자하구 도망을 쳐야겠다. 그거야. 자기 어머니한테만 얘기허구. 그래 무조건 하구 신랑하구 자자 그래갔구 잤어. 그때 신랑이 생각을 하니깐 대상날이란 말야. 그래 돌아 일어나질 않구 베개를 옆으루 해서 울어. 그래 디리 우니깐 그 샥시가 옆에 드러누웠다가 ‘왜 우느냐?’ 그래니까 그때 사실 얘길 안 할 수가 없어서

“내가 조끔만 참았으면 샥시하구 육체관계를 안 하는 건데, 낼 시집갈 샥시를 몸뗑일 망쳐 줬으니 내일은 내가 죽을 판인데 남을 망쳐줬으니 한심해서 운다.” 구.

“아, 낼만 지나믄 될 거 아니냐?”

“아, 지관이 아주 귀신이야 틀림없이 소상 때, 맏형은 장사지낸 지 삼 일만에 죽구. 자기 둘째 형은 소상 때 죽구, 나는 대상 때 죽는다구 아주 명백히

일러주구선 가서 그건 틀림없이 맞는데. 내가 당신 생각을 허구 이렇게 운다." 구.

그래, "요때만 지내믄 살 수가, 인명을 재천이래는데 그렇게 죽을 수가 있느냐? 생으루 죽을 수 없으니까 고땔 넹기믄 당신은 사는 거야." "근데 결국 고 때가 되니까, 대개 평명이 못 돼가지구, 인제 계초명에, 닭이 첨에 울면 인제 새벽 제사를 지내는 게 그게 원 대상이거든. 저 인제 초저녁에 지낸 건 손님맞이하기 위해서 상식 지내는 거구, 새벽 제사가 그게 원 대상 제사야. 그래 대상 지사 지내구나믄 죽는다 그거야. 그러니까 내가 죽을 시간이 됐어. 그러니까 여기 있지 말구 나가라구. 그래 내가 죽는 꼴을 보지 말구 나가라구 그랬더니 이왕 내가 당신하구 허락했는데 나갈 수가 있느냐? 그래서 안 나가구 있는데 그러더니 옆으루 슬며시 드러누웠더니 눈을 딱 감구 죽는 거야. 아차! 그 샥시두 기가 맥힐 거 아냐? 아 근데 유모가 샥시가 자구 일어나서 나올 때가 됐는데 샥시 방에 가니까 없잖아. 그래 어떻게 된 건가 새면을 찾아댕기는 건데. 마지막으루 자기 방에 오니까 아 거기에 머릴 풀고, 샥시가 머릴 풀고 통곡을 하고 있네.

"근데 아가씨 왜 그러느냐?"

했더니, 사실 얘길 쫙 한 거야. 유몬 줄 알구서 껴안았는데 남자더라 그거야. 그래 관상을 보니깐 참 쓸만한 남자구. 그래서 이왕 만질 데 안 만질 데 다, 남자 가슴에 손을 넣구 주물르구 그랬는데. 그 뭐 열구 보나 닫구 보나 내가 몸을 허락한 거나 매찬가지야. 그렇게 됐느니라구. 신랑이 오늘이 대상이 돼서 죽는다구. 나한테가 몸뗑이에 손을 댔으니 어떡하느냐구 울더니 이걸 어떡헐 것이냐? 이걸 숨길 수두 없구. 가서 쥔 내외한테 얘길 했어. 그래 쥔이 와가지구

"아, 이게 날베락이지 이럴 수가 있느냐?" 구.

그래 이걸 어떻게 해. 그래 할 수 없이 딸을 달래서, 인제 밝은 날 신랑이 올 거니까 글루 보내줄까 허구 그러니깐

"에이, 난 일찍이 남자한테 허락한 몸이니깐 글루 시집을 갈 수 없으니 이 시첼 따라서 그 집에 가서 죽겠다."

그거야. 그래 헐 수 없이 신랑 집으루다 기별을 했어. '오지 말라. 그렇게 됐으니 오지 말라'구. 아 그래 신랑집에서 '에이 나쁜 여자라.'구 그리구선 신랑 집에선 잔치 채렸던 노무 거 동네 사람 불러서 멕이구. 여기 역시두 잔치 채렸던 노무 거 장사 비용으루다 다 없어지는 거지 뭐야. 그날 상여를 해가지구선 그 여자는 하얀 조근을 타구 가구. 그래 상여를 해가지구, 아 또 베실아치 집이구 부잣집이니까 굉장이 차려서 그 신랑 집일 간 거야. 근데 이 형수둘은 오늘이 대상인데 되련님이 살아서 돌아올까, 살믄 돌아올 거니까. 돌아올까 그랬더니, 아 상여가 참 꽃상여가 냅다 오는데, '아 어떤 사람이 부자가 돼서 저렇게 상여를 기구스럽게 차려 오나?' 그러구 그 이웃에 대문간에서 내다보니까, 아 차차차차 자기 바깥마당에다 상여를 내려놓네. '아 이거 참 이상한 일이다.' 그래 이게 되련님이 죽었단 말두 못하구 '이게 어떻게 된 일인가?' 그래 그 딸이 머릴 풀구선 인제 테두릴 허구 인제. 거기서 여자더러

"이 집 쥔이냐?" 구.

"아 그렇다" 구.

"그래 당신은 누구냐?" 구.

아 사실 얘길 쫙 했어. 그래서 '상여를 해서 가져 온 거라'구. '아 어쩌면 지관이 그렇게 맞히느냐?' 그거야 혹시 그래두 살까 허구 내쫓았더니, 명은 뭐 하늘에 닿았다구. 명이 고만이니깐 대상을 넹기지 못하구 되련님 마저 죽었다구. 그래 인젠 관례는 한 심이지, 인제. 샤시하구 결혼은 했으니깐 그래 장살 지내구선, 장산 뭐 기가 맥히게 지냈지. 저의 친정 아부지가 그냥 돈두 많이 하구, 그거 쌀이구 돈두 많이 갖다 줘서 부자루다 사는데.

근데 그럭저럭 장사 지낸 지 열 달이 됐는데. 여자가 그냥 배가 이래.(팔로 아름을 지으며) 그래 뭐야,

"하룻저녁을 되련님하구 같이 잤느냐?"

"그랬다." 구 "그래서 할 수 없이 머릴 풀구 여길 온 거야. 다른 신랑한테두 시집을 갈 수 없어서 온 거니까 그런 줄 알라." 구.

아 이럭저럭 허다 '배가 아프다' 그래서, 경험두 없는 형수들이지. 어린앤 낳아보지두 못했지 뭐야. 아 근데 배가 아프다구 그래서 듣기는 했어서. 뭐

야, 수건을 대들보에 매구서 그걸 붙들구 힘을 주라구 그래서 힘을 줬더니, 아닌 게 아니라 한참 있더니 어린앨 하날 낳았는데 옥동잘 하나 낳았어. 뭐 물에다 씻기구 참 천 겉은 걸 해서 배냇저고리를, 조고리 바질 해서 입혀서 옆에다가 뉘어놓구.

"아, 요건 자네가 낳어두 내 아들일세."

그러구서 큰 동세가 차지를 해가지구선 디리 씻구 왼통 돌봐주는 데, 쪼끔 있더니 또 어린앨, 또 낳았어. 아 그러더니 둘째 동서가

"아유, 이건 내 아들이야. 어릴애 또 하나 낳았으믄 자네두 차례가 가는데, 이거 어떡해. 이게 임의대루 못하는 건데, 맘대루."

"아유 괜찮아요."

그래 인제 자기두 어린애가 또 있을랜지는 본인두 몰르지. 한참 있다 배가 아파서 그러더니 어린앨 또 낳았어. 삼태를 낳은 거야. 쌍태가 아니구, 삼태를. 그래서 인제 걔들이 일취월장을 해가지구선 병 없이 무병장수를 하는데. 그 인제 친정에서 그 소문을 듣구, 그냥 뭐 먹을 거구 돈이구 디리 갖다줘서 인제, 자기 딸이 그렇게 돼가지구선 했는데 아들 삼형제를 낳았다구 그러니까. 더군다나 그 딸이, 앞을 내대보는 딸이로구나. 그러구 인제 그때서 그저 큰동서가 (테잎을 갈아 끼웠다.) 아랫동서한테다 그렇게 얘기를 했어. '이 자리가 사후에 삼정승 육판서가 날 자리라'구 지관이 그랬기 때문에 그 맏시아주버니더러 얘길 허니깐 내가 죽어두 좋으니깐 다음 세대에 잘 되믄 나두 뭐 죽은 혼이래두 그렇게 뉘우치지 않겠다. 나 죽어두 좋으니 아부질 모시자. 그래서 장살 모셔서, 그래 소상 때 둘째 아들이 죽구, 자네가 셋째 되련님에 부인인데 그걸 넹기질 못하구 대상 때 되련님이 돌아가서 이렇게 됐으니깐 자네 덕분으루라 아들 삼형제를 자네가 낳아줘서 이거 참 고마움을 뭐라구 비할 수가 없네. 참 고맙다구. 그리구 우리가 곤궁한 생활을 하는데 친정에서 이렇게 금은보화를 대줘서 이렇게 부자루다 사니 이렇게 고마울 데가 어디 있느냐구 죄 되련님 덕분이라 그거야.

근데 그 아들 삼형제가 장성해가지구 또 한 해 아들 형제씩을 뒀어. 그래 삼형제가 여섯을 낳아서 애덜이 장성해가지구. 즈 아버지덜은 판서, 삼정승

이 되고, 그 저 정승의 아들 형제씩은 육형제는 판서꺼지 올라갔대. 그래서 죽은 뒤에두 명당은 꼭 맞힌다는 거여. 그래 삼정승 육판서가 거기 나왔다구. 그래 말이니까 그렇지.

[2005년 7월 18일 채록]

87. 호랑이의 중매

줄거리

한 학생이 글방에 가는데 호랑이가 길을 막았다. 살펴보니 호랑이의 목에 비녀가 걸려 있었다. 아이가 비녀를 뽑아주자 호랑이는 날마다 그 아이를 글방에 태워다주곤 했다. 어느 날 호랑이는 웬 처녀를 물고 왔다. 아이의 집에서는 호랑이의 뜻을 알고 처녀의 집을 찾아 혼인을 하게 되었다.

▣ 한문 배러 다니는 학생이 있었는데. 하루는 책을 끼구선, 그 뒷동산 집 뒤루 올라가믄 쪼끄만 고개가 있는데. 호랭이가 가로 앞길을 딱 가로 막구 있어서 그것두 아이래두 참 범상한 아이야. 그래 무섭다구 그러지두 않구

"그래 니가 나 길을, 앞길을 막구 있는데 왜 길을 막았느냐? 날 잡아먹을래믄 잡아먹어라."

그랬더니 돌아서면서 아가리를 냅다 벌리는 거야. 그래

"왜 어떻다구. 그 아가릴 자꾸 벌리면섬 그래. 나 잡아먹어, 잡아먹어."

그랬더니 '아니라'구 고개를 홰홰 저으면서 아가리를 자꾸 벌려. 뭘 '아가리에 뭐가 걸렸대는 건가?' 그래구서 뭐 들여다보니깐 뭐가 목구녕에 가로걸려 있드라 이거야. '아하, 이게 뭐가 걸렸구나.' 그래서 그래 팔을 해가지구서 디밀어서 손으루다 쥐어 보니깐 뭐가 만쳐 그래서 그걸 이리저리 해서 잡아댕겨서 빼보니깐 은비녀야. 거 여자, 쪽에 끼는 비녀가 딱 나온단 말야. '아 이게 여자를 잡아먹었는데 비녀를 몰르구 이놈이 생키다가 목구녕에 걸려서 이거

빼달라구 그러는 구나.' 거 이렇게 했더니 아 이놈이 비녀가 걸렸다 빠졌으니 여간 좋아? 아니 재주를 팔닥팔닥 넘더니 엎뎌서 가질 않는 거야. 그 말을 못 허니깐 타래는 건지 뭘 해래는 건지 알 수가 없으니깐

"뭐 날더러 너 타래는 거냐?"

그랬더니 고개를 꺼떡꺼떡, 호랭이가 그러니깐 뭐 잡아먹히지 않으니까 어디야. 자 호랭이 등에 가 탁 타구선 호랭이, 그 털을 이렇게 두 손으로 쥐구서, 이 이놈이 달아나는데. 거 어떻게 글방을, 걔 댕기는 걸 메칠 살펴본 모양이야. 걔가 어디루 가나 허구. 그래 글방 앞에, 그 사랑 문턱에 가서 떡 엎뎌. 워낙 크기 때문에 참 그놈이 엎뎌야 내리지 뭐 내리는 수밖에 없는데. 다 왔으니깐 인제 내렸는데. 아참 신통하니까 호랭일 머릴 쓰다듬구 잔뎅일 쓰다듬으니까 가라구. 대가리를 훼훼 짓더니 기냥 설렁설렁 허구 온대루 달아나 버리거든. '아, 짐승두 이상한 짐승이다. 지가 아무리 재주가 좋구 비녀는 자기 발루 꺼낼 수 없으니깐 날더러 꺼내 달랬구나. 아 나두 좋은 일을, 짐승한테라두 좋은 일을 허구. 사람을 잡아먹었는데 그게 좀 괘씸허기는 허나 거 뭐 참 육식하는 짐승이니깐 도리가 없다. 뭐 약육강식이래는데 사람은 밥 먹구 살고 그런 짐승덜은 육식하구 사는 거니깐 뭐 도리가 없다.' 그래 글을 다 배구선. 거 애덜이 그걸 다 봤어? 거

"어떡해서 호랭일 타구 왔느냐?" 구.

그래 방안에서 무서우니깐 꿈쩍을 못하구 있다가, 걔가 들어오니깐 그

"어떻게 호랭이하구 그렇게 친해서 호랭이를 타구 왔느냐?" 구.

그래 그 사실 얘길 했거든.

"아 길을 딱 막구 그래서 잡아먹을래는 줄 알구서 '잡아먹을래믄 잡아먹어라. 왜 길을 막느냐?' 그랬더니 아가리를 벌리구선 자꾸만 나한테루 달려들어서 이렇게 보니깐 목구녕에 뭐이 걸렸어. 그래서 손을 넣어서 잡아대리니깐 여자 비녀더라 그거야. 그래 그걸 꺼내줬더니 호랭이가 엎드려서 나더러 타라구 그래서 타니깐 여길 데려다 줘서 왔다."

그랬더니

"아 너 수지맞았다. 이따 저녁에 온다구 그러디?"

그래서 아 그걸 말이 통해야 온다는 걸 물어보지. 뭘 물어보냐구,

"저녁에 온대는 소리 듣지두 못허구. 오믄 오는 거구 그렇지. 뭘 말이, 무신 내가 끌구 다녀? 이제 자기 볼일을 봤으니까 나 한번 데려다 줬으니까 안 오겠지."

그러구서 인제 책을 끼구 나오니깐 아 거기 몇 걸음 안 걸었는데 호랭이가 또 와 있지 뭐야. 아 그래서

"또 타라구?"

아 그러니깐 고개를 끄떡끄떡해. 그래 또 호랭이 잔등에 가서 아침나절 올 때 모양으루 가죽을 두 손으루 쥐구서 근데 날아오는지 뛰어오는지 금방 자기네 집이더래. 그래 자기 집에 와서 그래 뭘 먹을 걸 줄 수두 없구. 밥 겉은 거 먹는 것두 아니구. 자기 집에 길르는 개를 내다 줄 수두 없구. 그거 뭐

"먹을 걸 줄 게 없으니 어떡허니?"

"아냐. 괜찮다." 구

대가릴 홰홰 저으면서 이렇게 돌아다보더니 냅다 달아나버려.

그래가주구선 삼년을 그렇게 지냈는데, 삼년을 꼭 아침저녁으루 그렇게 태워다 줘. 태워다 주구 태워 오구. 아 짐승이래두 참 정말 고마운 짐승이다. 자기 저 비녀 걸린 걸 꺼내줬다구 이렇게 고마울 데가 어디 있느냐 하구선. 그걸 잊지 않구 고맙다구 생각을 하는데.

하루는 고기서 쪼끔 올라가믄 고갠데, 그저 비녀 꺼내준 고갠데. 거 태워가지구 올라가더니 딱 엎드려 있는 거야, 내리라구. 그래 내렸지 뭐야. 내렸더니 쪼끔 그 안으루 들어가더니 웬 처녀 치마 이렇게 물고 잡아댕기구 오는 거야.

"근데 이거 사람을 어떻게 여기다 물어다 놨냐? 이게 웬 처녀가 여기 와 있느냐?"

그랬더니, 그냥 거기 앉아 있는 거야. 그때 뭐 열한 십육 세 쯤 됐는데, 남자가. 그 처녀는 초면인데

"남녀 간에 말 건네는 게 실례줄 알지만 호랭이한테 물려온 거요? 어떻게 왔냐?" 구.

아닌 게 아니라

"우물에 물을 길러 왔는데 호랭이가 치마를 물고선 디리 잡아댕기는데 때릴 수두 없구 여기까지 끌려왔다." 구.

"집이 어디냐?"

그랬더니

"여기서 멀어요."

"그래? 이상스럽다. 그래, 올해 몇 살이냐?"

"십오 세라." 구.

"나보다 한 살이 적구랴. 난 십육 센데. 집으루 가야할 거 아니요?"

그래

"아, 가야하는데 호랭이가 놔주질 않으니 어떻게 가느냐?"

"가만히 보니깐 호랭이가 잡아먹을려구 데려온 게 아니구. 나하구 아마 인연을 맺여줄려구 이 호랭이가 데려온 거 같은데 처녀 생각엔 어떠우?"

가만히 보니까 참 글방 되련님인데 머리를 축축허구 얼굴두 잘 생기구 나이두 자기보다 한 살 위구 걸맞구. 그래서

"근데 내 맘에, 되련님이 내 맘에 드는데 처녀 총각이 만나가지구 우리가 언약을 할 수두 없는 거구. 양쪽 부모가 다 계신데 부모 허락을 맡아야 될 거 아니냐?"

"허긴 그렇다." 구.

그래 그날은 글방에 안 갔어. 처녀를 데리구 호랭이를 이렇게 고맙다구 그래구서 머리를 쓰다듬어 주구 가라구 그러니까 호랭이가 갔다구. 간 연후에 처녀를 데리구 자기 집으루 갔어. 안방으루 들어가가주선 자기 어머니헌테 가서 앉으라 그래구 사랑에 가 아부지를 불러가지구선 사실 얘기를 쫙 했어요. 이 호랭이가 이 처녀 치마를 붙들구 와서, 호랭이한테 물려온 심이나 매찬가진데 나하구 짝을 지어주구 싶어서 호랭이가 애를 쓴 모양이라구. 호랭이가 먼저 자기가 호랭이 목구녕에 걸린 비녀 꺼내줬다는 걸 자기 어머니 아버지한테 했거든. 아, 이게 아무리 짐승이래두 자기 죽을 거 살려줬다구 은혜를 갚을라구 그러는 모양이구나. 그래구서 그럼

"처녀의 친정은 어디냐?" 구.

그래

"여기서 한참인데 오 리쯤 되는 그 안말이라." 구.

그래 신랑 아부지가 거기를, 의관을 정제해가지구 거기를 갔어, 처녈 데리구. 그래 거길 가가주구선 처녀 사랑으루 들어가서 인제 딸이 자기 아버지를, 시아버지 될 사람한테다 소갤 하는 거지 뭐야.

"사실 이렇게 돼가지구 거기 신랑을 따라서 그 집이 가서 시부모한테 인사를 다 드리구 그렇게 됐으니. 호랑이가 이건 인연을 맺어서 중매를 해주는 거나 매찬가지야. 그러니깐 딴 데루 시집갈 수두 없구 이렇게 돼 있으니 시아버지 될 사람이 오셨으니 결정을 지으세요."

"신랑을 못 봤는데 신랑이 네 맘에 어떻드냐?"

"신랑될 사람두 잘 생기구. 이 아래 한문 서당에 다닌다." 구.

"거기 가 보세요."

"아 그럴 거 없이 신랑을 일루 초댈 해야겠다."

그리구 그 바깥에 나오니깐 호랭이가 떡 앉었는 거야. 그래 호랭이가 앉으니깐 딸이

"아, 여기 앉었으믄 어떻게 하느냐?"

"아, 타라." 구.

그래 처녀를 태가지구 글방에 간 거야. 글방에 딱 가서 내려주구선 보니깐

"글방인데 그래 여길 왜 데려다 줬나? 아 신랑을 초댈한대니까 신랑을 부르러 보낸 심이다."

그리구선 문을 툭툭 두들기니깐 선생이

"누구냐?" 구.

그래

"아무개 좀 나오라구 그래라." 구.

"처년데 여길 어떻게 알구 왔느냐?" 구.

어 호랭이가 또 여길 왔어. 아 그래 '아무개 나가 보라'구. 그래 나가보니깐 자기 색시 될 사람이 와 있잖아, 호랭이하구 같이.

"아, 어쩐 일이냐?" 구.

그러니까 호랭이가 딱 엎드리는 거야. 또 타라구. 그래 둘을 다 태가지구 그 색시집에 갔지 뭐야. 그러니깐 자기 아부지가 와 있거든.

"아, 아부지 어떻게 오셨어요?"

"아 애를 호랭이가 우리집에 데려다 놔서 또 내가 이 처녈 집일 데려다 줘야 할 테니까 내가 데리구 와서 사실 얘기를 허니까 호랭이가 와서 너를 데리구 온 거야. 이젠 도리 없다. 뭐 양쪽에서, 거역을 헌대믄 저 호랭이가 해를 붙일런지두 몰라. 제 말 안 들었다구. 이건 하늘이 맺어준 인연이나 마찬가지야. 그러니까 양쪽에서 뭐 다 허락을 해가지구 언제 택일을 해서 혼례를 치르자." 구.

그러니까 색시 집에서두 좋다구 그러구 신랑집에서두. 쌍방이 다 승낙을 해가지구선 혼인을 정했는데.

그러구선두 삼년을 그 글방엘 더 댕겼대요. 그러니깐 밸 걸 못다 배웠으니까. 참 논어 맹자 뭐 시전 서전 뭐 저 주역까지 다 밸래니깐 인제 그렇게. 그래 와서 태워가구 태워다 그 집에 주구. 그 집 식구 또 뭐 볼일이 있대믄 태워가지구 오구. 호랭이 비녀 꺼내주구서 아주 참 호랭이하구 여간 친하게 지냈대는 얘기야.

[2005년 7월 18일 채록]

88. 무식한 서울신랑, 창피 모면한 이야기

● 줄거리

무식한 서울 사람이 강원도로 장가를 가게 되었다. 아버지는 아들의 무식이 탄로날까봐 걱정을 했다. 색시 집에서는 신랑이 오면 재미있는 얘기책을 읽어줄 것이라고 단단히 기대를 하고 있었다. 신랑은 색시집에 가면서 시를 읊는 척했다. 이를 보고 후행을 하던 삼촌이 그럴 듯하게 풀이를 해주어 위기를 넘기게 되었다. 신부 집에 도착하니 사람들이 얘기책을 가져와 읽어달라고 했다. 신랑은 모두 본 책이라 재미없어 읽어줄 수 없다고 해 위기를 넘겼다.

▣ 남산 밑에 부자가 살았는데. 아들 하나를 뒀는데 한 십칠 세, 전에 십칠 세 십팔 세믄 늦었다구 그런다구. 여자두 그렇구 남자두. 장가두 늦었다구 그런다구. 십칠 세 당년이 됐는데. 글 재주가 없어서 글두 못 가르쳤어. 그래 국문두 잘 못 깨치구 그러는데. 게 돈은 있구 그러니깐 시골루다, 저 강원도 지방으루다 장갈 보냈는데, 어떻게 통혼해가지구.

근데 신랑이 장갈 들어가지구 삼일 공기루, 저 샥시 집에서 하룻저녁을 자구 왔었는데. 이건 무식허구 그러니깐 자기 아버지가 당일루 훈곌 했어. 샥시를 당일루 데리구 자기 집으루 왔는데. 혹시 샥시 집에서 또 친구덜이 뫼가지구 달아먹구 그러믄 또 답두 못허구 망신당할까 봐. 근데 아 그걸 뭐라구 그러나? 신랑이 처갓집에 가는 걸. 이게 잊어버리는 게 많아. 샥시는 저 친정에서, 아참 시집이서 친정엘 갈라구 그래믄 푸레빌을 간다구 그래지, 푸레빌.

신랑두 그거 비슷하게 처갓집에 한 달 만에 가는 건지 그래. 거길 댕기러 가야 할 텐데. 신랑이, 서울 신랑을 얘기책두 잘 보고 그런다구 그러는데, 신랑이 오믄 얘기책을 좀 보라구 그래야지, 동네사람이 전부 벨루구 있는 거야. 그래 조근을 타구선 신랑이 처갓집엘 가는데. 조근 문을 딱 열구선, 부잣집인가 사륜교를 타구 갔지. 떡 보니깐 무궁나무가 참 죽어가지구 잎사귀두 안 피구 삭정이만 죽죽 있는데, 이렇게 보니깐 무궁나무라. 그런 건 아니까 보니깐, '아 무궁나무가 그만 죽었구나.' 그러구 보니깐 솔개미가 쓱 날아와서 인제 거기 앉거든. 그걸 뭐라구 그래냐 하믄 비우새라 그런단 말야. '비오 비오' 무궁나무에 와서 그렇게 울드라 그거야 신랑이 들으니깐, '무궁나무에 비우새로구나.' 그래가지구선 처갓집 강원도지방엘 들이 닥쳐가지군 처갓집에 들어갔는데, 아 장인 장모가 '서울 사위가 왔다'구 에기 왼통 참 상전대접을 허듯. 없던 노무 깔방석두 죄 뫄 들여서 깔아앉히구. 새 돗자리에 뭐 이런 것두 전부 준비하구 그랬는데. 아 깍두기, 저 반찬 보니깐 저 집이선 깍두기가 그래두 쪼끔씩 쪼끔씩 해서 썰어가지구선 젓갈루두 요렇게 집어가지구 먹기 좋구 숟갈루다 먹구 저희 집에선 아무 짓을 해두 괜찮은데, 이놈이 또 젓갈질두 못했는지 깍두기 점을 이릏게 집다가, 그 젓갈질이 서투니깐 튕겨졌네. 그래 깍두기가 땅바닥으루다 소반에서 떨어졌지 뭐야. 떼데구루 구르니깐 '이놈아, 니가 가믄 얼루 가니' 하구 발루다 콱 밟았단 말야. 그래 그걸 먹을라구 그러니깐 장인이 에이 땅바닥에 떨어졌던 건 먹지 말라구. 그래 집어다 상에다 놓구 그랬는데.

인제 그건 참 빠졌구나. 인제 장가 가가주구선 헌 얘긴데. 인제 사처방이라구. 그 신랑집에다 정하지 않구 그 이웃집에다 정했어. 전엔 그래가주구 대롄 치르러 갈래면 색시집으루 가서 전화를 하구 그래서 혼례를 마치는 건데. 아 사처방에서 이렇게 미닫이를 열구, 여름이니깐 한 칠팔월 됐나봐. 아 그래, 이래 보니깐 그 마당 앞에 대추 복숭아 겉은 걸 심었는데. 그냥 대추두 시뻘겋구 복숭아두 시뻘겋구 아주 먹음직스럽게 열었거든. '아 대추 복숭아 참 먹구 싶다.' 신랑이 이렇게 얘길 하니깐. 후행으루 간 사람이 있어요. 외루 간 사람. 후행이라구 그러지. 그 삼촌이 갔는데, 삼촌이 아 대추 복숭아 그래니깐 자기 조카니깐 어떻게 여러 사둔집한테 책을 잽히지 않을려구. 조카가 무식허대는 취지 안 뵈여줄려구. 인제 그걸 해식을 시키는 거지 뭐야, 통역 비슷하게. 대추 복숭아라, 크게 취해서 소나무 아래 가 엎드려졌다 그런 거야. 대추 복숭아, 이제 큰 대 자하구, 취할 취, 엎드릴 복자하구, 소나무 송자, 아래 하자. 그래 대추 복숭아야. 그러니깐 그 옆에 그 글 밴 친구가 대추 복숭아라 술에 취해서 소나무 아래서 엎드려 졌드라. 취객이니까 소나무 옆에 엎드려서 잤대는 얘기지.

아 또 이렇게 보니깐 포수가 사냥하러 총을 미구 집이 마당으루 지나가니까 사냥개가 뒤를 따라서 꼬리를 훼훼 흔들구. 그래니깐 이놈이 가만이나 있지 않구 워리워리 사냥개, 워리 사냥개 이리구 사냥갤 불르니깐. 아 그것두 남이 부끄러우니까 인제 그 신랑 삼촌이

"월이 사냥개라. 달이 가니깐 산 그림자두 고쳐지드라."

달이 가니깐 산 그림자두 인제 고쳐지는 거야. 그래 기껀 인제 신랑 상이라구 채려다 줬는데 가만이나 있지 못하구 배를 쓱쓱 문질르믄 많이 먹어, 배가 불러, 많이 먹어서 배가 불러. 그리구 배를 쓱쓱 문지르니깐,

"만리무거배불러라. 만리에 수레가 없으니깐 오질 못하구 머뭇머뭇 허구 거기서 배회하더라."

그래니깐 걸어갈 수는 없구. 수레는 그때는 지금 모양으루 차나 많아야 하는데. 그땐 말 아니믄 댕기질 못헐 땐데. 만리무거배불러야. 수레두 타구 다녔었대거든? 그래 그게 없으니깐 돌아오지 못하구선 거기서 묵어있드라 그 소리야. 근데 그 옆에 그 장인의 친구들, 뭐 장인 해서 거 신랑두 글을 잘 짓지만 해석을, 삼촌두 해석을 잘헌다 그거야. 아 거 유식하다구. 그래 담에 오면 얘기책을 보라구. 그렇게 유식한 신랑이니깐 얘기책두 잘 볼 거라구 그래서. 인제 장인 장모를 뵈러, 아유 그거 이름이 있는데 잊어버렸어. 갔는데, 저녁을 먹구 인제 났는데 그 이웃집 친구덜 뭐해서, 샥시 친척덜 해서 와 가지구. 아, 장모의 친구들이 와서, 아 서울 신랑이 왔는데 얘기책 좀 보라 그래지. 게 얘기책을, 인제 동네 얘기책을 거반 다 줘 뫄왔네. 근데 이걸 장화홍련전이니 심청전이니 이런 걸 죄 갔다 줬는데. 아 이놈이 일자무식이니 얘기책을

볼 수가 있어야지? 아 이거 심청전을 갖다 줘두 아 이거 여러 번 본 게 돼서 재미 없다구. 장화홍련전을 갖다 줘두 아 이것두 여러 번 본 게 돼서 재미 없다구. 아 안 본 책 없나. 아 또 홍길동전인가 그걸 갖다줘두. 그래 뭐 유충렬전이구, 삼국진 더군다나 또 어려운 거구. 옥루몽이니 뭐 이런 걸 갖다줘두 죄 봤다구 그러구. 이렇게 자기가 뭐 했다구

호주머니에서 종이쪼각을 이렇게 붙들구, 뭐 오는 도중에 무궁나무에 비오새라. 뭐 적벽강이하구 콩강경이구 서루 합해야. 아참 딸들에 이름이 콩강경이야, 콩강정이. 그러믄서 콩강정이를 점지하였구나. 아 이것두 여러 번 보니까 재미없네. 그러더니 적벽강이는 장인이구 무화술은 장모구 아 인제 콩장정이는 자기 색시, 콩강정이구 그런데. 그러니까 장인 장모가, 아니 내 이름두 있구 마누라 이름두 있는데? 아 거 대통령 이름두 있구 진시황제 이름두 모든지 다 있는데. 우리 이름두 거기 들어가서 다행일세. 높은 사람 이름두 있는데 우리 이름 들어간 게 병이야?

"아, 고만하구 자세 자."

"애기책이 본 애기책이 돼서 재미가 없어요."

자구선 그 이튿날 집으루 왔는데. 그래서 모든 것을 다 모면을 허드래.

[2005년 7월 18일 채록]

89. 빈대 벼룩 피해 여자 배 위에서 잔 베 장사

● 줄거리

함경도 베 장사가 서울로 장사를 왔다. 주막에서 자다가 주인마누라와 관계를 맺게 되었다. 이 광경을 본 주인집 아들이 왜 엄마 배 위에서 자느냐 물었다. 당황한 베 장사는 빈대 벼룩이 물어 엄마 배 위에서 잔다고 둘러댔다.

▣ 말 가지구 다니믄섬 이제 베를 함경도에서 말께다 한 바리 잔뜩 실구서 서울루 가가주구 베 값을, 인제 쌀 이런 것루다 환방을 해 가지구 가는 건데. 인제 함경도 포상이 서울 복판에 가서, 말을 하나 끌구 와가지구선 베를 잔뜩 실구 서울 가서 인제 베를 파는 도중인데. 한 집에 들어가서 자자구 잠을 요청허니깐, 그 자기 남편은 어디루 무신 장살 나갔는지 장살 나가구 없구. 아들 하나가 있는데, 어린 아들하구 둘이 자는데. 게

"아무데서나 그럼 자라." 구.

그래 자라구 그래서, 베 장사가 거기서 자는데. 아 그 여자가 행실이 좋지 않았던 모양이지. 애가 한참 자다가 일어나 보니깐 그 함경도 포상이 즈 엄마 배 위에 가서 엎드려 있드라 그거야. 그래서 인제 가만 있었으믄 괜찮은데

"아저씨, 아저씨. 왜 우리 엄마 배위에서 자요?"

그랬더니

"아, 빈대 벼룩이 으떻게 디리 무는지 좀 나까 하구 여기 올라 올라와서 잔다."

"아, 비켜요. 그럼 나두 올라가서 자게."

"아, 잠깐 가만히 있어라."

근데 다 마치구선 '아, 고 녀석 때문에 좋은데 잠자리에서두 마음대루 못 자구 간다.' 근데 올라가서 자니까 아닌 게 아니라 땅바닥 자는 것보담 올라가서 자니까 애새끼두 좀 낫잖아.

인제 그 후에 베 값을 다, 베를 다 팔구선, 인제 곡식을 말께다 척척 실구. 그 집이 베 두 필인가 들여놓은 걸 아 그 또 마누라하구 여자하구 하룻저녁 잤으니 베값을 달라 그랠 수가 있어?

"아, 그만 두라." 구.

"그만 두믄 어떻게?"

"아, 그만 두라." 구. "참 고맙게 하룻저녁 잘 쉬구 간다." 구.

이제 그 마누라한테 치하를 하구. 인제 함경도 포상은 장사 잘 하구 그 남의 여자 잘 떼 먹구. 그 쌀은 그냥 당나귀루다 한 차 실구선 집으루 인제 갔는데.

그리자 인제 메칠 있다가 보니깐 자기 남편이 들어왔드라. 그래 자기 남편이 몇칠만에 들어왔으니깐 인제 그냥 잘 수두 없구. 그래서 마누라한데 찌부를 들여 가지구선 하는데. 아 그거 아들이 어떻게 잠을 안 잤는지 봤다구.

"아, 요전엔 저 함경도 포상이 엄마 배 위에서 자던데, 아부지두 엄마 배 위에서 자?"

"뭐 함경도 포상이 엄마 배 위에서 잤어?"

"아, 그렇다." 구.

"이런 마한 년 같으니. 그래 내가 없으믄 자꾸만 니가 그런 짓을 하는구나."

"아니라." 구. "그땐 할 수 없이 베장수가 디리 뎀비니 뭐 소릴 지를 수두 없구 그래서 한번 옹색을 피했으니 그런 줄 알라." 구.

그래서 아 애헌테 발견이 돼가지구 그 빈대 베룩이가 물리지 않기 위해서 거기 올라가서 잤다구 허는 소문이 났대는 거야.

[2005년 7월 18일 채록]

90. 물레질 하다 호랑이 잡은 여자

● 줄거리

한 부인이 목화를 따 명주실을 잣고 있었다. 그런데 갑자기 호랑이가 뛰어 들어와 잡아먹으려 했다. 부인은 다급하여 다락으로 숨었다. 얼마 만에 남편이 돌아와 보니 큰 호랑이가 죽어 있었다. 호랑이는 방안을 돌아다니다 꼬리에 불이 붙어 타죽은 것이다.

▣ 전에 부인이, 옛날에 명주실이구 목화 따가지구선 물레루 실 뽑구. 세 개 두 개를 합해서 합사를 해서 또 뽑구 그랬거든. 근데 그거를, 밤에 겨울인데, 명주실을 뽑는데, 거 물레실 뽑아가지구 그거를 보통 두 개씩을 해가지구선. 명주, 좋은 명주를 짤래믄 둘을 합해가지구선 이합사루다 해서 그걸 말아가지구 명줄 짜믄 그렇게 질기구 좋대는 거야. 그래 밤중에 자지두 않구선 이슥하두룩 불을 훌훌 얼루구선 하는데. 아 말꾼, 자네 남편은 말 가구 애덜은 또 자기 방에서 자구 그러는네. 대문이 삐걱하더니 기냥 벨안간 저 후라쉬 비치는 거 모양으루 창문이 환하지 뭐야? 그래 '이게 뭔가?' 하구 이렇게 보니깐 아 호랑이가 에기 발루다 문을 이렇게, 저 안으루 건 노무 걸 잡아 기냥 띠밀어서 밀구선 들어오네. 그러니 뭐 어떻게 헐 수가 없으니깐, 헐 수 없이, 고 다락이 있네? 전에 다락이라구 있잖아? 다락문을 열구 얼른 다락문을 콱 잠그구서 다락으루 올라가 앉아 있는데. 그래더니 한참 있더니 그냥 다락을 호랭이가 발톱으루다 북북 긁었는데 뭐 다락문이 거반 다 부숴지다시피 했는

데. 이 놈이 엉 소리를 지르구 가더니, 기냥 벨안간 방이 시뻘겋구, 그래더니 호랭이가 문을 박차구 안마당으루 튀들어가서 튀나가구선 이리 뛰구 저리 뛰구 왼통 그러더니 잠잠하더래. 이거 무서우니까 마누라는 다락에서 내려가지구 못허구 거기서 남편 오길 기다리구 있는데. 남편이 새벽녘이 되니깐 에미 어디 가서 화톨 했는지 돌아와서

"아 대문을 열어 놓구, 왜 불을 방에 훤하게 켜놨어?"

그리구선 에미 안마당에 집데미 같은 게 뭐 꺼므스름한 게 나가자빠져 있네? 그러니 밤에 봐두 뭐가 자빠져 있는지 볼 수가 없어서, 지끔 후라쉬가 있어? 옛날에. 그래 와가지구 보니까 마누라가 없잖아.

"마누라 이게 뭐야? 안마당엔 또 소가, 꺼먼 노무 소가 자빠지구."

그때서야 다락에서

"아, 나 여기 있소."

호랭이한테 혼이 나가지구는 일어날 수가 없어요. 그래

"왜 거길 올라갔느냐?"

그랬더니

"아유 호랭이가 잡아 먹을랴구 들어와서 난 일루 쫓겨와가지구 여기에 있는데 꼼짝을 헐 수가 없다." 구.

그래 다락에 올라가서 마누랄 안구 내려가지구선 바깥엘, 아니 방엘 보니깐 기름 그릇이구 뭐 죄 엎어지구 모두 엉망이 됐어.

"호랭이가 여길 들어왔었냐?"

"아 그렇다." 구.

"어, 하마터면 큰일날뻔 했구나."

그러구선. 아 그럭저럭 하니깐 훤하구 닭이 울구서 새벽이 돼서 날이 밝았는데. 방문을 열구 인제 여잔 조반을 할려구 나가니깐 안마당에 산데미 같은 노무 게 자빠져 있네. 이게 뭔가 하구 보니깐 호랭이 털이 죄 불에 그슬린 거야. 그래 이게 어떻게 해서 호랭이 털이 이렇게 그슬렸나 그랬더니. 새면 그 여자, 사람 찾다가 냄샐 이리 맡구 저리 맡구 그래서 거기서 북북 다락문을 발루다 긁다가 꼬랑지가 그, 기름그릇이 인제 요만한 거 있다구요. 그저

물레가락에 소리가 되게 나믄 거기다 칠을 허거든? 모비루, 지끔 칠을 허는 거 모냥으루. 그거 하는 데다 꼬랑지가 단 노무 걸, 이리저리 허다가, 이저 들기름에다가 이 실을 꽈가지구 심지를 해서 켰다구, 전에. 아 거기에 불이 댕겼네, 호랭이 꼬랭지에. 그저 기름하구 호랭이 꼬랑지허구 잼겨가지구. 불이 댕겨가지구 호랭이가 홀랑 타서 배깥으루 뛰어나가서 화독을 입어서 죽은 거란 말야, 안마당에서. 그래 그날 뭐 어떻게 혼잔 할 수가 없어서. 이웃사람을 전부 깨가지구서

"아 우리집에 호랭이가 죽어 자빠져 있는데 가보자." 구.

가보니깐 하나 둘은 꼼짝두 못하는 육첸데. 그래 그거를 바깥으루 그냥 여럿이 잡아댕기구 왼통 서까래루다 지게질을 해가지구선 바깥에 나가서 잡아, 근데 가죽은 못 쓰지 홀랑 탔으니까 호랭이 고기를 참 수십 호가 노놔서 아주 약에두 쓰구 오물우물허믄 찝질헌 게 맛이 좋대, 호랭이가 고기가. 그래 일포식을 하구, 호랭이 하날 물레질하는 여자가 잡았대는 얘기야.

[2005년 7월 18일 채록]

91. 산삼 캐 부자 된 머슴

◉ 줄거리

팔월 추석에 할 일이 없는 머슴이 나무를 하러 가서 잠이 들었다. 꿈에 산신령이 나타나 도라지 있는 곳을 가르쳐 주며 캐다가 반찬이나 해먹으라고 했다. 잠에서 깬 머슴이 도라지 한 뿌리를 캐서 돌아오니 주인이 보고 백년 묵은 산삼이라 했다. 머슴은 그 산삼을 팔아 부자가 되었다. 부자가 된 머슴은 주인집 딸과 혼인을 하여 잘 살았다.

▣ 전에 한 집이, 일꾼을 하날 뒀는데. 머슴이라구두 허구 일꾼이라구 허는데. 다른 집 애덜은 팔월 추석이믄 참 놀구, 왼통 저 새옷을 입구 그러는데. 아 남으 집 일꾼으루서 새옷을 입을 수가 없구, 뭐 그래 이리저리 돌아댕기다 '에유, 심심한데 또 집이 있는 거보담 산에 가서 낭구나 허다가 잠이나 한 잠 자구. 낭구나 한 짐 해가지구 오는 게 상책이다.' 그리구선 산엘 올라갔어, 지겔 지구. 산에 올라가가주구선 보니깐 샘물이 쫄쫄쫄쫄 나는데. 그래 보니깐 참 먹음직스러워서 거기다 코를 대구선 샘물을 한참 들이키구나서. 잠이 오니까. 그 뭐 팔월십오일이니깐 산 수풀에는 좀 선선허지 뭐야, 벌써 찬바람이 나서. 에 여기 양지짝에 기대서 잠이나 한잠 자구. 낭구 많으니깐 한 짐 해서 지구 가지. 그래구서, 거기 자다가 한참 잠이 들었는데, 웬 백발노인이 와서 옆구리를 냅다 걷어 차더래지 뭐야? 그래 깜짝 놀라서 깨니깐 아무도 없는데, 무인 참 공진데. '산속에서 누가 찼나? 이거 이상스럽다.' 허구. 에 또 '잠을

마저 자야지.' 그러구선 또 드러누워서 막 잠이 들었는데

"아, 이놈아 잠자지 말구 저기 저 양지짝 응달 속에 그 바위 밑에 도라지가 그냥 수북헌데 그걸 캐서 집이 가서 껍질을 까가지구 반찬을 해서 저녁이나 잔뜩 먹어 이놈아. 대보름날에 잠만 자믄 제일이냐?"

또 발길루 차서 일어나보니깐 또 마찬가지야. 그래 '이상스럽다.' 그래 지겔 지구, 꿈에 바위 밑에 도라지가 많다구 그래서 '정말 도라지가 많나' 허구 가 보니까 도라진지 뭔지 모를 정도루다 수두룩 하드래지 뭐야. 그래 가서 하날 캤는데 참 팔뚝만한 노무 도라지가 하나 나와. 그래 그걸 뿌래기두 다치지 않게 깊이 작대기루다 하날 캐가지구 쓱 와서 쥔을 줬어요.

"아 이게 뭐냐?" 구.

그래니깐

"이게 삼인데 그게 어서 캤냐?"

"저기서 캤다." 구.

"야! 이게 산삼이다. 이젠 너 우리집이서 인제 부자가 돼서 나가는 거야. 이것만 팔믄 너 여지껏 새경 사는 것보담두 엄청이 많은 돈을 사."

편지를 하나 써주면섬, 서울 그러니깐 저 건재 약국, 건재 약국을 가르쳐주면서

"동대문 안에 들어서서 어떤 쪽으루 가믄 청계천 그 쪽으루 가믄, 거기 큰 건재 약국이 있으니까 거기 가서 이 편지를 주구 그 도라지 값을 받아오너라. 이거 산삼이니까 산삼 값을 받아 와. 많이 달래지두 말구 가서 그냥 이 편지나 주믄, 거기서 돈을 해서 주믄 짊어지구 올 거니깐 가서 팔아가지구 오너라."

그래서 '아참 이상스럽다. 도라지래는데 산삼이래니.' 아 그 쥔에 말을 듣구선. 거 쥔두 착한 사람이지. 도라지라 그러구선 자기가 뒷구녕으루다 팔아먹어두 머슴은 아무 소리두 못할 건데. 그래 머슴이 가주 가서, 그걸 짊어지구선, 보따릴 해서 짊어지구선, 그 편지를 넣어가지구서 거기 찾아가지구선 건재 약국 주인한테다

"안녕하십니까?"

"어서 왔느냐?" 구.

"네. 이 편지를 가져 왔습니다."

그래 그 편지를 냅다 주니깐

"어, 산삼을 가져왔네. 이거 좋은 산삼일세. 백년 묵은 산삼이야."

아, 이래 보더니,

"아 참 정말 고래에 드믄 산삼이라." 구.

그냥 돈을 척척 내서 잘루루다 몇 자루

"아 이거 짊어지구 갈 수가 있나?"

"네, 주시믄 가주 가겠습니다."

괴나리 봇짐에다 그걸 펴놓구선 척척 붙들어매가지구서, 한 짐 잔뜩, 엽전이니 여간 무거울 거야? 거. 옛날에는 지폐가 있었을 거야? 전부 엽전이지. 그래 엽전을 참 수백 개를 해서 짊어지구 간신히 집에 오니까, 에미 발이 죄 부르텄어. 짐이 무겁구, 왔다갔다 또 참 수백 리를 걸어서. 거 퀀한테다 그 돈 보따리를 탁 내려놓으니까

"잘 댕겨왔냐?"

"그래 발이 부르터서 어떻게 하느냐?" 구.

"좋은 약이 있어."

그래 돗바늘루다 참 머리를 극적극적 퀀이 허다니 이저 물 잽힌 걸 이렇게 뚫러서 물을 빼더니. 거 옛날서부터 목침이라구 왜 토막을, 낭구베개루다 불얼 이렇게 뜨뜻하게 해가지구선 그걸 밟으랬더니 그게 최고약이래. 그걸 이렇게 지져주는 거야.

"그래 뜨끈하니까 자네 조금 참아. 조끔 참아."

그래 그걸루 한참 지지구 그러니깐 시원한 게

"디뎌 봐."

"디뎌 보믄 찡기긴 하구 아파두 괜찮아요, 디딜만 합니다."

"이제 낭굴 허지 말구 놀아. 이것만 가져두 에기 땅을 얼말 사구 쌀이구 뭐구 맘대루 사구 집두 한 채 지어두 남아도니……."

"아 그렇게 값이 많아요?"

"그럼 아 거기 또 있는데 또 캐올까요?"

"아 그렇게 또 산삼이 많아?"

"여러 개 있을 거에요."

"그럼 가서 캐오게. 내가 따라가구 싶어두 네게 복이 닿지 않으믄 딴 사람이 가믄 없어진대는구먼. 산삼이 없어진대. 그래서 내가 못 가니 혼자 가서 캐오게. 많이 캐지 말구 이번엔 두 개만 캐와."

그래 가보니깐 댓 개 있더래. 그래 두 개를 캤어, 쥔 말대루. 두 개를 쓱 캐 가지구서는 그 옆에 푸르스름한 바위옷이 있거든. 그걸 벳겨서 술술 싸가지구선 인제 낭구 지게에다 해서 짊어지구, 낭구두 안하구 그냥 내려온 거야. 그래 이웃사람이 그래

"낭구두 안 허구 그냥 내려가나?"

"어유, 발이 아파서 그냥 내려가야겠어요."

산삼 캤대는 소리는 안 하구. 그래 쥔을 갖다 주니까

"아유, 캐 왔어?"

그래 보니깐

"어제만은 못해두 그래두 이것두 거반 백년 묵은 거야."

그거 도루 편질 써 가지구선

"이번엔 감발을 좀 튼튼히 하구 가. 그럼 발이 덜 부르틀 거야."

보령인가 물령을 새루 쪼겨가지구선. 감발을 해서 다시 신켜 가지구 서울을 보냈는데. 아 갔으니깐 구면이지 뭐야, 한번 갔다 왔으니깐. 편지를 갔다 주니깐

"아, 요전에 왔던 청년이로군. 그래 이번에두 캐가지구 왔어?"

"예, 두 뿌리예요."

"뭐, 두 뿌리씩이나? 어 그거만은 못해두 이것두 좋은 삼이네."

그래 가지구 두 뿌리니까. 전과 같이 또 돈을 그렇게 많이 줘서, 이것두 쥔한테다 갖다 주니깐 쪼끔이라두 개기지 않구 척척 싸두는 거야. 그래가지구 그날서부텀 그 먼저 판 돈으루다 기냥 쌀 사구 뭐 낭구 사구 뭐 옷가지구 뭐구 전부 사구, 또 목수를 들여서 집을 새루, 참 좋은 재목을 들여서 고래등

같은 개와집을 한 채 딱 짓구. 거 미장이 도배질을 해서 일시루다 싹 해가지구서

"이젠 자네 장갈 들어야 돼. 그러니깐 장간 먼데서 들 필요 없구, 내 딸이 있으니, 내 딸두 과남해. 그러니깐 연기두 시집 갈 데가 됐으니깐. 자네 수시루 봤으니 맘에 드나?

그랬더니

"아, 별말씀을 다하신다." 구. "워 양반에 딸을 제 아내루 맞이할 수가 있나요?"

"아 벨소릴 다한다." 구. "이젠 되레 자네가 나보다 더 부자야. 그러니깐 맘에 들면 혼인을 하세."

그래서 뭐 그 사람은 무친척헌 고아야. 그래서 그 쥔에 여식을 아내루 삼아가지구, 장갈 들어서 잘 사는데. 또 거기를

"혹시 남았는지두 몰르니깐 자네 가보게."

또 가 봤는데 그래두 두 뿌리가 또 있어. 또 두 뿌리니까 다섯 뿌리 아냐? 그거 다섯 뿌리 캐가지구선 서울 가서, 그 건재 약국에 가서 팔았는데. 아주 근방에 토지래는 건 거반 다 두 집이서 사가지구선 장인이나 제 아람댁이나 똑같이 명의루다 등길 내가지구선 잘 살았대는 애기야.

그래 잘 될려면 산신령이 현몽을 한 대, 부자될 사람은.

[2005년 7월 18일 채록]

92. 간장독에 빠진 구렁이가 은혜 갚은 이야기

◉ 줄거리

한 부인이 장독간에 가보니 간장독에 큰 구렁이 한 마리가 빠져 있었다. 허물을 벗기 위해서 간장을 먹으려다 빠진 것이다. 부인이 측은해서 구렁이를 꺼내 주었다. 얼마 후 구렁이는 진주를 물어다 주었다. 후에도 구렁이는 또 진주를 물어다 주었다. 구렁이 때문에 부자가 된 부부는 그 후에도 구렁이를 계속 보살펴 주었다. 구렁이가 죽자 부부는 구렁이의 묘를 만들어 주었다. 그 묘에서 꽃이 피어났는데 암구렁이가 피운 것이었다.

▣ 옛날이나 지금이나. 지금은 장독에 구렝이가, 뱀이구 뭐구 들어가서 그거 나두믄 장독간에 허물을 벗은 껍질이 있었다구. 지금은 어떡해서 허물을 벗는지 몰라두. 옛날에는 뱀이 짠 걸 먹어야 허물을 벗었대. 그래서 그 구렝이가 독에 들어가서 나오질 못하는 거야. 먹으러 들어갔다가 워낙 독이 깊으니깐.

그래 한 부인이 아침에 국을 끓일려구, 간장을 푸러 갔는데. 간장독 밑바닥에 쪼끔 깔려가지구 참 꺼꾸로 박힐 정도루다 해야 손이 닿구 그러는데. 이렇게 헐래니깐 뭐 구렝이 뭐 뭉쿨한 게 손에 맨치거든. 그래 워낙 깊으니깐 들여다보이진 않구 해서 도루 손을 빼가지구 이렇게 보니깐, 혀바닥을 낼름낼름. 한 이만큼 해서 올라와서 여기가 해서 뭘 디뎌야 올라오는데, 이렇게 비틀비틀 해야 올라오지 이렇게 곧장은 못 올라와요. 그렇게 할수록 독은, 안은

미끄럽고 또 간이 뱃대기에 묻어서 찍찍 미끌어지구 그러니깐 이게 올라오질 못하구 있는데.

가만히 보니깐 참 큰 구렝인데. 아 이거 웬만한 남자 같으믄 때려잡는데. 여자루서 큰 걸 잡을 수도 없구. 이것두 허물을 벗을려구 간을 먹으러 온 건데, 워낙 깊으니까 나오질 못한 걸 죽일 필요가 없다. 그러구서 거기다가 짚을 이렇게 한 아름 묶어서 이렇게 집어넣었어. 그러니까 묶어서 짚을 넣었으니깐, 이놈이 짚을 타구선 그냥 죽 나와서 천천히 가더니 울타리루다 기어 올라가. 아 울타리 그런 덴 확확 하구 기어올라간다구. 올라서서 담으루 올라서더니 한참 보더래지 뭐야, 그 여자를.

"너 갈데루 가, 괜히 쥔 오믄 너 맞아죽어. 내니깐 너를 살려줬지."

그러니까 그냥 혀를 낼름낼름 허믄섬 있다가, 그 아래 내려서 내뺐는데. 그래 '구렝이가 들어갔던 노무 장은 먹지 말아야 한대는 데 이걸 어떡허나?' 그래구선. 그래 다시 그 독을 옆으루 쓰려뜨려가지구선 장을 푸니깐 많지두 않아. 한 서너 사발 돼. 에이 이거 먹지 말아야겠다. 바깥에다 갖다가 낭구 밑에다가 훌훌 뿌려서 내버리구. 독에다 냉수를 퍼 부어서 해해 가셔 가지구서는 독을 인제 엎어놓거든? 잦춰 놓으면 뭐가 들어가니깐, 잡 게 들어가니깐. 엎어 놓는데.

하루는 보니까 구렝이가 독을 한 바퀴 이렇게 돌려가지구. 독을 이렇게 엎어 놨는데, 이렇게 돌려가지구 이렇게 엎뎌 있더래.

"요전에 내가 꺼내줬더니 뭘하러 또 왔냐?"

인제 그렇게 얘길 하니깐, 그냥 도루 이렇게 확 피면섬 저만치 가더니 그저 독 옆다구니 땅을, 주뎅이루다 이렇게 이렇게 파더니 거기서 뭐 이렇게 꺼내는데, 보니깐 누르스름한 노무 게, 뭐 밤톨만한 걸 꺼내더래. '이게 뭔가? 도대체 보지두 못하던 건데. 금은보화두 아니구 이게 뭔가?' 그러구 자기 남편더러 얘길 하니깐,

"아 이게 뭐냐?" 구.

"아 그거 진준데 어서 났냐?" 구.

"진주가 뭐냐?" 구.

"진주두 보물이라." 구.

"근데 그게 어서 났냐?" 구.

아 호랭이가 이게 여기다 해서 파묻었다구. 그래 남편을 데리구 가서 그 판 자리를 보니깐 구렝이가 그냥 자빠져 있어, 거기. 에, 이게 호랭이 아니 구렝이 작대기루 때려잡아야지. 구렝이가 자꾸 여기 들어오기 시작하믄 장이 수컷이 없구 밤낮 장독에 가 빠져 죽구 그런다구. 아유, 그러지 말라구. 내가 여기 독에 들어가서, 간장독에 들어가서 워낙 깊어서 나오지 못하구 있는 걸 내가 꺼내줘서 살렸는데. 그래서 이 구렝이가 이걸 물어다 논 거라구.

"아 그래? 어이 저리 가라. 고맙다."

그리구 남자가 어서 가라 그래니까 구렝이가 슬 넘어갔는데. 아 그걸 보따리에다 싸가지구 서울 금방에 와가지구선 '이거 사라'구.

"대관절 이게 어서 났냐?" 구.

그래니깐

"구렝이가 물구 왔다."

인제 그랬거든.

"아하! 이게 참 보물이라." 구. "대관절 이게 어디 있는지 또 있을 것이다."

그거야. 한 개만이 아니구 또 있을 건데. 구렝이가 노다지 오는 것두 아니구 한번 자기를 구해줬다 그래서 보은표를, 참 저 홍부 박씨 물어다 줘서 부자 된 심으루, 이게 보은푠데. 아, 그러나저러나 수시루 그 구렝이 팔세를 하지 말구, 오믄 뭐 장두 좀 먹을 걸 주구 그러라구. 또 물어올른지 몰른다구. 그래서 인제 팔았는데 값을 많이 주드래지 뭐야. 자기네덜 상상 이외루다 돈을 많이 줘서, 참 집에 왔는데. 그걸 와서 계산을 해보니까 토지두 많이 사야 되구, 옛날엔 금이 귀했지만, 지금 뭔가 저 진주구 무신 그것두 아 당대에 가는 보물인데. 그래 그거 팔아가지구선 땅두 많이 사구 뭐 산두 많이 사구, 그래 부자가 됐는데.

아, 몇 해 있는데. '아 이거 호랭이가 나이가 많으믄, 참 구렝이두 죽는대는데, 나이가 많아서 죽었나? 한 번 오지두 않아, 보구 싶은데. 이렇게 부자가 됐는데 좀 와서 구경이래두 하구 가지.' 인제 그러구 부인이 그랬는데. 하루는 장독간에 가니깐 거기 와서 죽 엎드려 있드래지 뭐야. 근데 더 자랐어. 넓적한 게 더 커졌어.

"나이가 먹어서 너두 많이 자랐구나."

그러구선 대가리를 이렇게 쓰다듬어. 참 은인이니깐 인젠 뭐 수염은 없구 물길 헐 거야? 그래드니 또 글루 가가주구선 거길 후비드래. 그래드니 작은 노무 진줄, 이만한 노무 걸 또 꺼내내.

"아유 이게 어서 나서 니가 또 가져왔니? 아이구 고맙긴 한데 이걸 어떡하냐? 이 은혤 뭘루다 갚아."

근데 혀바닥을 낼름낼름 하면서 뭘 먹구 싶어 하는 거 같아. 그러니깐 간장을, 여러 해 묵은 간장을 대주니까 그걸 훌쩍훌쩍 허더니 쪼끔 있다가. 그러구선 바깥으루 나갔는데. 안방에 들어가서 그걸 남편한테 또 갖다 뵀어.

"이거 구렝이가 또 물고 온 거야. 그러니깐 이걸 팔아오시오."

"아유 그 구렝이, 나 혼자 같으믄 때려죽일랴구 그랬는데 구렝이가 당신이 살려줬다 그래서. 보통 구렝이 아니라구. 은공을 톡톡히 갚는구랴."

그러구서 그걸 갖다가 서울 가서 또 팔아다가, 아주 그 근방에서는 소문난 부자가 됐는데.

그 호랭이가, 아참 구렝이가 언제 보니깐, 장을 대주니깐 할짝할짝 하구 먹더니 담 안에다가 허물을 벗었어. 환태를 했어. 그래 환태한 담에, 그걸 내버리지두 못허구 담 옆을 깊이 파구 껍질을 갖다 파묻어주구 들어왔는데. 그해 갈이 되니깐 구렝이가 그 담 밖에 가서 가루 뜩 있는데 아 죽었드라 그거야. '아 우리더러 이게 사후에 묻어달라구 우리 집 근처에 와서 또 죽었구나. 묻어줘야지.' 그 영감 마누라 가서, 연장을 가주가서 고 양지짝 길가에다가 구뎅이를 파구선 구렝이를 파묻구선. 그 근방에다 기냥 산소 사람 모이모냥으루 다 떼를 다 입혀가지구 꼭 밟아서

"아무쪼록 이 속에서 다시 환태를 해서 구렝이가 또 되든지, 사람은 그러 법이 없는데 짐승은 몰르는데 환태하구 싶으믄 환태해서 또 좋은 일을 많이 해라."

하구선 지내왔는데 거길 화초가 기가 맥힌 게 그 이듬 봄에 났어, 그 모이

에 가서. 그래 이걸 기냥 둘 수두 없구. 기냥 두믄 다른 사람이 지나가다 꽃을 꺾을 거니까. '이걸 캐다가 집이다 심어야 되겠다.' 그래구선 캐다가 구뎅일 파묻었는데 구녕이 펑 뚫려서 나오는 거야. 근데 거기서 구렝이가 기어 나와, 그 파묻은 구렝이가. '아, 이거 사자는 불가부생이라구 허는데 길짐승은 도루 부생을 허는 건가?' 이게 딴 놈이 거길 들어갔었나? 근데 보니깐 그게 그 속을 들여다보니까 뼉다구구 뭐구 먼저 죽은 구렝이가 있는데 이게 암 구렝이가 거길 들어갔었다 이거야. 암구렝이가 화초를 심어내서 그 주인더러 '나 본듯이 이 화초를 울안에다 갖다 심어라' 그래서 암구렝이가 화초를 갖다 심어줘서 쥔이 화초를 갖다 울안에다 심었는데. 불멸의 이순신이래는 그거 뭐 대낭구 모냥으루 참 노다지 펴런 게 꽃이 없어지지 않구, 저 동산 석 달만 피지 않구 계속 꽃이 피는 거야, 꽃이. 그래서 아무 때라두 암구렝이가 죽으믄 또 거기다 묻어야겠다. 그래구 암구렝이 죽는 거 보구 끝이 났어. 길짐승이구 뭐구 자길 위해주믄 은헬 갚는대는 거야.

[2005년 7월 18일 채록]

93. 백석 고개

줄거리

사람이 백 명이 모여야 넘을 수 있는 고개가 백씩이 고개이다. 상을 당한 한 여자가 고개를 넘으려는데 호랑이가 지키고 있었다. 그 여자는 머리를 풀어헤치고 옷을 벗어던지고 물구나무를 서서 고개를 올라갔다. 이 모습을 본 호랑이는 자기보다 무서운 놈이라고 생각하고 달아났다. 그 후로는 모두 무사히 고개를 넘을 수 있게 되었다.

▣ 우리게 얘기야, 전설인데 그게. 백석이고개야. 백석이가 여긴데. 일백 백(百) 자, 흰 돌, 돌 석(石)자 썼는데, 백씩이야, 백씩이. 백씩, 하나씩 둘씩 해서 백씩. 게 사람이 백이 뫼야 거길 올라갔대. 호랭이가 어떻게 사람을 먹구 그러는지. 그래서 사람을 십여 명 이상 뫄야 그 고개를 올라가구 올라가구 그랬는데. 아 급한 상을 당해서 상제가 거길 넘어가는데, 그 사람을 어떻게 줘 모으느냐 말야. 줘 모을 수가 없어서 하룻저녁을 자구 장사를 다 지낸 연후에 거길 넘어가구 그랬는데. 아 사람을 줘 모으는, 그래 줘 모을 수가 없어서.

근데 한 여자가 자기 부친상을, 친정엘 가는데 친정아버지가 돌아갔다 그래서 머릴 풀구선 거길 올라가는 데, 아 호랭이가 거기 그 초바람에 바위에 가서 '어훙' 허믄섬 '빨리 올라오너라. 잡아먹자.' 거길 올라갈 수가 있느냐 말야. 보니깐 사람이 한 명두 없네. '이걸 어떡허나, 어떡허나.' 허구 그래 할 수 없이 악이 났어, 인제 상제가 안상제가. 여자가 그래두 독하긴 남자보다 독하긴 독했어, 옛날에두. 그래 어떻게 할 수 없으니깐 머리를 알루 내려뜨리구. 여자니깐 뭐 머리가 길 수밖에. 쪽을 풀어서. 상제니깐 발상을 해야 할 거니깐 머릴 풀었거든. 그래가주구선 아랫도리를 훌러덩 벗었어, 다 옷을. 다 벗어가지구 가냥 어깨에다 이렇게 해서. 모가지에다 처매구선 . 여자두 그걸못 생각했었는데 월경대가 아주 유혈이 낭자하두룩 피가 막 터지구 그랬는데. 에라 기냥 걸어가다간 저놈한테 잽혀먹으니깐, 잡아먹든지 말던지 내가 가꾸루 기어올라가겠다. 저 기냥 머리를 아래에 두구서 팔루다 해서 이렇게 뒷걸음질을 해서 기어 올라간 거야. 아 호랭이가 내려다보니깐 전에 댕기믄섬 봐두 그따위 짐승은 저보담 무서운 놈은 나보다 없었는데 이 놈은 아가리가 가로 째진 놈이 기냥 사람을 잡아먹었는지 전부 피투성이가, 피투성이를 해가지구 기어올라오니깐 '아 저놈한테 내가 잽혀먹겠다.' 그래구선 냅다 호랭이가 기냥 꽁지가 빠지게 달아났더래요. 그래 그전서부텀 달아나니까, 옷을 입구선 옆에 개울에 가선 전부 세수를 하구 전부 아랫도리를 다 씻구 옷을 입구, 올라가서는 부모장사를 지내구 내려온 후로는 다시는 혼자서 가두 호랑일 못 봤대. 그래 다시는 백씩이 고개가 없어졌대는 거야.

[2005년 7월 18일 채록]

94. 개똥으로 시부모 밥해준 효부孝婦

◉ 줄거리

홀시아버지를 모시고 사는 며느리가 있었다. 너무 가난해서 홀시아버지를 제대로 봉양할 수가 없었다. 하루는 끼니가 없는데 개가 똥 눈 것을 보았다. 개똥에는 하얀 보리쌀이 많이 섞여 있었다. 이를 본 며느리는 개똥에서 보리쌀을 골라내 시아버지 밥을 해드렸다. 시아버지는 영문도 모르고 잘 먹었다. 그리고 며느리는 하늘에 대고 용서를 빌었다. 갑자기 하늘에서 천둥 번개가 치며 마당에 쌀이 쏟아져 내렸다. 며느리는 이 사실을 시아버지께 말씀드리고 용서를 빌었다. 시아버지는 며느리의 효성에 감탄을 했다.

▣ 홀시아부지를 메누리가 모시구 사는데, 아들두 일찍 조사를 허구. 그래서 홀시아부지 메누리 사는 가정이야. 근데 무신 옆에 집이 가서래두 보리방아 품을 팔아서. 그래두 보리쌀을 저녁때 한 됫박 가져오믄 식사를 제공을 해서 대접을 하구 그랬는데.

비두 오구 날이 궂구 그래서 어디 보리방아품을 팔대두 없지 뭐야, 비가 오니깐. 이걸 어떻게 하나 어떻게 하나, 가서 쌀을 꿔달라 그래두 얼른 안 꿔주구. 근데 바깥엘 나가니깐 개가 그냥 똥을 눴는데, 그냥 보리쌀 그 연자방아 엎쳐다가 벳겨다 놓은 건 하얘. 그걸 디리 먹구서 기냥 그 마당가에다 똥을 확 쏟아놨다구. 수캐가 똥을 참 많아 눴어. 그래 가만히 보니깐 보리쌀이 기냥 나와 있는 거야. 아 '이걸 갖다가 씻어서 시아버지 밥을 지어드리면 이게 내가 베락을 맞아 죽는다? 그럼 나나 베락을 맞아 죽었어두 그래두 대접해 줘서 잡순 분은 베락을 안 맞겠지.' 그 생각을 하구. '에라 시아부지, 홀시아부지 대접도 변변히 못한 사람이 베락 맞아 싸지, 뭐.' 그래 그걸 부삽으루다, 전엔 지금은 쇠루다 부삽을 했지만. 전엔 그 밤나무 쪼가리를 이렇게 둥그렇게 해가지구선 불을 담구 그랬다구. 그래 그걸 가주가서 비루다 잘 쓸어서 한 알갱이 냉기지 않구 싹 쓸어가지구서, 물에다 여러 번 또 씻구 또 씻구 그래가지구. 인제 그때는 그릇에다 해가지구 물을 붓구선 조리루다, 인제 동맹이하구 같이 쓸었으니깐. 돌을 같이 일어가지구선 한 서너 번 잘 씻어서 보니깐 냄새가, 금방 보리쌀 먹은 게 돼 놔서 썩질 않구 기냥 나왔으니깐 냄새두 별루 안 나구. 한번 더 씰어서 조리질을 쳐가지구 밥을 잘 지어봐야겠다 그래구. 그래 한 번 더 씻어서 조리질을 또 해가지구선 밥을 지었는데, 전엔 뭐 품 팔아서 보리쌀 한 됫박 가져와서 밥을 지으믄 속에 꺼므스름한 게 딱쟁이가 배듯이 보리쌀에 가 묻어있구 밥에두 묻어나오구 그랬는데. 하얀 노무 거 뭐 보리밥 같지 않구 참 좋거든. 그래 시아부지 갖다 드리구

"진지 잡수세요."

그랬더니 아 한 그릇이 넘더래. 그래 그걸 다 담아가지구 갖다 드렸는데,

"밥을. 웬 걸 이밥을 이렇게 많이 담았냐?"

"잡숴보세요. 보리쌀이 상한 거 같은데……."

그래 먹어보더니

"아, 상하긴 맛만 좋다."

아 한 그릇을 다 잡쉈네. 다 잡순 후에 상을 물려가주구선 부엌에다 갖다 놓구. 설거지를 하구 소반을 싹싹 씻어서 물을 양푼에다가, 냉수를 한 그릇 떠다놓구 안마당 한 가운데다가 놓구 하늘에다 비는 거야. 정안수를 하늘에다 드리는 거야.

"이 못된 메느리가 시어부지를 봉양을 못하구 개가 똥 눈 보리쌀을 씻어서 시아부지 점심을 대접을 했으니 이런 베락 맞을 짓이 어디 있느냐?" 구.

개똥으루다 시아버지 밥을 지어드렸대는 게 하늘이 노할 법한 짓이지. 하느님은 이 불효 메느리를 죄를 주십소사 하구 빌으니까, 벨안간 정말 베락 맞

아 죽는 거 모양으루 천둥 번개를 하구 그래더니 그래 베락 맞아 죽는 줄 알구. '옳지, 이제 내가 죽는다.' 그래구선 눈을 딱 깜구 있는데 한참 하구 눈을 떠보니깐 기냥 안마당으루 그득하게 쌀이 쌔여 있어. 그래 대관절 이게 무신 조환가. 그러니 누구한데 물어볼 수두 없구 말야. 아 그래 사랑에 나가서, 간신히 빠져나와가지구선, 쌀에 묻혔던 사람이 빠져나와가지구. 사랑에 가서 시아부지한데 절을 허면섬

"시아버지 잠깐 안마당에 나와보세요."

"왜?"

"아. 지금 천둥소리 났지요?"

"아, 천둥소리 난 못 들었는데?"

"아니에요. 안마당에 눈이 엄청나게 와 쌔여 있어요."

"그래 눈이 벨안간 어떻게 왔단 말이냐?"

가보니깐 쌀이 수십 석 안마당에 쌔여 있어. 이게 백미가, 벨안간 웬 백미냐? 그래 쌀을 그냥 두구

"사랑으루 나가세요."

"왜 그러니? 쌀을 어따 쓸어담아야지. 우리 그릇으루는 저거 다 쓸어담을 그릇이 없는데."

그래 사랑으루 나가서 그래 저한테

"인제 사과의 말씀을 드리겠다." 구. "용서허십시오."

"뭐 니가 나헌테 잘못한 게 있다구 용서를 비니?"

그래 그 얘길 죽 했어.

"개똥을 씻어서 그걸 대접해서 제가 죄를 지었으니깐 하느님한테 벌을 달라구 눈을 감구 빌었더니 벨안간 이렇게 벨안간 천둥번개를 하구 그래더니 쌀이 이렇게 쏟아졌어요."

"니가 하늘이 알아보는 효부다. 용서는 무슨 용서냐? 내가 늙게 참 복이 많아서 너같은 메누리를 뒀구나."

그래구선 메누리 등을 탁탁 쓰다듬으면서 쌀이나 쓰다듬자. 그래서 그 아래 사춘인가 시동생 되는 사람이 있어서. 또 혼자 먹을 수 없을 수가 없으니

까, 자루를 몇 개 가져오라구 그래서. 사촌이 좋은지 어쩐지 쌀이래믄 아주 환장을 했으니깐. 그래서 두 집이, 하늘이 내려줘서 복을 받아가지구 잘 살더랜 얘기야.

[2005년 7월 18일 채록]

95. 개구리가 된 은덩이

◎ 줄거리

한 고물장수가 여각에 들게 되었다. 여각 주인은 누가 말굽은을 맡겼는데 개구리가 들었다며 가져가라고 했다. 싫다고 하자 주인은 그 자루를 논에다 버렸다. 고물장수가 가 보니 좋은 말굽은이었다. 고물장수는 서울로 가지고 가서 팔아 큰 부자가 되었다. 고물장수는 돈을 여각주인과 본주인에게 나누어 주고 잘 살았다.

▣ 전에 고물 취급하는 사람인데. 뭐 은이구 금이구 있는대루 파쇠를 해서 먹구 사는 사람인데. 말을 가지구 가는데 누가 여각에 사람 재는 거, 여관인 셈인데. 그걸 여각이라구 그러는데. 거기다 누가 내버리구 갔어, 두 부대를. 내버리구 갔는데 거기서 개구리가 어떻게, 두 부댄데 여간 많아?

"엠병할 놈이 두구 가서, 은이라구 두고 간 노무 게 개구리가 울어서 밤이믄 잘 수가 없는데. 말이 있으니 실어다 앞에다 내버리우."

"에이, 싫다." 구.

아 그래 그 쥔이, 쥔 마누라하구 한 부대씩 들어서 그 앞에 마냥논이 있는데, 마냥논 귀텡이에다 갖다 버렸어. 그래 거기서 인제 하룻저녁을 자구선 그 말꾼이, 고물장사 말꾼이 인제 고물을 수집하러 나가는데. 아 그 논 구뎅이에 보니깐 잘루 두 개가 있거든. 여각에서 본 자룬데 이렇게 보니깐 아주 기가 맥힌 은이야. '참 조화속이다.' 그래 거기 있을 젠 개구리가 돼서, 쥔은 잠을 못 자게시리 울어 댔는데. 그 주인이 갖다 내버렸는데 은으루 변화가 됐대는 게, 내 눈 속임인가 실지 은인가. 허구선 하날 해가지구서 깨물어보니깐 참 쇠거든. 이빨이가 약간 들어갈 정도루다, 은이. 은이 물렁물렁해요. 그래 말께다 실었어. '이건 내 복이니깐 은이 됐지.' 그러구서 말께다 실구선, 참 그 도회지 종로 참 금은방에 가서

"은을 가주 왔다." 구.

쥔더러 얘길 하니깐 이렇게 세 보더니

"아유, 이게 말굽은이라구. 이거 하나 치는 은인데. 어유 이거 값을 어떻게 해야지, 말룬, 말 세필이나 되야 실지 말 한필 가지구는 체두 없는데."

"내가 세 번을 실러 올 테니깐 우선 한 필만 주세요."

"그럴 거 없이 내가 말 두 필을 얻어 줄 테니 세 필을 한꺼번에 가져가오."

"어, 그럼 더 좋지요."

그럼 말 세 필을, 돈을 기냥 세 필에다 잔뜩 실구선 디리 오는데. 가만히 생각하니깐 이걸 세 필 값을 다 먹는대두 말이 아니구. 어떤 놈이 갖다 내버리구 갔는지 그 사람을 만났으믄 이거 운두 떼 주구 그러겠는데

"그 사람을 만날 수 있느냐?"구

그 여각에서 만나 물어보니깐

"아, 그 사람을 어떻게 만나겠냐?" 구.

"살기는 동소문 밖에 어디 산대는 말을 들었다구. 일간 여기 온다 그랩니다."

그 사람두 좋은 사람이야. 그럼

"쥔이 갖다 내버린 은을 내가 팔아서 돈을 이렇게 많이 실구 왔어. 그러니까 한 부대는 쥔이 갖구, 한 부대는 그 내버리구 간 사람이 혹 오믄 주슈."

"아 그럴 수가 있느냐? 아 그거 내가 다 먹으믄 어떡하우?"

"다 잡숴두 할 수 없는 거죠. 이 쥔 때문에 이거 나두 이렇게 부자가 된 건데 염려말구 전해주세요."

"아 고마운 분이라." 구.

"고맙긴 내가 고맙지요."

그래 그걸 고향에 땅을 사구 집을 좋은 걸 사구 그래가지구 참 마누라 옷을

기냥 새루 해서 갈아입히고, 기냥 남종 여종을 두고 그래가지구 생활을 하니깐 아주 그 근방에서 뭐 양반이구 뭐 상사람이구 와서 굽신굽신. 아 새 부자가 났는데, 돈이 시글시글 허니깐. 돈에 용빼는 재주가 있어? 아무리 코가 석 자믄 뭘 해? 먹어야 샌님이라구, 수염만 쓰다듬으믄 점잖어져? 그래서 금 세 바리를, 은 세 바리루 부자가 됐대.

[2005년 7월 18일 채록]

96. 말바위

● 줄거리

말바위가 있다. 말처럼 생긴 것이 아니고 장사가 발로 밟아서 자국이 난 것이다.

▣ 바위가 있는데. 말처럼 생긴 게 아니구 중간에 이렇게 구멍이 둘 있어. 말바위가 아니라 장사가 이걸 딛구. 한 손으루 이렇게 한 발루다 이렇게 허구 나왔는데 그 자죽이 났다 그래서 그걸 말바위라구 그러는데.

이 속에 사람이 하나 들어가 앉아 있어두 돼요. 근데 장난꾼이, 나 애덜 적에, 난, 거기 안 들어가 봤지만 딴 사람이 들어갔다가 낭떨어지기니까 나올 수가 있어? 들어가기는 엉겨서 들어가기는 했는데 나오지는 못허구

"아, 사람 살리라." 구.

나중엔 울구 그래서 작대기를 이렇게 한 나무, 그러니깐 나무하러 다니는 놈이 거길 올라가니까. 그래가지구서 작대기를 이렇게 해주니까 작대기를 붙들구선 간신히 기어 나왔어. 떨어지믄 그 아래 가서 죽으니까. 그래서 그건 애깃거리가 별루 없어.

[2005년 7월 27일 채록]

97. 남편 시신에 든 여우

◎ 줄거리

화전을 일구며 살던 부부 중 남편이 병이 들어 죽었다. 여자가 혼자 남편의 시신을 지키고 있는데 밤이 되자 남편의 시신이 일어나 병풍 너머로 넘겨다보고 있었다. 겁이 난 여자는 아랫동네로 내려가 사람들에게 구원을 청했다. 마을 사람들은 남편의 시신에 여우가 들었다고 했다. 동네사람들이 모여들어 불을 피워 여우를 때려잡았다.

▣ 자손덜도 없구. 거 남녀가 산골에 들어가서 이제 화전이나 일궈서 먹구 살다가, 그 남편이 뭐, 지금으루 하면 암이라구 할 거 같지만 옛날에 암인지 뭔지 알어요? 별안간 병이 들어가지구선 남편이, 두 부부 살다가 남편이 죽으니깐 독신이 되지 않았어? 그러니 그 산골에서 그 아래 민가 있는데 이웃집 올려믄 한참 내려와야 한다구. 아마 한 일 키로 이 키로 됐는데. 거길 내려갈 수두 없구, 시체를 두구선. 아래다 기별을 해야 헐 텐데. 그래 '어유, 밝으믄 가서 기별을 해야지.' 남편이 죽으니깐, 저 부잣집 같으믄 병풍이래두 있지만, 병풍이 있어? 뭐. 그래 돗자리를 하날, 그래두 배석은 갖춰있어서, 돗자리를 이렇게 아랫목에다 펴서, 돗자리를 펴서 시체를 가렸거든. 전엔 그랬다구. 병풍 없는 집은 자리를 비스듬히 시체를 가렸어. 아, 근데, 그래가지구선 뭐 잠이 올 거야? 게 잠이 안 오지. 또 젊은 여자가 혼자. 그래 장사 지낼 근심을 하구, 이럭저럭 시간을 보내구 있는데. 아 그 너머서 부시럭 부시럭 허는 소

리가 나드래지 뭐야? 그래 '에기, 살아났나?' 허구 자리를 이렇게 걷어가지구 보니깐 아 드러 누워있어. '내가 자꾸만 무섬이 좀 곁들여서 아마 헷들었나부나. 죽은 사람이 뭐 부시럭 거릴 일이 있나?' 허구서. 도루 자리를 펴놓구선 앉았는데. 아, 시체가 자리 너머루다 이렇게 해가지구서 내려다 보드래지 뭐야. 아 근데 보통사람 눈이 까맣구 이렇게 뵈지만 눈을 새빨갛게 해가지구. 딸구 모냥으루 새빨갛게 해가지구 이렇게 내려다보는 거야. 내려다보니깐 이게 여간 무서울 거야? 젊은 여자가.

"아니, 이게 그래 뭐하는 짓이냐?" 구. "이게 살아서두 남 고생을 시키더니 죽어가지구두 남 고생을 이렇게 시키느냐?" 구.

벌써 그랬대는 소리는 들어서 귀신이 그 몸에 실려 가지구선. 그 여우생각은 안 허구. 그 젊은 여자니까 경험이 많지는 않으니깐, 여우생각은 안 허구. 귀신이 붙어가지고 그래는 줄 알구선 그냥 윈 뺨을, 서 있는 노무 걸 세 번을 내갈겼어. 그래 귀신은 윈 뺨을, 세 번을 내갈기면 귀신은 달아난대거든? 그래 허니까 털커덩 나가자빠지는데, 그래가지구선 다시 드러 뉘어놓구, 반듯이 드러 뉘어놓구선, 또 자리를 이렇게 펴 놨는데. 한참 있드니 또 일어나서 내려다 보드래지 뭐야. 아, 그땐 무서운 거야. 그래 무섭지 뭐야. 아무리 장력이 세다구 허더래두. 또 남자두 그렇지만, 남자두 그래. 뭐 죽은 사람이 일어서서 내려다 보는데 무섭지 않다구 그러믄 그짓말이지. 장력이 암만 셔두 못 당한다구. 그래 또 그땐 뺌따귀두 안 때리고 그냥 쓰러뜨려가지구선 자리를 이렇게 해놓구선. 그랬더니 뭐 금방 자리 펴놀 새가 없이 일어서서 또 보구 보구. 그래 할 수 없이 그냥 내버려뒀어. 내버려두구선 바깥으루 나와선. 그땐 무서우니까. 아, 문을 밖으루, 밖으루 걸구. 전에, 옛날 문고리가 있잖아? 문고리. 밖으루 걸구선 뭐 나올까봐. 아, 그땐 뭐 그런 집이 마루가 있어? 진흙으루 이렇게 마루를 만들었다구, 봉당이라구. 거기 걸터앉았는데. 아 그럴수록 시간은 안 가지 뭐야? 무서운데, 시간은 안 가거든. 차 시간이나 비행기 시간이래야 시간이 얼른 가지. 에기, 걸터 앉았는데, 아니 문을 확 찢더래지 뭐야. 옛날에는 창호지루다 발르지 않았어? 그래더니 거기 대구, 시뻘건 눈을 대구선 바깥을 내다보는 거야. 그래믄섬 덜커덕 덜커덕 하믄서

"문을 열라." 구

그러는 노무 걸. 그래 할 수 없이 작대길 가지구, 작대길 가지구, 그냥 남편이구 뭐구 콱콱 찔러가지구선 벌렁 벌렁 나가자빠지믄 또 일어나오구 또 일어나오구. 그래 헐 수 없이, 저 왜 바지랑 장대라구 있어. 빨래줄 버티는 거. 그걸루다 이렇게 버텨가지구선, 돌을 끝에다 지질러 놓구서, 인젠 할 수 없이, 무서우니까, 그땐 무서운 게 활동이 돼가지구. 뭐 디려다 볼 수가 없대, 무서워서. 그래 할 수 없이 그 아래. 그땐 악이 올랐지 뭐야, 여자가. 그땐 호랭이구 뭐구, 뭐 무서운 게 없어. 그래 지팽이를 하나 집구 그 아랫동네를, 한 이키로 되는데 내려와가지구선. 거 유사라구 있어. 그 소임 지금 반장인 심이지. 그 사람을 찾아가지구선 사실 얘길 허니까

"아유! 그러냐?" 구. "거 여우가 거 고래 속, 아궁이 속으로 들어가믄, 굴뚝으루 들어가믄 시체가 그렇게 일어난다." 구. "여우장난이라." 구.

그래 동네사람을 전부 한 이십 명 깨 가지구, 고춧가루 내놓는 사람에, 고추씨 내놓는 사람에. 그래가지구선 기냥 쇠시랑 괭이 뭐 할 거 없이 전부 도리깨 가지구 가는 사람에 도끼 뭐 이런 거 가지구 가자구. 그래 밤에 거기 가가주구선 산골이니까, 낭군 저축한 건 많아서 그래 아궁지에다 인제 불을 지펴 놓구선 바깥에 그저 굴뚝에 가서 쭉 이 열루다 들어서 가지구. 그래

"연기가 나오기 시작하믄 무조건 허구 찍어라." 그거야.

"뭐 보던지, 짐승을 보건 뭘 보건 무조건 하구 찍어라."

그거야. 어느 날짐승 모양으루 날라갈 판인데. 어느 저 매에 맞을른지 모르니까 쇠시랑으루 찍든지 도끼루다 찍든지 어느 것에든지,

"여기를 지가 벗어나지 못해."

그래 십여 명이 양쪽에 늘어서 있으니까. 그래 이쪽에서 뭐 나오까봐, 불을, 기냥 장작을 지피구선 거기다 고추씨 허구 고추가룰 뿌리는 거야, 그 불에다가. 아 그래니깐, 아 그게 여간 매워? 아 짐승이지만, 사람두 못 배기니까 짐승두 못 배기지. 아 고추씰 디리 뿌리니깐, 아 독허긴 허구 그냥 죽겠으니깐 이놈이 기냥 그 방 안에서, 그냥 시체가 일어섰다 앉았다 일어섰다 앉았다. 영 가는대루 그놈이 전기가 통해가지구 저 여우, 시체가 일어선대거든.

아 그래 나중엔, 이놈이 죽겠으깐, 헐 수 읎이 아 굴뚝으루 나갈래니깐 기냥 뭐 디리 노다지 그냥 찍구 두둘기구 그러는데 나갈 틈이 읎구. 안으루 뷝으루 나갈래니깐 아 장작불이 디리 타구 그러니까 갈 수두 읎구. 그러니까 할 수 없이 그 굴뚝으루다 나가는데, 아홉째 번에 가서 쇠스랑으루 찍혔대. 그렇게 날래요, 그 노무 여우가. 그래, 나중에 했는데, 그래 실신을 했지. 고춧가루, 뭐 연기에 실신을 해가지구선 찍혔는데, 나중에 보니깐 꼬리가 아홉 개더래. 그래 백년을 묵은 여우가, 꼬리가 아홉 개가 달렸대는데 그때서 헐 수 없이 소임이, 유사가 동네 사람을 불러서, 일부 부락으루 내려보내서 쌀두 좀 걷어오구 술두 좀 가져오구 그래서, 그 이튿날 뭐 삼일장이구 뭐구 없이,

"이렇게 됐으니까 이틀장으루 해서 오늘 장사 지내구. 여기서 당신 살 수 없으니깐 저 아래 동네루 내려가자."

그래니깐 아 그 생각을 하니깐 뭐 도대체 그 방에 들어가구 싶은 생각이 쪼끔두 읎어. 그래 유사 말을 들어가지구서 장사를 지내구서. 저녁때 유사를 따라가가주구서, 동네사람, 젊은 사람, 유지덜을 죄 뫄 가지구

"거기 쌀두 읎구, 뭐 가진 게 이거 전부해서 곡식 서너 말밖에 없으니 뭐 갹출을 해서 이 여잘 살려야지 어떻게 하느냐?"

그래구서 동네사람 구원으루다, 그 아래 유사가 방을 한 이 칸들이, 묵은 집이 있어서, 거기다 살렸다는 얘기야.

[2005년 7월 27일 채록]

98. 도둑과 옷 바꿔 입고 부자 된 사람

줄거리

형제가 살았는데 동생은 늘 실패만 했다. 형이 도와주었지만 나아지지 않았다. 하루는 형에게 밑천을 빌린 동생이 장사를 해서 돈을 벌어오다가 도둑을 만나게 되었다. 도둑은 돈을 빼앗으며 옷까지 바꿔 입었다. 도둑에게 옷까지 뺏긴 동생이 돌아오자 부인이 옷이라도 빨아서 입어야 한다며 도둑의 옷을 뜯었다. 그런데 그 속에서 많은 돈이 나왔다. 도둑은 도둑질한 돈을 모두 옷 속에 다 감추고 있다가 그 사실을 잊고 동생의 옷과 바꿔입은 것이었다. 동생은 그 돈으로 잘 살았다.

▣ 형제, 이게 뭐 고향은 몰라요, 어디 사는 사람인지. 형제 한 군데 살았었는데. 저 충청도 어디, 아마 충청북도 근처인 모낭이야. 근데 동생, 형은 부잔데. 똑같이 부모 재산을 노놔 가졌는데. 아우는 재수가 없어서 그런지 다 들어먹구 들어먹구. 그 제수두 잘허구 그러는데두. 뭐 허랑방탕하게 술집을 다니거나 노름을, 재산을 파탄이 된 게 아니구 자연적으루다 그렇게 파탄이 돼. 재산, 분재해 준 노무 재산을 아우는 까먹구 형은 점점 부자가 되는데. 그래 할 수 없이 자식 새끼덜하구 처자식을 보호해야 하니까 형더러. 찐데 붙을 데가 딴 데는 없구 형밖에 더 있어? 그래 형을 찾아가서

"이번에 한번만 봐 주세요."

"뭘 봐 주냐? 네 얼굴 봤는데 뭘 또 봐줘."

"아, 돈을 몇 푼 주믄 장사를 좀 헐랴구 그런다." 구.

"장산, 그렇게 허는 노무 걸. 여태 헌 노무 장살, 여태 뭐 뫄놨어?"

"아, 뭐 이번엔 꼭 성공할 거 겉으니 좀 봐 달라." 구.

그래 돈을 몇 푼 주니까 인제 콩이구 잡곡을 딴 데 가서 사다가 딱 팔아가지구 집에 오는데. 전에 없이 이익금을 손에다 쥐니까 형이 십만 원을 줬으믄 한 그렇게 삼십만 원 돈이 늘었으니깐. 어깨가 으쓱해가지구 형더러 형 십만 원을 갚을려구 집으루 오는 도중인데. 아 산 모랭이에 지나니깐 한 서너 년석이

"아! 이놈아 거기 있어라."

"왜 그러냐?" 구.

"너 오늘 지금 같으믄 저 의정부, 의정부시장에서 아무 시장에서 잡곡 판 돈 있잖아? 그거 내놔라."

"아유! 이번만 좀 봐 달라." 구. "내 담에 곱쟁일 해 가지구 올 테니까 이번만 봐 달라." 구.

"야! 임마. 우리 도둑놈이야. 도둑놈이 뭘 봐주느냐? 임마."

"아, 그래두 형한테 이거 돈 십만 원 빌려가지구 온 건데 형한테 갚을려구 그런다." 구.

"야! 갚구 안 갚는 건 네 사정이지. 우리가 뭐, 소용 있는 소리야? 임마 떠들지 말구 얼른 일루 내놔. 그래 내 놀 것두 없이 너 옷을 죄 벗어라."

거 옷은 그래두 장사꾼이니까 좀 깨끗이 새루 빨아 입구 그러니까. 홀랑 벗구. 도둑놈덜은 옷이 더러우니까, 거 괴수래는 놈이 옷을 훌렁훌렁 제 옷을 벗어 내버리구 저 장사꾼으 옷을 바지저고리구, 전부 꺼내 입구

"아 그래두 괜찮군."

그러면서

"거 이것만 입구 가면 돈 달랠 필요두 읎다. 이 속에 다 있었으니깐."

그러구 전부 대개 허리띠에다 돈을 전부 넣구 다녔다구, 옛날에는. 그래 매구 그랬으니깐

"돈 여기 다 있냐?" 구.

"허리띠에 다 있다." 구.

"그래두 나 가주 간, 집에 갈 노잣돈……."

"마, 지금 노잣돈, 산으루 갈 건데 노잣돈이 뭐 필요 있어? 임마. 빨리 가. 얻어터지기 전에 빨리 가."

그래 할 수 없이, 어 작대길 가지구, 에미, 얼러대구 그러니까 겁이 나니깐

"마! 얼어 죽지 말구 이 헌 옷이래두 입구 가라."

그래 조고리, 전에 저고리지 뭐야. 전에 조고리허구 바지 하구 입구선. 아 근데 이가 어떻게 무는지, 춰두 이가 어떻게 무는지. 그래 간신히 집에 와가지구선.

"아유, 나 이거 벗구선 아무 옷이래두 좀 달라." 구

"아, 아무 옷이 그렇게 어디 있느냐?" 구.

그래 헌 뜯개루다 그냥 바지저고리 해 논 거 그걸 다시 입혀가지구.

"아, 어디서 이렇게 뜯겼냐?"

"아 도둑놈한테 장사허든 노무 거 죄 뺏기구

"이게 도둑놈 입던 건데, 그래두 헤지지는 않았나보다." 구.

그래 옆에다 놨다가,

"바깥에다 내라." 구.

"아 이가 이렇게 많은 데 방안에다 뒀단 집안식구 이 투생이 돼서 이한테 죄 물려죽는다." 구.

그래 바깥에다 놨어. 이가 인제 겨울이니까 얼어죽었지, 뭐. 그래 아 옷이라두 그건 가만히 보니깐 기워서 입진 않은 거야. 그래, 여자가

"이거래두 빨아서 다시 꿰매가지구 다시 입혀야지."

그러믄서 그걸 주물러거리구선 양지짝에서 물을 어떻게 좀 데워가지구서 그걸 빠는데

"아, 그건 빨아서 뭘 하느냐?" 구

"아, 그래두 빨아야지. 안 빨믄 당신 뭘 입을 거야? 장살 해서 돈은 도둑놈한테 돈을 다 뺏기구 뭘루다 옷을 사 입을 거야, 뭐?"

아, 그런데 그 그래두 헌 옷을 입구선 형한테 가서 사실 얘길 했어. 도둑놈

한테 죄 뺏기구 옷꺼지 죄 뺏겼다구. 근데 아 참 형이, 아참 그놈 가엽기두 하구, 한 쪽으루 괘씸하기도 하구.

돈은 주기만 하믄 갚지두 않구 또 달래구 또 달래구.

"이제 또 줄 거냐, 아니 또 달랠 거냐?"

"아유 안 달랠 거에요."

"그럼 뭘 먹구 살 거냐?"

"형님이 쌀이래두 주문 그거 먹구 살지요."

"그게 안 달래는 거야? 임마."

근데 형이 와서, 제수가 빨래 하는 걸 이렇게 들여다 보구 아, 제수가 뭐 죄가 있어? 동생 잘못 둔 죄루다 거 괜히 제수가 생으루다 고생을 하는데,

"어, 그걸 뭘 빨려구 뜯느냐?" 구.

"아, 이게 성한데 빨아서 입어야지요."

거 제수가 생각하는 거 맘 쓰는 거 보믄 가엽기도 하구. 아 근데 저고리를 부드득 부드득 허구 뜯는데. 거기서 어깨에 있는데 뭐, 등으루 있는데 보니까 시퍼런 노무, 지금으루 해믄 만 원짜리가 쭉 깔리게 나오는 거야.

"아니, 이게 뭐야?"

아니 근데 제순 그걸 못 봤지, 그런 큰돈을,

"아, 그게, 그게 돈인데요."

"돈이에요?"

"아 그거 무척 많은데요."

근데 이렇게 자꾸 하는데. 그 이익금 도둑질해가지구, 그 주워 모은 돈을 괴수 옷에다가 전부 둔 거야. 이 노무 걸 어디 정처 없이 떠돌아댕기는 놈에, 도둑질이나 해서 먹구 사는 놈이니깐 뭐, 죄 집집이 저으 집이구, 참 돈이래는 게 뭐, 바깥에 돌아댕기는 장사꾼으 돈은 다 그놈에 돈이구. 그래서 부하들두 좀 노놔주구 나머지는 전부 다 인제 그 놈이 옷을 뜯구서 집어넣은 돈이란 말야. 인제 그거를 제수가 이렇게 디리

"찢지 말구 잘 뜯어보라." 구.

뭐 소매구 뭐구,오지랖이구 뭐구 잔뎅이구 뭐구 죄 돈인데. 뭐 이렇게 싸놓

은 거야, 돈을. 그래 시아주버니가 제수더러

"바지두 혹시 돈이 있을런지 모르니깐 바지두 뜯어보라." 구.

"아, 여기야 있었겠어요?"

"아 거 뜯어보라." 구.

아, 우선 허리 있는데서부텀 뜯어보니까, 아 거기 역시두 빵빵 돈이야. 평생 모은 걸 바지허리에다 저축해 둔 거야. 그래 그걸 전부다 주섬주섬해서 아 제수는 얼만지 알지두 못하구. 동생은 또 돈을 줘러 갔는지 술을 먹으러 갔는지. 헌 옷을 입구선 갔다가 점심때가 되니깐, 거기 들어왔는데. 아 옆에 보니깐 돈을 이렇게 싸 놨거든. 근데 자기 형이 거기 서 있는데

"야! 이놈아. 어디 갔다 와?

"아, 그래두 좀 먹구 살까 해서 돌아다녔다." 구.

"그래 먹구 살 건 마련했어?"

"어유, 어디가 입두 못 벌리겠던 걸요."

"내니깐 임마, 입만 벌리믄 멫 푼씩 줬지. 누가, 다 남이야. 야! 이 돈, 너으 아내가 이 돈 벌어 논 것 봐라."

이렇게 보니깐 이렇게 싸 놨거든, 돈을. 참 지금 같으믄 몇 천만 원 싸 논 거야.

"인제 장사 안 허구 전부 먹구 살겠다. 돈이 이렇게 많이 나왔어."

"근데 이거 어서 나온 돈이야?"

"아, 그거 도둑놈이 옷 벗어놓구 네 옷 입구 갔는데. 그 옷을 네 아내가 빨라구 뜯었는데 거기서 나오는구나."

"아유! 이게 다 형님 덕분이지요. 이게 전부 다 소용없으니 이거 반만 형님이 가져가세요."

"나는 우리집 재산만 가지구두, 니가 달래지만 않으믄 먹구 살 돈이 있어. 니가 이거 가지구 부부 애덜하구 잘, 검은 머리가 파뿌리가 되두룩, 잘 우애 좋게 살아라. 인제 이 돈만 잘 심리허구 그리면은 잘 살아. 뭐든지 다 사. 땅두 사구 논두 사구 밭두 사. 그게 해 먹구 그러믄 장사 안해두 살아. 이게 다 까먹으믄 뭐 내래두 나이 먹으믄 죽게 돼있는 건데. 죽으믄 네 형님더러두,

형수도 사람이 좋은 사람이니까 너의 재산이 또 재수가 없어 실패를 허든지 없으믄 형수에게 애길허서래두 너의 자식새끼허구 먹구 살아라."

"아, 이젠 살림을 잘 해가지구 형님한테 구애 안 받구 그럴테니까 형님두 오래 사세요."

그래가지군 그걸 뭐 이자두 안 받구, 동네 옆에 어려운 사람을, 지금으루 하자믄 몇 백만 원씩, 몇 천만 원씩 돌라주구 그래두, 거 선심을 써 가지구 어려운 사람을 구해내주구. 그래서 그 형제 여지껏 아마 살다가 엊그제 죽었대나봐. 도둑이 외려 살려줬대는 얘기야.

재수가 있는 사람은 종말에 도둑이 살려 줬대는 얘기야.

[2005년 7월 27일 채록]

99. 혈 끊어 망한 조판서 댁

줄거리

청백리 조판서가 살았다. 항상 찾아오는 손님 때문에 부인은 손에서 물 마를 날이 없었다. 하루는 중이 찾아와 시주를 청했다. 부인은 시주를 주며 손님이 찾아오지 않게 해달라고 청을 했다. 중은 산줄기를 끊으면 손님이 찾아오지 않을 것이라 일러주었다. 부인이 마을사람들을 시켜 산줄기를 끊으니 조판서의 가세가 점점 기울어 손님이 찾아오지 않게 되었다.

▣ 이건 우리 동네 얘긴데. [채록자 : 실제 있었던 얘깁니까?] 네. 이조 때 얘기야, 이게. 지금두 저기 집 짓는데 갈믄 개와장이구 나온다구.

거기 조판서라구 살았었는데. 에, 지금으로 아마 삼백 년 됐을 거야. 조판서라구 살았었는데. 이저 동대문 동소문 서소문 뭐 그러잖아, 서울. 동대문 밖에 나오믄 저 나

나와가지구 부랑자 만나가지구선

"임마, 너 어디 사니?"

"나 조판서 집 옆에 산다." 구.

그러믄 꼼짝을 못한대. 그렇게 세력이 좋았어, 조판서 댁이. 근데 그렇게 뭐 풍부한 생활을 못했어, 판서 벼슬을 했어두. 워낙 아마 청백리 생활을 했나봐, 조판서가. 하인두 두지 못하고 조판서 부인이 손님 접댈 했어요. 판서 집이니까 손님이 여간 뫼 들어요? '벼슬두 좀 하게 해달라.' '쌀 되박이나 좀

보태달라.' 매일 술은 떠나지 않구. 막걸리, 옛날엔 다른 게 있어요? 막걸리지. 그걸 부엌에서 디리 거르구, 왼통. 손에 물 마를 새가 없어. 조판서 부인네 손에. 그래 하루는, 당체 옛날에 약이 뭐 있어? 손 새가 짓물러. 자꾸 물을, 물 마를 새가 없구 술을 거르니깐. 그래 물 만지는 것 보담두 술 거르믄 손 새가 빨리 짓물른대는구먼. 막걸리에 독이 있어가지구. 그래 하루는 별 약을 다 좀 발라보기두 허구 그래두 영 낫지를 않구. 하루는 바깥에서 목탁소리가 '또드락또드락' 나드래지 뭐야. 그래 나가서

"어느 절에서 왔느냐?" 구.

옛날에 회암사 있잖아요, 유명한.

"거 회암사에서 왔다." 구. "그래 회암사에서 왔는데 시주를 좀 해달라." 구.

"시주는 내가 더는 몰라두, (잠시 주위에서 떠들어 말을 멈추었다.) 쌀은 시주는 허겠지만 나 이 손 새 짓물른 약이나 좀 구해달라."

그거야. 아 이렇게 보더니

"아, 이 약은 어렵지 않은데 앞으로 손 새가 나믄 후회할 날이 있을 테니깐, 그거 원고 안 하실 거야?"

"아 손 새만 나믄 원고 안 하겠다."

이거야.

"약까정 가르쳐주었는데 중한테, 대사한테 원고를 하겠느냐? 그래 그 약이 뭐냐?"

"아 어렵지두 않다." 구.

"지금 조판서 댁에 세력만 가지믄 이 동네 사람 전부 풀어서 며칠이래두 거 역살 할 수가 있을 거니깐 그렇게 허라." 구.

"가리켜만 달라." 구.

거기 동뫼라구 있어, 동묘. 동묘라구 있는데. 요렇게, 산을 요렇게 동아리를 긁어 놔 가지구 거기다 산솔 하날 썼거든. 근데 산소 주인두, 거기 사람 나이 먹은 사람 옛날에 보믄 쥔이 와서 추석이나 명절 때 와서 참배하는 걸, 성묘하는 것 봤다 그런 사람두 있는데. 지끔은 몇 해 째 연락부절이니깐 지금 몰르겠다. 근데 거기서 줄기가, 동네루다 내려오는 노무 줄기가, 요렇게, 산줄

기가 요렇게 있거든. 그럼 그걸 막구선 고 앞으루 저 행상 도개라구 있어. 상여 놓는데. 그걸 도가라구 하는데. 그 줄기가 있는데. 거기 뭐 한 삼십 명이 한 이삼 일이면 끊을 거야. 거 뭐 옛날에 뭐 포크레인이 뭐 있어? 참 가래루다 참 다 하니까.

"소루다 가래루다 한 삼일 해 가지구선 그 산혈을 끊어라."

그거야.

"그럼 자연적 손이 낫는다."

그거야.

"아 그럼 그렇게 하겠다." 구.

그래 동네 사람을 솔발을 해가지구선. 조판서 댁 일이래니까 뭐 한번만 전령을 하믄 설설 기어들어올 판인데. 그래 거 수십 명이 소 뭐 가래 이따위 가지구선 글루 내려오는 노무, 거 동묘로 내려오는 산줄기를 이렇게, 더 긁어 모으구. 행상 도가루 내려가는 그 산혈을 끊어버렸어. 그래 장마가 졌는데, 비가, 큰 비가 오니깐 그냥 냅다 그 끊어논 데루 물이 내려가가지구, 그저 그 앞, 그 통에 우리가 지금 손해 많이 보구 있다구. 왜 손핼 보느냐 허믄 그걸 끊었기 때문에, 우리가 한 칠백 평 논을 거기다 풀었어요. 옛날에 인제 우리 선조에서. 근데 지금은 거 가운데기 때문에 걸 뭐라구 이름을 지었냐 하믄 개룽치라구 지었어. 개루웅치 [채록자 : 개룽치요?] 개울을 저 막아가지구선 논을 풀었다구 그래서 개루웅치야, 개룽치. 근데 그거 한 칠백 평 되는데 그냥 묵는 거야, 지금. 거 가운데가 돼 놔서 남으 논을 거쳐야, 전에 소를 가지구 쪼끄만 논두랑으루나 쟁길 가주가서 논을 갈구 그랬지만, 인젠 트렉타 아니믄 모두 못 내구 논두 못 쓰래잖아. 게 남으 논을 거칠 수두 없어. 맨 손 겉은 거루 맬 수두 없구. 올해 삼년 째 묵나 봐. 것두 종중 땅인데. 그래 그거 인제 허니깐 인제 거기 공지가 많이 생기니깐 개울을 메꿔가지구 부지런한 사람은 제 땅을 맨들구 맨들구 그래서 해먹구 사는데. 근데 그거 장마가 지구 비가 큰비가 오니까 글루 내려가든 물이 저쪽으루다 행상도가 있는 데루 산을 끊었기 때문에 그거를 개울이 옮겨 졌어. 옛날에 저 왜 퇴계 선생이라구 있잖아. 그래 물려갈 퇴 자 하구, 시내 계 자 하구, 그래 퇴계거든. 그 시내를 물렸다구 그래서 퇴겐데. 그것두 퇴계나 매찬가지거든, 그게. 개울이 마을 앞으루다 내려오던 노무 게 저기 저 행상 도가 있는데, 글루 내려갔기 때문에.

근데 이 부인은, 조판서 부인은 자연적으루다 밤낮 손 새 들여다보는 게 일이야, 일이 없으니까. 인젠 술두 안 거르구, 손님이 안 오니깐, 그제서부텀 손님이 안 와요. 손님이 안 오니까. 그러니까 술을 걸를 필요두 없구. 그러니까, 손 새가 절루 아물어서 인제 딱쟁이가 전부 다 떨어지구 그래서. 그래 조판서가 부인에 손을 보구서

"그 손이 어떡해서 자연적 낫구랴."

"아, 거 중, 대사가 와서 방도를 그 아르켜줘서 이게 낫다." 구.

"그러나마나 손님이 인젠 아주 끊어지다시피 했는데. 나두 인제 나이가 많구 그래서 인제 조정에두 못 나가구 그러니 인제 우리가 뭘 먹구 살 거요? 뫄 돈 재산두 없이 이거 어떡 헐 거요?

"그래두 산 입에 거미줄 칠까요? 그래두 먹구 살겠지요."

그래 저 힘센 남자 머슴이 하나 있었는데. 그렇게 차차차차 빈한해졌어두 그 사람은 어디루 가지두 않구. 죽이 되믄 죽 먹구, 밥이 되믄 밥 먹구 거기서

"아, 너 어디 딴 데 가서 살림을 배치를 해가지구 처자식하구 먹구 살지, 여기 있으믄 어떻게 하느냐? 난 인제 나이가 많아가지구 나라에서 주는 녹두 못 타 먹구 그러는데 우리두 굶어죽을 지경인데 어떻게 할 것이냐?"

"지가 나가서 벌어가지구 이 댁 식구를 멕여살릴 테니깐 염려 마세요."

그래 그거 머슴이 발령을 해가지구 날마다 품을 팔아가지구 먹구 살다 인제 세상을 떴대는 얘기야.

(잠시 혈 끊어진 명당에 대해 조금 더 이야기를 나누었다.)

[채록자 : 명당 혈을 끊은 게 아니라 산사태가 나서 망했다는 얘기네요?]

아냐? 혈을 끊었지. [채록자 : 그래서 산사태가 났군요.] 동묘 있는데 산줄기가 이렇게 내려와서 산소를 썼는데, 여기 이걸 그 산소 쓴 사람은 형세가 유여하질 않기 때민에 쪼끔만 비가 오믄 터져 디밀었거던. 그래가지구 나중에 디밀어가지구 그 앞으루 논이 다 메꿔지군선 거기 개울이 옛날서부텀 났는데

개울을 막으믄 동묘가 좋지 뭐야. 산줄기가 요렇게 내려 왔는데. 그래서 조판서가 동묘를 언제 와서 썼는지 몰래 쓴 거야, 인제. 투장을 한 거야, 인제. 그전에 그 산을 끊구서 개울물이 줄창 내려와서 조판서가 괜찮은 건데, 거기를 막구서 그 앞에 행상도가 앞으루다 여지껀 물이 내려가게 맨들었기 때문에 조판서가 망하구 세력이 다 폐쇄해서 그 머슴이 하나 있다가, 머슴이 조판서네 집 식구를 멕여 살렸대는 얘기야. 그래 세력이 참 좋았었데. 아무리 부량자가 서울에 많다 해두 '나 조판서네 옆에 산다'구 하믄 꿈쩍을 못했다거든.

[2005년 7월 27일 채록]

100. 호랑이 눈썹(호랑이에게 죽을 여자를 구해주다)

● 줄거리

한 사람이 사촌형에게 술을 얻어먹기 위해 찾아가다가 길가에서 이를 잡고 있는 중을 만났다. 함께 길을 가다가 논에서 모를 심고 있는 열서너 명의 사람들을 보았다. 중은 눈썹을 뽑아 보더니 모를 심고 있는 사람 중에 진짜 사람은 넷밖에 안 된다고 했다. 그러면서 자기는 호랑이라며, 여자를 잡아먹으러 가는 길이라고 했다. 그 사람은 여자를 살리기 위해 다른 길로 그 여자 집에 뛰어가 방도를 일러주었다. 그 사람의 방해로 여자를 잡아먹지 못한 호랑이는 산신령의 벌을 받아 죽었다. 그 사람은 마을 사람들이 호랑이 껍질을 벗겨 마련해 준 돈으로 몇 해 동안 잘 살았다.

▣ 에, 한 사람이 아무데 사촌형이나 찾아가서 술이나 얻어서 먹을까 허구 길을 나섰는데. 인제 산 고갤 넘어서 약간 좀 내려가니까 거기 널어서 빨가. 하나 죽 간 데가 있는데. 아니, 웬 중이 윗도리 옷을 홀렁 벗어가지구. 옛날에 일이래는 게 이 잡는 게 일이었었다구. 그놈이 이를 잡아서 중이 바위에 대구 탁탁 튀겨서 그냥 죽이거든. 그래 인제 그 나그네가 등 뒤에 가서 서 있는데, 중이 옷을 홀렁 윗도릴 입더니

“아유, 실례가 많았습니다. 윗도릴 벗구 이를 잡는 걸 보셔서 미안하다.” 구.

“아, 괜찮소. 나 역시두 이가 많은 걸 뭐.”

“그래 어딜 가슈?

"난 사촌 형네 가서 술이나 한 잔 얻어먹을까 하구 집을 나섰는데 사촌형이 집에 있는지 몰르지요?

"나두 그 방면으루 가는데."

"대사, 그 방면으루 가믄 뭐 시줄 하러 가슈?"

"아니라구."

"거 뭘하러 가슈?"

"나두 동냥중이 돼서 이 집이 가서 쌀이라두 한 됫박 주믄 읃어 바랑에다 늫구, 저녁때 가서 인제 부처님한테 불공이나 드리지요 뭐."

속 이야기는 중이 안 하구 그런 얘기나 허구 가는데. 가다 한참 내려가다 보니깐, 그 때가 아마 삼사월이나 된 모양이야. 봄, 삼사월인데, 인젠 그땐 이앙기지 뭐야. 모 낼 시기지. 근데 들엘 내려다보니깐 한 십여 명이, 일꾼들이 죽 모를 내구 있드래지 뭐야. 그래

"어유, 사람덜이 참 여기 이웃 간에 거 화목허구 친절하구. 저렇게, 저렇게 사람들이 뫼 가지구 한 집 일을 허니 거기 사람이 몇이나 되는지 뵈우?

그랬더니 이렇게

"세 보라." 구.

세 보니까 열두 명이야. 저 나그네가 세 보니까

"열두 명이라." 구.

"에이, 사람은 넷밖에 안 돼."

"왜 넷밖에 안 되냐?" 구.

그래더니, 저 중이 눈썹을 이렇게 뽑아서

"이걸 저 눈에다 대구 다시 보라."

그거야. 그래 눈썹을 이렇게 뽑아 주길래

"아니, 이게 뭔데 맘대루 뽑았다 넣을 수 있냐?" 구.

지금 눈썹 붙이는 거 있잖어, 여자덜. 그거 모냥으루 이렇허구 보니깐 참 사람은 넷밖에 없구. 무신 개 뭐 양 퇴끼 뭐 너구리 이런 것만 뫼 가지구 있구, 사람은 넷백에 없드래지 뭐야.

"참 이상스럽다. 거 어떡해서 그러냐?"

그랬더니 나중에 실지 얘기를 허는데
"나두 인제 여기서 갈라선다."
그거야. 그래
"뭘 볼일을 보러 갈라서느냐?"
그랬더니
"내 당신헌테 얘긴데 내가 중이 아니라 호랭이라."
그거야. 그래 어떡해서 중이 됐느냐 그랬드니. 산 아까 바위 위에서 이 잡든 바위에서 산신령이 날더러
"아무 데 개탈을 쓰구 탄생한 여자가 있어. 그건 천생 늙어죽지는 못허구 소년에 죽을 팔자야. 그러니깐 너 그거 가서 잡아먹어라."
그리군
"산신령이 그거 내 줘서 그 여잘 잡아먹으러 간다."
그거야.
"그럼 저 사람덜두 거 다 죽을 것이냐?"
인제 그러니깐
"모내기하던 사람 열두 명이서 에기, 여덟 명은, 아참 짐승이 환태해서 사람이 된 거니깐 그 사람을 다 잡아먹을 거냐?"
"아, 그렇지두 않다." 구. "재수 읎구 산신령이 내준 사람만 잡아먹지. 그렇지 않으믄 우리두 잡아먹구, 배가 고파두 못 잡아먹는다."
그거야.
"아, 그럼 배가 고프믄 어떻게 하느냐?"
"굶어 죽으믄 죽었지, 우리 맘대루 잡아먹었단 산신령한테 불길 맞아서 그렇게 죽어."
"아 그러냐?" 구.
그러더니 그 옆에 가서 그 눈썹을 주구서. 서루 인제 분리가 돼 있어. [채록자 : 네?] 길이 저 분로(分路)가 돼 있어. 이 사람은 일루 가는 거구. 똑같이 가야 할 텐데. 호랭일 따라가면 그 여잘 구해 줄 방도가 없으니깐. 일루 돌아서 호랭이보담 먼저 가야 하니깐 '내 사촌한테 술을 얻어먹지 못해두 그 여잘

살려야겠다.' 그러구. 그래 그 일루 갈 건데 일루 부지런히 해가지구선 빨리 뛰어가서 그 여자 집에 먼저 갔어. 근데 거기서 여기서 분로(分路)가 될 제, 호랭인 벌써 산에 들어가서 재주를 불떡불떡 넘더니 (기침) 뭐 집데미같은 호랭이가 돼더래지 뭐야. 그게 벌써 무서워. 그래 얼른 일루 와가지구선 어떻게 죽을 심을 다해서 그 여자 집엘 찾아갔는데. 그 주인을 찾아가지구선, 사실 얘길 허믄

"그러니깐 조금 있으믄 그 호랭이가 이 근방에 와서 숨어 있을 거야. 쥔한테 나타나진 않구. 낮에 못 잡아먹구 저녁에 잡아먹는대니깐. 그 방도를 호랭이가 얘기허더라."

"어떻게 잡아 먹느냐?"

그래, 처음에 가선 '물 먹구 싶다'구 그랠 거니깐 부엌에 나가야 물을 떠먹을 거 아니냐? 여기다 아주 물을 옆에 떠다놓구 부엌에 못 나가게 해라. 아 얘기허는 소리가 참 못 믿을 것두 아니구. '실지 아마 만나긴 만난 모양이다.' 허구 쥔이 신임을 허구. 그래 물을 갖다 놓구. 오줌뒹이 갖다 놓구.

"그래 물은 안 먹으러 오믄 어떡헐 것이냐?"

그럼 그때는 인제 화장실에 가믄, 지금은 화장실이 뭐, 개량 화장실이 있어서, 바깥에두 안 나가구 실내화장실이구 모두 있지만. 옛날엔 뒷간에 가서 부추돌이라구 있어. 이렇게 돌 두 갤 놓구. 그것만 핥으믄 오줌이 마려워 오줌뒹이에 가서, 바깥에 가서 오줌도갈 핥으믄, 오줌 마렵다구 그래서 나가믄 잡아먹구. 부추를 핥으믄 또 대변이 마렵다구 그래믄 그때 나가믄 잡아먹구. 여러 가지가 있다구. 그래 그걸 다 호랭이한테 다 듣구서, 중한테 듣구서, 고대로 실행을, 준비를 채려 놓구선 어둡기를 기다리는데. 참 일찌감치 밥을 해서 그 나그네하구 같이. 기냥 한 방에 죄 뫼 있는 거야, 안방에. 사랑두 내버려두구 안방에 죄 나와서 있는데.

동네 젊은 사람 전부 죄, 기운꼴이나 쓰는 사람, 전부 죄 쇠시랑 뭐 이따위 갖다놓구선 대빌 하구 있는데. 아닌 게 아니라, 어두웠는데, 벌써 목이 마르다구 온통 나갈랴구 그러는 노무 걸 '뭐하러 나갈려구 그러느냐' 하구.

"아, 목이 말라서 물 먹으러 나간다."

"여기 물 있다." 구.

아니, 지금으루 하믄 물이 뜨듯하다 그러던지 뭐 싫다구 나 부엌에 가서 먹는다구 아 그러면 못 나가게 하구. 거 먹구 싶지두, 먹지두 않으믄섬 그러는 거야, 인제 . 호랭이가 물동이를 핥으니깐 자연적으루 목이 말라서 여자가 나오게 돼 있는데. 그래두 안 나오니깐 그땐 오줌동이를 갔다 핥으니까

"아, 오줌이 마렵다." 구. "오줌 누러 나간다." 구.

"아, 여기 뒹이 갖다 놨는데……."

"아, 다 큰 처녀가 여기서 어떻게 오줌을 누느냐?" 구. "나가야 한다." 구.

아, 여럿이 붙들어가지구선

"웃방에 뒹이 갖다 놨으니 거 오줌 누라." 구.

오줌두 안 누면서 그러는 거야, 인제. 근데 나중에 그 부추를, 돌맹이를, 혓바닥을, 중이 핥으니깐 똥이 마렵다구 디리 그 여자가

"이번엔 나가야 한다." 구.

"아, 여기 이젠 오줌뒹이에다 눠라."

"아, 이거 여자가, 다 큰 여자가, 여기서 똥을 어떻게 누느냐?" 구. "나가야 한다." 구.

온통 일어시는 걸, 억지루 주저 물러 앉히구 뭐 그래서. 근데 그걸 못 잡아 먹구. 못 잡아 먹구선 산신령한테 호랭이가 가믄 매를 맞아서 죽는대거든, 벌을 입는대요. 그래 결국은 잡아먹어야 하는데 잡아먹을 도리두 없구. 기냥 방문을 열구 들어갈려니깐 그냥 뭐 창이구 쇠스랑이구 연장을 가지구 있는데 들어갈 수두 없구. 그래 헐 수 없이 기냥 '어흥' 허구서 안마당에서 기냥 지붕으루 올라왔어요, 호랭이가. 그래가주구서 용마루를 디리 후벼 파는 거야, 발루다. 그래 멫 번을, 그깐 노무 걸 초가집, 호랭이 발톱으루다 파니깐 금방 드러나지 뭐야. 아 이렇게 해가지구선 기냥 그 여자 있는 데를 기냥 다리를 집어넣구선 '어흥' 허는 노무 걸, 여자 내복, 내복을 가지구 있다가 확 집어던졌어. 그래 호랭이가 그냥 사람이 오는 줄 알구선 '어흥' 허구 옷을 물었거든. 물어가지구선 기냥 여잔 줄 알구, 인제. 아 그전에, 내복에다 베개, 옛날에 베개 큰 거 있잖아. 베개를 싸가지구 확 집어던지니까 사람인 줄 알구. '어흥' 하구선

물구선 안마당에 가서 떨어져가지구서. 그래가지구서 결국 벌써 산신령한테 성공을 못했으니깐 호랭이가 벌을 입어 가지구선 그 안마당에서 죽었어.

근데 바깥에 무서우니깐 동네사람이 그렇게 여럿이래두 쇠시랑 괭이만 가졌지, 바깥엘 못 나갔지 뭐야. 그래 나중에 훤히 밝았는데 그 문구녕을 뚫구 바깥을 내다보니까

에기 소만한 노무 호랭이가 네 활개를 쩍 벌리구 자빠져 있지 뭐야. 그래 동네 사람덜이

"아 인제 호랭이가 안마당에서 베갤 물구서, 물은 채루다 죽었다." 구

아 그래 여럿이, 혼자두 못 나가구. 방문을 열구선 여럿이 한꺼번에 죽 나가구 보니까 네 활개를 죽 벌리구 죽었는데. 한 사람이, 손으루 못허구 쇠스랑 등어리루다 뱃대기를 이렇게 죽었나 살았나 보려니깐 우르렁 허드래지 뭐야. 호랭이가 갈빗대가 우르렁 뼈가 있대. 그래 인제 개 같은 걸 잡아먹으려면 이 저 꼬랑지루다, 갈빗대를 이렇게 쓰다듬으면 우르렁 우르렁 헌대거든. 그래믄 철 있는 큰 개는 그렇지 않지만 웬만한 중개 같은 건, 저를 놀리는 줄 알구선, 인제 쫓아 들어간대. 꼬랑질 이렇게 수채구녕 같은데 디밀, 문지방 같은데 개 드나들라구 대문에 구녁두 파 놓는다구. 글루 꼬랑질 이렇게 디밀어가지구선 '우르릉' 하믄 강아진 '아릉 아릉' 하믄서 문다. 그래 잡아댕기믄 물구 가서 먹구 먹구 그래서 인제 우르렁 뼌대. 그걸 쇠시랑으루다 이렇게 하니까 '우르렁' 허니까 살었는지 알구 그 십여 명이 다 나가 자빠졌네, 안마당에 가서. 그래 늙은이가, 동네 늙은이가

"어, 그게 해필 왜 우르렁뼈, 호랭이가 우르릉 뼈가 있는데, 왜 우르렁 뼈를 해필 건드리는 거냐?" 구.

"거 왜 우르릉 뼈냐?" 구.

"보라." 구.

거 이렇게 이렇게 손으루 건드리니까 '우르렁 우르렁' 해, 죽은 놈이. 그래 동네 사람이 뫼 가지구선 그 호랭일, 참 수십 명이 들어다가 바깥마당에서 이제 뱃대기를 갈라지구서. 깝질을 벳겨가지구. 뭐야, 피륙상회에 가서 팔았는데. 그 호랭이 가죽 하나 가지구선 그 동네서일년내 농사 진 수확보담두 많이

나왔대. 그래서 동네 사람이

"아, 이건 당신이 구해 준 거니까 당신은 반만, 다 드릴 순 없구 반만 드릴 테니깐 이거 가주구 가서 약주나 사 잡수시라." 구.

"아, 아니라. 그 중이 얘길 해줘서 여자 하나 살리라구 그랬다구. 바라구 온 건 아니라." 구.

그래 억지루 나그네한테 호랭이 가죽 반값을 줬는데. 그걸 팔아가지구두 몇 해를 잘 살았대, 여자 하나 구해주구. 그래 방엘 들어가니까 여자가 뻗었드래. 그래 죽지는 않았지만. 그래서 약을 멕이구 그래서 여자 하나 살렸구. 중은 그만 산신령한테 버림을 입어서 죽구. 그래 그 나그네가 도울 사람두 잘 살리구, 그 여자두 살리구, 그 나그네 사촌한테 술 먹으러, 술 얻어먹으러 가는 사람두 살려주구 그랬대는 거지.

(잠시 환생에 대해 이야기를 나눴다.)

[채록자 : 호랭이 눈썹으루 보면 사람이 환생한 게 보이는 거네요?]

무당이, 사람이 죽으믄 자리걷이라구 있어. 거 모잽이를, 자리걷이 하는 건 장구나 뭐 이런 거 두드리지 않구, 이 모잽이를, 뭐 왜 모잽이라구 있잖아? 떡 담아 가주 댕기는 거. 이렇게 긁구. 그렇지 않으믄 키가 같은 걸 젓가락으루 북북 긁으믄섬 푸념을 허믄섬 자리걷이를 하는데. 그래가지구선 인제 종이에다 돈을 싸가지구 뭘 했는데 자기에 그 지핀, 산신령이 집혔대든지 무당 아가씨가 집혔대든지, 거 집히는 게 있다구, 무당한테. 집혔으믄

"아가씨, 영검을 내려주십소사. 그 죽은 사람이 뭐이 됐는지, 사람이 도로 사람으로다 환태를 했는지, 새 짐승으루 환태를 했는지, 그 무신 네 발 가진 짐승으루 환태를 했는지 영검을 뵈 주십소사."

허구선 푸념을 허구선 딱 허믄, 개 발자국두 나오구, 새 발자국두 나오구 그러드라구. 그래 사람이 됐는지 짐승이 됐는지 그걸 쥔한테 얘길 해주더라구. 전에 나 쬐끔해서 보니깐 무당이 그러드라구여.

[2005년 7월 27일 채록]

101. 호랑이한테 물려간 손자 구한 할아버지

줄거리

한 노인이 손자와 함께 잠을 잤다. 새벽녘에 손자가 툇마루에 나가 똥을 누다가 호랑이에게 물려갔다. 노인은 주머니칼을 갈아 호랑이를 찾아 산으로 갔다. 호랑이 굴을 찾은 노인은 호랑이새끼를 죽이고 호랑이까지 죽인 후 손자를 찾아왔다.

▣ 참, 나 모냥으루 옛날에, 참 아들 며느리는 장갈 들여서 손자를 하나 낳는데. 할아부진 인제 사랑에서 자는데. 그 나이가 좀 한 사오 세 되믄, 즈 할아부지허구 같이 사랑에서 자구. 그 또 천자두 좀 읽혀주구 인제 그랬거든, 옛날에. 그래

"나 할아버지하구 잘 거야.

그래서

"그래, 할아버지하구 자라."

네 살 먹은 손잔데. 그래 사랑에서 할아버지하구 자구 그랬는데. 하루는 자는데, 새벽에 손자가

"아, 똥이 마렵다." 구

자꾸만 그래요. 인제 손자래두 오줌 같은 건 요강을 방에다 들여 넣어서 누게 한 대지만 똥이 마렵다구 그러니까 문을 요렇게 열구선 요기다 참 요강을 놓구선 손자를 앉히군 요렇게 내다보구 있는 거야. 인제

"할아버지 문 닫지 마라."

"그래, 문 안 닫았다."

인제 계초명이라구 닭이 첨에 울며는 호랭이가 동네루 돌아댕기구 뭐 먹을 게 있나 하구 분탕질을 허다가, 닭이 울은 인제 훤히 밝으니깐 인제 제 골루 다 올라가는 거야. 그래 아무 것두 못 읃어먹구. 그래 돌아댕기다가 영 배두 고프고. 근데 그 옆엘, 그 사랑 앞을 지나다가 쬐끄만 어린애가 냉큼 사랑 앞에 올라 앉았거든. 아 그런 노무 걸 물구 달아난 거야. 아 이렇게 보니깐 호랭이가 물구 달아난 걸 봤는데. 아 이걸 어떡하느냐 말야. 게, 이게 닭 쫓던 개는 닭 내려오나 하구 지붕만 쳐다 봤지, 호랭이가 손자를 물구선 그 앞산으루 가는데. 그 늙은이가 생각헐 제 '아, 앞산에 호랭이가 새낄 쳤대는 애길 들었는데 지가 딴 데루 갈 데가 있느냐? 거기루 갈 수밖에 없다.' 그러믄서 자기 주머니칼을, 좋은 게 하나 있었는데. 그걸 숫돌에 대구 그냥 북북 갈아가지구 날을 세워가지구 옷을 입구선 그 호랭이를, 밤에 훤히 밝는데, 그 굴엘 찾아간 거야. 산 속으루 들어가니깐 밝았는지 안 밝았는지, 낭구가 우거지니깐 컴컴한데. 그래두 호랭이 굴이래는 걸 알아서 거길 찾아 들어갔는데. 아 들어갈 수가 없드래지 뭐야, 좁으니깐. 아 호랭이는, 산 짐승 같은 건 납죽 엎대갖구 들어갔다 나왔다 허지만. 사람이란 게 그렇게 납죽 엎드릴 수두 없구. 그래두 칼을, 주머니에 품구선 그냥 납죽 엎대갖구선 이놈이 들어가서. 새끼 쳤대는 소릴 들었으니까 그 손자 녀석을, 새끼덜을 멕일려구 가지구 들어가지 않았나 허구선 그 호랭일 들어가니깐 호랭이 새끼 네 마리가 있드래지 뭐야. 굴 속에 들어가 보니깐. 아, 그 안엔 넓더래. 그래 호랭이 새끼가, 어쨌든 제 에미가 온 지 알구 죄 드리 덤벼서 그냥 이런대두 물구 앞발루다 할키구 또 젖을 찾느라구 야단인데. 에라 새끼를 죽어버리자. 근데 에미 안 들어왔어. 기냥 칼루다 네 마릴 죄 찔러 죽여버렸어. 그래가지구 도루 기어나오는데. 들어갈 젠 억지루 들어갔는데 나올 수가 없어 좁아서. 그래두 손자 생각만 하믄 악이 나구 아픈데두 뭐 불구허구 그냥 억지루 기어나와서 호랭이 문턱, 굴 문턱에 거반 오니까 아 바깥에서 웅얼웅얼 허는 소리가 나드래지 뭐야. 그래 이렇게 보니까 손자 녀석을 물구선, 이 등에다 이렇게 물구선, 와서 이렇게 세워 놓더니 이렇게 허니 빠빳이 서 있드래. '아 죽지는 않았구나. 죽은 놈이 저렇게 서 있을 린 만문데.' 그래 호랭이가 저 이렇게 이리 가서 엎드리면 깔깔 대구 웃드래지 뭐야, 손자가. 그래서 죽지는 않았구나. 그런데 또 이쪽으루 엎드리면 깔깔 대구. 그러더니 호랭이가 새끼를 인제 데리러 나오는 거야. 나와서 저거 뜯어먹자. 에미가 오는데, 뒷걸음질을 해서 들어오는데. 그 또 손자 물어다 놓은 거 어떤 놈이 가져갈까봐. 그래 의심이 나니까 뒷걸음질을 하구 오는 거야, 호랭이 굴을. 이제 뒷걸음질을 하구 이렇게 오는데 '에라, 이제 기회는 왔다.' 칼을 사타구니에서부텀 치째는 수밖에 없어. 모가지를 헐려다가는 자기가 물려 죽을 테니까 뒤 항문을 칼루다 째서 죽여야겠다. 그러구서 뒤루다 빠꾸를 허구서 이렇게 오는 노무 거를 슬슬 칼루다 이렇게 이렇게 허니깐 새끼가 젖 먹으러 오는 줄 알구 슬쩍 든다? 그럴 새에 악을 쓰면서 그냥 내질렀어요, 칼루다. 근데 새파랗게 간 칼이 돼 놔서 여간 잘 뭐져? 그냥 쭉 째지는데. 팔이 그냥, 이 팔이 다 들어간 거야, 뱃대기 속으루. 아 그래 이게 도루 기어 나갔네. 호랭이가 악이 나니깐. 뱃대기는 째지구. 앞으루 '어홍' 소리를 지르구. 바깥으루 기어 나갔는데. 그래 나가니깐 뱃대기가 항문으루, 창자가 다 빠져나와. 그랬는데 지가 산대는 수가 있어? 그래. 죽은 연후에 호랭이를 곁에다 놓구선 그냥 모가지에다 칼을 꽂았어. 그래 가지구서 어린애 죽었으나 살았으나 그냥 깔깔대구 웃는 걸 봤으니까. 옆에다 끼구선 집에 와서 사랑방에 뉘어 놓구선 바깥에 가서 방에다 불을, 장작을 좀 지피구 뜨뜻하게 지펴놓구

방안에 들어가서 이불을 이렇게 보니까 가슴에다 손을 넣으니깐 가슴이 벌떡벌떡 뛰는 거야. '아 죽지는 않았구나.'허구서 그래 뜨듯하게 해놓고 또 가슴에 손을 너 넣어 보니깐 가슴이 벌렁벌렁 아주 인젠 완전히 뛰드래지 뭐야. 그 틈에 인제

"애, 아들 며느리야."

"왜 그러세요."

그랬더니

"애가 병이 어떻게 병이 났는지 말두 안허구 자기만 하는구나."

놀랠까봐

"네." ·

그러구서 옷덜을 입구서 아들 며느리가 사랑방에 와서 이불을 벗기구서 보니까

"가슴에 손을 넣어봐라."

"아유 가슴이, 자나 봐요. 색색대는데 가슴은 잘 뛰는데요."

그래 나중에 한참 앉았으니깐

"가서 물을 좀 끓여 와라."

그래서 물을 끓여다가 입에다가

"숟갈루 떠 넣어봐라."

그것두 약이래나 봐, 아마. 끓여서 입에다 서너 숟갈 떠 넣으니 눈을 뜨드래요.

"왜 그러냐? 어디가 아프냐?"

그래 말은 안하는데, 그 통에 이젠 죽지 않았으니깐.

근데 그때 팔대기가 아프드래지 뭐야. 그래 이럭하구 봤는데 여기까지 다 데 벗어졌어. 그 호랭이 살이 그렇게 뜨겁더래지. 그런데 '확' 해서 뱃대기 속으루 손이 들어가니까 그렇게 디어 벗어졌대.

"아니 왜 그러냐?" 구."

잔뎅이가 윗도리 옷을 벗으니깐 잔댕이 할 거 없이 상한 게 없어. 돌에, 악을 쓰구 들어가는 통에, 돌에 거시 굴에서 벗어져가지구.

"아니, 왜 그러냐?" 구.

사실 얘길 그때 쫙 한 거야.

"똥이 마렵다구 그래서. 아무리 손자래두 그래두 똥을 눈대니 툇마루에다가 요강을 내놓구 '여기서 눠라' 그러구선 문을 열구 이렇게 내다보구 있는데. 아 새벽에 호랭이가 덥썩 물구 달아나니 어떻게 쫓아갈 수두 없구 '이걸 어떻게 허느냐'구. 그래서 칼을 갈아가지구, 호랭이 새낄 쳤대는 소릴 듣구서 거길 찾아가서 새끼 네 마리럴 죽이구, 그 문턱에 나와서 에미 오길 기달리는데. 애를 물구서 시원한지 '애는 깔깔 대구 웃더라.' '아 죽지는 않았다'구 호랭이

가 아무 때라두 굴루 들어올 테니까 에미 조차 칼루 찔러 죽이구선 나올라구 그러는데 있는데. 이놈이 뒷걸음질을 하구서 오는 노무 걸 칼루다 배질 찔러 죽이구 앨 데리구 왔는데 애가 죽진 않구 말만 못해서 그렇지 죽진 않아서 그렇게 됐다. 안방에 데려다가 어 젖두 좀 멕이구, 좀 먹을 걸 좀 해줘라."

그러니 아니 그때에 아들 며느리가

"아유, 노인네가 그래, 자식은 한번 호랭이가 물어가서 먹으믄 다시 낳으면 되는데. 그래 노인네가, 그래 몸뎅이가 그렇게 상처가 입히두룩 그래 거길 가셨냐?" 구.

그냥 거기서 디리 눈물을 글썽글썽. 아들 메느리가 울구선 치료를 하구 온통 그래서. 부모를 위로하고, 자식 새끼두 즈 할아버지가 극성으루다 살리구 그랬대는 애기야.

[2005년 7월 27일 채록]

102. 뱃속 혼인(두 번 죽은 박정승 딸)

줄거리

박정승과 김정승은 친구로 자식을 낳으면 혼인을 시키자고 서로 언약을 했다. 김정승은 아들을 낳고 박정승은 낳았다. 그런데 박정승의 딸이 일찍 죽었다. 그런데 김정승의 아들이 시름시름 앓기 시작했다. 그때 박정승 집 하인이 박정승의 딸이 귀신이 되어 김정승의 아들에게 붙었다고 하며 이를 물리칠 사람은 박정승밖에 없다고 일러주었다. 김정승은 박정승에게 딸의 귀신을 물리쳐 달라고 청을 했다. 박정승은 딸의 귀신을 달래 어디론가 사라졌다. 그리고 딸의 비밀을 김정승에게 누설한 하인은 박정승에게 죽임을 당하고 말았다.

▣ 박정승허구 김정승 허구 둘이 죽마고우인데, 옛날서부텀. 근데 둘이 다 정승이 됐거든.(잠시 제목에 대해 물었다.) 근데 어떻게, 박정승허구 김정승허구 둘이 다 정승이 됐는데. 그때는 장가 초기니깐, 신혼 초기니깐. 어린네두 둘 다 없구 그러니깐. 서루 죽마고우니깐 하루는 김정승네 가서 놀구, 하룬 박정승네 가서 놀구. 인제 부담 없이 참 환담을 주고받구 그랬었는데. 그 둘이 환담 중에서

"우리 인제 장가 든 지 일 년 거반 가까이 됐으니까, 우리 어린네를 낳는데 자네가, 내가 아들을 나믄, 자네 딸을 나믄. 딸을 내 메느리로 줘야 되고, 내가 딸을 낳구 자네가 아들을 나믄, 내가 딸을 자네 메느리루 주기로 우리 뱃속 혼인을 하세."

그게 뱃속 혼인이야. 아 그래 세월이 흘르구 그래니깐 양쪽 정승 부인이와 임신이 됐어, 마누라가. 그래 참 세월이 흘러서 십 삭이 지나가니까 양쪽에서 다 어린앨 낳았는데. 박정승은 딸을 낳구 김정승은 인제 아들을 낳았어. 그래 하룬, 서루 종덜이

"아, 김정승넨 아들을 낳았는데 우리 대감은 딸을 낳았어. 뱃속 혼인을 했으니까 이집 메느리나 진배없지 뭐야?"

서루 종덜끼리 그러는데. 아 그래 세월이 흐르니깐 뭐 남녀칠세부동석이라구. 옛날에 아무리 뱃속 혼인을 했어두 넘나들지두 않구 그랬는데. 한 열두어 살 거반 됐는데, 지금두 그렇지만 옛날이믄 열두어 살이믄 거반 다 자랐대. 남녀간에 거반 다 자랐대. 열두살 먹은 처녀가 어린애두 낳았대잖아. 그래 혼인은 뱃속혼인을 했으니 일구이언을 할 거야? 점잖은 사람들이. 도리 없이,

"자네 아들이 내 사위가 되고, 내 딸이 자네 며느리가 될 수밖에 없네."

"아, 이를 말인가?"

"그래? 자네가 섭섭허겠네."

박정승더러, 박정승은 딸을 낳았으니까.

"아, 별소릴 다한다." 구. "이왕 맺은 혼인이니까 일구이언을 하겠나? 점잖은 사람이."

그래 택일을 해가지구 결혼식을 하세. 아 그러자구.

그런데 이 김정승으 아들이 아마 지금으루 일르면 암병일 거야, 암병. (갑자기 생각난 듯 말을 고치며) 아, 암병이 아니라 박정승에 딸이 꼬치꼬치 말라가지구 죽었어. 그래 말라가지구 죽었는데. 옛날에 뭐 그 사람이 의사가 없구 뭐 약이 없어서 딸을 죽였겠어요? 죽을 사람은 백약이 무효라구 할 수 없이 딸을 잃었는데. 그러니깐 김정승은 며느릴 잃은 셈이야, 박정승은 딸을 잃었지만.

근데 그 김정승에 아들이 열대여섯 살 치켜 됐는데, 근데 노다지 말라서 뭐 먹지두 않구. 저 식불감, 뭐 밥 못 먹구 침불안석에 잠 못 이룬다구 잠두 안 자구 먹지두 않구 그냥 앓는 거야. 그래 의살 들여서 진맥을 해두 의사두 몰라. 무슨 병인지 알 수가 없어. 병세가 나타나지두 않어요. 그래 가만히 보

더니, 의사가 하나 와가지구 진맥을 하더니,

"아, 이건 귀신이 침범을 헌 병이 돼서 이걸 장님을 들여서 경을 읽어두 꼭 장담은 못할 거구, 난다구, 이 병이래는 건 박정승이 아니믄 고칠 수가 없다."

"거 어떻게 박정승이 그걸 고치느냐?"

그래니깐

"박정승은 귀신을 보구 맘대루 귀신을 가지구 장난을 하는 분이라."

그거야.

"귀신을 잡을 수두 있구 그런 사람인데. 박정승의 딸이 원혼이 돼가지구선 이 김정승 몸뎅이에 가서 실려 있다."

그거야. 그래서 귀책이라구 그러지 귀책이니깐.

"무당두 못 고치고 장님두 못 고친다."

이거야. 그러니까 고치는 사람은 박정승 밖에 없으니

"박정승더러 우리 아들, 자네 딸은 기왕 죽었지만. 우리 아들마저 죽으믄 어떡허나? 두 집이 손이 끊기는 거 아냐. 그러니까 우리 아들을 살려주게."

"아, 이 사람아 웬만하면 살려주지, 내가 뭐 의산가. 약국을 하나 의산가? 내가 무슨 재주루다 살려주느냐?" 구.

반색을 허네.

"아, 그러지 말구 제발 좀 살려달라." 구.

그래 어떻게 죄 주먹을 쥐구 매달리는지. 벌써 박정승은 알아. 자기 딸이 거기 가서 실려서 그 김정승에 아들 병을 책질을 해서 죽인대는 걸 알았단 말야. 그래 박정승이 가만히 생각하니까 기왕 '자기 딸은 단명을 해서 죽었지만 남으 아들조차 죽일 필요가 있나?' 그런 생각을 했단 말야. '이거 도리가 없다.' 그러구선

"자네 내일은 우리 집에 발근처도 하지 마라. 그러니깐 내 말을 꼭 익히 알아듣구 우리 집에 오지 말게."

근데 그 집 종을 통해가지구선 어떻게 가 은신처를 마련을 했어. 김정승이 그래 박정승 몰래, 박정승이 어떻게 해서 병을 고치나 하구선. 인제 그걸 엿 볼려구 어디 가서 숨어서 그렇게 보는데. 근데 종 아니믄 자기 딸만 데리구

얼루 도망을 이제 박정승이 가는 건데. 종 때문에 도망을 갈 수가 없구. 종이 김정승한테다 '딸을 데리구 도망을 갔다구 또 고자질을 헐 거니깐 안 되겠다.' 그러구선. 그래 인제 물론 김정승이 또 점잖은 사람이니까 우리집에 와서 숨어서 나 허는 행동을 보지두, 엿보지두 않을 거야. 그러니까 내가 실천을, 친구를 위하고. 친구 아들을 위해서 내 아들을, 내 딸을 죽일 수밖에 없어. 그래 옷을, 판서, 저 정승이니깐 조정에 들어가는 굴관조복을 다 갖춰입구선 병을 요렇게 갖다 놔.

"너 그렇게 재주가 그렇게 용허냐?"

"아부지 허시는 일은 나두 다 헐 줄 알아요."

"니가 나하는 일을 죄 해?"

그래 귀신하구 막 얘길 하는 거야 인제, 박정승은. 거 맘대루 불르니깐. '아무개야' 그러면 귀신이 나타난다구. 그래 종이 고걸 알구서 인제 김정승에게다 고자질을 헌 거야. 그래서 살려달라구 박정승더러 그래라구 김정승을 꼬드긴 거지. '우리 정승이, 대감이 들믄 당신 아들을 살릴 수 있다.' 그래서 인제 그렇게 신령을 댄 건데.

"너 그렇게 재주가 용해? 나 허는 대루 헐 거야?"

"아부지 허는 대루 뭐든지 따라할 거야."

그래 요기를, 이건 컵이니까 요렇게 널찍허니 이렇게 돼 있다구. 이건 좁아, 병 아가리가. 그래 요게, 그 굴관제복을 허믄 (팔로 둥그렇게 아름을 벌리며) 이렇게 뚱뚱하잖아.

"요거 쪼끔두 거치지 않구 벗지두 않구 이거 닿지두 않구 요 속에 들어가서 요렇게 있을 테니 니가 그렇게 허는 수가 있어?"

"네, 해요."

그래 요럭허구 살며시 들어가는데 참 정승이, 박정승이 들어가는데 닫지두 않구 요속에 들어가서 앉어 있단 말야. 그래 딸이 요렇게 보더니

"아, 고만 나오세요."

그래, 요게 살며시 나와서 앉았는데. 그래 박정승에 딸이

"아, 그걸 못해요."

"어디 해봐라?"

그래 딸이 요렇게 (병 속으로 들어가는 시늉을 하며) 해가지구. 아 귀신이 허는 거니까. 산 사람이 하는데 그걸 못해? 즈 아부지가 하는 걸. 그래 슬며시 들어가서 요럭하구

"다 들어간 거냐?"

이렇게 박정승이 보니까 다 들어가서 앉았단 말야. 그런 연후에 왜 메밀떡으루다 붙인대면요. 귀신이 메밀떡으루 붙이구선 무쇠뚜껑으루다 이렇게 병마개를 꼭 막구서 회회 새면 얽어매가지구선. 거 뭐야, 도포 소매. 왜 이렇게 (도포 소매의 넓음을 강조하며) 돼 있잖아? 집어넣구서 뭐 얘기두 안허구 그냥 간 거야. 그걸 가지구 인제 갖다 강에다 넣거나 엇다 파묻던지 헐 거지, 박정승은. 그래 그때 나와가지구 종두

"대감 나오세요." 그러구선 종이 기별을 할 줄 알았는데 아무 소리두 없구. 간 지가 한참 됐는대두 아무 기별두 없거든. 근데 '이거 어떻게 된 거야?' 기다리다 못해서 슬슬 나와가지구선 보니깐 아 빈집이지 뭐야. 텡텡 다 비었어. 근데 바깥에 나오니깐 기냥 사람을 발기발기 찢어서 울타리에다 죄 걸어놨어. 그래 보믄, 가만히 생각을 해보니깐 그 대가리를 떼다가 대문간에다 이렇게 걸어놨어. 머리꼬랑지를 해 가지구. 근데 아마 종이라구, 박정승네 종이야. '네놈 때문에 우리 딸이 두 번 죽음을 한 거다. 니가 가만히 있었으믄 박정승이 내가 귀신을 보는지 뭘 허는지 몰라. 그럼 살려달라구 그러지두 않았을 거구. 니가 고자질을 허구, 나 딸허구 얘길 허는 걸 항시 엿보구 있다 김정승한테다 고자질을 해서 김정승이 우리 아들, 자네가 들어가면은, 들면은 아들을 살릴 테니깐 제발 살려달라구 애원을 하니 친구지간에 안 살려줄 수두 없구, 그래서 우리 딸은 두 번 죽음이야. 너는 한번이나 죽어라.' 그래구선 그 종에 시체를 발기발기 찢어서 그냥 울타리에 걸구서 머리는 그 대문간에다 그렇게 걸어놨대. 그래 딸이 두 번 죽음을 한 거야.

"왜 거기 가서 실려가지구 남으 아들까지 죽일려구 그러느냐? 너 그러지 말아라."

천생 인연을, 부모가 맺어준 거니까, 천생 거기 가서 달라붙어서 죽든지 살든지 그래서 거기 가서 달라붙어 있는 거라 그거야. 그래니깐 귀신이 사람한테 달라붙으니 성한 사람두 죽을 수밖에 더 있어? 그래서 딸이 두 번 죽음 했대는 거야.

(잠시, 어렸을 때 한문 공부한 내용과 열일곱 살에 들어간 심상소학교 다니던 일에 대해 자세히 들려주었다.)

[2005년 7월 27일 채록]

103. 병이 고황에 들어 고치지 못한 편작

● 줄거리

어느 사람이 병이 든 아들을 고치기 위해 편작을 찾았다. 그러나 그 사람은 어깨에서 동자가 나와 고황으로 들어가는 꿈을 꾸었다. 편작이 그 사람을 진맥해보더니 병이 고황에 들어 살릴 수 없다고 그냥 돌아갔다. 그 사람은 결국 죽고 말았다.

▣ (편작이 고치지 못한 병이 무엇이냐 물으니 편작에 대한 세 편의 이야기를 들려주었다.)

[채록자 : 편작이 명의는 명의인 모양이지요?]

전엔 해부 이외는 못 고치는 병이 없었대요. 그래 자기 병을 수의편작이나 불가능이라. 자기 아들 병을. 그래 자기 아들이 병이 들었는데, 그땐 해부래는 게 아무리 명의래두 해부를 못했거든? 그러니깐 알구선두 못 고치는 거야. 자기 아들 병이. 저 간이, 지금 뭐 간 기관이라구 그래나? 간암은 암인데, 구녕 뚫리는 게. 근데 간이 구녕이 뚫려 가지구 도대체 고칠 도리가 없어요. 알긴 알아두. 그냥 두면은 종말에 가서 죽는 거야, 아들이. '아, 이거 내가 편작이라'구, 세계에서. 그때는 세계는 논할 때가 아니였었구. '일개 국에서 제일 명의라구 소문난 놈이 제 아들을 죽였대믄 이게 말이 아니니까. 내쫓을 수밖에 없다.' 그래 하루는 즈 아들을 불러서

"네 병은 내가 알긴 아는데 그걸 고칠 의술이 없어. 널 죽일 수두 없구. 어

디 나가서. 네 명에 죽게 되믄 죽구. 또 만일에 운이 좋아서 살믄 또 서루 만나는 거구. 그러니까 나가라."

그러니까 아부지가 나가래니까 나가주구. 그래 뭐 집집이 자기 집이구 자는 데가 저의 안방이구. 그래 몇 십년을 그렇게 돌아댕기믄섬 대개 집이서 자는 일이 없구. 뭐 산 같은데, 그냥 밭 같은데 이런데서 눠 쓰러지는 데가 저의 방이지 뭐야. 그래 한 이십 년 가까이 유리개걸을 허믄섬 돌아댕겼는데. 항상 자기 아버지는 편작이는 내 자식이 내쫓았는데 자기 명예를 생각하구 자식을 내쫓았는데. '아 이놈이 어디 가서 죽었나? 원 살았나?' 뭐 살수가 없어 도저히 자기 의술루 생각하믄 아들이 살 병이 아니니깐 물론 죽긴 죽었는데 에기 어디 가서 여우 밥이나 되진 않았나? 죽어서.

(그래 연속해서 세 가질 다한테다 다 얘길 해야겠네.)

그래 가지구서 한 이십 년 흘러가는 도중에 한 사람이 아들을 하나 뒀는데 역시 자기 아버지두 의사야. 근데 아들을 병을 못 고치는 거거든. '참 거 이상스럽다.' 그러구서 자기 아버지를 원망하는 게 아니라. '자기 아들을 의사가 못 고친대는 게 도대체 일이 아닌데 이걸 어떡허냐?' 하구서 그래 할 수 없이 편작이를 우습게 알았어. 자기 의사니까 의사가 그 사람 참 정말 좋은 의사라구 그러는 사람이 별루 없다구. 깔보구 그 사람 얘기하믄 환자들이 전부 글루만 모이니깐

그 사람 뭐 시원치 않다구 뭐 이렇게 환자들 보고 이렇게 얘길 허믄 자기 앞으루 오구 이런데. 자기 아들을 편작이 모냥으루 못 고치는데 어떻게 허느냐 말이야 그래 할 수 없이 종말에 편작일 찾아갔어.

"우리 아들을 내 재주루다 성심성의껏 돌보구 약을 썼었는데 도대체 낫질 않구, 인젠 죽게 됐으니 그 아들 좀 어떻게 고쳐달라." 구.

"아, 집이서 못 고치는 걸 내가 어떻게 고치느냐?" 구.

"편작 선생님은 고쳐."

"뭘 고쳐? 난 내 아들을 내쫓았어."

인제 의사니깐 의사끼리 인제 실지 얘기를 한 모양이야. 그래

"내 아들 내쫓았다." 구.

"나 역시두 이 근방에서 편작 선생님 빼놓군 이런 의사라구 소문이 났는데, 내 아들이 거반 다 죽게 됐어. 그러니 내 여기 헐 수 없이 찾아왔으니깐 좀 봐 주슈."

그래 가만히 생각을, 그거 그래두 의사의 친구가 모처럼 찾아왔는데 말을 안 들어줄 수두 없구. 그래 헐 수 없이 거길 가는 거야. 먼 덴데, 차일피일 할 거 없이 '에이, 이왕이믄 좀 병이 더 중하기 전에 가 봐야지.' 해서 떠나가는데. 거, 아들이 꿈을 꾸는데, 환자 양 어깨에서 동자 하나씩 나온단 말야. 여기서두 어깨가, 동자가 하나 나오구 이쪽에서두, 그래. 동자 둘이 서루 뫼가지구, 뭐라구 실언을 허냐 하믄

"이젠 우리가 죽을 병이다. 인젠 죽게 됐어."

"왜 죽느냐?"

그러니깐, 한 놈이

"아니 편작 의사를 부르러 갔어.

"그럼 편작은 뭐 침으루두 찔려서 우리가 죽을 거구 약을 써서래두 죽을 거니깐. 우리는 도저히 어디 피난할 곳이 없어. 그러니깐 우린 죽는다."

그러니까 한 놈이 벌떡 일어시더니

"야, 좋은 수가 있다."

"뭐 좋은 수냐?"

"피난 곳 있어."

"뭐? 피난 곳이 어디야?

여기 저 목 뒤에, 여길 뭐라구 그러냐 하믄 고황이라구 그런다구, 고황.

"고황땅이래는 덴 약불입침불입이야. 약두 암만 먹어두 거긴 효력이 없구 침두 거긴 못들어 온다."

그거야. 침을 거기는 못 준대요. 그러니깐

"아무리 편작이 와두 고황땅으루 우리만 들어가믄 고만이야. 뭐 이래라 저래라 헐 필요없이 글루 가자."

"아, 좋다."

그러구선 환자 꿈에 골루 동자 둘이 다 들어가드래지 뭐야.

"아, 그 벨 꿈 다많다."

허구선 깼는데 편작이가 왔거든. 게 새면 진맥을 허더니 지금으루 허면 청진기 것은 걸 드리대믄서

"어유, 이 환자는 못 고치겠오."

"왜 못 고치느냐?

병이, 인제 그저 동자가, 고황땅으루 들어갔대는 게 아니라, 병이 고황땅으루 들어갔어. 그러니까

"거긴 약불입침불입이야. 약두 거진 암만 먹어두 들어가지 못허구 침두 거긴 못 주는 데야."

그러니깐

"이 환자는 못 고친다."

그러구선

"난 가겠오."

그러니깐 이 환자가 먹고 싶은 대루 약간만, 지금도 거 저 대학병원 같은 데서 못 고치면 집이 가서, 암이니까 '먹은 싶은 걸 달래는 대루 좋은 거나 멕이다가 끝을 봐라.' 그러구서 퇴원시키는 데가 많다구요. 어디 일산인가 환자, 암환자 뫼는 데가 있어요, 일산. 거기만 가믄 죽어가는 거야. 그 식으루다

"나 가겠다." 구

그리구선 하구 갔는데. 그러구선 며칠 안돼서 환잔 인젠 고황땅으루, 귀신이 들어가서. 인젠 병이지, 병이 고황으루 들어가서 못 고치구 그 아들을 죽였대는 애긴데. 그래 편작이두 알면서두 못 고쳤대는 애기지. 알면서두.

[2005년 7월 27일 채록]

104. 편작을 속이려다 도리어 죽은 사람

● 줄거리

편작이 지나가자 밭에서 김을 매고 있던 사람이 편작을 시험하기 위해 밥을 먹고 배가 아프다며 언덕에서 데굴데굴 굴렀다. 편작이 진맥을 해보더니 창자가 끊어졌다고 했다. 사람들은 믿지 않았지만 그 사람은 몇 시간 후에 죽고 말았다. 편작을 시험하려고 잔꾀를 부리다가 오히려 죽은 것이다.

▣ 근데 편작이가 집이서 누가 불러서, 좀 봐달라구 그래서, 환자를 봐 달라구 불러서 가는 중인데. 농사꾼덜이 쭉 뫼가지구, 여름에 농사꾼이 김을 매다가 점심을 쥔이 내다주니깐 한 십여 명이 뫼 가지구서. 아 그땐 맥반이지 맥반, 보리밥. 보리밥 한 그릇을 냅다 먹구선 그 더운 데 그냥 비벼서 한 그릇을 다 먹었는데. 배는 여간 부르지 뭐. 그래

"아, 배 불러 배불러."

그리구 있는데 이렇게 일꾼들이 보니까 편작이가 나오거든, 걸 근방에 지나가더라구. 그래, 나이 많은 사람이

"어이, 저기 편작선상님 지나가는군."

"아, 그 사람이 그렇게 잘 알아요?"

"아, 잘 알구 말구. 국내 명인데 그럼 못 고치는 병이 없는데, 그럼."

"아, 자기 아들을 내쫓았는데 뭘 고치느냐?"

그거야.

“거, 자기 아들을 내쫓은 거보담두, 자기 명예두 생각허구 걔 장래두 생각허구. 집에서 죽는 거보다 나가서 휴양두 허구 그리믄 좀 날까 허구 그랬지, 내쫓긴 뭘 내쫓느냐?” 구.

나이 많은 사람은 그렇게 답변을 하구 그러는데. 젊은 놈들이

“어디 명인가 어디 한번 시험을 해보까?”

“임마! 시험은, 무신 시험을 하냐?”

그래 한 놈이 괜히 생으루다 대굴대굴 기냥 언덕에서 내리 기냥. 이리 굴르구 내리 구르구 배가 아프다구 발광을 하는 거야. 생으루 안 아픈 걸 배 아프다구. 그래 지나가니깐 그 젊은 놈이 가서 편작이 앞에서

“아유, 저기 일꾼 하나 점심을 먹더니 배가 아프다구 저렇게 대굴대굴 구르니 어떻게 침을 주든지 약을 좀 임시변통 주시믄 어떻게느냐? ”

그래

“어디 가보자.” 구 “별안간 그러냐?” 구. “먹은 게 체했나?”

그래 진맥을, 반듯이 뉘어놓구 진맥을 허니깐, ‘아, 창자가 끊어졌어.’ 그래서 침으루다 창자를 이렇게 비비 틀어가지구선 창자를 이은 거야, 인제. 그래 가지구서

“어때냐? 구

그래서

“어유, 배가 안 아프다.” 구.

편작이,

“이놈아, 배가 안 아파? 창자가 끊어졌는데, 이놈아 배가 안 아파? 이 저 환자는 창자가 끊어졌어.”

아, 그래 인제 본인두

“창자가, 엠병할 놈아. 무신 창자가 끊어져?”

그 동무덜두 부러 쇡힐려구 헌 건데, 창자가 끊어졌대니

“에라, 천작이구 편작이구 뭐 아는 게 뭐 있어? 엠병. 속힐려구 한 건데 뭐 창자가 끊어졌어?

그리구

"나 간 뒤에 세 시간 내에 이 사람은 죽어. 그러니깐 알아서 이 집에 기별허라." 구.

"아, 벨 미친 놈 다 많다." 구. "편작 커녕 아무 것두 몰른다." 구

그러구선 침을 빼가지구

"난 간다."

그래놓구선 갔는데. 가믄서 나이 많은 사람더러

"이 침으루다 창자가 끊어진 걸 지금 이어 놨어. 그래 나 쇡히느라구 이 언덕에서 내리 굴르구 이리 굴르구 저리 굴르구 그래서 창자가 그냥 보리밥 먹은 노무 게 잔뜩 해가지구, 이리 굴르구 저리 굴르구 그러는 통에 창자가 끊어졌다."

그거야. 그러니까

"죽는다."구.

그러구서 거 한 사십 보도 못 간 연에 '죽겠다'구 그러구서는 하품을 멫 번 허구, 그러더니 죽어자빠졌어. 그래 자기 집으루 기별을 허니까

"왜 그랬냐?" 구.

"아 보리밥을 잔뜩 비벼 먹구선 이 언덕에서 내리 굴르구 편작이 지나가니깐 용캐 아나 생으루다 편작인 속휜다구 했는데 이 창자가 끊어졌다." 구.

그런다구.

"에, 나쁜 놈덜같으니라구. 이놈아! 편작이가 그럼 용하구 소문이 났는데. 국내 명의라구 소문이 났는데 아 그런 사람을 쇡히느라구 밥을 먹구선 내리 굴르구 그래. 그래니깐 창자가 에미 소화가 돼가지구 내려와야 하는 노무 걸. 이리 굴르구 저리 구르구 그래서 소화가 되지두 않은 노무 게 창자루 내려와가지구 창자가 끊어졌어.

그래서 장사를, 김매다 말구 편작일 쇡힐려구 그러다가 한 놈은 또 죽었대.

[2005년 7월 27일 채록]

105. 아들 해부한 편작

◉ 줄거리

불치병에 걸렸던 편작의 아들이 십 년 만에 병이 완치되어 집으로 돌아왔다. 병이 어떻게 고쳐졌는가 궁금한 편작은 아들을 해부해서 그 원인을 밝혀냈다.

▣ 인제 그런 도중에 집일 가니깐 아들이 이십여 년 만에 왔어. 인제 편작이 아들이. 근데 아들은, 아부지는 아들을 그래두

"아유 니가 어떻게 참 살아왔니?"

아부지는 늙어서 머리가 허옇구 뭐 주름살이 집히구 그랬으니깐 즈 아부지를 잘 모르구

"아유, 할아부진 안 계셨었는데, 할아부지네."

아 그래, 편작이두 늙는 걸 방지 할 수 없다. 참 그러나 저러나

"네가 살아와서 참 다행은 다행인데, 그래 니가 어떡해서 그래 살아왔단 말이냐?"

그래니 뭘 먹어서 살았대는 소리를 증명할 수 없어, 본인으로서두. 벨 노무거 산 열매구 죄 따먹구. 먹는 거믄 과실을 죄 따먹구 밥두 하루에 한 끼씩, 뭐 이틀에 한 끼씩 얻어먹구선 그렇게 생게 유지를 했는데. 그래 병이 자연적으루 나아가지구선 인제 자기 집을 찾아갔는데. 그래 편작이가 가만히 생각

을 허니깐, 그래 자기 아들이

"뭘 먹구선 병이 낫느냐?"

물어두 아들은 대답을 못 허구. 뭘 수백 가지 먹구 그랬는데, 뭘 먹구서 낫는지 본인두 모르지, 아나? 그러니깐 편작이가 헐 수 없이 '그래 뭐 이소역대래드니 쪼끄만 걸 가지구 대를 살려야지. 야 안되겠다.' 아들을 해불해 가지구 뭘 먹구선 이 병이 낫나? 간질인데, 간병인데. 전엔 간질이면 지랄하는 걸 간질이라구 그래지 않았어? 그래 하여튼 간병, 간질인데. 그래 아들을 헐 수 없이 잡아가지구선 해부를 해서 이렇게 보니깐 산이슈라라구 있어, 산이슈라. [채록자 : 산이슈라요?] 보리수 같은 노무 게 이만큼씩 헌 노무 게 있다구, 산열매가. 그래 그거를 그냥 씹어서 먹었을 거야? 통채루 생키구 생키구 그랬는데. 그것두 괜히 거짓말이지. 아 식도루 간 노무 게 어떻게 간으루 들어가서 그 간 구녕을 산이스라 씨가 맥혀? 고 간 구녕 뚫린 데마다 산이스라 씨가 하나씩 들어가서 꼭꼭 맥혀 있드래여. 그래서 그 병이 난 거야. 그래 산이스라 씨가, 거기가 맥혀 있으니까 피가 옆으루 새나가지두 않구 원 체중으루 피가, 혈관이 퍼져가주구선 병이 자연적으루 나서 들어왔는데. 대중을 위해서 그 병은 내 아들을 죽임으로써 다른 사람을, 대중을 살려야겠다. 그래가지구 자기 아들을 해부를 했는데, 해부를 했으나 그거를 꿰매야 하는데 꿰맬 재주가 없었거든. 그래 헐 수 없이 자기 아들을 죽였대는 거야. 자기 아들을 죽임으로써 여러 사람을 살린다 그거지 뭐야.

[2005년 7월 27일 채록]

106. 팔자 고친 포천 장작장사

◎ 줄거리

포천 사람인 나무장사가 나뭇짐을 지고 서울로 팔러 갔다. 한 집에서 나무를 사겠다고 나무꾼을 불러들였다. 그 집 여주인은 나무꾼을 목욕시키고 대접을 잘 하며 함께 살자고 했다. 대접을 잘 받고 돌아가 마누라한테 이야기하니 그 여자 청을 받아들이라고 했다. 나무꾼은 그 서울 여자를 마누라로 맞아들여 시골의 가족을 불러들여 잘 살았다.

▣ 아마 중간쯤일 거야. 구한국시대는 아니야. 이것두 포천 사람인데. 근 어디 지명은 자세히 모르겠어, 포천사람이래는 거만 알지.

근데 장작을 한 짐, 한 짐이 아니라 소에게다 장작을 패 갖구 양쪽에다 싣구서 다녔다구, 서울을. 그래 어떻게 황소나 되나, 암소지. 암소에다 질마를, 장작을 잔뜩 실구선 서울을 걸어 서울 따라 올라가가주구

"낭구 사려, 낭구 사려"

허구 한 집에 가니깐, 개와집인데. 이렇게 보니깐 참 장작장사래두 얼굴이, 관상이 복스럽게 생겼다구. 쥔이 내다보니깐, 근데 여자주인이야. 그래 문을 하인더러, 여자 하인인데.

"저 대문을 활짝 열구 소를 이 안마당으루 끌구 들어오라구 그래라." 구.

"아유, 장작은 안아 들이면 되지요. 부정스럽게, 또 소가 안마당에다 똥을 누면 어떡허느냐?" 구.

"아, 똥 누면 치우면 그만이지 뭘, 장작장사 일루 들어오라 그래라." 구.

그러니깐 뭐

"부엌에다 부리라."

그러라구. 그러니깐 뭐 여자더러 코뚜렐 부뜨르라구 그러구 부엌문턱에다 여자더러. 암소니깐 뭐. 코뚜렐 여자가 붙들어두 괜찮은데. 그래 북두라구 있어. 북두라구, 북두갈구리라구 있었거든. 그게 바야, 바. 그저 북두갈구리가 이렇게 생겼는데 (손가락을 구부려 보이며) 쇠 뼉다귀 저 뿔, 뿔을 이렇게 홈을 파가지구 갈구릴 만들었거든. 그래 여기 구녕을 뚫러가지구, 바를 한 쪽에다 붙들어 매놨어. 그래가지군 저쪽에서 붙들어가지구선 그 갈구리에다 고리를 지어가지구 잡아당기믄 죄 진다구요. 그래 북두갈구리라구 그러는데. 그걸 풀러놓으니깐 와르륵 하구 장작이 쏟아지니깐. 그래 갖다 소를 저쪽 대문간에다 매 놓구선, 인제 그걸, 장작을 부엌에다 치 쌓아놓구 있는데. 그 쥔마누라가, 거 젊은 여자야. 마누라두 아니야. 한 삼십 댓살, 그 정도 된 주인마누란데. 근데 과부야. 그래

"여기 와서 앉으라." 구.

거기 인제 안방에서 툇마루 있는데 거기다 앉혀가지구.

"장작장사를 몇 번을 했느냐?" 구.

그랬더니

"서울 수십 번 올라와 봤지요."

"근데 여태 돈을 못 뫘느냐?"

"소 밖에 모은 게 없어요, 소 한 바리."

"처음엔 지겔 지구서 여기 왔었다."

그거야. 그래

"돈을 뫄서 암소를 샀다."

그거야.

"아, 그러냐?" 구.

거 보니깐 기운꼴이나 쓸 거 같구. '에라 저 놈을 붙들어가지구 내 여생을 즐겁게 살아야겠다.' 그러구.

"아, 똥을 누믄 어때. 똥을 누면 치우믄 그만이지."

그래가지구 저 잘 사는 사람은 옛날에두 목간통이 있었대요. 그래 목간통에 들어가서

"일루 오라." 구.

"왜 그러세요."

"일루 따라오라." 구.

따라갔더니

"옷 다 벗구. 여기 들어가서 목간을 하구 머리두 감구, 이 망건을 여기 있으니 망건을 쓰고 이 옷을 갈아입어라."

이거야. 명주바지 저구리 고 담엔 삼팔이라구 있었거든. 삼팔이 명주 다음에 나왔었거든. 그땐 명주 바지저고리믄 고만이었어. 그걸 내주고선

"이걸 갈아입어라."

아 이게 어떻게 된 영문인줄 몰르구. 장작장사는 벌벌벌벌 떠는 거야.

"떨 필요 없다. 나두 사람 좋은 사람인데. 내 말을 들어라. 내 말만 잘 들으믄 당신 잘 먹구 살아. 자기 가족두 다 멕여 살릴 자신이 있으니깐 내 말 들으라." 구.

그래 할 수 없이.

"당신 이제 내 말 안 들으믄 여기서 소 가지구 집이 못 가. 내 젊은 놈, 부랑자 몇만 부르믄, 당신 때려 죽여서 여기 파묻어두 당신 호소할 데두 없어. 내 말만 들으라." 구

가뜩이나 떠는데 그런 소리를 들으니 더 떠네.

"해 본 소리구, 그렇지 않으니 우선 목간을 허라." 구.

그래 목간을 하는데 때가 제미 참 대패루 밀어두 북북 밀리는 때지. 목간을 한 번 해봤어? 네기 산골에서 장작이나 패서 팔구 그러든 사람인데. 그래 목간을 허구나서. 기냥 뭐 전에 속내의라는 게 물물루다 등걸이 잠뱅이가 있었는데. 그거 입구나서 명주 바지 저고리릴 딱 입구서. 기냥 그 마누라가 머리를 빗어 상투를 다시 비틀어 짜 주구. 참 은동곳이면 그만이었거든, 전엔. 금동곳이래는 소린 못 들었어. 은동곳이야. 은동곳을 꽉 끼워 주구 망건해가지

구 냅다 참 치장을 채려 놨는데. 그런 마구자는 있었어. 조끼는 별루 없었어두, 마구자를 떡 입혀놓구 보니깐 참 잘 생겼드래. 미남자지 뭐야. '아, 왜 이런 남자 초바람에 못 만나구 인제 중년에 와서 이런 남자를 만났나?' 그래 그럭저럭 허니깐 점심때가 됐지 뭐야. 밤새서 올라가는 거야, 인제 서울을. 게 아침은 고만 거르구선 장작 팔러댕기다가 그 집에 점심 때가 거반 됐는데 거기 들어갔는데

"점심 채려 오라." 구.

마누라가 겸상을 해서, 하인 마누라가 그러니깐 주부를 뭐라구 부르나? 주부두 아니구 식모라구 그러지. 식모더러

"점심 겸상을 해서 채려오라." 구.

'아 저 양반이 참 여지껏 저런 얘기가 없었는데 이 장작 장사는 받아들이구 그래 옷까지 해 입히구 데리구 살 건가?' 그러구 가만히 해서. 그래 점심을 해서, 에미 부자집이니까 전부 갈비찜 뭐구 그냥 고깃국에다 반찬두 갖춰서 딱 한 상 차려왔는데. 둘이 겸상을 해 줬는데 어 이게 감불생심 거기 앉아 먹을 수가 없는데 이게 수그리구 그러는데

"아, 고갤 쳐들구 그래라구. 내 집으루 알구서 식살 하라." 구.

그래 디리 억지루 먹는둥 마는둥 허는데. 근데 맛은 기가 막히게 좋지 뭐야. 모든 것이, 반찬이구 국이구 고깃국인데. 밥두 평생 이밥은 먹어보지두 못한 노무 거. 한 그릇 다 때려서 먹구선. 그래 배는 고프니깐 한 그릇 다 먹었지 뭐야.

"아, 식사 잘 하는구랴."

"아, 인제 가야 할 텐데 장작 값을 달라."

그거야.

"장작? 어서 소나 가서 팔라." 구 그 여자더러

"아무개 아저씨 와서 이 소나 사가라구 그러라." 구.

"아, 소를 사 가믄 난 어떻게 하느냐?" 구.

"아, 글쎄 염려 말라." 구.

"소를 팔믄 어떻게 하느냐?" 구.

"아, 글쎄 염려 말라." 구. "뒷책임은 내가 다 질 테니깐 염려 말라." 구.

그래서 그랬더니 웬 남자가 와서

"아 이거 쇠값이요."

그러구 쇠값이라 그러구 암소 값을 집어주구. 그 뭐 장작장사는 주지두 않구 자기가 옆에다 이렇게 집어넣구선

"이거 내가 쓰지두 않을 거니깐 의심하지 말라." 구.

아 해가 넘어갔는데

"가야 할 텐데 어떻게 하느냐?" 구.

"가긴 인젠 나하구 살 수밖에 없어. 아무 염려 말구 당신 처자식을 다 멕여 살릴 거니까 염려 말라." 구. "한 열흘 있다 내가 보내줄 테니깐 그때 집이 댕겨 와. 내가 돈을 쇠값하구 장작값 모두 해서 다 줄 테니 염려 말구 여기서 자구 먹구 하라." 구. "가서 괜히 애쓰구선 산에 올라가서 장작을 져다가 그걸 밤을 새서 여기 와서 파느냐구." "이젠 내가 멕여 살릴 테니깐 염려 말구 당신은 나만 사랑해 줘."

그리면 옛날엔 사랑이 있었는지 몰라두. 지금 말루다

"사랑해 줘. 그러면 내가 당신 해달라는 대루 뭐든지 다 해줄 거야."

저 알구보니까 큰 부자더래. 근데 그 재수가 없어가지구 남편이 죽어서 재산을 다 몰수한 거야, 그 여자가

[채록자 : 그래서 부잣집 마누라 데리구 살았네요.]

아 그런데 한 열흘 있다

"인제 집이 가 보라구. 집이 식구가 당신이 죽었는지, 강도 만나서 죽었는지 모르니깐 이 돈을 가지구 부인하구 아들한테 뵈 주구선 이거 먹구선 살구 인젠 농사구 뭐구 일두 마누라 시키지 말구 내 나중에 다 일루 불러 올려가지구 잘 살게 헐 테니깐 그때만 기다리라." 구. "이게 벨안간 안되니깐 멫 달은 있어야 되겠다." 구.

그래 돈을 한 짐 잔뜩 지구 간 거라. 그때야 뭐 엽전이니깐 한 짐 잔뜩 지구 갔지, 뭐. 그래 마누라가

"아니 근데 뭐하는데 인제 오구. 그 소는 어쨌냐?" 구.

"아, 소 팔아먹었지."

"소를 팔믄 인제 우리 식군 어떻게 하느냐?" 구.

"아, 그 대신 소 판돈을 가주 왔어. 소 판돈 이것만 가지믄 멫 바리를 사구 선두 남을 거야."

그래 마루에다 그 돈 가방을 확 쏟으니까 에기 소 몇 바리 값인지두 모르는 거야. 마누란 시지도(세지도) 못해, 아 아들들이 오더니

"아이구! 웬 노무 돈이 이렇게 많으냐?" 구.

"소 판 돈이다."

뭐라구 그럴 수 없으니까. 마누라 얻어가지구. 그래 나중에 마누라 하구 자믄섬

"사실 그렇게 돼가지구서 거기서 소두 여자가 팔아주구, 이 소 멫 바리 값을 여기다 넣어주면섬 마누라 자식허구 가서 내 책임질 테니깐 가서 자세한 얘길 하구선 도루 며칠 쉬다가 올라오라 그랬는데 또 가야 되겠소, 안 가야 되겠소?"

웬만한 여자같으믄

"그 까짓 거 돈두 돈이지만 부부간에 그게 떨어져 살믄 되느냐?" 구. "가긴 어딜 가느냐?"

그럴 건데.

"아이구, 그 은공을 생각한들 무던한 사람이니까 어서 가셔야 돼요. 처자식을 생각해서라두 또 가야한다." 구.

그래 또 보냈는데

"아유, 참 난 안 올 줄 알았드니 또 왔구랴. 참 부인이 대단한 부인이라." 구.

그 자기 부인이 얘기한대루 고대루 얘기를 했대.

"아유, 그런 무던한 분이 어디 있느냐?" 구.

"시골집을 팔구 일루 올려올 수밖에 없어. 여기 집을 팔구 글루 내려간대는 거는 말이 안 되는 거니깐. 그 집을 헐값에 팔구서 식구를 일루 다 데리구 오시오."

그래가지구선, 그 시골집 팔아야 그 까짓 거 멫 푼 어치나 돼. 논밭 전지는

얼마 없구, 장작장사나 해먹구 살던 사람인데. 또한 십여 일 말미를 줘서 장작장사하던 집이구 뭐구 죄 동네 사람을 기냥 돌라주다시피 하구 도끼 하난 가져 왔어.

"아, 도낀 글쎄 뭘 할려구 가져왔냐?"

"아 도끼 때문에 이게 당신두 만나구, 이게 은인을 만나게 됐어. 이 도끼 아니믄 내가 여기 올 리두 없구. 그러니깐 이 도끼가 나를 살려주고 나를 당신을 만나주는 길잡이가 된 도끼야. 그래서 이거 내가 내버리지 않구 가져 왔다."

"아, 그러냐?" 구.

영감 잔댕일 뚜덕뚜덕허면서

"참 심지가 깊은 분이라." 구.

그래서 장작장사허다 그 사람은 큰 부자가 됐어.

[2005년 7월 27일 채록]

107. 오성자손 오서방

● 줄거리

한 사람이 오서방인데 오성의 성이 오씬 줄 알고 오성의 자손이라고 자랑을 했다.

▣ [채록자 : 오성자손이 왜 오서방입니까?]
"난 이아무개요."
그러믄, 그 사람은 오간데
"난 오성 자손 오서방이요."
그랬다구. 오성이 경준 이간데 에기 오간 줄 알구, 오성이 오간 줄 알구
"난 오서방이요."
그랬다구. 그 얘기는 고만 둬야지.

[2005년 7월 27일 채록]

108. 칠십에 낳은 아들 위해 남긴 유언(칠십에 생남자)

● 줄거리

칠십 먹은 노인이 아들을 두게 되었다. 노인은 죽으면서 '칠십에 생남자하니 비오재라. 가정지물을 부서하노니 타인은 물침이라.' 하는 유언을 남겼다. 그런데 그 노인의 재산을 사위가 차지했다. 아들이 성장한 후 억울해서 소송을 걸었다. 마침 그때 아홉 살 난 원님의 아들이 풀이를 잘 해 노인의 아들은 아버지의 재산을 찾을 수 있었다.

▣ 옛날에두, 참 장가를 늦게 들어가지구 뭐 십년 육칠년 있어두 참 부인이 병이 있었는지, 남자가 병이 있었는지. 알 수가 없어서 임신을, 임신이 안돼서 십년 가까이 살았는데. 그래 칠십이 거반 다 남자는 됐어. 그래 남자가 칠십에 아들을 하날 낳았는데, 언네를 낳았는데 참 아들이야. 근데 가만히 생각을 허니깐 인간 칠십 그땐 칠십고래희라구. 사람이 칠십이 되믄 옛날이나 지금이나 드물게, 사는 사람이 드물었다구 다 죽었지. 그래 인간칠십 고래희인데. 그래 나는 그래두 명이 하늘에 닿아서 여지껀 살았는데. 부잔데 칠십에 생남자 허였으니 내가 뭐 아들에 효돌 바랄 수두 없는 거구. 인제 나 생명이 다 된 사람인데, 이걸 어떡허나 어떡허나 허구 이렇게 봤는데. 게 거기다 그러니깐 유서지, 유서를 쓰는 거야. 그래 유서를 어떻게 썼느냐 하믄 인제 사위두 불르지두 않구 자기 혼자 썼는데. 칠십에 생남자허니 비오재라. 내 아들이 아니라 그거야. 가장, 가장이 아니라 가정이지. 가정지물을 부서허노니 사

위 서(婿)자, 부칠 부(附)자, 사위한테다 부치느니 말이야, 타인은 물침허라. 타인은 거기 참여허지 말라 이거야. 손두 재산에 대해서는 왈가왈부 할 필요 없다, 사위 이외는. 인제 그렇게 썼어.

그래 인제 아들이 그래두 장성했을 거 아냐? 그래 아들이 재산을 내 꺼라구 그러니까 사위가

"마, 네께 무신 네꺼냐? 장인께서 돌아가실 때 유설 써놓구 돌아간 게 있어."

"거 어디 보자."

아 보니깐 '칠십에생남자허나 비오재라. 가정지물을 부서허노니 타인은 물침하라.'

"그래 너두 타인이야. 사위 이외에는 여기 손대지 말라구 이렇게 써 붙였는데 뭐 어떻게 헐 것이냐?"

아 아들이 장성하구 재산, 부모의 재산인데 원 반을 노놔준대두 그 원한테다 고소는 안 하는 건데. 쪼끔두 안 줄려구 그러니깐 제 매부가 괘씸해서 원한테다가 고솔 했어, 또. 이걸 어떻게, 아부지 재산인데 매형이 이걸 날 하나투 안 주구 혼자 독식을 헐랴구 그러는데 이런 억울할 데가 어디 있느냐? 이렇게 상신을 했는데. 뭐 원이 읽어봤댔자 꼭 글대룬데, 재판을.

'칠십에 생남자허니 비오재라. 가정지물을 부하노니, 부서허노니, 부서허구, 사위에다 부치노니 타인은 물침하라. 그 이외에는 아무도 여기 손대지 말라.

"나 역시두 도리가 없다. 사위 꺼다. 너는 타인이야. 그러니까 물러가라."

근데 아홉 살 먹은 이웃집 애가 글방엘 다녔는데. 걔가 그 원에 아들이야, 원. 그러니깐 판결하는 판사지 뭐야, 전엔 원이. 웬만한 사건은 전부 원이, 옛날엔 해결을 했는데. 그래 참 그걸 보믄섬, 아들이 또 총명해서, 아홉 살 먹은 아들이 그걸 보자구. 그래서 뵀더니 그래

'칠십에 생남자허니 비오재라. 가정지물을 부서하노니 타인은 물침하라.' 그래 가만히 생각하니깐 '아 요렇하믄 이길 것 같단 말야.' 칠십에 생남잔들, 칠십에 아들을 난들 비오재리오, 비오재라를 갖다, 거 토를 비오자리오야, 어째 내 아들이 아니냐 말야. 칠십에. 그래 가정지물을 이제 부치노니 서는 타인이라. 사위는 다른 사람이야. 저 서는 그러니깐 '가정지물을 부서허노니' 그

러질 않구 가정지물을 부하노니 서는 타인이라, 서를 고 밑에다. 사위는 다른 사람이라. 물침허라. 거기 손대지 말라. 아, 이럭허믄 그 아들이 재산을 차지할 거 아니에요. 아니, 그 원이 가만히 생각 허니깐 그 아들 거 참 말이 틀림없는 거란 말야. 칠십에 생남잔들 비오재리오. 칠십에 말구 백 살에 먹었어두 낳았으믄 제 아들이지 어째 내 아들이 아니냐 그거야. 그 아홉 살 먹은 놈이. 그러니깐 이건 아부지가 원으로써 명백히 사위를, 어 다른 사람으루 허구.

"요 토를 요렇게 쪼끔만 틀리게 하믄 판결을 헐 건데, 왜 어둡게 허시느냐?" 구. "생각을 해보시라구. 아부지가 나를 칠십에 나믄 아부지 아들 아니에요?"

"아, 내 아들이지."

"근데 왜 여기는 아들이 아니냐?" 구. "왜 저 사위를 두둔해서 판결을 하느냐?" 구.

그래, 가만히 생각을 허니까 자기가 어둡긴 어두운 거야. 그래 헐 수 없이 자기 선생 하나를, 원 앞에. 그 좌순가 뭐 그 사람을 불러가지구.

"아 이렇게 생각을 하믄 어떻소?" 그리구선 다시 읽어보구 토를 고쳐가지구 요렇게 읽으믄, 요걸 위로 붙일 걸 알루 붙이믄 요 달라진다, 문구가. 그러니깐 그 아들을,

"재산을 아들 앞으루 물려주는 게 정말, 진실루, 이저 온당한 일루 생각하는데 좌수는 어떻게 생각하시오?"

아 좌수 생각해보니깐 역시 아홉 살 먹은 애가 맞거든.

"아, 그게 맞는 말이라." 구.

그래가지구선 사위를 불러서 이렇게 다시 읽어줬어.

"칠십에 생남잔들 비오재리오. 가정지물을 부하노니 서는 타인이라 말이야. 사위는 다른 사람이야. 그러니깐 이 재산에 손을 대지 말라. 이럭하믄 네가 감쪽같이 지는 거야. 그러니깐 네 처남이 그 재산을 다 몰수 하겠대는 게 아니구 반이래두 노놔다오. 그랬는데 네가 십 원 한 장 안 준다구 뻑세서 이 송사가 벌어진 거니깐 어떡헐년?"

아 또 가만히 사위가 생각하니까 그 사람, 원에 말이 옳거든. 자기가 모은 재산두 아니구 장인에 재산을 유서를 그렇게 했다구 처남 한 푼이래두 안 주

겠다는 게 말이 안 되니까

"아유, 원님 좋은 대루 따라가겠습니다."

그래서 반반을 노놔 줬대. 그래서 아홉 살 먹은 애가 판결을 하더래요.

[채록자 : 원님보다 똑똑하네요.] 응

[2005년 7월 27일 채록]

109. 옥정리 독바위

◈ 줄거리

양주 옥정리에는 유명한 독바위가 있다. 일정 때 일본사람들이 남포를 써서 바위를 깨뜨리려고 하자 인근에 사는 노모의 꿈에 백발노모가 나타나 사람들을 피하라고 일러주었다. 덕분에 사람들은 바위를 깨뜨리려는 폭발을 피할 수 있었다.

▣ 옥정리는 독바윈데. 독바위가 일정 땐데. 한국 사람은 건드리지두 못했다구. 유명한 바위니까. [채록자 : 왜요?] 바위 중에서 그 문화잰가. 그 바위 중에서 문화재루 들어간 바위야, 이게. 어디 바위는 무신 바위, 어디 바위는 무신 바위 헐 제 여기 양주 회천면 독바위두 거기 들어갔다구요. 이저 왜 쇠머리골 [채록자 : 쇠머리골이요?] 쇠머리국 그거 하는 데두 그게 들어간다구 독바위가.

거기 칠십 노모가 독바위 밑에 살았는데. 하루는 하얀 백발노모가, 인제 백발노모가 백발노모를 찾아온 거야, 꿈에. 그래

"아유, 너두 나와 같이 머리가 하얗게 셌구나."

꿈에 그렇게 나타나더래.

아유 나이살이나 먹으니깐 이렇게 머리가 셌어요. 나두 몰르게.

그러나 여기서 피난을 가야겠다.

왜요?

“거 며칠 안 있으믄 일본놈덜이 와서 이 돌을 깨뜨려. 그러니깐 깨뜨리믄 여기다 술을 해넣는데. 그 진동에 이 술독이 넘어. 그리믄 죽죽 허믄 그 술독이 넘어가지구 늦으믄 떠내려가구 박살이 돼. 그러니깐 내 말대루 한 달 안에 여기서 이살 가라.”

그거야. 아 그래 꿈인데, 뭐 꿈은 개꿈이래는데. 꿈을 증명할 필요가 뭐 있나 이러구선. 아 하루 이틀 또 지나는데 한 댓새 있다가 또 현몽을 허거든. 꿈에 또 나타난단 말야. 아 그래. ‘아 이상스럽다.’ 하구선, 댕기믄 수소문을 허구 남자들 나잇살 먹은 사람한데다 그런 얘기를 허니깐. 아닌 게 아니라

“일본놈들이 여기 와서 돌아다보구 모두 그 독바위에 올라가서 시찰을 허구 그리구 어저깬가 그저깨 갔다.”

그거야. 그러니깐

“이걸 깨뜨려가지구 어딜 다릴 놓는다는 말이 있는데 몰른다.” 구. “그 아마 여기 주인할머니가 저 할머니한테 현몽을 헌 거니깐 그러지 말구 어디 이살 가라.” 구.

근데 바루 밑에 살았었는데, 그래 할 수 없이 아들더러 애길해가지구선. 그러니깐

“아유, 꿈을 꿔가지구”

“꿈이 뭐냐? 현실에 일본놈들이 시찰을 허구 갔대는데, 답사를 허구 갔대는데. 며칠 있다 깨뜨리기 시작을 헌데드라. 그거 술독이 넘어가지구선 쓸리구 모두 데 죽구 불 가운데서 귀청이 떨어지구 뭐 그래. 그러니깐 이사 가자.”

그러구 이사 간 지 이틀만인가 일본놈들이 와서 남포 구녕을 뚫루구, 에기 남폴 놨는데. 아 그때 유리창이란 게 없었지. 문창호지구 뭐구 발르나 마나야, 죄 찢어져서. 남포소리에 그냥 뭐 그 근방에 있는 문창호지 문 발른 건 다 찢어지구 웬만한 건 돌쩌귀 죄 빠져 달아나구. 그래 할 수 없이 그 근방에 있는 사람은

“아 우리두 피난을 가야지 우리두 여기선 살 수가 없다.”

그래드니 한 사흘 있다가 또 일본놈들이 와서 수십 명이 와가지구선 그냥

돌루다, 저 네루간 무신 그걸루다 구녁을 뚫러가지구선 남포약을 넣구선 불을 대리구선 했는데. 그거 더 큰 폭약을 넣어가지구선 떠뜨렸는데 기냥 문두 죄 떨어져나가구 살 도리가 없더래. 근데 그 쉰 할머니가, 그 마누라한테 또 나타나가지구

"내가 일일이 찾아다니믄섬 그럴 수가 없으니 당신이 이 가까운, 고 바위에서 가까운 사람 전부 피난을 나가라구 그래라." 구. "이 앞으루 돌맹이가 떨어져서 이 지붕에가 떨어지믄 에기 한 짐 같은 노무 남포 놓는데 돌이 떨어지믄 지붕두 부서져. 그래 애매히 죽지 말구선 피난을 나가게 해달라." 구

그래 근방에 죄 가까운 사람 다 피난을 시켰대요. 근데 거기서 한 오십 미터 백 미터 되는 데두 돌이 날라온 대거든요. 근데 지금은 중지가 돼 가지구 안 깨뜨리는데. 거기 그래 웬만한 서까래, 참 쪼끄만 노무 초가집 서까래는 헐 거 없이 죄 날라가구 부서지구, 그래 헐 수 없이 이살 갔대는데.

그래서 유명한 바위를 깨뜨리기 시작을 허기 전에 산할머니가 와서 그 옆에 늙은이한테 알려 줬대는 얘기야.

[2005년 7월 27일 채록]

110. 장구혈

● 줄거리

삼형제가 사는데 첫째와 막내는 잘 살고 가운데 사람은 무슨 일을 해도 실패만 했다. 그때 가운데 사람의 친구가 찾아와 자기가 못사는 이유가 부친의 묘소가 장구혈이기 때문이라며 장군혈로 이장을 하라고 충고를 했다. 이 사정을 말하니 형제들은 자기의 재산을 가운데 사람에게 나누어 주며 함께 잘 살자고 했다. 이장을 포기한 가운데 사람은 형제들이 나누어 준 재산으로 걱정 없이 살 수 있었다.

▣ 삼형제 사는데, 옛날에. 근데 삼형제 사는 형하구 가운데 치, 끝에 치, 삼형제 사는데. 근데 재수가 없어서 그런지. 농사를, 삼형제 다 농사꾼인데. 똑같이 모를 내구 똑같이 김매구 그래두, 가운데 치는 베가 되지 않아. 그 논자리, 밭이구 뭐구. 콩을 심으믄 발갛게 살구가 피구. 그래서 저 살구논, 살구논 전에 그랬는데. 우리게 논에 살구논이 있어. 근데 다른 집 베를 가보믄 육칠월이믄 시원시원 해갖구 개꼬리 모냥으루 베이삭이 나오는데. 그 우리 논 옆에 살구논이래는 건, 살구가 열려. 빨갛게 요렇게 베 엾다구니 잎사귀가 이렇게 살구가 열린다구. 그래서 살구논이야. 그러니깐 베 이삭두 나와야 시원치 않구. 그래서 살구논인데. 이집 삼형제 중에서 가운데 치가 콩을 심어두 살구가 열리구, 베를 심어두 살구가 열리구 그래서 나와서 농사를 낭패를 하구 그러는데. 그 형이 와서 들여다봐두 아이 뭐 자기 허는대루다 뭐든 본 받

아가지구 동생 허는대루 김두 매구. 나태 안 허구 부지런히 일을 해두 그렇게 수확이 없으니깐. 일 년에 반 농사두 못 짓구 그러는데. '참, 조화 속이다.' 그리구선, 게 형두 좀 동생을 보태주구 또 동생두 형을 보태주구, 가운데 치니깐. 그래 보태주는 게 힘에 붙겠어요? 자기가 농사 지어 먹는 건만 못하지. 그렇다구 어떻게 할 도리가 없는데.

하루는 친구 한 녀석이, 그것두 좋은 친구는 아니지, 그것두 술 친군데.

"아무개 술이나 한 잔 먹으러 가세."

"술 살 돈두 없네."

"아냐, 내 살 거야."

"자, 돈 있어?"

"아, 있어."

그래 술을 먹으믄섬 얘길 하는데

"자네 내 말만 들으믄 자네 부자 노릇 헐 수 있네."

"이 사람아, 뺏 심을 들여서 뭘 벌구 그래야지, 말을 들어가지구 어떻게 부자가 돼?"

"아냐. 내 말을 들어. 자네 저 지관 들여서 산소 자리 한 번 볼래나? 자기 아버지 산소, 아부지 어머니 산소를 한 번, 지관을 들여서 귀경을 해. 관람을 시켜. 그러믄 자기 부자 되네, 자네."

"부자는, 뭘 어떡해서 부자가 되나?"

"내 말을 들어."

그놈두 에지간한 사람이지, 친구두. 쓸만한 친구야, 하여튼.

"그래. 어떡해서 부자가 되나?"

"자네 아부지 산소 자리가 장구혈이야. 그래 장구혈은 삼형제 중에서, 가운데 장구가 잘룩하잖아? 양쪽은 퍼지구. 그래 형두 잘 살구 아우두 잘 살구 그러는데 자넨 왜 그렇게 모자라? 댕기면서 노름을 해? 술을 먹어? 자연적 가세가 빈한하잖아. 그러니까 산소 자리가 잘못 들었어."

"그렇다구 해서 어떡허란 말인가?"

"에이, 밀렐 해야 돼, 밀례. 자기 아버지 어머니 자리는 밀렐 해야 돼.

"뭐? 어떤 데다 밀레를 하나."

뭔가, 장군이라구 있어, 장군. 가운데가 불룩하고 가장자리는 요렇게. 지금두 그런 통이 있지, 아마? 거 장군이라구 있었어. 오줌지구 댕기구 뭐 그러는.

"장군혈에다가 저 산소를 써. 그러믄 자넨 부자가 되구, 양쪽은 어떻게 되든 알게 뭔가? 자네만 부자 되믄 고만이지."

그러니깐 착하지. 가운데 치두 착한 사람이야.

"아, 그렇다구 해서 나 혼자 어려운 게 낫지, 그래 형하구 동생하구 어려우면 그 어떡헌단 말인가? 나 혼자 도와줄 수두 없구."

"아, 그걸 알게 뭐야. 자네만 부자가 되믄 고만이지."

"아냐, 내 말을 꼭 들어야 돼."

게 지금으루 일르믄 양회를 수백 푸대를 들여놨어. 거 외상으루 갖다 집엘 싸 놔. 그 산소 옆다구니에다. 거 쌓아 놓믄. 그래가지구 산솔 이장을 하는데,

"이저 시체 이장을 하구선 그 부근에다, 공구리를 이걸 다 들여서 공구릴 해. 그럼 형하구 동생하구 못 살아두 이걸 이장을 할 수가 없어, 다시. 양횔 깨뜨릴 수가 없으니깐. 아 수백 푸대 공구릴 해 놨으니 그걸 어떻게 깨뜨려. 그러니깐 그렇게 허게."

"에이, 싫으이"

"이 사람아, 그렇다구 해서 형허구 동생하구, 이장을 허든지 맘대루 해라 그러지두 않구. 이장을 못허게 할 거야. 물론 형하구 저 동생하구 인제 지관을 데려다 다시 애길 하믄 지관한테 돈을 줘가지구 그렇게 답변을 허라구, 내가 그래 놓을 거니까. 내 말을 듣게."

"누가 알아? 자네가 알아서 허게."

아 지관을 들여서 보니깐 아닌 게 아니라 장구혈이라 그래. 인제

"형하구 동생하구 있는데, 그러니까 가운데 암만 열심히 일해두 먹구 살기가 어려우니까 그래서 가운데 치가 이장을 헐랴구 그런다."

"이장을 얼루 할려구 그러느냐?"

"장군혈이야. 요긴 장군혈인데 양쪽 형하구 동생은 못 사는 혈이야. 동생은 잘 사니깐 이장을 한다구 그런다." 구.

"나는 내가 뭐 돈을 먹었느냐? 돈을 먹었는데, 난 그 산세 혈 나오는대루 쥔한테 알려줄 따름이지. 내가 이래라 저래라 할 수는 없다."

그래 저 사람이 양회를 수백 푸대를 갖다놓구선 이장(移葬)을 허러 공구릴 하며

"나중에 형하구 동생하구 어렵다 그래두 이건 이장을 할 도리가 없어. 참 남포질을 할 수두 없는 거구. 그 나머진 형하구 아우님하구 알아서 하슈. 난 더 이상 상관하지 않겠오."

그러구선 갔는데, 형이 동생을 불러가지구, 끝에 동생.

"자네두 아부지 산소 이장한대는 소리 들었나?"

"네, 들었어요."

"이장을 헌대문 둘은 어렵구, 하나만 잘 산대는데 이걸 어떻게 헌단 말인가?"

"이장을 못하게 해야죠."

"못하게 하믄"

"우리 재산을 반씩 나눠서 형을 주면은 우리는 반에 반 차례가 가구, 형은 왼 차례가 가잖아? 양쪽에서 반씩 주니깐 그럼 그거 아무리 팔자가 어려운 팔자래두 그거 다 까먹을 시간이믄 우린 그게 이자가 늘어서 또 부자가 돼. 그러니깐 나중에 또 반씩 노놔 주구 그래믄 형을 잘 살릴 수 있어. 칡덩굴두 벘다가 한이 있겠지. 그래 밤낮 어려우래는 법이 있느냐?" 구.

그래 동생이

"아, 그럼 그렇게 허자." 구.

그래서 형이 동생을 불러가지구 하난 형이구 하난 동생 아냐? 가운데니까. 동생을 불러가지구.

"아, 그러니 양회두 회수하구 우리가 재산을 반씩 노놔 가지구 갈라주구. 자넨 한 몫이구 우린 반씩 차례가 가는 거야. 이장을 허질 말구 이 재산을 반씩 줄 테니까 그걸 멀구 지내다가 또 자네가 오려우믄 우리는 또 부자 혈이래니까 도루 또 반씩 노놔서 주구 주구 그랠 테니까. 자네 굶기진 않을 테니까 이장을 하지 말게."

"형님들이 그렇게 허신대니 내가 굳이 이장할 필요가 있겠느냐구. 형님 말

씀을 존중해서 이장을 안 하겠다." 구.

그래가지구선 이장을 안 허구. 형하구 동생 말을 듣고 친구가 그렇게 새이에서 이간질을 해가지구 동생을 부잘 만들어 주고 잘 살더래여.

(잠시 풍수와 혈을 끊는 것에 대해 말을 이었다.)

[채록자 : 옛날에는 산에 혈을 끊기 위해서 쇠말뚝을 박았대면서요?]

그래 장산에다 심을 박았대잖아. [채록자 : 이 근처에는 심 박은 데가 없어요?] 여기 있어. 저기 불곡산. 근데 그거 심 박은 게 아니구, 배 매는 말뚝이라 그러는 사람두 있구. [채록자 : 쇠말뚝이요.] 웅. 근데 저 구년지수 때 여기 전부 물바다였었대거든. 그래서 높은 봉우리마다 쇠기둥을, 말뚝을 박았대는데, 그게 맞는 건지. 일본놈들이 말뚝 박은 게 맞는 건지 몰르지. 그 불곡산이라구 그러잖아. 불곡산에 두 갠가 있대나봐? [채록자 : 쇠말뚝이요? 그게 옛날에 구년지수 때 배를 매기 위해 박은 건지] 일본놈이 와서 박은 건지 그건 몰르지. 몰래 와서 박은 거니까.

[2005년 7월 27일 채록]

111. 호랑이 밟아 노름돈 훔친 개평꾼

줄거리

노름을 좋아하는 사람이 있었다. 재산을 탕진한 그 사람은 노름판을 찾아다니며 개평을 뜯으며 살았다. 개평꾼 친구가 싫어진 친구들은 외딴집에서 노름을 했다. 어느 날 친구들을 찾아다니던 개평꾼이 외딴집을 찾아냈다. 그 집을 찾아가다가 마당에서 노름꾼을 잡아먹으려던 호랑이를 밟게 되었다. 호랑이가 놀라서 노름방으로 뛰어들고는 달아났다. 그 통에 노름하던 사람들이 모두 기절을 했다. 개평꾼은 노름판의 판돈을 모두 가지고 집으로 돌아왔다.

■ 참 노름을 잘해가지구. 먹는 것이 술집에 가서 술 먹구, 일 헌대는 게, 참 노름을 해서 가정을 전부 다 파괼 하구. 뭐 처자식은, 불고처자하는 사람이 하나 있었는데. 근데 나중에 재산 다 파괴하구 나니 뭘 할 수가 있어? 그래 노름판에 가서 개평이나 떼는 거야, 개평. 그러니깐 친구덜이 인제 전에 돈 있을 젠 '아무개야, 아무개야' 했지만. 가정 다 파괴가 되구, 나중에는 눈치가 없는데 친구라구 교젤 해줘? 뭐. 그래 밤이믄 그놈 저녁 먹을 때 얼루 몰래 도망을 쳐가지구, 산속에나 어디 이웃집 빈집이나 가서 노름을 하는데.

이놈이 찾아다니다 못했는데. 한 군데를 찾아가니깐. 참 빈 집인데 불이 반짝반짝허게 비치드래지 뭐야. '에이, 이놈들이 여기 와서 노름 하는구나.' 그래 가니깐, 대문간에 뭐 누르스름한 게 대문 밖에 자빠져 있드래. 아, 그러니 콱 밟았다. 아, 근데 그게 무신 저 볏가마니나 무신 이런 거, 북대기 단인 줄 알구 밟았는데, 이놈이 벌떠덕 일어서문서 소릴 질르믄서 내치는데. 얼루 가냐 하믄 그 노름꾼덜 거기서 노름하다 오줌 누러 나오믄 호랭이가 잡아 먹을라구. 호랭이가 그 대문 밖에서 드러 누워서 망을 보고 있는 걸, 뒤꽁무니에 와서 뱃대기를 밟으니깐 이놈이 기냥 물찌똥을 찍 깔기구 내 뛰서 안문으루 들어가서 바깥문으루 튀 나왔다구. 인제 그놈두 혼이 났으니깐. 사람 잡어 먹는 건 둘째구 지가 밟혀서 혼이 났으니깐. 아 호랭이가 벨안간 '어흥' 대구서 노름판으루다 뱃대길 깔구 냅다 휘집구 달아나는데 뭐 노름이구 뭐구 죄 까물어쳤네. 근데 이 사람은 그래두 호랭이 뱃데길 밟구서 그랬는데 겁이 안 나구. 쫓아가는 심으루다 안으루 들어가서 이렇게 보니깐 돈이 수두룩하게 쌔여 있는 거야, 노름판에. 그래 돈 있는 걸 호주머니루다 죄 집어넣었지 뭐야. 지금으루 일르문 만원짜리 천원짜리 이런 게 몽땅 집어넣구선. 밸길루다 '기냥 일어나라' 구 죄 한 대씩 확확 밟구선 슬며시 즈 집에 가서 자는 거야. 아 이놈들이 얼마쯤 정신을 잃구 자빠져 있다가 깨나니깐 돈이 한 푼이나 있어? 에기. 노름판두 죄 뒤집어 엎어놓구. 그러니 뭐 누구더러 잘못했다 그랠 수가 있어? 뭐.

"아니 아까 왜 노름판이 왜 깨졌냐?"

서루 어떻게 돼서 깨졌는지 모른대.

"아, 무신 짐승이 '어흥' 소리를 듣구 나두 그 소리만 들었지. 나두 그후에는 모른다." 구.

"아, 호랭이가."

"아 호랭이가 돈까지 먹구 갔어? 그래."

"아, 그 통에 누가 알아? 염병할."

그래 거기 있는 놈 더러

"너 임마, 돈 안 집어넣어?"

"돈을 집어넣긴, 나두 지금 일어났는데. 뒤져 보라." 구.

돈 있는 거 다 꺼내 논 노무 거 뭐. 죄 빈털터리야. 그래 그놈은 아주 벌일 톡톡히, 그 놈은 호랭이 뱃대기를 밟아가지구 참 그랬는데.

[2005년 7월 27일 채록]

112. 흉가에서 금덩이 발견해서 부자 된 개평꾼

줄거리

그 개평꾼이 또 친구들을 찾아나섰다. 노름친구들은 개평꾼을 피해 외딴 흉가집에서 노름을 하고 있었다. 흉갓집을 찾은 개평꾼이 단장으로 벽을 훑자 노름꾼들이 놀라 달아났다. 노름꾼들이 남긴 잔돈을 챙긴 개평꾼이 그 집에서 잠을 자게 되었다. 한 밤중이 되자 천정에서 다리 모양의 도깨비가 나타났다. 놀라 달아났던 개평꾼이 다음 날 가보니 그 다리는 그 집에 살았던 사람이 만들어 두었던 금방망이었다. 개평꾼은 그 금방망이를 팔아 잘 살게 되었다.

▣한 이틀 지난 즈음에 노름꾼들이 돈을 장만해가지구, 참 거기 흉갓집을 찾아갔어.

"아, 흉가집은 아무리 용해두 겁이 나서 못 찾아온다. 단 하나 둘은 못 가는 집인데, 거기가 우리가 노름을 하믄 못 찾아올 거야. 그래 거기 가서 할 수밖에."

"아, 그러자." 구. "좋은 생각했네."

아, 거기 가서 노름을 시작을 해서 한 밤중쯤 됐는데. 에미, 찾아댕기다 못해서 그 개평 띠는 사람이, 찾아댕기다 못해서 집에서 자구 있다가 가만히 생각을 허니깐 '아무데 흉가집이 있는데 이놈들이 나 쇡힐랴구 노름을 하믄 못 찾아갈 줄 알구 거기들 뫴을 거야. 무서운 걸 무릅쓰고 거길 찾아가봐야겠다.' 슬슬 단장을 하날 집고선 거길 갔는데. 아닌 게 아니라 거기서 왕창 떠들면서 노름을 하드래지 뭐야. 아 그래 그냥 휘두르지두 않구선 그저 슬슬 담을 넘어서 들어가가주구선 뒷결에 문을 '후두득득' 허구서 단장으루다 훑었어요. 그래 문창살 이렇게 하는 소리가 무척 요란하다구. '화드득' 허니깐, 아 흉갓집이래는 데 염병 무서워서 그냥 앞에 있는 어떻게 돈만 호주머니에 넣구 죄 내뛌내. 근데 그 나머지 잔돈은 하나두 못 가지구 겁이 나니깐 어떻게 큰돈만 가지구 내뛌는데. 들어가보니까 아 그래두 여웃돈이 푼돈이래두 많더라구. '아, 요놈들이 큰돈은 안 냉겨놓구 잔돈만 냉겨놓구덜 갔나?' 허구서 또 쫓아갈까 하다가 '또 쫓아가야 인제 딴 데루 뫼지 않구 제 집에 가서 자빠져 잘 텐데 뭐. 가야 소용없다.' 구. 흉가집에서, 내 팔자가 집에 가믄 무얼 하느냐? 여기서. 흉가집이래는데 죽구 살믄 살지 무서울 게 뭐 있니? 호랭이 뱃대기두 밟구선 넘어져 돈푼이나 벌었는데. 흉갓집에서 귀신이 나오믄 죽으믄 죽구 그런다구. 그래 베개를 높이 베구 이불을 하나 덮구서 드러누워 있는데. 거반 새벽 한 두서너 시 되니깐. 뭐 반자에서 '후두덕 후두덕' 하는 소리가 들리드래지 뭐야. 그래 이불을 들쓰구 드러누웠다 그래두 뭔 소리가 나니깐 반잘 치켜 보니깐 이것만한 금다리, 금다리가 쑥쑥하구 처녀다린데. 허연 노무 다리가 그냥 죽죽 목매다란 죽은 놈 매달린 거 모냥으루 '사람 살려라, 사람 살려라' 그러더래지 뭐야, 그 안에서. 그래 여간 무서울 게 아냐? '엠병 이판사판이다. 엠병할 노무 거.' 다릴 하나 붙들구서 낚아채면서. 확 잡아챘는데 '어디가 매달렸냐? 목 매달아 죽은 귀신아. 목매달아 죽은 귀신 같으믄 여기 내려오지두 않을 거야.' 그래서 그냥 확 잡아챘는데 아 그냥 방바닥에 가서 쾅 허구 떨어지드래지 뭐야. 그래서 이 놈은 그거 보지두 않구, 무서우니까 집으루 내뛴 거야. 내뛰가지구선 집이 가서 자는둥 마는둥 아침을 먹구 '대관절 그게 뭔데 처녀다리를 내가 잡아 나꿔채구선 왔는데. 이게 대관절 사람이야, 목매달아 죽은 귀신이야?' 그러구 거기 또 가보니깐 금방망이가 이거만한 거 두 개더래.

그래 전에 부자가 도둑이 자꾸만 '돈 내놓으라' 그래니깐 금덩이를 뭉뚱그려가지구 그 반자 속에다 집어넣은 거야. 근데 그 보물이래두 여러 해 묵으믄 거 사람이 움직여 주지 않구 이동을 안 시켜 주믄. 그건 참 뭔가 귀신이 돼가지구 요사를 부린 대거든. 그래서 그게 다리가 돼가지구 사람을 이렇게 놀래가지구. 그거 놀래서 이사만 오믄 놀래서 병이 들어가지구 죽구죽구 그래서 흉갓집이 된 거야. 그래 이놈은 팔자가 사나운 놈이 돼서, 가보니깐 금이 돼서, 그거 두 덩어리 팔아가지구선 아주 큰 부자가 됐는데. 서울 가서 그 팔아가지구, 하나 파니깐 그렇게 부자가 돼서 집안 식굴 죄 흉가루, 흉가는 그것 때문에 흉가지 다른 게 아니거든. 그래서 집안식구 솔가를 해가지구선. 그 노름꾼 친구들, 그 사람덜을 죄 불러다가 금덩어릴 하나 남은 거 팔아가지구 그 사람덜을 반을 해가지구 하나씩,

"너희들두 노름을 하지 말구 이걸루다 땅덩이나 장만해가지군 인제 노름하지 말아라. 이것두 느덜 때문에 나두 얻은 재산이야. 노름 할래 안 할래."

"안 하겠다. 이렇게 돈을 줬는데 또 하겠느냐?" 구.

"안 하겠다."

그래서 거기서 동맹을, 친구끼리 동맹을 해가지구 그 사람덜두 버릇을 가르치구. 이 사람은 금시발복을 해가지구 부자가 됐대는. 흉갓집을 모면해가지구 잘 살더래요.

[2005년 7월 27일 채록]

113. 도둑들, 잘 살게 해 준 열 살 난 아이의 지혜

● 줄거리

열 살 먹은 아이가 도둑의 소굴에 들어가 쉬게 되었다. 도둑들은 한 마을을 털면 잘 살 수 있을 것인데 꾀가 없다고 했다. 이 말을 들은 아이가 마을사람들이 아끼는 자리에 묘를 쓰려고 하는 것처럼 꾸며 마을사람들의 시선을 끌게 한 후 도둑들에게 마을을 털게 했다. 한 마을을 통째 턴 도둑들은 그 재산으로 도둑질을 그만두고 선량한 사람으로 살았다.

▣ 열 살 먹은 아이가 어디 여행을 허다 날이 저물어서 그 도둑놈을 자는 델 인제 지나갔어. 근데 도둑덜이 뭐 얼마를, 얼마를 털었다 그러구.

"그렇게 많이 턴 돈을 뭘 했냐?"

"아, 술 먹구 기집질하다가 다 없애버렸지."

"그럼 처자식덜은 뭘루 먹여살리느냐?"

"아, 제 복에 먹구 사는 거지 뭐 사람이라는 게 덕으루 먹구 사냐? 제 복으루, 다 복을 타고나야 먹구 사는 거야."

아 그렇게 얘길 허는데. 얘가, 얘가 하두 길을 걸었는데 피곤한데 도둑놈 틈에 들어가서

"껴서 좀 자야겠다."

그러구선 들어갔더니. 이렇게 보더니

"애덜이 여긴 뭘하러 들어왔냐?"

"아, 나두 알구 들어왔다." 구.

"우리가 뭔지 알아?"

"아, 도둑패덜인지 알구 왔다." 구.

"그럼 뭐 먹을래?"

"길 가는 데 고단해서 잠깐 쉬러왔다." 구.

"아, 그러냐?" 구.

"거 당신네덜 지금 앞으루 계획 세운 게, 뭘 계획을 세웠느냐?"

그러니까

"아, 도둑질하는데 계획이 스질 않는다."

그거야. 그래,

"그럼 여러 종원 중에서 계획 세운 게 하나투 없단 말이요?"

그랬더니 한 두씨자가

"한 계획을 세운 게 하나 있는데, 그걸 엄두가 나질 않아서 그 부락을 털 수가 없다."

그거야.

"일개 부락을 털믄 우리가 생전 먹구서두 남는데 그걸 털 수가 없다."

"어디냐?"

"저 아래 뭐 김참봉인가 김판서구 사는 부락이 있는데, 참 거긴 요부야. 다 한 사십 호 사는데, 전부 부자지 어려운 사람이 없다."

그거야. 아 그래

"내 말을 들을 거냐?"

내말을 들을 게 아니라, 인제 그땐 거

"우리가, 나이가 적어두 선생님으루 모실께 우리허구 부락을 털 동안을 같이 지낼려우?"

그땐 허우를 하는 거야. 애덜이래두

"아, 그러냐?"

"그러면 그럼 거기 저 유명한 명소가 있을 거 아니냐?"

"고 앞산에 산소자리가 기가 맥힌 게 있어. 근데 나라 임금이래믄 모르되 그 이외에는 거기다 산소 쓸 맘을 못 먹는다. 거기다. 동네 사람이 한꺼번에 방맹이구 뭐구 쇠스랑이구 죄 가지구 나와서 산소자릴 잡을 수가 없다."

그거야.

"누가 거기 산솔 썼다믄 동네사람이 죄 캐내버리구 그래서 도장도 못한다."

그거야. 지키구 있구 그래서

"아, 그러냐?" 구.

"그럼 상여를 하나 꾸며라."

그거야.

"그럼 상여를 꾸미믄 어떻게 하느냐?"

"상여를 꿔며서 아무 날, 이러한 날 상여를 해가지구 그냥 새면 불을 어디서, 그냥 애덜이구 남녀구 전부 동원을 시켜서 한 삼사십 명이 상여를 가지구선 상여소릴 해가면섬 거기 가서 기냥 뭐 파는 척허구 기냥. 일꾼을 해서 가래루다 뭘 하는 척 온통 떠들구 그래라. 그러믄 한 둘이 와서 몇 십 명이 와가지군 도대체 그걸 막을 방도가 없으니 물룬 남녀노소 할 것 없이 전부 다 동원이 돼서 나올 거야. 그 산소 쓰는 거 방질 헐려구."

"그래 방지하면은?"

"그래 죄 나오믄 다 빈집이야. 늙은이 노약자는 있거나 말거나. 그럼 돈이구 뭐구 금은보화구 죄 털어서 가지구 오믄 고만이야. 그럼 뭐 여기 와서 증걸 잡아?"

도둑놈이 어딜 사는지 그땐 알지두 못했다구. 알구선두 거기 잡으러 가지두 못허구. 아 그런 수밖에 없다. 가만히 두씨자가 생각을 허니깐 아, 그럭허믄 틀림없을 거 같거든? 물자를 들여 상여를 새루 꾸밀래니깐 돈이 여간 많이 들어가? 그래 돈을 들여서 상여를 하나 잘 꾸려가지구. 풍경두, 큰 노무 풍경을 네 귀탱이에다 달아가주구선. 기냥 뭐 새면서 대지팡이를 집구 곡소리두 하구 '아이구 아이구' 허믄서 상여 뒤를 따라 가면섬 상여소리를 굉장히 하는데. 아 별안간 부락에서 보니깐 에기 어떤 놈이 거기다 장살 지낼랴구 오거든.

"아, 이게 별안간 날벼락이라." 구.

아 주최자가 동네 부락을 집합을 해가지구

"거기 장사 지낸대는 데 방질 해야지 그냥 있으믄 어떻게 하느냐?" 구.

그냥 무기래는 건 다 가지구 나와가지구선 기냥 디리 나오는 통에. 기냥 뭐 백여 명이 나온 거야. 그래 거기서 기냥 슬슬 하면서 산소자리에 바짝 건 것두 아니구. 산소자리에 가서 허믄 거기서 허다간 에미 그 사람덜이 쇠스랑 괭이루 막 찍으까봐 거기 근방에 가서만 괜히 서성대구 그러는 거야. 그러는데 기운꼴이나 쓰는 놈은 소허구 그냥 뭐 저, 뭐 부대 같은 거, 이따위 짊어지구 가서 곡식이구 금은보화구 가니깐 다 죄 빈집이야. 늙은이 하나 있는 건 그냥 뭘 인사두 잘 못 알아볼 그 형편 되는 놈덜만 몇 냉겨놓구 죄 거길 들뜰어 나간 거야. 그래 이놈덜은 그 근방에다 불을 디리 놓구선 사람 뫼 들라구. 그래 놓구 허는 통에 그 부락을 그냥 아주 몽땅 털은 거야, 그냥. 쌀이구 뭐구 금은보화 헐 것 없이 몽땅, 비단이구 뭐구 다 털어서 가져온 뒤에. 상연 그냥 내버리구 온 거지 뭐야. 일개 사십여 호 부자 부락을, 열 살 먹은 아이가 제안을 해서 다 털어서 아주 갑부가 됐데 모두. 그래가지구선 손을 다 씻은 거야. 그 도둑놈들이. 다시는 도둑질을 안 한 거야. 열 살 먹은 애가 묘곌 내가지구. [채록자 : 머리 좋은 애네여. 진짜.]

[2005년 7월 27일 채록]

114. 만장시 이야기

줄거리

조선 말기에 한 사람이 중국으로 사신을 갔다. 그 사이에 나라를 일본에 뺏기게 되었다. 그 사람의 관이 압록강을 건너려 하는데 관이 움직이지 않았다. 이를 본 친구가 나라의 망함을 억울해하는 만장시를 지어주자 관이 움직였다.

▣ 이거 일정 때 얘긴데. 친구지간에 나라에 베실한 사람이야. 근데 중국으루 사신을, 고종황제 땐데. 일정 말년이 고종황제지? 고종황제 때 중국으루 친구가 사신을 갔어. 근데 참 몇 개월 만에 돌아오질 못하구, 한국에 돌아오지 못하구, 중국에서 죽었거든. 병사를 했는데. 그래 뭐 차일피일 허다가 또 일본놈들이 와서, 저 임진왜란에, 임진왜란에 겹쳐가지구. 기미년 만세 통에 지나서. 인제 기미년 만세 끝나구 조금 숙정이 되지 않았어? 일본놈들이 와서 정치하구 뭐 그래는데.

근데 그때 중국서 인제 운구를 한국으루 해가지구 압록강에서부텀 상여를 해가지구 오는데, 이 친구가 조상을 갔을 거 아냐? 친구가 살아서 가서, 죽어서 돌아오는데. 그래 헐 수 없이 가서 조상을 하는데 이 만장시를 어떻게 했냐 하믄, 뭐 그렇게 길게 쓰지두 않았어. 강토삼천이 여석권, 갱무여지에 장군산이라. (주위가 소란하여 잠시 말을 멈추었다.) 뭐냐 하믄 삼천리 강토가, 강토삼천이 삼천리 강토래는 거야. 글을 지으믄 높은 게 있구 낮은 게 있구 그렇거든. 그래서 삼천리 강토라구 하지 않구 강토삼천이라구 했어. 그래 여석권이야. 같을 여 자 하구, 자리 석 자가 있거든. 돗자리 뭐 자리, 말 권 자. 권련을 이렇게 마는 담배라 해서 권련이라 그랬거든. 그래 여석권이야. 자리 모냥으루 도르르 말렸대는 거야. 삼천리 강토가 일본놈한테 다 뺏겨서 자리처럼 이렇게 말려 있는데. 말려 있기 때문에 갱무여지에 장군산이라. 다시는 나머지 땅에다 자네 장사 지낼 땅이 없네. 일본놈 땅이 되어서. 그러구선 이 관에다 딱 붙여 놨어. 그랬더니 이제 과열이 되구 또 저 추기가 폭발이 돼서 터졌겠지. 그 만장시를 잘 지어서 분통이 죽은 사람이 폭발을 해가지구 터진 거는 아닐 거야. 지금 생각을 해보믄. 그래 만장시를 잘 져서 시체가 그냥 화증이 나서 죽은 사람이래두 기냥 널이 쩍 갈라졌대는 거야, 그냥. 그 만장시를 하두 잘 져서. 분이 나가주구 죽은 혼이래두 터졌대는 얘기야.

[2005년 7월 27일 채록]

115. 경 읽어 부인한테 붙은 귀신 몰아내고 망한 옥정리 윤씨

● 줄거리

옥정리의 한 부자 부인이 병에 들었다. 남편은 매일 후한 대접으로 장님을 초청해 부인에게 든 귀신을 쫓아달라고 부탁을 했다. 장님은 스무하루 동안 경을 읽어 귀신을 잡으려 했다. 스무하루가 끝나고 장님이 귀신을 잡아넣고 돌아오려 하자 귀신이 다시 나와 횡포를 부렸다. 장님은 다른 경쟁이 친구를 불러 백일 동안 경을 읽어 귀신을 잡았다. 그러나 백일 동안 경을 읽는 경비를 대던 옥정리 부자는 망하고 말았다.

▣ [채록자 : 경 읽어 귀신 쫓은 얘기 해주세요.] 아 했을 텐데. [채록자 : 다시 해주세요. 실제 있었던 얘깁니까?]

그래. 이거, 옥정리라구 독바위 밑에서 살든 사람인데. 나두 보지두 못하구 얘기지, 전설인데. 거기서 한 집이 부자집이 살았는데. 아마 윤씨래나 봐, 윤씨. [채록자 : 윤씨요?] 잘 살았는데 부인이 병이 들었어. 무당한테 굿을 해서두 잘 낫질 않구 소경한테 경을 읽어두 낫질 않구 그러는데. 장님 하나 경을 삼 주를, 삼 주면 스무 하루 아냐? 스무하루만 읽으믄 병을 고친다. 그러니깐 부자니깐 스무하루가 아니라 이백 하루래두 고치기만 하믄 하겠다. 사람이 죽으믄 다시 만나보지두 못하는 부인인데. 부인병을 그냥 죽으라구 내버려둘 수 있느냐? 그래구선 장님을 하나, 용한 장님을. 거 비득재래는 게 난 어디가 비득잰지 몰라. 저 광릉내 어디 비득재라구 그러나. 거기 어딘가 봐 비득재라구 소지명이 있어요. 장님을 데려다 경을 읽었는데 스무하루를 읽었어. 그러니 스무하루 동안에 저녁마다 밤참을 수십 명 해 내거든. 밤샘을 하는 데 그냥 있을 수가 있어. 술에 밥에 돼지두 후딱하면 사흘거리루 잡아가지구 대접을 하구. 술안줄, 부자니깐 그리구 자기 부인을 위해서 밤을 새구 그러는데 돼지두 몇 마리를 잡았는지 부지기수구 그러는데. 그래 가지구 가만히 생각을 허니깐, 스무하루 경을 읽으니깐 장님이 진이 빠졌어. 탄력이 돼가지구 목소리두 제대루 안 나오구. (기침) 그래 귀신을 잡아 넣었다구. 그래 귀신두 신장대를 내려가지구 신장이 와서 있다 하믄 정말 신장이 내렸느냐 이러면 정말 신장이 자기가 탁탁 굴른다구, 돌에다 대구. 신장 이름이 뭐냐 그러면 가서 집어요. 뇌성보화천존이구 무시 천존이니 가리키는데. 그럼 귀신을 오늘 저녁에는 잡아넣어야 할 테니깐, 신장이 그 부하를 시켜서 '그 귀신을 잡아라.' 아 탁탁탁탁 굴르면서 새면을 돌아댕기믄서 귀신을 잡았다구. 가서 탁탁 굴러 선다구. 나두 봤는데 경 읽는데 가서. 그럼 이만한 실 끝에다가, 이 바느질하는 실 끝에다가, 저 귀신 이름을 뭐 무슨 원혼청춘 원혼여귀니 무신 해산여귀니 이름을 써가지구. 원혼여귀가 시집을 못 가구 시집갔다, 금방 죽어서 원혼이 돼가지구 와서 이렇게 부인한테 뎀벼서 부인이 앓는다 그러믄 원혼여귀라구 이름을 쓰거든 그 창호지루다 해서 이렇게 배배. 실끝에다 이렇게 붙들어매요, 그 귀신덩어리를. 그 매구 한참 놀아봐라. 신장대가 탁탁 굴러 놀아보믄 아 그게 이상스러워요. 바느질 끝이 꼿꼿이 서서 이렇게 돌아다닌다구. 그거 못 봤어요? [채록자 : 못 봤어요.] 나두 미신을 안 믿는데 가보믄 참 증말 이상스럽거든. 기냥 아주 매미 붙들어 매 노면 돌아댕기는 거 있잖아요, 쓰르래미. 그거 돌아댕기듯 해. 나두 미신을 안 믿는데 '참 우습구나.' 그러구서 그거 그럼 왜 장님이 속느냐 하믄, 신장이 있는지 없는지 몰라두. 신장한테 장님이 속아서 귀신두 못잡는 거야. 귀신이 있는진 없는진 몰라두 신장한테 속아요. 그래 가령 인제 그러다가 요렇게 해가지구 실에서 풀러가지구 손에다 대구 '요기서 맘껏 놀아라.' 그러믄 이만큼씩 뛰어올라와요. 고놈이 아무것도 허지두 않았는데 튀어올라온다구. 그 기합술인가 무신 마술 모냥으루다 글쎄 고놈이 톡톡 튀어서 요기까지 올라와. 종이붙인데. 그럼 나중에 '점잖게 놀라.' 그러면 요기서 신장대를 이어서 요 구녕을 댓개 뚫러 놨어. 오리나무에다 구녕을 댓개 뚫어놓으면 깊이가 이만큼씩 들어가도록 뚫러가지구. 거기다 메밀떡하구 무쇠쪼각을 이만큼씩 깨뜨려가지구서. 인제 그거를 톡 뛰 들어가믄 인제 구녕을 요렇게 요렇게 하믄 안 들어갈려구 튀 나온다구. 들어갔다 튀 나와. 들어가믄 들어갔지, 들어갔다 구녕에서 튀어나오는 거 보믄 또 조화속이야. 튀나와서 손아귀에서 뱅뱅뱅 돌아요. 그럼 기냥 솥으루 튀 들어간 연후에 메밀떡을. 요렇게 탁하구 무쇠조각으루다 덮어 요렇게. 그래 붙들구 있으믄섬 신장이 거짓말을 잘허니 어디 꼭 들어갔나 안 들어갔나 글자 파자를 헐 테니깐 해보슈. 그래 바늘이 돌아다니믄서 이렇게 글자를 이렇게 집거든. 장님은 못 보니깐 뭘 집었는지 몰르지. 그래 딴 사람더러 '뭔 자를 집었느냐?' 그래 밤에 새 을을 집더라구, 아니 뱀 사 잘 짚었어, 뱀사자. 뱀사잘 집었다구. 뱀사자. 그럼 뭐라구 중얼중얼 허믄섬 둥당둥당 두들기믄섬 밤은, 뱀이 밤이면 똘똘 뭉쳐가지구 뜰구 똬리처럼 뭉쳐가지구 움직거리지 않구 틀림없이 귀신이 갇혀있다 그거야. 틀림없냐구 그러믄 틀림없다구. 신장대가 탁탁 굴려서거든. 아 동동 하구선 인제 신장한테 축하한다구 메시지를 보내는 거 모냥으루 아주 고맙다구 신장 수고했다 그러구서 인제 '위안경이래나, 안택경이래나' 그걸 '둥당둥당' 신장 애 썼다구 그러구. 신장한테 전부 다 고맙다구 축원을 허믄섬 새벽에 둥당둥당 하믄섬 인제 저 집안 가택, 안택경을 읽어요, 편안히 해달라구. 여러 날 두들기구 시끄럽게 굴어서 모든 귀신이 이상스럽게 생각하니깐 편안하게 있으라구 그러구 나선 뒤도 돌아보지 않구 즈 집으루 가는 거야, 장님이. 아 그런 연후에 동구 밖에 나오니깐 기냥 장님 머리 위에서 아 확 소리가 나더래지 그래 깜짝 놀라서 '무슨 소리야?' 하니까 "야, 시퍼렇게 눈 뜬 놈두 나를 못 붙드는데 눈 뜬 장님녀석이 나를 어따 잡아넣어 임마. 내가 너한테 원만히 잡힐 거 같으냐?" 그러구선, 북은 일꾼이 지구 가더든, 쥔이. 장님이 지구 가는 게 아니구. 아 장님이 데루 가야 저희집일 찾아가는 거지, 일꾼이. 아 어떻게 하느냐구 글쎄 장님이 집으루 돌아가겠냐구. 아 글쎄 난감한 일이지.

"저놈이 귀신이 나와서 저렇게 나한테 소릴 지르니 그 소릴 듣구 갈 수두 없구 안 갈 수두 없구 도루 가자구 귀신을 잡아넣구 말겠다구."

그래 장님을 넷인가 또 데려왔어. 그 장님이, 비득재 장님이 자기 친구덜을 데려와, 넷이 석달열흘을 읽었대요. 그래 비용이 여간 많이 들었어? 저녁마다 돼지를 한 마리씩 잡았대는 걸 뭐. 그 밤참, 쌀이구 뭐구. 그래니 석달 열흘을 경을 읽구 나니깐, 이저 마루에 논 뒤지, 뒤지라구 있잖아, 쌀 넣는 거. 그게 성큼성큼 걸어나가더래, 저절루. 야, 이게 볼일은 다 봤구나. 그리구 기냥 뭐 신장대, 신장하믄 지가 혼자서 이렇게 벌떡벌떡 구르는 거야. 사람이 붙들지 않아두. 그리고 저 무재인두 신장대 붙들믄 그냥 담을 훌훌 뛰어넘어. 거 용해 그거 보믄. 거기두 살아선 엄두두 못내는 담을 훌훌 뛰어넘는다구. 그래서 석달열흘 경을 읽구나서 그때는 귀신을, 그래니깐 넷을 데려왔으니깐 비득재 장님꺼지 다섯이지 뭐야. 다섯이 석달열흘을 읽구나선 재산두 다 폐허구 귀신두 잡아넣긴 했는데. 그래두 마누라 병을 고쳤대.

[2005년 7월 27일 채록]

116. 포천의 신침神針 신갑산

● 줄거리

포천에 김갑산이라는 유명한 침쟁이가 살았다. 일정 때는 침을 놓는 일이 불법이어서 침쟁이는 자주 경찰에 불려다녔다. 그때 경찰서장 어머니가 적병(?)으로 고생을 하고 있었다. 경찰서장은 신침을 불러 어머니를 고쳐달라고 했다. 며칠 동안의 침으로 경찰서장의 어머니는 병을 고칠 수 있었다. 서장은 고맙다고 하며 침쟁이에게 침을 놓을 수 있도록 허가를 내주었다.

▣ (포천에 살았다는 유명한 복술가에 대해서 물었으나 잘 모른다고 했다. 대신 포천의 유명한 침쟁이에 대해 이야기를 해주었다.)

신간데. 원 평산 신씬데, 귀신 신(神) 자 신침(神針)이라구 그래. 누구든지 나아, 그 사람한테 침만 맞으면. 그래서 신침이라구 그러거든. 근데 일정 때 경찰서에 여러 번 잽혀갔었다구요. 침 준다구, 의사에 허가두 없이 침 준다구.

그래 우리게 그 사람 일가가, 딸이 시집을 왔는데 셋이나 왔어, 일루 시집을. 그 사람네 친척이지. 신갑산인가 봐, 아마 이름이. 그저 신침이래는 사람이. 그래 뭐 아유

"난 인제 침 안준다." 구.

여러 번 붙들려가서 경찰서에 구류로 하구 그리구 나왔으니깐, 벌금두 물구. 그래두 찾아와서

“제발 한 번만 봐달라.” 구. “내 어디 가서 침 맞았다구 토설두 안 허구 소문두 안 낼테니 놔 달라.” 구

그래니 뭐 싸구 싼 생 냄새두 난다구 그래두 유언비어루 소문이 나지 안나요? 그래서 경찰서에 붙들려 갔는데, 그거 몇 해 됐지요. 내 큰 매형에 할아버지가 참 넘어져가지구 무릎을 뺐는데, 거 수십 년이 됐지? 한 육십 년 거반 됐을 거야, 아마. 근데 그 이를 불러다가, 근데 우리 매형네 묘지기 였었어. 그 매형네 말이래믄 어려워가지구. 육십 년 전이니까 뭐 그땐 양반 상사람 구별이 있지 않았어?

“침 좀 놔줘야지 어떡하느냐?” 구.

그러니까 상전인데 부인을 헐 수두 없구. 저녁때 와가지구 아 침 두 대만 맞으믄 나. 그래서 신침이야. 그 사람한테 침 맞구 안 난 사람이 없어. 근데 경찰서장이, 서장의 어머니가. 뭐 명치에 적병이라구 그러지? 적이 치밀구 적이래는 게 뭐 체증이 오래 자꾸 유착이 되면 격이 된단 말야. 염증이 생겨가지구 덮구덮구 그리면 신체가 건강치 못하구 좀 헐 시에는 이놈이 뻑 서. 뻑서 가지구 내려가는 법은 없구 명치루 치 올린다구. 올리믄 심장을 눌르니깐 숨이 답답헌 게 못 배기지 뭐야. 그래 뭐 약을 써두 낫지 않구 그러니깐.

“에라, 그 사람 내 말이믄, 내가 그래두 경찰서장인데, 내가 몇 번 봐줘서 나가구 그랬는데 그 사람 내 말이래믄 듣겠지. 가 오라구 그래라.”

순경을 시켜서 데려왔단 말야. 이번에는 경찰서장이

“어머니가 누적으루 적병으루다 치밀어서 기시사경인데 그것만 고쳐주면 당신 허가두 내줄 거야. 그러니깐 꼭 고치라.” 구.

“오래된 적병을 장담은 못하겠다.” 구. “서장님에 모친이 그러신대니깐 고쳐드려야지.”

가 가지구 진맥을 허는데 그렇게 오래된 적병은 아냐? 그래 이건

“하루이틀에 안 고치구 사흘만 내가 여기서 묵새기믄 내 고쳐 드리겠소.”

“사흘 말구 석달이래두 어머니만 고치면 내 허갈 내 줄 테니깐 염려말구 고치라.” 구.

침을 하루 세 번씩, 아홉 대를. 하루 세 번 씩 아홉대를 맞았는데.

"아휴. 이젠 살 것 같다."

아들이 와서

"어떠세요?"

아들이 와서 물으니깐

"아유, 인젠 숨두 제대루 쉬구 인제 아프지두 않아."

"그런데 며칠 더 있으래까요?"

"아유, 침이 아파서."

그러니까 배를 뚫르구 뭐야 위를 뚫르구 들어가야 되는 거거든. 그러니깐 웬만한 사람은 그걸 뚫르질 못해, 위를. 그래 이 사람은 깊이 넣구. 그래 이만큼씩 막 들어가는 침이야. 그러니깐 아프지 뭐.

"아유, 아파서 난 고만 맞겠다, 고만 맞겠다. 병이 낫으믄 고만이지 뭘 맞느냐?" 구.

"낼 하루만 더 맞으세요."

그래

"하루만 놓으면, 두 대만 더 노면 이제 안 놔?"

그래 신침더러

"두 대만 더 노면 인제 안 놓을 거냐?"

물으니깐,

"네. 두 대만 노면 인제 완전히 나으세요."

그래 두 대를 더 주구 나서. 아주 그때 차가 드물었었는데. 경찰서 차를 태서 즈 집이까지 갖다주면서. 한 열흘 지나, 그래두 아무 소리 기별도 없구 벌금 물래는 소리두 없구, 병을 고쳐줬으니깐 붙들러 오라구 그래진 않겠지. 그래 안심을 허구 있는데. 아 그때두 날마다 네다섯씩은 오는 거야, 환자가.

"그래 오는 쪽쪽 침을 놔줘라."

그거야.

"내 다 묵인을 해 줄 테니까 침을 놔줘라.":

그래 어디 아픈, 배 아픈 사람두 낫구 견비통이구 뭐 신경통이구 뭐구 죄 고치는데. 그래 신침이라구 소문이 나서 경찰서장이 아주 담볼 서가지구 참 면허증을 내줘서. 경찰서장 어머니 고쳐주구서 상금을 그땐 차가 아니구 뭘 사줬대더라. 말을 하나 사 줬대는 지. 뭘 하날 사줘서 팔자가 고만이니까 그 사람두 사십 넘어서 죽었어. 자기가 제 병을 못 고치는 거지. 그래 신침이라구 소문이 났어.

[2005년 7월 27일 채록]

117. 내 복에 산 막내딸

● 줄거리

한 부자가 딸 삼형제를 데리고 살았다. 아버지 생일날 아버지가 딸을 모아 놓고 누구 복에 사느냐 물었다. 첫째와 둘째 딸은 아버지 덕에 산다고 했으나 막내는 자기 덕에 산다고 대답했다. 화가 난 아버지가 딸을 쫓고 하인에게 새벽에 동대문에 처음 오는 사람에게 보내라고 시켰다. 다음날 동대문에 처음 들어선 사람은 숯장수였다. 딸은 남편인 숯장사를 따라 숯무지에 가보니 이맛돌이 황금이었다. 딸과 숯장수는 금을 팔아 부자가 되었다. 십여 년 후 딸이 아버지를 찾았다. 아버지는 거기가 되어 있었다. 딸이 전에 살던 집에 가보니 아버지가 자기 옷을 묻은 데서 나무가 자라 열매가 열었는데 까보니 호박이 들어있었다. 딸은 호박을 팔아 더욱 부자가 되었다. 딸은 아버지를 모시고 자기 집으로 가서 모두가 잘 살았다.

▣ 옛날 재산간데. 베실두 했는데, 베실은 뭘 했는지 기억이 안 나구. 여유가 있구 재산간데. 자기 아버지 생일이야. 생일날 딸 삼형제가, 아들은 없구. 딸 삼형제만 됬는데. 자기 아버지가 딸 삼형제 하나씩 하나씩 불러놓구. 그러니까 다 장성하구 시집보낼 때가 다 됐으니까 큰딸더러

"넌 여지껏 한 이십여 살이 됐는데 넌 뉘 덕으루 여지껏 먹구 사나?"

그러니깐 말대답할 게, 이십 살 된 노무 게, 넌 뉘 덕으루 먹구 사냐 하믄,

"아, 아부지 덕분이지요. 저희가 뭐 벌이를 합니까? 아부지 덕분으루 먹구

삽니다."

"그렇겠지."

그래 인제 둘째딸을 불러가지구

"그래 너는 뉘 덕으루 먹구 사냐? 언니 모양으루 아부지 덕분으루 먹구 사냐?"

"네. 언니 모냥으루 아부지 덕택에 여지껀 잘 먹구 호의호식허구 사는 거지 다른 대답이 있겠습니까? 아부지 덕분으루다 먹구 삽니다."

다음에 셋째딸을 불러가지구

"그래 넌 언니 모냥으루 애비 덕분으루 먹구 사느냐? 어떻게 생각을 허니?"

"전 제 덕으루 먹구 산다구 생각됩니다."

"아니, 네가 한 푼 돈을 버니? 뭐 때문에, 시집을 갔으니 뭐 시집 덕으루다 먹구 산대는 둥 그렇게 대답할 말이 있지만. 넌 시집두 못 가구 집에 있는데, 내가 벌어 논 밥에다가 옷두 내가 사다주는 옷 입구, 네가 네 덕으루 먹구 사는 게 뭐 한 푼 벌이래두 있어야 네 덕으루 먹구 산다구 그래지."

"그래두 제가 타구난 복이 있으니깐 먹구 살지 복이 없대믄, 이렇게 아부지가 재산을 뫄 가지구 딸 삼형젤 멕일 수가 없지요. 각자 복이 있으니깐 저희두 먹구 사는 겁니다. 벌이를 안 해두 제 복에 있는 건 먹게 돼 있다."

이거야. 그러니깐 아무리 자기 속으로다 난 딸이지만 괘씸하거든.

"그래 넌 나하구 인연을 끊는다. 넌 네 언니덜에 대믄 어린년이 제 복으루 살아? 언니덜두 아부지 덕분으로 산다구 그러는데 네 복으로 먹구 살아? 장성한 언니들은 아부지 덕분으루 먹구 산다구 그래는데 연소한 네가 네 덕으루 먹구 살아?

"저는 제 덕으루 먹구 삽니다."

그래 할 수없이 '내쫓아버려야겠다. 괘씸한 년' 이래 생각을 허군. 그 이튿날 하인들을 불러가지구선 말 한 필을 금은보화를 쌀이구 뭐구 참 패물을 실구. 쌀은 당장 어디 가서 먹구살아야 할 테니까

"하나는 딸이 타구 말 두필은 끌구서 가되, 동대문 밖이니깐 지금은 열지 않았어. 낼 새벽에 동대문을 열어. 바라라구 인경을 쳤대거든. 그걸 치믄 사대문을 열게 마련이야. 바라를 치믄 나이가 많은 사람은 할 수 없지만 젊은

놈은 뭐 숯장수는 뭐구 생각말구 이 딸을 갖다 맽겨라."

이거야. 아 그래 거기서 기달리는데 바라를 아침에, 그 새벽에

"아무튼 네 복에 먹구 산대니깐 나가서 살아라. 이젠 너하구 나하구 부녀지간에 정이래는 건 인제 오늘이 마지막이야."

"네. 안녕히 계세요. 제 덕에 잘 먹구 살겠습니다."

그리구선 갔는데 참 아닌 게 아니라 바라를 치니까, 계명도 산천이 다 밝아 온대는 심으루

기냥 지게를 짊어지구 넘어오는데, 얼굴이 검으스름한 놈이 수염두 깎지두 않구 그래서 세수두 잘 안 하구 그래서 시커먼 놈이 내닫기에. 그래 딸더러

"저기 저 나오는 저 숯장순가 분데 숯장사하구 아씨는 살게 됐으니깐 숯장수 따라갈 수밖에 없다." 구.

"아 아무래두 좋다. 숯장사 불러오라." 구.

숯장수를 불러오니깐

"아, 숯장수를 아무 죄두 없구 숯밖에 판 게 없다. 구.

"아니라." 구. "일루 오라." 구.

그래가지군

"지게두 거기 벗어 놔. 이 말을 끌구 가라."

그거야.

"아니 이 말을 왜 끌구 가냐?" 구.

"아니, 이 아씨를 아버지가 내쫓았어."

그래서 뭐라구 그래느냐믄

"동문 밖에 가서 첫 때에 나오는 사람, 숯장수든지 뭐든지 불구하구 이 딸을 맽겨라. 그리구 나한테 인도를 해 줘서 내가 나왔으니깐 별 수 없이 아가씨를 데루 가서 잘 살라." 구.

아 그래서

"아, 너무 황송허구, 내가 그럴 수가 있느냐?" 구.

그러니깐 그 여자가

"염려 말라." 구. "어려워 말라." 구. "우리가 천생연분이야. 그러니깐 갑시

다. 당신네 집이 어딘지 갑시다."

그래 여기서 가평 쪽으루다 갔었던 모양이지? 산 두멘 데, 가니깐 에기 모두 대문두 죄 구부리구 들어가야 하는지, 오막살이. 그래두 집인데. 그래두 웃방 안방이 있어서, 그래 말을 갖다 놓구서, 말게 있는 짐을 일꾼, 그러니깐 자기 남편더러

"어서 저거 부리라." 구. "저거 내가 가져온 거니까 내 물건이야. 그러니까 죄 갖다 봉당에다 어서 부리라." 구.

그래 마루나 있어? 봉당에가 흙으루다 맥질한 데다가 척척 갖다 쌓구. 쌀이 있어? 쌀두 한 되씩 숯가마, 숯 팔아가지구 살구 살구 그러던 사람인데. 쌀을 말게다 실구선 부려놨으니 금시발복된 셈이지 뭐. 그래 패물이구 딸한테 해당한 거, 당장 먹구 살라구 보태주구 그래서 좀 있구 그러니까

"이거 가지구 가서 낼 밝는대루 서울 가서 팔아가지구 오라." 구.

그래 가서

"그래, 금하구 은하구 말을 타구 가서 팔아가지구 오라." 구.

"아, 말을 탈 줄 모른다." 구.

"아, 살살 타믄 된다." 구. "발루다 배만 차지 않으믄 냅다 달아나지 않아. 그러니까 슬슬 갔다오라." 구. "갖다 오믄 걸어가는 것보담 나으니까 갔다오라." 구.

그래 말을 듣구선 여자가 안에 가서 물을 펄펄 끓여가지구선 더운물에다 세수를 시키구, 가주갔던 세수비누루다 해서. 얼굴이 허여 멀겋지. 아 그래구 수염두 가새루 드믄드믄 해서 깎구. 그냥 수건으루다 머리를 질끈 동이구선 말을 타구 금은을 가주가서 팔아왔더니 돈이 말께루다 한 바리야, 한 바리. 그게 실구 와가지구선 여자를 주니깐

"아 이것만 허믄 집을 새루 지어. 그러니깐 이 아래 가서 일류목수한테 가서 이 돈을 맽기구 개와집으루 좋게 지어달라구 그러라." 구.

"아, 벨안간 그렇게 허믄 어떻게 하느냐?

"아니라." 구. "차차 산 입에 거미줄 씨는 게 아냐? 그러니깐 우리 두 내외 복은 잘 타구 나서 만난 거니깐 아무 염려 말라." 구.

그래 할 수 없이 동네사람 뫄 가지구선 잔칠 했어. 그냥 살 수가 없으니깐 잔칠 해서 동네사람을 뫄 놓구선 술에 밥에 돼지에 잡아가지구 해서 부잣집 잔치 하듯 잔치를 잘 차렸어. 동네사람이 온통 칭송을 하는 거야. 그러니깐 샥시가 자기 아버지한테 쫓겨났대는 얘기꺼지 다 하구. 그래 말 둘만 팔아두 부자라구 그랬었다구 그랬었대거든, 전에. 그래 금은보화 팔아가지구선. 그래

"여하간 나에 본직이 숯무지야. 숯 궈서 파는 건데. 거길 가야 한다." 구.

그래

"하여튼 거길 한 번 가보자." 구.

벨안간 내버릴 수 없으니까.

"궈 놓은 건 있냐?" 구.

"있다." 구. "올 일 년은 팔아먹을 게 있다."

그거야.

"그럼 가보자." 구.

거길 가보니까 자기 어머니가, 시어머니가, 늙은 마누라가 점심을 해 날랐어. 거기서 한참 올라간다구. 고 담에

"어머님 집에 계세요. 제가 그 길을 아니깐 점심을 대접을 할 테니깐."

"아니, 네가 어떻게 가느냐? 험한, 험로에 길을 어떻게 가느냐?" 구.

"아 염려 마세요."

아 거기 가서

"점심 잡숴."

그래니깐

"어유 여길, 아가씨가 여길 어떻게 오셨오?"

그래

"점심 잡수시라." 구.

아 그러니까 꽁보리밥에 조밥 겉은 거나 먹었던 게. 허연 노무 이밥을 해다 반찬을 갖춰가지구 밥을 해가지구 왔으니 꿀맛이지 뭐. 꽃 같은 시악시가 가져온 밥이니 여간 맛있어? 그래 기갈이 감식이라구 거기 가서 일을 좀 하구 그래서 꿀맛같이 점심을 잘 먹구서 났는데. 이렇게 보니깐 숯가마 보니깐, 숯

가마루다 그 남편이, 저 숯가마에 숯을 못 다. 꺼지긴 했어두 못다 잡아댕길라구 이맛돌을 쳐들어가지구 일으켜 세워 놨는데 그게 아주 황금이더래지 뭐야. 그 여자가 보니깐. 남자는 복에 없으니깐 돌맹이거든.

"가만히 있어. 그 속에 숯이 얼마나 있느냐?" 구.

"여러 섬 있다." 구.

"여러 섬이나 마나 그 숯 다 내버리구 이 돌맹이만 가져 가져가자." 구

그 돌맹이를 다 짊어질 수 없으니깐 거기 도끼가, 숯무지니깐 도끼는 있을 거 아냐? 도끼루다, 한 허리를 잘랐어. 짤르니깐

"아 그걸 잘르믄 어떡허느냐?" 구. "우리 대대루다 그게 우리 창고문인데, 그래 그 문을 잘르믄 어떡허느냐?" 구.

"아니라." 구 "가서 말을 가져와라."

그거야.

"아, 말을 가주와서 뭘 하느냐?" 구.

"아 빨리 가서 말을 가져오라." 구.

그래 말을 갖다가 그 두 개를 간신히 실었어. 한 쪽에다, 숯섬에다 하나씩 넣어가지구 말게다 실었어.

"아, 그걸 가주가서 뭘 하느냐?" 구. "가서 이맛돌두 못허구 인제 잘라졌으니 어떡하느냐?" 구.

"아 괜찮다." 구.

그래가지구선 인제 저녁에 자는데, 남편이 오줌이 마려워서 인제 화장실엘 나갈랴구 보니깐, 그 숯섬이 기냥 아주 환하드래지 뭐야. 광채가 비춰가지구.

"아유, 숯섬에 불이 났다."

그거야. 숯섬이 불이 환하지 뭐야. 여자가 나가보니깐, 순금이니까, 광채가 밤에 비치드래지 뭐야. 그래 '아 금은 순금이구나.' 그래 그걸 다 팔 수 없으니까 반을 말게다 실어가지구. 인제 자기 올 제 사용하던 보재기에다 싸서 말에다 실려서

"이 편지를 가주 갔으니, 요전에 금 팔아온 데 그 집에 가서 이 편지를 내주구선, 돈 한꺼번에 못 가져올 거야. 그러니깐 금방 주인이 허재는 대루, 당신

은 심부름 허는 거 모양으루. 말 한 바리 돈을 주믄 한 바리 가져오구. 담에 또 그 사람이 말게다 실려보낼 거야. 아무 소리두 말구 갖다만 놓으라." 구.

그랬드니. 에기 가주가니까

"아유 이런 게 어서 났냐? 순금이 여지껏 인제, 사람 눈에 인제 띄었냐?" 구.

그래 그 여자를, 돈을 갖다 주는데

"앞으루두 몇 마리, 마차루다 인제 실구 가야 돼. 그러니까 이것만 가주구 우선 가라." 구.

그래 신랑을 시켜서 한 바리만 실어서 주는데

"뭐라구 그래드냐?" 구.

"앞으루 달구지 마차루다 실어온다." 구.

"아 그렇게 돌값이 많으냐?" 구.

"그게 돌이 아니구 그게 순금이야, 순금. 순금이래는 소리 들어 봤오?"

"아 들어보긴 했지만 보진 못했다." 구.

"이게 당신 복이야."

"당신 복은 당신 복이지 내 복이 뭐 내 복이냐?" 구. "난 여지껏 거기다 불을 때구 그랬는데 여지껏 내 눈에는 안 띄었는데, 당신 눈에 띄었으니 당신 복이지. 뭐냐?" 구

아 내 복이 네 복이요, 네 복이 내 복이래는 식으루

"당신 복이요."

그래 돌을 한 쪽으루 돌려 놓구, 집을 지니 목수가 십여 명씩 달라붙어서 집을 짓는데

"빨리 완수를 해달라." 구.

그래서 참 목수가 십여 명씩 달라붙어가지구 그래 한쪽으룬 지며 미장이가 흙줄이구 뭐구 전부 해가지구선. 참 며칠 안 가서 떼꺽 집을 한 채 지어놨는데. 아 그래 되배장이 불러서 되배 해가지구. 그래 돈을 갖다 그 옆 창고에 갖다 디리 싸놓구선. 동네사람을 불러가지구 매일 잔치 하다시피 하는 거야. 덕분에 동네사람두 매일 주육에 묻혀서 살다시피 하는데. 그래 금은 거 반, 이맛돌 반은 창고에 넣구선

아 그래 그럭저럭 하다가 금을 반은 팔지두 않구 그냥 뒀는데.

가만 십여 년 지났어. 아부지가 자기를 내쫓았지만 그래두 낳아준 아버진데. 자기는 이렇게 호화롭게 지내는데 아버지는 소식이 끊어진 거야. 아버지하구 연락이 부절이야. 아니 연락부절이 아니구 연락 절이지. 그래서 인제

"아부지가 어떻게 사시는가 가 봅시다."

두 바리니깐 하내 하나씩 말을 타구선. 떡 동구 밖에 가니깐, 그 좋은 집이 어떻게 한 쪽이 허물어져 가지구 폐옥이 되다시피 했어. 동네사람더러

"저 집이 살던 사람 어떻게 됐냐?"

그랬더니

"아 큰딸 둘째딸 시집을 보내구 막내딸 내쫓았는데 그 후론 자연적 저렇게 폐옥이 돼가지구……."

"어디루 이살 갔느냐?" 구.

"아 거긴 집덜이 새구 그래서 살 수 없으니깐 저기 산 밑에 가서 오막살이 집에 영감 마누라 산다."

그거야.

"그럼 하인들은 어떻게 됐느냐?"

"먹구 살수 없으니깐 제각끔, 제제각끔 계집덜 데리구 가서 산다." 구.

아 그래서 참 근데 그거 개와집, 자기 살던 집에 가보니깐. 참 빨래방맹이만한 노무 게, 육모방맹이만큼씩 헌 노무 게 줄줄이, 오동나무 같은 데 가서 열렸더래. '참 이상스럽다.' 그러구서 자기 아버지두 그걸, 딸을 내쫓구나서 그 낭구가 그때 자연적 캐다 심지두 않았는데 거기서 문 앞에 나가지구 자연생으루 돼서, 거기서 나는데 그걸 어떻게 했냐하믄 개 입던 노무 신발이구 옷이구 죄 그 속에 파묻었대거든. 근데 거기 낭구가 하나 나가지구 그 참 수세미라구 보지 않았어? [채록자 : 네.] 그거 모냥으루 디리 열매가 주룩주룩 열려서

"아, 그 노무 뵈기두 싫은데 죄 따 내버리라." 구.

"아, 이상스런 열맨데 내버리믄 되겠어요?"

그래 가마니에다가, 전엔 가마니라구 그래지 않구 멱서리라구 그래

"멱서리에다 담아 놔라. 이상스럽다."

근데 그 해두 가니깐 그렇게 열렸어. 그래 대관절 그 먼저 인제 아부지가 하인 그때 있을 젠데

"그거 하나 까봐라."

그걸 방맹이루다 디리 두들기고 도끼루다 짓 찍구 그래는데 영 벗어지지두 않구 그래거든. 그래 이렇게 보니깐 보기두 싫어서

"에이 벗어지지두 않는 노무 거 가마니에서 전부 집어넣으라." 구.

그래 넣어가지구 옆에 창고에 쌓아 놨는데. 아 그때 딸이 가니깐 또 열려서 그거를, 그 동네사람이 싸 놨다구 그래서. 거 동네사람두 팔자가 어려운 사람만 살았는지. 그걸 보구선 뭔지두 몰랐어. 그래 나중에 그 여자가 그거 하날 신랑더러

"두들겨서 까보라." 구

아 그래 신랑이 두들겨서 이렇게 까니깐 허물이 훌훌 벗어지더래. 그렇게 잘 벗어져. 그래 이렇게 보니깐 그게 글쎄 호박이야, 호박. 호박이래는 게, 저 진주 호박이 그게 보물이거든. 금은보화, 저 금은 담에 그거에요. 호박하구. 옛날에 잘 사는, 여기다 이렇게 (머리에다 망건을 쓰는 시늉을 하며 이마 양 옆을 손으로 짚으며) 망건에다 풍잠을 달았다구. 그래 그게 아주 웬만한 부자는 못 다는 건데. 그래구 또 호박 담배 물추리, 기단 담배에두 호박 물뿌릴 허믄 이빨이가 쏵쏵 들어가서 이가 상하질 않는대여. 그래서 부자는 그 호박 물쭈릴 해서 담밸 피웠었대요. 그렇게 비싼 거야. 그래 아부지를 찾아가서 절을 하니깐

"아, 누구슈?"

그래더래지 뭐야, 딸더러.

"내꽂은 아무개에요."

"뭐 이거 니가 어떻게 죽지두 않구 어떻게 살았냐?"

"아유, 난 돌아간 줄 알았더니 아직 생전에 계시군요. 전 아주 부자가 됐어요."

"그래 어떡해서 부자가 됐느냐?"

그랬더니. 거기 숯가마 가보니깐 이맛돌이 순금이야. 그래 수십 돈 나가서 그거 반을 팔아가지구 여지껏, 동네사람까지 아주 일포식을 시키구 참 주육

으루다 세월을 보내다시피 하는데. 저기 저

"나 내쫓은 후에 내 의복을 뵈기두 싫다구 아부지 파묻으셨죠?"

"그래 파묻었다."

"그래 거기 낭구가 나지 않았어요?"

"아 낭구가 나서 그 노무 거 열매가 열어서 그 노무 열매까지 뵈기 싫어서 하인더러 까래니깐 까지두 못하구. 저 창고에 집어넣었다." 구.

"그게 저 호박이에요, 호박."

그래 호박단지라구, 전에 호박, 풍잠 뭐. 그래 옥 담에, 옥 다음에 가는 보물이야.

"이거 가서 죄 따가지구 가면은 인제 이게 열매가 열리지 않을 거야. 올해만 열렸지. 이거 따 가지구 말게다 실구선 저희집으루 올라가세요."

"너희집이 어디냐?"

그래 하루 죙일 말을 태워서 신랑은 걷구 또 말 한 바리는 그 열매. 그 딴 노무 거, 이 년 딴 거 실구. 동네 젊은 놈덜 멫 풀어서

"아, 그냥 걸어가서 되겠느냐?" 구. "아 내 품값을 잘 줄 테니까 그 사륜교 두 대만 마련해달라." 구.

사륜교를 두 대를 마련해줘서 색시 타구 자기 타구. 아부지 어머니는 인제 조곤을 두 대 해가지구. 그래 가마 넷이 산골루 말 둘에다 가는데 기구허지 뭐야? 정말 죽 늘어서 동네사람이 덩달아서 구경 간다 그래서. 십여 명이 들끓어서 올라가니깐 동네사람덜이 깜짝 놀래서

"이거 어떻게 된 심이냐?"

"아 거기 부자 상전이 그렇게 기굴 차려가지구 오잖아."

그래 동네 사람이 아부지 방을 좋은 노무 방을 드리구서. 고 담에 거기다 또 집을 한 채 잘 지어가지구 자기 어머니 아부지 모시구. 근데 그 담부턴 열매가 안 열리드래지 뭐야. 그 동네 사람더러 낭구를 키지 말구 그냥 둬 보라구. 열리나 안 열리나. 그래 가끔 동네사람이 기별을 하는데 안 열린대는 거야. 그래 동네사람두 거반 다 부자가 됐대요. 그 열매 따가지구 서울 갖다 팔믄 돈이 한 바리씩 되구, 그래서. 자기 아부지가 탄복을 했대.

“참 넌 네 복에 사니?”

“네, 제 복에 삽니다.”

세 번을 전부 물었대거든.

“너 그래, 네 복에 살아?”

혹시 나중에 말이래두 ‘아부지 복에 삽니다.’ 그러길 바라구서 세 번을 물었는데. 꼭 세 번째두 제 복에 산대. ‘그래 네 복에 정말 나두 네 복에 산다.’ 나중에 그래드래. 그래가지구 동네사람두 거반 다 부자가 됐대.

[2005년 7월 28일 채록]

118. 호랑이와 도둑놈 잡은 붓 장사

줄거리

붓 장사가 미시령을 넘다 밤을 지새우게 되었다. 붓 장사는 산 중턱 언저리에 풀을 둥그렇게 깎아서 그 주위에 탈만한 것들을 늘어놓고 자게 되었다. 밤이 되자 호랑이가 나타나 사람을 잡아먹으려고 꼬리로 불 주위 빈 곳에 넣었다. 그러다 꼬리에 불이 붙어 호랑이가 타 죽고 말았다.

또 포천 석문이 고개를 넘다가 도둑을 만나게 되었다. 도둑이 돈을 내놓으라고 하자 붓 장사는 가지고 다니던 고춧가루를 도둑에게 뿌렸다. 눈이 매워 어쩔 줄 모를 때 붓 장사가 도둑을 때려잡았다.

▣ 필공(筆工)이라구 그러는데, 붓장사. 그러니깐 지금으루 일루믄 미시령, 미시령이야. 안팎, 일루두 이십 리 저쪽에서 올라와두 이십 리. 안팎으루 사십 리 되는 고갠데. 두 번인가 내 거길 갔었지, 아마? 관광으루. 근데 옛날에는 혼자 거기 넘어가기가 어려웠대거든. 이십 리 올라가믄, 거 아침에 이십 리 올라가믄 사십 리까지 저 아래 내려가지만, 점심때쯤 되믄 한 이십리 걸어서 산에 올라가믄 일모, 해가 넘어가니깐 자구 가야할 꺼 아니야? 그러니 거기 뭐 잘 데가 있어? 술집두 없구, 아무 것두 없구. 사십 리 동안에 집이 한 채두 없었대거든. 그래 산 중턱에 올라가가주구선 가만히 생각하니깐. 이게 틀림없이 여기 호랭이가 들끓는 대는데 저녁에 호랭이한테 물려가서 죽을 텐

데 어떻게 모면을 허나? 연굴 하다가 또 생각이 나서. 그때 인제 조그만 노무 단도, 단도를 가져서 그걸루다 뙹그렇게 풀을 도린 거야, 인제. 언저릴 풀을 뙹그렇게 도렸어. 도려가지구서 거기다 도린 풀이구 뭐구 쌓아놓구, 근방에 낙엽을 갖다가 뙹그랗게 바깥으루 돌려놨어. 이렇게 쌓아 놨어. 그리구 가운덴 빤빤하게 가랑잎을 긁어서 이렇게 쌓아 놓구선. 아 배는 고파두 밥을 사 먹을 수 있어? 근데 옛날에 그저 보리개떡을 불에다 궈 가지구 다닌데. 그래 가지구 누런 노무 거, 배 고풀 제 한 덩어리 씹어먹구 개울에 가서 물을 기껀 먹으믄 요기가 됐대거든. 그리구서 거기서 자는 데, 잠이 올 거야? 한 밤중쯤 되니깐 '으르렁으르렁' 소리가 나더니 아닌 게 아니라 집더미같은 호랭이가 오더래지 뭐야. 그래 헐 수 없이 그 뺑뺑 돌린 데다가 불을 놨어. 그래 옛날에 성냥이 있어? 에미 부시 쳐서, 그래 기술이 줄창 있으니깐 불을 금방 대려서, 거 가랑잎이지. 뺑뺑 둘러서 그냥 불을. 삭정이구 뭐 낭구 부시래기구 갖다가 한참 타라구 불을 대려 놨는데. 그래두 워낙 많이 쌓아 놨으니깐 불이 타기 시작을 허는데. 아 이놈이 기냥 그래 한 쪽엔 불이 안 탔으니깐, 호랭이가 오더니 꼬랑질 이 불 안 타는 쪽으루 이렇게 디밀어서 사람을 잡아댕기는 거야, 꼬랑질 말아가지구. 코끼리 코루 잡아댕기는 식으루. 아 근데 뭐 불 있는 쪽으루다 바짝 가믄 이 불이 무서우니까, 호랭이가. 그러니깐 이놈이 차차차차 타 들어오니깐 호랭이 꼬랑지 디미는 쪽이 범위가 차차 좁아질 거 아냐? 자꾸만 뺑뺑 둘러 타들어오니까. 아 이 놈이 한참하다가 고만, 홰홰 둘르다가 꼬랑지에 불이 붙었네, 호랭이 꼬랑지에. 그래 이놈이 뜨거우니까, 그냥 이렇게 홰홰 둘른대는 노무 게 자기 몸뎅이에 꼬랑지가 닿으믄 몸뎅이에 털이 부지직부지직 하구 죄 타구. 그래 호랭이가 기름이 많기 때문에 불이 붙으믄 잘 탄데요. 그래 이놈이 기냥 내리 굴르구 왼통 그래서 뜨거우니깐 그 알루 벽쪽으루 내리 굴루구 어훙 소릴 질르구. 해서 내리 굴르더니. 아 에미 굴르거나 말거나, 불 속에 들어앉았는 거야, 이 사람은, 인제. 다 뙹그렇게 타서 불이 이글이글 허니깐. 그래 춥지두 않게 뜨뜻하게. 이제 자는 둥 마는 둥 해서 자구선. 그 이튿날 훤한데, 훤하믄 호랭이가 간대거든. 자기 처소루다, 굴을 찾아가든지 간대. 그래 거기 내리 굴른 델, 그 언덕에 서서 나와가지구서 내리 보니깐, 그 아래 물이 절절절절 흐르는데 거기 가서 나가자빠졌는데 새카만 노무 게 그냥 숯덩이 같은 노무 게 나가자빠졌더래지 뭐야, 죄 타서. '에 호랭이 한 마리 잡았다.' 그래구선, 인제 배는 고푸니깐 그 보리개떡 구은 거 그거 반쪽 남은 노무 거 마저 먹구서, 물을 기껀 들이키니깐 인제 허기는 면해서 집을 찾아가는 거지.

인제 어딜 찾아가냐믄 서당을 찾아갔거든, 옛날에 한문 배는 서당. 그래 서당엘 찾아 갔는데. 한 군데 우여우여 어딜 찾아갔냐 하믄 여길 왔단 말야, 우리게. 포천, 포천 땅엘 왔어. 포천서 쪼끔 오믄 송우리라구 있어. 그래 송우리서 욜루 넘어오는데 석문이라구 있거든, 석문이. 돌 석(石) 자, 문 문(門) 자. 석문이야. 거기 요렇게 됐어. 사람 둘은 욜루 통괄 못해. 사람 하나만 제우 빠져 나가는 거야, 골창이 져서. 그래서 석문이라구 그래는데. 거기 석문이 고갤 쓱, 저녁 땐데 오니깐. 그 석문리 저쪽 그러니깐 양주쪽으루 거기가 호암리라구, 옛날에 회암사 있던데. 그래 거길 쓱 나와서 막 나올랴구 그래니깐, 아마 석문리가 한 사 메타 될 거야. 그 기럭지가, 요렇게 된. 에기 이만한 노무 무리단장을 짚은 녀석이

"어서 빨리 오너라."

그러구선. 그걸루다 기냥 내 갈길랴구 그래는 노무 걸.

"아, 왜 그러냐?" 구.

"아 이놈아, 어서 돈 내놔."

"아이, 난 붓이나 팔구 그리는 사람이래서 돈두 없다." 구.

"그래 다믄 한 푼이래두 있지. 마, 노잣돈두 없어?"

그러는 노무 걸, 노다지 뭘 가지구 다니냐 하믄 고춧가루, 고춧가룰 이렇게 싸서 넣구 댕기는 게 있는데.

"그래, 여기 돈 있다." 구.

이렇게 고출가룰 꺼내가지구

"이놈아."

하구 확 뿌렸어, 눈에다가. 그러니까

"아이구, 죽겠다." 구.

눈에 고춧가루가 들어갔으니 배길 수가 있어? 그래 육모방맹이를 꺼내가지구선 그냥 골수백이를 한 대 여섯 대 내리 팼대지 뭐야, 도둑놈. 그래 도둑놈, 근데 그런 용기가 안 나더래. 그런 놈만 때렸지. 그 도둑놈 호주머니 뒤질, 주머닐 뒤지믄 돈이 조금 있을 텐데. 자기 살 욕심만, 도망갈 생각만 했지 그 생각이 없더래지 뭐야. 그래 도둑놈 같으믄 뒤졌다구. 도독놈얼. 그래 꽁지야 날 살려라 그리구선 내 뛨는데. 그 아래 귀율리라구. 귀율리 저 임서방네라구. 임 뭐야, 국회의원? [채록자 : 임충빈 시장이요?] 국회으원. [채록자 : 임사빈이요?] 임사빈이지. 임사빈네 동네 가서 그 얘길 하니깐,

"아 용케 살았다." 구.

"거긴 몇 번 소장수, 아무튼지 보통 세 명이래야 거기 돈 지구 있는 사람은, 넘어오는 그냥은 못 넘어온다."

그거야. 거기 사람이 얘기하길. 그래 거기서 자구선 우리 집에 한 점심때쯤 왔더라구요. 그때 나 글 밸 땐데. 거기서 그 강원도서 호랭이 잡은 얘기하구, 거기 오다가 그 고추가룰 뿌려서 도둑놈, 저

"그런데 그 자식 죽었는지 살았는지 모르겠어요."

그런데 거 장력두 무지하게 셌다구. 그 저 붓장수가 눈이 시뻘건 늙은이가 저 웬만한 놈은 범접두 못할 정도루다 우람하게 생겼어. 그래서 호랭이하구 도둑놈 잡았대는 얘기가 나온 거야.

[2005년 7월 28일 채록]

119. 우리 고유의 과일인 배 금석미, 과동미

◈ 줄거리

우리 고유의 배로 금석미가 있었다. 금석미는 수수알갱이와 같은 노란 점이 있는 배인데 맛이 좋았다. 과동미는 겨울에 저장을 해 두었다가 이듬해 먹는 배로 연한 것이 맛이 좋았다. 그런데 일본 강점기 시대에 왜 배가 들어오자 사라지게 되었다.

▣ 금석미라구, 우리 문 앞에 세 개가 있었는데. 근데 서리 온 년에. 인제 오비이락이래는 소리 있잖아. [채록자 : 네.] 까마귀 날아가자 배 떨어진다구, 오비이락이라구. 그때 인제 금석미에서 그게 나온 소리거든, 그게. 금석미 낭구에서. 거 세 개가 딱 섰는데. 내게두 두 아름씩은 됐어, 배 낭구 하내. 그렇게 큰 데, 근데 그거 무지하게 달아. 뭐 그땐 다른 과일은 뭐 별루, 사과두 별루 없을 때구, 그러는데. 그거 하나 까마귀가, 까마귀가 '깍깍' 하구 까치가 오믄 배 따러 오는 거거든. 디리 파먹는 거지 뭐. 근데 '까마귀 가서 쫓아라.' 그러믄 이놈이 날아가는 통에 떨어진다구. 그땐 농 익었어. 누르스름하게 점이, 수수알갱이 만큼 점이 벌것벌것하게 거죽에 가, 그렇게 곱질 않지. 지금 배 모냥으루 노랗게. 지금 배는 점이 없잖아? 그건 점이 드문드문 있는데. 그거 까긴 뭘 까? 기냥 먹는 거지. 그냥 먹으믄 정말 시원한 게 꿀맛이었지, 그렇게 맛이 좋아. 그거 한 낭구에서 보통 가마니, 열 말들이 가마니루 네 가마니씩을 땄어, 한 낭구에서. 대략 따지 뭐, 다 따지두 못해. 워낙 크니까 다 딸

수가 없어. 배 외라구 요렇게 된 노무 걸루다 (손가락을 고리처럼 해 보이며) 요렇게 잡아댕겨서 따구 따구 그러는데. 땅에 떨어지믄 죄 버리는 거구. 그러니까. 따가지구 서울 가서 파는데 그땐 의정부 시장두 별루 없었다구. 광목전, 저 천 끝 장사만 있었는데. 그러구 서울을, 쇠에게다 실구 돈을 한 보따리씩 자져왔어.

근데 몇 해를 수확을 했는데 그 옆에 과동미라구 또 있어, 과동미. 근데 겨울에 인제 묵새겼다 먹는 게 돼서 과동미라구 이름을 졌는데. 퍼런 점두 있구 누런 점두 있는데, 꽤 커. 금석미하고 먹으믄, 금석미가 시원한 맛은 있구, 과동미래는 건 좀 연하기만 했지 그렇게 시원한 맛이 없어. 근데 저 뭐 왜밴가 무신 그게 나가지구 일본놈덜 여기 들어와서 해가지구선 자연적 없어지더라구 그거, 배나무가. [채록자 : 어르신, 그 당시에 배 이름이 금석미하구 과동미하구 다른 건 또 있었습니까?] 거 노랑배라구 또 있었어. 그건 노래 아주. 첨에 먹으믄 냅다 시다가 나중에 농 익으믄 그것두 꿀맛이지 뭐.

[2005년 7월 28일 채록]

120. 사돈집에서 죽 훔쳐 먹다 망신당한 친정아버지

◉ 줄거리

딸을 부잣집에 시집을 보낸 사람이 딸 집에 찾아가게 되었다. 사돈댁에 가니 딸은 아버지가 오셨다고 앵두와 잣을 대접했다. 그런데 친정아버지는 먹는 방법을 몰라 애를 먹었다. 저녁에 딸은 밥을 주지 않고 죽을 주었다. 아버지는 늘상 먹는 죽이기에 화를 냈다. 알고보니 그 죽은 귀한 잣죽이었다. 저녁을 먹지 못한 아버지는 잣죽을 먹으려고 밤에 집안을 뒤져 잣죽 재배기를 가져나오다가 망신을 당했다. 아침에 친정아버지는 창피해 달아나려고 했으나 시아버지는 넓은 도량으로 그 일을 덮어두었다.

▣ 전에 어려운 집인데, 딸이 하나 있어서. 과년이 돼가지구 시집을 보냈는데. 참 부잣집으루 보냈어. 근데 사둔은 부잣집인지두 모르구 보냈는데. 친구의 소개루다 딸을 보냈는데. 근데 친정아부지는 석달만 지나믄 딸을 볼 수가 있었거든, 옛날 풍습에. 근데 한 달 지나서두 그렇게 사둔집에 맘대루 못가구 그랬는데. 두 달이 됐는데, 딸을 보구싶구 사돈이 어떻게 사는지 궁금하기두 하구. 그래 슬슬 '에이 딸네 집이나 가서 이밥이나 실컷 먹구 오자.' 그래 나섰는데. 집을 나서가지구 죙일 걸어서. 그 전에 보통 십 리 사십 리 오십 리는 보통 됐다구. 옛날에 사십 리 오십 리 걸으믄 거반 해동갑해서 들어갔다구. 지금처럼 길이 좋았어? 에미 낭구 길에 이런 게 산고개두 넘어가구 그랠려믄 그렇게 많이 못 걸었는데. 그래 거반 해가 넘어가서 사둔집엘 당도해서 아

메누리 친정아부지가 온대니깐 아주 숫사둔이지. 숫사둔이, 아 그래 바깥에 나와가지구 영접을 해서 들어가서 사랑에서다 떡 앉히구

"잠깐만 계슈. 나 안에 잠깐 들어가서 볼일을 보구 나올 테니."

그래구선 시아버지, 딸에 시아부지 되는 사람은 안에 들어가구 혼자 사랑에 앉았는데. 잣을, 한 접시 아, 앵두를 한 접실 가져 왔드래지 뭐야. 앵두를 한 접시 떡 갖다 놓더니, 고 옆에 보니깐 꿀이, 요만한 보시기루 꿀을 한 보시기 갖다 놨어. 그 젓가락을 하나를 떡 갖다놓구. 근데 보지두 못하구 경험두 없는 친정아부지가 이게 뭐 대관절 젓가락을 두 짝이믄 찝어래두 먹지. 한 짝을 갖다 놨으니 먹으래는 거야? 그래 한 짝으루 앵두를 찝을래니 찝을 수가 있어? 그래 사돈집이 가서 손가락으루 집어 먹을 수두 없구. 에라 이거 참. 그래 딸이 오니깐 "

"그래 대관절 이걸 어떻게 먹으라구 갖다 논 거냐?"

"아유, 아부지두. 이거 이렇게 먹는 거에요."

그러구선 꿀에다가 젓가락 한 짝을 이렇게 담가놓구선 앵두를 이렇게 홰홰 둘르니깐 보통 다섯 개 여섯 개씩 달라붙거든.

"그래 이렇게 먹는 거에요. 이렇게 잡수세요."

"아 그래? 아 그러나 밥을 먹어야지 배가 고파서 어디 견디겠니?"

"밥은 아직 멀었어요."

"잣을 내 갖다드리니까 잣을 잡수세요."

잣 역시두 어떻게 먹을 수가 없어서 이렇게 보니깐 꿀허구 잣허구 젓가락 하나하구 가져왔거든. 잣 역시두 꿀에다가, 앵두에 경험을 얻었으니깐. 저 꿀에다 이렇게 홰홰 둘러가지구 잣에다 푹 허니깐 그건 더 많이 달리잖아. 그래 잣 한 탕기를 거반 다 먹었어. 근데 저녁은 왔는데 밥은 안 해다주구 죽을 쒀다 주거든. 그래니 워낙 산골에서 자란 사람이래서 양은 큰 데 그까짓 거 앵두 좀 먹구 잣을 먹었어두 그거 뭐 간에 기별이나 해. 그래 친정아버지가 혼자 하는 말이 '그래, 이년이 그래 집이서 밤낮 좁쌀강냉이나 보리밥강냉이나 먹구 옥수수 아니믄 연명을 못 허는데, 번히 알면섬 그래 이밥을 한 그릇 해다주지 그래 죽을 쒀다 줬냐.' 하면서 안 먹었어. 순갈 대지두 않았어. 근데

일꾼이 들어오더니

"왜 진지 안 잡수세요?"

"입맛이 없어서 먹구 싶질 않다." 구.

"아, 저나 먹을까요?"

"먹으라." 구.

그랬더니 훌훌 맛있게 그냥 숟갈루다 덥썩덥썩 떠서 먹는데. 아, 남 먹는 걸 보니깐 에기 목구녕에서 침이 들이쳐가지구선. 죽이 돼서 안 먹었는데 그래 나중에 딸이 들어와서

"아부지, 많이 잡수셨어요?

"많이 먹긴 뭘 많이 먹냐? 이년이 기껏 내 아다시피 밤낮 죽으루다 연명을 허는 걸 번히 알면서 그래 이년아 죽을 쒀다 줘?

"아니 영양가치가 있어서 그거 잣죽이에요."

"뭐 잣죽?"

그래서 잣죽이래는 소리를 듣구선. 저녁을 굶어가지구 '잣죽을 어디다 뒀나?' 디리 찾아댕기는데 그러니 부엌에 가서 뒤져봐두 잣죽이 없네. 그러니 광을 열구 들어갈래니깐 자물쇠루 광문을 채서 들어갈 수두 없구. '에기 딸이 웃방에서 잔대는 데 그 웃방에 굴방이 또 있대는데 거기다 뒀을 거라.' 그러구서 그 웃방 우에다가 그 씨래기 같은 거, 뭐 셛치 않은 노무 거 집어넣느라구 따루 꾸며 논 방이 있었다구, 전에. 잘사는 집은. 그래 거기다가, 중요한 거니깐 잣죽 쑬래믄 어렵잖아. 잣을 갈아가지구 쑤는 건데. 그 안에다 뒀는데 밤새두룩 찾아댕기다가 에기 거길, 딸 자는 데 거쳐서 그 굴방엘 들어가가주구선. 숟갈을 갖구 들어가서 기껀 퍼 먹구 나오든지 허지. 재배기 채 들구 올랴구 들구선 나오다가. 그 딸 방에 이렇게 저 고리를 해서 매달았다구. 애덜 기저귀 꿰서 인제 이렇게 매달아서 화로에 불 담아다 놓면 기저귀 말르라구. 아 상토가 거기가 끼었어, 고리에 가. 그러니 아 놀랴구 그러니 죽재배기가 덜썩덜썩 하구 떨어지구. 잡아댕기니 상투가 빠질거구. '그래 이걸 어떡허나.' 아 그러자 안방에서 시어머니가 그 손자를 데리구 자다가 아 오줌을 싸서

"얘, 얘. 애기가 오줌을 쌌다. 마른 기저귀 갖다 갈아 채라."

그랬는데. 아 그러니 깜깜한데 전깃불이 있어? 깜깜한데 기저귀 논 데 이렇게 손으루다 휘휘 젓는데. 아 뭐 털서덕 허구 있는데, 아 이렇게 손으루다, 혹시 그 고리에다가 매달아 논 채 그냥 있지 않나 하구 이렇게 허는데 뭐 뭉쿨해서 보니깐 자기 아버지 부랄이네.

"아이구, 이게 뭐야?"

그러는 통에 그 죽재배기를 땅에다 놓구선 그냥 상투 빠지거나 말거나 냅다 내뛴 거야. 발각이 날까봐. 그래 사랑에 나가서 옷을 얼른, 안 그런 척하구 옷을 얼른 줘 입구선. 그냥 잤으믄 괜찮은 건데, 발각이 날까봐 아침에 그냥 내뛴 거야. 사랑을 나와가지구. 그래 밤새두룩 헤매서 잠두 못 자구. 그런데 에기 배는 고프구. 거 동구 밖에 가서 에이 시돈집은 멀리 나왔으니 찾아나오진 않겠지 하구 나왔는데. 아 동네사람이 '아무개댁 친정아부진가 본데 어떻게 여기 나와서 주무실까?' 그러구 안에 들어가서

"아 저 사돈댁 서방님이 동구 밖에서 자더라." 구.

뭐 그래서 하인을 시켜서

"가 모셔오라." 구.

모셔왔는데 배는 고프구 아주 죽을 지경인데

"거 왜 조반두 안 잡숫구 새벽에 나왔냐?" 구.

"아, 집이 볼일이 있는 걸 내가 잊어버리구 내가 집을 떠나서, 빨리 갈려구 그랬는데. 아

저녁에 잠자리를 옮겨서 그런지 잠이 안 오구 그래서 그랬다." 구.

사돈은 벌써 안에서 죽재배기를 에기 털서덕 놨으니 그게 골방에 죽 자국은 있구. 딸두 '아유, 아버지가 참 망령이지. 그래 죽을 한 그릇 달라구 그러든지 하지. 틀림없는 토막나무 끈 자리지. 다른 사람이, 도둑놈이 여기 들어왔을 리두 만무구.' 그래

"전 시집살이 그만 두구 친정으루 가겠습니다."

시아버지더러 그러니깐

"왜 그러느냐?"

사실 얘기를 허구선 아부지가 그런 잣죽 같은 건 구경두 못하시구 잣죽을

잡수시라구 저녁에 드렸는데 머슴 넌석이 다 먹구 여태 맛두 못 보구. 엇저녁에 조석밥을, 저녁을 굶어서 굴방에 들어왔다 애기 참 오줌을 싸가지구 기저귀 갈아 채는 통에 들통이 나가지구 그랬으니까. 아 그런 사돈네 딸을, 메누릴,

"남이 부끄럽게 어떻게 데리구 살겠냐?" 구. "가겠다." 구.

그러니

"아, 벨소릴 다 한다. 네가 효녀다, 효녀야. 너 때문에 우리집두 지금 웃음꽃이 참 떠나지 않구 노다지 웃음꽃이 피어있어. 그러니깐 아무 소리 말아라. 동네두 소문내지 말구, 아무 소리 말구 살라."

그래구선 사둔한테 아주 그런 '얘'자두 안 하구.

"여봐, 조반은 지냈으니까 점심 잘 따뜻하게 지어다 대접을 해라."

그러구선

"난 요기 어디 친구 환갑이 있으니 나 잔치에 댕겨올 테니깐 여기서 푹 쉬어서 며칠 쉬었다 가시라구 그래라."

나간 후에

"시아부지가 사람이 참 좋은 분이로구나. 도량이 넓구 집안에서 분란이 나두 씻어덮구 너를 며느리루 알구, 나를 여기서 흉허물이 없이 메칠 묵어가라 그리구선 가니 그런 시아부지가 어디 있니 효도루다 공경을 해라."

모든 것을 모면을 허드래.

[2005년 7월 28일 채록]

121. 명산리 유래

● 줄거리

포천에 살고 있는 최익현이 어느 날 산이 우는 소리를 들었다. 며칠 후 또 산이 울고, 또다시 산이 울었다. 최익현은 친구를 찾아가 물었으나 연유를 알 수가 없었다. 그리고 삼일 있다가 최익현이 사형을 당하게 되었다. 최익현은 톱으로 잘려 죽는데도 미동도 하지 않고 고누를 두고 있었다. 간신배들이 최익현을 톱으로 켜 죽이려고 한 이유가 있다. 자기들이 정권을 잡았을 때 최익현에게 불이 달궈진 알향로를 손으로 잡아 나르게 한 일이 있었다. 최익현은 손이 타 기름이 뚝뚝 떨어지는 데도 향로를 땅에도 놓지 않고 태연히 나른 일이 있어 그 독함을 잘 알고 있었기 때문이다.

▣ 명산리

[채록자 : 명산리에 대해 아시죠?] 포천 명산리. 그 위가 산이 또 있는데, 근데 그 산 이름이 얼른 생각이 안 나네. 고 너머 동네를, 명산리, 동네 너머가 가추리라구 있거든. 그 가추리래는 데가 최익현이, 최참판 살던 동네야. 저 사육신 있잖아. 거 살던 사람이 있는데. (냉커피를 마시고 담배를 피우며)

근데 그 산 아래가 가추리 아래가 명산리구. 그 새깐이 잣이 많아 가지구 잣뒤라구 그러구. 잣뒤 담에 명산리 보통 울미라구 그랜다구. 왜 내가 동네 이름을 잘 아느냐 하믄 내 큰 누님이 글루 시집을 갔어. 그래 대략 잘 아는데. 어 거기 풍수원이라구 그랬어. 명산리 뒤를 풍수원이라구 그러드라구. 면암

[채록자 : 최익현이요?] 아 그래. 최익현이가 죽기 삼년 전에, 왜 그 소릴 들었냐 하믄. 그때 거기 살았거든, 최익현이가. 거기 살았는데. 조반을 아, 저녁을 먹구 났는데 그냥 '우르릉 우르릉' 허구선 자동차 시동 거는 소리가 나드래지 뭐야. 지끔 내 얘기지, 그때야 자동차가 있었어? 우르렁 소리가 나는데 청천 하늘에서 천둥 하기가 만무구 이게 무신 소린가? 가만히 들으니깐 지진 나는 거 모냥으루 우르렁 하는 거야. 아 참 울리는 거 보니까 이게 산이 우는 소리로구나. 근데 그때는 명산리라구 그러지두 않았어. 청나라, 오랑캐. 청나라가 한국으루 모두 무리한 요구 조건이 있어, 해마다. 뭐 여자를 멫 데려오래는 둥, 내놓으래는 둥. 쌀을 멫 십 가마를 내놓으래는 둥, 황소를 또 멫 십 마리를 보내라는 둥. 이런 걸 헐랴구 사신을 보냈는데. 사신두 하나둘이 온 게 아니라, 한 삼십 명씩 보내서 십오일 이십일씩을 유숙을 하구 갔다구. 한국 와서. 그래 여간 비용이 많이 들지 않는단 말예요. 그런데 또 울음소리가 나. 아 이상스럽다. 그래 나중에 또 간신배, 간신배한테서 먹혀들어가는 거지 뭐. 그 사육신이래는 게 전부 나라 망하게 나랄 팔아먹는다구. 그 사람을 죽여야 한다 그거야. 다른 사람은 박팽년 하위지, 최익현이가 그때 들어갔어. 사육신에. 그렇게 그 사람을 죽여야지 조선을 유지하지 못한다. 그 사람을 잡아 죽여야 한다. 아 그리기 전, 사흘을 앞두구 또 산이 울어. '이게 벌써 세 번을 벌써 나 알게 우는데 나만 알구 있는 건가? 원 다른 사람한테두 알려주는 건가?' 그리구서 그 옆에, 고 너머 좌일리라구 있어, 보통 좌우리라구 그러거든 좌우리. 근데 좌일리야. 수풀 임 자, 임씨가 거기 사는덴데.

그 친구가 하나 있는데 거길 찾아가가주구선 근데 저 최익현이허군 옛날 양반두 차이가 많았다구. 너는 나만 못하다. 저 베실아치 일품 이품 삼품 그래는 식으루 양반두 계급이 차이가 있어가지구. 업신여겨가지구 최익현이가 거길 거래를 안했어, 임씨넬. 세 번째 우는데 거길 찾아가 물어보니까

"자네가 내 집에 웬 일인가?"

그래구

"아참, 고마우이. 못 올 손님이 내 집에 방문헌 거 보니깐 이상스런 걸 나한테 질문을 할려구 오신 모냥인데 어디 얘기해보게."

모처럼 찾아온 분이니깐. 자기 생각에두 임씨네 윗길이거든. 수성이야, 수성. 수성 최씨야, 최익현이가. 그 수성 최씨가 우리 집엘 오신 거 모양이니깐 중대한 일인데

"어디 말씀이나 해 보게."

그래 친구지간은 친구지간인데.

"사실 나 아다시피 다른 사람한테는 물어볼 사람두 없구 그래 내가 자넬 찾아왔는데. 이 산이 오늘 세 번째 울었어. 이게 뭐 큰 변괴가 날려구 그래나 본데 자네 생각두 그런 하나?"

그랬드니

"내 귀에두 들렸다."

그거야. 그래 뭐든지 세 번이믄 결말이 나는 건데. 그저 뭐 퀴즈구 뭐구 맞히기두 하나 둘 셋허믄섬 초중종이라구, 초중종. 그래 셋이믄 고만인데.

"그래. 어떻게 생각을 허나?"

"변괴가 앞으루 일어나는 건 사실인데 그걸 알 수가 있느냐?"

"자네가 모르는 걸 내가 알 수가 있느냐?" 구.

"다른 사람은 그걸 못 들어서 소동을 안 하는 걸 보니깐 우리 귀에만 아마 들렸나 봄세."

그게 울 명(鳴) 자, 모이 산(山) 자, 명산이야. 이름 명(名)자 뫼 산(山) 자가 돼야 하는데, 저 울 명 자, 모이 산 자가 돼서 이게 참 좋지 않은 징존데, 뭐 이게 우리 힘으루다 어떻게 하나. 참 괴변인데 정부가 잘못해가지구 이렇게 된 건지 알 수가 있나? 근데 한 삼일 있다가 사형 집행을 하는 거야, 인제 최익현이를. 사형집행을 허는데 톱으루다 켜 죽여요. 이렇게 톱으루다 대가리서부텀 이렇게 스적스적 해가지구 죽이는데. 아이구 거 톱질하는 놈은 제마다 누가 뎀비질 못하니깐. 술을 잔뜩 멕여가지구선 이제 술김에 죽이는데. 아 다른 사람 세 명은 이렇게 톱으루 하니깐, 톱을 저쪽에서 잡아댕길 젠 몸뎅이가 글루 쏠리구 이쪽으루 잡아댕길 젠 둘이 잡아댕기니깐 양쪽에서. 그래 이럭하구 있는데 그냥. 최익현이가 소리를 냅다 질러.

"충신이 뭐 충신이야. 나라를 잃은 우리가 지금 역적으루다 몰리는데 뭐 아

프구 뭐 그런 걸 지금 생각할 때야? 아픈 걸 염두에 두냐? 임마. 그럴 줄 몰르구서 충신이야? 충신은 불사이군이라구 우리가 드문드문 섬기지 않는 이 마당에서 마 아파두 참구 그냥 다 킬 때까지 까딱하지 말아야겠다."

그러구선

"옆에다 막대기를 이렇게 대라."

그거야. 사람 양쪽에서 버텨. 그러믄 까딱두 못한다 그러구서 '켜라.' 아 그러니깐 까딱두 안하구선 얼른 켜서 다하구. 다 켤 수 있어? 앙가슴만 내려가믄 죽는 거지. 모가지 있는 데만 켜두 죽는 거지, 뭐 그까짓 거. 사람이 뇌만 절단 나믄 죽는 건데. 아 이 사람은 옆에서 고누하구 있어, 우물 정 자 이렇게 해가지구선 여기두 이렇게 네 밭 둘른 거 모냥으루다 그걸 두구 앉았더래. 여길 켜구 있는데두. 아 독하긴 무척 독하다. 그래서 그걸 톱으루다. 거 사약을 내려서 죽이던지 하지 왜 톱으루 켜나 했더니. 아 모의한 놈이, 그 위에 있는 놈덜이 그 자리를 뺏어가지구 그 사람덜을 죽이는 거지 뭐야. '언제 내 독한걸 봐서 그러니 이 사람덜을 고생을 시켜가지구 죽여야지. 사약을 주면 금방 죽는 거니깐 고생이구 뭐구 알아?' 인산 때 이저 최익현이가 향로를, 거 모리배들이 참 정권을 잡아가지구선 고생시킬 적에 이 향로, 향로를 가져가거든? 향로에 이렇게 끄나풀이 있잖아. 이걸 제쳐버리구선 그냥 알향로를 이렇게 주니깐 기냥 이렇게 받아가지구 가는데 불을 폈으니깐, 불을 아주 바짝 폈어. 숯불에다 달궈가지구 가서. 이렇게 받아가지구 가래니깐. 아 임금에 제사니깐 그거보담 더한 거래두 받아갈 수밖에 없어. 그래 이렇게 받는데 여기서, 기냥 가는데 기름이 뚝뚝 떨어지드래, 익어서. 그래두 땅에다 안 놨대는 거야, 이 최익현이가. 그렇게 독한 사람이야. 그래가지구 톱으루다 켜서. 그때 보구선 독한 줄 알았으니깐 이걸 톱으루다 켜 죽여야지 기냥 죽이믄 우리가 웬수를 못다 갚는다. 그래서 톱으루 켜 죽여서, 사육신에 한 사람이야, 최익현이가. [채록자 : 그래서 명산리군요.] 어. 그래서 세 번을 울려대는 거야. 세 번을 울리구 나니깐 자기가 죽을 때가 돌아왔대는 거야. 아 수원산이야, 수원산. 그 산 이름이.

[2005년 7월 27일 채록]

122. 혼이 바뀐 사람

● 줄거리

한 사람이 탱자나무 울타리를 했다. 때문에 수명이 다 되어도 저승사자가 와서 잡아갈 수가 없었다. 자기 임무를 다하지 못해 혼이 난 저승사자는 그 이웃집 사람을 대신 잡아갔다. 그러나 다른 사람을 잡아왔다고 저승사자는 다시 혼이 난다. 저승사자는 대신 잡아간 사람을 시켜 탱자나무 울타리의 구멍을 내게 했다. 울타리에 구멍을 내니 사자는 곧 그 사람을 잡아 갔다. 나중 사람의 혼이 자기 집에 가보니 벌써 시체는 염을 다하고 관속에 들어가 있었다. 갈 곳을 잃은 그 사람의 혼은 탱자나무 울타리 주인의 몸으로 들어갈 수밖에 없었다. 사람이 살아나니 그 집에서는 다시 살아났다고 기뻐했으나 그 사람은 자기 집으로 가려고 했다. 그러나 자기 집에서는 남의 집 영감이 죽었다 살아나서 남의 집에 와서 야단이라고 쫓아내려 했다. 그 사람은 원님을 찾아가 소송을 냈다. 원님은 그 사람의 말이 사실임을 알고서 한 달에 반씩을 두 집에서 나누어 살도록 했다.

▣ 옛말에 그런 말이 있어요. 지금은 뭐 회심곡인가 그거 잘 아는 사람은 그래두 짐작을 허구 들은 소리두 있구 그러는데. '이렇게 죽을 줄 알았으믄 십리 밖에다 가시성이나 쌓았더래믄 사자가 못 들어올 걸 그랬다.' 그러는데. 아 그런데 탱자나무라구 있어. 탱자나무. 탱자나무 봤어요? 그 울타리 하는 거. (잠시 이웃에 탱자나무 울타리를 하고 살았던 사람 이야기를 했다.) 그래 한 사람이 십리 밖에다 가시성을 쌓았더래믄 죽지두 않을 걸 사자가 못 들어와

서 죽지두 않을 걸 인제 후회, 죽으면서 후회 했대는 거야. 십리 밖에다 가시성을 쌓았으믄 이럴 꼴을 안 당하는데.

(내 그걸 어디서 봤느냐 하믄 대전을 가니까는 협동조합장이, 대전시 협동조합장이 그 대전 산 밑에다 참 집을 양옥으루다 크게 잘 짓구선 가장자리에다 빵빵 탱자나무 울타리를 했더러구 한 일메타 반, 높이가. 근데 도둑놈이 들어갈래야, 참 지금은 사다리가 이렇게 된 사다리를 이렇게 놓구 들어가믄 되는데. 사자가 사다리가 있어? 근데 한 군델 보니깐 이렇게 구녁을 이거만한 구녁을 냈는데. 개두 자유루다 못 댕겨. 그래서 개 들락날락 하라구 구녁을 내 논 거야. 그러니 도둑놈이구 사자가 들어갈 수가 있어? 그래서 한 거라구. 그래 이 사람 오래 살았냐구. 아직 살았으니깐 몰른다구. 백 살을 살런지 뭘 아느냐구.)

그래 그거와 일체루다 한 사람이 그렇게 빵빵 둘러 탱자나무 울타리를 해서 참 장수하구 사는데. 그것두 참 호적상이구 뭐 국적상인가? 염라대왕이, 옥황상제가 그 인간 호적을 들쳐보니깐, 아 그 사람 잡아올 때가 벌써 지났단 말야. 그래 이 사람 사자를 불러가지구

"이 사람 가서 잡아오너라. 연도가 벌써 몇 해 지났으니깐 이 사람을 잡아와야 돼."

그래서 호적 정리를 해야 할 테니깐. 하늘에서두 옥황상제가 영을 내려서 잡으러 왔는데. 그와 같이 탱자나무 울타릴 어떻게 엄하게 해 놨는지 사자가 와서 그 근방엘 갈 수두 없어. 아 그래 도로 와서 그 얘기를 하니깐

"아, 이놈아 네가 죽든지 쥔을 잡아오든지 해야 판결을 이게 볼 거 아냐? 만일에 그 사람 잡아오질 못하믄 니가 벌을 당해. 그러니까 어서 빨리 가서 잡아오라." 구.

아 경찰서에서 참 형사과구 수사계구 형사더러 가서 아무데 이러저러한데, 이건 어디 사는 거까지 다 아는 거 아냐? 거 못 잡아오니깐 대신 니가 벌을 받아야하구. 아 사자를 벌을 주니깐 사자는 헐 수 없이 잡으러 왔다 거기 들어갈 수두 없구. 잡으러 간 놈 코빼기래두 볼 수가 있어야 잡지. 그래 그 옆에 딴 놈을 잡아갔어. 잡아다가 옥황상제에 가서 바치니깐

"아무개 잡아 왔냐?"

그래드니

"아, 거길 들어갈 도리가 없어서 고 옆에 사는 놈을 잡아왔으니."

"임마! 그 옆에 사는 놈은 앞으루두 에기 십년 이십년을 더 살 사람을 왜 잡아 와? 이놈아! 빨리 갖다 두지 못해?"

아 그래 엎어놓구 참 곤봉을, 에미 몇 대 때려서

"빨리 나가라. 이 사람 더디 가믄 이 사람 벌써 염하구 수세를 걷어서 관속에 넣어두면 오두 가두 못하구 원혼귀가 돼. 떠돌아 댕겨. 빨라 가라." 구.

근데 빨리 갔는데 벌써 울구 야단이야, 그 집이서. 혼이 나갔으니깐 그 집이선 안상제 바깥상제 할 거 없이 디리 우는데. 가만히 사자가 생각을 허니깐

"너 살려줄 테니 저 사람 들어가게 탱자나무 울타리에 구녁을 좀 내다오. 그럼 널 살려주마."

"아 그러겠느냐?" 구

그래 즉시 와가지구 혼을 붙여노믄 그 사람 도루 살아나는 건데. 아 시간이 지났으니깐 수세를 걷어가지구 벌써 널 속에다 집어넣단 말야. 그래 이럴 수두 없구 저럴 수두 없구. 하여튼 자기가 죄인 잡으루 왔으니깐 그것만 완수만 하믄 나중에 혼이 어디 가서 붙든지 말든지 사자한테는 관계가 없을 거 아냐? 그래,

"이걸루다 낫으루다 이렇게 구녁을 좀 내다오. 그럼 내가 가서 아무갤 잡을 테니깐 그렇게 해달라." 구.

"아, 그거야 못하겠냐?" 구.

그래 낫으루다 사람이 구녁을 내서. 벌써 구녁을 내가지구 한 발자국 돌라서니깐 아이구 소리가 나더래지, 그 안에서. 벌써 금방 가믄 아 코에, 얼굴에 대구 이렇게 한 번만 하믄 (손으로 얼굴을 쓰다듬는 시늉을 했다.) 죽더라구. 텔레비전에 나오는 데 보니깐, 사자가. 아 '아이구 데구' 허구선 에기 야단인데. 자기 집이 와서

"인제 가서 빨리 가라." 구.

가니깐 널 속에다 넣었네, 자기 시체를. 그러니 어디 들어가서 범접을 할 수가 있어? 널 속에다 넣어 놨으니. 그래서 떠돌아댕기다 못해서 그저 탱자나

무 심은 그 원한테 가서 혼이 들어와서 앵기니깐

"아, 아부지가 도로 살아났다." 구.

그 집이선 왼통 날뛰는데 환상은 자기 아버지, 자기 영감인데 아, 이 본인은 아니라 그거야. 그렇잖아. 이웃집 김서방네 혼인데, 박서방에 시체에 가서 달라붙었으니 아닐 거 아냐?

"아이 난 아무데 아무개 아부지라." 구.

"아 아부지가 늙지두 않아서 망녕이 났느냐구. 그런데가 어디 있느냐?" 구.

아 그래 거 뭐야, 일신삼혼이래는 거야. 한 몸뎅이에 혼이 셋이래. 거 백이라구 있어, 또. 혼백이라구 그러잖아. 그래 삼혼칠백이야. 백은 또 일곱 개래요. 그래 혼이 셋이구 백은 일곱 개라는데. 거 뭐 미국서 연구한 결과에 혼이 없대는데 뭐. 그래 근데 결국 저, 와가지구선 그 인제 자기 집엘 찾아온 거야. 그저 탱자나무 울타리에 한데루다 달라붙어가지구 인제 살아나왔을 거 아냐? 그 사람이. 그래 자기집에서 아부지 살아왔다구 온통 좋아하는데.

"아, 난 아무개라구."

"아이구 아버지가 망녕이 들었지. 분명히 우리 아부지 우리 영감인데, 왜 그러느냐?" 구.

아 뿌리치구선 그 집일 갔어. 아 근데 자기 마누라가 디리 울고 야단이지. 관 속에다 넣구선 시체는. 아 그러니 관 속에다 넣었으니깐 혼이 거기 와서 붙을 수 없으니깐 그래 그렇게 된 건데. 아들두

"아유, 아무개 아부지가 살아왔다." 구.

죄 그런단 말야. 자기 영감, 우리 마누라구

"아유 이놈의 영감이 죽었대는데 왜 날더러 마누라라구 그런다." 구.

그래 거기 들어가믄 반가워하나 우리 아부지가 살아왔다구 반가와 하는데 자기 맘은 아니잖아, 혼은. 그러니깐 이쪽으루 오믄 이쪽에서 접대를 안 허구 온통 참 이웃집 늙은이가 남으 집에 와서, 죽었대는데, 이렇게 망녕을 죄 한다구. 온통 접근을 못하게 허구 그래서. 결국은 원한테꺼지 갔어. 사실 이렇게 돼 있는데

"이거 어떻게 판결을 해 줘야겠소."

원이, 사실이 그런데 와서 탱자나무 울타릴 보니깐 그 사람이 김서방이 낫으루다 뜯은 흔적이 있거든, 울타리 뜯은. 그래서 뜯어서 그 사자가 들어가서 박서방을 잡아서 저승으루 보냈는데. 그 혼은 박서방 혼이 아니구 김서방 혼이란 말야. 그러니깐 혼은 관속에 넣은 시체에 접근할 수두 없구 그래서 이렇게 돼 있다구. 근데

"분명히 김서방에 혼이냐?"

"네. 저 우리 마누라구 우리 아들이라." 구.

아 그래니깐 박서방네 마누라하구

"아 벨 소릴 다한다." 구 "이이가 망녕이 들어서 그렇지 우리 영감에 우리 아부지라." 구.

아들 딸이 전부 그리는데. 그래 참 좌수나 원이 판결을 할 수가 있어야지. 그럴 거 없이 사실 얘기가

"이 사람 말이 옳아. 사자가 잡으러 왔다가 가시성을 쌓아서 사자가 들어가질 못해서 며칠 연기를 해가지구 사자가 벌을 받았어. 그러니깐 한 달은, 반 달은 이 박서방에 집에 와서 살구, 반 달은 김서방에 집에 와서 살아라."

그렇게 원이 판결을 해줘서 그렇게 살더래. 그럴 수밖에 없지 뭐야. 혼은 김서방에 집에 와서 자기 마누라하구 자기 아들이라구 생각을 하는데 거기서는 생사람이 거불 하는 거야. 그래 그런 얘기야.

[2005년 7월 27일 채록]

123. 내 머리 돌려다오 責索頭

줄거리

진시황제가 연나라 번장군의 목에 상금을 걸었다. 그때 번장군의 친구 형가가 찾아왔다. 형가는 번장군의 목을 베어 진시황제에게 바치고 그때 진시황제의 목을 베겠다고 했다. 그 말을 들은 번장군은 쾌히 승낙을 했다. 형가는 번장군의 목을 베어 진시황제에게 바치며 진시황제의 목을 노렸다. 그러나 신하의 방해로 실패를 하고 다리를 잃고 죽고 말았다. 형가가 죽은 후에 번장군은 형가에게 네가 내 머리를 가지고 가서 실패를 했으니 목을 돌려달라고 했다.

■ 진시황제 적에 연나라 임금이 있는데, 저 번장군라구 있어. 그때에 번장군이 연나라 임금 겸 장군이야. [채록자 : 번장군이요?] 그래 번장군에 머리를 비어다 나한테 바치믄 천금 만호를 봉해주마. 돈 천금에다가 만호. 그러니깐 백성을 만호를 주믄 제후왕이야, 한국 같으믄. 뭐 한국이 옛날에 만호가 됐었어? 그 만호를 인제 제후래는 건, 한국같은 걸 제후왕이라구 그랬다구. 제후왕. 모두 제 자, 두터울 후잔가 왕이라구 그랬는데. 그렇게 인제 전부 광고를 써붙여가지구 '번장군에 머리를 비어가지구 나한테 바치믄 천금만호를 봉해주마.' 중국서 진시황이 광고를 새면에다 써붙였는데. 근데 그렇게 널리 영토를 가지구 있구, 제후국을 수백 갤 가지구 있었는대두 번장군에 머릴 벨 재주가 없거든? 아무리 재주 용하구 장사래두 번장군한데 가서는 행세를 못했어. 그래 형가래는 번장군의 친구가 있거든. 그래 그 형가가 번장군한테 가서, 친

구지간이니깐,

"너 어차피 언제든지 진시황제한테 죽어. 네 머리를 얻으믄 천금만호를 봉해준다구 지금 광고를 써붙이구 그래서 네 머릴 노리는 놈이 수백 명이야, 지금. 누구 손에 죽을지 모르니까는 날 위하구 너를 위해서 네 머리를 내가 베어서 진시황한테 갖다 바치믄, 내가 성공을 허면 천금만호를 봉할 거야. 근데 나는 그거를 바라는 게 아니구. 진시황제는 네 머리를 가지구 가서 '여기 가주왔다.' 그러믄 나를 가까이 접대할 게 아니냐? 그러믄 그 틈에 진시황제 목을 잘라서 네 원수를 갚아주마."

그러니깐 번장군이 아주 쾌히 승낙을 했어. 그래서 자기 머리를 베어가지구 저 함 속에다, 피를 죄 빼가지구선 함 속에다 넣어서, 이제 봉해넣구. 이제 이런 큰 노무 책을 매가지구 연나라, 번장군에 나라 지도, 세밀한 지도를 이렇게 그려가지구, 여기는 군인이 얼마가 집결해 있구, 먹을 식량이 여기는 얼마가 쌓여있구, 어디 금은보화가 어디 이렇게 많이 나구 이렇게 세밀히 체크해가지구 그린 책을, 지도를 가지구 딱 갔는데. 그 지도 옆다구니에다가 큰 노무 잘 드는 노무 비수를 하날 집어넣었거든. 그래 에지간히 큰 책이지 뭐야. 비수가 들어가두 뵈지 않을 정도루다. 그래 비수를 집어넣구선 탁 덮어서, 번장군은 벌써 죽어서 그 함 속에다 머리를 넣었으니까. 그래가지구 인제 진나라를 들어가는데. 진나라 진시황제 아방궁 앞에 숙소를 딱 가서 정해가지구 있는데 가만히 그래 잠이 올 거야. 낼 자기가 죽느냐 진시황제가 죽느냐 둘 중에 하난데. 그래 가만히 잠은 안 오는구 있는데 촛불은 켜놨는데. 방안에 그냥 엄엄 살기가 만벽상인데, 어둠침침하구. 그런데 촛불은 켜놨으나 기냥 벽이구 이저 천장이구 그 번장군의 살기가 뎅뎅 하구 돌아댕기는 거야. 죽은 사람의 머리두 그냥 인제 진시황제 머리하구 바꾸고 그렇게 해달라구 그렇게 자기가 머릴 베 줬는데 형가가 이걸 성살 할 것이냐, 그래 성패, 그러니깐 그 뜻을 이루고 패하는 건 낼 달렸다 그거야. 이제 성패지간에 명일지라. 성공하구 패하는 건 뭐 오늘이 고비래는 식으루 내일이 고비다. 근데 이렇게 보믄 따라가는 놈에 무양이래는 사람이 있는데, 그건 하인이지. 하인이 그 궤짝을 짊어지구 가는 거지 뭐야. 근데 거기서 자니깐 젱일 걸어온 노무 애가 식식 잠을 자니깐 무양은 무심자약이야. 무양이래는 사람은, 참 그놈이 무신 근심이 없어? 상전 허재는 대루 헐 건데. 무심하구 긴 밤을 참 잘 자는구나. 그래가지구선 조반을 먹구선, 사신이, 그 진시황제 사신이 와가지구선, 봉도사야. 거 받들 봉 자, 그림 도 자, 그 바쳐라. 그렇게 전달이 와가지구선 그걸 무양이가 짊어지구 인제 진시황제 아방궁에 와가지구선. 진시황제 떡 앉아가지구선 형가하구 둘이 요렇게 마주 앉아서 진시황제는, 요렇구 마주 앉아서 책을 여기다 펴놓구 이걸 한 장씩 한 장씩 넹기는 거야, 이렇게. (책 넘기는 시늉을 해보이며) 야 여기는 군사, 아주 중대한 요지야. 여기가 멸망이 되믄 연나라는 전부 백성이 전부 굶어죽는다 그거야. 쌀이구 금은보화래는 여기 다 있어. 게 그래 척 한 장을 뭐뭐 하는 조선 신하들이 모여 국사를 의논하는 장소구, 그래 또 여기는 뭐 한데는 장소구. 근데 맨 마지막 장에다 비수를 집어넣었어. 그래 한 장을 넹겨야 할 텐데. 자기가 어떻게 해서 칼을 먼저 집어가지구 이 진시황제를 죽이나 그 연구를 해가지구. 여기는 뭐 군사가 몇 천명이 집결돼 있구 그런 장소덴. 그걸 되풀이를 하는 거야. 고만 정신이 횡횡 해서, 칼 그걸 집어가지구서 아 사람을 찔러죽여야 할 텐데. 참 제대루 논의가 될 거야? 그래 되풀일 하니깐

"아 왜 되풀이하느냐?"

"아 잠깐 뭐 생각을 하느라 그렇다." 구.

그래 곤룡포 소매를 이렇게 훔켜잡았어. 여기 이렇게 (소매 끝을 크게 원을 그리며) 돼 있는 거 있잖아. 여기 이렇게 돼 있는 예복. 이조 오백년 무신 뭔가 불멸에 이순신이래는 거 그것두 나오구 그래는데. 곤룡포 소매가 이거만 한데. 그걸 이렇게 훔켜 쥐구서 칼을 집었는데. 워낙 그 진시황제가 장력이 세구 그래서 형가가 말려들어가는 판인데. 찔를라구 그래는데 신하가 뎀볐어. 아 진시황제가 죽을 판인데. 그래 맘대루, 진시황제가 죽어두 임금 손을 못 잡는다구 신하는. 그래 신하 하나

"왕은 부검부검하소서."

질 부 자, 칼 검 자야. 칼을 짊어져야 한대. 진시황제 칼은 또아리 칼이 돼서 이렇게 (등에서 칼을 빼는 시늉을 하며) 해야 쭉 펴진대거든. 그래

"왕은 칼을 짊어지십소사, 칼을 짊어지십소사."

그러구선 있는데 하 뺑뺑 매는 거지 뭐야. 하나는 칼루다 목아질 찔를라 그래구 하난 그걸 모면할라구 이리 모가지를 틀구 저리 모가지를 틀구 하는데. 수중에 벨안간 칼을 확 펴니깐 쭉 펴져서 다리를 넹겨 친 거야. 형가 다리가 동강이 났어. 참 잘든대거든, 비수래 정말. 그래 형가에 다리가 뚝 떨어졌대는 거야. 그래서 기냥 뭐 다리가 부러졌으니 기운을 차릴 수가 있어? 칼두 놓치구. 그래 형가, 아참 번장군이 그 죽은 뒤에, 다리 부러진 뒤에 함을 열어보니깐 죽은 사람이 눈을 딱 부릅뜨고 보더래지 뭐야? 진시황제를. 그래 진시황제가 깜짝 놀래서 뒤루 자빠졌대는 거야, 죽은 혼한테. 근데 그때 말판에 무신 초패왕은 뭐 남출하고 무신 저 뭔가 유현덕인가? [채록자 : 유방이요.] 유방은 선입허고 뭐는 수공하고 번장군은 목렬하고, 초패왕은 남출하구, 장자방은 운주 유악지중이라구 인제 그 말판에 그랬다구. 그럭하구 나니깐, 그래니깐 말판에두 번장군은 목렬이야. 눈을 부릅떠 가지구 째졌대는 거야. 그래가지구선 아무 것두 성살 못했지 뭐야. 다리가 끊어졌으니. 그래서 책색두래는 거야, 인제. 그래 추후에 혼끼리 만나지 않았어? 고국에서.

"너 내 머리 잘라가지구 가서 너 웬수 갚아준대더니 웬수두 못 갚구 이거 뭐냐? 내 머릴 찾아다오."

그래 연장군이 뭐라구 그랬냐 하믄, 아고, 다리 고 자가 있어. 아고유던 무색처야.

"내 다리가 끊어졌어두 오직 무색처야, 찾을 곳이 없어. 근데 뭐 머리를 찾아주느냐? 네 머리와 내 다리가 저 연나라 남쪽으루 시뻘건 기운이 돼서 죄 날라가 버렸다."

그래 근서열람에 근두부라구 인제 연주시에 있는데. 그래가지구선 성공두 못하구 그래서 책색두래는 글이 나왔어.

(이후에 한시 짓는 방법에 대해 이야기 해주었다.)

[2005년 7월 27일 채록]

124. 제갈량 모시러 간 조자룡

◉ 줄거리

조자룡이 제갈량을 모시러 갔다. 입구에 들어가니 동자가 스승이 어디에 있는지 알 수가 없다며 희롱하는 말을 했다. 화가 난 자룡이 칼을 휘두르니 동자가 칼끝에 올라가 있었다. 자룡이 그 동자가 제갈량인 줄 알고 용서를 빌며 함께 가기를 청했다. 제갈량은 때가 되지 않았으니 다시 오라고 했다. 사오 년 후 자룡이 다시 제갈량을 찾았다. 그러나 집을 찾을 수 없어 바위에 대고 빌었다. 그때 제갈량의 장인 황석공이 나타나 제갈량이 있는 곳을 일러 주었다. 그곳을 찾아가니 제갈량이 있었다. 그래서 조자룡은 제갈량과 함께 유현덕을 찾아 나섰다.

▣ 조자룡이가, 조자룡이라구 있잖아? 제갈량이를 모시러 갔는데. 가니깐, 참 거반 입구에 들어가니깐 동자가 하나 나타나더래, 소나무 아래에. 그래서 송하에 문동자야. 소나무 아래서 동자한테 물으니깐, 동자가 허는 말이 언사채약거라. 말하기를 스승이 산으루 약을 캐러 갔어요. 그래 손가락질을 하믄 섬 지재차산중이언만, 저기 저 산 속에 계시련만, 운심부지처라. 구름이 깊어서 자세히 뵈지 않는다. 부지처야. 계신 곳을 알 수가 없다. 그래 그러믄

"그 집은 어디냐?"

물었더니

"온 데서 온대만 하구 간데서 간대만하다." 구.

“그래?”

“온 데서 온대만 하구 간데서 간대만 해? 발칙한 놈이 어른 앞에 까분다.”

그래구선 조자룡이가 칼을 가지구 그냥 동자를 도렸어, 그냥.

“너따위 발칙한 놈. 어른이 물으믄 순순히 대답을 하는 게 아니라 뭐 온 데서 온대만 하구 간 데서 간대만 해?”

인제 올 데 다 왔다 그 소리지. 그래 홱 도리니깐 아니 그 칼끝에 냉큼 올라서는 거야, 동자가.

“이럭하믄 사람이 몇몇이 죽습니까? 그 칼은 남발하는 게 아닌 데, 쓸 데 써야지. 이런 데 허믄 몇 사람 죽느냐?”

그리구선 요럭하구 보니깐 칼끝에 가 있는데, 이렇게 홱 잡아댕겨두 떨어지지두 않구 그래. 그래 칼을 이렇게 놨어. 놓구선 거기서 절을 했대, 동자한테다.

“이거 내가 눈이 무디구 배질 못허구 그래서 선상님을, 한테 부정을 많이 저질러서 죄송하다.” 구.

벌써 언사채약거라구 인제 동자가 문동자 할 때 벌써 제갈량인 걸 깨닫지 못하구 여지껏 희롱한 것이 죄송허니깐 ‘용서하라.’구. 그래 거기 집에 들어가서 근데 뭐 초가삼간 오막살이 집인데.

“장군님 들어오시오.”

그래서 제갈량이 허는 말이

“비수래는 건 쓸 데 써야지 함부로 남발하는 게 아닌데 나 같은 사람을 만났으니 그랬지. 동자가 상대방이래믄 거기서 죽었어.”

“아 제발 죽을 때라 잘못했으니 우리 유현덕을 위해서 가서 모든 재능을 펼쳐 달라.” 구. “삼국을 통일하게 해달라.” 구.

그러니깐

“내가 지금 갈 때가 아니야. 지금 시불리혜야. 때가 이해하지 못하는 때니까 내가 나선다구 그래두 통일을 할 수가 없어. 내가 얼마간 말미를 줄 테니 그때 다시 나를 찾아달라.”

그래 아마 한 사오년 인제 경과가 됐는데 조자룡이가 거길 찾아갔지 뭐야,

또. 찾아가니깐 아무 것두 없구 누런 바위만 있어. 이게 어떻게 된 셈이야 전엔 바위가 없었는데 어떻게 된 게 바위가 있나? 아 누구한테 물어볼 사람이 있어야지? 바위만 있으니. 그래 거기서 바위에다가 칼을 이렇게 기대 놓구. 누가 과객이라두 있으믄 좀 물어보는데,

"여기 초가삼간이 어디가 있냐?" 구.

물어 보겠는데. 에기 사람에 자취조차 볼 수 없으니 어거 어떡허나 어떡허나 하구 기달려서, 거기 앉아 가지구 그 칼을 옆에다 쓰러뜨려 놓구선 그 바위 위에다 대구 뭐라구 그럴 수 없으니깐. 황석공이라구 누를 황 자, 돌 석 자, 인제 공자는 인제 황석공, 재인 공 자, 황석공. '제갈량 선생이 어디루 갔는지 아는 대루 말씀을 해주세요.' 그러구 눈을 감구 그 바위에 대구 있으니깐 벨안간 대머리가 벗어진 노무 중이 됐다구, 그 바위가. '이상스럽다.'

"노대사님은 누구시냐?" 구.

"난 제갈량의 장인이다."

그거야. 그래 제갈량 장인이 황석공이야. 그

"제갈량이 어디 있느냐?" 구.

"요 동구 밖에 나가믄, 요전에 만나든 소나무 아래, 거기서 낮잠을 잔다."

그거야. 그래

"깨질 말구, 자는 사람을 깨질 말구. 거기서 무릎을 꿇고 약 한 지금으루 말하믄 오분동안만 기달리믄 다 자구 일어날 거야. 그 사람이 성질이 괴팍해서 자기에 피해를 주는 사람하군 말두 안 하는 성질을 가졌으니깐 내 말대로 꼭 실행을 하라." 구.

그래구

"예. 그러겠습니다."

그러구 바위에 절을 하구선 돌아서서 한 두어 발짝 이렇게 돌아다보니깐 아 중은 얼루 가구 바위가 도루 돼 있어. 아 참 황석공이, '제갈량이 장인이래는 데 참 조화 속이다.' 그러구선 그 소나무 아래에 와서 딱 있으니깐 영락없이 황석공이 말마따나 동자가 자구 있잖아. 그래 거기 무릎을 꿇고 한 오 분 동안 있으니까 부스스 잠 다 자구선, 잠 다 자구 일어나서

"어유, 장군님 죄송합니다. 우리 집에 오신 손님을 빨리 일어나서 영접을 해야 할 걸. 내가 여기 피신을 해가지구 장인어른한테 부탁을 하구 왔는데 여길 찾아주셔서 감사하다." 구.

그래 거기서 인제 조자룡이, 제갈량이가 조자룡이 손목을 잡구선 둘이 같이 나란히 걸어서 유현덕한테다 바쳤대는 얘기야.

[2005년 7월 27일 채록]

125. 주인 아들 구한 도둑머슴

● 줄거리

충청도 한 부잣집에 머슴이 있었다. 이 머슴은 날마다 돌아다니며 도둑질을 하여 광에다 쌓아두었다. 얼마 후 주인이 이 사실을 알고 도둑질을 하지 말라고 충고를 했다. 그러나 머슴의 도둑질은 멈추질 않았다. 할 수 없이 주인은 머슴에게 다시는 도둑질을 하지 말라고 충고를 하고는 내쫓았다. 그 머슴은 어쩔 수 없이 다른 곳에 가서 머슴살이를 했다. 한동안 도둑질을 하지 않던 머슴의 도둑질이 다시 시작이 되었다. 어느 날, 한 집에 도둑질을 하러 갔는데 뒤에 웬 사람이 따라 들어왔다. 놀라 숨어있는데 그 사람은 그집 규수 방으로 들어갔다. 그 사람은 규수와 한참을 뒹굴더니 네가 시집을 간다고 하는데 어떻게 할 것이냐 물었다. 규수는 혼인날 신랑을 죽이고 함께 달아나자고 했다. 이 말을 들으니 그 신랑 될 사람이 자기가 머슴 살던 집 주인의 삼대 외독자였다. 도둑머슴은 그 밤으로 부잣집에 가서 이 사실을 알렸다. 이 사실을 안 부잣집 아들은 갓을 쓰고 장가를 갔다. 첫날밤 자는 척 하다가 사람들을 깨워 다락에 간부가 있다는 사실을 알리고 잡아냈다. 그리고는 장인에게 그 처벌을 맡겼다. 도둑이 자기를 쫓아낸 주인 아들을 살려낸 것이다. 그 주인은 도둑을 불러 재산을 나누어 주고 형제처럼 한 집에서 잘 살았다.

▣ 충청도 지방에서 부자가 일꾼을 하날 뒀는데, 머슴이라구 그래지, 일꾼이라구두 허구. 근데 밤이믄 그 쥔은 사랑 아랫묵에서 자구, 그 머슴은 사랑 윗간에서 자구 그러는데. 노다지 밤중이믄 나간단 말야. 그래

"어딜 나가니?"

"네. 잠깐 바람 좀 쐬러 나간다." 구.

쥔더러 그래가지구. 그러니 쫓아다녀? 그거 뭐 없는 게 없이 다 갖춰놓구 사는 집인데. 그 뭐 상말루 첨 도끼자루 하날 쥔이 해다 노믄 꼭 두 개 세 개씩이 돼. 허다못해 도끼잘루래두. '아 산에서 이놈이 가서 또 비어다 놨나 보다.' 이렇게 생각을 하구. 곡식두 창고에 들어가서 이렇게 보믄 두 세 가마씩 더 늘어. 참 조화속이다. 쥔은 머슴이 도둑질 한 생각은 안 하구. 이게 첨에 '타작해가지구 내가 가마 수 셀 제 내가 빼놓구 셌나보다.' 생각을 허구 의심을 안 했는데. 한 이삼년 같이 지내구 보니깐. 참 이상스러워서 하루는 그 놈이 나가구 한참 있다 뒤따라 나가서 이놈이 어딜 돌아댕기다가. 근데 화장실에 가 봐두 없구; 그 근방에 다 싸댕겨봐두 없어. '대관절 이놈이 어딜 갔다 오는 건가' 허구. 그 추운 데두 억지루 참구선 숨어서 이렇게 보니깐. 아 이놈이 뭘 한 짐 잔뜩 지고 오지 뭐야? 지게에다. 그래 쫓아나가서. 그래더니 창고에 들어가. 그래 창고로 들어가서, 불을 대려서. 그땐 촛불이 있어? 광솔불이지. 소나무 옹이가 잡힌 거 해가지구선, 송진 끓어내는데다 불을 대리믄 그것두 에지간이 밝았다구. 그래 광솔이라구 그래는데. 그 불을 대려가지구선

"대관절 이 벼 어서 났니? 이거."

"아, 저기 거리에 내버리는 게 있어서 가져왔지요."

"아, 거리에 어떤 놈이 벼를 내버리는 놈이 있어? 임마."

"너. 이거 져라."

"왜 그러세요?"

"글세, 얼른 져."

"아, 이거 먼데서 가져 온 건데요."

"마, 먼데나 마나, 져. 우리 거 아닌 거 내 받아들일 수 없어. 져라."

아 그래 간신히 그걸 져 가지구선 가보니까 거기서 십리 밖에나 되는 데서, 광에 들어가서 그 볏섬을 지고 나온 거라구. 게 여지껏 계산을 해보니깐 삼년 동안에 한 십여 석 남의 곡식을 갖다 광에다 싸 논 거란 말야.

"에 안 되겠다. 너하구 나하구 인제 인연이 고만이야. 나까지 나중에 큰일

나. 인제 저 관가에 붙들려가서 인제 투옥생활을 해야 돼. 너, 쥔이 시켜서 도둑질 해 왔다구 그 소리 들어, 인제. 원한테. 그러니까 나가라구. 우리집엘 나가되 차후룬 이런 짓 하지 마라. 마 거기다 머슴 살믄 새경 받은 거. 그 이듬해 누굴 장릴 주믄 그게 또 장리가 늘어. 그래 십년만 살믄 부자가 돼. 근데 왜 이런 짓을 하냐?"

아 가만히 있어두 기냥 잠이 안 오구 도둑질하구 싶대. 마음 적으루 울어나가지구. 저두 몰르게.

"그래 잠두 안 오구 그래서 나간다."

"하여튼 차후적이지만 우리 집 나가두 다른 데서 절대 그런 짓 하지 마라." 구.

신신부탁해서, 타일러서 내보냈는데.

인제, 그 집이 외동아들, 삼대 외독자가 하나 있는데. 그럭저럭해서 과년이 돼서 인제 관례를 꾸민다구. 장가 안 들어두 관례는 치른다구. 인제 상투 짜구, 그땐 갓허구 망건두 쓰구 그래두 무방할 때야. 그래 동네 어른한테 절두 댕기구 인사두 허구 그러잖아? 그래 관례를 치렀는데. 그래 이때나 규수가 나나? 그래 친구 간에 모두 선포를 하구. 우리 아들 장갈 들일 테니깐 참한 규수 있으믄 중매를 하게. 그래 친구지간에 전부 그렇게 내려왔는데.

그래 거기 나온 지가 한 오년 됐는데. 그래두 그 놈은 도둑질을 하는 거야. 그 집이 가서 오 년을, 다른 집에 가서 인제 머슴을 살면섬두 도둑질을 하는 거야. '에 이걸 허질 말라구 쥔이 그렇게 신신부탁을 했는데 내가 도둑질을 또 허니 이거 큰일 났다.' 그러구서. 그러니 제 맘을 지가 어떻게 다잡을 수가 없어. 디리 몽댕이질을 쳐서.

근데 한 군데 담을 넘어서, 혹시 뭐 골동품 같은 거 이런 거 줏을 게, 인제 무거운 노무 쌀이나 베 훔칠 생각을 안 허구. 좋은 노무 무신 은이나 옥 같은 거, 해놓은 거 있으믄 훔칠까 하구. 한 집이 담을 '훌떠덕' 하구 넘어서. 아, 가니깐 뒤에서 어느 년석이 또 담을 '훌떠덕' 넘더래. 그래 저 붙들러 오는 줄 알구 전 마루구녕 속으루 기어 들어갔지. 도둑놈은 진짜 인제 마루구녕 속으루 들어가 있는 거야. 이놈아, 넌 뭘 훔치러 들어왔니? 그리구서 가만히 보니깐 마루 구녕 속으루 뒤지지두 않구. 신발을 벗더니 신발을 가지구 방으루,

미닫이를 툭툭 두들기더니 들어가더라 그거야. 아 이상스럽다. 도둑놈인데 방으루 들어가나 그러구선 살며시 나와가지구선 그 도독놈. 뒤에 나온 놈 들어간 뒤에 미닫이를 이렇게 열구선 창문을, 문구녕을 뚫구서 들여다보니까. 거기 여자가 참 꽃 같은, 연꽃같이 피어올르는 처녀가 하나 있는데. 머리 꼬랭이가 그냥 그 뒤 엉덩판을 처렁처렁허게 딴 노무 여자가 나오더니

"아이 어서 오라." 구

그러구선 디리 부둥켜 안구 드러누워서 하는 얘기 허기를

아. 오늘 저녁에 안 올 줄 알았는데 어떻게 오셨소?

그러니깐 남자가, 여자가 허는 말이

"아, 언제는 아무데 이러저러한 데루 시집을 간대는 소릴 듣구 내가 왔다."

그거야.

"그렇다." 구.

"시집을 가믄 난 어떻게 되느냐?"

그거야, 남자가. 시집가게 장가들러 오면은 신랑을 요절을 내고 우리 둘은 어디루 도망 가서 여기 내게 패물이구 뭐구 여축을 했다가 그거 가지구 가서 딴 데 가서 살믄 되지 걱정이냐구.

가만히 그 놈팽이는 듣더니

"아, 그러는 수밖에 없다?" 구. "그걸 어떻게 죽이느냐?"

그거야.

"그게 문제 아니냐?"

"그거 죽이는 게 뭐 문제냐? 내가 칼을 가지구 그날 저녁에 물론 여기 방으루다 신방을 꾸밀 거야. 그러니깐 내가 다락에 올라가서 칼을 가지구, 잘 드는 칼을 가지구 있다가. 신랑이 먼 거리에 말을 타구 오든지, 조곤을 타구 오던지 고단할 거야. 자면은 고 옆에서 당신이 신랑이 아주 곯아떨어져서 잔다구 신호를 해달라. 그거야. 그럼 내가 내려와서 자는 노무 거 모가지 꽉 쑤시믄 단칼에 꽥 소리두 못하구 죽을 텐데 뭘 그러냐?" 구.

"아 그러냐?" 구.

"아 그렇다." 구.

"꼭 그럴 거야."

"꼭 그런다." 구.

아 그래 그리구서

"우리 둘이 어디 가서 타향타관에 가서 재미있게 살아."

"아 그러자." 구.

"그럴 수밖에 없다." 구. "길게 얘기해봐야 밤낮 그 소리가 그 소리지."

그러더니 한바탕 두 년놈이 참 벌거벗더니, 에미 참 그 지랄을 하구선

"난 간다."

그러구선, 그 여자더러. 아, 그래. 그 머슴놈, 도둑질 하러 간 놈이 가만히 아무 데루다 시집가구, 그 신랑이 여러 형제래. 아, 삼대 외독자래. 그 소릴 들으니깐. 지가 머슴 한데. 저 도둑질 한 생각은 안 하구, 쥔이 내쫓았다구. '에라, 죽든지 살든지 내가 알 게 뭐냐? 그놈 죽일래다 내가 죽을런지두 모르는데. 내가 그럴 필요 없다.' 그렇게 생각을 해두. '도둑질 하지 말라구 신신부탁을 했는데. 내가 도둑질 또 하는 게 잘못이지. 내쫓은 게 잘못은 아니야. 내가 사람 하나 살려야겠다. 나쁜 놈을 죽이던지 살리던지 나중에 붙들어가지구. 그 쥔이 할 탓이구.' 색시 집이서. 그 그길, 밤으루다 갔어. 밤으루다 가니깐, 급하니깐, 사세가 위급하게 돼서. 신랑 집이 가서 밤에 문을 두들겼어.

"아 누구냐?" 구.

"김아무개라." 구. "여기서 머슴 살던 아무개에요. 쥔 어른이 내쫓은 아무개, 머슴 아무개에요."

"근데, 니가 어쩐 일이냐?"

반가워서.

"아 참 반갑다. 이놈아. 너를 미워서 내쫓았니? 지 손버릇이 나빠서 내쫓은 걸, 그거를 가슴에다 품구서 나를 내쫓았다구 웬수 취급허듯 해."

"아니올시다. 제가 은혜를 갚으려구 왔습니다."

"뭘? 은혜를 뭘루다 갚냐?"

"낼 모래믄 여기 아드님이 아무데 이러저러한 데루 장갈 가지요?"

"그렇다. 그걸 어떻게 아니?"

쥔한테 얘길 다 했어. '여지껏 여기서 쥔어른이 내쫓구 나선 한 일개월간은 손을 붙들어매구 도둑질을 안했다.' 그거야. 그리구나선 아 에기 양심이 발동을 안 해서 도둑질을 안하구 못 배겨서 여지껏 도둑질을 했는데. 엇저녁에 거기 한 집에 도둑질을 갔는데 그 웬 녀석이 뒤를 쫓아오면서 담을 넘어와서 저 붙들러 오는 줄 알구서, 그렇지 않으믄 도둑질이 또 들어오는 줄 알구서 마루구녕에 가서 숨었는데. 그 남자가 서당문을 열구 신발을 가지구 들어가더니 그 처녀하구 놀아나면섬 얘길 하기를, 댁 아드님허구 혼처 정한 게 모래라구. 그 얘기 하더라 그거야. 그래서 맞는 말이다, 그건. 근데 그 남자가 아주 무뚝뚝하구 그냥 튼튼하게 생긴 놈인데 어떡하느냐 하믄 그날 저녁에 다락에 일찌감치 와서, 숨어서 있다가 그 신랑이 인제 장가 들구 여기다 신방을 꾸밀 거니까, 신방 꾸미구 나서 곯아떨어져서 잘 거 아니냐? 그러믄 그때 샥시가 올라가서 신랑 잔다구 연통을 해주믄 내려와서 칼루다 신랑을 찔러 죽이구 저희 둘은 도망 쳐서 먼데 가서 산다구 그 소릴 들었는데. 나 쫓은 생각을 허믄 화증머리가 나서 에이 죽거나 살거나 내가 알 게 뭐냐? 근데 또 한쪽으루 생각을 하믄 내가 도둑질을 했기 때문에 쫓겨났지, 나 버릇 고쳐서 잘 살라구 훈계를 해준 생각은 안 허구 그걸 내가 웬수루 알믄 내가 잘못이다. 그래구서 내가 밤을 새서 여길 왔으니 어떻게 그걸 사전에 가서 그놈을, 샥시를 종주먹을 내려서 어디 사는 걸 알 테니까 그놈을 붙들어다 관가에다 넹기던지, 그렇지 않으믄 그날 저녁까지 참아서 그 놈을 죽이던지, 그래가지구 붙들어다 관가에다 넹기던지 그건 이쪽에서 아량을 베풀어서 어떤 게 좋은 묘겐지. 그걸 생각하세요. 그래서 참 천리를 불구하구 왔습니다.

"아유 그러냐? 사람이 니가 참 은인이다. 도둑이 아니라 내게 은인이야. 에 그런 여자를 데리구 살 필요가 없다."

물론 시아버지 될 사람은 그럴 거 아냐? 난잡하게 군 여잘 뭘 데려다 메누릴 삼아? 번연히 알면섬. 그 신랑더러 얘길 하니깐 뭐

"인제 파혼을 하고, 할 수밖에 없지 어떻게 하느냐? 그 년놈들이 놀아나서 딴 데 사 살던지 거기서 살던지 내버려두고 파혼만 허자."

그러니까

"아니에요. 그 넌놈을 버릇을 가르쳐야지. 그만 두믄 안 된다." 구.

"거 어떻게 버릇을 가르친단 말이냐?"

"하여튼 아부지, 시장에 가서 드뭇한 갓, 그냥 갓을 이렇게 쓰구선 드러누우면 바깥이 죄 뵈는 갓, 그거를 하나 사오세요."

그래 전에 잘 사는 사람은 망건에다 갓두 썼어. 그래

"감투두 드뭇한 걸루다 골라서 사오시라." 구.

"그걸 어떡헌단 말이냐?"

물론 그 넌놈들이 벌써 짜기루 하구 어떡하믄 성공을 핸대는 걸 다 꾸며가지구 있대니깐.

"내가 부러 자는 체하구 코를 드르렁 드르렁 골 테니깐. 내가 즉시 들어가서 다락을 뒤지믄 발각이 나지만. 그거 뭐 그럭하믄 안 되겠으니깐, 그놈이 허다가 인제 별안간 문을 열구 뛰어나오는 날이믄 우리가 다쳐. 그럭허믄 안 되겠다."

그렇게 해가지구 샥시 아버지 어머니, 거기 힘깨나 쓰는 놈 하인덜 죄 불러다 놓구. 다락문을 그 사람더러 열라구 그러믄. 장인더러 열라구 그러믄. 아 장인이

"항상 다락을 열어 봐두 아무 것두 없는데 뭐가 있단 말이냐?"

물론 그럴 거 아니냐? 고놈은 어느 구석에 가 바짝 붙어 앉았을 테니깐.

"우리가 끌어내지 않아두 그 패에서 끌어내다 죽이던지 살리던지 할 거니깐 그렇게 해야겠다." 구.

아부지가 아들 얘길 들으니깐 그럴 듯 허단 말야. 자기 아들 다치지 않구 웬수를 갚을 거 같애서. 그래 장에 가서 설핏한 통영, 통영갓이라구 널다란 갓을 사가지구선 (잠시 테이프를 교환했다.) 그래 가가주구선 신행을 꾸며서. 그 하인덜두 아주 기운꼴이나 쓰는 놈을 일부러 뽑아가지구, 날랜 놈덜, 칼두 한 서너 자루 기단 놈을, 하인을 시켜서 들려 보내.

"느덜은 내가 소리를 질르구, '아무개 있느냐?' 그러면 그 옆에 있다가 별안간 담을 뛰어넘든지 해서 여기 들어와야 한다. 그 사처방을, 신행방을 들어와야 한다."

당조짐을 허구, 잘 개가지구. 언약을 단단히 해가지구 거길 인제 들어갔는데.

그래 옷을, 샥시더러 옷을 벗으라 그래두 말을 안듣더라지 뭐야. 겉옷은 신랑이 벴겼는데.

"그래 왜, 인제 당신하구 나하구 부부가 됐는데 왜 내 말을 거역을 허느냐?"

"거역을 한 게 아닙니다. 천천히 벗지요. 왜 그렇게 급하시냐?" 구.

"아 먼데 말을 타구 와서 고단하다구 잠이나 한잠 자거든. 난 먼저 자리다."

"아 먼저 주무세요. 고단하실 텐데."

그래 갓을 이마빼기에다, 눈 있는데다 걸치구선 자는데

"아유 이렇게 고단하냐?"

그러구선 한참 숨을 쉬다가, 코를, 생코를 드르렁 드르렁 골기 시작을 하는 거야, 신랑이. 인제 샥시 행동을 볼려구. 인제 멀끔이 보면섬 고는데. 아 슬며시 일어나더니

"잠 들었오?"

그러는 거야, 거 다락문에다 대구. 톡톡 손으루다 치더니. 가만히 보더니 다락에서 '부시럭 부시럭' 허는 소리가 나니깐, 아 늦게 하믄 발각이 나믄 내려와서 찔를 꺼 아냐? 그래 내려오기 전에 '어험' 하면서 다시 돌아 드러누으면서

"아, 이거 고단해서 이거 샥시가 옆에가 드러누웠는데. 이거 뭐 잔다봐라 허구 잠이, 뭔 노무 게 잠이 와?"

그러구서 또 옆에서 드러 누워가지구선 코를 드르렁 드르렁 하니깐. 역시 또 일어나서 아주 코를 '드르렁 드르렁' 곤다 그거야. 아, 그러니깐 거 인제 벌써 두 번째루 있대는 신호지 뭐야. 간부가 거기 있대는 신호야, 그게. 또 옆으루 돌아눕는 척하구 입맛을 다시면섬. 또 있다가 코를 '드르렁 드르렁' 되게 고니깐

"아유 깊이 잠들었어. 빨리 내려오라." 구.

그래서

"아유, 아유. 고단해"

그러구선 벌떡 일어나서 불을 더 돋우고. 기냥 그저 안에 즈 아부지 즈 어

머니, 그 하인덜 방꺼지 그냥 설렁줄이라구 있어, 저런 거 매다는 거. 그거를 디리 잡아 흔들었어. 그래 벌써 설렁줄 잡아 흔들믄 그게 어서 신호가 오는 걸 다 알거든. '그래 무슨 일이 있나부다' 하구 죄 뛴 거지 뭐야. 한 하인덜 몇 해서 십여 명이 되서 방으루 하나 그득 들었네. 아 글쎄 다락 위에 칼 가지구 있든 놈은 큰일난 놈이지, 뭐야 벌써. 그래

"아무개 있느냐?" 구.

소릴 냅다 지르니깐

"예. 여기 있다."

그래구서 여기서 쾅 저기서 쾅 하구선 즈 집이서 데리구 간 하인놈덜이 칠팔 명 되가지구선 칼을 쭉쭉 빼가지구

"뭐 어디 있습니까, 어디 있습니까?"

그러구선 하는데. 샥씬 벌써 까무라쳐서 나가자빠져 있는 거야, 탄로가 났으니깐. 그래 장인덜은

"왜 그러냐?" 구.

대관절, 영문을 모르니까

"왜 그리느냐?"

그럴 거 아냐? 새신랑

"자네 미쳤나? 아닌 밤중에 설렁줄을, 신호줄을 울리느냐?" 구.

"근데 잠을 잘려구 그려믄 저 다락에서 무신 '부시럭 부시럭' 하구. 괭이가 올라갔는지 쥐가 그리는지 사람이 그리는지 알 수가 없어서 잠이 안 온다." 구.

"아, 벨 소리 다한다." 구.

아 지금은 후라쉬 같은 걸루 비치면 금방 다 비치지만 전에 후라쉬가 있었어? 이렇게 해서 광솔불을 이렇게 비쳐보니깐 아무도 없는데. 아 이놈은 구텡이에 가서 바짝 붙어있으니까 잘 안 뵈잖아.

"아 아무도 없는데."

"아니올시다. 있다." 구.

"여기 힘 센 하인 누구냐? 머슴 나와라. 어떻든지, 이 칼루다 저기 들어가서 웬 놈이 있을 테니깐 그놈 잡아가지구 나와."

그래
"뭐 웬 놈이 있습니까?"
그래
"어 가보라." 구.
그래 불을 비치구 이렇게 보니깐
"저기 뭐 웅크리구 있다." 구.
"이놈 빨리 나오지 못하느냐?" 구.

소릴 지르니까 칼꺼지 땅에다, 칼 있어봤댔자 소용이 없으니까 내버리구. 엉금엉금 기어나온 노무 걸, 붙들어다 놓구선, 거기다 붙들어다 놓구선. 그냥 손발을 묶어서 꿇려 앉혀가지구. 샤시두 같이 거기다 손발을 묶구선 꿇려 앉히구선 사실 애길 쫙 했어. 장인 장모 있는데.

"애가 도둑질을, 우리 집이서, 한 삼년을 머슴을 뒀네. 도둑질을 펄찐이 해서. 그래 저게 뭘허러 광에 들어가구 밤중이믄 나가나 허구선 뒤를 밟았더니 남으 집 광에 가서 베를 그렇게 훔쳐 온다 그거야. 그래 나중에는 은으루 맨든 골동품이구 자꾸만 줘다 쌓구 그래서. 나중에는 참 고삐가 길믄 소두 붙잡힌다는데, 나까지. 내가 시킨 거 모냥으루다 원한테 고소가 들어가믄 나꺼지 공범으루다 몰려. 그래서 이놈을 나가라구 내쫓았는데, 나가는 걸 내가 등을 어루만지믄섬 너 머슴 새경을 일년 받으믄 얼말 받아. 그래 얼마를 남을 주면은 이자가 늘어. 십년만 살믄 너두 퀀 못지않은 부자가 되는데 왜 도둑질을 허느냐구, 차후론 도둑질을 하질 말라구. 그랬는데. 애가 그 버릇을 석달을 안 허드니 또 발동이 돼가지구 도둑질을 왔는데, 댁에 이 별당에 골동품이 있나 허구 도둑질을 왔다가 뒤에 이놈이 쫓아들어와서, 당신 따님하고 놀아. 벌써 몇 해를 그랬는지 그건 모르겠으나 그냥 두면 종말에 가서 이 집두 나쁜 소문이 자자해가지구선 혼인길두 맥히구 그랬으니깐. 내가 헐 수 없이 아버님 명령두 무릅쓰구선 내가 장가를 와가지구 이 년놈을 잡아냈으니. 이거는 여기서 처칠허든지 원한테루다 넹기던지 아랑대루 허십시오. 전 이만 가겠습니다."

그리구서

"아유, 이런 고마울 데가 어디 있나?"

그래 도둑놈은 그 쥔집에서 원한테루 넹기구. 그 딸은 뭐 서 돈 중을 멕였대나? 거 죽는대. 뭐 비상이겠지. 멕여서 죽이구. 그 도둑놈은, 아참 그 간부는 원한테 넹겨서 처벌을 받구. 거 살인미수범 아냐? 지금은 살인미수범이지, 거 죽이는 건데. 그래두 워낙 신랑이 잘 해서 인제 자기는 살구 그랬으니깐. 원 법대루다 처결을 할 거라구. 도둑이 결국 그 쥔집 아들, 삼대외독자를 살리더래. 그래서 할 수 없이 그 쥔이

"너는 딴 데 가서, 선부동 남인데 딴 데 가서 살 필요 없다. 우리 집이 와서 우리 재산을 반씩 노놔가지구선 잘 살자. 형이니 아우구 허구 살자."

그래서. 바깥에 나가서 살질 못하게 허구, 어 거기 사니 도둑질을 할 수가 있어? 그래 도둑 버릇두 고치고 그 아들두 생명을 고쳐주구. 그래서 효재 그런 사람 집에 규수한테루 장갈 잘 보내서. 도둑놈 때문에 자기 아들을 구했대는 얘기야.

[2005년 7월 27일 채록]

126. 장님의 용한 점패II

● 줄거리

장님과 역시 장님 제자가 길을 가다가 날이 저물었다. 머물 곳을 찾기 위해 스승이 제자에게 점을 쳐 보라고 했다. 제자가 숲으로 차돌을 던졌다. 스승은 그것을 보고 임차돌을 부르라고 했다. 제자가 시키는 대로 하니 근처에 살던 임차돌이라는 사람이 왔다. 장님과 제자는 그의 집에 가서 묵게 되었다. 임차돌이 저녁을 준비한다고 하자 스승과 제자가 무슨 음식이 나올 것인가 내기를 했다. 제자가 점을 치니 뱀 사(巳) 자가 나왔다. 제자는 그것을 보고 칼국수가 나올 것이라 했다. 그러나 스승은 전병(煎餠)이 나올 것이라 했다. 결국 나온 음식은 전병이었다. 스승은 밤이 되어 뱀이 똬리를 틀었기 때문에 국수가 아니라 전병이 나온 것이라고 풀어주었다.

▣ 전에 장님 제자가 어딜, 서루 지팽이를 붙들구선 가다가 날이 저물었으니 여하간 자구 가야할 거 아냐? 이거 장님이 뭘 봐야 집이 있는지 알지, 둘이 다 장님이니. 그래 이걸 어떡허나 그래더니 어른이

"너, 점 한 개 쳐 봐라."

"그래 점을 어떻게 치느냐?"

"뭐 하여튼 절루 던져 봐."

그래더니 하날 손에 움켜 줘서, 동맹이니깐 집어 던졌어, 숲으루. 그래 가만히 있는데

“그래 숲으루 던졌는데 돌을 던졌지?”

“예.”

“돌이믄 무신 돌인지 그걸 알아봐라.”

그래 점괘를 풀어보니깐 차돌을 던졌어.

“아, 차돌을 던졌습니다.”

“아, 차돌이야? 그래 맞는다.”

“그래 여기 차돌 모래사장이구 개울에다 던진 게 아니구 수풀에다 던졌어. 그래서 수풀 임 자, 임차돌이랜 사람이 여기 살기 쉬워. 그래 냅다 불러라.”

“거 임차돌이가 앱니까 어른입니까?”

그러니깐

“어른이다.”

“거 어른 이름을 애가 어떻게 불러요. 선생님이 불르세요.”

그래 지팽이를, 낭구를 탁탁 치면서

“임차돌아, 임차돌아”

세 마디를 부르니깐. 아 어둑어둑 헌데 ‘이 골통에서 제 이름을 아는 사람이 없는데. 어떻게 아닌 밤중에 임차돌이라구 내 이름을 부르나 하구’ 그래 헐 수 없이 가 봤지. 가니깐 장님 둘이 딱 제 이름을 부르는 거야. 그래 왜 ‘어떡해서 내 이름을 알았냐?’ 그러긴 뭤허구 여하간 어두웠으니깐 장님을, 눈 뜬 사람두 아니구 내칠 수두 없구 그래서.

“우리 집으루 가자.” 구.

그래. 그 옆에 집이 하나 있는데, 초가삼간인데. 거길 떡 가서 좌정을 했는데.

“거 저녁덜두 못 잡쉈을 거 아냐?”

그랬더니

“저녁은 뭡니까? 점심두 못 먹었다.”

그거지 뭐야.

“오죽 시장하겠어요. 저녁을 마누라한테 가 시키구 나올 테니까 잠깐 앉아 계시오.”

그래 마누라더러

"뭐가 쉬웁냐?" 구. "저녁 뭐 빨리 할 게 있느냐?"

그랬더니

"칼국수가 젤 빠르지요."

그래니깐 반죽 해가지구 방맹이루다 좀 문질르구선 썰믄 되니깐

"그럼 빨리 해서, 그 장님 둘이 시장한 모양인데 저녁 식사 대접을 하라." 구.

그리구 와서 쓱 앉었는데. 장님 둘이 얘길 허기를

"심심한데 점이나 쳐 봐라."

"뭔 점을 칩니까?

"저녁을 쥔어른이 시키구 왔는데 저녁이 뭔지 알아 맞춰봐라."

그래 이놈이 뭐 호주머니에서 부시럭 부시럭 허더니, 뭐 수화를 하나 꺼내서

"뱀 사 자가 나왔으니깐 국수를 시켰습니다."

인제 제자가 그랬거든.

"그렇지. 뱀 사 자가 나왔으니깐 국수를 시켰지, 뱀이 기니깐."

또 이렇게 손을 꼼작꼼작 하더니

"하, 이거 국수가 아니라 젬병이다."

부치는 젬병. 아유 어떡해서 국수, 그래 인제 선생은 '국수가 아니구 젬병이다.' 그래니깐 쥔은 자기가 마누라한테 국수를 시켰으니깐 '에이 제자만큼 몰르는구나, 선생이.' 인제 비웃었단 말야. 아 그래 가만히 생각해보니깐

"쥔이 안에 들어가지 말구 저녁상이 마나님이 가져 올 때까지 가만히 앉아 있으라."

그거야. 변경이 될 수 있으니깐. 그래 한참 있으니깐 상을 내오는데 모판에다 젬병을 이렇게 쓱쓱 썰어가지구 왔어. 그래 간장에, 초간장에다가 해서 파를 조금 넣구 깨부생이 넣구 가져왔어. 그래 이렇게 보니깐 '근데 어떻게 돼서 변경이 됐느냐?' 마누라더러 물어보지두 않았어. 이 마누라가 무신 사정으루다 '이저 칼국수가 젬병이 됐냐?' 그건 물어볼 필요두 없구. 내 점괘에는 뱀이래는 건 낮엔 쾌질 하구 돌아댕기구 그래두 밤에 똘똘 이렇게 뭉치구 잔다 그거야. 그래서 뭉치니깐 뚱그라니깐 젬병이 됐다 그거야. '아참 하여튼 그 제자보단 선생이 거 해석하는 게 참 귀신같아서' 그래 대관절 마누라한테 가

서 궁금하니깐

"거 어떡해서 칼국수를 해오랬더니 젬병이 됐오?"

그래니깐

"아, 칼국수 반죽을 할래니깐 밀가루두 고만이구 물이 너무 많이 들어가서 묽어서 도대체 수제비두 할 수두 없구 헐 수 없이 젬병을 부쳤다." 구.

"참 이게 귀신이 곡할 일이다."

그래구서.

"그래 마나님한테 물어 봤오?"

인제 그 장님이 그래니깐

"예."

"그래 어떡해서 칼국수가 젬병이 됐느냐?" 구.

"아닌 게 아니라 밀가루두 간 게 고만이구 더 가입할 게 없구 그래서 묽어서 칼국수를 못 하겠어서 젬병을 부쳤다." 구.

그러더라구.

"그게 자연적 점괘가 맞는 거지 뭐냐?" 구. "뱀이래는 게 낮엔 돌아댕기구 밤엔 똘똘 뭉치구 한 군데 휴식을 취해. 그래서 점괘에 젬병이 됐다."

그거야. '하 참 하여튼 남의 밥을 거저 못 먹겠다.' 그리군 '내 이름 알아내는 거 하구, 저 뭐야 칼국수가 젬병이 됐대는 거 하구 선생하는 거 보니깐 귀신덜이 아니믄 천덕거리지. 이게 될 수가 있냐?' 구. 그래 거 칭찬을 하구 하룻저녁 잘 재구 그 이튿날 조반을 해줘서 먹구 왔대는 얘기야.

[2005년 8월 16일 채록]

127. 처를 머슴에게 뺏긴 사연

● 줄거리

신혼인 벼슬아치가 임금의 명을 받아 중국에 사신으로 가게 되었다. 벼슬아치는 아내를 부탁할 만한 사람이 없었다. 그때 집에 하인이 하나 있었다. 나이가 마흔이 넘었으나 장가를 들지 못해 한숨을 쉬고 있었다. 어느 날 나무를 갔는데 자지가 부풀어 올랐다. 쓸데없다며 모자로 부치니 곧 사그러져 버렸다. 이 사실을 벼슬아치인 주인에게 이야기했다. 벼슬아치는 하인에게 아내를 맡기고 안심하고 길을 떠났다. 벼슬아치의 아내와 하인은 한 방에서 자게 되었다. 한 이불 속에서 자게 된 벼슬아치의 아내가 하인의 물건을 주무르자 물건이 크게 부풀어 올랐다. 결국 둘은 관계를 맺게 되었다. 일 년이 다 되어 벼슬아치가 돌아왔다. 두려운 하인은 사실을 털어놓았다. 벼슬아치는 아내를 두고 떠난 자기의 잘못이라며 하인을 다른 곳으로 보내버렸다.

▣ 이게 허는 자체가 몰상식허구 그런데 (이야기를 풀어놓기가 꺼려지는 듯한 모습으로) 이게 어디를. 이저 베실아친데. 젊은 사람이 아마 승지벼슬을 헌 모양이야. 그러니깐 정부에서 저 중국으루 사신을. 똑똑하니깐, 사신을 갔다 와라 그리는데. 그거 참 신혼이거든. 신혼인데 벨안간 여자하구 참 떨어져가지구 멫 달이 될른지 그건 몰르는 건데, 가는 자체가.

"네. 낼 메칠 말미를 주십시오."

"그래 무슨 사정이 있느냐?"

그리니깐,

"아 신혼인데 여자를 누구한테다 맽길 부탁할 데가 없으니 이걸 어떻게 하느냐?" 구. "혼자 자라구 그럴 수두 없구."

"그럼 한 오일 말미를 줄 테니 그때까지 어떻게 조처를 취하게."

그래 오 일간 말미를 얻어가지구선 왔는데. 아, 누구한테다 맽길 데가 있어야지, 여자를. 그러자 머슴을 하날 뒀는데. 머슴이 삼십 살 넘어 사십 살 축이 되니깐 '남아가 세상에 났다가 에미 장가두 못들구 도령종신으루다 참 늙어죽나?' 이거 참 비참한 생각이 들어가서 산에 올라가서, 낭구지게를 짊어지구 올라가서. 그러니깐 산에 올라가서 시데끼구 그러니까, 참 자지가 기냥 성이 나가지구 뻣뻣하게 일어나더라 그거야. 그래 '엠병할 노무 뭘 하러, 소용두 없는데 일어나냐 일어나기는. 너두 철두 없다.' 참. 그래서 지금 맥고자는, 그때는 없을 땐데. 모자를 벗어가지구 부쳤어. 저두 덥구 모두 더우니까. 냅다 부치는데, 그 뻣뻣하던 놈이 부치니깐 풀이 죽어가지구 가죽만 남는다 그거야. '아 그렇구나.' 그러구서, 아 그 이튿날 또 낭굴 가니까 아 영락없이 일어나. '아, 이상하다. 엠병할. 이게 왜 이러나? 뭐 임자 없는 뭐시가 뭘 한대더니, 에기 임자두 없는 물건이 일어나믄 뭐 쓸 데두 없는 게 뭘 하러 일어나나?' 그러구선 또 부치니깐 영락없이 쏙 들어가버린다구. 뭐 가죽 속으루 들어가다시피 해. 그래서 한 대엿새, 인제 그 시험을 봤는데 영락없이 들어가는 거야. 그래 너 근데, 그 사람한테 밖에 부탁할 데가 없어. 사람이 또 뭐 친척두 별루 없구. 그래,

"너 이성교제 해 봤냐?"

"이성 교제가 뭡니까?"

이놈이 알면서두.

"아, 여자 상대해 봤어?"

"아유, 여자가 뭐, 전 병신이 돼서 여자 상관 못 한다." 구.

"어디 보자."

그래니깐, 아 보니깐 아 기냥 풀쭈그랭이 같은 게 가죽만 있어.

"이게 줄창 이렇단 말이냐?"

"네. 줄창 그렇습니다."

아, '이러면 뭐 내시나 진 배 없으니깐 여잘 맽겨두 무방하겠다.' 그러구선 그 이튿날 갈 제

"어디 보자."

그래니깐 영락없이 풀이 없어가지구 가죽만 있어. '아 이게 참 적당한 사람을 골랐다.' 그래 맘을 턱 놓구

"내가 이 아씨를 너한테다 맽기구 가니 다른 사람은 여기 일절 출입을 금지시켜라."

"네."

그래구선

"안녕히 댕겨오시라." 구.

서루 작별, 주인하구 머슴하구, 마누라하구 셋이 작별을 하구 들어왔는데. 인제 천상 한 방에서 자는 거라, 인제.

"한 방에서 자두 무방하니 그 머슴은 웃묵에서 자구 그러구 당신은 아랫묵에서 자우."

"예. 염려 말구 다녀오세요."

그래 겨울이 닥쳐왔는데, 추우니깐 이불을 차차차차 해가지구 몰아 덮어가지구 한 이불 속에서 자다시피 됐어요, 인제. 주인 아씨허구 머슴허구. 그래 여자가 그게 가만 있었으믄 그게 무방한 건데. 여자가 손을 대가지구 '이게 정말 껍질만 있는 녀석인가, 내숭을 떠나?' 아, 이렇게 만지니깐, 아 여자가 주물럭대니깐 이게 벨안간 일어나는 거야.

"근데, 이게 어떻게 된 거냐?" 구.

그래 사실 얘기를 했어. 사실 산에 올라가서 이게 자꾸만 일어나서 '여자두 없는 게 일어나믄 뭐하느냐?' (잠시 자제분들이 음료수를 가져다줘서 마셨다.) 그래서 신세한탄을 하구 이걸 모잘 벗어가지구 이걸 부쳐봤다. 그러니깐 닷새 부치믄 닷새 들어가구, 엿새 부치믄 엿새 들어가구, 부치기만 허믄 이게 쑥 들어가서 나오지두 않는다.

"아 그러냐?" 구.

아, 여자가 디리 뎀빈 거야. 아 에기, 뺏뺏한 노무 게, 에기 방맹이 같은 게 일어나니깐 사내 생각두 나구. 아 디리 뎀비니까.

"아, 이래면 안 되는데 어떡하느냐?" 구.

"아 부치믄 괜찮대는 데 뭘 그러냐?" 구.

아, 이 년놈덜이 그냥 저녁마다 해가지구선, 남자가 싫증이 나두룩 디리 뎀비는데.

아마, 그렇게 지내기를 일 년 거반 지냈는데. 아 정부에서 통지가, 중국에서 통지가 오기를 '내달 초에는 돌아간다.' 그렇게 정부로 기별이 온 거야. 그래 이걸 본가에다 통지를 했는데. '아무개가 내달 초승에 모든 것을 다 마치구 돌아온다구 기별이 왔다'구 그러니까

"아, 그러냐?" 구.

그래 여자가

"아, 서방님이 내달 초승에 돌아온대는 데 거 어디 부쳐보자. 들어가야 할 거 아냐?"

"아 틀림없다." 구.

그래 그 좋은 노무 저 합죽선, 그거 합죽선을 가지구 부쳐두 영 안 들어가네, 영 안 들어가.

"이거 큰일 났지, 어떻게 하느냐?"

"내가 뭐 먼저 뎀빈 것두 아니구 쥔아씨가 먼저 그래서 그렇게 된 건데 어떡하느냐?" 구.

"그래두 네가 책임이지, 누구 책임이냐? 너 어떡허냐? 여기서 달아날 수두 없구. 이걸 어떡해."

그래두 '덜 부쳐서 안 들어가나부다' 그래서 그 이튿날 밥 먹구, 조반 먹구, 둘이 부채 가지구 디리 부치는 거야. 그래두 부칠수룩이 점점. 그래 여자 앞에서 부치는데 그게 들어갈 리가 있어? 영 안 들어가는데, 아유 인제 나가자빠진 거야, 두 연놈이 나가자빠졌어. 팔이 아파가지구. 뭐 일은 천생 당해논 일이구. 뭐 어떡해.

"이거 어떡허느냐?"

그래니까

"뭘 어떡하느냐? 도리 없지. 일은 저질러 논 거니깐. 뭐 도리가 없다."

그래 그 노무 게 어떡해서 모자를 벗어가지구 부치믄 들어가구 부채루다 부쳐두 안 들어가니. '그래 그 모자루 부쳐봐라' 그래두 소용없어. 참 저 작물 금비 갖다주면 싱싱하게 자라는 심으루 모냥으루. 여자 맛을 봤기 때문에. 그러자 자기 영감이 딱 왔군.

"그래 잘 있었니? 집을 온전히 보호해줘서 고맙다."

"전 이 집을 나가야겠습니다."

"왜 나가느냐?"

거 우선 나갈 제 나가더라두 '저 놈이 마누라가 온전히 여지껏 지냈나? 어디 부정한 일을 제질르지 않았나?'

"어디 옷좀 벗어봐라."

옷을 벗어보니깐 이거(팔뚝을 내보이며) 만하네, 자지가. 그래

"그래, 이게 어쩐 일이냐?"

그래 사실 얘기를 죽 했어. 남녀가, 남녀칠세부동석이라구 옛날서부텀 내려온 건데. 이걸 지키지 않았기 때문에 이런 일이 닥쳤는데. 그래

"부치믄 들어갈 줄 알았는데. 결국 그 좋은 부채루 부쳐두 이게 결국 안 들어가서 이렇게 됐소. 그러니깐 뭐 누구한테 죄를 뒤집어씌울 필요두 없는 거구. 둘이 다 잘못해서 이렇게 됐으니 처분만 바라겠다." 구.

그래

"별 도리 없다. 이건 여자가 잘못한 거니까."

그놈을, 재산을 한 삼분에 일 떼서 먼 데 가서, 여자 하나,

"참한 여자 얻어서 잘 살구. 또 내가 마누랄 내릴 수두 없구. 내가 잘못이니깐. 내가 마누랄 두구선 외국으루 사신 갔다 온 게 내 잘못이야. 그러니까 마누란 내가 그냥 데리구 살 테니까 넌 멀리 피난 나가서 잘 살아라."

그래서 머슴이 아주 그 쥔한테 그냥 백배사례하구 코가 땅에 닿도록 절을 수십 번허구

"아유, 대단히 서방님 감사합니다. 아무쪼록 애기씨 버리지 말구 유자생남 해가지구 오래오래 잘 사시라." 구.

그러구선 헤어졌대는 얘기야.

[2005년 8월 16일 채록]

128. 배를 진정시킨 가미이중탕加味二重湯

● 줄거리

나루에서 사람들이 배를 타고 강을 건너려 했다. 갑자기 풍랑이 불어 배가 위태했다. 두려움에 빠진 사공은 배에 타고 있던 무당에게 굿을 해서 바람을 진정시켜 달라고 했다. 무당이 굿을 했으나 소용이 없었다. 사공이 다시 경쟁이에게 부탁을 했으나 소용이 없었다. 그때 의사가 타는 배도 배이니 복통에 쓰는 가미이중탕을 처방하겠다고 했다. 의사가 가미이중탕의 처방을 써 배에 붙이니 풍랑이 가라앉았다.

▣ 옛날엔 대개, 전엔 다리가 없었으니까 나룻배가 많았었거든. 지금 저기 저 양평, 다루래기 나루라구 있어. 거기는 지금두 배루다 건넌다구. 워낙 그 건너 양쪽에 인구는 없구. 근데 사람은 사오십 집 있으니깐, 학생들이 그걸 건너야 학교두 가구 그러거든.

그래 그런 나루가 있는데. 그걸 다루래기 나루라구, 그런 나루가 있는데. 근데 풍랑이 어떻게 심했는지, 그 날은 한 삼십 명 탔는데. 그래 디리 노를 저어두 도루 그 짝으루 돌아 들어오구 들어오구. 그 풍랑에 노 저어가지구 그걸 막아내길 못하거든. 아 그리구 배가 뒤집힐라구 그래구. 이리 기냥 기우뚱 저리 기우뚱 그러니깐. 그 뱃사공 하는 소리가

"아 여기 저 만신 여기 타지 않았느냐?"

그래니까

"아 내가 만신이라." 구.

"그럼 안위굿을 해라.

그거야.

"이 풍랑이 좀 가라앉는 굿을 해라."

그러니까 아 그래 장구를 두들기구 온통 그 따라댕기는 사람이 태징두 치구. 암만 기냥 목이 쉬도룩 저

"저 바람이 자게 해주십소사. 여러 사람에 생명을 구하기 위해서 하느님은 바람을 제거해 달라." 구.

디리 굿을 해두 풍랑이 쬐끔두 가라앉지 않구, 점점 거센데.

"아유, 제 재주로는 도리가 없다." 구.

그러니까 장님이

"이거 안택경을 읽어봐야겠다."

그러구 그래 북을 돚대에다 인제 매구선 기냥 목청을 돋우면서 안택경을 읽구선

"신장님은 아무쪼록 도술을 부려서 이 풍랑을 멈추게 해달라." 구

온통, 아 이저 신장대를 쥔 사람이 있는데, 이렇게 신장대를. 그래 신장대가 쥐어가지구

"이걸 멈출 수가 있느냐?"

그래니깐 이걸 탁탁 굴렀었단 말야. 그래 인제 뱃사공 하는 말이

"아 저거 보라." 구.

이 신장대가 바람을 멈추게 한다구 저 다짐을 장님헌테 하는 거니깐. 장님헌테 허는 게 아니라 구천, 응원뇌성보화천존한테 하는 거야. 그 아래 부하신장이. 그래 딱딱 굴러서

"아 조금 있으믄 미구에 안위가 될 거라." 구.

"아 참 고맙겠다." 구.

근데 굴렀어두 소용이 없구 점점 지리 요리질, 조리질을 하는 거야, 배가. 잘 해야 근 이삼십 명 타는 건데 뭐 그렇게 커요? 근데 강물인데두 그렇게 파도가 심한 거지, 워낙 바람이 심하니까.

그래 의사가 가만히 생각을 허니깐 그 이거 침을, 뭐 배를 침을 줄 수두 없구 말야, 낭군데. 내 어디 묘계루다, 가미이중탕(加味二重湯)이래는 게 뭐에 쓰는 거냐 하믄 배 아픈 때 약이야. 가미이중탕. 그 수밖에 없다, 배 아픈 덴. 그것도 배 아픈 거 아냐? 배가 이렇게 요질을 하니깐. 가미이중탕이라구 어디 한번 써서. 그래 먹을 뱃사공더러 갈라구 그래가지구선, 붓으루다 그냥 가미이중탕이라구 딱 써서 기냥 배 전덕 위에다 이렇게 딱 붙었어. 근데 부친지 한참 있다가 벼룻돌허구 먹 이런 거 수습을 해가지구 자기 짐에다 싸구 났는데. 아 이게 차차차차 멈추는 거야, 인제. 배가 참 인제 안위가 돼. 그래 그때나 지금이나 그짓말이구 뭐구. 좀 나겉이 그짓말 잘하는 사람 있는지. 배가, 파도 심하구 요동을 칠 때 약방서를 가미이중탕이라구 써 붙이는 것두 약이다 그거야.

"에라, 파도치는 데 가미이중탕이야?"

"마 파돌 치든지 말든지, 배가 요동을 치니까 배 아픈 거 아냐?"

그러니까 배 아픈 덴 가미이중탕이 아주 특효라 그거야. 그래서 의사가 고치드래. 무당 장님 의사 그렇게 셋이 타구 갔는데. 그래두 가미이중탕이라구 써 붙인 거 그게 나서 풍랑이 멈춰서 배, 요동치는 데두 가미이중탕이 약이라 인제 그거야.

[2005년 8월 16일 채록]

129. 오성과 한음 1(발가벗은 한음)

◉ 줄거리

친한 친구 사이인 오성과 한음이 조정에서 함께 일할 때였다. 그때는 여름이라 몹시 더웠다. 하루는 오성이 임금에게 탈의령을 내려 달라고 부탁을 하고는 한음에게 내일은 아랫도리를 입지 않고 와도 괜찮다고 했다. 다음 날 한음은 아래 속옷을 입지 않고 조회에 참석했다. 그런데 갑자기 임금이 탈의령을 내렸다. 다른 신하들은 시원하게 옷을 벗는데 한음은 벗을 수가 없었다. 임금이 호령을 내려 한음도 어쩔 수 없이 옷을 벗을 수밖에 없었다. 옷을 벗으니 아랫도리가 벌거숭이였다. 임금과 다른 신하들은 한음이 오성에게 속은 걸 알고 모두 웃었다.

▣ 이게 뭐 실제 얘긴데, 이거는. 한음하구 저 오성하구. 밤낮 우슨 소리하구 어떡하든지 오성은 한음을 쇡힐려구 그래구, 한음두 오성한테 지혜구 뭐든지 지혜구 뭐구 지지 않을려구 꾀를 쓰구 그러는데. 근데 대개 한음이 졌대거든, 오성 꾀에 넘어갔다구. 그래 오성이 뭐라구 첨에 그랬냐 하믄

"아휴 조회 그만 됬으믄 좋겠는데."

날은 아마 이맘때였던 모양이야. 관복이 여간 두꺼워? 그걸 다 입구 그 뙤약볕에서. 그거 저 뭐라구 그래? 뭐 성균관? 거 쭉 표 이렇게 말뚝 세운 데 거기 가서 [채록자 : 경복궁 그 앞에요] 거기 앉아서 무릎을 꿇구 앉아서 인제 임금이 뭐 하달하기를 바라구선 조회를 서는 거거든. 거 어저깨두 아주 기냥

뱃가죽을, 겨드랑이에 땀띠가 나서 견딜 수가 없었는데. 아 그래두 할 수 없지, 뭐 조회니, 임금 앞에 윗도리를 벗을 수가 있어? 에미, 웃도릴 벗을 수가 있어? 임금이 벗으라 그래야 벗는 건데. 거기서 물어 죽는 한이 있더래두 도리가 없는 것이다.

"아, 그렇겠다."

그리구서 그래 그 이튿날 한음허구 조회에 가서 또 그 곡경을 겪구선, 더위를 겪구선 기냥 내려 왔단 말야. 인제 내려오다가

"나 잠깐 전하한테 아뢸 말씀이 있어서, 잠깐만 바깥에 가서 기달리라." 구.

그래 한음을 보내구.

"어, 오늘 경"

그러지 않아두 임금이 오성더러 물어보기를

"오늘 경 더워서 혼났지?"

"어휴, 옷이 아주 전부 다 젖었습니다."

한출첨배래는 게, 땀이 나서 등이 다 젖었대는 게 한출첨밴데.

"그래 아주 한출첨배가 됐습니다."

"아 그럴 거야."

"거 낼은 탈의령을 내려 주십쇼."

한참 더운 연후에 도포만, 도포가 크거든요. 발뒤꿈치가 닿도록.

"탈의령을 내려주십시오. 그러믄 속내의는 벗구 앉았으면 그래두 누가 벗었는지 압니까? 그러니까 그렇게 해 주십시오."

"그래 그거 참 좋은 의견이야. 경이 아니믄 그런 의견을 누가 내느냐?"

그거야. 또 '임금 앞에서 옷 벗겠다구, 더워서 옷 벗겠다구 그러는 사람이 어디 있느냐? 경 밖에 없다'구. 아 그래 옷덜을 다 입구 갔는데 한음더러 낼은 옷, 아랫도리 입지 않구 와두 괜찮다구 영을 내렸다구 뭐

"무신 영을 내렸냐?"

그래니까.

"옷, 바지 벗으래는 탈의령을 벌써 내렸다." 구

"아, 난 못 들었는데."

"아. 나 막 나오려는데 전하가 말씀을 허더라." 구.

그런 거짓말을 헐 리는 없구 그러니까 아, 오성은 옷을 입구 갔는데. 아 이저 한음은 아주 집이서부텀 발가벗구 갔네. 아 그래, 가니깐. 그날 역시두 더워. 그래 인제 한음은 '탈의령을 내렸대는데 정말 내가 바지 벗구. 잘 벗고오길 잘했다.' 그러구. 거 임금이 허는 말이

"자 탈의령을 내릴 테니깐 이 웟도리 저 도포 관복을 죄 벗어라."

그거야. 그래구선 임금이 떡 용상에서 앉아서 이렇게 내려다보는 거야. 그러니까 죄 화다닥 화다닥 벗는 데 한음만 안 벗네. 그래 죄 벗는데 한음은. 그래 한음은 그때 영의정였는데, 오성두 영의정이구. 근데

"어째 임금에 말을 못 들었느냐? 어째 관복을 안 벗느냐? 그 더운 데."

아 그래두 바지를 안 입구 왔다구 그럴 수두 없구.

"예. 벗겠습니다."

"거 어서 벗으라." 구.

그 발가벗어두 헐 수 없거든. 임금이 벗으래는데. 아 벗으니깐 에미, 지금은 팬티가 있지만 전에 팬티가 있었어? 없지. 그래 빨간 신이란 말야. 그래 벌써 저 오성이 저 한음을 속힌 게 사실이라구. 아 저

"한음은 어서 관복을 입으라." 구. "언제든지 한음은 오성한테 속아넘어가. 오성 말이래는 거 콩으루 메줄 쑨다구 그래두 믿지 말라." 구.

그래서 아주 오성이 기냥 어떻게 깔깔 대구 웃구 임금두 깔깔 대구 웃으믄 만조백관이 죄 깔깔 대구 웃구.

"어 한음이 참 어수룩하네, 어수룩해."

그래서 탈의령 내려가지구 한음을 조정에서 웃도릴 벗으니까 아랫도릴 집이서 벗구 가서. 그래서 인제 한음을 망신을 줬대는 거야. 탈의령을 내려서.

[2005년 8월 16일 채록]

130. 오성과 한음 2(병막에서 한음에게 뺨 맞은 오성)

● 줄거리

동네에 전염병 환자를 격리하는 병막이 있었다. 어느 날 오성이 한음에게 병막의 시체에 대추를 물려주기 내기를 걸었다. 한음은 오성이 시키는 대로 병막에 가서 시체에 대추를 물려주었다. 그런데 오성에게 들은 것보다 시체의 수가 많았다. 마지막 시체에는 대추를 물리지 못하고 나오려 하자 그 마지막 시체가 “나두 대추 줘.” 하고 말을 하는 것이었다. 놀란 한음은 시체의 따귀를 후려갈기며 다음에 갖다 주겠다고 했다. 그 시체는 바로 한음의 담력을 시험하려 한 오성이었다. 오성은 한음을 속이려다 따귀를 맞은 것이다.

▣ 오성은 한음허구 같이 붙어대니면서. 꼭 한음한테 오성이 졌다구, 묘계에 넘어가. 병막(病幕)이라구 있지? 병막. 거 전염병 하믄 꼭 거기다 집어넣었다구, 죽기 전에. 근데 거긴 참 실성한 놈이나 들어가지 성한 놈이 못 들어가는데 아냐? 전부 전염병 하는 환자니깐. 기냥 일반 환자는 거기 안 넣구 꼭 전염병 환자만 동네서 거기다 갖다 집어넣었다구. 그래서 거기 한 사람만 출입을 허는 거야. 생사람 죽일 순 없으니깐, 인제 미음두 끓여서 갖두 주구 인제 한 사람이 그러는데. 그래 동네서 그 사람을 추렴을 걷어서 사람을 보수를 줘요. 근데 자기 부친이구 자기 마누라구 하나 있으믄 그 사람이 가는데. 다른 사람은 집안식구래두 전염병이니까, 전염될까봐 거긴 함부로 못 다니거든. 그래 그 사람을 보술 걷어주면섬 하는데.

그래 여섯 명이야, 환자가. 그래 여섯 명인지 일곱 명인지 몰랐지, 한음은. 근데 오성은 그 심부름하는 그 사람한테 물어봤어.

"거기 송장이 몇이나 되나?"

"송장은 지금 현재 다섯이구 산 사람 하나, 우리 마누라가 지금 살아있는데 금일금일 했다."

그거야.

"그래 미음을 끓여다 주긴 허는대두 뭐 살아올 희망은 없다." 구.

"아 그러냐?" 구.

(잠시 며느리가 가져다 준 냉커피를 마셨다.)

"그래 꼭 여섯 명이냐?"

니까.

"꼭 여섯 명이에요."

그래 대추 여섯을 한음을 이렇게 줬어, 여섯 개를.

"이게 뭐냐?"

"나 갔다가 왔는데 꼭 시체가 여섯이더라."

그거야. 그래서

"나두 대추 한 개씩을 시체에다 물렸는데 산 사람이 하나 있더라."

그거야, 여자. 그래

"그거를 여잘 줘서 꼭 여섯 개를 가주갔는데 여섯 개가 아주 똑 맞더라."

그리구 나서

"여섯 개, 니가 세 봐라."

"아 그럼 대추를 죄 하나 마다 입에다 물려주고 왔는데 그럼 몰라?"

그래 대추 여섯을 딱 노나주니까

"너 무서워서 거기 가지두 못한다."

인제 오성이 한음더러.

"마, 무섭긴, 죽은 사람이 뭐 무서우냐? 임마!"

그러니까

"마, 그래두 죽은 사람이 무섭지, 뭐 임마! 무섭지 않아?"

그래 한음이 대추 여섯 개를 가지구. 아닌 게 아니라 무섭긴 무섭지. 전염병, 그 송장이 잡아먹는 건 아니지만 전염병 병실이 돼서, 병막이니깐 무섭지. 일반 사람은 거기 얼씬두 못하는 덴데. 그래

"너 무서워서 못 가지? 임마. 쭈뼛쭈뼛 허는 거 보니깐 에이 쫄짱부다. 뭐 니가 영의정이야? 임마."

"야 나두 위아(?)해서 그렇다. 신체가 에미 다섯인지 여섯인지 꼭 셌어?"

"그럼 내가 세지, 너한테 거짓말 허냐? 근데 죽지 않구 눈을 번쩍 뜨는 시체두 있긴 있더라. 그런 노무 걸 내 대추를 주구서 귀딱머릴 한대 붙였어. 그랬더니 눈을 감긴 감더라."

그래 대추 여섯 개를 타가지구. 이 그러니 대추를 못 물리구 오믄 오성한테 '에이 졸장부가 이게 무신 정승이 돼? 송장이 무서워서 대추두 못 물리는 사람이 무신 영의정이야.' 그런 소리 듣기 싫으니까 대추를 다섯 갤, 아니 여섯 개를 가지구 딱 갔는데. 아 오성이 먼저 가서 드러누워 있네. 뭐 마지막 여섯 드러누워 있구, 마지막에 오성이 드러누워 있는데. 또 그렇게 자발적으루다 그 오성, 아니 한음 쇡힐려구 드러눕는 것두 그게 어려운 일 아냐? 그게. 전기냥 병균이 우물우물 하는 덴데. 그래 들어앉아서 '이게 언제나 오나' 허구 한음 오기를 기다리는데 '에험' 허더니 큰기침을 허더니 문을 벌컥 하구 열구 들어오더니

"에라 너두 하나 먹어라. 에라 너두 하나 먹어라."

그러구선 대추를 이렇게 딱 대추 여섯 개를 입에다 물려줬는데, 아 여기 한 놈이 또 자빠져 있네. 아 이거 한음 아니, 오성이란 말야. 그냥 오니깐

"엠병할. 아 오성이란 놈이 거짓말을 했네 그려. 시체가 일곱인데 에미 여섯이라구 그래?"

아 이렇게 보니까

"아 난 대추 안 주냐?"

그러구 얼버무리구. 이저 아랫도리 저 종아리를, 바지를 이래 훑으니깐

"가만 있거라. 너는 담에 갖다주마."

그러구선 따귀를 올려붙였어. 따귀만 한 서너 대 맞았어. 그러니 '아이구,

나다 나다.' 그럴 수두 없구 말야. '아 이놈 한음두 장력이 세긴 센 놈이로구나. 송장, 에미 따귀 갈기는 거 보니까.' 그리구 먼저 인제 문 열구 가서 그냥 한음 쇡히는 거니까, 자기가 가서 드러누었다구 그러지두 않구. 얼른 집으루 와 가지구선

"그래 대추 물렸냐?"

"그래 이놈아 임마. 대춘 물렸는데 에미 송장이 일곱이더라. 일곱 짼 에미 살았어. 난 기냥 오니깐 대추 여섯 개 가주구 간 게 일곱이 있어? 난 안 주느냐구 눈을 시퍼렇게 뜨구 내 바지를 붙드는 걸 따귀만 한 서너 대……."

"에라. 경을 칠 년석. 너 쇡힐려다 그냥 빰따귀 좀 봐라. 임마"

빰따귀가 시뻘겋두룩 빰을 맞았네그려. 그래서 한음 쇡힐려다 오성이 빰만 한 서너 대 맞았다는 얘기야.

[2005년 8월 16일 채록]

131. 오성과 한음 3(한음의 불알을 쥔 두억귀신)

줄거리

오래된 나무가 썩어서 줄기에 구덩이가 파져있었다. 오성이 한음에게 나뭇가지 구덩이에 말똥가리가 알을 낳았으니 그걸 꺼내먹으라고 했다. 한음이 나무 구덩이에 알을 꺼내러 갔다. 그 나무 구멍에는 오성이 미리 가 들어앉아 있었다. 한음이 알을 꺼내려 손을 넣자 오성이 갑자기 잡아 다녔다. 놀란 한음은 몽둥이로 나무를 후려갈렸다. 오성은 한음을 놀리려다 몽둥이찜질을 당한 것이다. 오성이 한음에게 화장실에 가면 미래의 벼슬을 가르쳐주는 귀신이 있다는 말을 했다. 궁금한 한음이 화장실을 찾아가 바지 궤춤을 까고 앉아있었다. 갑자기 화장실 밑에서 귀신이 손을 뻗쳐 한음의 불알을 잡더니 "영의정은 해먹겠군." 했다. 얼마 후 한음은 오성에게 속은 것을 알았다.

▣ 이저 일루 언덕이, 집이 있는 데 쯤. 저런 참나무가 수백 년, 수십 년이지. 이거 뭐 잘해야 오십 년 못 먹었어. 요거(이야기판이 벌어지는 평상 주위의 참나무들을 돌아보며) 잘 해야 사십 년 밖에 안 먹었었다구, 나이. 참나무. (잠시 참나무에 얽힌 집안 이야기를 했다.)

이게 여러 해 돼가지구. 여기가 저 가쟁이를 이렇게 잘르믄 그 가쟁이루 물이 들어가가주구 구녕이 팬다구요. 그럼 사람이 하나, 여러 해 묵은 노무 건. 사람이 그 안에. 썩으니까 이렇게 손으루다 해두 막 패져요. 그 속에 들어가서 사람이 앉아두 무방할 정도루다 패는데. 거기 뭐 새낄 치냐믄 이저 말똥구리라구, 부엉이처럼 생긴 노무 게, 거기 새끼를 그런 데 친다구여. 그래 어떤 애덜은 거기 후딱허믄, 밑져야 본전이니깐 들어가서 손으루다 집어넣으면 그냥 주먹같은 노무 알이, 말똥구리가 낳은 알이 있구 그래서 그거 갖다 쪄 먹으믄 보통 달기알(달걀) 네 개 정도는 돼서 그걸 쩌 먹구 그러는데. 거기 저 인제 오성이 먼저 들어가 있는 거야. 저 그 구녕에 가서. 그래 인제 다른 사람을 시켜서 한음더러. 아 먼저 들어가 있는 건데, 오성이 한음더러 인제 말방에서

"거기 저 말똥구리 뭐 부엉샌가 무신, 그게 알을 낳구 새낄 친대는 데, 너 가서 알 혹시 낳나 하구 가 봐라."

그래 한음을 시키니깐

"마! 지나가는 놈덜이 벌써 뒤졌지, 그게 내 차례가 가?"

"아냐. 오늘은 거기 지나가는 별루 사람이 없었대, 아무개가 그러는데. 그래 어디 가봐."

그래 갔는데. 아 오성이 한음 쇡힐려구 그래는 거니까. 얼른 들어가서 거기 한음 오기 전에 그 구뎅이에 가서 들어앉아서. 손을 이렇게 넣는 노무 걸, 손을. 두 손을 움켜쥐니까 새카만 그믐밤에 여간 놀랠 거야?

"에라, 이 놈이 뭐 말라죽은 놈이냐?"

그리구선 이만한 노무 방맹이루다 기냥 내갈리는데 아 팔대기 뭐 해서 얼려가지구선 한 대 얻어터지구선. 아 그래 세게 갈겼으니, 죽어라구 갈겼는데 그게 부상을 당하지 안 당했을 리가 있어? 아 그래. 아 아프다구 소릴 지를 수도 없구. 그래 얼른 간신 기어나와가지구 한음, 그 마을 방에 오기 전에 먼저 와가지구 앉았는데

"그래, 알 꺼냈냐?"

"에이, 알 꺼내기는커녕 뭐이 거기서 내 손을 움켜 줘서 곰이 혹시 곰인가 허구선 방맹이루다 한 대 내갈리구 나두 뛰어왔어."

"에라 경을 칠 년석아. 이놈아 이거 봐라.

그러더니 여기가 홀렁 까져서 피가 줄줄 …….

"아, 거 왜 그러냐?"

"아 이놈아 니가 방맹이라두 내갈겼어."

"이놈이, 나 속힐려다 니가 속은 거야."

아 그래가지구 '아유. 저놈 참 장력은 센 놈이다. 그리군 내갈기기는커녕 내 뛰는 게 바쁠 텐데. 아 방맹이루다 내갈긴 거 보니깐 그놈 장력은 센 놈이다.' 그렇게 허구선 또 '쐭혀야겠다.' 그러구선 또

"아 화장실에 가니까 너 아무렇지두 않으냐?

"난 아무렇지두 않드라." 구.

"내가 화장실에 갔는데 글쎄 그 부칠 틈에서 뭐이 푸르스름한 옷을 입은 년석이 자빠졌다가 내 부자지를 움켜쥐믄섬 '어이 영의정 노릇은 허겠다.' 그러구선 부랄을 놓질 않냐?"

그랬더니 깜짝 놀라서 바지 궤춤두 저 허리띠두 못 매구 치켜가지구 바깥에 나와서 무서와서,

"간신히 바지 궤춤을 추키구 왔어."

"어휴! 그런 노무 귀신이 있어?"

"그게 뭐야."

"부추랜 두억귀신이 있대드라."

그래 전에 한음두 들었거든. 두억귀신 부추래는 게 있대는 소리. 근데 거기 가서 '에이, 너는 판서나 어떻게 간신히 해먹겠다.' 그리믄 그것밖에 못 헌대. 한음이 그때 영의정이 못 됐을 땐데. '어디 그렇대는데 나두 한 번 해 보까?' 어리석긴 어리석은 거지. '나두 한 번 가서 해보까?' 그래 가서 바지 궤춤을 내리 까구서 이렇게 앉았는데, 아닌 게 아니라 부자지를 훔켜줬더니 꿈쩍두 안 하니깐 '아이구 이게 뭐야' 허구 내 떨 줄을 알았는데. 한참 있으니깐. 한참 있으니깐 '어이 장래 영의정은 해 먹겠다.' 그러드래. 그래 얼른 나와가지구 뭐 대변 마렵지두 않은 걸 내리 까구 앉았었는데. 그 소리 듣기 위해서 귀신이 있대니깐 어디 시험을, 어디 시험 삼아서 그냥 헌 건데.

"그래 귀신이 있냐?"

"아 있긴 있더라."

인제 속은 거야, 인제 또. 오성한테 속았는데, 귀신이 그러는 줄 알았어.

그래 마을방에 와서

"그래, 뭐라구 그러드냐?"

"지금은 영의정 아니래두, 장래 영의정은 해먹겠다. 그러드라. 그래서 내뒀다."

"내뛰긴, 불알을 움켜쥔 노무 걸 내 뭐 임마?"

"나두 간신히 했어."

"그래, 너두 영의정 해 먹는다구 그러디?"

"그래, 나두 영의정 해 먹는다구 그러더라."

그래가지구선 그 한음이 가만히 생각을 하니깐 '두억귀신 두억귀신 그래야 내가 한음한테 속았지, 두억귀신이 뭐 두억귀신이냐?' 그래, 거 뭐야 참판인가 되는 그런 사람더러

"자네가 가 보게. 부랄을 훔켜쥐나 안 쥐나."

그래 오성이 꼼짝 안 허구 한음허구 둘이 앉았는데 누가 가서 쇡힐 사람이 있어? 그래 가니깐

"뭐 귀신커녕 아무 것도 없던데요?"

"그래? 부자지 잡아댕기는 놈이 없어?"

"없어요."

"그렇지. 에기 오성아, 니가 날 속혀서, 이놈아 그랬지. 네가 내 부자질 잡아댕겼지, 이놈아."

그래서 인제 오성한테 속을 걸 알았대여, 한음이. [2005년 8월 16일 채록]

132. 오성과 한음 4(똥 넣은 송편 먹은 오성)

● 줄거리

어느 날 오성이 한음 집에 놀러갔다. 밖에서 보니 한음의 부인이 옷을 벗고 이를 잡고 있었다. 얼마 후 오성은 한음에게 네 마누라 넓적다리에 있는 점을 보았다고 말했다. 놀란 한음이 집에 가서 마누라의 몸을 보니 정말 점이 있었다. 한음이 부인에게 어떻게 오성에게 몸을 보여주었느냐 다그쳤다. 화가 난 부인은 송편을 대접할 테니 오성을 초대하라고 했다. 한음의 집을 찾아가니 오성에게 한음의 부인이 먹음직스런 송편을 내왔다. 오성이 얼른 집어 송편을 입에 넣으니 송편에서 똥이 쏟아져 나왔다. 그러자 한음의 부인은 거짓말을 하는 입에는 똥이 제격이라고 했다. 오성은 자기가 거짓말을 했다고 한음의 부인에게 사과했다.

▣ 오성이 한음을 보러가는 데, 근데 한음이 없는 줄 알구선 인제 보러 간 거야. 그 창문 있는 데루 이렇게, 거 오성 자는 델 이렇게 보니깐 오성마나님이 바느질을 허는지 일어서서 뭘 하드라 그거야. 그래 인제 한음더러는 뭐라구 그랬냐 하믄,

"인제 네 마누라 대낮에 발가벗구 이를 잡드라."

그거야.

"에라, 미친 사람, 아무리 이가 많다 허드래두 그래 문을 열구 발가벗구 대낮에 이 잡는 여자가 어딨냐?"

"마, 내가 똑똑히 봤어."

참 그 불두덩 시커멓대는 얘긴 안 허구.

"넙적다리에, 왼쪽 넙적다리에 점이 시꺼먼 게 이거만한 게 있더라."

그거야. 거 대개 넙적다리에 점이 웬만하면 있대거든, 여자덜. 그래서 오성이 인제 헤실수루다 그냥 빗대 놓구 한 마디 헌 거야.

"그래 뭘 봤니?"

"네 왼쪽, 마누라 왼쪽 넙적다리에 점이 있대더라. 뭐 다른 건 말할 거 없다. 그것까지 본 걸 뭐 다른 거 얘기해야 그렇지."

아 그거 '이게 날 속히느라구 그랬지. 이게 정말 점이 있나?' 아, 거 두 부부지간이래두 점이 있는 걸 못 봤거든. 그래 오성네 집에 놀러갔다가 와가지구 한음이 자기 마누라더러

"아랫도리 옷을 벗어라."

그래

"아, 이 대낮에 왜 옷을 벗으래냐?" 구.

"아냐. 대낮에 발가벗구 다른 사람 앞에 전부 넙적다리구 뭐구 볼 거 다 뵈놓구 남편한테 못 뵈여."

"아, 누구한테 뭘 뵜느냐?" 구.

방색을 하니깐

"당신 넙적다리에 에미 점이 있는 거까지 다 봤어."

아, 자기두 넙적다리에 점이 있는 걸 똑똑히 못 본 마누라란 말야. 그래 이런 데 (허벅지 안을 짚어 보이면서) 있으믄 보기 어렵지 뭐야, 자기두. 아 그래아 벗으니까 아닌 게 아니라 점이 있단 말야, 이만한 노무 점이. 그래

"이 보라구 오성이 이것까지 다 봤어."

아, 그래 참 괘씸해. '에이 남자가 봤으믄 봤다구 그러지, 못 본 척하구 그러지, 그래 제 남편한테 그걸 고자질을 해야 옳아? 에이 이걸 똥을 멕여야겠다.' 그래구선.

"낼 송편을 맛있게, 내가 두 사발을 해서, 오성 한 사발허구 당신꺼 한 사발하구 이렇게 두 사발해서 상에다 바쳐서 내갈 테니깐 오성을 청하슈."

"어, 벨안간 웬 떡을 허느냐?" 구.

"아, 출출하구 그런데."

그런데 아 옛날엔 송편이면 아주 일류거든.

"그 어려운 노무 송편을 어떻게 빚느냐?" 구.

"아, 염려말라." 구.

그래 송편을 빚어가지고 오성을 오라 그래서 안방에다 들여앉히구선, 순 고춧가루 한 반 넣구 똥을 한 반 넣구 해서 그냥 송편을 이쁘기 해가지구선 다섯 개씩 요렇게 해서 해가지구. 위에다 요렇게 하날, 송편을 이쁜 노무 걸 해 놨어. 그래 가지구선

"어서 잡수라." 구.

"아, 이거 웬 송편이냐?" 구.

"아 또 이 양반이 출출하다구 그래서 뭐 고기는 사다가 대접할 수두 없구. 그래서 송편을 빚었다." 구.

"아 맛있게 먹습니다."

설마 나를 속힐까 그러구선, 오성이 에기 먼저 해가지구, 맨 위에 있으니깐. 밑에서 뺄 수두 없구, 위에 있는 걸 찍 하니깐 그냥 똥물이 '확' 하구,

"아 이게 뭐냐?" 구.

"거짓말 하는 사람은 똥을 먹어야 돼요."

그때 아랫묵에서 내려오믄섬

"뭐? 내 왼쪽다리에 점을 봤어? 그래 점을 정말 봤냐?" 구.

"아이, 죄송합니다. 내가 어떻게 헤실수 한 마디 한 게 그게 들어맞았다." 구.

사실 못 봤거든. 근데 헤실수루다 '네 마누라 왼쪽다리에 점이, 시커먼 점까지 봤다' 그랬는데 그게 들어 맞았대는 거야. 그래 가지구선 인제 그 똥으루다, 인제 송편으루다 웬수를 갚았대.

[2005년 8월 16일 채록]

133. 오성과 한음 5(오성 어머니를 속인 한음)

◎ 줄거리

한음은 늘 오성에게 당하는 게 속이 상했다. 어느 날 오성의 집에 찾아가니 오성의 어머니가 빨간 것을 보았다. 골려주어야겠다고 생각한 한음은 오성의 어머니에게 흰말의 자지를 물고 창호지를 뚫어 코를 창밖으로 내 밀고 있으면 코가 낫는다고 했다. 오성의 어머니가 한음이 시키는 대로 했다. 집에 돌아온 오성이 어머니가 한음에게 속았다는 것을 알았다.

▣ 인제 한음이, 아 이게 오성한테 속은 생각을 허니깐 안 되겠어. 나두 오성을 한 번 된통 쇡여야겠다. 그래구 오성을 직접 쇡일랴구 그래두 한음 꾀엔 오성이 안 넘어가거든. 워낙 능통하구 그래서.

그래 오성 어머니가 있는데. 거 옛날엔 술 안 먹는 사람두 겨울이믄 요 코가 새빨개지는 사람이 있어. 동상을 입어가지구 피부가 이렇게 차차차차 추워지믄 발그스름해서, 주독 올른 거 모냥으루. 그래 주독 올른 사람두 요 코가 빨갛다구여. 한번 직접 오성을 쇡힐 수 없으니깐 '오성에 어머니를 한번 쇡혀줘야겠다.' 그러구선. 가니깐 코가, 오성어머니가 코가 새빨갛거든. 그래 전에

"아니 근데, 어머니. 코가 왜 그렇게 왜 새빨갛습니까?"

"글쎄, 겨울만 닥치믄 이렇게 빨개서 아주 그냥 죽겠다." 구.

겨울이믄 인제 그 빨개져가지구 근질근질 허는 게 디리 긁으믄 피가 나구

그래서 약두 없구. 지금 같으믄 약두 있지만 옛날에 어디 약이 있어?

"이걸 어떡허믄 나으냐?

"에유, 거 참을성만 있으믄 십 분동안만 견디믄 감쪽같이 났습니다."

"아유 십 분 말구 이십 분이래두 내 참겠다." 구.

뭐 아들에 친구니깐

"자네가 유명한 약을 아나?"

"예. 압니다."

그래 이웃집에 백정이 있는데, 백정더러

"거 하얀 말 자지를 구할 수 있느냐?" 그랬더니

"마침 저기 하얀 말이 언덕에 수렐 끌구 올라가다가 고꾸라져가지구 죽은 말이 있어서 그걸 잡아서 자지를 조기다 혹시 뭣에다 쓰지 않나 그래서 뒀습니다."

"아 그러냐? 일루 가져오라." 구.

요것만 한데, 새끼가 죽어서. 말 자진 이것만큼씩 해. 근데 새끼가 죽었으니깐 쬐끄만 한데. 참 옥수수 잘루만한 노무 거. 그걸 죙이에다 싸가지구

"이게 아주 직횹니다."

이게 백달마 신인데, 거 오성마나님, 어머니한텐 흰말 자지라구 그러질 않구.

"이게 좋은 약이라." 구.

"아 그러냐?" 구.

"이걸 어떡허나?"

그걸 입에다 물라 그거야. 그래 이렇게 입에다 물구, 그 코를 인제 문창호지, 전에 지금두 문 발르는 사람이 있는데. 문을 요렇게 침칠을 해가지구 코를 나갈 만큼 뚫어라 그거야. 뚫르구선 이렇게 디밀믄 이걸 물었으니깐 더 안 나가거든, 창살이 걸려서. 그래가지구선 거 추우면은 그 코를 바깥에다 내놓구 한참 있다, 인제 거기 침을 발라가지구 침이 말를 만허믄 도루 디밀어서 침을 발라서 코에다 문질러가지구 이렇게 바깥에다해서 십 분만 하믄 감쪽같이 허물이 한 번 벗어지믄 감쪽같이 낫다구. 아 근데 십 분을 그렇게 했는데, 코가 차차차차 이렇게 코가 붓는 거야, 이만큼. 얼부풀어서. 그래 기냥 해두

얼을 텐데, 침을 자꾸 거기다 발르니깐 침이 얼어가지구 얼부푸는 거야. 아 그래 어딜 갔다 오성이 오니깐, 즈 어머니가 그렇게 하구 있거든.

"근데 그게 뭘 허시는 거에요?"

"이게 한음이 약을 하나 좋은 걸 갖다줬는데, 이게 십 분만 견뎌서 이럭허구 나믄 아주 허물이 벗어지면 낫다구 그러더라." 구.

이렇게 보니깐 참 남자는 알 거 아냐, 그거. 말 자지가 틀림없는 거야.

"아, 이거 치라." 구. "코 좀 보라." 구.

섹경을 보니깐 코가 주먹같이 부르텄네. 그래 그 이튿날 한음이 와서

"좀 가감이 있으십니까?"

"아, 이놈아 가감커녕 코가 에미 주먹같이 부르텄다. 엠병할."

"에기, 오성이 우리집 마누라 하구 우리 어머니하구 어떻게 디리 쇡히구 손핼 끼치는지 내가 한번 그걸 보복을 허기 위해서 내가 그걸 가르쳐드린 거야."

그래 오성이 마침 오는데

"에라, 이 경을 칠 녀석. 그래 그렇다구 해서 우리 어머닐 말자질 입에다 물려가지구선 그렇게 추운 동지섣달에 고생을 시켜가지구 저렇게 코가 그냥 붓두룩 고생을 시키느냐?" 구.

"거 내가 생각생각 하다못해 너 한번 내가 보복을 허는 거다. 너무 섭섭지 여기지 말라."

그래서 한번 한음이 오성 어머니를 대리루다 보복을 했대는 거야.

[2005년 8월 16일 채록]

134. 웅쿰대중으로 범인 잡기

● 줄거리

여각 봉로방에 손님들이 많이 들었다. 바깥주인은 광무대 구경을 가고 안주인만 여각을 지키고 있었다. 밤이 되자 손님들이 잠이 들었는데 한 손님이 물을 청했다. 안주인이 물을 떠다 주었다. 손님은 물을 다 마시고 그릇을 가져가라고 하고는 그릇에다 자기 자지를 까서 올려놓았다. 그릇을 가지러 온 안주인이 자지를 쥐더니 놀라자빠졌다. 얼마 후 바깥주인이 돌아오자 안주인은 자기가 놀림을 당했다고 푸념을 했다. 바깥주인이 범인을 잡겠다고 나섰다. 한 손님이 좋은 방법이 있다고 했다. 모든 손님의 자지를 그릇위에서 올려놓고 안주인더러 만져보게 하면 웅쿰대중으로 알 수 있다는 것이다. 바깥주인은 그 사람에게 속은 것을 알았다.

▣ 지금은 여각이라구 그러는데. 지금은 여각두 다 없어졌지. 대개 저 숙소라구 웬만하믄 뭐야 민박이라구 인제 그리는데 젤 하치가 민박 아니야? 그땐 인제 여각이라구 그랬어. 기냥 말두 한 쪽으루, 말 소 이따위 다 매구, 또 여기 봉노방이라구 방이 넓은데, 보통 이십 명 삼십 명씩 자는 방이 있는데. 기냥 오사리 잡패 다 뫼가지구 장사꾼래는 건 죄 뫼는 자리지 뭐야. 한 십여 명 그 날두 뫼가지구. 그 통에 인제 참 나겉이 잡패년석이 하나 쓱 들어갔는데 걍 술두 사다먹구 온통 떠들구 윈통 그러는데. 아 뭐 광무대라구 있어요, 옛날에. 거 구경이 기가 맥히다구, 아주. 광무대 씨름두 하구 벨 거 다하는데

거기 구경을 간다구 그 십여 명이 거반 다 갔다구. 그러구 한 너덧 명 구경 싫여하구 고단한 놈만 안 갔는데. 거 잡놈 하내 목이 말라서

"쥔 계시믄 냉수 한 그릇 떠다 주세요."

그래니깐

"네. 그러세요."

그러구선 쥔두 역시 광무대 구경을 갔어, 남자 쥔두. 아 그래 그릇에다 해서, 옛날에 대접이지 이런 게 있나? 이만한 대접에다 한 대접 떠다 줘. 걸떡걸떡 생키구선 물을 그 옆에다 슬쩍 놓구선 가니깐

"아 이 그릇 가지구 가세요."

그러는 거야, 인제. 그릇을 가주 가래는데. 그릇에다가 자기 자지를 여기다 떡 갖다 걸쳐놓은 거야. 아 그러니깐, 그런 맘 먹구 또 여자가 옆에 와 있으니까 에미 힘두 좋았던 놈이지. 자지가 벌떡 일어나서 이 대접에 가 척 걸친 노무 걸.

"어디 있어."

그래니깐 전기불이 있어? 깜깜한 밤에 뒤점뒤점 하다 뭘 뭉쿨하구 만지는데

"아이구머니 이게 뭐냐?" 구.

아 그거 털썩 놔서 그릇이 죄 깨졌지. 아 벌써 여자가 자기 남편 자지두 만져봤을 테니까. 뭉쿨허니깐 그걸 연유하구 아 왼통 떠들고 왼통 허는데, 아 그때 마침 자기 남편이 왔어.

"엠병, 구경은 무신 쌈박질 구경이냐?" 구. "밤낮 허는데 광무대 씨름구경을 가믄섬 손님은 이렇게 두구서 구경이냐?" 구. "엠병할"

그 얘기를 했다구. 물 떠다달라구 그래서 물을 떠다 줬더니 사발에다 자질 까서 대서 그걸 만졌다 그거야.

"뭐? 어떤 놈의 새끼가 그래, 그거 찾아내야 한다." 구.

사실 그냥 뒀으믄 괜찮구 망신을 안 당하는 건데

"아, 어떤 놈이냐?" 구.

아 십여 명을, 죄 자는 놈을 다 발길루다 차구 일어나니까. 이놈이 저쪽 가

장자리에 가서 자는 척하구선, 발길루 차니까

"아, 이게 왜 그러느냐?" 구.

"아, 이중에서 어떤 년석이 물 떠다 달라 그래서 물을 떠다 줬더니 자지를 까서 그릇에다 놔서 우리 마누라가 그걸 만졌어. 그런 망신이 어딨냐? 이 노무 새낄 찾아내서 버릇을 가리켜야 한다." 구.

이 이놈이 벌떡 일어나더니.

"그래 그걸 어떻게 버릇을, 아, 어떤 놈이 그런 줄 알구 버릇을 가르치느냐?"

인제 주인이 그래니깐

"아, 거 찾는 방식이 있습니다. 우선 소반을 하나 가져오라."

그거야. 그래

"소반을 가져오믄 어떡하느냐?"

소반을 가져 오래놓구선 죄 거기 와서 자지를 까서 소반에다 죄 걸쳐놓으래는 거야, 죄 빵빵 돌려. 그래 열두어 개를 걸쳐 놓구선

"거 당신 부인 일루 올라오시오."

그래 이 자식은, 주인은 맹탕 자기 마누랄, 바깥에서 오래니까

"나가자." 구.

"나가믄 어떡 해래느냐?"

"당신 깜깜한 그믐밤이래두 만져 봤어?"

그래

"만져 봤다." 구.

"그럼 만져 본 웅쿰대중이 있을 거야. 그럼 어떤 놈을 웅켰는지 크구 작은 놈인데 모조리 만져 봐라."

그거야. 아니 여자가 가만 생각허니깐 그 노무 열두어 갤 만질 생각을 허니 에미 망신이 톡톡히 당하는 거거든. 꽤 큰 놈두 있구 작은 놈두 그런데 그저 영감더러

"에이 웅쿰대중은 에미 깜깜한 그믐밤에 물컹한 놈두 있구 뺏뺏한 놈두 있는데 웅쿰대중을 어떡게 허느냐?" 구. "이놈아 니가 그랬어, 이놈이야. 웅쿰대중은 이놈아. 이놈 나가라." 구.

"밤에 나가긴 깜깜 그믐밤에 어딜 나가느냐?" 구. "안져서래두 새구 낼 새벽 가던지 해야지."

"아 나쁜 놈이라." 구.

"에이 나두 안 그랬다." 구. 내가 그랬을 리가 있느냐?" 구.

"엠병할 놈. 낼은 아무 것두 고만 두구 이 여각을 허물어 버려야겠어. 그런 더러운 노무 꼴 안 볼려믄 이 영업을 고만 둬야 한다." 구.

투덜투덜 허며 안으루 들어가서 인제 잤는데. 자구 그 이튿날 아침에 조반을 해다주니깐, 돈은 받았겠다. 그래 조반을 해대줘서 조반을 다 먹구

"여기 쇠시랑 괭이 여러 개 있느냐?" 구.

"한 대여섯 개 있다." 구.

"거 일루 가져오시라." 구.

"뭘 할려구 그러시냐?" 구.

"아 글쎄 가져오시라?" 구.

그래 가져오라구 그래더니 기냥 괭이 쇠시랑 도끼루다 벽을 죄 허무네. 그 자기 잔 봉노방을.

"그건 왜 허무느냐?" 구.

"하루밤을 자두 만리장성을 쌓으랬다구. 그래두 하룻저녁 무사히 밥을 해줘서 잘 먹구선 지냈는데 이걸 허믄다구 그래서 이걸 허물어드리구 갈랴구 그랜다." 구

"에기 이 우라질 놈. 가라." 구.

그래 헐 수 없이 두들겨 내쫓아서, 그래서 인제 거 웅쿰대중을 헌대는 거야. 그게.

[2005년 8월 16일 채록]

135. 산 괴수에게 끌려온 아녀자 구한 나그네

● 줄거리

행인이 여행을 하다 산골에서 빈집을 찾아 들어갔다. 그 집에는 여인 하나만 있었다. 여인은 자기도 산 괴수에게 잡혀왔다고 하며 나그네도 그냥 가면 죽을 것이라 했다. 어쩔 수 없이 그 집에 머물러 있는데 밤이 되자 산 괴수가 돌아왔다. 괴수는 행인을 천장에다 달아매고는 나중에 술안주를 하겠다고 하며 술을 마셨다. 괴수가 어느 정도 술이 취하자 행인도 이왕 죽을 거 술이나 한 잔 마시고 죽겠다며 술을 청했다. 괴수가 행인에게 술과 안주를 주었다. 행인은 술과 안주로 힘을 회복할 수 있었다. 그때 여자가 괴수의 눈에 고춧가루를 뿌렸다. 괴수가 당황하자 행인은 여자와 힘을 합해 괴수를 죽였다. 괴수를 죽인 두 사람은 그 집에서 여생을 함께 했다.

▣ 인제 행인이 어디 여행을 허다가, 정처 없이 오래는 덴 없어두 갈 데는 많은 인생이라구. 떠돌아댕기믄섬 지내는데. 한 곳에 다다르니깐 산골인데. 집이 하나 있는데, 빈집이드라 그거야, 첨에 들어가니깐. 그래 차차차차 일루 들어가 절루 들어가 방문을 여니깐 여자가 하나. 대개 지금은 염색한 옷이 많지만 그땐 대개 소복이라구, 물감이 있어? 그냥 하양 걸루 무명으루다 짜서 치마저고리를 해 입은 여자가. 참 얼굴을 보니까 반반헌데,

"웬 분이 이 빈 집이 찾아들어왔냐?" 구.

"아, 쥔이 있는데……."

"나두 여기 붙들려 온 사람이라."

그거야.

"그럼 여기 왜 도망을 못 치느냐?"

그랬더니,

"요 근방에서 사내가 기냥 산짐승만 잡아서 술만 먹구, 참 밥은 정말 사흘에 한 때 먹기가 바쁘다."구. "술만 먹구 그런다." 구.

"그래 어디 갈려 그러믄 어서 보는지 쫓아내려 와서 붙들구 붙들구 그래서 못 가구 여태 붙들려있는 거라." 구.

그래

"얼마나 됐느냐?" 물었더니

"한 두어달 벌써 실한데, 도망을 멫 번 칠려다 붙들리믄 칼루다 가냥 막 도린다구 그리구 엄포를 놔서 난 인젠 죽으믄 죽지 어디 도망할 염두에두 못 둔다." 구. "아, 괜히 당신 여기 찾아 들어와서 오늘 저녁에 죽기 쉽다."

그거야.

"남자래는 거는, 여자구 타인은 웬만한 늙은이두 죄 죽이구, 남자래는 건 뭐 여기 근방에 얼씬두 못하게 허구 죄 죽인다."

그거야.

"기냥 남자 괴기구 뭐구 고기래는 건 막 먹는다."

그거야. 근데

"산 괴순데. 도적두 아니구 산짐승만 잡아먹구 사는 사람인데. 술두 그렇게 좋아하구 기운두 역발산이다."

그거야.

"그래 이왕 거기 들어갔으니 나와두 죽는다."

그거야.

"들어오는 건 가만두지만 나가는 기색 있으믄 와가지구 칼루다 모가지 도려서 죽이구 죽이구 그런다." 구.

그래

"나갈 생각두 말구 저녁에 어떻게 용하게 죽이지 않으믄 살아서 돌아갈 생각을 허지 도망칠 생각은 허지 마라."

아 그 소릴 들으니깐 참 도망 칠 수두 없구. '이게 기세양난이로구나' 그러구서. 아 저녁은 어떻게 여자가 쌀이 있구 그러니까 저녁을 해서 그 사람 먼저 대접을 하구. 여기서

"하여튼 단도리나 잘 허구 있으라." 구. "죽이던지 어떡하든지 칼루다 포를 떠서 먹든지 헐 테니깐 그때 위기를 모면할 그런 연구나 해야지. 뭐 다른 연구하믄 안돼. 도망칠 연구하믄 안 되니까 가만있어 보라." 구.

그러더니 아 어둑어둑할 때가 되더니, 왼통 우렁 우렁 오는 소리가 참 아닌 게 아니라 장사가 오는 거 모냥으루 찬바람이 휘휘 둘르고 오더니 참 범장다리 같은 년석이 구렛나룻이 시커멓게 난 놈이. 눈이 기냥 참 범의 눈, 관운장 눈 모냥으루다 삼각수를 이렇게 거슬리구 비수를 에기 착 옆에다 차구 들어오더래. 그래더니

"이거 웬 놈이냐?" 구.

"아 길을 잃어버려서 하룻저녁 자구 간다구 들어왔는데 내가 내쫓을 수두 없어 여지껏 있는 거라." 구 "당신이 처결 허시우."

"뭐 되는 사람 아니냐?" 구. 그랬더니

"아 되긴 뭐가 되느냐?" 구. 금시초견이라." 구.

그래

"이거 이따 술안주나 해야겠군."

그래더니 이만한 노무 짐승 잡아서 망에 집어넣은 거. 거기에 해서 뭐 요런 건 고기 몇 근 걸어놓듯 천장에다 요렇게 매달아 놔. 천장에 매달려가지구, 망 속에 들어간 놈이 뭐 꼼짝이나 할 수 있어? '아 이거 참 큰일 났다.' 그래 술을 먹으면섬

"안주가 없는데 저거 넙적다리나 베서 먹으까?"

"에유, 그까짓 노무 거 뭘 먹느냐?" 구. "여기 비치해 둔 게 있는데 이거 해 잡숴."

"뭐야?"

"아 노루 볼기짝을 여기 떼 둔 게 있는데…."

“아 그걸 왜 떼 뒀느냐?” 구.

그랬더니

“아 당신이 안주가 떨어지믄 또 찾으니까 이걸 비치해 둔 거라.” 구.

“아 그러냐?” 구.

그래 썩썩 허면서 그래 매달린 놈이

“아 이왕 죽을 땐 죽더라구 나두 노루 볼기짝해서 나 술 한 잔 줄 수 없느냐?” 구. “죽을 때 죽더라두 술이나 한 잔 먹구 죽겠다.” 구.

“아 그 놈이야. 그것두 살아서 그래두 술을 먹구 싶대네. 그래라.”

그래 인제 여자가 어떻게 해서 풀어줄 그런 의욕이루다

“이왕 죽은 목숨, 망 풀어봤댔자 지가 달아날 수두 없는 몸뎅인데. 풀어서 그저 노루 궁뎅이에다가 술 한 잔 주슈.”

아, 그래 노루 궁뎅이 쓱쓱 해가지구선 불에다 이렇게 그슬려가지구

“이거나 한 잔 잡숫구 죽던지 살던지 하회만 기달리우. 뭐 우리는 뭐 도리가 없으니까 이 양반이 죽이믄 죽구 살리믄 사는 거야. 우리 두 사람 목숨은 이 사람한데 달렸지 뭐야.”

아 한 잔은 먹구 나니깐 기운이 나더래지 뭐야. 그러니깐 여자가 있다가 그 옆에 고춧가루 뭉치를 가지구 있다가

“막걸리 한 잔 더 안 잡술려우”

“한 잔 더 하까?”

막걸리 한 잔 더해서 막 이렇게 마시는 노무 걸 눈에다 고춧가루를 확 뿌렸어. 아무리 장사래두 눈에 고춧가루가 들어가믄 고만이거든. 그러니깐

“아휴! 이게 뭐하는 거냐?” 구.

그러니깐 그 옆에 있던 놈이 막걸리에다 노루볼기짝을 씹어먹으니깐 기운이 나구. 여자가 그럭허는 거 보니깐 생기가 나서 칼을 빼어가지구 그냥 모가지를 서너 번 디리 쳤어. 혹시 어떻게 할까봐 눈에다가 고춧가루를 더 뿌리구선 둘이 기냥 바루다 모가지를 옭아가지구 둘이 잡아댕겨서 옆다구니 기둥에다가 붙들어 맸어. 기냥 둘이 팽팽히 잡아댕겨가지구. 매니깐 이놈이 킥킥하구 눈에 고추갈루가 들어갔으니깐 손을 쓸 수가, 수족을 놀릴 수 없으니까,

눈은 쓰라렵고 뭐 어떻게 헐 수가 없으니까

"아이구"

허더니 척 늘어지는 거야. 아 모가질 칼루다 몇 번을 찔렀으니깐 또 기운을 채릴 수 있어?

"인제 내가 죽는구나. 너무 못된 짓을 많이 해서 천벌을 받는구나."

이놈이 그래더니 그놈이 쩍 기냥 나가자빠져서 죽었는데, 이젠 볼 것두 없어. 그래 할 수 없이 얼루 도망을 쳐두 뭐 별루 그렇게 좋은 데두 없구 그러니까 송장을 끌어다가, 둘이 간신히 끌어다가 연장으루다 그 앞산 분항거리 나온데 거기를 허비적거려가지구. 그 장사를 거기다 파묻고 장사를 지내구. 그래두 아무리 못된 놈이래두 죽은 사람이니까 기냥 산소 활개를 잘해놓구, 무덤에다 떼를 갖다 입혀놓구

"아무쪼록 살아선 못 된 짓을 했지만 죽어선 좋은 곳으루 가라."

그러구선 그냥 투덕투덕 허구 떼를 입혀놓구선. 그래두 그 남자구 여자구 둘이 향불을 대려놓구선. 둘이 재배를 허구

"아무쪼록 죽어두 좋은 곳으루 가라."

그러구서 그래 들어가서 방에서 따뜻한 잠을 자구나니깐 뭐 그거보담 더 기쁜 날이 없어. 그래

"우리가 여기서 살림을 해야 되느냐? 그렇지 않으믄 딴 데루 이살 가서 사느냐? 당신 집 있소?"

그러니깐 여자두

"어서 붙들려 왔는지 자기 주소두 몰른다."

그거야. 이 남자한테 붙들려 왔는데. 그래 그 사람두 뜨내기야. 집두 없구 그냥 무지봉천으루 떠돌아댕기믄서 얻어 먹구 그렇게 나날을 보내는 주제에. 그 집은 그 도둑놈 때문에 흉가가 됐거든. 그래서 행인이구 뭐구 잘 수가 없어, 그 사람한테 죽어서. 그래 임자를 만나가지구 그 사람을 둘이 한 번을 해서 노루궁뎅이 살을 베어 먹이는 통에 주인여자가 고추가룰 눈에다가 뿌려가지구선 그걸 죽이구선 둘이 여생을 잘 살더래.

[2005년 8월 16일 채록]

136. 맹상군 친기親紀

줄거리

진시황제 때 맹상군의 위세가 대단했다. 각 제후국에서 조공이 너무 들어오자 진시황은 이사를 시켜 제후들의 성중 출입을 막았다. 각 지역에서 조공을 가져왔으나 이사가 성의 출입을 막자 제후 중의 한 사람이 자기는 맹상군의 친척이라고 둘러댔다. 이사가 그 사람을 출입시켜 맹상군에게 보냈다. 맹상군을 찾은 그 제후는 가져온 조공을 도로 가져갈 수 없어 맹상군의 이름을 빌렸다고 하며 용서를 구했다. 그때부터 맹상군 친기라는 말이 생겼다.

▣ 진시황제 후반인데. 맹상군이란 사람이, 지금 영의정 지위에 가는 사람이거든. 그래 그 근방은 부랑자구 뭐구

"자식! 넌 누구야? 어서 먹든 놈이야?"

그리믄

"난 맹상군 친척이다."

그럼 꼼짝 못허는 거야. 그래 맹상군 친기래는 거야. 맹상군을 전부 친한대는 거야. 그래 아무 짓을 해두 맹상군 친기라 그래믄 꼼짝을 못해. 그래 한 놈이 떡 가니깐 인제 맹상군 아래, 이 진시황제가 가만히 생각을 하니깐 그 새면 제후왕, 진시황제는 천자 아냐? 다른 사람은 제후왕이니깐. 인제 조공을 헐려구 자기 나라에서 특산물을 걷어다가 진시황제한테 바쳐야 되거든. 그래 바치라 그랬는데. 하두 수천 군데 제후왕이 많으니깐 일일이 그걸 받아들일

수가 없어. 그래서 제후왕덜이 하두 수천 명이 뫼 드니깐 그 중국 아방궁 안이 너무 복잡해서 다 받아들일 수가 없으니깐. 이사래는 사람이 있는데 아주 문장이야. 글두 논문이지 그게. 이제 이사축객서라구 있는데, 이사가 손님 쫓는 글이야. 그래 논문을 짓는데 사방에다 방을 붙여가지구

"각 제후왕은 알아서 이쪽에다 통고를 허구 그 조공을 뭘 특산물을 제공을 해두 여기다 먼저 알리구 물건을 가져와라. 그렇지 않으믄 받아들이지 못한다."

수천 리 수만 리 밖에서 가져오다가 벨안간 못 받는다 그러믄 그 사람 되돌아갈 수두 없는 거 아냐? 지금은 에기 비행기구 자동차구 있지만 전엔 걸어다니는데 말이나 타구선, 그 역마라구 있지? 역마. 멫 십리 이십 리 뛰면 다른 말 갈아타구 그러는 말이 있는데. 그런 것두 제대루 갖춰 있는 사람이 별루 없는데. 그 이사한데 가니깐 이사가

"난 손님 쫓을랴구 진시황제 명을 받아가지구 지금 나와 있는 거야. 그러니깐 나한테 물어볼 필요가 없다. 난 손님을 우정 쫓을랴구 나온 사람이니까 범한테 고길 먹을랴느냐 그런 식이나 매찬가지니깐 어서 가라." 구. "여기서 통지가 나올 때꺼지 기달리지 뭐 바빠서 여기서 부르지두 않는데 오느냐? 인제 진시황제가 조공을 안해두 벌을 주지 않아. 그러니깐 나한테다 될 수 있으믄 손님 들어오지 못하게 날더러 '나가서 방빌 하라'구 그래서 내가 나온 거니깐. 당신 가시오."

그래서 제후왕을 하나 없이 다 쫓았는데. 아 종말에는 성중 안이 탱탱 비어 있어, 하두 쫓으니까. 그때는 인제 수천 리 수만 리 기껀 역마를 타구와서 금은보화를 가주구 성중 안에 들어 설래니깐 못 들어오게 하니깐 '나 맹상군 친척 되는 사람이요.' 거 맹상군 친척이래믄 임금두 괄셀 못해.

"그래 뭐 어떡해서 친척이냐?"

"맹상군을 불러달라." 구.

그래 맹상군 불러

"그래 거 내가 어떻게 돼서 네 친척이 되느냐?"

"아 내가 여북해서 수만 리 밖에서, 타국에서 금은보화를 말께다 실구서 여

기 왔는데 도루 가라 그래믄 난 오두 가지두 못한다."

그거야.

"말 팔아먹구 금은보화 죄 팔아먹구, 만일에 우리 나라에 갔다가 '진시황제가 조공을 바쳐라.' 그러믄 가주 올 건덕지가 없어. 그래서 맹상군을 내가 친허다구 가명으루다 했으니깐 맹상군님은 나를 보호하는 뜻으루다 나하구 친척간이 된다구 그렇게 해 주쇼."

그래서 그때서부텀 맹상군이래믄 진시황제두 괄세를 못하구 다 남이래두 '우리 집안 되는 사람이우' 그래믄 다 받아들였대는 거야. 그래서 맹상군 친기라구 소문이 나가지구. 그때는 조회허는 사람이 가물에 콩 나듯, 맹상군에 친척 되는 사람이나 왔지. 그 아니믄 하나는 바깥에. 이사가 손님이 오믄 쫓구 그래서 맹상군 친기라구 나온 거야.

[2005년 8월 16일 채록]

137. 시장불량배 버릇 고친 황노랭이

● 줄거리

농사꾼이 참외 농사를 지어 시장에 지고 나갔다. 시장 불량배 서넛이 오더니 몇 개를 반쯤 씹어 먹더니 익지 않았다고 트집을 잡고는 태질을 했다. 또 지게 작대기를 발로 차 참외를 못 쓰게 만들어 버렸다. 둘째 날도, 셋째 날도 마찬가지였다. 할 수 없이 농사꾼은 이웃 황노랭이에게 그 이야기를 했다. 다음날 황노랭이는 농사꾼을 따라 함께 시장에 나갔다. 역시 그날도 불량배들이 나타나 트집을 잡았다. 황노랭이는 불량배들을 거꾸로 들어 인매로 혼쭐을 내주었다. 그 통에 불량배들이 죽어 황노랭이와 농사군은 관청에 잡혀가 심문을 받게 되었다. 황노랭이는 그간의 사정을 이야기한 후 무죄로 풀려 나올 수 있었다.

▣ 농사꾼이 참외를, 다른 잡곡 겉은 거 심어두 뭐 판로두 시원치 않구 그래서. '에이 참외나 한번 잘 놔야겠다.' 그래구서. 참외를 수백 포기 놔 가지구. 근데 참외는 옛날에 개똥, 뭐 닭똥도 귀허구 개똥두 귀허지. 쇠똥이나 어떻게 행길바닥에 논 걸 기냥 긁어 와 가지구서 거름을 허구 인제 그래서 하는데. 뗏장을 떠 가지구, 떼. 그걸 추려서 이렇게 말려요. 말려가지구 바삭바삭하게 말르믄, 그 노무 걸, 저 말른 노무 떼 뿌래기를, 참외를 요렇게 심어서 양쪽을 파구선 거기다 말른 떼 뿌레길 넣구. 거기다 물을 주믄 그놈이 말른 노무 게, 가서 물이 들어오니깐 팍 갈아 앉아버리거든. 그걸 흙으루다 씰어

묻으믄 거기다 인제 개똥이나 좀 한 덩어리 넣구, 쇠똥이래두 좀 한 덩어리 넣구 씰어 묻으믄 그거 거름이었는데.

그게 먼데 얘기가 아냐? 요기 저 무봉리라구, 소흘면 무봉리, 송우리. 거기 사람인데. 인제 그걸 헐려구 떼를 떠서 이렇게 수북하게 싸 놨다구, 인제 행길 가에다. 근데 그때는 호랭이가 많았었어. 근데 떼를, 뗏장을 부셔서 떼를 추리지 않구 떠서 놔 놨는데. 뗏장을, 호랭이가 지나가다 요렇게 앉아가지구 지나가는 사람 있으믄, 짐승이구 사람이구 잡아먹으려구 지키구 앉았다가, 아 행인이 지나가다가 기단 장죽에다 담배를 피우구 이렇게 가다가, 담배가 골통이 찌릿찌릿 하니깐 '에이 다 탔군.' 이렇게 떼에다 이렇게 후려 갈겨서 털었어, 담배를. 터니깐, 해필 호랭이 대가리에다 털었네. 그래 뜨거우니깐 담배통두 뜨겁게 달궈지구 불덩어리가 그 속에 뛰어나오니깐 이놈이 똥을 기냥 확 싸구선 달아났는데. 냅다 뛰면섬 똥을 쌌는데, 그 사람 얼굴에가 이렇게 똥이 튔어. 근데 어떻게 몸뗑이가, 호랭이 몸뎅이가 뜨거운지. 똥 오줌이 사람에게 닿으믄 막 훌렁훌렁 벗어진데, 뜨거워서. 그래 얼굴이 시뻘겋게 데 벗어졌어. 그 참외 놀려구 그러던 사람이. 그래 결국 그 참외를 해서 그 떼를 흙을 죄 털어가지구선. 인제 그걸 말려서 참외에다 넣어가지구 거름을 해서. 쇠똥 뭐 개똥 이런 걸 줘 놔서 거름을 곧잘 해가지구선 참외가 잘 됐는데. 그땐 뭐 지금은 뭐 리아카에두 끌구 그렇게 나간다구 그러지만. 옛날에 똑 등짐, 바 소쿠리에다 해서 한 짐 잔뜩 짊어져가지구. 근데 한 접만 짊어지믄 한 짐이야. 지금은 저 노랑참외라구 요것만(주먹을 쥐어 보이며) 하지만. 전엔 이것만큼씩 헌(두 손을 벌려 작은 원을 만들어 보이며) 노무 참외 아니야? [채록자 : 아, 그래요?] 수통참외. [채록자 : 수똥참외요?] 응. 수통참외라구 그래. [채록자 : 수통참외] 그래 그걸 한 짐 짊어지구 갔는데. 그건 이렇게 맡으믄 벌써 참외 냄새가 물컹물컹 났다구. 그래 그걸 가주 갔는데 아 그 부랑배덜이 이렇게 오더니

"이거 참외가 익었나?"

이렇게 한 입 베어물구, 한 두어 입 해서 질겅질겅 먹다가

"에이 이거 참외가 덜 익었군."

그러구선 태질을 치는 거야, 인제 바닥에다가. 그래가지구선 한 댓 개 그렇게 먹으니, 한 댓 개 먹었으니 배두 부르지. 한 반씩 먹다 태질을 치구 그래.

"에이, 이거 가주 가. 누가 여기 지나댕겨야 어떤 놈이 사지두 않아."

그러구 발길루다 작대기를 차서 우르르 넘어지니까 그거 땅에 떨어지믄 죄 쩍쩍 갈라지구 죄 버리는 거거든. 그래 팔지두 못하구 한 짐 다 버리구 집이 와가지구선 '아, 마한 노무 새끼덜허구.' 또 날마닥 따야 되거든, 참외. 그래 또 이튿날 또 한 짐 잘 따 가지구 또 가니깐 영락없이 그 노무 새끼덜 한 서너 년석이 또 와가지구선

"이게 어제 왔던 놈인데 또 따 가주 왔어? 또 어제도 안 익었는데 오늘두 물론 안 익었겠지?"

맛을 보더니 안 익은 것두 아닌데 밸길루 차는 거야. 그렇게 해서 석 짐을 그렇게 밸길루다 차서 그놈이 내버렸는데. '아 안 되겠다.' 구 그러구 그 이튿날 집에 와서 얘길 하니깐. 거기 황노랭이라구 동네서 아주 참 짜구 소문난 사람이 있는데. 그 사람더러 그 얘길 하니깐

"아, 그래. 낼 나하구 같이 가세."

"같이 가믄 어떻게."

"내 고 년석덜 버릇을 가르쳐준다." 구.

근데 이 참외 쥔두 기운꼴이나 쓰는 사람이란 말야. 근데 시장에서 깡패라 하믄 이런 데서 기운꼴이나 쓰는 사람두 가서 꼼짝을 못하는 거 아냐? 지금두 그렇지만. 거길 가니까 영락없이 그 새끼덜 셋이 들어와가지구선,

"아 이거 벌써 몇 짐째 오는 노무, 익은 참욀 따가지구 와야 어떤 놈이 사지."

그래더니 아 밸길루다 찰라구 그러는 노무 걸 다리를 훔켜잡았어, 그 황노랭이래는 사람이.

"아, 그 사람 그걸 움켜 잡으믄 어떡하느냐?" 구.

"너 참외 기냥 두고 일루와."

그걸루다 그 두 년석 뎀비는 노무 걸, 사람으루다. 인매야, 인매라구 그래 그걸. 사람으루다 매를, 몽둥일 해가지구 내갈기는 거야, 그냥. 그래가지구 기냥, 아 그러니깐 두 년석 사람으루다 내갈기는데 전 배겨? 기냥 나가떨어지

구 나가떨어지구.

"왜 이 자식 엄살 부려서 나가떨어지는 거냐." 구.

그저 참외 주인은

"아, 임마. 일어나, 일어나"

그래구 일어나는 놈을 그걸루 내 갈기구. 두 년석은 다 죽었단 말야. 인제 목심을 붙어 있겠지. 그리구서 아 시장패덜이 아 촌놈이 와서 사람 친다구 소문이 나니깐 왼통 가게 보던 놈 이런 놈덜이 디리 뎀비는 노무 걸, 아니 사람으루가 내 갈리는 걸 뭐 당핸대는 수가 있어. 그래 거 두 놈 비칠비칠 하는 걸 아 이놈은 다 달아서 모가지가 거반 다 떨어져나가서 죽었어. 그 놈 둘을 다 한 놈이 한 놈씩을 붙들어가지구선 기냥 내갈기는데. 나중엔 경찰서 군수 뭐 면장 헐 거 없이 죄 끌어져 내려와가지구

"사람 죽었다." 구.

그러니까 온통 그 놈을 붙들어다 취조를 허구 구류를 시켰는데

"그래 어떡해서 그런 못된 짓을 해가지구 사람을 죽이느냐?"

그랬더니 아 사실 얘기를 황노랭이래는 사람이 죄 해서.

"이 사람이 넉 짐째 참외를 가져 왔는데 먹지두 않구 씹어서 기껀 먹구선 채미 작대기를 밸길루 차서 참외 한 짐을 죄 깨뜨려서. 네 번째 오늘 나온 건데 버릇을 가르칠랴구 우리가 이렇게 헌 것이 저 놈덜이 말을 안 들어서 그렇게 됐다." 구. "어떡헐 거냐?" 구. "우리를 구률 시킬 것이냐, 상부에다 보고를 해가지구 다시는 이런 일을 못허두룩 모리배를 아주 씨를 말려야 할 거 아니냐?" 구.

그래가지구선 그 서장 군수가 모두 그

"과잉 살인이 돼서 이건 죄가 없으니깐 무죄루다 판결을 짓겠다." 구.

그래서 군수 경찰서장이 저 황노랭이하구 참외주인허구 무죄방면을 하구선 그 후론 쬐끄만 애가 물건을 가주가두 일절 그런 예가 아주 없었대는 얘기야.

[2005년 8월 16일 채록]

138. 석유장사의 횡재

◉ 줄거리

한 사람이 서울에서 석유를 받아다가 팔았다. 하루는 서울서 석유를 사가지고 오다가 쌍문동 고개에서 도둑을 만났다. 어려운 사정을 늘어놓으니 도둑이 불쌍히 여겨 놓아 주었다. 며칠 후 돈을 가지고 석유를 사러 서울로 올라가다가 다시 도둑을 만났다. 석유장사는 얼른 땅을 파고 돈을 묻어 뺏기지 않았다. 얼마 후 묻은 돈을 찾으러 갔는데 어느 사람이 자기도 돈을 묻었으니 찾아주면 동생의 돈을 주겠다고 했다. 석유장사는 그 사람 동생의 돈을 찾아주고 그 사람이 주는 돈을 받아 돌아왔다.

▣ 우리게 저, 집 너머 지금두 아들이, 그러니까 손자가 사는데, 김천룡이라구 그래, 이름은. [채록자 : 김천룡이요.]. 그래 김천룡. 그래가지구 석유장사를 했거든, [채록자 : 석유장사요?]. 응 석유장사, 일정 때. 석유 초롱다가, 초롱 있잖아? 석유초롱. 그거 서울 가서 그걸 하나 떼다가 인제 더 큰 동에다가 해놓구선 기냥 국자루다 떠서 인제 파는데, 한 되씩. 인제 정종 병을 가주가면 글루 하나씩 따라주는 거지. 그래서 석유 한 통을 팔믄 한 반 통 값은 나와. 그래 통 반이 되구 인제 그래서. 거 일년 통계를 보믄 그것두 적지 않은 숫자야. 그래 그걸루다 뭐 쌀두 팔구. 그때 아주 무척 어려왔었어. 근데 현재에 와서 그 사람이 그 동네서 둘째가는 부잔데.

거 하루는 또 인제 통지게를 짊어지구 서울을 가서 석유를 한 초롱, 동대문

밖에서. 왕십리 가서, 왕십리래, 석유 파는 데가. 거기 가서 석유 한 초롱을 사가지구 내려오는데. 쌍갈문이라구 그러는데, 쌍문동 고개마루엘 떡 올라서니깐

"이 자식은 서울 가서 석유를 사가지구 와서 이 노무 자식 돈 읎겠네."

"에. 돈 한 푼 없습니다."

"거 석유래두 두구 가라."

"그래, 석윤 뭘 하세요. 이걸 가지구 가서 팔아야 우리 다섯 식구가 저녁을 먹구살구 낼 아침에두 먹구 살구 그럴 텐데……."

"이 자식아 두구가래믄 두구 가지, 잔소리야."

그래더니 따귀를 한 대 붙이더래.

"자식아 그럼 가주 가라. 가엾구나."

그래서 모면을 하구 석유를 가주와서 즈 집에 가서 죙일 팔아가지구 서울을 올라가는데. 인제 초롱을 가주 가면 거기서 초롱값을 빼준대거든. 그래 인제 초롱을 가지구 올라가니깐,

"이놈 접때"

그놈이 그놈이지 뭐야? 도둑놈이 노다지 허는 노무 단골이야.

"접때 이놈 석유 뺏었다 도루 준 놈이로구나. 너 석유 사러가니?"

"네."

"업뎌라."

죄 업어 놓는 거야, 땅에다. 그래가지구 뒤 팔을 이렇게 등에다, 이렇게 두 손을 붙들구 있으래는 거야. 엎뎌서 호주머니에서 뭐 꺼내서 어떡허까 봐. 그래 보니깐 모조리, 한 이십 명은 업어놨드래거든. 끝으루 둘째에 엎드려 있는데. 그래 거지 간 새, 모조리 호주머니 뒤지는 새 석유 값을 땅을 파구선 거기다 묻었대. 그래 돈을 아주 없앨 수는 없으니깐 석유 몇 되 값을 가주가는데. 나중에 호주머니 뒤지니깐 돈이 없네.

"자식아, 석유 사러 가는 놈이 임마, 석유 값두 안 가지구, 이 자식아 뭘 하러 가냐?"

"아유, 접때 갔다가 집이서 병이 나가지구 약값으루 거반 다 들어가서 이번

에 가서 외상으루 가주갈라구, 외상으루, 줄창 단골이니까 외상으루 준다." 구.

"에이, 마한 자식 같으니라구. 아따 이거나 가서 보태서 석유나 사라."

그래구선 반 초롱 값을 주더라구

"자식, 불쌍한 놈두 있다. 나두 도둑놈이지만 이 자식아 너두 도둑놈이다."

아 그래 좋다구나 하구선. 인제 석유값 파 묻은 건 해야 할 텐데. 끝으루 둘짼데

"그럼 가겠습니다. 안녕히 가세요."

"그래, 잘 가서 석유나 잘 사다가 팔아서 집안식구 멕여살려라."

아 말은 그래두 구수하게 잘 하더래. 그래 제법 멀찍이 가는데 이놈덜 전부 죄 헤져 달아나구 돈 죄 털었으니깐 도둑놈두 다 가구 그래서 슬며시 지게를 버팅겨 놓구 얼른 뛰어가서 자기 엎드려서 파묻은 데 그걸 꺼내가지구선 보는데. 뒤에서 누가

"여보슈, 여보슈."

그래.

"왜 그러느냐?" 구.

"아니, 당신 뭐 거기서 꺼내느냐?" 구.

"아 도둑한테 업뎠다가 석유를 받으러 가는데 돈 뺏기까봐 꺼내가지구 가는데…."

"근데 나두 내 아우 돈을 얕차이 묻었어, 잡곡장산데. 엇다 파묻었는지 알 수가 없어서. 난 지금 파다가 왔다구. 거 둘이 가서 찾아봅시다."

"아유 찾아보믄 난 빨리 가야할 텐데."

"아니, 내꺼만 찾으믄 내 아우 건 만일에 찾는다하믄 당신 먹어. 기냥 꺼내 당신 가지시오.

거기 파묻으믄 노다지 썩는 거 아니냐? 못 꺼내믄. 그러니깐

"둘이 갑시다."

그래 가만히 생각을 해보니깐 아 그것두 석유장사 해봤자 뭐 반 통 밖에 안 남는 거, 천천히 가두 되구.

"아, 그리자." 구.

아 그래 지게에 지구 가서, 가 이렇게 비스듬히 여기 쪽 엎으려 논, 업어 논 자리가 있으니까. 거기서부터 인제 모조리. 저 통지게라구 작대기에다 낫 당개미라구 조선낫 왜 이렇게 테 둘른 거 있잖아? 그거 당갬이 돼가지구 이것 만큼씩 꼬챙일 해서 기닿게 대장간에서 해 끼운 게 있다구요. 그래 겨울에 미끌어지지두 않구 활촉모냥 땅에 쑥쑥 꿰. 그걸루다 이렇게 쑤석쑤석 하니까 근데 이놈이 주머니째 한 군데서 묻었드래.

"아유, 여기 하나 나왔다." 구.

"아 그건 내 아우 건데요. 거 하여튼 당신이 호주머니에다 넣으시오."

그거야. 인제 같이 캐러 가자 하는 사람이.

"내꺼만 파묻으믄."

그래 형제 나란히 있지는 않았을 텐데. 내가 넷째에 가 있었으니깐 거기서부텀 하나 둘 셋 넷째에 가서 엎드린 자리에 가서 디리 파니깐 거기서 나오드래지 뭐야. 그래 돈주머니가 나오는데, 어휴 형은 많이 가졌드래.

"아 여기 나왔다." 구.

"아휴 이거 정말 고맙소."

"고맙긴 당신이 고마우. 당신 아우 걸 나를 다 줬으니. 얼만진 알 수 없어두 참 고맙다."

"아니라구. 나두 당신 아니믄 못 찾는 돈이야. 당신이 그 저 작대기루다 쑤셔서 그걸 꺼냈지, 내 재주룬, 손으룬 못 판다." 구. "악이 나가지구 그거 홧김에 판 데가 돼서 깊이 파묻었지 손으루다 해서. 여기두 휘휘 봤는 데두 첨엔 못 꺼냈는데 당신이 통지게 작대기루다 꺼낸 거라." 구.

그래서 그거 꺼내가지구선 그 형 꺼는 형을 주구 아우 껀 석유장사가, 저 우리게 사람 김천룡이라구 그 사람이 갖구. 석유값, 가서 서울서 가서 세어보니깐 석유 셋 통 값이더래. 그 아우 꺼. 그래

"이걸 내가 다 먹으믄 안 되는데 반은 아우를 갖다 주".

"아니라." 구. "내가 이 돈을, 우리가 반을 아울 갖다 줄 테니깐 당신은 염려 말구 보태쓰라." 구.

그래서 석유를 한 초롱 잘 사가지구 그래 돈이 무두둑하지 뭐야. 그래 집이

와가가지구선 마침 그 옆에 사람이. 그땐 보리쌀두 없구 그런 판인데 쌀을, 묵은 쌀을 서너 말 판다구 그래서 가서 쌀을 서너 말을 사다가 놓구선. 그 옆에 친아운데, 자기 당숙헌텐가? 양잘 갔어, 아우가. 아우 불러가지구선 생일잔치 비슷하게 고기두 좀 사다가 아 공돈, 그, 아우에 돈 몽땅 한 건 공돈이니까. 그걸 사다가 두 집 식구가 뫼 가지구선 아주 잔칠해가지구. 그리구선두 그렇게 어렵게 지났는데 그 뭐야, 토지개력. 박정희 땐가, 원 이승만이 땐가? 토지개혁 되지 않았어? 남한 땅. 그걸루다 상환 붜 가구선 그거해가지구 시원치 못한 땅이래두 평수 많이 확보해가지구 인제 상환 붜 가구 그랬는데. 지금은 그 동네서 둘째가는 부자야. 그래 지금 잘 살구 있다구여.

[2005년 8월 19일 채록]

139. 영험한 서낭목

◎ 줄거리

일제 강점기 때 황해도에서 도로 공사를 하고 있었다. 그런데 길 가운데 큰 느티나무가 있어서 공사를 할 수가 없었다. 길을 내려고 그 느티나무를 베려 하면 천동 번개가 쳐서 자를 수가 없었다. 일본 사람들이 트럭을 이용해 가지를 자르려 하자 가지가 솟아올라 트럭이 가지에 매달려 버렸다. 그때 마을의 한 노인이 어쩔 수 없이 느티나무에 고사를 지내라고 일러 주었다. 군수와 경찰서장이 제관이 되어 고사를 드리고 나서야 느티나무를 벨 수 있었다.

▣ 일정 때야, 황해도 도로를 다시 내는데. 그때나 지금이나 참 동네 사람을 풀어가지구선, 노력동원을 해가지구선 길을 내는데. 그 장애물이 참 느티나무야, 도로 가운데. 그래 이거를 베내 버려야 할 텐데. 동네사람이 괭이구 뭐구 뿌릴 캘랴구 한번만 들었다 그래믄. 백주에두 어디서 기냥 어디서 벨안간 구름이 생겨가지구 천동 번개를 하고 기냥 와직끈 뚝딱 허구 사람을 놀래게 하두 그래서. 이놈이 거기 범접을 못해, 사람덜이. 그래 메칠을 해두 성과가 안 나니깐 일본놈 감독이 와 가지구 뭐

"이 자식덜이 뭐 여지껏 허구 있었느냐?" 구. "뿌리두 하나 건드리지두 않구. 사람들이 수십 명이 동원이 됐는데두 뭘 하구 있었느냐?" 그래니까

"아 이걸 뿌릴 캘려구 그래두 천동 번개를 하구. 그냥 확확 허구 사람이 서 있지두 야단을 치구 참 톱을 댈 수두 없구 도끼루다 한 번 찍었다 하믄 기냥

불이 번쩍, 도끼날에서두 불이 번쩍번쩍 허구 어떻게 할 도리가 없다." 구.

"아 자식아, 거짓말 말라." 구 "그런 데가 어디 있냐?" 구. "이리 달라." 구. "어디 내가 한번 해 보겠다." 구.

그래 일본놈 둘이 양 쪽에서, 워낙 여러 아름이 되는 느티나무니까. 아 양 쪽에서 한 번씩 느티나물 도끼루다 찍은 거야. 그랬더니 그냥

"지금 구름 하나투 없지 않냐?" 구. 그래

"하나투 없다." 구.

그래 한두 번을 찍었는데 에기 기냥 천동 번갤 허구 벨안간 소나기가 쏟아지구 도끼날에서 그냥 번개불이 번쩍번쩍 허믄섬 야단을 치니까 아 일본놈덜이 별 수가 있어? 지가 죽는데야. 도낄 팽개쳐가지구 저기 가서 숨으믄 괜찮은지, 숨어있다가. 아 인제 또 구름이 걷히구선 별이 활짝 나니까 이제 일본놈덜이 그때 정신을 차려가지구 그래

"어떠냐?" 구.

"우리가 거짓말 한 거냐?"

그랬더니

"아니라." 구.

"참 우습다우."

일본말로 '오까시나 오카시나.' 그래.

"어디 다시 한 번 해보라." 구.

그래 그 인부더러, 조선사람더러. 도끼 둘을 들려가지구. 즈인 거기 서서 인제 구경을 하는 거야, 또 다시 그러나 하구서. 그래 둘이 도끼를 양 쪽에서 들구선 한 번씩 들었다 콱 찍었는데 아닌 게 아니라 천동 번개를 또 해가지구선 글쎄 도끼날에서 불이 확확하구 켜지는데 어떻게 할 도리가 없어서, 도끼를 집어 팽겨치구 일본놈이 허는 말이

"니게로 니게로"

숨으래는 거야. 그래니깐 저기 가서 숨었는데, 인제 도낀 팽개쳤으니깐. 아 또 날이, 구름이 다 걷혀가지구선. 아주 화창한 별이 나가지구 '언제 천동 번개를 했더냐?' 허구. 일본놈덜이 가만히 생각허니 '이걸 어떻게 허나. 딴 데루

돌려서 낼 수두 없는 거구.' 이거 참 그땐 전기가 지금처럼 발전두 안 되구, 인제 사람 인력으루나 어떻게 도로를 내야 하는데.

그래 도락구를 둘을 데려다가 인제 가쟁기(가지)를 바를 이제 도락구 뒤 꽁무니에다 매가지구선 도락구를 양쪽에다 해놓구선 시동을 걸라 그래서 가쟁기를 좌 찢을 모양이야. 지금 같으믄 에기 뭐 포크래인인가 무신 도자를 빌려서 기계가 다 있어서 해지만 그때는 도락구나 흔했어? 그래 그걸 가지구 일시에 '시동 개시' 해선 붕붕 했는데. 어떻게 된 게 그 무거운 노무 도락구가 이렇게 가지에 매달려 있어. 땅에서 붙들어 맨 노무 가쟁이가 어떻게 매달려 있느냐 말야, 가쟁이에. 그래 저쪽 가니깐 저쪽 도락구두 그렇게 조화 속으루다 바가 이렇게 위로 올라가가주구서 가꾸로 매달려 있어. 아니 시동을 걸래야, 제기 차가 매달려 있으니 시동이나 걸 수가 있어? 시동은커녕 에미 공중에서 붕붕 대기나 허구. '이걸 어떻게 해야 되나' 그랬더니, 동네 늙은이가 하나 와서

"이거 캘려면 사람이 수십 명 죽어두 캘지 말지 하니깐 고사를 지내야 한다."

"그럼 고사를 어떻게 지내느냐?" 구.

"고사를 지내믄 이 도락구두 땅에다 닿는다."

아 그래 그럼 술하구 부개(북어) 뭐 그런 거 가지구 가서 벨안간 떡은 할 수 없으니깐 술하구 부개하구 사서 놓구선

"다시는 이거 건드리지 않을 테니깐 이거 무사하게, 도락구 가게 해주십사."

하구 그저 뭐야. 동네 늙은이가 절을 하구 인제 축원을 했는데. 아 그 노무 가쟁이가 축 늘어지더니, 바가 이렇게 축 늘어져서. 바 있는 걸 끌러서 도락구에 맨 걸. 그래 양쪽 거 다 그렇게 해놓구. 그래 도락구 붕붕 대구. 인제 가라구. 그래 도락구를 보내놓구. 일본놈 둘이 서 있다가

"이거 우리끼리 해결을 할 수두 없으니까. 이거 총독한테까지 갈 필요두 없구."

그러니깐 그때 군청이 있었으니까,

"군청, 경찰서에 이걸 신골 허는 수밖에 없다."

그래 경찰서장이 헌테 신골 해, 군수한테 신골 해. 그래 군수하구 경찰서장하구 인부를 한 사오 십 명 풀어가지구선. 인제 먼데서부텀 뿌릴 캐는 거야. 근데

"뿌릴 캐되 그냥 캐믄 안된다." 구.

그 동네 늙은이가

"여기서 고살 지내구. 이걸 캘 테니 아무 군민한테 피해가 없게시리 해달라구 고사를 지내야 한다." 구.

"그럼 그렇게 하라." 구. (기침)

그래 늙은이가 북어, 그땐 떡두 해다가, 시루떡두 해서, 백설기를 해다 놓구선. 그 느티나무 위에다 상에다 바쳐서 놓구선. 군수더러, 군수는 한국사람이니깐, 군수더러 제살 지내라구 그랬어. 그래 군수더러 제살 지내라구 그래 놓구. 인제 군수 혼자 지내는 게 아니구 경찰서장두 다음에. 초헌은 군수가 허구 아헌은 경찰서장이 해라. 인제 그 동네노인이 그렇게 지시를 해가지구.

"그래 동네 노인은 어떻게 헐 거냐?"

"내가 셋째 번에 가서 삼헌을 할 테니깐 그렇게 허자." 구.

그래가지구 동네 늙은이가, 군수가 초헌을 하구 경찰서장이 아헌을 하구 동네 늙은이가 삼헌을 해서 석 잔을 올린 후에 자리를 다 인제 철상을 허구선. 이제 축문을,

'이걸 동네사람을 위해서 길을 내는 거니깐 동네사람을 위해서 이 신령님은 피해가지구 동네 사람 부흥을 위해서 용서해달라.'구. '아무 재앙이 없두룩 해달라.'구.

이렇게 축문을 읽구선 그걸 했는데. 그리구나서 술을, 막걸리를, 그 뭐야? 이 느티나무에다 죽죽 새면에다 끼얹구 '잡귀는 물러가라' 그래놓구서 캐니깐 그때서부텀 아무 변고가 없드래. 그러니깐 그 늙은이가 축문을 잘 읽은 거야, 동네를 위해서. 여러 만민을 위해서 이걸 캐야할 테니깐 이 귀신은, 신령님은 동네를 위해서 무사히, 무사하게 아무 재앙을 내리지 않구 무사하게 해주십사 하구 축문을 잘 읽어서. 그래가지구선 경찰서장이 도끼루다 투덕거리구 군수두 투덕거리구 백성덜이 괭이루다 뿌리를 캐구, 그래서 도로를 냈대는 얘기야.

지금두 집 근처에 있어두 캐지두 않는다구.

[2005년 8월 19일 채록]

140. 하룻밤에 제사 두 번 지내는 까닭

아들 제사 받아먹지 못하는 사람(II)

줄거리

어떤 사람이 술을 잔뜩 먹고 다른 사람 집을 자기 집으로 알고 들어갔다. 그 집 여자는 잠결에 자기 남편인 줄 알고 함께 동품을 하게 되었다. 새벽이 되어서 술이 깬 남자는 그곳이 자기 집이 아닌 것을 알았다. 놀란 남자는 새벽에 달아나버렸다. 아침이 되어서야 역시 술이 취해 한둔을 한 그 집 남자가 돌아왔다.

수십 년 후 두 남자는 모두 죽었다. 그 집 아들이 제사를 지내게 되었다. 아들과 동문수학하던 친구 중에 귀신을 볼 수 있는 사람이 있었다. 그 친구가 제사 음식을 얻어먹으려 찾아와 보니, 한 귀신이 음식을 먹고 갔는데 뒤에 또 다른 귀신이 찾아와 남은 음식을 겨우 얻어먹고 돌아가는 것이었다. 이상히 여긴 친구가 아들에게 그 일을 이야기했다. 아들이 그 까닭을 어머니에게 이야기했다. 어머니는 그날 밤에 생긴 일을 아들에게 털어놓았다. 그래서 아들은 하룻밤에 두 번 제사를 지내 두 아버지를 대접했다.

▣ 어떤 사람이 술을 잔뜩 먹구서 장에서 술을 잔뜩 먹구 집에를 돌아오다가 저희집을, 남에 집인지 저희 집인지 분간을 못할 정도루 술을 먹었어. 취해서, 근데 남에 집, 자기 집인줄 알구서 대문을 닫았길래. 대문을 차구 들어가서 웅얼웅얼 허문섬 무조건허구 방에 들어가서

"이거 남편이 어디 갔다와두 내다보지두 않느냐?" 구.

술 취한 사람이 벌써 음성두 조금 변하구, 그러니깐 마누라가

"아유, 약주를 이렇게 많이 잡쉈냐?" 구.

그래가지구서

"저녁을 어떻게 했냐?" 구.

그래두 그냥 쓰러져 자는데. 겨울이니까 인제 이불을 덮어주구선 같이 잤는데. 근데 가만히 보니깐 뭐 참 자기 남편으로 알구선 옷을, 허리띠두 끌르구 대님두 끌르구 이불을 덮구 잤는데. 아 술 췐 놈이 한참 있다가 보니깐 자기 마누라가 그 옆에 있어서. 그래 마누라하구선 껴안아가지구서 하룻저녁을 인제 잤어. 근데 남편이 올 때가 됐는데 이거 무신 불의에 변을 당했는지 그날 저녁은 안 왔단 말야, 본 남편이. 근데 이 여자는 자기 남편인지 알구 하룻저녁 잔 거야. 그래 잘 자구, 여자두 참, 자기 마누란 줄 알구 마음대루 끌어안구 자구 그랬는데. 훤해서, 참 날이 밝아서 이렇게 베개에서 옆을 돌아다보니깐 온 뭐든 방이구 뭐구 죄 구조가 틀리거든? '아하 이게 어떻게 된 건가?' 그래 옆에 있는, 저녁에 데리구 간 마누랄 보니깐 딴 사람에 마누라지 뭐야. '야, 이거 안 되겠다' 하구 슬며시 그 여자를 저녁에 다른 남자하구 얼른 잠이 안 들고 해서 고생고생하다가 늦게 잠이 들어가지구선 늦잠을 자는데. 그 마누라가 자는데 슬며시 나와가지구. 나오니깐 거기서 한 몇 백 메타 떨어진 집인데. 그래 거기 들어가서

"아니 왜 벌써 대문을 열어놓구 밥을, 벌써 조반을 지우?"

마누라더러 그래니깐

"아니, 저녁에 어서 자구서 인제 들어오느냐?" 구.

"어휴, 술을 하두 많이 먹어서 중간에 와서 쓰러져서 자다가 잠이 깨다 보니깐 날이 훤해서 지금 막 들어오는 길이라." 구.

"아니, 춥지두 않았었냐?"

"아, 술 취한 놈이 추운지 더운지 압디까? 그래 인제 들어오는 길이라." 구.
"아, 미안허우."

그래 지금이나 그때나 술 취한 사람한테는 부개국(북어국)이 제일이라구

"아이, 그럼 부개국 끓여야겠군요."

그래,

"그럼 더 좋지."

계란을 넣구 부개국을 잘 끓여서 한 그릇 대접허구선

"아, 졸려. 나 좀 자야겠소."

"아 자라." 구.

근데 인제, 이 여자의 남편은 그때서야 또 들어오는 거야. 그것두 술을 잔뜩 먹구 있다가 바깥에서 한둔을 허구선 기껀 쓰러져 자다가, 오다가 또 술이 취해서 걸음을 걸을 수 없어서 이웃집 짚가리 틈에서 쓰러져 자는 둥 마는 둥 허다가 날이 밝아서 자기 집일 찾아오는 거야. 아 찾아왔는데, 이제 이 남자 막 나오구 나서 이제 직시 거길 찾아 들어갔는데.

"아, 그래 어디서 자다가 인제 들어오느냐?" 구.

가만히 있었으믄 괜찮은데.

"아유, 나두 술이 취해서 오다가 자다가 오다가 자다가, 자다 말다 고생만 하다 인제 오는데……."

"아니 자다가 나두 몰래 나갔다가 인제 들어오믄섬 뭘 그러느냐?" 구. "아, 엊저녁에 그거까지 전부 몇 번 허구선 딴소릴 한다." 구.

"뭐 몇 번을 해? 내가 술이 취해서 한데서 잤는데 뭘 몇 번을 해?"

아 그래 횡설수설 허니깐 '에이, 내가 다시 그 얘길 끄내지 말아야겠다. 술이 취해가지구 한 데서 자긴 잔 모양인데, 내가 딴 사람하구서 잔 모양이구나.' 그래구서

근데 그럭저럭 해가지구서 몇 십년이 흘렀는데. 이 남편 둘이 인제 다 죽은 거야. 친 남편두 죽구 가짜, 술 취해서 하룻저녁 자구 간 남편두 죽구. 그래서 이 아들이 지사(제사)를 진짜 남편 아들이 지사를, 자기 아부지 지사, 기일이 닥쳐와가지구 지살 지내는데. 그 옆에 글방에서 같이 동문수학 허던 사람이 있어서. 그 친구에 아부지 지사래니깐 '에이 가서 지사밥이나 얻어먹구 와서 자야겠다.' 그리구선 거기를 쓱 갔어. 지사 집 친구네 집엘 갔는데, 근데 이 사람이 귀신을 보는 사람이거든. 근데 가서 떡 보니깐, 지사를 한참 지내는

판인데. 그 진짜 아들이, 친구가 잔을 올리는데. 이렇게 보니깐 딴 사람이 앉아서, 젯상에서 잔을 받더라 그거야. '이상스럽다. 이게 어떻게 된 건가?' 아 그래 잔을 올리니깐 흠배를 하구선 잔을 입에다 대구 귀신이 딱 놓고. 그래 석 잔을 올렸는데 석 잔 다 입에다 댔다 뗐다 그래는데. 다 인제 잔을 올리구 축문을 소각을 허구 그래는데. 인제 그래구 그 남자는, 이제 바깥에 나오니깐 귀신이 돼서 자기 처소루 가구. 그래더니 그때서 자기 친구에 아버지가 제상에 떡 가서 올라앉았다 그거야. 인제 그러니 이 제사는 끝이 났으니 뭐 잔을 올릴 리가 없잖아? 아, 그래 제주가 귀신을 못 보니깐. 헐 수 없어서. 나중에, 여러 사람이야. 제살 지내구 나서 이제 소각하구 나서, 그 잔 위에 논 노무 걸, 이렇게 이렇게 소반에다 이렇게 멫 번, 세 방울을 떨어뜨리는 사람두 있다구, 인제. 그게 인제 모자라믄, '약주가 부족허믄 좀 더 잡수십사' 그래구선 거기 짓는 거래거든, 원이. 첨에 향로 앞에서 허는 건 제모라구. 티끌 있을까 하고 제모야, 티끌을 제하는 거. 그리구 잔을 올리는 거, 이거는 인제 부가흠모허라구, 귀신을 좀 더 잡수라, 부족하믄 더 잡수라구 세 방울을 짓는 건데. 그래 그거 제우 받아먹구 가더라 그거야. 인제 나중 자기 아부지, 자기친구에 아버지는. 도대체가 이게 귀신을 봐두 어떻게 갈피를 잡을 수가 없어서. 그 친구더러,

"내 이상스런 걸 봤다. 너헌테 얘기를 안 허구 싶어두 너 역시 그렇구. 느 어머니두 이상스러우니, 어머니한테 다른 남자를 봐가지구선 너를 낳았는지 어떻게 된 건지 좀 자세히 알구 싶어서 내 이런 얘길 헌다." 구.

그 사실 얘기를 좍 했어.

"귀신이 하내 오더니 상에 와서 먼저 니가 올리는 잔을, 석 잔을 다 받구. 그러구선 내려온 뒤에 진짜 느 아부지가 거기 올라가서 했는데 그땐 잔만, 젯상에 잔만 철수를 안 했지, 다른 건 다 소각허구 그런 후래서 잔은, 윈 잔을 올리지 않구 거기 뭐 논 세 방울을 떨어뜨리니깐 그거 세 방울을 받아먹구 가더라."

그거야,

"느 아버지가."

"아 그래? 이상스럽다."

그래 인제 친구 간 뒤에

"엄마, 엄마"

"왜 그러느냐?" 구.

"아부지, 제사 잘 잡쉈을까요?"

"니가 효자니깐 잘 받아 잡숫구 가셨겠지."

"에이, 지가 아부지 아들이에요, 아니에요?"

"그게 뭐하는 소리냐? 아부지 아들이지. 임마 그럼 내가 너 홀알을 깠대는 얘기야? 아니라." 구.

"혹 시장에 갔다가 자기집인 줄 알구 동네 근방에 있는 사람을 와서 술 취해가지구 어머니하구 잔 일이 있지 않냐? 그런일이 없었느냐?" 구.

"에이, 그런 일이 없다." 구. "아니라." 구.

"이건 귀신을 본 사람이 얘길하는 데, 첨엔 딴 사람이 제사를 받아먹구 간 연후에 우리 아부지래는 사람이 나중에 와서, 나중에 제수를 참 철수하는데, 철상을 하는 동시에 잔을, 이렇게 세 잔을 조끔씩 세 방울 떨어뜨리는데 그걸 받아 잡숫구 우리 아부진 가시더래요."

"그래? 이거 괴이한 일이지 보통일이 아니다."

그거야.

"참 어머니가 토설을 허셔두 나만 알구 어머니만 알지, 다른 사람은 모를 거니깐 바른대루 얘기 좀 해주세요."

그래 할 수 없이, 아들이 어떻게 진상이 묻구 또 묻구 그래는지, 그래 사실 얘기를 쫙 했어.

"나두 몰르구 느 아부지 허구 같이, 아부진 줄 알구선 자구선 아침에 일어났는데 그 남자는 온데간데가 없드라. 그래 난 느 아부진 줄 알구 저녁에 느 아부지 허재는 대루 했는데, 진짜 아부지는 날이 훤히 밝으니깐 어서 한둔을 하구선 들어오시더라. 그래서 그렇게 됐다."

그거야.

"나두 몰르게 그렇게 된 거야. 그러니깐 뭐 날 이상하게 생각을 하지 말아라."

"아니라." 구.

그러니깐

"담에는 제사를 두 번을 지내야겠어요."

그거야.

"먼저 어부지, 나 낳아준 아부지 제사를 먼저 지내구, 담에 지금 우리하구 같이 사는 아부지 제사를 지내구 그래야지. 한 사람만 제살 받아먹구 한 사람은 못 받아먹는 거 아니냐? 그러니깐 그렇게 해야 겠다." 구.

가만히 즈 어머니두 생각을 허니깐

"아, 그렇다. 니가 가히 효자다."

그래서 결국 그날 저녁엔 두 번 상을 차리더래, 제사를.

[2005년 8월 19일 채록]

141. 신혼부부 요 뺏어오기

● 줄거리

내기 좋아하는 친구들이 있었다. 한 친구가 재주 있는 친구에게 신혼부부의 요를 뺏어올 수 있느냐고 했다. 재주꾼 친구가 할 수 있다고 장담을 했다. 서로들 옥신각신 하다가 술내기를 하기로 했다. 재주꾼 친구는 신혼부부를 찾아가 자기가 부부 깔고 자는 요를 훔쳐가겠다고 했다. 이 말을 들은 부부는 요를 뺏기지 않으려고 깍지걸이를 하고 잠을 잤다. 사흘 되던 날 재주꾼은 벌거벗고 신혼부부 집을 찾아갔다. 몰래 방에 들어가서 껴안고 자는 부부를 밀어내고 요를 훔쳐 갔다. 이 사실을 안 친구들은 그 사람의 지혜에 탄복을 하고 술을 사다가 동네잔치를 벌였다.

▣ 그래 친구지간에 참 오성하구 한음 모양으로 지혜겨루기 내기를 좋아하는 친구가 있는데, 동네에.

"너 그렇게 재주가 용하믄, 아무데 집이 신혼이 아니냐?"

"신혼이지."

"그럼 거, 두 내외 깔구 자는 요 뺏어 올 수가 있냐?"

"아, 그거 뺏어오지. 그까짓 거 식은 죽 먹기지. 그거 뭐 어려울 게 있냐?"

"에라, 미친 놈. 부둥켜 있는 노무 요를 어떻게 뺏어 온단 말이냐?"

"만일 뺏어오믄 어떻게 헌단 말이냐?"

"내가 너 메칠이구 술 사 달래는 대루 사 줄 거야."

"그렇지? 정말."

"아, 정말이지. 내가 거짓말 해?"

"그래? 내가 오늘 저녁에두 안 되구, 낼 저녁에두 안 되구, 모래 저녁에는 내가 그거 요를 뺏어온다. 나두 기분이 좋지 않구 맘에 여유를 가져야 할 테니깐 좀 기달려."

그래 두 내외더러 가서 그랬어.

"내가 당신덜 두 내외 신혼인데."

그것두 친구지간이야. 그 신혼두 친구지간인데.

"느덜 둘이 깔구 자는 요를 내가 뺏어 올 거야. 그럼 느덜 결국 나중에 일어나서 보믄 맨 바닥에서 자는 거야."

그래 가만히 생각허니깐

"그래 못 뺏어가믄 어떻게 허냐?"

"내 못 뺏어가믄 너 술 사 달래는 대루 열흘이구 스무 날이구 내 술을 사줄 꺼야."

아 그래서 에미 술 사준다구 그래야 못 뺏어오면은 이 사람이 술을 사는데 '거참 안 됐다.' 그래구서.

"내 오늘 저녁 요 뺏으러 갈 거야."

그래 둘이 기냥 깍지걸이를 하구 잔뜩 부둥켜 안구선 있는데, 어떻게 할 도리두 없구. 그래 이때나 요를 뺏으러, '이놈이 어떻게 뺏으러 오나' 하구 자지두 않구 그것만, 무신 인기척이 나나 안 나나, 인제 주야루 그것만 보는데. 이제 낮에 좀 자는 거지 뭐야. 근데 밤에 여러 날 새믄 낮에 자는 건 헛탕이야. 밤에 자는 걸 다 못 잔다구. 그래 그 이튿날 밤새두룩, 새벽녘에 잠이 조금 들었는데. 보니깐 요는 그대루 깍지걸이 한 채루 둘이 부둥켜 안구 자구. '그래 오늘두 이놈이 못 빼갔구나.' 그래 사흘 되던 날, 밤중 쯤 돼가지구 이놈이 발가벗구 들어갔어. 발가벗구 들어가서 가만히 보니깐 아주 깍지걸이를 하구 둘이 부둥켜 안구 자는데, 둘이 코를 드르렁 드르렁 골구 잔단 말야. 그래 이것들이 자는 틈바구니에, 그래두 둘이 이럭허구(끌어안고 자는 시늉을 하며) 자니까, 요 틈에 가서 슬며시 드러누으면섬 넙적다리 살을 이리두 좀 밀어보구 저쪽 여자에 살두 밀어보구 그러니깐 아 넙적다리 발가숭이가 미는데, 뭐 손으루 만져봤댔자, 육감으루다 느껴봤댔자 자기 남편이구 자기 마누라지. 이러구서 그래 이럭허믄 좀 좁아서 그러는 줄 알구 조금씩 비켜줬다. 또 요럭허믄 남편이 그러는 줄 알구 여자두 조금씩 비켜줘. 자꾸만 삐기니깐 억지루 발가숭이 중량두 있으니깐. 이리저리 잠결에두 물러나구 그러는데. 남편이 그러겠지, 아내가 그러겠지 그렇게만 생각을 하구, 그런 연에. 나중에 보니깐 요가 그냥 있지 않구, 이놈덜은 맨바닥에서 자, 양쪽이 다. 그래 요를 둘둘 말아가지구 살며시 문을 열구 바깥에 가서 옷을 입구선. 인제 끄나풀루다 요를 삼절루다 묶어서 인제 말방에다가 갖다 놨어. 그래 마을방에 갖다 놓구 세 년석을 다 불렀지. 두 년석은 불렀지. 거 인제. 도둑, 도둑은 아니지, 그게. 장력이 세구 재주가 좋대는 거지. 그래 불러가지구선,

"그래 너. 느덜 엊저녁에 요 안 깔구 잤냐?"

"아, 깔구 잤는데 감쪽같이 없어졌다."

그거야.

"그래 도둑놈 들어온 것두 못 봤어?"

"못봤다." 구.

"요를 깔구 잤는데 왜 요가 없어졌어?"

"아니, 누가 아느냐?" 구. "참 조화 속이야. 분명히 둘이 깔구 이렇게 깍지걸이를 하구 잤는데 어느 새 와서 이걸 그래 요를 빼 갔대는 게, 나중에 자구 일어나구선 보니깐 우리 둘은 맨바닥에 자구 있더라."

그거야. 그러니

"뭐 도리가 있냐?"

"그럼 나한테 진 거냐?"

"니가 와서 그랬냐?"

"아, 내가 가서 그랬다." 구.

아 그 인제 첨서부텀 내기 건 사람.

"너 요 뺏어 오겠냐구 그래서 뺏어 온다구 계약을 했지?"

"아, 그래. 그 술을, 게 술을 얼마나 먹어야 하겠냐?"

이놈이, 요 빽긴 놈두 술을 사달래는 대루 사준다구 그래구, 빽어 오래는 놈두 얼마든지 요구조건 다 들어준다구 그래구. 그래 동네사람을 다 불러놓구 "이 사람이 이렇게 재주가 능통허구 의견이 많은 데래서. 오늘 나하구 저기 거 요 빽긴 놈 허구 둘이 이 동네잔치를 베풀 테니까 아무 거리낌 없이 만취가 돼가지구 집으루덜 각자 돌아가라." 구.

그래가지구 동네잔치를 했대. 그래서 그 청춘남녀는 자는 요꺼지 빽겼대는 얘기야.

[2005년 8월 19일 채록]

142. 땅을 사야 하는 도깨비 돈(도깨비 천량)

◉ 줄거리

가난한 사람이 나무를 하러 갔다가 가난을 탄식했다. 그때 옆에 있던 도깨비가 돈을 실컷 만져 보게 해주겠다고 했다. 그러더니 밤에 돈 뭉치를 가져다 주었다. 부부는 그 돈으로 쌀과 고기를 사 잘 먹고 살았다. 얼마 후 도깨비가 나타나 남은 돈을 돌려달라고 했다. 부부는 어쩔 수 없이 돈을 돌려주었다. 그 후에도 도깨비가 나타나 돈을 주었다가는 얼마 후 다시 찾아갔다. 이웃사람이 도깨비 천량은 땅을 사야 다시 가져가지 못한다고 일러 주었다. 그 사람이 땅을 사니 밤마다 도깨비들이 나타나 땅을 떼 가려고 웅성웅성 댔다. 시끄러워 그 사람이 도깨비를 찾아갔더니 도깨비들이 땅을 팔아 그 돈을 달라고 했다. 귀가 얇은 그 사람이 도깨비 처지를 안타까워 해 땅을 팔아 돈을 돌려주었다.

▣ 낭구를 갔다가 한 총각이, 아 총각이 아니라, 참 신혼 남녀가 동네서 살았는데, 빈한한 생활을 했어. 그래 하루는

"아 그래 돈 좀 실컷 만져보구 죽을 수 없나? 돈을 실컨 만져보구선 생활을 허다 죽었음 죽어두 소원이 없겠네."

그러니깐 그 옆에 키가 기냥 구척같이 긴 놈이 윗도리만 입구 아랫도리는 없더래지 뭐야. 그래 푸르스름한 옷을 입구 방추를 하나 떡 집구선

"그래 너 돈 얼마나 가지믄 실컨 만져 보냐?"

"만져보기만 하믄 뭐해? 실컨."

이제 도깨빈지 몰르구 대화를 했는데.

"내 실컨 만져보구 실컨 쓰구 허게시리 돈을 갖다 줄 테니깐"

그래드니

"그래. 내가 도깨비다."

그거다.

"도깨비 재주루 돈이야 너 실컨 못 줘어 주련?"

아, 그래더니 그 이튿날 땅거미 때가 됐는데

"여기 돈 들어간다.

그러구선 문을 벌컥 열더니 돈을, 지금 같으믄 지폐 같은 걸 한 아름을 던져주구는

"싫것 만져봐라. 너희 두 내외가 싫것 만져 봐."

그래더니 수백 만 원 수천 만 원을 갖다 풀어 놨는데. 여자두 돈을 한 보따리 쥐구선. 에기 여자가 돈 셀 줄 알아? 제기 만져그러구서

"대관절 이게 백만 원짜리 뭉텡이야? 이게 천만 원짜리 뭉텡이야?"

그래구선 돈 본 김에, 이밥 본 김에 제사 지낸다구.

"돈 본 김에 장에 가서 고기 과일 과자 같은 거 이따위 사다가 우리 실컨 구어서 먹구 지저 먹구 실컨 먹어보자." 구.

그래 돈 한 뭉텡일 가져가서, 시장에 가서 육곳간에 가서 좋은 노무 고기를 멫 십 근 사구 반찬두 참 가지각색으루 사다가 한 댓새 잘 먹구 인제 평안한 생활을 하구 있는데. 아 오더니

"거 돈 내놔라."

그러더래 그 도깨비가 오더니. 그래 이렇게 보더니 아 그 놈이야.

"안 내놓으믄? 아 많이 썼는데."

"아, 쓰구 나머지는 내 놔. 안 내놓으믄 이 방맹이루 골수백이를 내갈길 거니깐, 죽어. 그러니깐 내 놔."

그래 헐 수 없이 도깨비가 그러는데 어떡해. 그래 내놨지 뭐야. 내 놨는데 그냥 가지구 달아나는데. 그래 쌀이구 뭐 거 사다 논 게 있구 반찬두 사 논 게 있는데. 그거 해가지구 한 댓새 잘 지냈는데. 그 도깨비가 나타나더니

"먼저 있던 노무 돈 내가 다 가주가서 지금 너 돈 있니?"

"아 없다." 구. "그래 줬으믄 고만이지 왜 뺏어 가냐?"

"나두 쓸데가 있으니깐 뺏어갔지."

"도깨비가 뭐 돈 쓸 데가 있어?"

"그래두 이 사람두 구제해 주구 저 사람두 구제해주구 돈 쓸 데가 있단다."

그렇게 한 대 여섯 번 줬다 뺏어가구 줬다 뺏어가구. '아, 이왕 줬으믄 고만이지 그거 왜 뺏어가냐? 이웃집에 동네 말을 가가지구

"도깨비 천량, 도깨비 천량 그래는데 도깨비 천량이 뭐 어떻게 된 게 도깨비 천량이야?"

나잇살이나 먹은 사람이 그래드래, 영감이.

"도깨비 천량이래는 건 금은보화를 갖다줘두 소용없구 돈을 갖다줘두 소용없구. 도깨비 갖다 준 돈으룬 땅을 사야한다."

그거야.

"그래 땅을 사믄 땅은 그 놈들이 아무리 재주가 좋아두 땅은 떠가질 못한다."

그거야. 그래 가만히 생각하니깐 그 사람, 영감 그 얘기하는 게 참 말이 맞는단 말야. 돈은 달래서, 물건이래서 가주갔지만 금은보화두 달래서 물건이니까 가주 갔지만. 땅이야 즈덜이 가주갈 재주가 있나? 그래가지구선 두 내외 저녁을 먹구

"이젠 돈을 많이 가주 오믄 땅을 수십 마지기 사서 거기서 소출 나오는 대루 먹구선 또 심리를 해서 늙어가지구 우리가 고생 안 허구 부자루 삽시다. 동네 노인네가 그러는데 도깨비 천냥으루 땅을 사야지 다른 도리가 없다구 아 그러더라."

그거야.

"아 그러자." 구.

그래서

"아유, 돈 좀 갖다 다오."

"얼마나?"

"땅 이십 마지기 살 거만 갖다 줘."

"그래라."

그래더니 나가더니 어서 은행을 털었는지 돈을 한 뭉텡이 갔다가

"야, 이것만 하믄 스무 마지기 사구서두 남는다. 남는 건 참 고기하구 반찬 사다가 잘 지내라."

아 그래가지구선 땅을 갖다 줘서, 돈을 한 짐 갖다줘서, 마침 동네 부동산 업자를 찾아가서

"땅 이십 마지기만, 좋은 땅으루다 얘길 해 달라." 구.

"아, 벨안간 어떻게 땅을 사?"

"아, 글쎄 염려 말라." 구. "돈은 일시불로 치를 테니깐 얘기만 해 달라." 구.

"아, 이 앞에, 자네네 문 앞에 이십 보만 나가믄 그 너른 벌판. 그 스무 마지긴데, 그거 자네 살래나?"

"아, 산다." 구.

그래 지주한테 가서 삼인이 앉아가자구, 뭐 계약서 뭐구 주구 받구. 계약서 써서 해가지구선. 그것만 했지 옛날에 가서 등기소에 가서 등길 냈어, 뭐? 계약서만 해가지구선 도장만 찍구. 세 사람에 도장만 찍구선. 땅을 사서 한해 농사 아주 잘, 풍년을 만나서 잘 지었는데. 아 도깨비덜이 와서

"거 돈 좀 다오."

"마, 돈은. 이 앞에 땅 사서 농사 지었는데 무신 돈이 있냐? 나머지 돈은, 아 뭐야. 고기 생선 사다 반찬 사가지구 요새 잘 먹구 산다. 참 네 덕분에 여지껏 보리밥두 안 먹구 잡곡두 안 먹구 지내구 있으니 참 고맙다."

"에, 마한 놈. 거 누가 가르켜줘서 땅을 샀어?"

그래가지구 어둡기만 하믄 도깨비덜이 거 네 구텡이에 와서 '영차 영차' 허구 땅을 들먹어리구. 땅을 들먹여야 가주 갈 재주가 있어? 그래 동네 사람이 도깨비 영차영차 소리에 잠을 잘 수가 있어야지. 그 날 저녁에 그 논 구텡이에 가서,

"도깨비 괴수가 누구냐?"

"나라." 구.

"아, 거 제발 그 영차 소리 하지 말라." 구.

"그럼 이걸 팔아서 돈을 우리를 도로 다오."

"그럼 우린 어떻게 하느냐?"

"내 돈을 일부 냉겨줄테니깐 그거 가지구 먹구 살구 이 땅을 팔믄 우린 그 돈을 딴 사람을 위해서 써. 이래두 우리 나쁜 짓을 안 한다. 다 이 사람 도와주구 저 사람 도와주구 그래서 돈을 필요허니깐 이게 돈이 아주 필요할 때가 됐으니깐 여러 사람을 살리기 위해서 이 땅을 팔아야 한다."

영 말을 안 들었으믄 괜찮은 건데 귀가 여려서 먼저 돈두 많이 받두 땅 사구 남은 돈두 잘 쓰구 그래서. 그래 농사 한 해 지은 것두 몇 해는 먹구 살 양식을 확보하구. 또 귀가 여려서

"아 그래라. 담에 내가 곤란허구 그럴 제 좀 도와라."

"염려 말아라."

그래 할 수 없이 중개업자 불러가지구선

"땅을 도루 팔아야겠다."

"왜 파느냐?"

그래니깐

"딴 데다 쓸 용도가 닥쳐서 그 도깨비덜두 곤란을 받구 있는 모양이야. 그러니깐 그 사람네 도깨비에 도움을 받았으니까 나두 도깨비를 도와 줘야지."

그래 헐 수 없이 땅을 팔아가지구, 도깨비가 왔길래 돈을 주니깐 돈을 한 뭉텡이를 주면섬

"이거를 잘 절약해서 써라. 내가 언제 찾아올른지 모를 거야. 우리두 먼 데루 가. 그러니까 우리 찾지 말아라."

그러구선 한 뭉텡이 떼 주구선 그 돈을 가지구 달아나서. 그래 헐 수 없이 도깨비가 사 준 땅을 도루 팔아서 도깨비를 외레 도와줬대요. 그래 도깨비 천량은 땅을 사야지 그렇지 않으믄 메칠 있다 달라구 달라구 그래서, 늙은이가 얘기해 준 대루 했으믄 괜찮은 건데, 이 사람두 또 도깨비래두 남을 도와준대니깐 선심을 쓴 건데.

[2005년 8월 19일 채록]

143. 구월산 타령

● 줄거리

시인들이 모여 구월산을 시제로 하여 글을 지었다. 시에 나타난 구월산은 늘 구월이었다. 글을 짓던 사람들이 구월산을 찾았다. 구월산에 다다르니 웬 여자가 비치를 캐고 있었다. 그 여자에게 집을 물었지만 잠시 눈을 감은 사이 여자는 사라져 버렸다. 얼마 후 다시 그 처녀를 만난 사람들은 그 여자의 집에서 하룻밤을 묵게 되었다. 아침에 처녀가 다시 나물 캐러 간 뒤에 나와 보니 풀밭이었다. 놀란 사람들은 그때야 그 처녀가 구월산 신선인 줄 알았다.

▣ 인제 글을 지은 건데, 시인들이 내서.

"그 구월산을 두구서 글을 지어봐라."

한 사람이 그래니깐,

"구월산을 두구 글을 어떻게 짓냐?"

구월산색은 장구월이라. 구월산 빛은 노다지 구월이야. 겨울에 가두 구월이구 여름에 가두 구월이구. 구월이래는 거야. 그래 한 사람이 있다가 참 '년년구월 과구월'을 해두 해마다 구월에 구월산엘 가두, 작년에두 년년구월 과구월 했는데 해마다 구월에 구월산을 갔는데 금년 구월에두 과구월이라 그거야. 올 구월에두 구월은 지나갔다. 그래 한 사람이 있다가

"그 뭐허는 게 그러냐?"

뭐 구월산색은 장구월이야. 구월산색은 참 사계절에 가두 구월이야. 여름

에 가두 구월이구 봄에 가두 구월산. 그래 옆에 한 사람이

"이왕 글만 지을 게 아니라 구월산에 구경을 한 번 가자."

그거야.

"그래 가자."

그래 삼인이 구월산을 가니깐 웬 사람이 엎드려서 여자가 뭘 호미루다 뭘 캐구 있드라 그거야.

"거 당신, 처녀 뭘 캐우?"

"비치를 캡니다."

"비치가 약이오?"

"약두 되구 화초두 되구 그래서 일거양득이라." 구. "하나 가지구 두 가지를 얻는다구 그래서 캔다." 구.

"근데 해가 넘어갔는데 집이 어딘지 가질 않구 산중에서 여인이 혼자 그걸 캐구 있느냐?"

그거야.

"우리 집은 요 아래 초가삼간이 내 집인데, 뭐 금방 간다."

그거야.

"그래 여기서 봐두 초가삼간이래는 게 눈에 띄지 않는데 어떻게 가느냐?"

그러니깐

"당신 눈만 감구 있어라."

그거야. 그래 눈을 이렇게 감구 있다가 이렇게 떠보니깐, 아 금방 비치 캐던 여자가 부지거처야. 어디루 갔는지 간 곳이 없어. 그 아래 내려가 봐두 역시 초가삼간이래는 게 없구.

"야, 이게 구월산 산신령이다. 우리가 그 여자 찾아 댕기는 건 우리가 귀신에 홀리는 수밖에 없어. 그러니까 찾아가지 말자."

그래 삼인이 구월산 초가삼간을 찾다가 헤매구선 도루 인제 귀가하는 도중인데. 구월산 앞에서 그 여자가 또 엎드려서 캐더라 그거야.

근데 그

"처녀를 찾을려구 우리덜이 메칠을 찾아서 헤맸는데, 그래 어디 있다가 인

제 오느냐?"

"아, 요 아래 집 있지 않느냐?" 구.

그래

"보라." 구. "조기 조 있지 않느냐?" 구.

그랬더니 그 여자에 있는 데다 어깨에다 빰을 대구 이렇게 보니깐, 참 완연한 삼간이 있어. 초가삼간이.

"아, 저 보라." 구.

"아, 그러냐?" 구.

"오늘 저녁에 방이 또 하나 있느냐?"

"초가삼간이니깐 방이 또 하나 있다. 객실이 하나 있다."

이거야. 아 그래서

"오늘 저녁에 거기서 이 삼인이 유숙할 수 있느냐?"

그랬더니

"아, 오라." 구.

그 여자하구 삼인이 같이 간 거야. 혼자 같이 가믄 못 찾지. 셋이, 사인이 해가지구선 그 여자에 안내를 받아가지구선 거길 찾아가니깐, 참 깨끗하게 해 놓구선. 방문을 여니깐 기냥 지금으루 하믄 향수 뿌린 거 모양으루 새면서 향내가 물씬물씬 나구 그러는데,

"아 거, 세 분 시장덜 할 거 아니냐?"

"아, 시장이나마나 지금 참 기지사경이다. 아주 배가 고파서 죽을 판이다." 구.

"가만있으라." 구.

그래 나가더니. 똑딱똑딱 금방 허더니 김이 무럭무럭 나는 밥 세 그릇을 해가지구, 아니 네 그릇을 해가지구선. 네 겸상을 해가지구 와서,

"어서 잡수라." 구.

근데 보니깐 산채나물이지 뭐야. 산채나물을 해서 점심 대접을 했는데 배가, 기갈이 감식이라구 주린 놈이 달구 쓰구 있어? 잘 먹구선 아 참 정말 기시어, 기지어지야 뭐 기지여식이야, 참 말이 안 나오네.

"주려서 먹는데 뭐 불고염치라구 참 귀한테 고맙대는 치사두 못 하구 다

먹었다.” 구.

“아 괜찮다.” 구.

“아유, 난 비치를 캐러 가야 할 텐데 어떡하지요.”

“아, 우리두 글루 가겠다.” 구.

“난 먼저 갈 테니깐 행장을 수습해가지구 나중에 뒤따러 오세요.”

그러구 먼저 갔는데, 그 여자 문 밖에 조금 갔는데 뵈질 않아. 근데 이 세 사람은 거기 앉아서 그때 괴나리봇짐두 있었는지. 그걸 해가지구 이걸 둘러 메구 있는데. 아 새면 돌아다보니깐 풀밭에 앉었는 거야, 초가삼간은 얼루 간 데가 없구.

“야, 이거 구월산 구월산 하더니 우리가 구월산에서 아주 신선한데 홀려서 아주 녹았다. 구월산 근방에 가지두 말구 빨리 집으루 가자.”

그래 집으루 왔대는 얘기야.

[2005년 8월 19일 채록]

144. 복숭아 서리하다 웃은 사연

● 줄거리

마을 방에 칠팔 명이 모여 있다가 복숭아 서리를 하기로 했다. 종다래끼를 들고 가서 한 사람이 울타리에 올라 복숭아를 따서 아래로 전달했다. 그때 마침 주인 여자가 벌거벗고 나와 마당에 있는 요강에 앉아 오줌을 누었다. 그러면서 가려우니까 배를 긁었다. 배를 긁을 때는 오줌이 멈추고, 긁지 않을 때는 '쫘와' 하구 오줌줄기가 뻗쳐 나왔다. 복숭아나무 위에서 그 모양을 본 사람이 참지 못해 웃음을 터뜨렸다. 그 다음부터 '복숭아 서리'라는 조롱하는 말이 생겼다.

▣ 복숭아 서리를, 인제 마을 방에 한 육칠 명이 뫼여 앉았다가

"아무데 이런 데 거기 지나오니깐 울타리에 복숭아나무가 드문드문 있는데, 참 누런 게 빨건 게 참 먹음직스럽게 잘 익었더라. 거 오늘 저녁에 서리 가자."

"서리 갔다가 들키믄 어떡허냐?"

"들키긴 마. 살며시."

그냥 울타리에 이렇게 해가지구선 여기가 테를 대구선 새끼오래기루다 붙들어 맸다구. 엎드려 올른다구. 그래 착 달라붙지 뭐야. 양쪽으루다 막대기를 대구 디리 졸르니깐.

"그래, 가자."

"그래 누가 딸 거냐?"

"내가 올라가서 따겠다."

낭구에 잘 올라가구 날랜 놈인데. 거기 올라가서 종댕이를 여기다 이렇게 끄나풀을 해가지구 대리키를. 종댕이가 쪼끄만 거구 대리키는 큰 건데. 이 종댕이를 어깨에다 이렇게 미구선 밤에 보니깐 죄 물렁물렁 헌 게, 냄새가 물씬물씬 나는 게 여간 잘 익었나? 그래 죽 디리 죽 붙어서 종댕이다 담구 담구 한 서너 종댕이 해가지구 그 밑에 큰 그릇에 갖다 받어서 쏟구쏟두 그러는데. 근데 고만 해가지구, 한 댓 종댕이 했으믄 집으루 와서 그거나 먹었으믄 괜찮은 건데. 아 한 여섯 개, 또 종댕이를 여섯 개째 디리 따서 종댕이에 담는 찰란 데. 아 문이, 안방문이 부시시 허구 열리더래지 뭐야? 아 인제 거기서 보니깐. 열리더니 그냥 벌거숭이가 나와가지구선, 오줌됭이. 전에 오줌요강을, 전부 애덜이 있으믄 깨뜨리구두 허구 그래서 나와서 봉당에다 오줌됭이를 놓구선 거기다 까구선 오줌을 누구 누구 그래는데. 남자두 그렇구 여자두 그렇구 나와서 누구 누구 그러는데. 전에 습성이 돼서, 아 두 내외 자다가 에기 옷을 벗을 제는 고쟁이나 하나 입었는지 원. 나와가지구선 하는데 그나저나 여름이믄 그러니깐 한 칠팔월 달이겠지. 그냥 거기서 오줌을 '쏵' 하구 여자가 누더니. 가려우니깐 뱃대기를 기냥 북북 긁는 거야, 기냥. 그래 북 긁을 땐 오줌이 멈춘단 말야, 인제. 뱃가죽을 잡아 훔켜쥐니깐. 기냥 훔켜 긁을 젠 오줌이 그쳤다, 노믄 오줌이 '쏴와' 하구 나오구. 그냥 긁었다 놓으믄 '극적극적' 하구 가려우니깐. 근데 복숭아 따던 놈이 가만히 이렇게 내려다보니깐

"북 - 쏴아, 북 - 쏴아, 북 - 쏴아"

그게 우스으니까 이 자식은 저 들킬 생각은 안 하구 '와악' 소릴 질르구 웃었단 말야. 그래 뭐 울타리에 대구 '와악' 소릴 질르니깐 이 여잔 놀래서 오줌됭이에 가서 주저 물러앉았네. 그래 뒤루 벌렁 자빠져서 그냥 '콱' 소리가 나니깐, 에미 벨안간 오줌됭이가 깨지는데 남편이 자다가 베락치는 소리가 나니까 나가서

"아, 이게 웬 일이냐?" 구.

"아, 어떤 놈이 울타리에 올라앉아서 복숭알 딴다." 구.

"그런데 왜 오줌됭일 깨뜨렸냐?" 구.

그러니깐

"아, 거기서 '악' 소릴 질러서 나두 놀래서 뒤루 벌렁 자빠져서 이렇게 됐다." 구.

그래 이놈덜은 그러니깐 냅다 기냥 그 큰 노무 대리키루 멫 따 가지구선, 그 여섯 째 따다가, 다섯 종댕이 따가지구선. 냅다 긁적거려가지구서 집에 가서 얘길 하는데. 그래 그거 가지구 조명(嘲名)이 났어.

"복숭아 서리 갈려?"

그랬더니

"여자가 벌거벗구 가서 또 오줌 누게? 북 - 쏴아, 북 - 쏴아."

그래서 오줌됭일 깨뜨렸대는 얘기야.

[2005년 8월 19일 채록]

145. 무덤 잘 써 천자 된 주원장

● 줄거리

글방에서 학생들을 가르치던 지관 주원장은 야망이 컸다. 주원장은 명당을 발견하고 제자를 시켜 콩을 심어 시험해보았다. 세 줄기 자리의 두 번째 자리에 아버지를 모신 주원장은 중국으로 건너갔다. 주원장은 중국 인재들의 천거를 받아 천자의 자리에 오르게 되었다. 천자가 된 주원장은 중국에서 천자가 나올 수 있는 명당을 찾았으나 찾을 수 없었다. 결국 주원장은 조선 왕에게 자기 아버지 무덤의 치산을 부탁했다.

▣ 한문 글방이 하나 있는데, 서당. 그래 제자를 칠팔 명 두구선 선생이 한문을 가르치는데. 근데 거 한문선생이 웬만한 사람이 아니라 아주 유명한 지관이야. 산소자리 참 귀신같이 보는 사람인데. 그래 이 사람이, 혹시 선생은 선생이래두 장래에 아주 꿈이 참 큰 사람이라구. 그래 제자를 시켜서 콩을 세 알, 세 알을 이렇게 물에다 담가 놨다가 인제 콩이 분 연후, 불은 연후에. 제자를 시켜서

"조기, 여기서 너 뵈지?"

"네."

"조 고랑거지에 하나 파묻구 요 고랑거지에 하나 파묻구. 요렇게 세 고랑거지에다 다 파묻어 봐라."

그랬드니 그래서 파묻고 와가지구

"잘 파묻었어?"

"네."

"표실 했니?"

"네."

그래 해놓구서 막대기를 꽂아놓거든. 가서 파 볼 요량으루. 그래 고 이튿날, 오늘 저녁때 파묻었는데. 고 이튿날 아침에 가서 판 데 가서,

"요건 일번 이번 삼번을 번호를 매겨가지구 몇 번에서 헌대는 걸 너희들이 기억을 해 오너라."

첨 고랑거지에 일번 이번 삼번 해가지구 근데 다, 싹이 다 안 텄어. '자리가 좋지 않은 자리구나. 분명히 자리가 그래두 웬만한 정승 판서는 날 자린 줄 알구 콩을 심었는데 이상스럽다'구. 그래 지가서구 뭐구 이걸 죄 들여다보고 다시 연구허기를 '내가 너무 아래다 갖다 심어서 이게 명당을 찾질 못한 모양이다.' 그래구선 인제 다시 콩 세 개를. 또 줄기가, 세 줄기가 다 좋은 자리야. 그래 세 알을 아침에 담가서 저녁에, 저녁때 애덜을 시켜가지구서

"거기서 한 삼사십 보 올라가주구선 서른 걸음을 걸어서 올라가서 거기다 심어라."

그래 거기서 먼저 심었던, 콩 심었던 데서 삼십 걸음을 위루다 올라가가주구선 이제 도루 파묻구 표시를 해가지구 왔는데. 일번에 건 싹이 안 텄는데 이번에, 이번에 건 벌써 이렇게 싹이 이렇게 텄어, 콩이. 그래 삼번 건 제우 싹이 틀까말까 허구. '아 일번 건 좋지 않아두 이번 삼번에는, 이번에는 이거 다시 시험을 다시 해 봐야겠다.' 일번에 허지 말구 고 담엔 이번 삼번에다 콩 두 개를 물에 담갔다가 그 애덜을 시켜서

"이번 삼번에 약 한 오보, 더 다섯 걸음을 더 걸어 올라가서 거기다 심구선 내려와라."

그래, 양쪽 걸 다. 그래 거기서 선생이 시킨 대루 오 보씩을 더 걸어가지구 가서 심구는 표실 해놓구선 인제 제자들이 왔는데. 그 이튿날 아침에 개덜을 보내서 보니깐. 거긴 벌써, 이번에 건 이렇게 싹이 터가지구 콩, 이렇게 벌어지잖아요. 콩이 나가지구 속잎두 벌써 나더래. 근데 요거는 제우 콩잎이 나올

질 않구 이렇게 쪽만 나오구, 두 쪽만. 그래 인제 이 사람이 생각하기를. 지관이, 한문선생이 생각허기를, 삼번은 쪼끄만 약소민국 왕이구, 이번은 이게 천자 자린데 여기다 산솔 써봤댔자 소용이 없대는 거야. (잠시 아는 사람이 와서 인사를 했다.) 그래 이건 뭐 소용이 없구. 그까짓 거 보나 안 보나. 이 사람이, 선생이 주원장이야. '이거 내가 여기다 우리 아부지 산소를 캐다 여기다 모시구 내가 중국으루 가야겠다.' 그래 거기다 산소를 해놓믄 또 지관이 해가지구 산소 임자 찾아가지구 캐 내버릴까봐 기냥 감쪽같이, 제자를 시켜가지구선 기냥 뭐 평지처럼, 미장을 잘 해놨어. 그래구서 그 길루 주원장이가 중국을 건너간 거야. 대국을 건너가가주구선 이 사람 저 사람 찾아가주구선 뭐뭐 한 사람허구 상의해봤는데 지금 현재 임금이 병이 나가지구 환중에 있어서 다시 정사를 돌볼 그런 기력조차 없으니깐

"당신이 천자 노릇을 허시오. 저 항우 모양으루 자칭천자 노릇을 허라." 구.

그래 주원장이가, 거 그래니깐 그것두 병원이나 마찬가지지. 의사 천자를 찾아가서

"아 병환이 위중하셨냐?" 구.

그래더니 환자 손을 덥벅 잡더니

"잘 왔오. 잘 왔어. 인제 중국서 임잘 만났어. 나두 억지루 천자 노릇을 해보긴 해 봤지만 힘이 들구 내 힘으로다 천하를 다스릴 수가 없어. 그래서 병이 났으니, 나 이 병으루다 죽지 다시 정계에 나갈 수가 없으니 당신이 이 주권을 맡아가지구 아무 이런 저런 사람하구. 참 옛날에 소화 조찬이나 이런 사람을 만난 심으루 정치를 잘 해달라." 구.

그래서 주원장이가 중국 가서 천자 노릇을 헌 뒤에. 이걸 캐가지구 중국엘 돌아댕기면섬 산소자리를 탐험을 해 봤어두 천자 자리가 없드래지 뭐야. 그러니 천자루서 조선에다 자기 아버지 산소를 밀매장을 헌 거지. 기냥 계속 둘 수두 없구. 근데 천자 자리에다 제후왕 겉은 사람에 아버지 산소를 모시믄 안 된대네. 그 천자 기상을 못 타구 나믄, 그런 자리에다 자기 아부지를 매장을 해두 천자가 안 된데, 결국 제후왕밖에. 그래서 주원장이가 산소를 잘 써가지구 중국 가서 천자 노릇을 허구선 한국에 와서, 이 한국왕한테다 기별을

해가지구 자기 아부지 산소를, 치산을 잘 했대는데. 그 산소는 어디 있는지 몰라.

[2005년 8월 19일 채록]

146. 반다지 속의 간부姦夫

● 줄거리

한 사내가 지나가다 대문이 열린 집을 찾아들어갔다. 들어가니 노름꾼을 남편으로 둔 미인이 있었다. 수작을 걸던 사내는 여자와 하룻밤을 자게 되었다. 함께 자는데 갑자기 남편이 돌아왔다. 사내는 얼결에 방안에 있던 반다지 속으로 들어갔다. 남편이 잠이 들자 사내가 나오려고 반다지를 열려고 했다. 그 바람에 잠이 깬 노름 반다지 속에 간부가 들어있는 것을 알았다. 아내를 사랑한 노름꾼 남편은 아무 말 하지 않고, 반다지에 귀신이 붙어 돈을 자꾸 잃으니 반다지를 버려야겠다며 강물에다 갖다 버렸다. 그후 노름꾼 남편은 돈을 많이 따 부자가 되었다. 한편 반다지 속에 들어 강물에 떠내려 가던 사내는 고기 잡는 어부에게 구원을 받았다. 겨우 살아난 사내는 어부의 도움으로 집으로 돌아왔다. 얼마 후 생활이 어려운 사내가 그 집을 찾아가니 그 여자가 먹을 것을 도와주었다.

▣ 우리 동네 한 사람이, 이웃집이 말을 가는데 웬 집 대문이 살짝 열려 있더라 그거야. 전엔 대문을 닫아두지 않았어? 주인이 있다 하더라두 제쳐뒀다 잘 때가 돼서야 닫구 그랬는데. 문이 열려서 이게 뭔가 하구선 들어가 보니깐 신발이, 여자 신발 하나 있더라 그거야. 여자 하나 있는데 문을 열구 들어갈 수두 없구

"주인 양반 계십니까?"

그러니깐

"누구세요?"

그 문을 열구선 이렇게 보니깐 보지두 못하던 사람이야. 그래

"어디서 오셨어요?"

"나 이 동네 사는데, 이사 온 지 얼마 안 되는 사람이야."

"아, 그러냐?" 구.

"근데 무신 일루 오셨냐?" 구.

"대문이 열려서 혹시 말꾼이 있나 하구 들어왔다?" 구

"우리 남편 어디 말 가서, 노름을 좋아하기 때문이 새벽에 오기 쉬울 거에요. 그래 줄창 혼자 자다시피 하는 걸요."

그래 노름을 하는 사람이 언제 오는지 알 수 없어서 문을 잠글 수 없어서 문을 열어놨었다. 아 그래 가만히 얼굴을 보니깐 참 잘 생겼더래지 뭐야. 아 그래

"아, 부인 정말 관상이 참 기가 맥히게 미녀라." 구.

"아유, 잘 생기긴 뭘 잘생겨요."

아, 그래서 남의 여자래두 껴안으니깐

"남편 오믄 어떡헐랴구 이래냐?" 구.

"남편? 뭐 새벽에 온대믄 뭐 그래냐? 구."

아 그래 그 여자두 뭐 싫어하는 눈치가 아니란 말야. 그래 껴안구선 뒹굴구 한 판 해대는데. 아 자기 남편허구 자는 형편허구, 그 남자하구 자는 거 보니깐 열 번 기분이 좋다 그거야, 그 여자가. 남자두 그렇구 여자두 그렇구 다 좋대. 그래서 간통두 하구 인제 그렇게 돼 있는 거야.

"거 빨리, 우리 남편 오기 전에 나가셔야 할 거 아니냐?"

"바깥에 기별이, 뭐 인기척이 있으믄 옆으루 숨지 뭐 그러느냐?" 구.

"아, 숨다가 언제 나가느냐?" 구.

아 그러자 그 얘기하는 통에 앵 허더니 갑자기 남편이 들어오는 거야.

"대문 닫으까?"

"닫으세요."

그래 어떡해. 여기 사람 있다구 그럴 수가 있어?

"아, 대문 닫으라." 구.

그래 이놈이 얼루 가느냐 말야. 전에 뭐 잘 사는 같으믄 뭐 의걸이구 뭐구. 의걸이가 옷 죽죽 두루매기 걸어놓는 장이 있었거든. 양복 이딴 거. 그것두 없구, 반다지 옆으루 큰 노무 반다지 하나 있었지. 그 반다지 이렇게 여는 거. 이렇게 처들어서 빼는 것두 있구, 드는 것두 있구. 아 벨안간 어떡해.

"아 속으루 들어가라." 구

아 그래 반다질 열구 모루 드러누워 있어. 아 그거 안으루다 잠그는 게 아니라 겉으루다 고리를 갖다 거는 거거든. 그래 이놈이 가만히 들으니깐 코 고는 소리가 나는데. 그러니 그걸 안에서 연대는 재주가 있어야지. 아 그래 저 담배 피는 사람들 괴불주머니를 대개 차고 다녔다구. 그래가지구 이따위 꼬챙이가 있어. 그게 뭐냐 하믄 담뱃대 쑤시는 꼬챙이거든. 그래 그걸 넣어가지구선 자기 들어갈 제, 거 어떻게 거는 걸 달아서 고걸루다 요렇게 달각달각 허구 열랴구 그러는데. 아 사내년석이 자다 무슨 소리가 나서 이렇게 보니깐 거기서 뭐 꼬챙이가 요렇게 속닥속닥 허구 나오드라 그거야. 그래 가만히 보니깐 아 씩씩 숨 쉬는 소리가 나잖아, 안에서. 그래니 마누라더러 '이 속에 뭐 있느냐' 그러지두 못하구

"아, 내가 가서 노름을 허믄 노다지 그냥 재수 있는 날두 잃구, 재수 없는 날두 잃구, 노다지 잃기만 하는데. 거기 가서 무당한테 물어보니깐 반다지 그거 들여놓구 재수가 없어서. '그 목신이래는 귀신이 있는데 그게 따라와 가지구선 거기서 나가질 못허구 노다지 그걸 지키구 있으래니깐 재수가 없다 그거야. 그러니깐 그 반다질 갖다 열지두 말구 겉에다, 지금으루 일루믄 오천정 못을 콱 박아가지구선 강물에다 집어 넣으면은 그날서부텀 당신 재수가 터져서 돈을 딴다.' 그러더라. 그러니깐 갖다 강물에다 띄어버려야겠다." 구.

아 이놈이 지게를 갖다 대군. 그래 그 속에 사람 있다구 그럴 수 있어, 여자가? 아 잠자쿠.

"아, 그럴 수가 있냐?" 구. "그럼 그 속에 옷은 어떻게 허느냐?"

그거야.

"옷은 뭐야? 노름 해서 따믄 새 걸루 사야지. 그깐 노무 옷이 대수야? 염려 말라." 구. "내 돈 따서 주사 있는 걸루 착착 해다 대령을 할 테니깐 염려 말라."

그거야. 그러니 뭐라구 그럴 수가 있어? 아무 소리두 못하구.

"아이, 그럼 당신 의향대루 허슈."

아 지게에다 짊어가지구

"엠병. 옷두 몇 가지 들어있지 않은데 오라지게 이렇게 무거워. 이 엠병할 노무 게 무거워. 뭐이 이 속에 들어서 무겁냐" 구. "이거 괴목, 느티나무루다 짠 노무 괴목두 아닌 데 이게 왜 이렇게 무거워?"

그래믄섬 짊어지구 낑낑 대구

"엠병할 낭구가 나무가 똥을 쌌나, 왜 이렇게 무거워?"

그리구선 투덜투덜 하구. 아 앞에 강이 흘르는데

"에라 엠병할 노무 반다지 인젠 갈 대루 가라."

아 팽개쳤는데. 아 거기서 둥둥 떠내려가는 거지 뭐야. 워낙 크니까 인제 둥둥 떠내려가는 거야. 그리구선 들어와서. 근데 워낙 여자가 워낙, 그 남자두 여자를 극진히 사랑하는 터이구. 새 남자를 간통을 했다 해두 쫓아내기가, 이혼하기가 아깝구 그래서. '에라 내가 여자 다구치지만 않구 기냥 난 몰르는 체하고 있으면 서루 좋게 사는 거니깐 내가 참아야겠다.' 그래구선 안 그런 척허구

"인젠 재수가 있을 거유."

그래 그 이튿날, 이제 돈이 호주머니에 몇 푼 있으니깐

"내, 거 돈 따가지구 올 게. 일찌가니 불 끄구 자요."

"네. 댕겨 오세요. 돈 많이 따가지구 오세요."

아닌 게 아니라 거 이놈이 무당한테 물어보지두 않구 제가 제 입으루다 노무 한 소린데. 기냥 돈을 뭉텡이루 땄어, 그날 저녁에 가서. 그래 한 뭉텡이 가주 가서

"여보. 돈 따왔어."

"아유, 뭔 돈을 이렇게 많이 땄냐?" 구.

"아, 그 노무 반다지 때문이 재수가 없어서 그렇게 잃는 걸 누가 알았어?"

"아유, 그러게 말야요. 근데 아깝긴 다른 게 아까운 게 아니라, 옷이 아까워."

"옷? 이것만 하믄 옷 몇 벌을 새 걸루다, 좋은 걸루 사."

"그래 또 낼 저녁에 가서 돈 딸 노무 걸 뭘 그렇게 걱정이야."

그래 또 피침한 소릴 하믄 마누라는 눈치 채구 또 안 산다구 달아날까봐. 인제 그래가지구선, 하여튼 저녁마다 돈을 땄대. 그냥 참 기만 냥을 따다가 저축을 해가며 땅두 사구 집두 새루 좋게 짓구 그래가지구 부자루다 사는데. 아 여자가 가만히 생각허구 그 남자두 생각하니까, 어떤 놈이 들어가서 강물에 떠내려갔는지, 그 놈이 은인이란 말야. 부잘 맨들어줘서.

그래 이 놈은 궤짝 반다지 속에 들어서서 강물에 둥둥 떠내려가는데. 웬 고기잡이 하는 사람이. 옆에 노를 저어서 조끄만 배를 가지구 오는데 아 커다란 반다지가 떠내려오니깐 '아 이게 웬 노무 반다지야.' 그래구서 배를 꺼내다 노를 저어가지구 자기 집 문 앞에 와서, 이제 배를 붙들어 매놓구 반다질 끌어내는데. 아 어떻게 무겁구 또 물이 좀 들어갔으니까 더 무겁구. 그래 출렁 출렁 흔드니깐 물이 출렁출렁 허드래. 아 엠병할 놈이 못을 박아서 얼른 뺄 수나 있어? 아 도끼 뭐 이따위 가주가서 디리 어겨가지구 열쇠를 빼가지구두 오천정 못을 잘를 수가 없어 옆으루다 기냥 어겨가지구서. 이렇게 해가지구선 속으루 들어가서 닫는 거라구, 반다지를. 그걸 해가지구서 보니깐 아 그속에서

"사람 살려, 사람 살려."

그러드래지 뭐야. 메칠을 굶어서 물속에 들어가서 세월을 보냈으니까

"아 이게 웬일이냐?" 구.

"아, 그러나 저러나 먹을 밥이나 주구 얘기는 추후 얘길 하자." 구.

그래 밥을 멕여줘가지구선 한 이삼일 자구 먹구 했는데. 자초지종 얘길 해보라구. 사실 얘길 했지 뭐야. 그래

"어디 말을 가는데 대문이 열렸길래 거길 들어갔는데 신발이 한 켤레 밖에 없더라, 여자 신발. 그래 '여보세요.' 그래니깐 여자가 문을 여는데 참 미인이더라. 그래 들어가서 얘기 얘기 허다가 남자가 그런 미녀를 보고 그냥 나올 수가 없어서 손목을 잡구선 이렇게 끌어안으니깐 말을 들어서 자다가. 그 남

자가 노름꾼인데 돈을 다 잃구 와가지구선. 자기 마누라하구 자다가 내가 그걸 잠근 걸 알아서 그 담배 쑤시개루다 이렇게 열구, 남자가 자다가 그 소릴 듣구선 일어나가지구, 나 거기 있는 줄 눈칠 채구선 요기다 못을 박아가지구 강에 갖다 집어넣어서 내가 이 지경이 됐다."

"아 그러냐?" 구.

그래 그걸 그러니까 한 아마 십여 일 지났을 거야. 그래 거기서 뱃사공이, 낚시질 허는 뱃사공이, 가는 노자를. 얼마나 떠내려갔는지두 모르지 뭐야. 노잣돈을 주구, 가다가 배 고프믄 먹으라구 간식두 약간, 감자 같은 것도 쪄 주구 그래서 집이 와가지구선. 장가두 못 들었는데. 자기 어머니더러

"아유, 니가 어떻게 된 노무 게 인제, 어디 갔다 인제 오냐? 얼굴이 그 지경이냐? 여태 굶었단 말이냐? 얼굴이 반쪽이 됐으니."

즈 어머니더러 그런 소릴 할 수가 있어?

"돈을 벌까 하다 돈두 못 벌고 고생만 하다 이제 들어 왔다." 구.

그래 거길 찾아서. 그 남자를 찾을 필요두 없구. 여자를 한번 찾아가서 먹을 걸 좀 요구하믄 그래두 그 여자가 좀 자기 소청을 들어주려니 허구. 그래 거기 가서 지키구 있는데. 아, 남자가 그때 노름을 딱 끊은 거야. 의관을 정제하구 외출을 허드래지 뭐야. 그래 저 동구 밖에 나갔는데. 들어가서

"주인 계십니까?"

그러니깐

"누구세요?"

아 그러니깐 요전에 왔던 그 남자야. 그래

"어떻게 된 거냐?"

그랬더니

"어휴. 십여 일 그 궤짝 속에 들어서 나올 수두 없구, 떠내려가서 죽기만 기달렸는데 죽지는 않구. 낚시질 배가, 그 옆에서 낚시질 허다 나를 건져줘서 여지껏 노잣돈을 좀 주구 그래서 살아서 집일 왔는데. 뭐 벌이할 것두 없구 장가두 못 들고 그래서 부인한테 양식이나 좀 구할까 허구 왔다."구.

"아 그러냐?" 구.

그래서 사내 몰래 그 하인더러. 그땐 하인두 막 부리구 그랬대. 하인덜을 시켜서 쌀 가마니나 허구, 돈두 좀 한 뭉치 주구. 옆다지에 사는. 죽다 살아난 사람이 나중에 가서 그 여자 도움을 받더래.

[2005년 8월 19일 채록]

147. 강제로 지관 모셔 얻은 명당으로 장수 된 사람(도끼정승)

● 줄거리

가난한 삼형제의 아버지가 돌아가셨다. 장례를 지내야 하는데 어느 자리가 좋은 자리인지 몰라 근심을 하고 있었다. 그러자 막내가 자기가 가서 지관을 모셔오겠다고 길을 나섰다. 막내는 어느 큰 기와집을 찾아들어가 거기에서 가장 훌륭한 지관을 찾았다. 그러나 아무도 응하는 사람이 없었다. 막내는 그 중에 용하다는 지관을 강제로 둘러업고 집 근처 산으로 가 나무에 매달아 두었다. 그때 집으로 돌아오던 형들이 그 지관을 구해주었다. 지관은 고맙다며 장수가 날 자리를 잡아 주었다. 얼마 후에 나라에 오랑캐가 쳐들어 왔다. 임금이 장수를 뽑기 위해 과거를 본다는 소리를 듣고 막내가 응시해 장원급제를 했다. 장수가 된 막내는 변방으로 출정을 했다. 장수가 된 막내의 힘이 어찌나 센지 오랑캐 장수가 당해낼 재주가 없었다. 또 굳게 닫힌 성문도 도끼 서너 개를 묶어 휘두르면 열리지 않는 것이 없었다. 변방에서 오랑캐를 물리친 막내는 나중에 정승이 되었다. 도끼로 오랑캐를 물리쳤다고 해서 도끼정승이란 이름을 갖게 되었다.

▣ 전에 한 동리에서 삼형제가 살았는데. 자기 어머닌 생존해 있구, 자기 아버지 상을 당했는데. 산소자리가 어디가 무쟁인지 언짢은지 알 수가 있어? 그래 근심을, 형이 둘이지, 큰형 둘째형. 그래 형제 근심을 하구 있는데 그 막내치가

"형님 근심 마시우. 내 가서 용한 지관을 하나 모셔올 테니깐."

“아 돈을 얼마를, 왕복 출장비 전부 제공을 해야 하구, 잘 대접을 해야 하구. 우리가, 에기 우리 역시 조석이 간데 없구, 장례식에 뭐 점심, 동네사람 점심 대접할 여유가 없는 사람들이 용한 지관을 어떻게 모셔 오냐?”

“아니에요. 내 모셔올게.”

“그럼 가려무나.”

“내 댕겨오리다.”

그러구선 아우가 형 둘한테 인사를 허구선 집을 나섰는데. 그래 지관이 어디 뫼어 앉아 있는 장소를 찾는데. 어디 뫼 있는지 촌놈이 알 수가 있어? 그런 지관이 정승 판서네 집 같은데 이런 데나 뫼 앉아서 판단두 허구 그러는데. 그래 한 군데 가니깐 참 고래등같은 개와집이 있는데. 기냥 대문이, 기냥 여기저기 참 있구, 소실대문 뭐 채면담이래나? 바깥에 온 사람 얼른 안에서 뵈지 않는 담이 있어, 그래 채면담이라구 그러는데. 그게 보통 두 개, 세 개씩 되는 집이 있다구, 옛날엔. 그래 거기 떡 들어가 사랑방엘 딱 보니깐 신발이. 옛날에 장한 사람은 징신을 신구 다녔다구, 가죽으루 맨든 징신. [채록자 : 징신이요?] 바닥에다. 징을 박았어요, 바닥에. 그걸 말은 징신이라구 그러는데. 그래 거기 죽 늘어있드래. 그래

“소인 문안드립니다.”

그러구 사랑 앞에 가서 두 무릎을 꿇구 소리를 크게 질렀거든. 그러니간 하인이

“웬 놈이 와서, 사랑 앞에 와서 고성으루다 인사를 하느냐?” 구. “빨리 가라.” 구.

“아 대감 댁에 볼 일이 있어서 온 사람인데 쫓으면 되느냐?”

“가야한다.” 구. “가라.” 구. “대감 나오시믄 큰일 난다.” 구. “볼기 맞아. 빨리 가라.” 구.

아 떠들고 왼통 하인하구 오기다툼을 하구 그래니까, 아 쥔이 사랑 미닫이를 딱 열었다구. 열으니깐 웬 떡꺼머리 총각년석이 즈 하인하구 오기다툼을 허거든.

“그게 뭔데 떠들구 있느냐? 그놈 내쫓지 못허구.”

"대감 기간 안녕하셨습니까? 아무데 사는 아무갠데 부친상을 입어서 산소 자리가 망지나 아닌가 하구 아버지를 모시구 싶어두 어디가 망진지 좋은 자린지 알 수가 없어서 대감댁에 와서 용한 지관을 한 분 모시구 갈까 허구 왔습니다."

그 소릴 들으니깐, 그 안에 지관덜두 다 들었을 거 아냐?

"자네 가보게."

그러니까

"아, 사람아. 내가 미쳤어? 내가 거길 가게."

"자네 가 봐."

서루 농담을 허구 그러더라구, 저희끼리. 또 한 사람이 있다 '아무개' 박지관이래든지

"거기 가보슈. 제일 고명이 높으신 지관인데 저들 졸병이 가서 뭘 아느냐?" 구. "그래두 높으신, 고명한 지사께서 가셔야지."

그래 이렇게 그 총각년석이 무릎을 꿇구 있다가, 그 박지사래는 사람을 이렇게 보니깐 신수가 참 잘 생긴 사람이 의관정제를 하고선 떡 앉었는데, 아주 점잖거든. 그래 사랑 문 앞에 가서 바짝 가가주구 다시 인사를 올리구

"거, 박지사께서 한 번 저희 집에 가보시겠느냐?"

그래니까

"에라, 미친 놈. 내가 미쳤냐? 거길 가게."

"아유, 미쳤으면 내가 여기까지 찾아왔겠냐?" 구. "미치지는 않았습니다. 그래 가시겠소, 못 가시겠소."

"못 간다."

기냥 쫓아들어가서 신발 신구 사랑방에 들어가서 멱살을 쥐었어. 멱살을 쥐었는데, 그 장대한 사람이. 이 년석이, 상제가 어떻게 장력이 센지, 장산지 요렇게 반짝 들리는 걸. 아 그렇게 해가지구서 어깨에 해서 둘러맸네. 그러니 거기서 소릴 질르니 쫓아오는 놈 발루다 한 번 툭툭 차믄 개구락지 털어지듯 쭉쭉 털어지구, 장산데. 그래가지구 그냥 뭐 십 리 이십 리를 그렇게 해가지구 왔는데,

"어유, 나두 힘이 들어서, 걸어가실려우."

"그러나 저러나 이놈이 사람을 죽일랴구 그러느냐? 니가 날 살릴랴구 그러냐?

"아 살릴랴구 모시는 거지 죽일랴구 왜 그러느냐?" 구. "우리 아부지 산소자리 보러 가는데 돌아가시믄 어떡허느냐?" 구. "돌아가셔두 산소자리나 봐놓구 돌아가세요. 그 뒷갈망은 내가 할 테니까."

"이 놈아, 아무 것두 없는 놈이 뭐 갈망을 허느냐? 이놈아"

"우리 아부지 산소나 잘 쓰믄 그만이지 뒷갈망은. 돌아가시면 어디 사시는지 글루 기별만 하믄 되는 거지. 내가 때려죽였소? 그런 염려는 말라" 구.

그래 와가지구선 자기 집에 와서 저희 성한테 얘기두 안했어, 모셔왔다구. 그 뒷동산에 올라가서, 아 다리 팔을 꽁꽁 묶어가지구 낭구엘 기어 올라가서 낭구에 매달았어, 지관을. 그리군 가서 밥을 먹는지 들어가서 바깥을 내다보지두 않거든. 아 그래 지관이 낭구에 매달렸으니 뭐 풀 수가 있어? 수족을 붙들어 맸으니. 아 소릴 질르구 냅다 왼통 그러니깐. 지나가던 낭구꾼이 하내 보니깐 밤나무 꼭대기에서 사람이 살려달라구 소리를 질르는 소리가 나거든. 그래 이렇게 보니깐 기가 맥힌 노인이 참 옷을 갖춰 입었는데. 점잖은 사람인데 거기가 매달려 있어. '아 이상스럽다.' 그러구 밑에 집에 가서

"저기 웬 노인이 낭구에 매달려서 사람 살려달라구 그러니 그거 좀 가 보슈."

근데 이웃에서두 몰라. 저 장사, 상사가 난 걸, 초상이 난 걸 모르더라구.

"아, 그러냐?" 구.

그래 상제가 머릴 풀구 나왔으니까

"아, 왜 머리를 풀었냐?" 구.

"아, 아버지가 돌아가셨다." 구.

"아, 그러냐?" 구.

근데 형제, 나와가지구선

"아, 웬 분이 거기 매달려서 사람 살려달라구 그러느냐?" 구.

"뭐나 마나, 웬 못된 놈이 즈 어부지가 죽었다구 산소자릴 봐달라구 그래서 '내가 미쳤냐?' 너희 집에 산소자릴 보러 가게. 참 난 대갓집 아니믄 가지구 않구, 나라 인산이나 났으믄, 내가 능이나 무신 이런 산소자리나 보러다니지

이런데 올 사람두 아닌데. 아 이놈은 오더니 사랑방에 들어와서 멱두시를 쥐구선 둘러 미구 와서 뭐 강약이 부동이래서, 장사가 돼서 당할 수가 없어서 여기까지 왔는데 이놈이 수족을 결박을 지어가지구 여기 매달아놨는데, 이 아래 사는 놈인지 어디 사는 놈인지 알 수가 없다구. 사람이나 살려달라." 구.

"어 됐느냐?" 구, "보아하니깐 점잖은 분인데 이런 곡경을 당한대는 게 말이 되느냐?" 구.

그래 형제년석이, 혼자 내려뜨릴 수두 없구. 그래 하난 바를 기다랗게 해가지구선 허리동아릴 뒹여서 한 가쟁이에다 이렇게 붙들어주구, 하나는 슬슬 바를 차차차 땅을 디디게 해구선 수족을 풀러놨지.

"아 어떤 못된 년석이 이런 점잖은 분을 이렇게 해놨냐?" 구. "그래 댁이 어디신데 여기까지 오셨냐?" 구.

"난 아무데 사는 사람인데, 자끌 사는데. 그 정승집에 참 친구덜끼리 놀러 갔다가 이런 망신을 당했는데, 당신네덜 만나가지구 죽은 목숨을 살게 됐으니 이거 참 고마울 데가 비할 데가 없다구. 근데 머리덜을 왜 풀었느냐?" 구.

"저 역시 아부지가 돌아가셨는데. 그 사람 역시 자기 아부지가 돌아가서 그랬대는 식으루 저희 역시 그럴 수두 없는 형편이구. 참 금시발복은 고사해놓구 망지나 아니믄, 즈이는 고사해놓구 돌아간 분이 고생이나 안 허구 좋은 데루 태어나는 그런 때나 기다리는 그런 자리나 어떻게 썼으믄 하는데 저희 맘대루 됩니까? 어서 돌아가시라구. 저희가 알아서 쓰겠다." 구.

"아. 그러냐?" 구. "내가 이왕 이렇게 왔으니 나 살려준 사람에 은공을, 은혜를 갚아야지. 산 사람을, 죽을 사람을 살려줬는데 그냥 간대서야 말이 되느냐?" 구.

"일루 오라." 구.

이렇게 보더니

"이거 대장, 지은 지 삼년 만이믄 대장이 탄생할 자린데. 형제분을 가만히 생각해, 관상을 보니깐 그런 기상을 가지구 있지 않다."

그거야. 그러니깐 그 옆에 숨었다.

"이만하믄 대장감어리 되겠느냐?" 구.

이놈이 기냥 벌떡 일어서거든. 거기 엎드렸다 절을 허는 거야.

"아 저놈이 나를 멱두시를 붙들어가지구 여기까지 끌구 온 놈이라구. 뭐 두말 말구 여기다 쓰시오."

그러구선 달아나 버렸어. 그래 지관은.

거기다 쓰니깐 삼년이 되니깐 나라에서 오랑캐가 쳐들어온다, 쳐들어온다. 군사덜을 수십 명씩 국경에다 배치를 안 허믄 오랑캐한데 끌려가구, 그렇지 않으믄 화살에 맞아 죽구 맹탕 손해를 보는데 인재를 구해가지구 무과를 본다 그래서 이 사람이 무과에, 과거를 보러 갔어. 그래 과거를 보러 갔는데. 그래 처음에는 기운이 장사여야지. 그래, 동맹이(돌맹이) 겉은 걸 안구 땅을 한 바쿠 도는 거구. 동맹이를, 보통 사람은 들지두 못하는 걸 멀리 얼마나 던지는 거. 이런 건 뭐 칼 쓰는 거 활 쏘는 건 이런 건 안 봐두 너 같으믄 대장감어리다. 그러구 두말 할 거 없이 이번 장원급제는 이 박아무개다. 그래가지구 인제 정부에서, 임금이 직접 나와가지구 그 놈의 손을 이렇게 쥐어보니깐 막대기 쥔 심이지, 사람에 손 같지는 않더래. 어떻게 장력이 세구 그런지.

"가히 오랑캐를 적대시할 인재를 얻었다." 구.

그래 잔뎅이를 투둑투덕 허구선. 거기서 임금이 술을 석 잔을 따라 줘서, 어주 삼배를 마시구. 아 기가 맥히게 에기 참 갑주 투구를 해가지구선. 긴 칼을 늘이구선 말을 타구 자기네 집엘 여러 날 만에 가는데. 동네사람이 그 가진 풍악 잽혀가지구선 기냥 기가 수십 개야, 베실아치 가는데. 근데 이건 대장이니까, 인제 대장기를 세워가지구선 쥐구 이렇게 자기 집엘 가는데. 자기 형수덜하구 자기 형덜 둘허구 이렇게 보더니

"에기. 우리 집 엉터리는 뭐 시험 보러 간다구 그러더니 오지두 않구 저런 사람은 참 재주가 좋아서 대과 급제를 했기 때문에 저렇게 호화스럽게 저희 집엘 가는 구나."

그랬더니 아 차차차차 말을 타구서 오는데, 자기 마당에 내리거든. 그래 보니깐 의복은 기냥 베실아치 참, 뭐 대과급젠가 무신 그거처럼 기가 맥히게 머리에다 어사화를 꽂구. 어사화래는 게 임금이 준 꽃을 어사화라구 그러는데. 꽂구선 그랬는데 참 기가 맥혀.

"니가 이렇게 귀한 몸이 돼서 우리집엘 온대니 이게 참 꿈에두 생각 못했다."

그랬더니

"이게 다 아부지 산소를 좋은 자리에다 쓴 관계지요."

"참 아닌 게 아니라 이게 모두 아우 덕분일세."

그러자 얼마 안 있다가 오랑캐가 디리 쳐들어오구 그리니까. 그 한국 파병된 군사덜을 죄 죽이구 그러는 통에 이 사람이 글루 파견을 나가가지구선. 그래 청국이래는 데, 청국. 대개 청국을 상대했다구, 한국서. 상대를 해가지구 허는데. 거기 있는 놈덜 뭐 활루 쏘나마나. 그래두 그 임금이 준 갑옷을 입구 나가니, 갑주 투구를 쓰구 그러니까, 그까짓 거 활루 쐈댔자 맞으나 마나야. 그래 군사 수십 명이 있는 거 죄 칼루다 베서 없애버리구. 거기 대문을 들어갈려니까 아 대문이 어떻게 두꺼운지 도대체 발루 차두 끄떡두 안하구 그래 사병이

"아휴. 저희 재주론 어떻게 열 수가 없으니깐 대장님께서 장군님께서 가보라." 구.

가 발루다 차보니깐 끄떡 안 하드래.

"도끼 가져오너라."

그래 도끼 한 개를 가지구 하는 게 아니라 두 개를 뫄가지구. 기냥 도끼 등으루다 그냥 그 자물쇠 챈 델 기냥 내갈기니깐 '와스슥' 허구 부숴져. 워낙 세니깐 그 노무 쇠구 뭐구 그냥 죄 콩가루 부숴지듯 해서, 발루다 차니깐 삐그덕 허구 대문이 열리는데. 거 뒤에서 또 지원병이 와가지구. 거기 원이, 원 방위하던 군사가 수십 명을 글루 보내가지구 쳐들어와서. 그래 그걸 해가지구 성중 안에, 수십 명 가지구 몇 백 명이 감히 뎀비질 못해드랜 걸. 어떻게 기운이 센지. 첨엔 옆으루다 발루다 툭툭 차문 개구락지 털어지듯 허구, 웬만한 칼루다 내도리구 웬만한 놈은 뭐 도끼루다 한 번만 내갈기믄 기둥이 뚝뚝 부러지구 그러는데, 어유 참 그쪽 임금이 쫒겨가믄섬

"어유 이거 아주 큰 노무 역발사가, 아 항우가 역발사라구 그러드니 아주 역발사가 와 가지구 우리 나라 망한다." 구.

그래가지구 거기 통일을 했는데. 아 또 남만북적이 침범을 해가지구. 그

사람을,

"남쪽을 방위허라." 구.

아 그래 이 한국서 중국이 남쪽이야, 남쪽. 아 거기서 또 남노가 침범을 했는데 그걸 또 막아내야겠다. 그리구서. 도끼는 네다섯 개는 군사덜이 죄 가지구 있는 거야. 큰 노무 도끼덜을. 그래 나중에 남만북적을 전부 죄 소멸을 허구선, 떡 임금이 들어오니깐, 거 군사덜이

"아무리 센 대문이구 뭐구 도끼루다 한번만 내갈기믄 콩가루 부숴지듯 허게 그렇게 장군님이 장사라." 구

그래서, 그래 정승을 나중에 시켰는데. 그래서 그 사람이 도끼루다 대문을 부쉈다 그래서 도끼정승을 시켰어.

[2005년 8월 19일 채록]

148. 상사병 고친 사연II

● 줄거리

총각이 나무를 가다가 대갓집 후원에서 널뛰는 처녀들을 보았다. 총각은 그 아름다움에 넋을 잃어 상사병으로 죽게 될 지경이 된다. 그 어미가 용한 의사를 찾아가 처방을 물었다. 의사는 그 처녀만이 총각의 병을 고칠 수 있다고 알려주었다. 아들의 죽음에 직면한 그 어미는 대갓집을 찾아가 마님께 그 사실을 알렸다. 마님은 펄쩍 뛰면서 처녀를 불러 사연을 말했다. 처녀는 사람의 목숨을 살리는 것이 도리라며 총각을 부르라고 했다. 총각이 찾아오자 처녀는 옷을 벗고 총각의 욕심을 풀어주려 했다. 그러나 총각은 스스로 정액을 쏟고 돌아갔고 곧 병이 나았다. 총각이 은혜를 갚으려 했으나 처녀는 자기 집 재산의 일부를 나누어주고 먼 곳에 가서 살게 해주었다.

▣ 그래 이놈이 그 낭구를, 나무지게를 가지구 가는데. 담장 안에서 뒤 후원 별당에서 널을 뛰는데. 그 굴르믄 그 전방같은 머리를 따구 치렁치렁 하믄 내려갈 젠, 머리가 당기꼬랭이가 위로 올라간다구. 그걸 보니깐 볕두 안 쬐구 그저 초당에서 화장만하구 얼굴이 백옥 같은 여자 둘이 널을 뛰는데. 그걸 보고 물끄러미 보구 뒤루 자빠졌어, 넋이 빠져 가지구. 그래 지나가는 행인이

"이 사람이 근데, 이 사람이 지게 지구 집에 가서 자지, 여기서 자?"

아 그래 정신이 혼미상태지. 아 그래 일어나서 정신을 차리니까 '에라 내가 그렇게 하믄 안된다. 내가 감술생심이지. 양반댁 규수를 보고 이게 침을 생킨

대는 게 말이 아니다.' 낭구를 갔는데 당체 맥이 빠져 낭구할 기운이 없어. 그래 낭구를 까치 둥어리만큼 해가지구. 슬슬 오는데 그 집두 울타리 새 길이 나서 글루 또 오게 됐는데. 그 때는 널을 안 뛰구 조용해서 글루 빠져서, 즈 집이 가서

"낭구 해왔어요."

어머니더러 그래니까 아 낭구 보니깐 반 짐두 안 되게 집어 왔거든?

"근데 이놈아!"

송산 까치 둥어리라구 그래나? 다른 데서 그 소릴 안 헐 거야. 까치 둥어리래는 소리는 했어두. 송산 까치 둥어리래는 소리는 여기 경기 지방에, 욜룬 송산 까치둥어리라구 그랜다구. 송산에 까치 둥어리가 많았거든.

"아유, 골치두 아프고 정신이 없어서 낭구 한 짐 할 기운이 없어서 요만큼 해왔다" 구.

'병이 났다보다' 그러구 밥을 먹을랴구 숟갈을 해두, 숟갈에 여자에 환상이 나타나서 눈에 선하구, 화장실에 가서 있어두 눈에 아룽아룽 대구. 글쎄 병이 들어가지구 식음을 전폐하구 드러누웠는데. 그래 자기 어머니가 아들 병이 난 게 애처로워서 옆에 의사덜한테 물어보구 그래두

"아이, 이거 무신 병은 이상스런 병인데 난 병은 진단할 수가 없다." 구.

그래 용한 대는 사람을 하나 불러서

"애가 무슨 병인지 의사님은 아시겠지요?"

"아, 이게 심화병인데 이게 약으로 못 고칩니다."

"그 심화병이 들 리가 없는데…….

"아유, 그래두 총각인데 어느 여자를 봤던지, 이게 봐가지구 심화병이야. 보질 못하구 감불생심으루 그 여자하구 연애를 못하는 형편이래서 병이 난 거라구. 참을래니깐."

그래 아들한테 가 물었어.

"인제 너 마지막으루 죽어. 메칠 안 있으믄 의사가 죽는다구 그러더라. 너 병이 심화병이야. 너 뭘 봤냐?"

나중에 죽겠대는데 못할 말이 있어?

"사실 아무 날 이러저러한 때 지겔 지구 낭구를 가는데 그 웃집에 대갓집 처녀 자매가 널을 뛰는데 하나 올라갔다 내려가는데 올라갔다 내려오구 그러는데. 기냥 머리를 전말처럼 땋구선 얼굴이 청산백옥 같이 허연데 그렇게 잘 생겼더라. 그래서 그 색시를 보구 내가 거기 쓰러졌었는데 웬 지나가는 행인이 툭툭 치면섬 '아 이 사람이 지겔 지구 자기네 집에 가서 자던지 허지 여기서 자나?' 그래서 깨가지구 낭구를 그래두 송산 까치 둥어리만큼 해 왔다." 구.

"그래 그러믄 이거 어떻게 헌단 말이냐?"

이제 그 망마침에 '에라 이왕 벌을 받으믄 벌을 받고', 감불생심 그런 말두 꺼내지 못헐 형편이거든. '이왕 아들 죽을 바에야, 내가 벌을 받던 원통하지두 않다'구. 그래 그 댁 안 마나님한테 그 얘길 했어.

"우리 아들이 그 댁에 아씨를 널 뛰는 걸 보구 낭굴 가다 혼미해가지구 자는 노무 걸 지나가는 행인이 깨서 '느 집에 가 자라'구 그래서 낭구를 쪼끔 해가지구 왔는데, 그날서부텀 병이 들어가지구 여지껏 식음을 전폐해가지구 메칠 안 있으믄, 의사가 그러는데 죽는다구. 심화병이 들어가지. 구. '이 사람은 약두 소용없는데 고치는 건 오직 그 처녀가 고칠 수밖에 없다.' 그러더라. 그러니 내가 댁에 규수더러 어떻게 고쳐달라구 그러며 시집을 오라 그럴 수두 없는 거구. 내가 마지막으루다 마님한테 그런 줄이나 아시라. 엿줍는 거올시다."

그랬더니

"아 그럼 죽어두 할 수 없는 거지. 내 딸이 뭐 연애를 하다 연애 실망을 한 것두 아니구. 자기 내외가 우리 딸 널뛰는 걸 봤든지 말았든지 내가 알게 뭐냐? 그런 소리 하지두 말구 가라."

그래서 보냈어. 보내구 갔는데 참

"거 널두 지나가는 행인 없을 때 널을 좀 뛰구 그래지, 사람 번잡한데 가서 널뛰지 말라." 구.

"왜 그러세요?"

그래 그런 얘기를 했어, 딸더러.

"아무데 이러저러한 상것이 느덜 널 뛰는 걸 보구서 흠모를 해가지구 병이 들어서 인제 다 죽게 됐어. 그러니 그거 어떡허느냐? 죽어두 할 수 없지. 어떡허느냐 그래구 내가 돌려보냈지."

그래 딸이 가만히 생각하기를 '아무리 자기허구 지체는 얕다 허지만 그래두 인생인데 자기 땜에, 자기를 보구선 자기를 흠모해서 병이 나서 죽는대는 건 자기 책임이 있지 않은가.' 그렇게 생각을 허다가

"그 총각에 에미를 오라구 그러슈."

자기 어머니더러 그랬다구

"그래, 오래믄 어떡허느냐?"

"내 일러줄 말이 있으니깐 오라" 구. "그 사람두 인생인데. 우리허구 지체만 달르지 그것두 사람인데. 사람이 죽는 데야. 사람이 말 한마디래두 도움이 되지 않겠느냐? 그래서 오라구 그러라" 구.

그거 오라구 그래니깐. 아 얼씨구나 그냥두 오래니깐 자기 아들이 그렇게 됐는데 얼른 가서

"아, 왜 그러시냐?" 구.

"그러나저러나 자네 아들이 나 때문에 다 죽게 됐대는 데, 사람은 똑같은 사람이야. 자네 아들은 상사람이구 난 양반이래서 지체만 달르지 사람은 다 똑같애. 죽을 사람을 살려볼려구 애는 쓰는데 될른지 그건 몰르네. 자네 아들을 우리 집으루 데려오게."

"지금 걸음두 못 걷는다."

그거야. 그래

"내가 그러더라구 그 총각한테 그러면 기운이 나. 그러니깐 그렇게 얘길 전하라구."

"아씨가 널 만나자구 그러더라. 그 집으루 오라." 구.

"예?"

신이 버쩍 나서 이놈이 성큼성큼 걸어가거든. 그래 거기 가서 대문 안에 들어서

"소인 왔습니다."

그래구 안에다 그러니까 그 주인마님은

"아 어쩐 일이냐?" 구.

"여기 아씨께서 절 보자구 그래서 왔습니다."

"우리 딸이 보자구 그러긴 뭐 때문에 보자구 그러냐?" 구.

아 궁금하니깐 자기 딸더러 물어봤어.

"아무개가 왔는데 왜 보자구 그랬냐?"

"개 살리는 방도가 없나 하구 불렀다." 구.

"거 어떡헐 작정이냐?"

"그건 염려 마시라." 구.

그래

"들어오라." 구

그랬어.

"이 문두 열구 그래지 말라."구. "하인두 절대 들여보내지 말라." 구.

아 그래

"우선 너부텀 옷부텀 아래윗도리 다 벗어라."

그거야. 그래 윗도리 다 벗었는데. 아무리 병이 든 놈이래두 그 심화병이구 부족병 들믄 자지가 그냥 노다지 다 죽어서 다 탱탱하대거든. 그래

"인제 내가 벗는다."

그 아랫도리 훌렁 벗어가지구 쩍 벌리구 드러누웠는데 이 총각녀석이 그걸 보더니 원 눈이 뒤집히는지 알 수가 없을 정도야.

"나 허래는대루 꼭 해야 돼."

"네. 죽으래믄 죽겠습니다. 여기서."

"그 저 복숭아뼈에서부텀 자지를 대가지구 슬슬 올라오너라."

그거야. 그래가지구

"여기까지 와서 일루 들어오라."

그거야. 자식이 급한 마음에 냅다 치올라와가지구 거기다 디리 댔으믄 괜찮은 건데. 이놈이 슬슬 얼굴만 들여다보구 슬슬 하는데. 사타구니꺼정 넙적다리 한 반쯤 가가지구서, 에미 자지에서 물이 확 쏟아지니깐 고만인데

"에라, 이놈아"

그러구선. 아주 각오하구 그 여잔 드러누웠는데. 그냥 발길루다 배를 걷어차구선

“어서 빨리 가, 임마. 옷 입구.”

아 그거 뭐 그래두 원은 풀었으니까. 옷을 입구선

“안녕히 계시라.”구.

그러구선. 집이 가서 있는데. 이놈이 차차차 밥두 잘 먹구 아주 언제 앓았드냐야. 그게 약이 돼가지구, 한번 봐서. 그래 인제

“어떻게 금방”

즈 어머니가,

“금방 나가니?

“금방 내쫓아버렸지요. 근데 병은 낫을 거에요, 인제.”

“어떡했는데 그러냐?”

“그건 아실 필요 없으세요. 욕은 안 당했으니깐. 아실 필요 없다.” 구. “거기 가서 알아보세요.”

거 알아보니깐 아주

“아 마님 오셨습니까?”

하구 인사를 깍듯이 하거든.

“마님 덕분에 죽을 목숨을 살리구 아씨 덕분에 지가 재생에 길을 열어주셔서 이런 은혜를 언제나 갚겠느냐?” 구. 제가 거기 가서 하인 노릇을 해가지구 일생을 지낼 테니깐 받아주시겠냐?” 구.

“그게 안 된다. 우리 큰 아씨 때문에 보구선 병이 났대는 게, 수시로 볼 거니깐 한 집이 살믄 볼 꺼니깐 안 된다.”

그리구서 그 큰 딸더러 그 얘길 허니깐

“아 그럴 거 없이 하인으루 두질 말구, 우리 재산에 참 십분에 일이래두 노놔주믄 개는 부자야, 먹구 살아. 재산을 십분에 일이래두 베서 먼 데 가서 살라구. 그럼 나두 다시 보지두 않구 서루 잘 살 거니깐 그렇게 하라.” 구.

그래서 큰딸 때문에 그 모재(母子) 잘 살 구 밥 걱정두 안 했대는 애기야.

[2005년 8월 19일 채록]

149. 토정 선생과 제자의 문답

● 줄거리

토정 선생의 제자가 글을 읽다가 선생에게 해인의 임자가 누구냐고 물었다. 토정 선생은 여러 정씨 중에 임금이 되는 사람이 바를 정 자 정가라고 답했다. 제자가 다시 옥새를 어떻게 찾을 수 있느냐 물었다. 토정 선생은 주인이 나타나야 옥새가 나타난다고 답했다. 제자가 다시 사람이 어떡해야 사느냐 물었다. 토정 선생은 하늘이 점지해 주어야 살 수 있다고 답했다. 제자가 어디에서 살아야 하느냐 물었다. 토정 선생은 임진강 이남에 살아야 한다고 답했다. 토정 선생의 말은 어떻게 해석하느냐에 따라 달라지기에 알 수가 없는 것이다.

▣ 토정 선생하구 제자하구 둘이 글을 배다가 인제 한가하니깐.

"이 세상이 이게 어떻게 될까요?"

"뭐 어떻게 되냐?"

아 누가, 아유 그게, 옥새를 바다에다 집어던졌거든, 그 계룡산인데. 그래 그 이저 바다 해(海) 자, 도장 인(印) 자, 해인(海印)인데.

"그래 해인에 임자가 누구냐?"

인제 그 제자가 물으니깐, 토정이

"정씨위아인이라."

정씨가 인제 왕이 된다. 근데 그게 어렵거든.

"정나라 정(鄭) 자, 정가냐, 고물개 정(丁) 자 정가냐, 바를 정(正) 자 장가냐?"

뭐 참 정자가 여럿인데.

"그럼 정나라 정 자 정갑니까?"

"아니다."

"그럼 고물개 정 자 정가가 왕이 될 것입니까?"

그러니까

"아니다."

"바를 정 자 정가라."

그래니깐 그 바를 정자, 이건 바를 정자 아냐? (바를 정자를 탁자 위에 써 보이며)

"이 정가냐?"

"아니다."

"그럼 이것두 아니구 저것두 아니구, 그럼 바를 정자가 누구냐?" 구.

"임금 되는 사람이 바를 정 자 정가다."

그거야. 그러믄 해인(海印)을, 저 지금으루 이르믄

"물 고무랠 차구 마스크를 뒤집어쓰구선 바다에 들어가서 그걸 찾을 수 있느냐?"

"정씨가 아니믄 찾을 도리가 없다. 옥새(玉璽)래는 게 보통 막대기루 판 것두 아니구, 참 수정이나 옥으루 판 인인데 그걸 찾을 수가 있냐?"

"쥔이 나타나야 반드시 나온다."

그렇게 얘길 허구서,

"그래 이 앞으루 사람이 살래믄 거 어떻게 살아야 하느냐?"

"오두오막이니라."

까만 머리에다 오막살이집이야. 까마귀 오(烏)자 오두, 까만 대가리에다, 그래 머릴 빡빡 깎구 상투를 짜야 살지, 만일 빡빡 깎구 그러믄 죽는다 그거야. 근데 이저 임진왜란 때 많이 죽었거든, 죽기는. 머리 깎은 사람덜이 많이 죽었다구. 그래 오두오막이니깐 오막살이니. 집이래두 크믄 그러믄 의병덜한테 전부 양식 뺏기구 모두 의병이 나오라구 그래서 안 나오믄 칼루다 모가지 도리구. 그래서 그때 이래저래 많이 죽었어. 의병 나가믄 죽으니깐 안 나갔거든. 그럼 그럭해서 살믄 다 그렇게만 허믄 되지 않느냐?

"사람에게 그 때 시절에 하늘이 그렇게 지시를 해구 그래야 오막살이 집에서두 살게 되구 그러는 거지, 임의대루 되는 게 아니다."

"그럼 어디까지 가야 합니까?"

그래니깐

"임진강 이남에 살아야지 이북에는 가믄 안된다."

근데 앞으루 뭐 참 오십 년두 내다보구 뭐 육십 년두 그러는 건데. 그래 임진이북재작호라. 임진강 이북은 다시 오랑캐가 점령한다. 근데 지금 남한 북한 그러지만 원 최초에 그게 김일성이가 정권 잡아가지구 뭐 헐 젠 오랑캐나 매찬가지였었다구. 그래서 그걸 임진이북은 재작호라라구. 토정이가 그렇게 알구선 얘기헌 거지.

그거 토정하구 제자하구 문답한 건, 이 사람은 이렇게 해석하구 저 사람은 저렇게 해석하구 그걸 꼭 알 수가 없대는 거야. 정씨왕이래는 건, 그래 여지껏 정씨가 나타나지 않았대는데 그래 그것두 틀리지. 왜 틀리느냐 하믄, 아에기 이승만박사서부텀 여지껏 에기 역대 대통령이 에기 다섯 여섯 일곱 명씩 갈렸는데 무신 왕이 어디가 또 나오며. 그래 인제 정감록두 맞지 않는대는 거야. 이 앞으룬.

[2005년 8월 19일 채록]

150. 임금을 감동시킨 청지기의 지혜

● 줄거리

누각을 거닐던 임금이 보니 청지기가 수랏상을 들고 오고 있었다. 그런데 수랏상에 있던 사과가 땅에 떨어져 구르는 것이었다. 청지기는 얼른 사과를 주어 혓바닥으로 닦은 후 다시 상에 올려놓았다. 수라를 가져온 청지기에게 임금이 음식을 어떻게 하면 깨끗한가 물었다. 청지기는 보지 않으면 깨끗하다고 답했다. 이것을 들은 임금은 청지기를 그냥 돌려보냈다. 저녁에 청지기가 들창문을 닫으러 왔다. 임금은 청지기를 혼내주려고 창을 바쳐 놓은 버팀목 밑에 물 양푼을 바쳐놓았다. 청지기는 버팀목을 쳐 문을 닫으려다가 무슨 소리가 나는 것을 들었다. 이 소리를 들은 청지기는 막대기를 휘둘러 아무 소리가 나지 않을 때야 비로소 문을 닫았다. 임금은 청지기의 지혜를 칭찬하고 포도대장으로 삼았다.

▣ 임금이 하루는 점심땐 데. 심심허믄 인제 누, 마루가 있거든. 누 마루에서 뒷짐을 지구 왔다갔다 그러구 있는데. 그 참 내시가. 내시, 진짜 내시가 아니구 인제 내시 아래 청지기, 심부름하는 사람인데. 그래 임금 점심 수랏상을 가지구 이렇게 오는데, 아 과일이니깐 조끔만 툭허믄 인제 굴러 떨어지는 판인데. 조심을 허는 데두, 지금으루 일르믄 사과 겉은 노무 게 하나 뚝 떨어져, 땅에 가 떨어지니깐, 거 어떻게 해. 발루다 밟을 수두 없구. 그래 이렇게 하니깐 한쪽에 흙이 묻었으니깐 혓바닥으루다 이렇게 핥아가지구. 옷에다 이

렇게 문질러서 거기다 요렇게 감쪽같이 올려놨어, 그러니깐 뭐 감쪽같지. 아 그러는 걸 임금이 봤네. 누 마루에서 거닐다가. 그 본 걸 청지기, 수랏상 가지구 가는 놈은 알 게 뭐야.

"수라 드시지요."

그러니까 내시가 먹으라구 그러는 거지.

"너 잠깐 거기 섰거라."

"네."

그리구서 수그리구 있는 거지.

"음식이 참 고루고루 맛있게 잘 채려왔구나. 그러나 저러나 음식을, 어떡해야 조촐하구 맛있구 깨끗허냐?"

임금이 물어봤어, 그 혓바닥으루 과일 핥은 놈더러. 벌써 임금이 그렇게 문의헐 적엔 그 '떨어진 걸 봤구나.' 이게 생각이 떠올라서

"네. 모든 것을, 주방에서나 뭐 허든지, 바깥에서 가주왔든지 먹는 사람이 보지 않으믄 깨끗합니다."

보믄 뭐든지 더럽다, 그거야. 주방에 와서 뭐 하는 게.

"보지 않으믄 깨끗하다?"

그렇지. 자기가 거 떨어지는 걸 보지 않았으믄 누가 혓바닥으루 핥았는지 뭐 걸레루다 문질렀는지 아나?

"아, 그렇겠구나. 가거라."

아, 이놈이 대답이 웬만하믄 '뭐 깨끗하게 해야 하구, 뭐 행주질을 치구 뭐.' '이놈이 혓바닥으루다 핥진 하구, 임마 행주질만 쳐?' 그러구 그 놈을 죽일랴구 그랬는데, 말대답을 '보지 않아야 깨끗합니다.' 그러는 말에, 임금이 달리 생각을 허구. '이놈이 능통하다.' 그러구.

이 놈이 가끔 와서 누 마루 청소두 하구 인제 그러거든. '이놈을 내 언제든지 트집을 잡아가지구 벌을, 된 벌을 줘야지.' 그리구서 그놈이, 언제든지 저녁때가 되믄 이 들창문이 있어, 이렇게. 문을 밑에서 이렇게 해가지구 여기루다, 자루다 버틴다구. 그래 그걸 죽 버티구 위에 고리를 해, 끄나풀을 못에다 고리를 걸기두 하는데. 그래 임금이 한 가운데다가 이 양푼에다 물을 하날

떠다가. 저 그래니깐 들창 이렇게 논 데다가 여기다 갖다, 안에다 집어 넣어 놨어. 아 고리에다 버팀목만 치믄 확 쏟아질 건데. 그래 '이놈 니가 일을 저질르지 않겠느냐?' 그러구선 그 옆에 가서 그거 허는 거 보구선 뒷짐을 지구 슬슬 거닐구 댕기는데.

"아, 너 들창문 내리러 왔니?"

"네."

그리구선 들창문 다 내리는데. 이만한 자루, 꼭대기 버텨 논 거 있잖아? 그 두 구텡이에다 하나씩을 버티니까, 창문 하나에 두 개씩 있거든. 그래 하나 빼가지구선 이렇게 휘둘르는 거야, 이 안엘. 이렇게 있나 하구. 한 가운데 들어와서 '뗑겅' 허니까. 아 그걸 돋움을 놓구서 물양푼을 참 여기 이렇게 얼찐하는 걸, 슬며시 잡아댕겨가지구 땅에다 이렇게 놓더니. 그래 임금은 본체만체 했지. '저놈이 어떻게 허나' 관망만 보는데. 그래가지구선 열두 개가 죄 막대기루다 휘둘러서 아무 소리두 안 나니깐. 그때서야 인제 모조리 해가지구, 딱딱 닫구선, 양푼에 물 퀸 건 바깥에 가주가서 내 버리구 닫구 들어갔단 말야. 이번에 꼭 저놈이 속을 줄 알았더니, 임금이 '아, 자기, 내 임금이지만 자기 지혜룬 저놈을 속힐 방도가 없어. 저 놈을 해가지구 청지기에서 베실을 줘가지구 나라에서 좀 공을 세우게 베실을 줘야겠다.' 그러구선 (채록자가 전화를 받는 통에 이야기가 중단되었다.) 그래가지구 임금이 추후에 불러가지구 포도대장을 시켰어. 죄인 불러서 문초하구 그런 노무 대장을 시키구. 그래서 그 한 번 말대답 두 번 잘 하구, 한 번은 그 양푼에 물 떠다 놓은 거 그걸 용케시리 발견을 해서. 아 '이거 정말 죄인 잡는데 적절히 써먹어야겠다.' 그래구서 포도대장을 시켜서 베실을 했대는 거야.

[2005년 8월 19일 채록]

151. 노루로 보여 총 맞은 사람

줄거리

산모퉁이를 돌아 밀밭으로 가던 포수가 노루가 밭에서 콩잎을 뜯어먹고 있는 것을 보았다. 포수는 화약에 불을 다려 총을 쏘았다. 그러자 노루가 일어서더니 엉덩이를 흔들었다. 알고 보니 노루가 아니라 사람이었다. 포수가 쏜 총알은 영감이 차고 있는 부시에 맞아 엉덩이에 불이 붙었던 것이다. 포수는 영감에게 사과를 하고 집으로 돌아갔다. 얼마 후 포수는 금은과 쌀을 영감의 집으로 보냈다. 영감은 포수에게 총을 맞은 덕분에 잘 살 수 있게 되었다.

▣ 사냥을 나갔는데 총을 가지구 죙일 돌아댕겨서 아무 것두 못 잡았거든? '아 에기 오늘 재수가 이렇게 없나' 하구. 산 모랭이를 돌아서 쓱 가니깐 참 밀밭인데, 밀밭에다 콩을 심었는데 노루가 콩 이파리를 뜯어 먹으먼섬 검실검실 하구 나가더라 그거야. 야 이게 노루가 여길 어떻게 내려와서, 산에서 풀을 뜯어먹지 않구 콩을 뜯어 먹나? 그러구선 기냥 무조건허구 부시 쳐서 화약 넣을 건데. 부시를 쳐 가지구서 화약에다 불을 대려서 방아쇠를 그어 잡았거든, 그냥. 그랬더니 아 소리가 벨안간, 총소리가 나니깐 노루가 벌떡 일어시는 거야, 콩밭에서. 그래더니 여기를 주물럭주물럭 하구선. 거기서 불이 나니깐. 이렇게 해 가지구선, 이렇게 저 부시주머니인데, 부시주머니에 불이 나니깐. 이렇게 확 뜯었는데.

"아, 이 부시주머니에서 불이 났다." 구.

아 그러니깐 아 뛰어 들어갈 수밖에 더 있어? 포수가 뛰어 들어가서
"아유, 어디 뭐 다치지 않았냐?" 구.
"아, 이 부시가 워낙 잘 나서 가끔 여기서 불이 난다." 구.
아, 총으루다 쏜 줄 몰르구.
"아유, 일루 나오시라." 구.
"왜 나가느냐?" 구.
"제 얘길 들어보시라." 구.
그래 콩밭 머리에 들어가서. 근데 그 사람이 윗통을 디리 벗구 그래서, 태양에 데 벗어져가지구. 그저 벌건 게 마침 노루가 기어나가는 거 같아서 내갈긴 노무 게. 재수가 있느라구. 그 부시가 이거보담 두 넓이 가는 노무 있어요. 그래 노루처럼 외알이거든. 그래 외알이 부시 쇠를 내갈겼으니깐 사람한텐 다치지 않구, 거기서 불이 났지 뭐야. 불이 나서 그 옆에 부시깃에 가 불이 댕겨가지구 거기서 허니깐 그때 뜨거워서 응뎅이를 극적극적 허구선
"아 이 노무 부시가 가끔 불이 잘 난다." 구.
"그게 아니구, 지가 총으루다 쏴서 이렇게 된 건데. 아유, 이거 용서하시라." 구
"할아버지 명이 하늘이 내려준 명이지, 참 저한테 돌아가실 명은 아니라." 구. "아유, 뭘루다 보답해야 하느냐?" 구.
그래 자기가 노잣돈 뭐 해서 가주 간 것두 없구 그래, 점심 도시락 싸 가지구 댕기면섬 산에 가서두 먹구 그러는 거, 꺼내주구
"어디 사시느냐?" 구.
그래
"요 너머 오막살이집이 산다." 구.
"아, 그러냐?" 구. 그럼 들어가시지요."
"왜? 이거 마저 매야한다." 구.
"할아버지네 집을 알구 가야지 그냥 가믄 안 된다." 구.
그래 산 너머 보니깐 참 오막살이집이 하나 있는데. 늙은 마누라가
"아, 왜 벌써 들어오슈?"

그래니깐

"아, 좀 손님을 만나서 집을 알려달라구 해서 들어왔다." 구.

"아, 집은 알아 뭐 하느냐?" 구. "근데 포수 같은데."

그 마누라한테두

"영감이 콩밭을 매는데 노루가 콩잎 뜯어먹는 줄 알구 쐈는데, 부시를 총알이 맞아가지구 거기서 불이 나가지구서 이 할아부지가 일어서서 사람인줄 알구. 그래 들어가서 모시구 들어온 거다. 그러니깐 뭐 다치시지만 않은 거만해두 참 하늘이 도우신 거지. 인명은 재천이래드니 정말 재천이라구. 담에 찾아뵐려구 이 집을 알기 위해서 왔다." 구.

"아유 우리 사는 게 밤낮 이렇지 뭐 그러냐?" 구.

그래더니 거

"안녕히 계시라." 구. "낼 모레 찾아뵙겠다." 구.

"당신, 어디 살어?"

그래니까

"아 저희 집은 알 필요 없습니다. 이 산 너머 한참 가야 한다." 구.

그래가지구 자기가 거 하인헌테 말에게다 기냥 금은두 좀. 부자니깐 총을 가지구 다녔지. 그냥 금은두 좀 실구 쌀두 참 몇 가마 실구, 그래서 하인을 시켜서 아무 데 이러저러한 데 갖다 부려 놓구 와라. 그래 하인을 시켜서 했는데, 자기는 오지 않구 하인이 와서

"아무데 이런 포수가 이걸 전하구 오라구 해서 이렇게 왔다." 구.

"아유, 이런 고마울 데가 어디 있냐?" 구. "참 고마우. 정말 고맙다구 가서 포수더러 이르라." 구. "잘 먹구 살겠다." 구.

그래 인제 그 노룬 줄 알구 한 번 총에 맞아서. 그래서 포수가 금은보화럴 대줘서 심이 폈대는 얘기야.

[2005년 8월 19일 채록]

152. 맥추麥秋도 역추亦秋

줄거리

처녀가 열여덟 살이 됐는데 아버지가 시집을 보내주지 않았다. 시집을 보내 달라고 조르니 아버지는 가을이 되어 추수를 하면 보내주겠다고 약속을 했다. 유월이 되어 보리타작 할 때가 되자 처녀는 보리가을도 가을이니 시집을 보내 달라고 졸랐다. 아버지는 벼 수확을 해야 시집을 보내주겠다고 했다. 처녀는 할 수 없이 가을까지 기다렸다. 가을이 되어 수확을 할 때가 되니 수확한 벼를 지주와 장리 쌀 빌려준 사람들이 몽땅 가져가 버렸다. 아버지는 할 수 없이 내년에 보내줄 수밖에 없다고 했다. 이 모양을 본 처녀는 스스로 결혼을 해야겠다고 생각하고 남장을 하고 집을 나섰다. 한참 가다 고개를 넘으려다 한 총각을 만났다. 총각은 날이 어두우니 자기 집에서 쉬다가 내일 가라고 했다. 처녀가 그래도 가야한다고 하니 총각이 횃불을 만들어 주었다. 처녀는 횃불을 들고 고개에 올랐다. 쌍갈래 길이 나와 왼쪽으로 돌아서 한참을 가다보니 도로 총각의 집이었다. 이것이 운명이다 생각한 처녀는 총각과 그 노모를 설득하여 혼인을 했다. 혼인을 한 여자는 남편과 함께 친정으로 인사를 갔다. 연유를 말씀 드린 후 자기 집으로 가족을 모셔 함께 잘 살았다.

▣ 딸을 하날 뒀는데, 한 열칠 팔 세 되니깐. 그래 열칠팔 세 되믄 노처녀라구 옛날엔.

"아부지 시집보내 주, 시집보내 주."

그러니깐. 아 가세는 빈한하구 어떻게 헐 도리가 없으니깐

"돌아오는 갈에 내 보내주마."

그래 농사꾼은 인제 갈이믄 새 곡식이 나오구 그러니깐 다만 몇 말이래두 팔아서 혼수를 좀 장만하구 그래서 '가을에 보내주마' 그랬는데. 그럭저럭 해서 이제 유월이 닥쳤어, 음력. 그래 육칠월이믄 이제 보리타작, 밀타작을 했거든. 그래 자기두, 자기네두 아부지가 보리를 베다가 마당에다 놓구 도리깨루 디리 두드리니깐

"아부지, 아부지. 점심 잡숴요."

"점심이 됐니?"

그래 점심을, 보리밥을 한 순갈 떠 먹구 있으니깐

"아부지, 아부지, 저 시집 보내주신대드니 왜 안 보내주세요?"

"아 돌아오는 갈에 보내주마 그랬는데 무신 시집을 보내느냐? 이래두 둬 달 있어야 된다."

그래

"맥추(麥秋)두 역추(亦秋)올시다."

보리갈두 가을이야.

"벼 갈만 가을입니까? 보리갈두 가을이니 보내 달라." 구.

그래서 맥추두 역추래는 소리가 나왔는데.

"그럼 한 달, 여지껏 십칠 년을 참아 왔는데 두 달이야 못 참겠냐?" 구.

인제 두 달을 참아서 인제 맥추가 아니구 인제 도추(稻秋)가 됐으니깐

"시집 보내주세요."

"그래 보내주마."

그래니 한 해 농사 졌다구 에기, 전부 남의 도지 논을 하믄 도지 주구 나믄 쥔은 빗잘루나 가지구 들어가는 거야. 가주 들어갈 게 없어서. 전부 도지 주구 뭐 그 장리쌀 먹은 노무 거 장리 베 갚구. 그럼 타작하는 날은 도지 준 사람덜 뭐 장리 준 사람이 죽 앉아서 볏섬을 깔구 앉았는 거야. '이건 제 해다, 제 해다.(자기 것이다)' 그래서 그 딸이 생각허기를 '아휴, 올 갈에두 시집가기는 틀렸는데 이걸 어떻게 하나?' 그래서

"아부지 아부지. 저 집이서 나가겠습니다."

그래니깐

“어딜 나간단 말이냐?”

“아무 데 가서 남자 하날 구해서, 사내를 해서 시집장가 가는 예를, 정한수를 떠서래두 놓구선 예를 이루고 사위를 데리구 지가 오겠습니다.”

“그게 말이 되는 말이냐?” 구. “내가 어떻게, 돌아오는 가을에는 꼭 어떡하든지 열일 제쳐놓구 시집을 보내줄 테니 그때까지만 참아라.”

“그럼 열여덟 살인데 그때까지 참긴 어떻게 참느냐?” 구. “제 운명에 맡기세요.”

그래가지구선 남복을 허구 자기 집을 나선 거야. 자기 아부지한테,

“하여튼 몇 해가 되든지, 몇 달이 되든지 댕겨오겠다.” 구.

“그래 아무튼 몸조심하구 댕겨 오너라.”

그래 가니깐 꼴 진 노무, 꼴망태 진 노무 총각이 하내 더퍼덩 더퍼덩 허구 산에서 내려오더라 이거야. 그래 가니깐, 아 이거 보니깐 미남잔테

“어느 댁 도령님인데 이렇게 까끔한 서방님이 돼서 이 산길을 가시느냐?” 구 “지금 가믄 날이 저물 텐데 거길 어떻게 넘어가시느냐?” 구. “거기 넘어가시지 말라.” 구.

“아 부득불 이 산을 넘어가야 한다.”

이거야. 그럼

“깜깜하냐?”

그러니깐

“깜깜하구 후딱하믄 호랭이가 나와서 사람을 해하구 그러는 고개라. 불이 아니믄 갈 수가 없다.”

이거야. 그러구

“길이 어딘지 개울이 어딘지, 도로를 분별 못하는 고개니깐 가시지 말구 누추하나마 저희 집에서 하룻저녁 자구 가라.”

그거야. 그래 할 수 없이 그 총각을 따라서 갔어. 그래 자기 노할머니가, 노모가 있는데.

“어머니, 저 손님 한 분 오셨는데 조반이나 어떻게 낮잡아서, 이 손님대접

을, 저녁 대접을 해야겠는데 낼 아침이믄 가실 건데 대접을 해야 하는데."

그래 거기 가서 참 조심조심해서, 참 갓을 벗어놓구 두루매기두 벗어놓구 있는데. 여잔 유별나게 여기가(가슴에 손을 대 보이며) 통통하잖아? 통통헌데 뭐 총각이 또 그걸 눈여겨 보지두 않구. 만일에

"이 고개가 여기두 이십 리 저쪽두 이십 리, 사십 리 길이야. 그러니깐 만일에 어두으믄 이 촛불을 키구 가시오."

그래구서 누런 초를 한 자루 주더라 그거야. 그래

"이걸 난 담배두 필 줄 몰르는데. 이걸 어떻게? 난 부시두 없구."

"아, 내 부시까지 대령을 해 드릴 테니 가주 가시오."

그래 옛날에 부시가 아니라 이만하게 부시꾸래미가 있어. 쑥이구 뭐 수리치를 배짝 말려가지구 귀 가지구 그걸 부셔서 가죽을 껄껄헌 노무 걸 죄 털어버리구 솜 같은 게 남는데. 그걸 뚤뚤 뭉쳐가지구. 그래 새끼오래길 꽈. 꽈 이만하게 해 가지구. 그걸 불을 대리믄, 이 다른 끈타블루다 이렇게 칭칭, 칡오래기루다 감으믄. 거 칡오래기는 얼른 안 타거든. 근데 속에 게 디리 타는 거야. 근데 그거 한 꾸래미 가지믄 산 삼십 리 사십 리를 가두 다 꺼지지가 않아. 그래 옛날에 그거를 부시꾸래미를 가지구 가서 호랭이가 오믄 휘익 하믄 불이 이니까 또 휘익 하구 둘르믄 거기서 불이 일어나. 그래 인제 모면을 하구 그랬는데.

길을 가다 가다가 고개를 넘어서는데, 고개를 넘어섰는지 고개 이쪽에 있는지 알 수가 없는데. 그래두 호랭인 만나지 않구 그랬는데. 아 가다보니깐 길이 이렇게 쌍갈랭이가 졌어. 그래 일루 가야 자기 목적지를 가는 건데, 이쪽인줄 알구 그래 일루 들어섰어. 그래 일루 들어서니깐 도루 오던 길, 그 집을 찾아간 거야. 아, 그래 보니깐 그 집이군. 근데 이게 어떻게 된 건지 이 저 횃불은, 부시 횃불은 여태 반두 안 탔는데 여길 도루 왔으니 이걸 어떡해 해.

"바른 쪽 길루 가셔야 하는데 왼쪽 길루 가셨군요. 도루 일루 오는 길이에요."

그래 이렇게 보니깐 총각이 뭐 글자나 조금, 천자 권이나 읽었나 본데. 여기 어디 갔지? 책 (이야기 목록을 적은 수첩을 보았다. 수첩에는 이야기 목록과 한문 구절이 적혀 있었다. 한문 구절을 찾아보며) 암중행인(暗中行人)이 우득명

촉(偶得明燭)이야. 깜깜한 가운데 행인이 우연히 밝은 촛불을 얻었대는 거야. 근데 저거지 뭐야? 부시루다 홰 맨들어 준 거. 그거 인제 촛불이라 그러는 건데. 암중행인이 우득명촉이라.

"거 내가 그 행인이 아니냐?"

인제 그 총각더러 물어보니깐

"아유, 그런 말씀 하지 마세요. 명촉이 무슨 명촉 값을 합니까? 거 미련을 방지하기 위해서 혹시 위기를 면하지나 않으까 해서 내가 해드린 건데 그런 말씀 말라." 구.

그래 인제 이판사판이야. 다시 또 그 고갤 넘어두 누가 오래는 사람이 있어? 거기 넘어가 봤댔자야. 야 이게 인연이, 이 총각하고 인연이 닿은 거야. 그러니까 길루다 일루 가질 않구, 일루 돌아서 쌍가랭이루 해서 우측통행을 하는 건데 좌측으루다 왔기 때문에 여길 도루 온 거니깐. 하늘이 총각을 인연으루다 지시를 헌 거니까 내가 탄로를 아주 내야겠다. 그러구선

"내가 사실"

그 총각더러 방으루 들어오라구 그래서 늙은 어머니 앞에 앉아서

"내가 총각이 아니라 처녀야."

"근데 어떻게 변해서 미남이 됐냐?" 구.

"아, 집이서 아부지더러 시집을 보내 달라, 보내 달라."

그래두

"내년, 올 갈에나 보내주마."

그래 '역추두 맥추라구 보리갈두 갈이 아니냐'구. 그래두 '도라오는 베 갈에나 시집보내주마' 그래 또 한 해 넹기구 한 해 넹기구 '그래서 지금 십 팔 세가 됐다' 그거야. 그래니깐

"난 오두 갈 데두 없구. 가야 아버지나 뵐 건데. 가야 가세는 빈한허구 농사 지어봤댔자 제기 갈에 타작을 해두 장리 준 사람이 와서 볏섬 깔구 앉아서 죄 가져가구 지주가 또 도지 받아가구 그러믄 아부진 밤낮 빈 가마나 가주와. 우리 먹을 건 없구. 그래 이 총각두 지금 스물 살은 됐을 거 아냐?"

"스물세 살이라."

그거야.

"스물세 살이믄 다섯 살 연상인데 아주 똑 나이가 맞다."

이거야.

"나하구 둘이 인연을 맺으믄 어떠냐?"

"아유 나같은 천민이 그래 규수를 어떻게 넘보겠냐?" 구.

"아, 그리지 말라." 구. "아 동등이야. 당신하구 나하구 똑같은 일첸데 뭘 그러냐?" 구. "어머니 저 어떠실까요? 메누리 삼으믄."

"아유, 메느리가 됐대믄 황제보살이지 더 바랄 게 뭐 있겠느냐?" 구.

그래서 거기서 소반에다 물을 떠다놓구선 대례를, 참 약식으루다 대례를 시켜서 그 처녀 총각을 예를 올려가지구. 자기 집을, 그래두 거기보담은 형편이 나으니까. 처갓집보다는. 그래 쌀을 몇 말 걺어지구 처녀를 앞세워가지구 장인 장모를 찾아가서.

"저 나간 아무개 왔습니다."

그래니깐

"뭐 아무개가 왔어? 니가 어떻게 여길 들어왔느냐?"

그래

"남편을 성례를 해가지구 아부질 뵈러 왔습니다."

"아 그랬어?"

그래 보니깐 치장을 허구 그래니깐 남자두 아주 미남자야.

"아, 그만하믄 사윗감이 훌륭하구나."

그래 지구 간 노무 쌀을 한 두어 서너 말 내려놓구 그래니깐

"이건 뭐냐?"

"쌀이에요."

"아유, 귀한 쌀을 가주 왔냐?"

자기넨 귀하지만 처갓집은 그래두 여유가 있으니깐

"아부지 고생하셨는데 임시변통하시라구 쌀 몇 말 가주 왔습니다."

그래서 사위가 거기서 노부모 모시구

"보리타작허구 벼 타작해야 밤낮 고생이나 하구 그래니깐 저희집으루 가

세요."

그래 자기네 집에 가서 그래두 방이 여유루다 서너 개 있구. 오막살이래두 사랑방이 하나 있어서. 그래 아래 웃방이 있구 사랑방이 하나 있구 그래니깐 두 집 살림은 충분히 할 거 같아서.

그래서 딸이 나가서 사내 잘 얻구 자기 친정어머니 아부지 봉양 잘 허다 죽었대는 얘기야. 그래 맥추두 역추라구 보리갈두 또 갈인데, 왜 시집 안 보내주느냐구 그래가지구 신랑이 써붙인 건 아니데 암중행인이 우득명촉이라. 깜깜한 밤에 행인이 밝은 촛불을 얻었다 그러는데 그 여자가 남자를 촛불이라구 허는 글이 아닌 가 해석을 했다는 거야.

[2005년 8월 19일 채록]

153. 방구탕탕 석양풍夕陽風(엉터리 시 짓기)

● 줄거리

서당에서 선생이 학동들에게 운자를 내 한시를 짓게 했다. 그런데 웬만한 실력이 있지 않으면 한시를 지을 수가 없었다. 시를 짓지 못하고 종일 붓만 빨아 학동들의 입이 까맣게 되었다. 그래도 점심때가 되자 학동들은 싸온 보리밥 도시락을 먹었다. 그리고 학동들은 방귀를 뀌며 '보리밥 한 그릇을 모두 먹고 저녁 바람에 방귀만 탕탕 뀌나 종일 썼어도 분판은 하얗구나.(맥반일식 모도식 방귀탕탕 석양풍 종일끝에 분판백) 하는 글을 지었다.

▣ 참 가령 저 선생이, 한문선생이 시제를 내거든, 운을. 이제 운을, 운자는 밑에다가 일곱 자 끝에, 여섯 자 밑에, 이걸 뭐야. 이제 꾀꼬리 앵(鶯)자가 있으믄, 꾀꼬리 앵 자가 인제 운자야. 그럼 어떡하느냐 하믄 글을 짓되 이제 사월, 사월산심 심운앵이다. 사월에 산이, 사월이믄 녹음이 짙어지믄, 산심(山深)이거든. 그래서 깊다 그래 사월이믄. 그 기럭지가, 낭구야 자라기야 조끔 자랐지만, 그래 산심사월 심운앵이라구두 그래구 사월산신 심운앵이라구 똑같은 말이지. 심운앵이라 그래믄 꾀꼬리 앵자를 넣어서 사월산심 심운앵이라 이렇게 글을 지어야 할 텐데. 이거는 밑에다 넣어서 글을 지을 수가 있느냐 말야. 그래 하늘 천 자 허믄 뭐 운담풍경근오천(雲淡風景近午天)이다. 구름이 맑고 바람이 가벼우니깐 이게 아마 점심때가 돼서 낮 하늘이 가까웠나보다. 하늘 천자 밑에 근오천 고걸 넣어서 글을, 웬만한 능통하지 않은 사람은

그거 글을 지을 수가 없어, 고걸 넣어서. 그래서 이 노무 거 종일 해야 에기붓만 이렇게 입에다 이렇게 빨아가지구선. 연필을 빨믄 입에다 묻지나 않지. 붓을 빨믄 입에 시꺼멓게 묻지 뭐야. 그래 죙일 끝에 분판에 글씨를 써야 분판이 하얗지 않을 건데. 글씨를 못 쓰니깐 분판이 하얗다 그거지.

근데 보리밥은, 점심은 먹어야 할 테니까. 글은 짓거나 말거나 자기 도시락 싸가지구 간 노무 거 전부 다 먹어치웠어. 인제 그래 글을 짓는 게 뭐라구 짓냐 하믄 자기 신세타령을 허는 거야. 맥반일식(麥飯一食) 모도식(食)하구 보리밥 한 그릇을, 모도식이래는 건 인제 한문이 아니구 모두, 모두 먹었대는 거지, 모도식. 방귀탕탕 석양풍(夕陽風)이라. 보리밥을 먹었으니깐 방귀만 그냥 '픽픽' 허구 뀌니깐 석양바람에 날리니깐, 그 옆에서 질색을 허구 아 사람 머리에서 방귀 뀐다구. 또 옆에서 질색을 허구. 그래 죙일 끝에 분판백이야. 죙일 끄댁끄댁 허구선두 분판에다 글씨를, 그래 칠판이나 매찬가지야. 전에 백판(白板)은 분판(粉板)이라구 그러구 지금 칠판은 꺼먼 노무 거, 사용하는 거 그걸루 쓰는 건데. 그래 분판은 글씰 쓰지 않아서 하얗구, 그랜 년석이 기냥이나 있었으믄 좋겠는데 보리밥 한 그릇을 다 먹구 저 석양 바람에 방귀만 탕탕 꿨대는 얘기야.

[2005년 8월 19일 채록]

154. 물에 빠진 처녀 구해 장가 간 목동

줄거리

목동이 꼴을 베어 지고 오다가 더워서 하천에 목욕을 하러 들어갔다. 막 목욕을 하려는데 그 앞에서 어떤 여자가 물에 빠져 허우적거리는 것을 보았다. 목동은 물에 들어가 그 여자를 꺼내 살려 내 자기 집으로 데려갔다. 그 여자는 자살을 하려던 참이었다. 총각이 사연을 물었다. 처녀는 자기 이웃집 총각이 자기를 탐내 담을 넘으려다 떨어진 기왓장에 콧잔등을 맞아 죽었는데, 총각의 부모는 여자의 부모가 일부러 기왓장으로 때려 죽였다고 송사를 냈다고 했다. 처녀는 이런 소문이 난 것이 억울하고 부끄러워 죽으려 했다는 것이다. 아들에게 사연을 전해들은 목동의 부모는 여자의 부모를 찾아가서 딸이 살아있다고 알렸다. 처녀의 부모는 고맙다고 치하를 하며 처녀를 며느리로 삼아달라고 부탁을 했다. 목동의 부모는 감지덕지 하고 둘을 혼인시켰다.

▣ 한 놈이 총각인데 목동이지 목동, 소치는 목동. 그래 꼴을 한 짐 베다놓구. 베서 산 두렁거지에다 놓구 더워서 쉬는데. '아유 더운데 목욕이나 해야겠다.' 그리구선. 거 하천이 참 물이 강처럼 범람한데 거기 들어가서 목욕을 헐래니깐. 그 앞에서 뭐이 터버덩 터버덩 허구 그냥 수영을 하는 소리가 나서 이렇게 보니깐, 아 떡꺼머리총각인지 여잔지 구별할 수가 없어. 그래 보니깐 수영을 하는 게 아니구 빠져 죽지는 못해서 후당탕 대는 거 같더래. 이놈이 수영은 잘 하니깐. 수영을 해가주 가서 기냥 무조건 허구 모가지 있는 델, 여

기를(목덜미를 짚으며) 훔켜 줬어. 그래가지구 이렇게 들구선. 수영을 잘하니깐 그 옆에 바위 옆다구니가 있는데 끌어서 잡아댕겨 노니깐 '킥킥' 하구 물을 토하는데. 그땐 인제 물속에 갈아앉았다 또 뜬 거라구. 그래 남에 소리는 들어봐서. 그저 옷 입은 채루 여자가 빠졌는데. 다리를 위에다가 이렇게 걸쳐놓구 알(아래)루다 입을 해놓구 그냥 잔뎅이를 콱콱 디리 눌르니깐 확확 하구 입으루 코루 토하는데, 한참 토하더니. 그야 뭐 반드시 드러누웠는데 죽었어. 그래 여기다(가슴에 손을 얹으며) 손을, 맥이 뛰나 허구 손을 넣구 싶어두 여자가 돼서 손을 얼른 못 넣구. 손목을 이렇게 해가지구(손목에 맥을 짚는 시늉을 하며) 보니깐 맥이 들먹들먹 뛰더라 이거야. '아 이게 죽진 않았구나.' 그러구. 또 인제 자빠뜨려놓구 가슴을, '까짓 거 여자구 남자가 뭐구 내가 지금 죽는 사람을 구하는데 남여를 구별할 필요가 없다.' 그러구선 디리 앙가슴을 눌르구 그래니깐 나머지 물을 다 토하구. 그때 이제 번쩍 들어다가 꼴짐 옆에다가 드러 눠어서, 꼴짐에 가려가지구 응달이 좀 졌거든. 그래 거기다 반드시 드러 눠어놓구 깨기를 기다리는데, 피어나기를. 그래 한참 있더니 숨을 '후' 하구 내쉬더니, 아 눈을 번쩍 뜨더라 그거야. 그래서 그 총각이, 참 더워서 목욕하러 갔다가 그 광경을 보구선, 숨을 '휘' 하구 내쉬구 눈 뜨는 걸 보니깐 원 기가 맥히구 반갑기두 해서

"아 정신이 드냐?"

그랬더니, 아 소리가 들리니깐 총각을 곁눈질을 해서 이렇게. 그래 죽으러 들어갔던 생각은 나니깐, 이 여자가.

"근데 웬 사람인데 나 죽을려구 그러는 걸 살려놨느냐?"

그거야.

"그런 게 아니라 나 역시두, 난 더워서 말야. 꼴을 한 짐, 목동인데, 꼴을 한 짐 베다가 더워서 목욕을 할까 하구 들어왔더니 여기서 처녀가 디리 후당탕 대는 소리가 나서 쫓아가서 내가 꺼내 여기다 눠어놔서 물을 토하게 하구 그랬더니 당신이 살아났어. 무신 사연인지 내 묻지는 않겠소. 하여튼 되나 안 되나 살아났으니 당신네 집은 어딘지 묻지두 않을 테니 우리 집으루 가자."

그거야.

"아, 거길 가믄 어떡하냐?" 구.

"어떡하든지 나중에 내막두 알구, 무신 사연으루다 죽는지두 나두 알아야 할 거구. 그래니깐 가야 한다." 구. "가자" 구. "당신에서두 집이두 기별을 해야지. 그래 무조건 하구 나 물에 빠져 죽는다 하믄 당신네 집에서두 쫓아 나왔을 거 아니냐? 당신네 집에서 몰래 나온 건 사실이야. 그래니깐 두 집이 다 알려야 할 거니깐 가자." 구.

아 총각이 가재는 데 뭐 안 갈 수가 있어? 에기. 그래 가서 있는데. 그래두 소 바리나 있구, 목장이라구 좀 하는데. 그래두 그렇게 큰 의식 걱정은 안하는 집이니깐. 소를 몇 바리씩 매구선 꼴을 베다가 대는데. 그래 얘기, 얘기, 자기 부모한테 얘기를 다 알렸어.

"아 그러냐?" 구.

"어이 참 샥시 명이 하늘에 닿소. 죽을 사람을 어떻게 우리 아들이, 목욕을 할랴구 더워서 갔다가 이렇게 만났으니깐. 은인을 만난 심이야, 우리 아들은. 죽을 사람을 살렸으니깐. 당신이 무신 사연으루다 물에 빠져 죽는지 알 수 없지만 장래 있으믄 알 거니깐. 어디 사느냐?"

그랬더니 나중에 디리 재삼차 디리 묻는데 대답을 안 할 수가 있어? 아무데 여자라구. 성은 김간데, 그 옆집 사람이 자기네 집으루 넘어오다가 뒤에 개왓장을. 거 잘 사는 집이야, 샥시집두. 그러길래 개와담을 쌓았지? 개왓장을 쥐구선 뒤루 나가 자빠져가지구 개왓장이 콧중배길 내리 찍어서. 커요. 담 쌓는 개와, 이거만큼씩 해. 그게 내리 짓 쪄서 즉사를 했다 그거야. 그래서 이게 말썽이 불어가지구선. 거길 넘어오는 걸 이쪽에서 개왓장으루다 내리 갈겨서 콧중백이가 짓 쪄 가지구 죽었다. 이렇게 소문이 나가지구. 그러니 죽은 놈이니까 내막을 알 수가 없잖아. 이쪽에선 또 깜깜한 말이구. 이거 뭐 얼투당치두 않은 말, 그 놈 넘어오는 거 알지두 못했는데. 언제 그놈이 넘어왔는지, 처녀가 탐이 나서 넘어온 건 사실이거든, 그쪽 총각이. 그래서 그 넘어오는 줄 알구선 즈 부모가 죽였다 이렇게 해가지구 그 송사가 났는데. 소문이 나가지구선 그 여자가 '살아서 뭘 하느냐? 그런 소문을 듣구. 그래서 난 물에 빠져서 죽는 거라' 그랬는데. 그건 즈이 집에서는 모르는 거라. 그래 자기 어머니 아버지를, 그 목동 아부지 어머니가 찾아가서 사실 얘기를 쫙 했어. 물에 빠져 죽는 걸, 우리 아들이 더워서 꼴 베가지구 오다가 거기서 텀버덩 대는 소리를 듣구서 쫓아 들어가서 여잔지 남잔지 구별 못하구 꺼내내서 물을 죄 토해내서 나중에 드러눠어 가지구 다시 나머지 물을 토하게 호흡을 시키는데 그땐 여자가 돼서 함부로 손을 댈 수두 없구. 그래서 반드시 드러 누어서 나머지 물을 토하드니 눈을 뜨구 숨을 내쉬구 정신을 채려서 그래서 우리 집에 데리구 왔으니 그런 줄 알라구. 그래 뭐 혼인하자는 말두 안 했어. 그랬더니

"아휴, 그러냐?" 구. "집이서는 나간대는 소리두 없이 깜쪽같이 사라져서 궁금하던 참이데 우리 딸을 구해줘서 고맙다." 구. "이거 뭐라구 감사드릴 수 없다." 구. "그래 아들은 장가를 들였냐?" 구.

"장가 못 들였다." 구.

그래 자기 아들, 딸두 처녀구. 노총각 노처녀야.

"뭐 이런 소리를 허면은 받아들일런지 모르겠으나, 제 욕심인데 제 딸을 며누릴 삼으심은 어떻겠느냐?"

그렇게 물어보니깐

"아휴, 참 허리 긴 사람보고 밥 좀 먹으래느냐 찬밥 좀 있는데 먹으래느냐 그런 소리나 마찬가지지. 이게 노총각에, 항상 근심허기를 언제나 장가를 들이나 허는데. 또 그렇게 말씀을 하시니 어떻게 받아들일런지 참 염치가 없습니다. '받아들이겠습니다.' 그리믄 지가 염치가 없는 사람이구."

"아 별소릴 다한다." 구. "우리딸 생명에 은인이니깐 참 벨 도리 없이 맽기는 수밖에 없어. 그러니깐 우리 딸이 혹 소문은 나쁘게 났다 하드래두. 그 인제 살인 사건, 담 넘어가다 개왓장에 맞은 사건 때문에 소문은 나쁘게 났어두 사람은 정직한 애니깐 그런 줄 알구 받아주신대니 감사하겠다." 구.

아 그래가지구선 꼴베다 목욕하러 들어간대구 그래서 물에 빠져 죽을 사람 건져서 장가를 잘 들더래.

[2005년 8월 19일 채록]

155. 용의 승천을 도운 처녀(연안 용상폭포)

◉ 줄거리

순옥이라는 처녀가 용상폭포 밑에서 빨래를 하고 있었다. 그때 푸른 옷에 청려장을 짚은 사람이 찾아왔다. 자기는 용왕의 아들인데 죄를 지어 용상폭포 밑에 귀양을 와 있다고 했다. 그러면서 어느 날 승천을 할 때 '용님 승천합소사' 하는 인간의 소리를 듣지 못하면 승천을 하지 못하니 순옥에게 그 소리를 해 달라고 부탁을 했다. 그날이 되니 용이 하늘로 오르는 것이 보였다. 순옥이 '용님 승천합소사' 세 마디를 해주니 용이 하늘로 무사히 올라갔다. 그 후부터는 아무리 가물어도 용상폭포에는 물이 마르지 않아 그 아래 마을에서는 늘 대풍이 들고 부자가 되어 잘 살았다.

▣ 어딘지 소지명은 자세히 모르는데. 거기 폭포가 하나 있거든. 근데 거기 그걸 용상, 임금이 앉았는 자리를 용상이라구 그러는데. 근데 이건 용이 올라갔다구 그래서 용상폭포(龍上瀑布)야. 거 순옥이래는 여자가 있는데. 요 아래게, 거기 빨래를, 순옥이가 인제 갔거든? 고 위가 용상폭포(龍上瀑布)덴. 거기서 혼자서 인제, 집이서 한 오백 메타 정도 갔는데. 거기서 빨래는 허는데 웬 푸르스름한 청의를, 푸른 옷을 입구. 감투를, 감투에다 갓을 쓰구선 퍼런 청려장, 퍼런 지팽이를 집구선 거기 올라와서

"처녀가 이 산중에서 와서 빨래를 혼자 하슈?"

아 그러더란 말야. 아 뒤를 등 너머서 보다보니깐, 참 청려장을 짚구, 퍼런

도포에다가 와가지구선 했는데, '그래, 이상두스럽다. 여긴 행인은 저런 옷을 입구 다니는 사람이 없는데. 청려장을 집구 청의를, 도포를 전부 퍼런 옷을 입으믄 용의 아들이나 딸이, 옷을 그렇게 입는 대는데.' 그래두 설마 뭐 이런 산골에 용의 아들이 여길 왔을 리두 없두.

"여긴 가물어서, 이 알룬 물이 전부 하천에 물이 말르구 그래서. 물이 있는 덴 여기 밖에 없어서 여길 빨래를 왔는데. 손님은 어디 찾아 가시는데 여기 잠깐 중하참을 허시느냐?" 구.

"난 이 위 용상폭포에 사는 아무갠데, 심심해서 바깥 구경이나 허러 지금 나왔오."

그리드라 그거야. 그 위에 집은 없는데, 용상 폭포에 있는데 거기서 산다구 그래서. 집은 없는데 용상폭포에서 산대는 게 그게 물귀신이래는 건가 원 뭐라는 소린가 의아하게 생각을 하구

"아 그러시냐?" 구. "그럼 여기는 폭포 밑이 돼서, 물이 지금두 깊으니깐 거기 사시기엔 물 걱정은 안 하시겠소."

그랬더니

"아직은 안 하는데, 미구에 물 걱정을 하믄 아주 큰일 난다."

그거야.

"그럼 어떡해서 큰일이 나냐?"

그랬더니 그럼,

"우리 가족이 멸문지화를 당해, 여기 이 폭포가 말르믄. 그러니깐 이 동네두 화를 면치 못한다."

그거야.

"아, 이게 거 우리루서, 재주 없는 무재인들이 그걸 재앙을 방비할 수 있느냐?"

그랬더니

"앞으루 닷새 있다가, 닷새 있으믄 진사일이야."

진사일이믄 비 온다 그래, 옛날엔.

"그날 비가 시작을 한다."

그거야.

"부실부실허믄 다른 사람은 오지 말고, 처녀 하나, 사람이 와서 비가 오면은 벨안간 천동 번개를 할 것이다."

그거야.

"그럼 여기 용상폭포 가까이 오질 말구 조금 먼데서 떨어져 가지구 보면은 냅다 물줄기가 하늘루 뻗쳐가지구 뭐이 올라간다."

그거야.

"그때 내가 올라가는데, 내 이무기, 아차 용에 아들이다."

그거야. 그래

"내가 용이 돼서,"

아 죄를 져가지구 이 폭포에 귀양을 와서 멫 해 있는데 낼모래 진사일에 비가 오니깐. 인제 그때 죄가 인제, 저 그러니깐 무발이 된 거야. 저 면죄가 된 거지, 인제. 지금 일르믄 사백 멫 명이 석방이 되구 무신 그러는 식으루.

"용왕한테 죄를 인제 다 치루구. 하늘루 올라가는데 민간인 소리를 들어야 올라가지 그렇지 않으믄 못 올라간다."

그거야. 자기 재주가 아무리 좋아두. 그러니깐

"요담에 와가지구 용님 상천합소사. 용님 상천합소사. 그렇게 세 마디만 해 주시오. 그럼 그 동네가 벨안간 떼부자는 안 돼두 차차 살기가 좋아지구. 해는 안 볼 테니깐 그렇게 해 주겠오? 꼭 해주겠느냐?" 구.

"네. 꼭 해드리겠소."

또 용왕의 아들이래는데 거역할 수두 없는 거구. 아 근데 아침을 일찌가니 해 먹구. 그 날을 기다리는데. 근데 검은 구름이 사방에서 뭉게뭉게 뫼 들더니 비가 그냥 부실부실 오더니 소낙비가 냅다 쏟아지는데 기냥 벨안간 천동 번개를 허더니 참 소방서 호수에서 물 올라가는 게 모냥으루 냅다 디리 올라가더니 거기 그냥 뭐 꺼먼 게 허옇게 둘르면서 쫓아 올라가. 그 통에 아 헌 얘기가 있으니깐, 들은 게 있으니

"용님 상천합소사. 용님 상천합소사. 용님 상천합소사."

이렇게 세 마디를 딱 했는데 다 올라간 거야, 떨어지질 않구. 근데 저 상공을 올라가서 그 처녀를 내려다보더니 그냥 빙그레 웃으면섬 꼬릴 치면서 하

늘로 올라갔어.

근데 그 후로는 용상폭포가 다른 데는 다 말라두 거기는 물이 안 말라요. 그래가지구 그 앞에, 벌판에 물 수급이 제때 공급이 돼서 동네 사람이 전부 그냥 대풍을 해마닥 만나가지구 부촌이 됐대는 얘기야. [채록자 : 그게 어디 지역이지요? 대충] 연안이래나마, 아마. 황해도 연안 [채록자 : 연안? 남다지 못과 관계가 있나요?] 근데 그걸 가지구 용상폭포라 그랬는지.

[2005년 8월 19일 채록]

이기형(李起衡)

경기대학교 국어국문학과 졸업
경희대학교 대학원 박사과정 수료(문학박사)
경기대학교, 경희대학교 강사
현재 의정부중학교 재직

단행본 『심청전 전집』(공편), 『적벽가 전집』(공편)
『단가집성』(공교주), 『필사본 화용도 연구』
『화용도』(공역주), 『판소리의 비평적 이해』(공저)
『한국구전설화집 11』, 『조선 후기 소수자의 삶과 형상』(공저) 외
논 문 「단가의 범주와 신재효 가사의 성격」, 「휘몰이잡가의 사설 구조」
「임꺽정 전설의 전승과 변이 양상」, 「≪화용도≫ 전승 배경 고찰」
「설인귀 설화의 비교연구」 등 다수

이야기꾼 이종부의 이야기 세계

2007년 7월 12일 초판 발행
펴낸이 김흥국
펴낸곳 도서출판 **보고사**

등록 1990년 12월(제6-0429)
주소 서울시 성북구 보문동 7가 11번지
편집부 922-5120~1, 영업부 922-2246, 팩스 922-6990
홈페이지 www.bogosabooks.co.kr
메일 kanapub3@chol.com

ISBN 978-89-8433-565-3 (93810)
정가 35,000원